JAMES CLAVELL

La Noble Maison

Tome 2

TRADUIT DE L'ANGLAIS
PAR JACQUES MARTINACHE

PRESSES DE LA CITÉ

Titre original :
NOBLE HOUSE

LA NOBLE MAISON
Tome II

Né en Australie en 1927, d'un père anglais, officier dans la Royal Navy, James Clavell a grandi en Angleterre où il a également fait ses études.
S'étant engagé très jeune dans l'artillerie, il se bat en Extrême-Orient; fait prisonnier par les Japonais en 1941, il n'est libéré qu'en 1945.
Vers le milieu des années 50, il s'installe en Californie où son talent de réalisateur est rapidement établi. Citons, parmi bien d'autres films, quelques-uns de ses grands succès : The Fly, Five Gates To Hell, Walk Like A Dragon, The Last Valley, *sans oublier* La Grande Evasion. *Et, grâce au cinéma, qui lui donne les moyens financiers d'écrire, en 1962, il publie son premier livre,* King Rat *(en France en 1964 sous le titre* Un Caïd, *aux Éditions Stock). Ont été publiés depuis* Taï-pan *(1966),* Shōgun *(1977),* La Noble Maison *(1982),* Ouragan *: « Azadeh » et* Ouragan *: « Sharazad » (1987). Il partage aujourd'hui son temps entre les Etats-Unis, la Suisse et la France.*

Dans *La Noble Maison,* James Clavell décrit un monde où la couleur, l'exotisme, l'action sont omniprésents. La description de Hong-Kong, dans les années 1960, fournit beaucoup plus qu'un cadre : elle représente l'essence même du roman. Car, à travers elle, Clavell conte la folle histoire des rapports entre les Britanniques, administrateurs de la colonie, qui règnent en maîtres sur cette ruche frénétique, et les Chinois, qui parviennent toujours à traiter à leur avantage avec leurs dominateurs. Entre les deux communautés surgissent un beau jour deux Américains, experts dans leur domaine et avides de se tailler une part de ce marché fantastique que représente l'Asie, mais parfaitement ignorants des règles non écrites qui régissent la colonie.
L'odeur de l'argent domine toutes les autres à Hong-Kong, et la lutte pour la fortune existe à tous les niveaux — de la passion du jeu, qui agite la plus humble servante, jusqu'à la bataille pour le pouvoir, qui oppose les grands Taï-pans... Pour deux de ces rivaux : Ian Dunross, de la Maison Struan — la Noble Maison —, et Quillan Gornt, de la Maison Rothwell-Gornt, c'est un véritable combat au couteau dont l'enjeu est plus que la richesse et la fortune : le pouvoir. La Noble Maison paraît au bord du gouffre et le sort de Hong-Kong paraît dépendre de l'issue de ce combat de titans. Pour Gornt, il s'agit là d'une chance inespérée d'abattre définitivement son rival de toujours. Pour Linc Bartlett et sa

(Suite au verso.)

belle et séduisante associée, Casey Tcholok, c'est une excellente occasion de tirer les marrons du feu. Pour Dunross enfin, c'est une question de survie pure et simple. De survie, et d'honneur... L'action du roman se déroule sur un peu plus d'une semaine, mais ces quelque huit jours sont pour le moins fertiles en péripéties : enlèvements, assassinats, escroqueries de tous ordres, double jeu permanent, émeutes, catastrophes naturelles. Des événements tragiques donc, mais tout ce qui a fait le renom de Hong-Kong, tout ce qui concourt à cette magie inexplicable qu'exerce l'Orient sur les Occidentaux : l'activité frénétique de ces millions de fourmis qui s'agitent jour et nuit pour glaner de quoi payer leur bol de riz, les réceptions fastueuses de la haute société, avec leur cortège de toilettes somptueuses, de liaisons discrètes ou tapageuses, de traîtrises innommables commises sous le couvert de la plus grande civilité. Tout cela concourt à faire de *La Noble Maison* un véritable univers, à la fois foisonnant et fascinant.

Paru dans Le Livre de Poche :

SHŌGUN *tome 1.*
SHŌGUN *tome 2.*
CAÏD.
TAÏ-PAN.
OURAGAN 1, *Azadeh.*
OURAGAN 2, *Sharazad.*

38

23 h 30

De l'autre côté de l'île, un vieux taxi remontait péniblement une rue étroite située au nord de West Point, sur les hauteurs. Affalé sur la banquette arrière, Souslev beuglait une ballade russe dans les oreilles du chauffeur. La cravate de côté, la chemise maculée de taches de sueur, il avait l'air passablement ivre.

Un coup d'œil à sa montre lui apprit qu'il serait un peu en retard au rendez-vous mais il se dit que cela n'avait pas d'importance : Arthur lui-même n'arrivait jamais à l'heure.

Malgré les vitres baissées, il faisait étouffant à l'intérieur du taxi qui traversait une zone de hauts immeubles plantés sur d'étroits terre-pleins gagnés sur la montagne. Le chauffeur s'arrêta à l'adresse que son passager lui avait donnée : Rose Court, un bloc de constructions modernes qu'un petit mur de béton séparait de Sinclair Road et des Tours Sinclair, situées un peu plus bas.

Le compteur indiquait 8,70 dollars, Souslev donna au chauffeur un billet de cent au lieu d'un billet de dix et sortit en grognant. Il tituba jusqu'à l'entrée d'un immeuble, se baissa pour examiner l'interphone et appuya sur le bouton précédé de l'inscription : Ernest Clinker, gardien.

— Oui ? fit une voix.

— Ernie, c'est moi, Gregor ! s'écria le capitaine d'une voix pâteuse. T'es là ?

— Non, j'suis sorti ! répondit la voix à l'accent cockney. T'es en retard, mon pote, et on dirait que t'as pas sucé de la glace ! Allez, grouille ! Mabel et moi on t'attend avec de la bière et d'la vodka !

Souslev s'approcha de l'ascenseur et pressa le bouton marqué d'une flèche dirigée *vers le bas*. Au troisième sous-sol, il sortit de la cabine, traversa le garage et se dirigea vers un petit homme rougeaud au visage ingrat qui l'attendait sur le seuil de son *appartement*. Clinker, qui devait avoir une soixantaine d'années, sourit en montrant des fausses dents de mauvaise qualité.

— Dis donc, t'es déjà un peu bourré ! lança-t-il joyeusement.

Le Russe lui donna l'accolade avant de pénétrer dans l'appartement garni de meubles bon marché. Seule note de luxe, un magnétophone perfectionné qui diffusait de la musique d'opéra.

— Bière ou vodka ?

L'agent du KGB éructa avant de répondre :

— D'abord, je... je vais pisser, ensuite, une vodka, après, une autre vodka, et... au lit !

— T'as raison, capitaine ! Hé, Mabel, dis bonsoir au 'pitaine !

Le vieux bulldog assoupi sur une carpette élimée ouvrit un œil, aboya, et se rendormit aussitôt. Tandis que Souslev se dirigeait vers les toilettes d'un pas chancelant, Clinker remplit un verre de vodka et se servit une Guiness.

— Tu restes combien de temps, Gregor ? cria-t-il.

— Juste cette nuit, *tovaritch*. Peut-être aussi demain.

— Et Ginny ? Elle t'a encore claqué dehors ?

A bord d'une camionnette banalisée équipée d'un matériel d'écoute, Roger Crosse, Brian Kwok et un technicien radio de la police suivaient la conversation par l'intermédiaire d'un haut-parleur. Malgré la qualité du micro dissimulé chez Clinker, il y avait des parasites.

— Elle t'a foutu à la porte ? poursuivit Clinker.

— On a baisé toute la soirée et pis... et pis elle m'a dit : « Va chez Ernie, laisse-moi dormir. »

— T'as de la veine, quand même. C'est une vraie princesse, c'te môme. Amène-la-moi demain.

— Oui, d'accord. C'est vrai qu'elle est champion.

Les trois hommes cachés dans la camionnette entendirent Souslev jeter un seau d'eau dans les toilettes et revenir dans la pièce où se trouvait Clinker.

— Tiens, mon pote.

— Ah ! merci... Ça fait du bien. Je crois que je vais m'étendre quelques minutes.

— Quelques heures, plutôt ! T'en fais pas, je te prépare un bon petit déjeuner. Un dernier coup ?

Cela faisait deux ans que Crosse avait donné l'ordre de placer un micro chez Clinker et d'enregistrer ses conversations de temps à autre, notamment quand Souslev était à Hong-Kong. Le Russe, que la SI gardait constamment sous surveillance, avait fait la connaissance de Clinker dans un bar. Anciens sous-mariniers l'un et l'autre, ils s'étaient liés d'amitié et il arrivait parfois au capitaine de passer la nuit à Rose Court. Naturellement, la SI avait procédé à une enquête sur Clinker mais n'avait rien déniché de suspect. Après avoir passé vingt ans dans la Royal Navy, il avait bourlingué dans toute l'Asie à bord de navires marchands et s'était installé à Hong-Kong quand il avait pris sa retraite. C'était un homme tranquille, accommodant, qui vivait seul et assurait les fonctions de gardien d'immeuble à Rose Court depuis cinq ans. Le Russe et l'Anglais étaient bien assortis : ils aimaient boire, faire la noce et raconter des histoires. Jusqu'à présent, leurs interminables conversations n'avaient offert aucun intérêt.

— Il a fait le plein, comme d'habitude, soupira Crosse.

Dans le petit salon, Clinker aida Souslev à se lever, le conduisit dans la chambre et le fit s'étendre sur le lit. Puis il tira les doubles rideaux et mit en marche un autre petit magnétophone. Aussitôt on entendit un bruit de respiration lourde, entrecoupée de ronflements. Souslev se leva sans bruit, il n'avait plus du tout l'air soûl. Clinker, qui s'était déjà accroupi, souleva un tapis dissimulant une trappe. Il l'ouvrit, Souslev descendit et rabattit la trappe derrière lui. L'escalier menait à un tunnel débouchant sur un conduit souterrain d'évacuation des eaux en cas d'orage.

Le Soviétique avançait prudemment en s'éclairant à l'aide de la torche électrique qu'il avait trouvée accrochée au pied de l'escalier. Après avoir franchi quelques pas, il entendit une voiture rouler au-dessus de sa tête, dans Sinclair Road. Quelques mètres encore et il se trouva sous les tours. Une autre trappe conduisait dans un placard à balais, en bas d'un escalier désaffecté. Souslev en gravit les premières marches.

Roger Crosse écoutait le bruit de respiration d'homme soûl mêlé à la musique d'opéra.

— On dirait qu'il en a pour la nuit, dit-il.

Un voyant rouge s'alluma sur le poste émetteur-récepteur, le technicien appuya sur un bouton et dit :

— Voiture 1423, j'écoute.

— Message urgent du central pour Mr. Crosse.

— Ici Crosse.

— Nous venons d'apprendre que le restaurant du *Dragon flottant* est en feu, il y aurait déjà au moins vingt morts. Apparemment l'incendie s'est déclaré aux cuisines... Un moment, sir, je reçois un autre rapport de la Marine...

— Dunross ! fit Brian Kwok.

— Il est trop malin pour mourir asphyxié ou noyé. Je me demande si c'est un accident...

— Le bateau s'est retourné, reprit la voix. Il restait probablement des gens à bord.

— Notre agent était avec notre client ?

— Non, il attendait sur le quai, près de sa voiture. Il ne nous a pas encore appelés.

— J'envoie le commissaire Kwok sur les lieux avec cette voiture, décida Kwok. Réclamez une équipe d'hommes-grenouilles à la Marine et mettez-la à sa disposition. Je serai chez moi si vous avez besoin de m'appeler.

Crosse coupa la communication et se tourna vers Kwok :

— Je rentrerai à pied. Téléphonez-moi dès que vous aurez des nouvelles de Dunross. S'il est mort, nous ouvrirons sans attendre les coffres de la banque, tant pis pour les conséquences. Faites vite !

Le directeur de la SI descendit de la camionnette et regarda les Tours Sinclair, dont une de ses équipes surveillait l'entrée, attendant patiemment le retour de Tsu-yan. Où est-il passé, ce salaud ? se demanda Crosse.

Souslev sortit une boîte de bière du réfrigérateur, l'ouvrit et en but une longue gorgée. Situé au onzième étage d'une des tours, l'appartement 32 était spacieux, propre et bien meublé. Il y en avait trois par étage : le 31 appartenait à Mr. et Mrs. John Chen, le 33 à Mr. K.V. Lee. D'après Arthur, Lee était le nom d'emprunt de Dunross qui, comme ses prédécesseurs, possédait trois ou quatre retraites secrètes disséminées dans la Colonie.

Si nous devons lui faire subir un interrogatoire, ce sera l'endroit idéal, se dit le Russe. En plus, nous avons Travkin comme solution de rechange...

Un courant d'air agita les doubles rideaux tirés sur les fenêtres ouvertes et il entendit la pluie. Il alla les fermer, regarda au-dehors. Les trottoirs et les toits étaient déjà mouillés ; un éclair zébra le ciel, un roulement de tonnerre suivit. Il va y avoir un bel orage, pensa-t-il, satisfait de n'être pas resté dans le studio minuscule et malpropre de Ginny Fu, à Mong Kok, ni dans l'appartement de Clinker.

C'était Arthur qui avait tout arrangé : Clinker, Ginny Fu, la planque de Sinclair, le tunnel. D'après Arthur, il avait été facile de s'attacher les services de l'ancien sous-marinier, qui avait toujours détesté ses supérieurs et leur classe sociale. « Le hideux petit Ernie ne sait pas grand-chose de vous, Gregor, lui avait dit Arthur. Juste que vous êtes Russe et capitaine de l'*Ivanov*. Quant au tunnel, je lui ai raconté que vous rencontrez au Sinclair la femme d'un gros bonnet de Hong-Kong. J'ai justifié le magnétophone et les ronflements enregistrés en prétendant que les poulardins cherchent à vous coincer et qu'ils ont caché un micro chez lui.

— Les poulardins ?

— La police, dans le jargon de Clinker. Les cockneys n'ont aucune sympathie pour les pourlardins. Faites l'éloge de la Royal Navy et il vous mangera dans la main. »

Clinker n'est pas un mauvais bougre, pensa Souslev en souriant, juste un peu emmerdant. Il retourna à pas lents dans le salon en sirotant sa bière. Un des titres du *Guardian*, posé sur un fauteuil attira son attention : LA FOULE ASSASSINE FLEUR PARFUMÉE. Il s'assit, regarda la photo de l'émeute et se mit à lire l'article.

Quelques instants plus tard, il entendit l'ascenseur s'arrêter au onzième, s'approcha de la table située près de la porte et prit l'automatique à silencieux caché sous son plateau. Il empocha l'arme, regarda par l'œilleton et ouvrit.

— Salut, mon vieux ! s'exclama-t-il joyeusement. Cela fait une paie !

— Tu peux le dire, camarade, répondit Jacques de Ville d'un ton aussi chaleureux.

La dernière fois que le Français avait rencontré Souslev, c'était à Singapour, cinq ans plus tôt, lors d'une réunion secrète organisée par Arthur juste après l'entrée de de Ville dans le réseau Sevrin. De Ville avait fait la connaissance du Soviétique à Lyon, en juin 1941, quelques jours avant que l'Allemagne nazie n'envahît la Russie. Souslev avait proposé au Français, qui était dans la Résistance, de poursuivre la *vraie guerre*, la guerre contre le capitalisme, une fois que le fascisme aurait été vaincu. De Ville avait accepté avec enthousiasme.

— Tu as l'air fatigué, Frederick, dit Souslev, utilisant le nom de code de de Ville. Qu'est-ce qui ne va pas ?

— Juste des problèmes familiaux.

— Raconte.

Et le Russe écouta attentivement l'histoire de l'accident. Depuis 1941, il était l'officier traitant de « Frederick » ; en 1947, il lui avait donné l'ordre d'entrer chez Struan et de s'installer à Hong-Kong. Cela n'avait pas posé de problème puisque, avant la guerre, de Ville dirigeait avec son père une importante affaire d'import-export ayant d'étroites relations avec Struan — sans parler des liens noués par alliance. « Frederick » avait alors reçu pour mission de devenir membre du Conseil intérieur et plus tard Taï-pan.

— Et pour toi, comment vont les choses ? demanda de Ville à la fin de son récit.

— Très bien. Tu bois un verre ? Il y a une excellente vodka.

— Alors, vodka, mais pas trop, répondit le Français, qui aurait bien voulu savoir pourquoi on l'avait fait venir ici.

— Si Dunross prenait sa retraite, tu deviendrais Taï-pan ? dit Souslev en ouvrant la porte du bar.

— Le choix se ferait entre Gavallan, David MacStruan, moi et Linbar Struan.

— Dans cet ordre ?

— Je ne sais pas. Sauf que Linbar est probablement en queue de liste. Merci, dit de Ville en prenant son verre. Personnellement, je vois de bonnes chances à Gavallan.

— Qui est ce MacStruan ?

— Un cousin éloigné qui s'occupe actuellement de notre implantation au Canada : nous essayons de diversifier nos affaires en investissant dans la fibre de bois, le cuivre, tous les minerais canadiens, principalement en Colombie britannique.

— Il est fort ?

— Très fort. Et coriace, n'hésitant pas à porter des coups bas. Quarante et un ans, ancien lieutenant de paras, médaille militaire. Si j'étais Dunross, c'est lui que je choisirais.

— Dunross a fait son testament ?

— Ian ne laisse rien au hasard... Arthur doit aussi venir ?

— Oui. Comment pourrions-nous améliorer ta position ?

De Ville haussa les épaules.

— Il nous serait facile de discréditer ce MacStruan et les autres, reprit Souslev. Ou de les éliminer... Dunross compris.

— Ce n'est pas la solution.

— Tu en vois une autre ?

— La patience. Je ne voudrais pas être la cause de... de sa disparition.

— Il n'est pas nécessaire de tuer quelqu'un pour l'éliminer. Nous ne sommes pas des barbares ! dit le capitaine en songeant que son protégé était resté trop tendre. Parle-moi de l'Américain, Bartlett, et de l'accord avec Par-Con.

De Ville donna tous les renseignements qu'il possédait et conclut :

— L'argent de Bartlett résoudrait tous nos problèmes.

— Gornt pourrait réussir à absorber Struan ?

— Possible. Il est puissant et il nous hait. C'est un vieil ennemi...

— Oui, je sais.

Souslev était irrité de ce que de Ville ne fît que répéter des renseignements qu'il lui avait déjà fournis. Mauvais signe, songea-t-il. Il consulta sa montre.

— Notre ami est en retard de vingt-cinq minutes. C'est beaucoup, même pour lui.

Une pensée vint subitement à de Ville :

— Il était peut-être dans l'incendie...

— Quel incendie ?

— Celui du *Dragon flottant*, un restaurant d'Aberdeen. J'ai entendu la nouvelle à la radio juste avant de monter.

Les de Ville occupaient l'appartement 20, au sixième étage.

— Tu l'as vu ? demanda le Russe, soudain inquiet.

— Non, mais je suis parti bien avant le dîner.

Souslev but une gorgée de vodka d'un air pensif.

— Il t'a révélé qui sont les autres membres de Sevrin ?

— Non, pas encore. Je lui ai posé la question, adroitement, comme tu m'en avais donné l'ordre, mais...

— L'ordre ? Je ne te donne pas d'ordre, *tovaritch*, je suggère simplement.

— Bien sûr. Il s'est contenté de me répondre : « Nous nous réunirons tous en temps utile. »

— Il a raison de se montrer prudent, approuva Souslev.

En fait, le capitaine avait voulu éprouver et de Ville et Arthur. Le KGB avait pour règle qu'on ne prend jamais trop de précautions, même avec des agents sûrs. Souslev se rappela le temps où son instructeur s'échinait à lui faire entrer dans le crâne un passage de l'*Art de la guerre*, de Sun Tzu, que tous les militaires soviétiques devaient étudier : « Il y a cinq catégories d'espions : locaux, internes, convertis, condamnés et survivants. Lorsqu'elles travaillent conjointement, elles assurent la sécurité de l'État et l'inviolabilité de l'armée... Si un espion divulgue un secret avant le moment voulu, il doit être mis à mort, ainsi que la personne à qui il l'a révélé. »

Si les autres rapports d'A.M.G. ressemblent à celui qui a été découvert, Dunross est condamné, pensa Souslev sans émotion. Il se récita mentalement le dernier paragraphe de l'*Art de la guerre*, ouvrage si important pour l'élite soviétique que nombre de dirigeants le connaissaient par cœur : « Les espions constituent l'élément le plus important d'une guerre car c'est d'eux que dépend la capacité de manœuvre d'une armée. »

Le KGB suit cette règle, songea le capitaine avec satisfaction,

— Arthur ne m'a jamais donné le moindre indice sur l'identité des six autres membres du réseau, disait de Ville.

Souslev se réjouit de l'habileté et de la prudence d'Arthur. Il avait en effet été décidé que les sept membres ne devaient jamais se connaître, qu'ils devraient ignorer que Souslev était en réalité le responsable de Sevrin et le supérieur d'Arthur. L'identité des sept agents n'était pas un secret pour lui puisque c'était lui qui les avait choisis avec Arthur, qui avait éprouvé leur loyauté au fil des années, éliminant certains pour les remplacer par d'autres. Le contrôle est permanent, pensait-il. Dès qu'un espion chancelle, il faut le neutraliser ou l'éliminer — avant qu'il ne vous élimine. On n'est jamais sûr que de soi-même, c'est ce que nous enseigne notre système soviétique. Même Ginny Fu ne sait rien, et ce n'est pas une espionne. Il est temps que je lui offre le voyage que je lui ai promis. La semaine prochaine, je l'emmène à Vladivostok, elle pourra y être utile après un stage de rééducation.

Souslev avala un peu de vodka, qu'il fit rouler sur sa langue.

— Donnons-lui une demi-heure, décida-t-il. Assieds-toi.

De Ville ôta le journal du fauteuil pour s'y installer.

— Tu as lu l'article sur la ruée ?

— Oui, *tovaritch*. Merveilleux !

— C'est une opération du KGB ?

— Pas que je sache, mais si c'est le cas, il y a de l'avancement dans l'air. La faillite de Ho-Pak en entraînera d'autres. D'après le journal, même la Victoria ne serait pas à l'abri.

De Ville prit involontairement une expression inquiète qui réveilla les doutes de Souslev à son égard.

— Ce serait la fin de Hong-Kong, murmura le Français... Oh ! je sais, au plus vite au mieux mais... à force de jouer un personnage, on oublie parfois qui on est vraiment.

— Ne t'inquiète pas, cela nous est tous arrivé. C'est l'accident de ta fille qui te tracasse.

— Quand passerons-nous à l'action ? Je suis las d'attendre.

— Bientôt. En janvier, j'ai participé à Moscou à une réunion de hauts responsables pendant laquelle on a discuté des questions bancaires. D'après les derniers calculs, nous devons actuellement près de trente milliards de dollars aux capitalistes, la majeure partie aux États-Unis.

— Bon sang ! Je ne me doutais pas que vous aviez si bien réussi.

— Je parle seulement de l'Union soviétique ! fit Souslev avec un grand sourire. Ajoute 6,3 milliards pour nos satellites. L'Allemagne de l'Est, par exemple, vient d'obtenir un prêt de 1,3 milliard pour acheter aux capitalistes des laminoirs, de la technologie informatique et des quantités d'autres choses dont nous avons besoin.

Il éclata de rire, vida son verre et le remplit de nouveau.

— Je ne comprends pas les capitalistes : nous ne cachons pas que nous voulons les détruire et ils nous donnent les moyens de le faire. C'est sidérant. Dans vingt ans, notre dette s'élèvera à soixante, soixante-dix milliards, et ils continueront à nous considérer comme de bons clients puisque nous n'aurons jamais manqué de faire face à nos engagements financiers, en temps de paix, de guerre ou de crise. Tu sais ce que disent les banquiers suisses ? Prêtez un peu, vous avez un débiteur. Prêtez beaucoup vous avez un associé ! Soixante-dix milliards, mon vieux Jacques, et nous les aurons. Nous orienterons leur politique dans le sens qui nous convient et quand nous jugerons le moment venu nous leur porterons le coup de grâce : « Désolés, MM. les banquiers capitalistes et sionistes, nous sommes fauchés, nous ne pouvons plus rembourser, pas même les intérêts. Notre monnaie actuelle ne vaut plus rien, nous la remplaçons par un nouveau rouble, un rouble rouge valant cent de vos dollars...

Souslev éclata de rire avant de poursuivre :

— Aussi riches soient-elles, les banques capitalistes ne pourront résister à une perte brutale de soixante-dix milliards. D'autant que nous choisirons, pour nous déclarer insolvables, l'une de leurs inévitables périodes de récession. Et pris de panique, ils nous supplieront de les tirer du pétrin. Ces crétins méritent de perdre ! s'écria le Russe d'un ton méprisant. Inutile de les combattre, leur cupidité et leur stupidité les font travailler à leur propre destruction.

De Ville acquiesça d'un hochement de tête hésitant. Souslev lui faisait peur. Je dois me faire vieux, se dit-il. Au début, je n'avais aucun mal à croire à la cause des masses, les cris des opprimés me parvenaient clairement. Maintenant... maintenant je les entends moins bien. Pourtant je suis encore engagé, profondément, et je ne regrette rien. La France vivra mieux sous le communisme.

Est-ce certain ?

Je n'en suis pas aussi sûr qu'avant. Quel malheur qu'il faille toujours se raccrocher à un mot en « isme », pensa-t-il. Je serais tellement mieux à me dorer au soleil sur la Côte d'Azur, sans m'occuper de communisme ou de capitalisme.

— Crois-moi, mon vieux, continua Souslev, Staline et Béria furent des génies, les plus grands hommes de notre histoire.

De Ville parvint à masquer sa stupeur. Il se rappelait les horreurs de l'occupation allemande, l'humiliation de la France, et songeait que Hitler n'aurait jamais osé attaquer la Pologne et tout déclencher s'il ne s'était senti garanti sur ses arrières par le pacte de non-agression conclu avec Staline. Sans Staline, il n'y aurait eu ni guerre ni holocauste.

— Mais vingt millions de Russes sont morts, objecta-t-il. Et des millions d'autres hommes.

— Coût modeste, répondit Souslev, échauffé par la vodka. Grâce à Staline et à Béria, nous nous sommes emparés de toute l'Europe du Nord, de la Baltique aux Balkans : Estonie, Lettonie, Lituanie, Tchécoslovaquie, Hongrie, Roumanie, Bulgarie, Pologne, Allemagne de l'Est. Nous sommes en Mongolie extérieure, en Corée du Nord, nous avons des têtes de pont dans le monde entier. L'Opération Lion a brisé l'Empire britannique, les Nations Unies sont devenues une des armes les plus efficaces de notre arsenal.

Il éructa joyeusement avant d'ajouter :

— Et puis il y a Israël. Mon père fut l'un des responsables de ce programme.

— Quoi ? fit de Ville, dont les cheveux se hérissèrent sur la nuque.

— Israël est un coup de maître que nous devons à Staline et à Béria. Qui l'aida, ouvertement et en secret, à se créer ? Qui le reconnut aussitôt ? *Nous*, et pourquoi ? Pour implanter au cœur des pays arabes un cancer qui ne cessera de suppurer, jusqu'à la destruction des deux camps et, avec eux, de la puissance industrielle de l'Occident.

Souslev ricana et considéra d'un regard trouble la vodka qu'il faisait tourner dans son verre. De Ville le haïssait, il aurait voulu lui faire ravaler ses mensonges mais il se savait en son pouvoir. Quelques années plus tôt, « Frederick » avait rechigné à communiquer certains chiffres concernant Struan à une boîte postale de Berlin. Le lendemain, un inconnu lui avait téléphoné *chez lui*, cela ne s'était jamais produit. Bien que le ton fût amical, de Ville avait compris.

Le Russe engloutit sa vodka et s'en servit une autre. Est-ce pour en arriver là que j'ai attendu seize ans, terré dans ma tanière de taupe, sans éveiller les soupçons. Même Suzanne ne sait rien, tout le monde me croit anticommuniste. Grâce à moi, Sevrin pourrait causer la perte de la Chine, comme le veulent Arthur et Souslev, mais est-ce que je le veux encore, moi aussi, maintenant que je connais ces monstres et leur hypocrisie ?

— Mon père m'a raconté qu'à Yalta, quand Roosevelt accepta de nous céder sans contrepartie la Mandchourie et les Kouriles, qui nous assuraient le contrôle des eaux chinoises et japonaises, Staline eut bien du mal à ne pas éclater de rire.

Après un silence, de Ville demanda :

— Et Soljenitsyne ? et les *goulags* ?

— Nous sommes en guerre, nous devons nous occuper des traîtres. Sans un régime de terreur, il est impossible à une minorité d'imposer son pouvoir, Staline le savait bien. C'était un grand...

Le téléphone l'interrompit : une seule sonnerie, suivie, une vingtaine de secondes plus tard, d'une deuxième. Les deux hommes poussèrent un soupir de soulagement : une seule sonnerie signifiait : danger, retraite immédiate. Souslev décrocha, il entendit une respiration puis la voix d'Arthur demandant avec son curieux accent :

— Mr. Lop-sing est-il là ?

— Il n'y a pas de Mr. Lop-*ting*, c'est une erreur.

Après l'échange des autres phrases du code, Arthur fit entendre sa toux sèche, aisément reconnaissable et annonça :

— Je ne peux pas venir ce soir. Est-ce que vendredi trois heures vous conviendrait pour un autre rendez-vous ?

Vendredi signifiait jeudi — le lendemain — mercredi voulait dire mardi, et ainsi de suite. Trois heures signifiait que la rencontre aurait lieu au champ de courses de la Vallée Heureuse, à l'aube.

— Oui, ça ira, répondit Souslev.

Il y eut un déclic et il n'entendit plus que la tonalité.

JEUDI

39

4 h 50

Poon-beau-temps baissa les yeux vers le cadavre à demi nu de John Chen, trempé par une pluie battante, et lâcha un chapelet de jurons. Il avait fouillé méticuleusement les vêtements du mort, il avait passé au tamis des kilos de terre que Kin Pak et Oreilles-de-chien avaient pelletés. En vain.

Avant de quitter la maison, il avait ordonné aux deux jeunes Loups-garous de déposer le corps du vieux Kin dans une ruelle et avait menacé le Grêlé de lui couper la langue s'il gémissait encore sur sa main mutilée. Puis il s'était rendu auprès du Roi des Mendiants de Kowloon City, un cousin éloigné de Wu-quatre-doigts.

— Honorable Roi des Mendiants, cet homme, qui est de nos relations, vient de mourir, avait expliqué Beau-temps au vieillard. Comme il n'a aucune famille, on l'a mis dans la ruelle des Vendeurs de Fleurs. Si tu pouvais nous arranger un enterrement discret, mon Grand Dragon t'en serait reconnaissant.

Après quelques minutes de marchandage courtois, Poon avait versé la somme convenue puis il avait regagné le taxi dans lequel se trouvaient deux de ses hommes et les Loups-garous.

— Maintenant, conduis-nous à John Chen, avait-il ordonné à Kin Pak. Et vite.

— Prends la route de Sha Tin, avait indiqué Kin Pak au chauffeur.

Oreilles-de-chien tremblait sur la banquette arrière, entre les deux hommes de Poon, le reste suivait dans l'autre voiture, avec le Grêlé.

Les deux véhicules avaient pris la direction des Nouveaux Territoires par la route de Sha Tin-Tai Po, qui serpentait entre des villages, des zones d'accueil de réfugiés, des bidonvilles, le long de la voie ferrée conduisant vers la frontière. Çà et là ils étaient passés devant de fertiles jardins maraîchers d'où montait une odeur d'excréments. Juste avant le village de pêcheurs de Sha Tin, ils avaient quitté la grand-route pour tourner à gauche, dans un chemin creusé d'ornières, et s'étaient arrêtés devant un bosquet.

Sous la pluie, la terre dégageait une senteur douceâtre. La pelle sur l'épaule, Kin Pak avait guidé Poon dans les taillis et s'était mis à chercher la « tombe », à la lueur d'une lampe électrique. Cela n'avait pas été facile, dans le noir. Après avoir commencé à creuser deux fois pour rien, Kin Pak s'était souvenu que son père avait marqué l'emplacement avec un rocher en forme de croissant. Ruisselants de pluie, ils avaient cherché et fini par trouver le rocher et s'étaient remis à creuser. Sous la surface, la terre était restée dure et sèche. Quelques minutes leur avaient cependant suffi pour déterrer le cadavre, enveloppé dans une couverture et dégageant une puanteur lourde. La fouille avait alors commencé et n'avait rien donné.

— Tu as envoyé tout le reste à Chen, tu es sûr ? demanda à nouveau Poon-beau-temps, les vêtements trempés, le visage dégouttant de pluie.

— Oui ! répondit le jeune Kin Pak d'un ton hargneux. Fornication ! faut le répéter combien de fois ?

Il était épuisé, ruisselant, et sûr de mourir.

— Enlevez vos vêtements puants, ordonna Poon. Chaussures, chaussettes, tout !

Les Loups-garous obéirent. Kin Pak portait autour du cou, accroché à une ficelle, un morceau de jade porte-bonheur. En Chine, tout le monde ou presque croyait au pouvoir de l'esprit du jade, qui vous empêchait, par exemple, de vous faire mal lorsqu'un dieu maléfique vous faisait tomber. Poon ne trouva rien dans les poches du Loup-garou, à qui il jeta ses habits à la figure d'un geste furieux.

— Remets tes vêtements et rhabille le mort ! Grouille !

Chen avait sur lui près de quatre cents dollars et un bracelet de jade de bonne qualité. L'un des hommes de Poon prit le bijou, son chef empocha l'argent. Quand vint le tour du Grêlé, tous ouvrirent des yeux ronds en découvrant l'épaisse liasse de billets qu'il cachait dans une de ses poches.

— Au nom de la Divine Putain, où t'as trouvé ça ? demanda Poon en abritant l'argent de la pluie.

Kin lui expliqua comment il avait rançonné les déposants de Ho-Pak qui avaient eu la bonne fortune de pouvoir récupérer leur argent.

— Très habile, le complimenta le lieutenant de Wu-quatre-doigts. Comment s'appelle cette vieille ?

— Ah Tam, répondit le Grêlé en tordant ses orteils dans la boue. Sa main mutilée, à présent en feu, lui faisait horriblement mal. Je vous conduirai à elle, si vous voulez.

— La lumière par ici, fornication ! réclama Kin Pak qui s'échinait à rhabiller le cadavre de John Chen. Vous pourriez m'aider, non ?

— Allez-y, acquiesça Poon.

Le Grêlé et Oreilles-de-chien s'accroupirent eux aussi auprès du corps boursouflé que la pluie lavait de sa terre. L'arrière du crâne était couvert de sang mais le visage restait reconnaissable.

— *Ayiiya*, pressons, grogna un des hommes de Poon. Je sens des mauvais esprits rôder dans le coin.

— Sa chemise et son pantalon, ça suffira, décida Beau-temps.

Quand le cadavre fut en partie rhabillé, il examina tour à tour les Loups-garous.

— Maintenant, bande de fils de putains sans mère, lequel de vous a aidé le vieux à tuer ce pauvre fornicateur ?

— Je vous l'ai déjà d..., commença Kin Pak.

Il s'interrompit en voyant les deux autres le désigner du doigt.

— C'est lui, firent en chœur le Grêlé et Oreilles-de-chien.

— M'en doutais, grommela Beau-temps. Étends-toi dans le trou.

— On a un plan pour enlever Chen de la Noble Maison, ça rapportera trois fois plus ! dit Kin Pak précipitamment. Je vais vous expliquer.

Poon-beau-temps hésita un moment puis se rappela les instructions de Quatre-doigts.

— Dans le trou ! brailla-t-il. Le nez dans la terre !

Comprenant qu'il allait mourir, le jeune Loup-garou haussa les épaules. C'est le *joss*, pensa-t-il.

— Je pisse sur ta descendance ! lança-t-il avant de sauter dans la tranchée.

Il s'allongea, prit sa tête entre ses mains et ferma les yeux, résigné à voir s'éteindre la lumière de sa vie. Du néant au néant. Mais il ferait toujours partie de la famille Kin, il vivrait éternellement à travers elle, de génération en génération.

Poon-beau-temps empoigna une pelle et, pour récompenser Kin Pak de son courage, le tua d'un coup. Le Loup-garou mourut sans s'en apercevoir.

— Rebouchez le trou !

Oreilles-de-chien s'empressa d'obtempérer. Beau-temps éclata de rire, le fit trébucher et lui donna un coup de pied pour le punir de sa lâcheté. Oreilles-de-chien tomba dans le trou. Aussitôt la pelle décrivit un arc de cercle dans les mains de Poon et heurta le crâne du Loup-garou, qui s'effondra sur le cadavre de Kin Pak.

Les hommes de Beau-temps ricanèrent.

— Tu joues de la pelle comme les diables d'étrangers jouent au cricket, dit l'un d'eux. Il est mort ?

Sans répondre, Beau-temps se tourna vers Kin-le-grêlé, seul survivant de la bande des Loups-garous. Remarquant une ligne noire autour de son cou, il braqua la torche électrique sur le visage du Grêlé et vit qu'il s'agissait d'une ficelle, dont l'autre extrémité pendait dans son dos. On y avait passé une demi-pièce de monnaie en cuivre qui paraissait ancienne.

— Tous les dieux pètent à la face de Tsao Tsao ! s'exclama Poon, dont le visage s'éclaira d'un sourire. Où t'as trouvé ça ?

— Mon père me l'a donné.

— Et lui, il l'avait trouvée où, petit étron ?

— Il me l'a pas dit.

— Dans les affaires de Premier-Fils Chen, par hasard ?

— Je sais pas, répondit le Grêlé en haussant les épaules. J'étais pas là quand ils l'ont tué. Sur la tête de ma mère, j'ai rien fait !

D'un geste brusque, Beau-temps arracha le cordonnet et ordonna à deux de ses hommes :

— Conduisez-le à la voiture, on l'emmène. Les autres, vous rebouchez le trou et vous effacez soigneusement les traces. Ensuite vous portez le cadavre de John Chen dans le taxi, avec la couverture.

Quelques minutes plus tard, les deux véhicules reprenaient la direction de la route de Sha Tin. Quand ils furent parvenus devant un abri d'arrêt d'autobus, ils stoppèrent, deux hommes descendirent, jetèrent le corps de John Chen dans un coin et placèrent dessus le message préparé par les Loups-garous.

— Pourquoi on fait ça ? Pourquoi tu...

— Parce que Quatre-doigts m'a dit de le faire ! répliqua Poon. Est-ce que je sais, moi ! Tu ferais mieux de la ferm...

Pris dans le faisceau d'un véhicule émergeant du virage, ils se figèrent. Puis, une fois la voiture passée, ils se précipitèrent vers le taxi. L'aube commençait à zébrer le ciel, la pluie perdait de sa violence.

Arraché au sommeil par la sonnerie du téléphone, Armstrong tâtonna dans le noir et décrocha. Sa femme s'agita à côté de lui et s'éveilla à son tour.

— Sergent Tang-po, commissaire. Désolé de vous tirer du lit mais nous avons retrouvé John Chen. Les Loups...

— Vivant ?

— Non. Les Loups-garous ont déposé son cadavre dans un abri-bus, sur la toute de Sha Tin, avec un message.

Après en avoir lu le texte, le sergent expliqua que la police de Sha Tin, prévenue par un voyageur matinal, avait aussitôt bouclé le secteur et alerté la brigade criminelle de Kowloon.

— Envoyez-moi une voiture immédiatement, demanda Armstrong.

Il raccrocha, se frotta les yeux et s'étira. Le sarong qu'il portait se plaqua contre sa poitrine musclée.

— Des ennuis ? dit son épouse en bâillant.

Mary Armstrong avait quarante ans, deux de moins que son mari. Brune, toujours tirée à quatre épingles, elle avait un visage attrayant bien que déjà marqué. Quand Armstrong lui eut répondu, elle s'écria :

— Oh ! le pauvre John ! c'est terrible !

— Je vais faire du thé.

— Je m'en occupe, dit Mary en se levant. Tu prendras ton petit déjeuner ?

— Non, juste une tasse de thé. Tu entends la pluie ? Saleté de temps !

Armstrong alla à la salle de bain, se rasa et s'habilla rapidement. Il eut le temps d'avaler deux gorgées de thé avant que la sonnette de la porte d'entrée ne se fît entendre.

— Je te téléphonerai, promit-il à Mary. Nous pourrions manger un curry chez Singh, ce soir.

— Oui. Oui, si tu veux.

Mary gardait les yeux fixés sur la porte qu'il venait de refermer derrière lui. Ce soir, c'est notre quinzième anniversaire de mariage, je me demande s'il s'en souviendra, pensa-t-elle. Probablement pas. Elle alla à la fenêtre, tira les rideaux et retourna s'asseoir devant sa tasse de thé en songeant à John Chen. Autrefois, elle avait été follement amoureuse de lui. Leur liaison avait duré deux ans, c'était son premier amant. Pauvre John ! se rappela-t-elle. Tyrannisé par son père, il avait fini par accepter d'épouser un laideron, une harpie dont la famille avait de l'argent et des relations. Moi je n'avais rien. J'aurais dû rentrer alors en Angleterre mais je ne savais pas où aller. Je suis restée à Hong-Kong, j'ai travaillé au Colonial Office. Et puis j'ai rencontré Robert... Robert, si bon pour moi. J'ai essayé moi aussi d'être une bonne épouse, j'essaie encore, mais je ne peux pas avoir d'enfant.

Un jour, il y a quelques années, il a appris ma liaison avec John Chen. Il ne m'a jamais posé de questions mais je sais qu'il sait. Pauvre Robert, comme j'ai dû te décevoir ! Pauvre John, comme tu m'as déçue ! Je voudrais être morte moi aussi !

Mary Armstrong se mit à sangloter.

40

7 h 15

— Il va continuer à pleuvoir, prédit Dunross en regardant le ciel couvert, puis la piste déjà détrempée du champ de courses.

— S'il pleut aussi demain, le terrain sera impraticable, samedi, dit Alexi Travkin.

— Qu'en pensez-vous, Jacques ?

— Dieu soit loué pour la pluie, mais il serait dommage d'annuler les courses.

Dunross hocha la tête. Bien que son visage portât des traces de contusion, il avait l'œil vif et clair, il se tenait droit, respirant la confiance en soi. Autour du poteau d'arrivée, d'autres entraîneurs et propriétaires, vêtus comme lui d'un imperméable, examinaient eux aussi le ciel d'un air préoccupé. Les jockeys tenaient la bride haute aux quelques chevaux qu'ils entraînaient car la piste était très glissante. Pilot Fish, le pur-sang de Gornt, avait cependant l'air fringant et paraissait aimer la pluie.

— Même si la pluie s'arrête demain, le terrain sera lourd samedi, déclara Travkin.

L'entraîneur avait les yeux bordés de rouge, les traits tirés.

— Cela augmente les chances de Noble Star? demanda de Ville, les yeux fixés sur la pouliche de Dunross.

— Dieu seul le sait : elle n'a jamais couru sous la pluie.

Travkin avait du mal à se concentrer. L'inconnu du KGB lui avait téléphoné en pleine nuit pour lui demander à brûle-pourpoint de lui dire tout ce qu'il savait de Dunross : ses manies, ses habitudes, les rumeurs circulant à son sujet — tout. Travkin avait obéi. Il était coincé, il le savait ; l'inconnu enregistrerait sans doute ses déclarations puis les soumettrait à une vérification soigneuse. La moindre entorse à la vérité pouvait sonner le glas pour sa femme, ou son fils, ses petits-enfants — à supposer qu'ils existent vraiment.

— Qu'avez-vous, Alexi ? demanda Dunross.

— Rien. Je pensais à l'incendie. D'après la radio, on a déjà dénombré quinze victimes, dont deux enfants. Il faudra plusieurs jours pour établir le nombre exact des morts. Et vous, comment vous sentez-vous ?

— Oh ! parfaitement bien. J'espère que nous n'attraperons pas le croup après notre baignade dans ce bouillon de culture.

Quand le *Dragon flottant* avait soudain basculé, Dunross, Gornt et Peter Marlowe se trouvaient encore dans l'eau. De la vedette, un officier leur avait crié de prendre garde à l'aide du mégaphone et ils s'étaient mis à nager frénétiquement pour se mettre à l'abri. Bons nageurs, Gornt et le Taï-pan étaient parvenus à s'éloigner suffisamment, mais Marlowe, submergé par la vague, avait disparu sous l'eau. Aussitôt Ian avait plongé à sa recherche. Ses doigts avaient accroché la chemise de l'écrivain et s'y étaient cramponnés. Le tourbillon avait aspiré leurs deux corps, qui avaient heurté la coque du bateau. A demi étourdi, Dunross n'avait cependant pas lâché Marlowe, et lorsque le courant les entraînant vers le fond s'était fait moins fort, il avait battu des jambes pour remonter. Les deux hommes avaient refait surface en même temps, Marlowe avait bredouillé des remerciements avant de nager lentement vers la vedette. Le Taï-pan s'était alors rendu compte que le canot de sauvetage s'était retourné, renvoyant à l'eau les personnes qui venaient d'être repêchées. Il avait vu Casey plonger pour secourir quelqu'un, Bartlett remonter avec Christian Toxe.

— Je crois que Gornt est au fond, lui avait dit l'Américain.

Une explosion sous l'eau avait provoqué de nouveaux remous. Casey avait émergé pour emplir ses poumons d'air puis avait replongé. Dunross l'avait imitée, il était descendu jusqu'à la coque du *Dragon*, et avait longé le pont supérieur, à présent presque vertical. Après de vaines recherches, il était remonté et avait rejoint Toxe, accroché à présent à une bouée de sauvetage.

— Tenez bon, Christian... vous êtes sauvé, maintenant.

Pantelant, le journaliste avait bredouillé :

— Ma f... femme... a... coulé.

— Je ne l'ai pas vue. Attendez, je vais demander de l'aide.

Le Taï-pan avait crié en direction de la vedette, d'où plusieurs matelots avaient aussitôt plongé. Casey avait de nouveau refait surface et s'était accrochée au canot renversé, le temps de reprendre sa respiration.

— Ça va ? lui avait demandé Ian.

— Oui... il y a une femme au fond... une Chinoise, je crois. Je l'ai vue couler.

— Avez-vous vu Gornt ?

— Non... il est peut-être...

Casey avait eu un geste en direction de la vedette, puis elle avait replongé. Avec Dunross et Bartlett, elle avait continué à chercher jusqu'à ce que tout le monde fût hissé à bord des sampans mais la femme de Christian Toxe était demeurée introuvable.

En rentrant chez lui, le Taï-pan avait trouvé Penelope endormie.

— Ian ? avait-elle grogné en se réveillant.

— Oui. Rendors-toi, ma chérie.

— Tu t'es bien amusé ?

— Oui. Dors, maintenant.

Et ce matin, il ne l'avait pas réveillée avant de quitter la Grande Maison pour se rendre au champ de courses.

— Gornt s'en est tiré, vous êtes au courant, Alexi ?

— Oui, je l'ai entendu dire. C'est la volonté de Dieu.

— Ce qui signifie ?

— Que sa mort aurait changé bien des choses.

— Elle m'aurait au contraire fort contrarié en m'enlevant le plaisir d'écraser Rothwell-Gornt moi-même.

— Excusez-moi, Taï-pan, fit de Ville avec un hochement de tête vers les tribunes. J'ai un mot à dire à Jason Plumm, je suis censé jouer au bridge avec lui ce soir.

— Rendez-vous pour la « Prière ». Alexi, je vais au bureau, téléphonez-moi à six heures.

— Taï-pan..., commença l'entraîneur.

Il s'interrompit, l'air indécis.

— Quoi ?

— Je... je tiens simplement à vous dire que j'ai beaucoup d'admiration pour vous.

Interloqué, Dunross donna une tape amicale dans le dos de l'émigré.

— Merci. Vous n'êtes pas mal non plus, dit-il avec un grand sourire avant de s'éloigner.

Des larmes de honte montèrent aux yeux de Travkin. Il les essuya du revers de la main et tâcha de concentrer son attention sur Noble Star. Cependant une silhouette placée à la limite de son champ de vision lui fit détourner le regard. Il tressaillit : l'homme du KGB se trouvait dans les tribunes, en compagnie d'un vieux joueur au visage de gnome connu de toute la Colonie. Comment s'appelait-il, déjà ? Clinker !

Jason Plumm, qui se trouvait derrière l'agent du KGB, répondit au signe que lui adressait de Ville et se leva pour aller à sa rencontre. L'homme du KGB porta à ses yeux des jumelles qu'il braqua vers Travkin. L'entraîneur tourna aussitôt la tête en se demandant s'il avait été repéré. Il sait peut-être lire sur les lèvres, pensa-t-il, affolé. Sainte Mère de Dieu ! heureusement que je n'ai pas révélé la vérité au Taï-pan !

Travkin avait la nausée, son cœur battait à tout rompre. Il regarda autour de lui pour se donner une contenance et recouvrer son calme. Richard Kwang parlait avec fougue à un groupe de Chinois qu'il ne connaissait pas ; Linbar Struan et Andrew Gavallan, appuyés contre la balustrade, discutaient avec Rosemont et d'autres Américains du consulat dont il ignorait le nom ; près des vestiaires, Donald McBride s'entretenait avec d'autres commissaires des courses, dont Sir Shitee T'Chung, Pugmire et Roger Crosse. McBride salua Dunross de la main et l'invita à s'approcher. Quelques mètres plus loin, Brian Kwok attendait le directeur de la SI.

Maîtrisant l'envie qu'il avait de courir vers eux et de leur parler de l'homme du KGB, Travkin se tourna vers son premier *mafoo* :

— Rentre les chevaux et veille à ce qu'on les sèche avant de les nourrir.

L'entraîneur se dirigea d'un pas lent vers les vestiaires. Du coin de l'œil, il vit que son maître chanteur l'observait à la jumelle.

— Ah ! Ian, nous pensons que si la pluie continue demain, il faudra annuler la réunion. Vous êtes d'accord ? Nous annoncerions la nouvelle demain à dix-huit heures.

— Je propose que nous attendions jusqu'à samedi matin, dix heures.

— N'est-ce pas un peu tard ? demanda Pugmire.

— Pas si les commissaires préviennent les journalistes de la radio et de la télé.

— Bonne idée, approuva Crosse.

— Alors c'est réglé, décréta Ian. Rien d'autre ? J'ai une réunion dans une demi-heure.

— Taï-pan, je suis terriblement navré pour hier soir, dit Shitee avec embarras.

— Ce midi, à la réunion du Conseil, nous pourrions suggérer au gouverneur d'instituer une réglementation très sévère en matière de lutte contre les incendies, répondit Dunross.

— Tout à fait d'accord, dit Crosse. C'est un miracle que nous en ayons réchappé.

— Vous voulez fermer les restaurants ? protesta Pugmire, qui avait des intérêts dans deux d'entre eux. Cela nuirait au tourisme. On ne peut pas rajouter d'issues de secours, il faudrait tout revoir !

— Le gouverneur pourrait ordonner que les cuisines soient installées dans des barges amarrées le long des bateaux-restaurants, proposa le Taï-pan.

Tous les yeux se fixèrent sur lui.

— Ian, vous êtes un génie ! s'exclama Shitee.

— Nous aurions dû y penser avant, soupira Dunross. Pas de chance pour Zep, et la femme de Christian. On a retrouvé son corps ?

— Pas encore.

— Tous les membres de la délégation s'en sont sortis, Pug ?

— Tous, sauf Sir Richard Pennyworth. Le pauvre a heurté un sampan de la tête en tombant.

— Superfoods s'en est tiré lui aussi. Il paraît que ce cher « Appelez-moi-donc-Chuck » a été le premier à détaler.

— Je ne sais pas, répondit Pugmire, mal à l'aise... Je, j'ai entendu dire que Casey et Bartlett se sont très bien comportés. Il faudrait peut-être leur décerner une médaille.

— Proposez-le donc, dit Dunross, pressé de partir. Plus rien d'autre ?

— Ian, vous devriez voir un médecin. Il y a dans la baie des bestioles qu'on n'a même pas encore découvertes.

— C'est fait. Après la baignade, j'ai emmené Bartlett et Casey chez le docteur Tooley — il a failli avoir une attaque quand je lui ai raconté que nous avions fait trempette dans le port d'Aberdeen. Il nous a administré sans nous prévenir un puissant émétique qui nous a instantanément retourné l'estomac. Je lui aurais botté le derrière si je n'avais pas été trop occupé à jouer des coudes pour arriver le premier aux toilettes. Il nous a ensuite bourrés de pilules de toutes les couleurs. D'après lui, nous risquons pour le moins d'attraper une gastro-entérite, la dysenterie ou la peste, conclut Dunross en feignant la terreur.

— J'ai pensé à une collecte pour les familles des victimes, dit Shitee.

— Excellente idée. Le Club hippique devrait aussi verser sa contribution. Cent mille ?

— C'est très généreux, non ? dit Pugmire.

— Cent cinquante mille, répliqua Dunross. La Noble Maison donnera la même somme. Donald, consultez les autres commissaires.

Pugmire rougit, les autres se turent.

— Réunion terminée ? reprit le Taï-pan. Alors bonne journée, messieurs.

Il souleva son chapeau et s'éloigna. Crosse quitta lui aussi le groupe, fit signe à Kwok de le rejoindre et prit le sillage de Dunross.

— Ian !

— Oui, Roger ?

En arrivant à la hauteur du Taï-pan, le policier annonça :

— Nous avons reçu confirmation de l'arrivée de Sinders par le vol BOAC de demain. Nous nous rendons directement de l'aéroport à la banque, si cela vous convient.

— Le gouverneur nous accompagnera ?

— Je le lui demanderai. Vous avez été informé de la levée du séquestre sur *Eastern Cloud* ?

— Oui, merci. J'ai reçu hier un télex de Delhi. Dites, Brian, vous vous souvenez de votre pari sur les nichons de Casey ?

— Euh, oui, pourquoi ? dit le policier en rougissant sous le regard de son supérieur.

— Je ne sais pas si ce sont les plus beaux de Hong-Kong mais ils auraient une bonne chance de remporter la palme.

— Alors, c'est vrai, elle était nue ?

— Lady Godiva plongeant à la rescousse ! A demain.

Crosse et Kwok regardèrent Dunross s'éloigner. A la sortie de l'hippodrome, un agent de la SI attendait pour le prendre en filature.

— Il mijote quelque chose, murmura Crosse.

— Je suis de votre avis, monsieur.

Le directeur de la SI se tourna vers son subalterne :

— Vous avez l'habitude de faire des paris sur les glandes mammaires des dames ?

— Non, monsieur. Désolé.

— J'aime mieux cela. Attendez-moi ici, dit Crosse en se dirigeant vers le groupe des commissaires.

Il les rejoignit au moment où Pugmire chuchotait en observant à la dérobée Adryon et Martin Haply :

— Qu'est-ce que ce salaud fait avec la fille du Taï-pan ?

— Rien de bon, c'est sûr, répondit quelqu'un.

— Ce type ne cause que des ennuis, marmonna Pugmire. Je ne comprends pas pourquoi Toxe le garde. Parce qu'il est socialiste, sans doute !

— Allons, Pug, Toxe est un gars bien, intervint Shitee. Comme certains socialistes, d'ailleurs. Mais je suis de votre avis, il devrait vider Haply.

Tous les membres du groupe murmurèrent leur

assentiment. Chacun d'eux avait été la cible des attaques du journaliste. Quelques semaines plus tôt, par exemple, il avait écrit une série d'articles dénonçant les zones obscures des affaires de Sir T'Chung et laissant entendre que divers hauts fonctionnaires du gouvernement auraient touché des pots-de-vin en échange de menus services.

C'était aussi Haply qui avait révélé les détails de la fusion de Hong-Kong General Stores avec Superfoods et insinué que Pugmire en tirerait un profit bien supérieur à celui des autres actionnaires, à peine consultés sur les conditions de l'opération.

— J'aimerais savoir d'où ce saligaud tire ses informations, dit Pugmire.

Crosse observait les lèvres des deux jeunes gens qui, pour l'instant, regardaient les chevaux en silence.

— Curieux qu'il s'intéresse à cette fille... Struan est la seule grande compagnie à laquelle il ne se soit pas encore attaqué.

— Alors, d'après vous, le tour de Struan est venu et Haply soutire des renseignements à Adryon ?

Tout excités, les commissaires suivaient du regard le Taï-pan, qui se dirigeait vers les deux jeunes gens.

— Il va peut-être lui flanquer une volée, comme à l'autre, gloussa Pugmire.

— Quel autre ? demanda Shitee T'Chung.

— Comment, vous n'êtes pas au courant ? Il y a deux ans, un jeune cadre de la Vic fraîchement débarqué d'Angleterre s'était mis à tourner autour d'Adryon, alors âgée de seize ans — peut-être dix-sept. Lui en avait vingt-deux, il s'appelait Byron et se prenait pour une réincarnation du poète. La pauvre fille en devint toquée et Ian dut intervenir. Comme le type insistait, il l'invita à Shek-O, l'emmena dans sa salle de gymnastique, lui fit mettre des gants — c'était une sorte de colosse qui se piquait de connaître la boxe — et lui infligea une véritable correction. Une semaine plus tard, la banque le réexpédiait en Angleterre.

Dunross escalada les marches des tribunes avec agilité et s'arrêta près de sa fille.

— Bonjour, chérie, tu es matinale.

— Oh ! bonjour, papa, fit Adryon, surprise. Je ne t'avais pas vu, qu'est-ce que tu t'es fait au visage ?

— Je suis rentré dans un autobus. Bonjour, Haply.

— Bonjour, monsieur, répondit le journaliste en se levant à demi.

— Tu es tombée du lit ? reprit Dunross en s'asseyant près de sa fille.

— A vrai dire, nous ne nous sommes pas couchés de la nuit.

Ravalant les trente-six questions qui lui vinrent aussitôt à l'esprit, Dunross dit simplement :

— Tu dois être fatiguée. Vous fêtiez quelque chose ?

— Non. En fait, ce pauvre Martin a des problèmes, expliqua Adryon en posant la main sur l'épaule du jeune homme.

— De quel genre ?

Le journaliste expliqua que Toxe, cédant aux pressions du propriétaire du journal, avait annulé sa série d'articles.

— Ce salaud nous a laissés tomber, il a joué les censeurs. Pourtant j'ai raison, j'en suis sûr !

— Quelle prétention ! Comment pouvez-vous en être aussi sûr ?

— Désolé, je ne puis révéler mes sources.

— Les journalistes ont le droit de garder pour eux leurs sources d'information. Cela fait partie de la liberté de la presse.

Haply posa sur les genoux d'Adryon une main que la jeune fille recouvrit de la sienne.

— La ruée sur Ho-Pak a été provoquée artificiellement, affirma-t-il.

— Pour quelle raison ?

— Je n'en sais rien mais Gor... — mais certains taï-pans sont dans le coup.

— Gornt est dans le coup ? fit Dunross, les sourcils froncés.

— Je n'ai prononcé aucun nom.

— Que doit faire Martin, père ? Donner sa démission ou ravaler son dégoût et...

— Je ne pourrais pas.

— Laisse parler papa.

— Deux choses, répondit Dunross. D'abord retourner au journal, Christian aura besoin de toute votre aide.

— De mon aide ?

— Sa femme est morte. Vous l'ignoriez ?

Ian résuma rapidement aux jeunes gens les événements de la nuit.

— Mon Dieu..., je n'ai pas écouté la radio, murmura Haply. Nous avons passé la nuit à danser, à parler... Je file au journal ! décida-t-il en se levant.

— Je te dépose, proposa Adryon.

— Et la seconde chose, Taï-pan ?

— Deuxièmement, n'oubliez pas que le propriétaire d'un journal a le droit d'en faire ce qu'il veut. Mais il est, comme tout le monde, sensible aux arguments, et aux pressions. En l'occurrence, on peut se demander qui l'a persuadé de passer un savon à Christian...

Le visage du journaliste s'éclaira.

— Merci ! cria-t-il en entraînant Adryon en bas des gradins. Dunross regarda les deux jeunes gens s'éloigner, la main dans la main, poussa un soupir et descendit à son tour.

Roger Crosse, qui avait suivi la conversation en lisant sur les lèvres du Taï-pan, se tourna vers Kwok :

— Inutile de rester ici plus longtemps, Brian. Venez.

— Je me demande si Robert a trouvé quelque chose sur la route de Sha Tin. Ces foutus Loups-garous vont flanquer une trouille du diable à toute...

Kwok s'arrêta soudain en remarquant Souslev et

Clinker parmi les turfistes qui avaient bravé la pluie pour assister à l'entraînement.

— Je ne l'aurais jamais cru en état de se lever aussi tôt, dit le commissaire.

— Oui, c'est curieux.

Crosse fronça les sourcils, hésita puis se dirigea vers eux en tâchant de lire sur leurs lèvres.

— Autant aller bavarder avec lui, reprit-il. Ah ! ils nous ont vus, et Clinker ne semble pas avoir beaucoup de sympathie pour nous.

Le Russe accrocha un sourire à ses lèvres, sortit une flasque de sa poche, but une lampée, et la tendit à Clinker.

— Merci, mon pote, j'aime que la bière, répondit le vieux cockney en regardant les policiers s'approcher. Ça schlingue, dans le coin, tu trouves pas ? ajouta-t-il à voix haute.

— Bonjour, Clinker, dit Crosse d'un ton froid. Bonjour, capitaine. Sale temps, n'est-ce pas ?

— Nous sommes vivants, *tovaritch*, ce qui fait que toutes les journées sont belles, répondit Souslev, fidèle au personnage bonhomme qui lui servait de couverture. On courra samedi ?

— Probablement. Nous prendrons une décision samedi matin. Combien de temps resterez-vous parmi nous ?

— Pas longtemps, mais la réparation du gouvernail n'avance pas vite.

— J'espère que ce ne sera pas trop long. Nous devenons tous nerveux lorsque nos hôtes de marque ne bénéficient pas d'un service rapide. J'en toucherai un mot au capitaine du port.

— Merci, c'est très... très aimable à vous.

Souslev hésita, se tourna vers Clinker et dit :

— Tu m'excuses un moment, mon vieux ?

— J't'en prie. Les bourriques me font mal aux seins.

Brian Kwok le fusilla du regard mais le vieux gnome n'en parut pas le moins du monde effrayé.

— J'vais à la bagnole, déclara-t-il en s'éloignant.

— Très aimable aussi à vos services de nous avoir rendu le corps de notre pauvre camarade Voranski, reprit Souslev. Avez-vous trouvé les assassins ?

— Non, malheureusement. Il pourrait s'agir de tueurs à gages venant de n'importe où. Naturellement, si votre ami n'avait pas débarqué en grand secret, il travaillerait encore efficacement, j'en suis sûr, pour... pour les services qui l'employaient.

— C'était un simple marin. Je croyais qu'on était en sécurité à Hong-Kong.

— Avez-vous transmis les photos des assassins à vos supérieurs du KGB ?

— Je ne suis pas du KGB, je pisse sur le KGB ! Oui, j'ai transmis... à mes supérieurs. Voranski était un excellent homme, il faut découvrir ceux qui l'ont tué.

— Nous les trouverons, assura Crosse avec désinvolture. Saviez-vous que votre Voranski était en réalité le major Youri Bakyan, du Département 6 du KGB ?

Le capitaine parut stupéfait.

— Pour moi, c'était simplement un ami, qui faisait le voyage avec nous de temps en temps.

— Qui en décidait, capitaine ?

Souslev se tourna vers Kwok, qui le regarda avec une mine de dégoût.

— Pourquoi vous mettre en colère ? Qu'est-ce que je vous ai fait ? demanda le Russe.

— Pourquoi vos maîtres sont-ils si voraces, en particulier quand ils regardent la Chine ? répliqua Kwok.

— La politique ! soupira Souslev avec une mimique amère. Moi je ne me mêle pas de politique.

— Vous ne faites que cela ! Quel est votre grade au KGB ?

— Je n'ai rien à voir avec le KGB !

— Si vous vous montriez un peu plus coopératif, nous pourrions nous entendre, intervint Crosse. Qui décide de la composition de votre équipage, capitaine Souslev ?

Le Russe le regarda à travers ses paupières mi-closes.

— Je peux vous dire un mot en particulier ?

— Certainement, répondit Crosse. Attendez ici, Brian.

Souslev descendit les gradins jusqu'à la pelouse, Crosse suivit.

— Que pensez-vous des chances de Noble Star ? demanda le capitaine d'un ton jovial.

— Plutôt bonnes mais elle n'a jamais couru sur terrain lourd.

— Et Pilot Flash ?

— Regardez-le : il adore la pluie. Il sera favori. Vous pensez être encore ici samedi ?

Souslev sourit en s'appuyant contre la balustrade.

— Pourquoi pas ?

— Pourquoi pas, en effet, dit Crosse.

Certain que personne désormais ne pouvait les entendre, il ajouta :

— Vous êtes un excellent acteur, Gregor.

— Vous aussi, camarade.

— Vous prenez un risque énorme, vous ne croyez pas ? dit Crosse, en remuant à peine les lèvres.

— La vie est un risque. Le Centre m'a ordonné d'assurer l'intérim jusqu'à l'arrivée du remplaçant de Voranski : il y a des décisions importantes à prendre au cours de cette escale, notamment en ce qui concerne Sevrin. De toute façon, Arthur en a décidé ainsi, comme vous le savez.

— Je m'interroge parfois sur sa sagacité.

Les yeux du Soviétique se plissèrent quand il sourit.

— Moi pas. Oh ! non. Je suis content de vous voir, Crosse. J'ai des tas de choses à vous dire. Le Centre est satisfait de votre travail de cette année.

— Qui est le salaud qui a informé A.M.G. de l'existence de Sevrin ?

— Nous l'ignorons, mais nous le découvrirons. Considérez-le dès maintenant comme un homme mort.

— Quelqu'un a vendu plusieurs de mes agents à la RPC, et la fuite ne peut venir que du dossier A.M.G. Qui d'autre que vous, à bord de l'*Ivanov*, a lu mon exemplaire ? Un traître s'est infiltré parmi vos hommes !

Souslev blêmit :

— Je vais procéder immédiatement à un contrôle, mais c'est peut-être à Washington ou à Londres qu'il faudrait chercher.

— J'en doute... Non, c'est de Hong-Kong que vient la fuite : pensez à Voranski.

— Vous avez prévu un moyen de filer, en cas d'urgence ?

— Plusieurs, même.

— J'ai ordre de vous fournir toute l'aide nécessaire. Vous voulez vous réfugier à bord de l'*Ivanov* ?

Crosse réfléchit avant de répondre :

— Je veux d'abord prendre connaissance des dossiers. Ce serait dommage de ne pas attendre un peu, après toutes ces années...

— Je suis de votre avis.

— C'est facile, pour vous : si vous êtes pris, on vous expulsera en vous priant poliment de ne plus revenir, mais moi, si je suis découvert...

— Ils ne vous prendront pas, vous êtes trop malin, assura Souslev en allumant une cigarette. Vous avez quelque chose pour moi ?

— Vous voyez ce grand type, là-bas, près de la balustrade ?

Le Russe porta ses jumelles à ses yeux et observa un moment les chevaux avant d'examiner brièvement l'homme indiqué par Crosse.

— C'est Stanley Rosemont, de la CIA, reprit le Britannique. Vous savez que ses services vous filent ?

— Oui. Je peux les semer quand je veux.

— A côté de lui, c'est Ed Langan, du FBI, et le barbu, c'est Mishauer, des services de renseignement de la Marine américaine.

— Mishauer ? Ce nom me dit quelque chose. Vous avez un dossier sur lui ?

— Pas encore mais un Américain du consulat vit une belle histoire d'amour avec le fils d'un de nos éminents avoués chinois. A votre prochain voyage, il sera tout disposé à satisfaire vos moindres requêtes.

— Excellent, jubila Souslev, qui regarda de nouveau rapidement les trois Américains pour graver leurs traits dans sa mémoire. Quel est son boulot, à ce Rosemont ?

— Chef de station adjoint. C'est un ancien de l'OSS, entré à la CIA il y a quinze ans. En plus du consulat, leur organisation a une douzaine d'autres couvertures commerciales à Hong-Kong et des planques un peu partout. J'en ai envoyé une liste sur micropoint au 32.

— Bien. Le Centre réclame justement une surveillance accrue de toutes les activités de la CIA.

— Pas de problème, ils sont d'une telle négligence ! Ils disposent pourtant de crédits de plus en plus importants.

— Le Vietnam ?

— Le Vietnam, bien sûr. Ces idiots ne se doutent pas de ce qui les attend. Ils s'imaginent pouvoir combattre dans la jungle en reprenant les tactiques de la seconde guerre mondiale ou de la guerre de Corée.

— Ils ne sont pas tous idiots, objecta Crosse. Rosemont, par exemple, est un type remarquable. A ce propos, ils connaissent l'existence de la base aérienne d'Iman et savent presque tout de Petropavlosk, la nouvelle base de sous-marins de l'île Sakhaline...

— Comment est-ce possible ?

— Il y a toujours des traîtres, répondit Crosse avec un léger sourire.

— Pourquoi êtes-vous agent double, Roger ?

— Pourquoi me posez-vous cette question à chacune de nos rencontres ?

Souslev soupira. On lui avait expressément ordonné de ne pas poser de questions à Crosse et de lui accorder toute l'aide requise. Bien qu'il fût responsable de tout le secteur Extrême-Orient, Souslev ne connaissait l'identité de Crosse que depuis un an. Au KGB, on entourait cet agent secret du secret le plus absolu, car on le jugeait aussi important qu'un Philby. Mais Philby lui-même ignorait que Crosse travaillait pour le KGB depuis sept ans.

— Parce que je suis curieux, répondit le Soviétique.

— Ne vous a-t-on pas ordonné de ne pas l'être, camarade ?

Le capitaine éclata de rire :

— Ni vous ni moi n'obéissons tout le temps, non ? Le Centre a beaucoup apprécié votre dernier rapport et m'a chargé de vous informer que votre compte en Suisse serait crédité d'une prime de cinquante mille dollars le 15 du mois prochain.

— Ce n'est pas une prime, c'est en paiement de la marchandise livrée, fit observer Crosse.

— Quels renseignements la SI possède-t-elle sur la délégation parlementaire ?

L'agent double répéta à Souslev ce qu'il avait dit au gouverneur puis demanda :

— Pourquoi cette question ?

— Simple routine. Trois de ses membres peuvent devenir des hommes très importants : Guthrie, Broadhurst et Grey. Nous manœuvrons actuellement pour faire entrer ces deux derniers dans notre Conseil mondial de la Paix. Leurs sentiments anti-chinois nous aident. Quant à Guthrie, nous aimerions que vous le fassiez filer : il a peut-être de mauvaises habitudes. Si on pouvait le prendre en photo avec une fille de Wanchai, par exemple...

— Je verrai ce qu'on peut faire.

— Vous avez quelque chose sur les meurtriers de Voranski ?

— Non, mais je finirai par les avoir. Apparemment, Voranski était repéré depuis un moment — c'est inquiétant pour nous.

— Vous pensez au Kuomintang ou aux salopards de Mao ?

— Je n'en sais rien. Ni les uns ni les autres ne portent la Russie dans leur cœur, répondit Crosse avec un sourire sardonique.

— Les Chinois ont trahi la cause du communisme. Il faut les écraser avant qu'ils ne deviennent trop forts.

— C'est de la politique ?

— C'en est depuis Genghis Khan, ricana Souslev. (Du pouce, il indiqua Brian Kwok.) Pourquoi ne vous débarrassez-vous pas de ce *matyersyebyets* ? Il ne me plaît pas du tout.

— C'est un bon policier, j'ai besoin d'hommes connaissant leur métier. Informez le Centre que Sinders, du MI-6, arrive demain de Londres pour prendre livraison des dossiers. Le MI-6 et la CIA pensent que A.M.G. a été assassiné. C'est vrai ?

— Aucune idée. En tout cas, il aurait dû l'être depuis longtemps. Vous réussirez à obtenir une copie des documents ?

— Je ne sais pas mais je suis à peu près sûr que Sinders me laissera en prendre connaissance avant son départ.

— Sinon ?

— Sinon, nous trouverons un autre moyen, répondit le directeur de la SI en haussant les épaules.

— Dunross ?

— Uniquement en dernier ressort. Il est trop précieux là où il est et où je peux le garder sous les yeux. Et Travkin ?

— Vos informations m'ont été très utiles, je l'ai à ma botte, maintenant. Il fera tout ce que nous lui ordonnerons, même tuer Dunross, au besoin.

— Qu'y avait-il de vrai dans ce que vous lui avez raconté ?

— Pas grand-chose.

— Sa femme est vivante ?

— Mais certainement, *tovaritch*.

— Elle ne vit pas dans sa propre *datcha* ?

— Maintenant, si.

— Et avant ?

— Je lui ai raconté ce qu'on m'avait ordonné de dire.

Crosse alluma une cigarette et demanda :

— Que savez-vous de l'Iran ?

— Qu'il fait partie des huit grands objectifs qu'il nous reste à atteindre et qu'une opération capitale s'y déroule actuellement.

— Le 92e régiment aéroporté américain se trouve en ce moment même sur la frontière irano-soviétique.

— Quoi ?

Crosse exposa au capitaine tout ce que Rosemont lui avait confié de l'opération *Coup-à-blanc*. Lorsqu'il en vint aux armes nucléaires dont disposeraient les forces américaines, Souslev perdit ses couleurs.

— Sainte Mère de Dieu ! Un jour, ces maudits Américains commettront une erreur qui créera une situation inextricable ! Ils sont fous de jouer avec de telles armes.

— Vous avez les moyens de riposter ?

— Pas encore, répondit le Russe d'un ton agacé. Fondamentalement notre stratégie consiste à ne pas affronter directement l'Amérique avant qu'elle ne soit complètement isolée. Dans les circonstances actuelles, un affrontement direct serait un suicide pour nous. Je transmets immédiatement la nouvelle au Centre.

— Faites-leur bien comprendre que, pour les Américains, il s'agit seulement d'un *coup à blanc*. Retirez immédiatement vos forces, ne fournissez pas aux Américains de prétexte pour intervenir et ils quitteront l'Iran dans quelques jours.

Crosse se tut et regarda autour de lui. Kwok attendait dans les gradins, à demi assoupi ; Rosemont et ses collègues observaient Souslev à la dérobée ; Jacques de Ville faisait quelques pas avec Jason Plumm.

— Vous avez parlé à Jason ? demanda Souslev. Que vous a-t-il dit au sujet de de Ville ?

— Il doute qu'il devienne un jour Taï-pan. C'est aussi mon sentiment, après notre rencontre d'hier soir : il est trop faible, ou trop peu motivé. Les taupes qu'on laisse trop longtemps sans rien faire perdent souvent de leur enthousiasme, c'est l'ennui. J'ai bien peur qu'il ne soit pas capable de remplir sa mission.

— Que comptez-vous faire de lui ?

— Je n'ai pas encore pris de décision.

— Le faire passer de la catégorie « interne » à celle de « condamné » ?

— Seulement si vous-même ou d'autres membres du réseau Sevrin êtes menacés.

A l'intention d'éventuels curieux, Souslev porta la flasque à ses lèvres puis l'offrit à Crosse, qui secoua la tête. Le Britannique savait qu'elle ne contenait que de l'eau.

— J'ai une idée, reprit le capitaine. Nous intensifions nos activités au Canada, où le Mouvement séparatiste francophone nous ouvre d'immenses possibilités. Une sécession du Québec bouleverserait toute l'Amérique du Nord. Je me demandais si de Ville ne pourrait pas prendre la direction des intérêts de Struan au Canada.

— Pourquoi pas ? dit Crosse en souriant. J'aime bien Jacques, ce serait dommage de le sacrifier. Oui, votre idée est ingénieuse.

— D'autant qu'avant la guerre il a connu à Paris des Canadiens importants, tous séparatistes et de gauche. Ces hommes font aujourd'hui partie d'un mouvement qui devient une force politique de premier plan au Canada.

— Vous lui demanderiez de se mouiller ?

— Non. Il pourrait aider les séparatistes sans se compromettre lui-même grâce à sa position de directeur d'une importante filiale de Struan. Et si l'un de ses amis devenait ministre des Affaires étrangères, ou même Premier ministre...

— C'est possible ? Détacher le Canada des États-Unis serait un coup de maître, murmura Crosse, admiratif. Vous ne trouvez pas, Pietr Oleg Mzytryk ?

— Qui vous a appris mon vrai nom ? demanda le Russe, interdit.

— Vos supérieurs, répondit le directeur de la SI, dont le regard se fit soudain plus dur. Vous connaissez mon identité, je connais la vôtre — c'est juste, non ?

— Oui... bien sûr, convint « Souslev » avec un rire forcé. Il y a si longtemps que je n'emploie plus ce nom... je l'avais presque oublié.

— Séparons-nous, maintenant. Je raconterai que j'ai essayé de vous acheter et que vous avez refusé. Rendez-vous demain matin au 7, à dix heures.

Sept était le nom de code de l'appartement voisin de celui de Ginny Fu, à Mong Kok.

Crosse indiqua discrètement le groupe de Rosemont et ajouta :

— Avant de partir, donnez-moi quelque chose pour eux.

— Entendu. Demain, je...

— Non, tout de suite ! si je n'ai pas accès à la copie de Sinders, il faudra que je marchande avec eux.

— Vous me jurez de ne divulguer vos sources à personne ?

— Promis.

— Bon. Cette nuit, un de nos agents prendra livraison de matériel ultra-secret en provenance du porte-avions nucléaire. Ça vous va ?

— Parfait ! C'est pour cela que vous êtes à Hong-Kong ?

— Entre autres.

— Où et quand s'effectuera la livraison ?

Souslev répondit aux deux questions puis exigea :

— Pour ce prix-là, il me faut une copie de tous les dossiers !

— Naturellement, Rosemont aura une dette envers moi. Depuis combien de temps votre agent se trouve à bord du porte-avions ?

— Deux ans — ou plutôt, cela fait deux ans qu'il travaille pour nous.

— La marchandise est bonne ?

— Tout ce qu'il nous fournit est intéressant.

— Quels sont ses tarifs ?

— Pour cette livraison ? Deux mille dollars. Il n'est pas cher — aucun de nos agents ne l'est, vous excepté.

— Ah ! mais je suis votre meilleur agent dans toute l'Asie, je l'ai prouvé cinquante fois, répondit Crosse avec un sourire sans chaleur. Jusqu'à présent, j'ai travaillé quasiment pour le plaisir.

— Vous nous ruinez ! Pour moins de huit mille dollars par an, nous avons accès aux plans de bataille, aux codes, etc., de l'O.T.A.N.

— Ces amateurs tuent le métier... Faites-nous donc un petit numéro en partant, je sens des jumelles braquées sur nous.

Souslev se mit à jurer en russe en agitant son poing sous le nez de Crosse puis s'éloigna d'un pas vif.

Sur la route de Sha Tin, Robert Armstrong regardait le cadavre de John Chen, que des policiers trempés venaient de porter dans l'ambulance.

— La pluie a effacé toutes les traces, lui annonça le sergent Lee.

— Continuez à chercher autour de l'abri-bus et envoyez un homme au village le plus proche : quelqu'un a peut-être remarqué quelque chose.

Le commissaire essuya son visage ruisselant, passa devant les barrières contre lesquelles se pressait une foule de curieux et retourna à sa voiture. Il ferma la portière, décrocha le micro.

— Ici Armstrong. Passez-moi l'inspecteur principal Donald Smyth, à East Aberdeen...

Il attendit quelques instants avant d'obtenir Smyth puis lui expliqua la situation.

— Mes hommes continuent à ratisser le secteur, mais, avec cette pluie, ils ne trouveront sans doute rien. Quand les journalistes entendront parler du cadavre de John Chen et du message, nous serons débordés. Il faut arrêter la vieille *amah* immédiatement, elle est notre seule piste. Tu la surveilles toujours ?

— Certainement.

— Alors, attends-moi, j'arrive. Je veux perquisitionner chez elle, préparez une équipe.

— Tu seras long ?

— Il me faudra bien deux heures : c'est embouteillé d'ici à la gare du ferry.

— Chez nous aussi, mais pas seulement à cause de la pluie. De nouvelles queues se sont formées devant les agences de la Ho-Pak, de la Victoria — en fait devant toutes les succursales d'Aberdeen et, selon un rapport, près de cinq cents personnes sont déjà massées devant le siège central de la Vic.

— Bon dieu ! C'est là que sont mes maigres économies.

Armstrong entendit le Serpent s'esclaffer.

— Je t'avais prévenu, mon vieux ! A propos, si tu as des Struan, dépêche-toi de les vendre : j'ai entendu dire que la Noble Maison va s'effondrer.

41

8 h 29

Claudia prit la pile de notes et de lettres placées dans la corbeille du courrier en partance et la feuilleta rapidement. A la fenêtre, la pluie et les nuages obscurcissaient la vue mais la température était agréable après la chaleur moite des dernières semaines. La pendule ancienne montée sur un cadran d'argent sonna la demie de huit heures.

Sandra Yi entra, posa un paquet de documents sur le bureau du Taï-pan en précisant :

— Le projet de contrat avec Par-Con est au-dessus, Sœur-aînée. Voici la liste de ses rendez-vous pour la journée — du moins ceux que je connais. Le commissaire Kwok a téléphoné il y a dix minutes, dit-elle en rougissant sous le regard appuyé de Claudia. C'est au Taï-pan qu'il voulait parler, pas à moi.

— Mais j'espère que toi, tu lui as parlé, Petite-sœur, que tu as poussé de profonds soupirs, dit Claudia en cantonais. Il faut lui mettre le grappin dessus avant qu'une petite bouche onctueuse d'un autre clan ne l'accapare.

— Nous dînons ensemble demain, avoua Sandra.

— Très bien. Sois réservée, habille-toi de façon stricte... mais ne mets pas de soutien-gorge, comme Orlanda.

— Vous croyez vraiment ? demanda la jeune fille, un peu choquée.

— Pour l'Honorable Jeune Étalon, certainement. Il a un nez, celui-là !

— Mon astrologue m'a prédit une année exceptionnellement bonne.

— Ah ! très bien, fit Claudia distraitement en examinant la liste de rendez-vous. Linbar dans quelques minutes... Sir Basilio à huit heures quarante-cinq... Quand il arrivera...

— Sir Luis est déjà là. Je lui ai donné les journaux du matin et une tasse de café.

Les deux femmes tournèrent la tête quand Dunross entra.

— Bonjour, Taï-pan, dit Claudia, tandis que Sandra Yi sortait du bureau. Votre ligne directe a sonné deux fois.

C'était un numéro non répertorié que seuls connaissaient les membres de sa famille et quelques personnes triées sur le volet. Nul autre que Ian n'avait le droit de décrocher.

— Bonjour. Annulez tous mes rendez-vous jusqu'à midi sauf Linbar, Sir Luis et la banque. Assurez-vous que tout est en ordre pour le départ de Penn et Kathy — Gavallan la conduit à l'aéroport. Mais, d'abord, appelez Tung l'avare... et aussi Lando Mata, demandez-lui si je peux le voir aujourd'hui, de préférence à dix heures vingt, après l'ouverture de la Bourse, au Coffee Place. Vous avez vu ma note pour Zep ?

— Je m'en occupe. L'assistant du gouverneur a téléphoné pour savoir si vous seriez à la réunion de ce midi.

— Oui, répondit Dunross en décrochant un combiné.

Claudia sortit pendant qu'il composait un numéro.

— Penn ? Tu voulais me parler.

— Oui, mais je ne t'ai pas téléphoné si c'est cela que tu veux dire. En tout cas je suis heureuse de t'avoir. Je viens d'apprendre la nouvelle de l'incendie... et je... je ne savais plus si tu étais rentré hier soir ou si j'avais rêvé. J'étais terriblement inquiète. Ah tat m'a dit que tu étais parti de bonne heure, mais je ne me fie pas à cette vieille sorcière, elle divague, parfois. Cela a dû être horrible.

— Non, pas vraiment. Je te raconterai en détails en te conduisant à l'aéroport. (L'interphone bourdonna.) Excuse-moi... Oui, Claudia ?

— Le commissaire Kwok sur la deux. Il dit que c'est important.

— Bon. Penn, il faut que je te quitte, à tout à l'heure. Au revoir, chérie... Quoi d'autre, Claudia ?

— L'avion de Bill Foster, en provenance de Sydney, est encore retardé d'une heure. Mr. Havergill et John-john confirment leur rendez-vous de neuf heures trente. J'ai entendu dire qu'ils sont à la banque depuis six heures du matin.

— Mauvais, marmonna Ian. Il y avait déjà la queue devant leur siège quand je suis arrivé.

— La Vic ne peut pas faire faillite, n'est-ce pas ? demanda la secrétaire d'une voix anxieuse.

— Si la Vic saute, nous sautons tous, répondit le Taï-pan avant d'enfoncer le bouton de la ligne deux. Salut Brian, c'est à quel sujet ?

Le policier lui apprit la découverte du cadavre de John Chen.

— Les salauds ! Vous avez prévenu Phillip ?

— Non, je voulais d'abord vous avertir.

— Merci. Écoutez, je vais à la réception du gouverneur, ce soir à sept heures, mais ce sera terminé vers dix heures trente. Nous pourrions prendre un verre ensemble.

— Bonne idée. Au Quance bar de l'hôtel Mandarin ?

— A onze heures moins le quart ?

— Entendu. A propos, j'ai donné des instructions pour que votre *tai-tai* n'attende pas aux services d'immigration. A ce soir.

A peine Dunross avait-il raccroché que le téléphone sonnait de nouveau.

— Lando Mata sur la deux, Taï-pan, fit la voix de Claudia.

— Lando ? bonjour. Est-ce qu'on pourrait se voir à dix heures vingt ?

— Naturellement.

— Vous avez parlé à l'Avare ?

— Oui, il arrive par le prochain ferry.

— J'aurai peut-être besoin de votre aide aujourd'hui.

— Ian, nous en avons discuté hier soir. Je croyais vous avoir...

— Il faut que vous me souteniez, dit Dunross en durcissant le ton.

Après un long silence, le Portugais répondit :

— Je... j'en parlerai à l'Avare.

— Faites-le, mais je voudrais savoir *maintenant* si vous me soutenez ou non.

— Vous avez reconsidéré notre offre ?

— Lando, je vous demande une réponse.

Après un autre silence, Mata dit d'une voix nerveuse :

— Je vous la donnerai à dix heures vingt. Désolé, Ian, mais je dois vraiment parler d'abord à l'Avare. A tout à l'heure.

Le Taï-pan raccrocha en murmurant :

— *Diou ne lo mo* sur toi, Mata mon vieil ami.

De nouveau, le téléphone se remit aussitôt à sonner.

— Le gouverneur en ligne, Taï-pan...

— Bonjour, Excellence.

— Ian, excusez-moi de vous déranger, je voudrais vous parler de l'incendie. Le ministre est furieux de la mort de Sir Pennyworth et met en cause nos règlements de sécurité. Il faut nous attendre à ce qu'il y ait des remous.

Dunross exposa son idée d'installer les cuisines sur des barges et l'attribua à Shitee T'Chung.

— Astucieux, commenta Sir Geoffrey. Grey, Broadhurst et les autres ont déjà demandé à me rencontrer pour protester contre les insuffisances de notre réglementation. D'après mon assistant, Grey ne décolérait pas — à juste titre, peut-être. Quoi qu'il en soit, il ne manquera pas de jeter de l'huile sur le feu, si je puis dire. Demain, il tient une conférence de presse avec Broadhurst, qui est devenu le doyen de la délégation depuis la mort de Sir Charles. Dieu sait ce qui peut nous tomber sur la tête s'ils se mettent à parler de la Chine !

— Demandez au ministre de leur clouer le bec.

— C'est déjà fait, et vous savez ce qu'il m'a répondu : « Grand dieu ! Geoffrey, empêcher un député de parler ? Ce serait pire que de mettre le feu au Parlement. » Aussi ai-je pensé que vous pourriez calmer Mr. Grey. Il sera votre voisin à la réception de ce soir.

— Je ne crois pas que ce soit une bonne idée. C'est une sorte d'excentrique, ce bonhomme.

— Ian, je vous serais reconnaissant d'essayer quand même. Vous êtes le seul à qui je peux confier cette tâche, Quillan ne réussirait qu'à le braquer davantage. Si vous l'invitiez samedi aux courses ?

Dunross pensa à Peter Marlowe.

— Invitez-le plutôt dans votre loge avec les autres, je me chargerai de lui par ailleurs.

— Très bien. Autre chose : Roger m'a demandé d'être à la banque demain à six heures, pour la remise des documents.

— Vous connaissez personnellement Sinders ?

— Oui, pourquoi ?

— Je voulais simplement m'en assurer, répondit Dunross qui enchaîna aussitôt, sur un ton détaché : la Victoria est en difficulté ?

Sir Geoffrey hésita presque imperceptiblement avant de s'exclamer :

— Seigneur Dieu ! pas le moins du monde. Quelle idée ! Merci, Ian, le reste peut attendre jusqu'à ce soir.

Le Taï-pan raccrocha en fronçant les sourcils. Mauvais signe, cette hésitation, se dit-il. Si quelqu'un connaît vraiment la situation, c'est bien lui. A la réunion de huit heures, tous les membres du Conseil intérieur — Jacques, Gavallan, Linbar — s'étaient déclarés convaincus que la Vic soutiendrait Struan jusqu'au bout, mais il leur avait demandé :

— Et dans le cas contraire ?

— C'est impensable, voyons !

— Dans le cas contraire ? avait répété Dunross.

— Gornt ne poursuivra peut-être pas son offensive après la nuit dernière.

— Il continuera à vendre. Que faisons-nous ?

— Il faut trouver le moyen de l'arrêter, ou de remettre nos échéances. Sinon...

Impossible d'obtenir un délai de Toda ou d'Orlin, pensa Ian. Sans l'aide de la banque ou de Mata, même l'accord avec Par-Con ne suffira pas à arrêter Quillan. Il a toute la journée d'aujourd'hui et celle de demain pour vendre, vendre, vendre, et je ne peux même pas achet...

— Maître Linbar, Taï-pan.

— Faites-le entrer.

Le jeune homme pénétra dans le bureau, referma la porte derrière lui.

— Tu as près de deux minutes de retard, lui fit observer Dunross.

— Vraiment ? Désolé.

— Il est impossible de diriger soixante-trois compagnies sans avoir des collaborateurs ponctuels. Si cela se reproduit, ta prime annuelle sautera.

— Désolé, marmonna Linbar en rougissant.

— Je veux que tu prennes la direction de notre filiale de Sydney à la place de Bill Foster.

Le visage du jeune homme s'éclaira.

— Cela me plairait beaucoup. J'ai toujours rêvé d'être à la tête d'un secteur que je dirigerais seul.

— Bien. Alors tu partiras demain par le vol Qantas...

— Demain ? Impossible ! Il me faudra au moins deux semaines pour...

— Je veux que tu partes demain, reprit le Taï-pan avec une douceur qui fit blêmir Linbar. Tu resteras quinze jours là-bas et tu rentreras me faire un rapport. Compris ?

— Compris... j'aurais voulu voir la course de Noble Star, samedi.

— Samedi, tu seras en Australie. Foster n'a pas réussi à mettre la main sur Woolara Properties, ce qui fait que nous n'avons pas d'affréteurs pour nos navires. Et sans affréteurs, nos accords bancaires sont nuls et non avenus. Tu as deux semaines pour réparer ce fiasco.

— Et si je ne réussis pas ?

— Ne me fais pas perdre de temps, tu connais la réponse. En cas d'échec, tu ne feras plus partie du Conseil intérieur. Et si tu ne prends pas l'avion demain, tu ne feras plus partie de Struan aussi longtemps que je serai Taï-pan.

Linbar ouvrit la bouche pour protester mais se ravisa.

— Bien, dit Dunross. Si tu réussis, je doublerai ton salaire.

Le jeune homme continua à le regarder fixement en silence.

— C'est tout, tu peux partir.

Après le départ de Linbar, le Taï-pan se leva, alla à la fenêtre et s'absorba un moment dans la contemplation de la pluie. Il aurait voulu être dehors, à bord d'une vedette, ou mieux, au volant de sa voiture, fonçant un peu trop, prenant les virages de plus en plus vite, l'esprit complètement vide. La sonnerie de sa ligne directe le ramena dans son bureau.

— Penn ?

— Mr. Dunross ? fit une voix inconnue.

— Oui. Qui êtes-vous ? demanda Ian, avec appréhension.

— Je m'appelle James Kirk. Je suis un ami de Mr. Alan Medford Grant...

Dunross faillit lâcher l'appareil. A.M.G. avait fait partie des rares personnes connaissant ce numéro et Ian lui avait recommandé de ne le communiquer à personne sauf circonstances exceptionnelles.

— ... Il m'a demandé de vous téléphoner dès mon arrivée à Hong-Kong. J'espère que je ne vous dérange pas.

— Pas du tout.

— Je dois vous remettre un paquet et un message. Euh, ma femme et moi sommes ici pour trois jours et, euh, nous pourrions peut-être nous rencontrer.

— Certainement. Où êtes-vous descendus ? demanda Ian en s'efforçant de garder un ton calme.

— Aux Neuf Dragons, à Kowloon, chambre 455.

— Quand avez-vous vu Alan pour la dernière fois, Mr. Kirk.

— Avant notre départ, il y a, euh, deux semaines. Oui, deux semaines. Nous avons visité Singapour et l'Indonésie. Pourquoi ?

— Est-ce que cet après-midi vous conviendrait ? Navré, mais je ne suis pas libre avant quinze heures vingt.

— Ce sera parfait.

— Je vous enverrai une voiture.

— Non, c'est, euh, inutile. Nous trouverons bien vos bureaux.

— J'insiste : mon chauffeur passera vous prendre à quatorze heures trente, dit le Taï-pan avant de raccrocher, l'air songeur.

La pendule sonna neuf heures moins le quart. Claudia frappa, ouvrit la porte et annonça :

— Sir Luis Basilio.

— Je me fous de ce que vous pensez à Londres ! rugissait Johnjohn dans le téléphone à la banque Victoria. Je vous dis que nous avons sur les bras un début de ruée. Je... Quoi ? Parlez plus fort la liaison est mauvaise !... Ça m'est complètement égal qu'il soit une heure et demie du matin chez vous. D'ailleurs, où étiez-vous fourré — voilà des heures que j'essaie de vous joindre !... L'anniversaire de qui ?... Dieu-tout-puissant ! soupira Johnjohn, qui fit un effort pour se calmer. Écoutez, vous allez filer dès demain matin à l'hôtel de la Monnaie pour leur dire que leur foutue colonie risque de se retrouver sans argent... Allô ? Allô ?... Oh ! ce téléphone !

Il raccrocha d'un geste exaspéré, enfonça le bouton de l'interphone.

— Miss Mills, on a coupé, rappelez Londres immédiatement.

— Bien, Mr. Johnjohn, répondit une voix très calme, très anglaise. Mr. Dunross est ici.

Le banquier regarda sa montre : 9 h 33.

— Bon dieu ! grommela-t-il. Annulez l'appel pour le moment, je vais le recevoir.

Il se leva précipitamment, s'approcha de la porte, prit une profonde inspiration et ouvrit avec une décontraction affectée.

— Désolé de vous avoir fait attendre, mon cher Ian. Comment allez-vous ?

— Très bien. Et vous-même ?

— A merveille.

— A merveille ? vous m'étonnez. Il doit bien y avoir six à sept cents clients impatients qui font déjà la queue dehors, une demi-heure avant l'ouverture.

— Rien d'inquiétant, déclara Johnjohn. Vous voulez boire un café ou passer directement chez Paul ?

— Allons tout de suite chez Paul.

Johnjohn conduisit Ian le long d'un couloir recouvert d'un épais tapis.

— Non, rien d'inquiétant, répéta-t-il. Simple réaction d'affolement provoquée par des rumeurs. Vous savez comme les Chinois sont superstitieux !

— Pourtant j'ai entendu dire qu'on fait la queue devant toutes les banques de la Colonie, excepté celle de la RPC.

Le directeur adjoint de la Vic partit d'un rire jaune.

— Nos amis communistes réagiraient différemment : face à une ruée, ils enverraient la troupe.

— Alors il y a bien ruée ?

— Sur la Ho-Pak, pas sur nous. En tout cas, nous sommes loin d'avoir pris autant de risques que Richard Kwang. Il paraît qu'il a vraiment prêté de l'argent dans des conditions douteuses, et on murmure que la Ching Prosperity n'est pas mieux lotie. En l'occurrence, Beau-sourire ne l'aurait pas volé après toutes les combines dans lesquelles il a trempé.

— Stupéfiants ?

— C'est ce qu'on dit.

Johnjohn salua d'un signe de tête la vieille secrétaire anglaise, poussa la porte portant l'inscription : PAUL HAVERGILL Vice-président, et fit entrer Dunross dans une vaste pièce aux boiseries de chêne dont les fenêtres donnaient sur la place.

Havergill se leva de son immense bureau en disant :

— Bonjour, mon cher Ian. Navré de n'avoir pu vous recevoir hier. Comment allez-vous après toutes ces émotions ?

— Ça va, je crois. Pour l'instant. Et vous ?

— J'ai la courante. Dès notre retour à la maison, Constance et moi avons avalé une bonne dose de l'Élixir du docteur Colicos, un remède mis au point pendant la guerre de Crimée pour soigner les milliers de soldats britanniques atteints de typhoïde, de dysenterie ou du choléra.

— Un remède de cheval ! Tooley nous en a donné aussi.

— Pas de veine pour la femme de Toxe.

— On a retrouvé son corps ce matin, coincé sous un pilier, dit Johnjohn d'un air sombre. Si je n'avais pas eu un « ticket rose » ce soir-là, Mary et moi serions venus à la réception.

Avoir un ticket rose signifiait sortir sans sa femme, avec son autorisation bienveillante.

— Qui était l'heureuse élue ? demanda Havergill en souriant.

— J'ai joué au bridge avec McBride, au club.

— La discrétion est une vertu cardinale pour un banquier, déclara le vice-président. Que puis-je faire pour vous, Ian ?

— Je veux cent millions de crédit supplémentaires pour trente jours.

Les deux cadres de la Victoria regardèrent le Taï-pan en silence et Ian crut discerner une lueur amusée dans l'œil de Havergill.

— Impossible, affirma ce dernier.

— Gornt a lancé une attaque contre nous, c'est l'évidence même. Si la banque nous accorde ouvertement un soutien total, il n'osera pas poursuivre l'offensive et nous n'aurons même pas besoin de cet argent. Tout ce qu'il me faut, c'est une promesse d'aide. Maintenant.

Il y eut un autre silence, que Johnjohn finit par rompre :

— C'est une grosse somme, Ian, dit-il avec embarras. Où en êtes-vous avec Par-Con ?

— Nous signons mardi.

— Vous pouvez faire confiance à cet Américain ? demanda Havergill.

— Nous avons conclu un accord.

— La Victoria ne tient pas à se retrouver malgré

elle au cœur de la bataille. Il paraît que Gornt bénéficie de soutiens financiers extérieurs — allemands, d'après les rumeurs. Nous ne pouvons pas courir le risque d'un affrontement avec un consortium de banques allemandes, mon cher Ian. Vous avez déjà épuisé votre crédit à renouvellement automatique et il vous faudra payer lundi les cinq cent mille actions que vous avez achetées hier. Désolé, c'est non.

— Soumettez la question au Conseil d'administration, répliqua Dunross, qui savait pouvoir y triompher de l'opposition de Havergill.

— Entendu. Je la soumettrai... à la prochaine réunion.

— Dans trois semaines ? Non, il faut convoquer une réunion extraordinaire.

— Navré, il n'en est pas question.

— Pourquoi ?

— Je n'ai pas d'explication à vous donner, rétorqua Havergill d'un ton cinglant. Bien que nos deux affaires aient d'importants intérêts communs, Struan n'est pas propriétaire de la banque. C'est à moi seul qu'il revient de décider des réunions extraordinaires.

— Et d'accorder des crédits. En fait, vous n'avez nul besoin du Conseil d'administration pour me donner satisfaction.

— Je présenterai votre requête à la prochaine réunion. Aviez-vous autre chose à me dire ?

Le Taï-pan maîtrisait à grand-peine son envie de rabattre le caquet de son adversaire.

— Il me faut cet argent pour soutenir notre cote, dit-il.

— Bien sûr, et il vous faut celui de Par-Con pour régler Toda et rembourser en partie Orlin. A ce propos, je crois savoir qu'Orlin ne renouvellera pas votre crédit et que vous devrez vous acquitter totalement de votre dette dans un délai de trente jours, comme le prévoit le contrat.

— D'où tenez-vous cela ?

— Du président en personne. Je lui ai téléphoné hier pour lui demander...

— Quoi ?

— Naturellement, mon cher, fit Havergill, ravi de la stupeur de Dunross et de Johnjohn. Nous sommes vos banquiers, nous avons le droit de nous renseigner. Notre réputation serait également compromise si vous veniez à faire faillite.

— Vous faites tout pour que cela se produise !

Le vice-président alluma une cigarette en prenant son temps.

— Nous n'avons aucun intérêt à ce qu'une grande entreprise de Hong-Kong fasse naufrage — la Noble Maison moins que toute autre. Ne vous inquiétez pas : le moment venu, nous interviendrons, nous achèterons vos actions.

— Quand jugerez-vous le moment venu ?

— Quand votre cote aura atteint un certain niveau.

— Lequel ?

— Je dois y réfléchir.

Le Taï-pan se savait battu mais il n'en laissait rien paraître.

— Autrement dit, vous attendrez qu'elle s'effondre et vous prendrez le contrôle de Struan pour une bouchée de pain.

— Lorsque vous avez décidé de transformer la Noble Maison en société par actions, Alastair et moi vous avons mis en garde contre les dangers d'une telle opération. Vous auriez peut-être dû écouter nos conseils — comme vous auriez peut-être dû nous consulter avant d'acheter cette énorme quantité de parts. Quillan pense vous avoir coincé, et il est vrai que vous l'êtes un peu. Mais rassurez-vous, nous ne laisserons pas la Noble Maison faire faillite.

— Hong-Kong sera un endroit beaucoup plus agréable lorsque vous en serez parti, lança Dunross en se levant.

— Vraiment ? Je reste au poste de vice-président

jusqu'au 23 novembre, et la Colonie pourrait bien être débarrassée de vous avant cette date !

— Vous ne croyez pas..., intervint Johnjohn.

— Vous entrerez en fonction le 24 novembre, le coupa Havergill. Si tant est que l'assemblée générale annuelle confirme votre nomination. D'ici là, c'est moi qui dirige la Victoria.

— N'en soyez pas si sûr, répliqua le Taï-pan avant de sortir.

— Vous devez convoquer une réunion extraordinaire ! dit Johnjohn, furieux. Vous devez...

— La question est réglée, vous m'entendez ? Réglée ! Nous devons penser d'abord à nos propres problèmes. Je serais surpris que ce salaud parvienne à s'en sortir, cette fois. Struan a trop longtemps fait la loi chez nous, le moment est venu de récupérer les actions qu'elle possède à la Victoria.

— Ce n'est pas...

— Nous ne sommes pas une institution charitable, nous sommes une entreprise qui cherche à gagner de l'argent ! J'ai toujours considéré votre ami Dunross comme un gros risque financier. A présent, il a le dos au mur, et si je peux aider à le couler, je le ferai !

Les yeux sur le cadran de sa vieille montre de gousset, le médecin prenait le pouls de Fleur Marlowe. Cent trois, calcula-t-il en reposant sur la couverture le poignet fragile et fiévreux. Peter Marlowe sortit de la salle de bain de son appartement.

— Comment était-ce ? lui demanda le docteur Tooley, le type même du beau vieillard, avec des cheveux clairsemés et un nez proéminent.

— Juste des crampes et un peu de liquide. Comment te sens-tu, ma chérie ? dit l'écrivain à sa femme, étendue pâle et défaite sur le lit.

— Ça va, merci Peter.

— Ma petite dame, vous avez un peu de fiè..., commença le docteur de sa voix bourrue et amicale.

— Pardon, l'interrompit Fleur en se levant. Je crois que... Elle se précipita vers la salle de bain.

— Alors ? chuchota Peter au médecin.

— Elle a le pouls agité, fiévreux. C'est peut-être seulement une gastro-entérite.

— Pas de risque d'hépatite ?

— Impossible à dire pour le moment : l'incubation dure six ou huit semaines. Tous ceux qui ont fait le plongeon en sont menacés, j'en ai peur. Quant à la typhoïde, il ne devrait pas y avoir de problème avec les piqûres que je vous ai faites.

— Et le bébé ?

— Une fausse couche est à craindre si les crampes empirent, répondit Tooley à voix basse. Il vaut mieux que vous soyez prévenu. Désolé, mais je ne peux rien faire. Dieu sait quels virus et quelles bactéries prolifèrent dans ce bouillon de culture ! Voilà un siècle que le port d'Aberdeen sert d'égout à la Colonie.

— Nous risquons tous de tomber malades ? Nous avons tous dû avaler un peu d'eau — impossible de faire autrement.

— Disons que sur la cinquantaine de personnes qui ont plongé, cinq seront gravement malades, cinq n'auront rien du tout, le reste oscillant entre les deux. Question de *joss*... Je vais vous prescrire un nouvel antibiotique mais continuez à prendre ce bon vieil Élixir du docteur Colicos, il vous remettra les tripes en place. Surveillez attentivement l'état de votre femme, prenez régulièrement sa température.

Des gémissements se firent entendre de l'autre côté de la porte de la salle de bain.

— Ne vous en faites pas, dit le docteur d'un ton hésitant. Je repasserai ce soir vers six heures.

Tooley se dirigea vers la porte mais semblait incapable de se décider à partir. De la salle de bain, Fleur Marlowe l'appela d'une voix faible :

— Docteur... s'il... s'il vous plaît...

Il entra, referma derrière lui. Il flottait dans la petite pièce une puanteur dont il ne parut pas s'apercevoir.

— Je... c'est..., balbutia la jeune femme, interrompue par de nouvelles crampes.

Le médecin lui posa une main sur le dos, l'autre sur le ventre, et se mit à masser doucement les muscles abdominaux endoloris.

— Là, laissez-vous aller, je ne vous lâcherai pas... Vous devez être du même âge que ma cadette. J'ai trois filles, l'aînée a deux enfants... Détendez-vous, la douleur va partir.

— Ça... va mieux, dit-elle.

Elle mentait, il le savait. Il lui épongea le front, l'aida à se lever et l'essuya comme un bébé. Le papier montrait des traces de sang mais il n'y avait pas encore hémorragie. Il la fit s'appuyer sur le rebord du lavabo, prit une serviette sèche et la noua autour de son ventre.

— Rien de tel contre les coliques, assura-t-il. C'est un truc que je tiens de mon grand-père, major dans l'Armée des Indes. Vous êtes très courageuse, tout ira bien. Prête ?

— Oui. Excusez-moi pour...

Tooley ouvrit la porte et, avec l'aide de Peter, porta la jeune femme dans son lit. Il la considéra un moment d'un air soucieux et finit par dire :

— Je crois qu'il vaut mieux vous mettre en clinique un jour ou deux.

— Mais...

— Vous n'avez rien de grave mais il faut songer au bébé, n'est-ce pas ? Deux jours de repos et vous serez sur pied ! affirma le médecin d'un ton bougon qui rassura l'écrivain et sa femme. Je m'occupe de votre admission et je reviens dans un quart d'heure. Ne vous inquiétez pas pour l'argent, Hong-Kong sait être généreuse avec ses jeunes visiteurs.

Après le départ de Tooley, Peter s'assit au chevet de Fleur.

— Rien de tout cela ne serait arrivé si je n'avais pas insisté pour que nous allions à cette réception, murmura-t-il, l'air misérable.

— Comme tu dis toujours, c'est le *joss*, fit la jeune femme avec un pâle sourire.

42

10 h 01

Orlanda Ramos ouvrit la porte de son appartement, se débarrassa de son parapluie dégouttant de pluie et, radieuse, invita Bartlett à entrer :

— *Minha casa é vossa casa.* Ma maison est la vôtre.

— Vous en êtes sûre ? demanda l'Américain avec un sourire.

— Ah ! cela reste à voir, répondit-elle d'un ton badin en ôtant son imperméable. C'est une vieille coutume portugaise que d'offrir... sa maison. N'ayez pas peur de mouiller le couloir, mon *amah* essuiera.

Linc trouva la salle de séjour accueillante, féminine et de bon goût. Orlanda ferma la porte et ouvrit les portes-fenêtres d'un petit balcon donnant sur Kotewall Road. Elle habitait au huitième étage d'un des immeubles de Rose Court.

— Il pleut toujours à seaux, ici ? demanda Bartlett.

— C'est encore pire avec un vrai typhon. Il peut tomber jusqu'à quarante centimètres d'eau en une journée, ce qui provoque des glissements de terrain dans les zones d'accueil de réfugiés.

Du balcon, il découvrit de hautes constructions bâties au bord de routes dévidant leur ruban dans la montagne. Par moments, la pluie laissait apercevoir au loin la ligne de la côte.

— On se croirait en avion, dit-il. Quand le ciel est dégagé, la vue doit être splendide.

— On peut voir tout Kowloon. Avant la construction des Tours Sinclair — ces bâtiments, devant vous — c'était le plus beau panorama de Hong-Kong. Vous savez que ces tours appartiennent à Struan ? Je crois que Dunross les a fait construire malgré l'opposition de Quillan, qui possède l'appartement-terrasse de cet immeuble — ou qui le possédait, du moins.

— Ce mauvais tour a dû revenir cher au Taï-pan.

— Pas du tout. A Hong-Kong, un immeuble est amorti en trois ans. L'immobilier, voilà le pactole !

— Si je me fixais ici, où me conseilleriez-vous d'habiter ?

— Ici, à mi-pente. Plus haut, il fait toujours humide, les murs suintent et tout moisit.

Orlanda enleva son foulard, secoua sa chevelure et s'assit sur le bras d'un fauteuil, les yeux fixés sur le dos de son invité. Il se retourna et dit :

— De toute beauté. Comme vous.

— Merci, mon bon monsieur. Café ?

— Avec plaisir. C'est un Quance ? demanda-t-il en regardant un tableau accroché au mur.

— Oui. Quillan me l'a offert.

— J'aimerais mieux connaître la peinture...

Il allait ajouter « Casey est une experte » mais se retint à temps et suivit Orlanda dans la cuisine. C'était une grande pièce très bien équipée.

— On dirait une photo de *Maisons et jardins*, commenta-t-il.

— C'était une idée de Quillan — il adore manger et faire la cuisine. C'est lui qui a dessiné les plans de l'appartement, le reste, c'est mon œuvre, mais je dois reconnaître que je lui dois beaucoup en matière de goût.

— Vous regrettez cette rupture ?

— Oui et non. C'est le *joss*, répondit-elle avec un calme qui le toucha. D'ailleurs, cela n'aurait pas pu durer. Pas ici.

Une vague de tristesse l'envahit mais elle la chassa aussitôt et s'affaira devant la machine à expresso, d'une propreté étincelante.

— Comme vous le voyez, Quillan m'a transmis sa manie de l'ordre. Mon *amah*, Ah Fat, n'a pas du tout les mêmes conceptions, elle me rend folle !

— Elle habite ici ?

— Bien sûr mais elle fait les courses en ce moment. Sa chambre se trouve au bout du couloir. Faites le tour de l'appartement, si vous voulez, j'en ai pour une minute.

Bartlett fit rapidement la visite des lieux puis revint silencieusement à la cuisine et observa Orlanda. Il aimait la regarder. Ce matin, il l'avait réveillée par un coup de téléphone pour lui rappeler de consulter un médecin et après l'avoir remercié, elle lui avait proposé de prendre le petit déjeuner avec elle. Œufs Bénédict et toasts tout en haut du Mandarin, en compagnie d'une femme drôle et aimant rire, féminine et sûre d'elle, qui lui donnait une sensation de virilité et de puissance. Pendant le repas, elle avait posé sur son bras une main aux doigts effilés dont le contact l'avait profondément troublé.

Après l'avoir raccompagnée, il avait proposé de monter prendre un café, et il était là, sur le seuil de la cuisine, à l'admirer dans sa jupe en soie et sa blouse ample, serrée autour de sa taille fine.

Bon dieu ! fais gaffe, mon gars ! se dit-il.

— Oh ! vous êtes là ? je ne vous avais pas entendu. Tenez, c'est prêt.

Bartlett prit sa tasse, but une gorgée.

— Excellent !

— C'est Quillan qui m'a appris à — décidément, je ne cesse de parler de lui. Excusez-moi, il... il a été le premier homme dans ma vie, le seul, en fait.

— Vous ne me devez aucune explication, Orlanda.

— Je le sais, mais j'ai envie de me confier à vous. Je n'ai pas d'amis véritables, je n'ai jamais parlé de Quillan à quiconque. Vous, c'est... c'est différent... Et puis, j'oubliais : désormais, je suis sous votre responsabilité ! s'exclama la jeune femme en battant des mains.

— Comment cela ?

— Vous m'avez sauvé la vie, vous êtes intervenu dans mon *joss*, et puisque vous avez pris la place des dieux, vous héritez aussi leurs responsabilités. A présent, selon la coutume chinoise, vous devez vous occuper de moi jusqu'à ma mort !

— Je suis votre homme ! repartit Linc du même ton joyeux.

— Vous êtes trop galant, je n'ai pas l'habitude. Je vous libère officiellement de vos obligations !

— Je n'ai peut-être pas envie d'être libéré.

Linc vit les yeux d'Orlanda s'agrandir. Il avait la gorge nouée, le cœur battant. Il tendit la main vers la chevelure soyeuse, lourde et sensuelle. Premier contact, première caresse. Un frisson et ils se retrouvèrent lèvres à lèvres. La main de Linc descendit vers la poitrine de la jeune femme, dont il sentit la chaleur à travers la soie. Elle frissonna de nouveau et tenta faiblement de se dégager mais il la maintint contre lui. Elle interrompit le baiser sans toutefois chercher à s'écarter.

— Linc, murmura-t-elle, les yeux fermés, la voix rauque.

Il se pencha pour l'embrasser de nouveau mais elle se déroba.

— Attends, Linc...

Il posa sa bouche sur son cou, la sentit réagir et essaya une nouvelle fois de l'embrasser.

— Attends. D'abord...

— D'abord un baiser, ensuite j'attendrai !

Elle rit, la passion retomba aussitôt, et Bartlett se traita de tous les noms pour avoir commis cette erreur. Leurs regards s'affrontèrent. Au moment où il allait donner libre cours à la colère qui avait succédé en lui au désir, elle l'enlaça et l'embrassa puis approcha sa bouche de son oreille.

— Tu es trop fort pour moi, chuchota-t-elle. Trop fort, trop attirant, trop gentil.

Elle lui caressa la nuque et le regarda en disant :

— Tout à l'heure... peut-être.

— Bon, feignit de capituler Bartlett.

Il essaya à nouveau de l'embrasser mais elle lui mit un doigt sur les lèvres.

— Mr. Bartlett ! s'écria-t-elle en jouant l'indignation. Tous les Américains sont comme vous ?

— Non, répondit-il aussitôt.

— Je sais, dit-elle, sérieuse cette fois. C'est de cela que je voulais vous parler. Café ? proposa-t-elle en s'éloignant de lui.

Elle alla remplir les tasses sous le regard de Bartlett, qui se demandait comment reprendre ses travaux d'approche.

— Allons dans le salon, décida Orlanda.

Il l'accompagna, passa un bras autour de sa taille et elle ne protesta pas. Il se laissa tomber dans un des fauteuils.

— Venez vous asseoir ici, dit-il en tapotant le bras du siège.

— Pas maintenant. D'abord je veux vous parler.

Avec un petit rire timide, elle s'installa en face de lui, sur le sofa tendu de velours bleu nuit.

— Linc, je ne vous connais que depuis quelques jours et... je ne suis pas une femme facile.

Elle rougit et, devançant les commentaires de Bartlett, poursuivit aussitôt :

— C'est vrai. Quillan a été le seul homme dans ma

vie, je ne veux plus de liaison, je ne veux pas repasser par tout cela. J'ai appris à vivre sans amour. J'ai été follement amoureuse de Quillan, je ne le suis plus. J'avais dix-sept ans quand... quand tout a commencé, j'en ai vingt-cinq maintenant. Tout est fini depuis trois ans, je ne suis amoureuse ni de lui ni de quiconque. Désolée mais je ne suis pas du genre à me payer du bon temps, comme on dit.

— Je ne l'ai jamais pensé, mentit Bartlett en maudissant sa malchance. Pour qui me prenez-vous ?

— Pour un type bien, mais en Asie, une femme apprend vite que les hommes ne veulent qu'une seule chose : coucher avec elle. Je ne suis pas une coucheuse, Linc, même si je suis Eurasienne. Vous comprenez ce que j'essaie de vous expliquer ?

— Bien sûr : bas les pattes, répondit-il sans réfléchir.

Orlanda pâlit et parut prête à fondre en larmes.

— Si c'est ce que vous avez voulu comprendre..., murmura-t-elle en se levant.

— Orlanda ! je n'ai pas cherché à vous blesser, dit Bartlett en s'élançant vers elle.

— Linc, je ne joue ni les mijaurées ni les allumeuses, je...

— J'ai compris, fit-il d'une voix douce en la prenant dans ses bras.

— Oh ! je suis si heureuse ! Un moment j'ai cru... Vous ne m'en voulez pas ? demanda-t-elle avec un regard innocent.

— Que cherchez-vous au juste, Orlanda ?

— Je... je peux seulement vous dire ce que je ne cherche pas, répondit Orlanda d'une petite voix. Je ne suis pas une Marie-couche-toi-là.

— Je le sais. Bon sang, qu'est-ce qui vous a mis cette idée dans la tête !

Voyant que les larmes lui montaient aux yeux, il ajouta :

— Ne pleurez pas, vous n'avez aucune raison de pleurer.

Elle s'écarta de lui, ouvrit son sac et en sortit un mouchoir.

— *Ayiiya*, je me conduis comme une gamine, une sainte-nitouche. C'était si soudain, je ne m'attendais pas à... je me suis laissée aller...

Elle prit une profonde inspiration avant de murmurer :

— Piètres excuses.

— Je les refuse, de toute façon, dit Bartlett en riant.

— D'ordinaire, je sais faire face à ce genre de situation. J'ai eu droit à tout l'éventail des avances, j'ai une méthode pour les repousser avant même qu'elles ne soient clairement formulées, mais avec vous... Presque tous les hommes que je rencontre pensent à la même chose.

— Quel mal y a-t-il à cela ?

— Aucun, mais c'est pénible de traverser une pièce, un restaurant sous des regards qui vous déshabillent. Je me demande comment un homme réagirait. Vous, par exemple, quelle impression cela vous ferait de vous sentir examiné, détaillé par toutes sortes de femmes : les grand-mères à dentier, les harpies à perruque, les grosses, les laides, les vulgaires ? de savoir qu'elles vous arrachent mentalement vos vêtements, qu'elles vous caressent les fesses, reluquent votre poitrine, votre entrejambe, et vous imaginent déjà dans leur lit ?

— Ça ne me plairait pas du tout. Je vous comprends.

— Oh ! je ne voudrais pas être un homme, je suis très heureuse d'être une femme mais c'est parfois très dur. N'être qu'un réceptacle que n'importe qui peut acheter, dire merci beaucoup au gros porc à l'haleine fétide qui vous donne vingt dollars...

— Dites, comment en est-on arrivé à ce passionnant sujet de conversation ? demanda Bartlett en plissant le front.

Orlando s'esclaffa :

— Vous m'avez embrassée.

— Très juste. A ce propos, vous ne m'auriez pas promis un autre baiser ?

— Je voulais précisément vous parler du premier. Pour être franche, je n'étais pas du tout préparée à ce qu'il provoque en moi une réaction aussi forte. Je me suis sentie — emportée, c'est le mot.

— Est-ce bien ou mal ?

— Les deux à la fois, répondit Orlanda en souriant. Oui, Mr. Bartlett, je me suis sentie submergée par une vague de désir, et j'ai eu peur.

— Vous n'aviez aucune raison d'avoir peur.

Bartlett était indécis quant à la conduite qu'il devait maintenant adopter. Partir ? Rester et attendre, sans rien dire ? Il opta finalement pour la première solution.

— Orlanda, je crois qu'il vaut mieux que...

— Vous ne pouvez pas rester un peu ? Je voudrais vous parler.

— D'accord.

— C'est de moi que je veux vous parler, précisa la jeune femme en écartant de son visage une mèche de cheveux. A Shanghai, mon père travaillait pour Quillan, qui a pour ainsi dire toujours fait partie de ma vie. Il a payé une partie de mes études, il a aidé la famille. Quand je suis revenue de San Francisco, avec mon diplôme, j'avais dix-sept ans, presque dix-huit et... Quillan est un homme attirant — en tout cas, à mon goût — quoiqu'il puisse se montrer parfois très cruel.

— De quelle façon ?

— Il croit à la vengeance. Pour lui, un homme a le droit de se venger s'il est un homme. Pourtant il a toujours été bon pour moi... Il me verse encore une allocation chaque mois, il paie le loyer de cet appartement.

— Vous n'avez pas de comptes à me rendre.

— Je le sais, mais je vous demande quand même de m'écouter.

Il la fixa longuement puis répondit :

— Bon, entendu.

— Cela vient en partie du fait que je suis Eurasienne. La plupart des Blancs nous méprisent, en particulier les Britanniques — non, laissez-moi finir, s'il vous plaît. Nous sommes un objet de mépris pour la plupart des Blancs, et pour tous les Chinois. On nous considère comme des bâtards aux origines troubles, des femmes à la cuisse légère. Aux États-Unis, j'ai oublié ma « tare » d'Eurasienne, j'ai appris à me respecter moi-même — un peu grâce à Quillan. Je lui dois beaucoup mais je ne l'aime pas. Voilà ce que je voulais vous dire.

— Pourquoi avez-vous rompu ?

Orlanda lui raconta d'un ton grave son escapade à Macao et la vengeance de Gornt.

— Je continue à le voir de temps à autre, poursuivit-elle. A présent, nous sommes simplement amis. Nous... nous avons un enfant, qui vit au Portugal avec mes parents. Quillan m'avait autorisée à le garder, bien que lui n'en voulût pas, à condition que j'accouche en Angleterre.

— C'est lui qui a eu l'idée du Portugal.

— Oui, et il a eu raison. Je vais voir ma fille une fois par an. Mes parents m'avaient suppliée de la leur confier.

Des larmes roulèrent sur les joues de la jeune femme.

— Voilà, conclut-elle. Maintenant vous savez que je n'ai pas été une maîtresse fidèle, que je suis une mauvaise mère et que...

Bartlett la prit dans ses bras et la serra contre lui pour arrêter ses sanglots, lui donner un peu de sa chaleur et de sa force. Quand elle cessa de pleurer, elle se dressa sur la pointe des pieds pour déposer sur ses lèvres un baiser léger mais plein de tendresse. Ils se regardèrent longuement puis s'embrassèrent à nouveau, avec passion cette fois.

Le bruit d'une clef dans la serrure de la porte

d'entrée les fit sursauter tous les deux au même moment. Ils se séparèrent, haletants, et entendirent l'*amah* crier du vestibule :

— *Weiiii ?*

Orlanda remit de l'ordre dans sa tenue, haussa à demi les épaules, comme pour s'excuser, et lança en cantonais :

— Je suis au salon. Va dans ta chambre et restes-y jusqu'à ce que je t'appelle.

— Le diable d'étranger est encore là, alors ? Et les commissions, qu'est-ce que j'en fais ?

— Laisse-les dans l'entrée !

— Oh ! très bien, jeune maîtresse, bougonna la domestique, qui se retira dans ses quartiers en claquant la porte.

— Désolée, murmura Orlanda, la main sur l'épaule de Bartlett, ses ongles caressant son cou.

— Nous dînons ensemble ?

Elle hésita avant de répondre :

— Si vous emmenez Casey.

— Non. Rien que vous et moi.

— Linc, je crois qu'il vaut mieux nous en tenir là, avant que...

— Je passerai vous prendre à huit heures, vous choisirez le restaurant.

— Non, c'est déjà trop difficile.

— A huit heures, répéta-t-il.

Il l'embrassa brièvement, se dirigea vers la porte. Orlanda lui tendit son imperméable.

— Merci. A huit heures, d'accord ?

— Nous jouons avec le feu.

— Peut-être, dit Bartlett avec un étrange sourire. Question de *joss*.

Elle ne répondit pas, referma la porte derrière lui, retourna d'un pas lent au salon et s'assit pensivement dans un fauteuil. Elle se demanda si elle parviendrait à lui tenir assez longtemps la dragée haute pour qu'il lui propose le mariage. Il faut jouer serré, pensa-t-elle.

Casey le tient, elle a enroulé ses anneaux autour de lui. Mon seul atout, c'est de déverser sur lui des tombereaux d'amour sans coucher avec lui. C'est comme ça qu'elle l'a eu, je dois faire la même chose.

Elle se rappela ce que Gornt lui avait dit : « Pour épouser un homme, il faut le prendre au piège, au piège de son désir ou de son instinct de propriété, de sa cupidité ou de sa paresse. Nul homme ne décide de son plein gré de se marier avec sa maîtresse. »

Il a raison, une fois de plus, se dit-elle. Mais il se trompe sur mon compte s'il croit que je me contenterai de miettes. Je veux tout, Linc et le reste.

— Il est parti ? demanda Ah Fat en se glissant dans le salon. Très bien. Tu dois être fatiguée, je vais te faire du thé.

La vieille femme, qui s'occupait d'Orlanda depuis sa naissance, remit machinalement de l'ordre dans la pièce en grommelant. Elle avait les cheveux tressés en une longue natte qui oscillait dans son dos lorsqu'elle bougeait.

— Je l'ai observé en bas, quand vous êtes arrivé. Il est tout à fait présentable pour un barbare.

— Je ne t'ai pas vue. Où étais-tu ?

— Cachée derrière l'escalier. Hiiiii ! je l'ai bien regardé, ça oui. Ta pauvre vieille mère s'occupe de toi, petite reine. J'ai bien compris en vous voyant que le *yin* et le *yang* allaient batailler, mais tu n'avais pas besoin de me demander de partir !

— Je ne te voulais pas dans l'appartement : les diables d'étrangers sont pudiques. Maintenant taistoi et va faire du thé sinon je te renvoie aux commissions !

— Il va devenir le nouveau maître ? demanda la servante, pleine d'espoir. Il serait temps ! Ça ne vaut rien aux jeunesses de ne pas avoir de Bâton-viril pour leur Porte-en-jade. Elle se ratatine, elle se dessèche à force de ne pas servir ! Tu ne rajeunis pas, petite maîtresse, il faut penser à te caser. C'est le bon coup, cette fois ?

— Je l'espère, dit Orlanda d'un ton farouche.

Elle songea à nouveau que Linc Bartlett lui offrait une occasion qu'elle ne reverrait jamais de sa vie. Soudain affolée à la pensée qu'elle avait été trop loin et qu'il ne reviendrait pas, elle éclata en sanglots.

43

10 h 50

La pluie qui tombait depuis près de douze heures avait détrempé le sol sans remplir les réservoirs. Dévalant le long de pentes cuites par le soleil, l'eau avait inondé la partie basse de la Colonie, transformant les routes en bourbiers, les chantiers de construction en petits lacs. Dans les zones d'accueil de réfugiés créées à flanc de montagne, c'était la catastrophe.

On y avait édifié des bidonvilles de cabanes branlantes, faites de bric et de broc, s'appuyant les unes contre les autres, montant les unes sur les autres, le long de chemins que l'eau avait envahis. La pluie traversait les toits, mouillait les paillasses, les vêtements et les objets misérables accumulés au cours d'une existence. Stoïques, les habitants de ces taudis surpeuplés haussaient les épaules et attendaient la fin du mauvais temps.

Les réfugiés avaient parfaitement le droit de s'installer à Hong-Kong car selon une loi fort ancienne, tout Chinois ayant franchi la frontière devenait résident légal de la Colonie. Depuis toujours, cette main-d'œuvre abondante, bon marché et peu revendicative constituait l'atout majeur de la Colonie. Hong-Kong offrait asile aux réfugiés ; en échange, ils travaillaient docilement au prix qu'on voulait bien leur payer. Ils arrivaient de jour comme de nuit, à pied ou par bateau, chaque fois que la famine s'abattait sur la Chine ou que le pays était en proie à des convulsions. Des familles entières émigraient, s'installaient et attendaient de pouvoir retourner chez elles, car même après dix générations, la Chine demeurait leur pays.

Pourtant ils n'étaient pas toujours les bienvenus. L'année précédente, le flot des réfugiés avait presque submergé la Colonie : pour une raison inconnue, les autorités de la RPC avaient sans prévenir relâché le contrôle à la frontière, provoquant un afflux de plusieurs milliers de personnes en une semaine. La plupart d'entre elles franchirent de nuit la barrière symbolique séparant les Nouveaux Territoires de la province du Kuang-tung et débordèrent rapidement une police incapable d'endiguer ce raz de marée. Il fallut faire appel à l'armée, qui bloqua six mille réfugiés près de la frontière, leur donna à manger et les renvoya le lendemain en Chine. Mais des milliers d'autres réussirent à passer et obtinrent du même coup le droit de s'installer à Hong-Kong. Le flot ne tarissait pas, chaque nuit des milliers de Chinois se pressaient à la frontière et ceux qui avaient déjà conquis l'autorisation de rester manifestaient leur colère et empêchaient l'armée de refouler les nouveaux venus.

Puis l'exode cessa aussi soudainement qu'il avait commencé, la frontière se ferma, à nouveau sans raison apparente.

En six semaines, l'armée avait refoulé soixante-dix mille Chinois mais près de deux cent mille, sans doute, étaient passés à travers les mailles du filet. Parmi eux se trouvaient les grands-parents de Wu-le-bigle, quatre de ses oncles avec leurs femmes et leurs enfants — au total dix-sept personnes qui vivaient depuis dans une zone d'accueil située sur les hauteurs entourant Aberdeen. Le Bigle avait tout arrangé, il les avait installés sur un terrain appartenant aux Chen de la Noble Maison et loué, parcelle par parcelle, à quiconque avait les moyens de payer. Le jeune policier avait accepté avec gratitude de verser un loyer mensuel de 240 dollars pour un rectangle de six mètres sur quatre puis, au fil des mois, il avait aidé la famille à se procurer de quoi construire deux cabanes qui, jusqu'à la venue de la pluie, leur avait offert un coin sec où dormir.

Dans ce centre d'accueil, il n'y avait qu'un poste d'eau pour cent familles, ni égout ni électricité. Pourtant on y vivait, on y travaillait, on s'y lançait même dans les affaires. Un des oncles de Wu avait déjà ouvert dans une cabane située en contrebas une petite fabrique de fleurs en plastique ; un autre vendait au marché des gâteaux et du gruau de riz à la mode de Ning-tok, le village de la famille. Tout le monde travaillait car, avec la venue récente d'un bébé, il y avait à présent dix-huit bouches à nourrir. Les plus petits, âgés de deux à trois ans, accomplissaient aussi leur part et se voyaient confier les tâches les plus simples : trier par exemple les pétales en plastique fabriqués par le reste de la famille.

Fassent les dieux que je touche la récompense pour la capture des Loups-garous avant samedi, pensait le Bigle avec ferveur. Je pourrai jouer sur Pilot Fish, l'étalon noir qui, selon tous les signes, doit remporter la victoire.

Les pieds nus, il avançait péniblement le long d'une des ruelles serpentant dans la zone. A ses côtés, sa nièce de six ans, pieds nus elle aussi, portait un grand chapeau de coolie qui la faisait paraître plus minuscule encore. Tous deux avaient roulé le bas de leur pantalon car ils enfonçaient parfois dans la boue jusqu'aux chevilles. Wu tenait sous son imperméable le sac en plastique dans lequel il avait mis les chaussures qu'il portait pour son travail. Son pied glissa dans une ornière et il faillit perdre l'équilibre.

— Forniquent tous les dieux ! jura-t-il en se félicitant de ne pas habiter avec la famille.

La pièce qu'il louait près du poste de police d'Aberdeen et qu'il partageait avec sa mère n'était pas exposée comme les cabanes aux caprices des dieux de la pluie. Une chance aussi que je ne dois pas faire ce chemin tous les jours, se dit-il. Mes vêtements n'y résisteraient pas et je perdrais tout espoir d'entrer à la Special Intelligence, où l'on aime l'ordre et la propreté.

La pluie lui ruisselait dans le cou, la fatigue lui courbait le dos. Ce matin, quand il avait terminé son service, un de ses collègues l'avait prévenu que la police effectuerait dans la journée une descente chez Ah Tam, la vieille *amah* liée aux Loups-garous. Le Bigle avait répondu qu'il se hâterait de rendre visite à son grand-père malade, et sans doute mourant, afin d'être de retour à temps au poste.

Il regarda sa montre et constata, rassuré, qu'il avait largement le temps de franchir les deux kilomètres le séparant du poste de police. Il contourna un tas de détritus et tourna dans une ruelle plus large qui longeait le fossé d'écoulement des eaux de pluie. Profond d'un mètre cinquante, ce fossé servait d'égout, de bac à lessive ou d'évier selon le niveau de l'eau. Ce jour-là il débordait, rendant plus pénible encore la condition de ceux qui habitaient dans la partie la plus basse.

— Sixième-oncle, je peux venir avec toi jusqu'au bout ? demanda la petite fille.

— Seulement jusqu'à la boutique du marchand de bonbons. Fais attention, il y a du verre par terre.

— C'est vrai que l'honorable grand-père va mourir ?

— Les dieux en décideront. Notre sort est entre leurs mains, alors pourquoi nous tracasser ?

— Oui, les dieux sont les dieux, dit la fillette d'un ton grave.

Que les dieux protègent l'honorable grand-père et

rendent heureux les jours qu'il lui reste à vivre, pria Wu. Pour plus de sûreté il ajouta : « Je vous salue Marie Mère de Dieu, bénissez grand-père », car le dieu chrétien existait peut-être aussi, après tout.

Chez le marchand de bonbons, un vieillard édenté, il acheta un gâteau de riz et un cornet de morceaux de pelure d'orange séchés au soleil.

— Merci, Sixième-oncle, dit la petite fille, radieuse sous son immense chapeau.

Wu examina avec satisfaction son joli visage. Si les dieux nous sont propices, elle deviendra très belle en grandissant et nous vendrons sa virginité un bon prix, pensa-t-il.

— Rentre vite, maintenant, lui ordonna-t-il. Et fais attention.

Après avoir embrassé son oncle, la fillette fourra le reste du gâteau dans sa bouche et commença à remonter la colline. La pluie continuait à tomber, monotone, criblant le bidonville de ses grosses gouttes lourdes. L'eau débordant du fossé s'écoulait en un ruisseau charriant des débris de toutes sortes et se transformant en cascades quand la pente devenait plus raide.

La nièce de Wu évita de justesse un gros bidon cabossé que l'eau projeta contre la cloison de carton d'une cabane. Effrayée, elle s'arrêta.

— Fiche le camp, il n'y a rien à voler ici ! lui cria un des habitants de la cabane.

Au moment où la petite reprenait son escalade, la terre céda sous ses pieds, des centaines de tonnes de boue et de roche glissèrent vers le bas de la colline, ensevelissant tout ce qui se trouvait sur leur passage. En quelques secondes, la masse énorme progressa d'une cinquantaine de mètres, écrasant les cabanes, renversant hommes, femmes, enfants, creusant un andain à travers le bidonville.

Puis elle s'arrêta soudain, comme elle avait commencé.

Il se fit un grand silence troublé seulement par le bruit de la pluie. Des cris et des appels à l'aide s'élevèrent, les rescapés jaillirent des cabanes épargnées en remerciant les dieux, des mères coururent à la recherche de leurs enfants. Debout au bord de la ligne de rupture, la nièce de Wu plongeait un regard incrédule dans le trou béant qui s'était ouvert presque sous ses pieds. Se sentant glisser, elle se recula en chancelant mais le col céda sous elle et elle se figea, pétrifiée, serrant contre sa poitrine son cornet de pelure d'orange.

— Ne bouge pas ! lui cria un vieillard.

— Écarte-toi du bord ! lança un autre.

D'autres rescapés regardaient, retenant leur respiration, et attendaient la décision des dieux.

Un bloc de terre se détacha du bord et tomba dans le trou, entraînant la fillette. Par bonheur, sa chute s'arrêta aussitôt et elle ne fut pas ensevelie. Enfoncée dans la boue jusqu'aux genoux, elle s'assura qu'elle n'avait pas perdu son cornet puis éclata en sanglots.

44

11 h 30

La voiture du commissaire Armstrong se frayait un chemin parmi la foule furieuse qui débordait sur la chaussée, devant la banque Ho-Pak. Toutes les autres banques du quartier, petites ou grandes, faisaient l'objet d'un pareil siège et la pluie ajoutait encore au climat de tension. Des policiers, nerveux eux aussi — ils n'étaient qu'une vingtaine, armés seulement de matraques, pour calmer un millier de personnes — canalisaient entre des barrières le flot des déposants venus retirer leur argent.

Le véhicule s'arrêta devant le poste de police d'Aberdeen, Armstrong descendit et alla directement au bureau de l'inspecteur principal Donald C.C. Smyth.

— Excuse-moi d'avoir été si long, il y a des kilomètres de bouchon.

— C'est sans importance, répondit Smyth, qui avait encore le bras en écharpe. Nous manquons d'hommes, malgré les renforts envoyés par West Aberdeen et le central. Il va falloir nous contenter de Wu-le-bigle, qui viendra avec nous, et d'un de ses collègues qui est déjà en faction sur le derrière de la maison.

— Bon.

— On y va ? Je ne voudrais pas être absent trop longtemps.

— Ça se comprend. La situation a l'air explosive dans le secteur.

— Foutues banques ! marmonna le Serpent. Tu as liquidé ton compte.

— Tu plaisantes ? Pour le peu de fric que j'ai... Ah Tam est à l'appartement ?

— Oui, autant que je sache. L'un des truands pouvant se trouver aussi là-bas, j'ai obtenu du directeur l'autorisation de porter un revolver. Tu en veux un aussi ?

— Non, allons-y.

Plus petit que son collègue, Smyth était bien bâti et l'uniforme lui seyait. Gêné par son bras en écharpe, il enfila maladroitement son imperméable, se dirigea vers la porte et s'arrêta soudain en disant :

— Bon sang ! j'allais oublier : Kwok, de la SI, a téléphoné, il a demandé que tu rappelles.

Armstrong décrocha et composa un numéro.

— Brian ?

— Salut, Robert. Ça va ? Le Vieux veut que tu emmènes directement la cliente chez nous au lieu de la cuisiner à East Aberdeen.

— Pourquoi ?

— Me l'a pas dit mais il est de bon poil aujourd'hui. Nous avons un 16/2, ce soir.

Ce qui signifiait, dans le jargon de la SI, qu'un agent ennemi avait été découvert et qu'il allait être mis en détention préventive.

— Y a-t-il un rapport avec notre problème ? demanda Armstrong, faisant allusion au réseau Sevrin.

— Peut-être. Tu te souviens de ce que je t'ai dit au sujet de la taupe ? Je suis plus convaincu que jamais d'avoir raison.

Brian Kwok passa au cantonais et parla par allusions, de manière indirecte, au cas où l'on écouterait leur conversation.

— Cela ne veut rien dire, répondit Armstrong. Crosse le connaît, moi aussi — j'ai même déjà bu un verre avec lui, histoire de le sonder.

— Peut-être. Mais si Crosse est notre taupe, un contact en public, au vu de tous, serait bien dans sa manière.

— Nous en discuterons à mon retour, dit Armstrong, malade d'appréhension.

— Le Vieux te demande de lui faire un rapport dès ton arrivée avec l'*amah*.

— Entendu. A tout à l'heure, dit le commissaire avant de raccrocher.

— Mauvaises nouvelles ? s'enquit Smyth.

— Crosse veut que je conduise directement la vieille au QG.

L'inspecteur haussa les sourcils.

— L'affaire relève de ma juridiction. Elle est donc si importante, cette *amah* ?

— Je n'en sais rien et je m'en fous !... Excuse-moi, je suis nerveux, je n'ai pas beaucoup dormi ces derniers jours.

— C'est la taupe qui te tracasse ?

— Quelle taupe ?

— Allons ! Le bruit court chez les Dragons que nos intrépides supérieurs ont reçu l'ordre de trouver au plus tôt le traître. Le ministre aurait même passé un savon au gouverneur et Londres aurait décidé d'envoyer sur place le patron du MI-6.

— D'où tirent-ils leurs informations ? soupira Armstrong.

— Des standardistes, des domestiques, d'un peu tout le monde.

— Ils ne sauraient pas qui est la taupe, par hasard ?

Après un silence, Smyth déclara :

— Ce renseignement coûterait cher. Tu veux que je leur demande le prix ?

— S'il te plaît. Toi, ça ne te turlupine pas, cette histoire de taupe ?

— Pas du tout, ce n'est pas mon boulot. D'ailleurs, quand vous l'aurez capturée, ses patrons — quels qu'ils soient — parviendront bien à trouver un remplaçant qui leur rendra les mêmes services. Sans la ruée sur Ho-Pak, East Aberdeen serait le secteur le plus tranquille de la Colonie, et c'est tout ce qui m'intéresse.

L'inspecteur sortit une cigarette d'un luxueux étui en or et reprit :

— Je ne demande qu'une chose : qu'on me fiche la paix jusqu'à ce que je prenne ma retraite, dans quatre ans... A ce propos, tu as tort de ne pas prendre l'enveloppe qu'on laisse tous les mois dans un tiroir de ton bureau.

— Vraiment ? répliqua Armstrong en lançant au Serpent un regard haineux.

— Vraiment. Personne ne te demande rien en échange.

— Oui, mais si tu la prends, tu te retrouves dans le bain, avec les autres.

— Non, ici c'est différent. C'est la Chine.

— Ce sont tes « amis » qui t'ont chargé de me transmettre ce message ?

Smyth haussa les épaules :

— J'ai entendu certains bruits. Ta part de la récompense offerte par les Dragons pour retrouver John Chen se monte à quarante mille dollars de Hong-Kong.

— Ce n'est pas moi qui l'ai retrouvé ! rétorqua Armstrong.

— Peu importe, l'enveloppe sera ce soir dans le tiroir de ton bureau. Juste un bruit qui court, bien sûr.

Le commissaire songea que cette somme couvrait exactement une dette qu'il devait rembourser avant lundi, des pertes à la Bourse qu'on lui avait récemment rappelées : « Mon cher monsieur, il faudrait penser à nous payer, cela fait plus d'un an que nous attendons, c'est contraire à nos principes. Sans vouloir vous mettre le couteau sur la gorge... »

— Quarante mille seulement ? fit-il avec un sourire amer.

— J'imagine que cela t'aiderait à régler tes problèmes les plus pressants. Je me trompe ?

Armstrong ne s'étonna pas que le serpent en sût aussi long sur sa vie privée. Les Dragons étaient au courant de tout — pourquoi pas du montant de ses dettes ?

— Allons-y, marmonna le commissaire en se dirigeant vers la porte.

En chemin, Wu-le-bigle fit à Armstrong le récit des événements et lui répéta les propos de la vieille *amah.*

— Bon travail, Wu, le complimenta le commissaire. L'inspecteur Smyth m'a dit que tu désires entrer à la SI ?

— Oui, commissaire. J'ai toujours voulu combattre les ennemis de la Colonie.

On entendit au loin, sur les hauteurs, la plainte d'une sirène.

— Encore un crétin qui a renversé son brasero, grommela Smyth. Heureusement qu'il pleut !

— Si cette affaire nous mène quelque part, je te recommanderai pour la SI, promit Armstrong au Bigle.

— Oui, commissaire, merci, commissaire, dit le jeune policier, rayonnant de bonheur.

Ils tournèrent dans la rue où habitait Ah Tam. Chalands et boutiquiers leur jetèrent des regards renfrognés ou méfiants.

— C'est là, murmura Wu.

Comme convenu, Smyth s'arrêta devant l'étal situé à droite de la porte de la maison et feignit de s'intéresser aux légumes d'un marchand qui pâlit en découvrant le *quai loh* le plus connu et le plus craint d'Aberdeen. Armstrong et Wu passèrent devant l'entrée puis firent soudain demi-tour. Les trois policiers pénétrèrent dans l'immeuble et grimpèrent rapidement l'escalier branlant et jonché de débris.

Au troisième étage, Smyth, qui ouvrait la marche, s'arrêta, défit la languette maintenant son revolver dans son étui et fit un pas de côté. Sans hésiter, Armstrong donna dans la porte un coup d'épaule qui fit sauter la serrure et se rua à l'intérieur. Smyth suivit, Wu-le-bigle resta de garde à l'entrée. Il flottait dans la pièce aux murs tristes, meublée d'un vieux sofa et de fauteuils défraîchis, une odeur douceâtre et écœurante d'opium à laquelle se mêlaient des relents de graillon. Une matrone chinoise regarda lcs intrus en roulant de grands yeux et laissa tomber son journal. Smyth poussa une porte, découvrit une chambre malpropre, puis une salle de bain en désordre et une autre chambre dont quatre couchettes occupaient presque toute la surface.

De son côté, Armstrong était entré dans une cuisine minuscule et sale, où Ah Tam, courbée au-dessus d'un évier encrassé, s'affairait sur une pile d'assiettes. Elle lui lança un regard dénué d'expression. Au fond, il y avait une autre porte, que le policier ouvrit aussitôt. Elle donnait sur une pièce sans fenêtre, une sorte de grand placard, assez vaste pour y loger une petite couchette métallique sans matelas et une commode boiteuse.

Armstrong revint dans la salle de séjour avec la vieille qui traînait les pieds derrière lui. Smyth les rejoignit, sortit quelques feuillets de sa poche et dit d'un ton aimable à la matrone :

— Désolé de vous déranger, madame, mais nous avons un mandat de perquisition.

— *Heing?*

— Wu, viens traduire, ordonna Smyth.

Le jeune policier s'exécuta en cherchant à faire croire à la femme, comme convenu, qu'il servait simplement d'interprète à deux flics obtus ne parlant pas cantonais.

La matrone ouvrit la bouche toute grande.

— Fouiller ? glapit-elle. Pour trouver quoi ? Nous respectons la loi, dans cette maison ! Mon mari travaille pour le gouvernement, il a des relations. Si vous cherchez le tripot, c'est au quatrième, et nous n'avons rien à voir avec ces gens-là, rien non plus avec les putains parfumées du 16 qui sont une vraie honte pour...

— Suffit, coupa Wu. Ces seigneurs de la police sont ici pour une question importante. Vous êtes la femme de Ch'ung l'éboueur ?

— Oui ! qu'est-ce que vous nous voulez ? Nous n'avons rien fait !

— Assez, intervint Armstrong en anglais. Cette vieille, c'est Ah Tam ?

— Eh ! toi, tu t'appelles Ah Tam ? demanda Wu à la domestique.

— *Heing, quoi ?* fit *l'amah*, qui n'avait pas reconnu le Bigle, en tordant nerveusement son tablier.

— Bon, tu es Ah Tam ! Tu es en état d'arrestation.

— Ah ! c'est après elle que vous en avez, dit la matrone. Nous ne savons rien d'elle, nous l'avons ramassée dans la rue il y a quelques mois, nous lui avons donné un foyer et un sal...

— Wu, dis-lui de se taire !

Le Bigle obtempéra de façon grossière et ajouta :

— Ces seigneurs veulent savoir s'il y a quelqu'un d'autre dans l'appartement.

— Ils sont aveugles ? répliqua Mrs. Ch'ung. Ils ont forcé ma porte comme des malfaiteurs pour fouiller partout et ils viennent me demander s'il y a quelqu'un !

— Ah Tam, montre ta chambre aux honorables policiers.

— Que veulent-ils de moi ? bredouilla la servante. Je n'ai rien fait, j'ai des papiers en règle depuis l'année dernière.

— Ta chambre !

— Là-bas, derrière la cuisine, intervint la matrone.

Comme si ça ne sautait pas aux yeux ! Ils ne savent donc pas où couchent les bonnes, les diables d'étrangers ? Et toi, vieille guenon, qu'est-ce que tu as manigancé pour nous attirer des ennuis ? fulmina-t-elle en se tournant vers sa servante. Si elle a volé des légumes, je n'y suis pour rien !

— Taisez-vous ou nous vous embarquons aussi !

La femme de l'éboueur obéit d'un air boudeur.

— Bon, demande..., commença Armstrong.

Remarquant, sur le palier, quelques Chinois qui suivaient la scène avec intérêt, il leur lança un regard appuyé. A peine eut-il fait un pas dans leur direction que les curieux détalèrent. Il ferma la porte, revint au centre de la pièce.

— Demande-leur ce qu'elles savent des Loups-garous, reprit-il.

Quand Wu eut traduit, la matrone le regarda, bouche bée, le visage d'Ah Tam vira au gris.

— Moi ? s'écria Mrs. Ch'ung. Qu'est-ce que j'ai à voir avec ces horribles bandits ? Je ne sais rien du tout.

— Et toi, Ah Tam ?

— Moi non plus. Je suis une respectable *amah* qui ne s'occupe que de son travail !

Wu répéta en anglais pour ses deux supérieurs, qui apprécièrent la qualité de la traduction et continuèrent à jouer leurs rôles de *quai lohs*.

— Dis-lui qu'elle a intérêt à arrêter de nous mentir, ordonna Armstrong en regardant Ah Tam d'un air menaçant.

Pourtant il n'avait à son égard aucune animosité, il voulait simplement la vérité.

— Je veux la vérité. Dis-le-lui !

— Quelle vérité, honorable seigneur ? bégaya la servante. Comment une pauvre vieille comme moi pourrait-elle...

— Ça suffit ! explosa le commissaire en levant les deux mains.

A ce signal, convenu entre les trois hommes, Wu-le-bigle se mit à utiliser le dialecte de Ning-tok :

— Sœur-aînée, je te conseille de parler. Nous savons tout !

Ah Tam ouvrit la bouche toute grande, montrant les deux dents mal plantées qu'il lui restait à la mâchoire inférieure.

— Eh, Jeune-frère, répondit-elle, désarçonnée, dans la langue de son village. Que veux-tu de moi ?

— La vérité. Je te connais, tu sais.

— Je ne t'ai jamais vu de ma vie !

— Tu ne te souviens pas de moi ? Au marché, tu m'as aidé à avoir un poulet à un bon prix, nous avons bu du thé. Hier, tu te rappelles ? tu m'as raconté que les Loups-garous te donneraient une grosse récompense...

Les trois policiers remarquèrent la lueur qui s'alluma brièvement dans les yeux de la vieille.

— Moi ? fit-elle d'un ton indigné. Impossible, tu confonds avec quelqu'un d'autre. Dis aux nobles seigneurs que je ne t'ai jamais vu et que...

— La ferme, vieille sorcière ! Tu as travaillé pour Wu Ting-top, ta maîtresse s'appelait Fan-ling, elle est morte il y a trois ans !

— C'est pas vrai !

— Elle nie, traduisit Wu pour les deux Britanniques qui, cette fois, en avaient vraiment besoin.

— Bon, dis-lui qu'on l'embarque. Elle parlera au poste.

Ah Tam se mit à trembler.

— Vous oseriez torturer une pauvre vieille ? gémit-elle. Oh oh oh...

— Il doit revenir quand, le Loup-garou ? cet après-midi ?

— Oh oh oh... je sais pas... il avait promis, ce gredin, mais il n'est pas revenu.

— Où habite-t-il ?

— Je... je ne me rappelle plus... il a parlé de North Point, je crois.

Après avoir bombardé la vieille de questions, Armstrong et Smyth conclurent qu'elle ne savait presque rien.

— On l'emmène, de toute façon, décida le commissaire.

— Vous pouvez vous débrouiller sans moi, maintenant ? demanda l'inspecteur. Il faut vraiment que je retourne là-bas.

— D'accord. Merci.

Après le départ du Serpent, Armstrong confia les deux femmes au Bigle et se remit à fouiller l'appartement.

— Jeune-frère, murmura Ah Tam en dialecte. Je n'ai rien fait, je te le jure. J'ai juste rencontré ce jeune bandit par hasard, comme toi au marché. Les gens d'un même village doivent s'entraider, *heya ?* Un beau jeune homme comme toi a besoin d'argent — pour les filles ou pour sa femme. Tu es marié, honorable Petit-frère ?

— Non, Sœur-aînée, répondit Wu qui, selon les instructions d'Armstrong, laissait venir la servante.

Devant le placard servant de chambre à Ah Tam, le commissaire se demandait pour la millième fois pourquoi les Chinois traitaient leurs domestiques aussi durement, pourquoi ces derniers acceptaient sans broncher un sort aussi misérable. La réponse que lui avait donnée son vieux professeur, à l'école de la police, lui revint en mémoire :

« Parce qu'ils font partie de la famille, je crois. En général, les domestiques gardent la même place pendant toute leur vie et s'intègrent à la famille de leurs maîtres. D'ailleurs les *ho chiou*, les bons côtés de la situation, ne manquent pas. Il va sans dire que tous les domestiques détournent une partie de l'argent consacré à la nourriture, à l'entretien, etc. Les maîtres le savent et ferment les yeux aussi longtemps que cela reste dans les limites généralement admises. »

Oui, c'est peut-être l'explication, se dit Armstrong en s'avançant dans la « chambre ». Le nez pincé à cause de l'odeur, il commença à fouiller. Rien sous le lit, sauf quelques cadavres de punaises, un pot de chambre ébréché et une valise vide. La commode contenait des vêtements élimés, des bijoux de pacotille, un bracelet en jade bon marché. Dans un sac brodé caché sous de vieilles nippes, Armstrong découvrit des lettres, une coupure de journal, et deux photographies.

Il eut l'impression que son cœur s'arrêtait de battre.

Il retourna dans la cuisine, moins obscure, examina de nouveau les deux photos. Non, il ne s'était pas trompé. Il remarqua que l'une d'elles portait une date, comme la coupure de journal qu'il se mit à lire fébrilement.

Au sous-sol du QG de la police, Ah Tam était assise sur un tabouret, au centre d'une grande pièce insonorisée où tout était blanc : les murs, le plafond, l'unique porte, qui se détachait à peine du mur, et même le tabouret. La vieille *amah* était seule, comme pétrifiée sous l'éclairage cru tombant d'une ampoule nue.

— Que sais-tu du barbare qu'on voit à l'arrière-plan sur la photo ? fit la voix de Wu, déformée par un haut-parleur encastré dans un des murs.

— Je te l'ai dit, je ne sais rien, gémit la servante. Je l'ai à peine vu, ce diable d'étranger, il n'est venu qu'une fois... Je ne me souviens pas, il y a si longtemps... Je peux partir, maintenant ? je vous ai tout dit.

Armstrong l'observait à travers le miroir sans tain placé entre la grande pièce et la cabine dans laquelle il se trouvait avec le Bigle. Devant eux, deux micros, une console et un magnétophone dont les bobines tournaient silencieusement. Les deux hommes avaient l'air sombre, préoccupé.

— Je crois qu'il n'y a plus rien à en tirer, conclut le commissaire. Demande-lui encore d'où vient le sac.

Wu traduisit en dialecte de Ning-tok d'une voix calme et pleine d'autorité.

— Mais je te l'ai dit ! pleurnicha Ah Tam.

— Répète-le et tu pourras partir.

— Bon... c'est ma maîtresse qui me l'a donné sur son lit de mort. Je le jure !

— Tout à l'heure, tu m'as raconté qu'elle te l'avait donné la veille de sa mort. Il faudrait savoir.

Ah Tam tira nerveusement sur sa natte.

— Je... je ne sais plus...

Elle ouvrit la bouche, remua silencieusement les lèvres puis lâcha d'un trait :

— Je l'ai pris après sa mort, et j'ai pris aussi les deux photos, et le tael d'argent, parce que ni ses fils ni ses filles, cette racaille qui la haïssait et me détestait, ne m'auraient donné un sou... Elle me l'avait promis avant de mourir, il est à moi, elle me l'a donné...

Les deux policiers laissèrent la vieille continuer à vider son sac et se justifier. L'horloge murale indiquait deux heures moins le quart, ils interrogeaient Ah Tam depuis une demi-heure.

— Restons-en là pour le moment, décida Armstrong. Nous remettrons ça dans trois heures pour plus de sûreté mais je crois qu'elle ne nous a rien caché.

D'un geste las, le commissaire décrocha le téléphone.

— Armstrong à l'appareil, vous pouvez la reconduire à sa cellule. Veillez à ce qu'elle soit bien traitée et faites-la examiner à nouveau par le médecin.

Il était de règle, à la SI, de faire subir un examen médical aux prévenus avant et après l'interrogatoire. En l'occurrence, le docteur avait déclaré qu'Ah Tam avait un cœur de jeune fille.

Quelques instants plus tard, la porte blanche presque invisible s'ouvrit, une femme en uniforme fit aimablement signe à la vieille Chinoise de se lever. Armstrong réduisit l'intensité de l'éclairage, appuya sur le bouton de rembobinage du magnétophone.

— Tu as bien travaillé, Wu. Tu apprends vite.

— Merci, commissaire.

Quand le discret ronron de l'appareil cessa, Armstrong sortit la bande.

— Nous indiquons toujours la date, l'heure et la durée exacte de l'interrogatoire, et nous donnons au suspect un nom de code, expliqua-t-il. (Il consulta un registre, inscrivit un chiffre sur la bobine puis commença à remplir un formulaire.) Pour plus de sûreté, nous reportons ces indications sur cette feuille, nous la signons, et nous écrivons ici en bas le nom de code d'Ah Tam : V-11-3. Ce document est ultra-secret, il est conservé dans un coffre. D'ailleurs, tout ce que tu as vu aujourd'hui ici est ultra-secret.

— Vous pouvez compter sur moi, assura le jeune Chinois.

— Souviens-toi toujours que la SI n'a de comptes à rendre qu'au gouverneur et au ministre de Londres. La loi anglaise, les procédures policières normales ne s'appliquent pas à la Special Intelligence. Pour nos clients, pas d'*habeas corpus*, pas de procès public, pas d'appel. Tu as compris ?

— Oui, commissaire, vous pouvez me faire confiance, déclara Wu, plein d'espoir.

— Bon. De toute façon, tu es consigné ici pour quelques jours.

— Mais... Oui, commissaire.

Ils sortirent de la cabine, Armstrong ferma la porte à clef et remit le formulaire et la clef au policier de service à l'entrée.

— Je garde la bande pour l'instant. J'ai signé le bordereau. Prenez soin du jeune Wu, il sera notre hôte pour quelques jours. Il nous a été fort utile. Commencez à établir son dossier, je vais recommander son détachement à la SI.

Armstrong pénétra dans la cabine de l'ascenseur, un

goût amer dans la bouche. Il n'aimait guère les méthodes de la SI, malgré les résultats qu'elles permettaient d'obtenir. Il leur préférait le bon vieil interrogatoire où il faut faire preuve de patience et de ruse. « Trop dangereux, ces techniques psychologiques modernes », marmonna-t-il en remontant le couloir conduisant à son bureau.

Par la porte ouverte, il vit Kwok, affalé dans un fauteuil, les jambes étendues, le nez dans un des journaux du matin de la Chine populaire. Au fond, la pluie dessinait des hachures sur les fenêtres.

— Quoi de neuf ?

— Un article sur l'Iran : « Avec l'aide du Shah, ce despote sanguinaire, la CIA capitaliste a réprimé une insurrection révolutionnaire en Azerbaïdjan. Des milliers de manifestants ont été tués... », et ainsi de suite. Je n'avale pas toute cette propagande, mais on dirait bien que la CIA et le 92e régiment de paras ont désamorcé la bombe. Pour une fois, les Amerlos ont droit à mes félicitations.

— Pour ce que ça changera, grogna Armstrong.

Brian Kwok leva les yeux vers son ami.

— Qu'est-ce qu'il y a ?

— Je me sens à plat. J'ai commandé deux bières, ensuite nous irons manger. Un curry, ça te va ?

— Laissons tomber le déjeuner si tu n'es pas en forme.

— Non, non... J'ai horreur des interrogatoires *en blanc*, ça me retourne.

— Vous avez descendu la vieille *amah* au sous-sol ? demanda Kwok, surpris. Pourquoi diable ?

— Ordre de Crosse, ce salaud !

— C'est un beau salaud, en effet, et je suis sûr de ne pas me tromper sur son compte.

— Plus tard, Brian. Quand je pense que je ne fais même plus partie de la SI !

— Tu es officiellement détaché chez nous, non ?

— On ne m'en a rien dit et j'espère bien ne pas l'être. Le 16/2 de ce soir, qu'est-ce que c'est au juste ?

— Crosse ne m'a donné aucun détail.

— Naturellement !

— J'ai une nouvelle qui va te remonter le moral.

— Ton ami N'a-qu'un-pied, du restaurant Para, t'a refilé les quatre gagnants pour samedi ?

— Ce serait trop beau. Non, il s'agit des dossiers que tu as trouvés chez Lo-dents-de-lapin hier et que tu as transmis à la brigade anti-corruption.

— Oui, et alors ?

— Notre ami Thomas K.K. Lim, le millionnaire sino-américain, qui est en ce moment quelque part au Brésil, mérite une attention toute particulière. De l'or en barres, ces dossiers !

— Il est en cheville avec Tsu-yan ?

— Oui, et avec d'autres personnages très intéressants.

— Banastasio ?

— Vincenzo Banastasio lui-même. Du coup, tout s'emboîte : John Chen, les armes, Tsu-yan, Banastasio et la théorie de Peter Marlowe.

— Bartlett aussi ?

— Pas encore. Ce Marlowe a des informateurs trop bien renseignés, il faudrait nous intéresser à lui.

— Je m'en occupe, dit Armstrong. Il y avait autre chose dans ses papiers ?

— Thomas K.K. Lim, Américain d'origine chinoise de la troisième génération, est une sorte de pie voleuse : il amasse dans ses archives des lettres, des notes, des circulaires, etc., qu'il grappille un peu partout. Le tout donne de nos amis américains une image assez déplorable.

— A savoir ?

— Par exemple, une grande famille influente et bien connue de la Nouvelle-Angleterre fricote avec certains généraux américains et vietnamiens. La construction au Vietnam de gigantesques bases aériennes complètement inutiles rapporte beaucoup d'argent à tout ce beau monde.

— *Alleluïa !* Les noms y sont ?

— Les noms, les grades, toutes les références. Si ces messieurs venaient à savoir que l'ami Thomas a réuni cette documentation, on frémirait d'horreur dans les beaux quartiers et au Pentagone.

— Lim leur sert d'intermédiaire ?

— Il est en très bons termes avec de nombreux pontes, des deux côtés de la barrière. Les documents que tu as saisis permettent de démonter la combine. Par ailleurs, ils projettent de détourner huit millions de dollars américains grâce à un nouveau programme d'aide bidon, et Lim aborde même dans une lettre la question du transfert en Suisse du premier million de *h'eung yau.*

— On pourrait les coincer ?

— A condition de le vouloir. J'en ai parlé à Crosse, qui s'est contenté de hausser les épaules en répondant que l'affaire ne nous concerne pas : si les Amerlos veulent truander leur gouvernement, libre à eux.

— Il va refiler la marchandise à Rosemont, ou provoquer des « fuites » ?

— Je ne crois pas. En un sens, il a raison, ce n'est pas nos oignons. Pourtant, ces types mériteraient de se faire pincer : il faut être fou pour mettre par écrit ce genre de tripotages.

— Il y a un rapport entre Lim et les deux autres, Lo-dents-de-lapin et son petit copain ? Ils se remplissent les poches avec les fonds de CARE ?

— Certainement, mais leurs dossiers à eux sont en chinois, il faudra plus de temps à la brigade pour les éplucher. Curieux que Crosse ait levé ce lièvre — un peu comme s'il connaissait d'avance le lien entre tous ces lascars...

Kwok baissa la voix pour ajouter :

— Je sais que j'ai raison au sujet de Crosse.

Armstrong contempla la pluie un instant, puis revint à Kwok.

— Sur quoi t'appuies-tu ?

— Tu connais le vice-consul américain — le pédé qui traficote avec les visas ? Crosse a dîné avec lui le mois dernier. *Dans son appartement.*

— Cela ne prouve rien, objecta le policier britannique en se frottant nerveusement le visage. Écoute, demain, nous aurons les dossiers...

— On ne nous laissera peut-être pas les lire.

— Personnellement je m'en fous. Moi, je suis de la criminelle, et les histoires de la SI...

On frappa, la porte s'ouvrit, un serveur chinois entra avec un plateau et deux chopes de bière.

— Bonjour, *commissé*, dit-il en souriant de toutes ses gencives édentées.

Armstrong but une longue gorgée, soupira et rangea la bande de l'interrogatoire dans son coffre.

— Du nouveau sur Voranski, ou ses assassins ? demanda-t-il en revenant près de son ami.

— Ils se sont volatilisés. Avec les photos, nous finirons par les avoir, à moins qu'ils ne soient passés en Chine.

— Ou à Taïwan.

— A Macao, en Corée, au Vietnam — n'importe où, renchérit Kwok. Cette affaire Voranski préoccupe tout le monde : Londres, le MI-6, la CIA. Rosemont a mis tous ses hommes sur le coup : l'idée que l'assassinat pourrait être lié à la venue du porte-avions nucléaire l'empêche de dormir.

Le policier chinois avala une dernière lampée de bière et se leva en proposant :

— Bon, on y va ?

— Attends un peu...

Armstrong décrocha le téléphone, commença à composer un numéro et s'arrêta en voyant son ami cligner des yeux puis tituber. Il l'attrapa au moment où il tombait, le poussa vers le fauteuil. La porte s'ouvrit, Crosse entra avec trois agents de la SI, tous britanniques et comptant beaucoup d'ancienneté. L'un d'eux passa une cagoule noire au policier inconscient, le chargea sur son dos et sortit, suivi de ses collègues.

A présent Robert Armstrong n'éprouvait plus rien, ni colère, ni indignation, ni remords. Si quelque chose en lui refusait encore de croire à la culpabilité de son ami, il devait se rendre à l'évidence : Brian était une taupe communiste, il en avait lui-même trouvé une preuve irréfutable chez la vieille *amah*. Son ami n'était pas le fils de Chinois nommés Kwok, assassinés à Canton en 1943 par les communistes, mais celui de Fang-ling Wu, l'ancienne maîtresse d'Ah Tam. Une des photos le montrait en compagnie d'une minuscule Chinoise, devant une pharmacie de village, près d'un croisement. En dépit de la médiocre qualité du cliché, on pouvait déchiffrer l'enseigne de la pharmacie et reconnaître les traits de Brian. A l'arrière-plan, il y avait une vieille voiture près de laquelle se tenait un Blanc, le visage à demi tourné. Wu-le-bigle avait reconnu la pharmacie du village de Ning-tok, appartenant à la famille Tok-ling Wu, et Ah Tam avait identifié sa maîtresse.

— Et l'homme ? avait demandé le policier.

— C'est son fils, seigneur, je te l'ai dit. Deuxième fils Chu-toy, qui vit maintenant chez les diables d'étrangers, au nord du pays de la Montagne-dorée.

— Tu mens.

— Non, seigneur, c'est Chu-toy. Il est né à Ning-tok, j'ai aidé à l'accouchement de mes propres mains. Il est parti encore enfant.

— Pour où ?

— Le Pays de la Pluie, puis la Montagne-dorée. Maintenant il a un restaurant là-bas, et deux enfants... Quand Père a été proche de la mort, il est venu, comme un bon fils, mais il est reparti et la pauvre Mère a pleuré, pleuré...

— Il est souvent venu voir ses parents ?

— Juste cette fois-là. Je n'aurais d'ailleurs pas dû le rencontrer : Mère m'avait envoyée rendre visite à des parents du village voisin, mais je suis rentrée un jour plus tôt que prévu. C'est comme ça que j'ai vu le jeune maître, juste avant qu'il parte dans la voiture étrangère.

— Elle venait d'où, cette voiture ? C'était la sienne ?

— Je ne sais pas. Personne à Ning-tok n'avait de voiture, pas même Père, qui était pharmacien et membre du comité... Chu-toy avait cinq ou six ans quand on l'a envoyé ici, à Port-odorant, chez un oncle...

— Il s'appelait comment, cet oncle ?

— Je ne sais pas. Je me souviens seulement que Mère pleurait, mais que Père lui disait que Chu-toy devait étudier... Je peux partir, maintenant ? S'il vous plaît...

— On l'a envoyé à l'école à Hong-Kong ? Où ça ?

— Je ne sais pas. Et puis je l'ai oublié, et Maîtresse aussi. C'était mieux parce qu'il était parti pour toujours. Ils doivent toujours partir, les deuxièmes fils...

— Quand est-il revenu à Ning-tok ?

— Il y a quelques années, juste avant la mort de Père. Le jour de la photo, comme je vous l'ai dit. Mère y tenait tellement à cette photo ! Elle l'a supplié et il a fini par accepter, comme un bon fils.

— Et le barbare, qui est-ce ?

— Je ne sais pas. Il conduisait la voiture, mais c'était un homme important, parce que le comité et Chu-toy lui-même avaient beaucoup d'égards pour lui. C'était la première fois que je voyais un diable d'étranger.

— Et qui sont les mariés de l'autre photo ?

— Père et Mère, bien sûr. Ting-top Wu et sa *tai-tai* Fang-ling, ma maîtresse.

— Et la coupure de journal ?

— Elle était avec les photos, alors je l'ai prise...

C'était un entrefilet d'un journal chinois de Hong-

Kong daté du 16 juillet 1937. On y lisait que trois jeunes Chinois particulièrement brillants dans leurs études avaient obtenu du gouvernement une bourse pour une *public school* anglaise. Le premier cité s'appelait Kar-shun Kwok, le nom chinois de Brian pour l'état-civil.

Crosse tira Armstrong de ses réflexions en disant :

— Vous avez fait du bon travail, Robert.

— Vraiment ? répondit le commissaire avec amertume.

— Oui, de l'excellent travail. Vous êtes venu me voir immédiatement avec les photos, vous avez suivi mes instructions à la lettre, et notre taupe est maintenant en lieu sûr... Une chance que le serveur ne se soit pas trompé en posant les chopes devant vous. Brian ne s'est pas méfié ?

— Je ne crois pas. Excusez-moi, monsieur, je me sens... sale. Je vais prendre une douche.

— Asseyez-vous une minute, vous devez être fatigué. C'est éprouvant, ce genre d'histoires.

Éprouvant ! Armstrong aurait voulu hurler : « Non, c'est impossible, il est mon ami depuis des années ! » Mais comment expliquer le faux nom, la fable de ses parents massacrés ? Si ce pharmacien n'était pas son vrai père, pourquoi aurait-il pris le risque de revenir à Ning-tok pour le voir une dernière fois avant sa mort ? Et le reste est facile à déduire : pour savoir son père mourant, il devait être en contact permanent avec la Chine ; pour pouvoir se rendre secrètement de l'autre côté de la frontière et revenir, il devait avoir d'importantes relations en RPC. Ces relations, il les avait parce qu'il était des leurs, qu'on l'avait préparé pendant des années à devenir une taupe.

— Bon dieu, murmura le commissaire. Dire qu'il serait devenu directeur adjoint de la police...

— Que faisons-nous, maintenant ? demanda Crosse avec douceur.

Armstrong s'arracha à son hébétude, le « métier » reprit le dessus.

— Nous vérifions, en fouillant son passé. L'oncle chez qui on l'a envoyé devait être de Ning-tok et du Parti, lui aussi. Par ailleurs, il doit être possible de retrouver des traces du contrôle qu'ils ont exercé sur lui en Angleterre puis au Canada.

— Vous avez raison, mais, auparavant, nous allons l'interroger, et c'est à vous que revient l'honneur de commencer à le cuisiner.

— Je... je ne pourrai pas.

Crosse poussa un soupir, ouvrit la grande enveloppe bulle qu'il tenait à la main et tendit au commissaire une photo : l'agrandissement du visage du Blanc situé à l'arrière-plan sur la photo de Ning-tok.

— Qu'en pensez-vous ?

— Je... je dirais qu'il a détourné la tête en voyant l'appareil.

— C'est ce que je crois également. Vous le reconnaissez ?

Armstrong étudia les traits indistincts et répondit par la négative.

— Voranski, peut-être ? suggéra Crosse.

— Non, je ne pense pas.

— Dunross, alors ?

Le commissaire approcha de la lumière la photo, dont l'agrandissement avait grossi le grain.

— C'est possible... mais peu probable. Le Taï-pan à la tête de Sevrin ? Non, impossible.

— Peu probable mais pas impossible, corrigea le directeur de la SI. Dunross est un bon ami de Brian... En tout cas, je veux savoir rapidement qui est cet homme, et Brian connaît la réponse. Nous le préparerons, mais c'est vous qui lui porterez le coup de grâce.

— Non. Trouvez quelqu'un d'autre.

— Robert, ne soyez donc pas aussi assommant ! Chu-toy Wu, alias Brian Kar-shun Kwok, est tout simplement une taupe ennemie qui nous a trompés pendant des années. A propos, vous participerez au 16/2 de ce soir, à 18 heures 30, et vous êtes dorénavant officiellement détaché à la SI.

— Pas question, et pas question non plus que j'interroge...

— Mon cher ami, je ne vous demande pas votre avis, coupa Crosse. Vous êtes le seul à pouvoir vous en charger, Brian est trop intelligent pour se laisser prendre comme un amateur. Naturellement, je comprends votre stupeur. Tout le monde est stupéfait — moi-même, le gouverneur !

— Je vous en prie.

— C'est lui qui a donné Fong-fong, un autre de vos amis, et qui est sans doute à l'origine des fuites dans l'affaire A.M.G. Dieu sait quelles autres informations il a pu transmettre ! Il avait accès à la plupart des dossiers et je voulais en faire mon bras droit, je le reconnais. Voilà pourquoi nous devons le faire parler au plus vite. J'ai donné l'ordre de lui faire subir l'interrogatoire de 1re catégorie sans attendre.

Armstrong pâlit et tourna vers son chef un regard chargé de haine.

— Vous êtes un salaud, le dernier des salauds.

— C'est exact, dit Crosse avec un léger rire.

— Et une tapette aussi, peut-être ?

— Peut-être. Allons, Robert, vous croyez vraiment qu'on pourrait me faire chanter, moi ? D'ailleurs, si j'ai bien compris, l'homosexualité serait plutôt considérée avec indulgence en haut lieu.

— Ah oui ?

— Je vous assure, c'est presque bien vu, déclara Crosse avec désinvolture. On s'y adonne à l'occasion dans les milieux les plus influents — même à Moscou. Évidemment, il faut être discret et éviter de se compromettre, mais dans notre profession, avoir des penchants amoureux peut présenter des avantages. Vous n'êtes pas de mon avis ?

— Au nom de la SI, vous justifieriez n'importe quel crime, n'importe quelle saleté !

— Robert, je comprends votre désarroi mais en voilà assez.

— Vous ne pouvez pas me contraindre à réintégrer la SI. Je donnerai ma démission.

— Et vos dettes, mon cher Robert ? fit Crosse d'un ton méprisant. N'oubliez pas qu'il vous faut quarante mille dollars avant lundi. Nous ne sommes plus des enfants, mon vieux — ni vous ni moi. Je vous ordonne de briser Brian, et vite.

45

15 heures

La sonnerie de la cloche annonçant la clôture de la Bourse se perdit dans le brouhaha montant des groupes d'agents de change lancés dans d'ultimes tractations. Pour Struan, la journée avait été désastreuse. Sur l'énorme quantité d'actions mises en vente, certaines avaient trouvé acheteur mais avaient été remises sur le marché quand de nouvelles rumeurs s'étaient ajoutées aux précédentes. La cote de la Noble Maison avait chuté de 24,70 à 17,50 et il restait encore trois cent mille actions inscrites dans la colonne vente. Toutes les banques étaient à la baisse, le marché connaissait des remous inquiétants. Chacun s'attendait à voir sombrer bientôt la Ho-Pak, que Sir Luis Basilio avait provisoirement sauvée en suspendant à midi toutes les transactions sur les banques.

— Merde, grommela un cambiste en entendant la cloche. Baisé par le gong.

— Regardez le Taï-pan ! s'écria un autre. Dieu tout-puissant, on ne dirait pas que le glas vient de sonner pour la Noble Maison !

— Il a du cran, c'est certain. Sa cote dégringole à 17,50, alors qu'elle n'était jamais descendue en dessous de 25, et il sourit comme si de rien n'était. Demain Gornt va prendre le contrôle de Struan.

— Gornt ou la banque.

— La Vic ? Non, elle a des problèmes, elle aussi, intervint un troisième agent de change.

— Sapristi, vous pensez vraiment que Gornt va devenir le Taï-pan de la nouvelle Noble Maison ?

— Je n'arrive pas à y croire ! cria un quatrième par-dessus le vacarme.

— Il faudra vous y faire, mon vieux. Je dois reconnaître que Dunross n'a pas l'air d'un homme dont l'empire s'effondre.

— Il était temps que ça arrive !

— Allons ! le Taï-pan est un type bien, Gornt est un salaud pétri d'orgueil.

— Ils sont aussi salauds l'un que l'autre !

— Oh ! je ne crois pas. En tout cas, je me suis fait un joli paquet en commissions, aujourd'hui. Et j'ai liquidé mes propres actions, Dieu merci ! Certains de mes clients vont y laisser des plumes mais ils peuvent se le permettre.

— Moi je détiens encore cinquante-huit mille Struan, et personne n'en veut.

— *Nom de dieu !*

— Qu'est-ce qu'il y a ?

— La Ho-Pak est lessivée, elle vient de fermer ses portes !

— *Quoi !*

— Toutes les agences !

— Vous êtes sûr ?

— Naturellement. On dit que la Vic n'ouvrira pas non plus demain et que le gouverneur va décréter la fermeture de toutes les banques pour vingt-quatre heures. Je le tiens de source bien informée.

— Bon dieu, nous sommes tous ruinés...

— Non, je viens de parler à Johnjohn. La ruée s'est étendue à eux, c'est vrai, mais il m'a assuré qu'ils tiendraient.

— Il en est certain ?

— D'après lui, il y a eu un mouvement de panique à Aberdeen, quand les agences de la Ho-Pak ont fermé. Richard Kwang vient de publier un communiqué rassurant : la fermeture n'est que momentanée, la banque est solvable et...

— Quel menteur !

— ... et tous les déposants doivent se rendre au siège central de la banque, qui reste ouvert, s'ils désirent retirer de l'argent.

— Et leurs actions, à combien vont-ils les payer ? dix *cents* le dollar ?

— Dieu seul le sait ! Des milliers de gens vont y perdre leur chemise.

— Hé, Taï-pan ! vous laissez votre cote s'effondrer ou vous achetez ?

— La Noble Maison se porte comme un charme, mon vieux, répondit Dunross avec aisance. Je vous conseille d'acheter.

— Combien de temps pourrez-vous tenir, Ian ?

— Il y a quelques petits problèmes que nous allons résoudre, ne vous inquiétez pas.

Dunross continua à fendre la foule en direction de la sortie. Linc et Casey le suivaient en le bombardant de questions auxquelles il répondait laconiquement ou auxquelles il se dérobait par une plaisanterie. Quand il se retrouva en face de Gornt, il se fit un grand silence dans la salle.

— Ah ! Quillan, la journée a été bonne ? demanda-t-il aimablement.

— Excellente, merci. Nous avons gagné trois ou quatre millions, mes associés et moi.

— Vous avez des associés ?

— Naturellement. On ne s'attaque pas à Struan sans s'assurer au préalable de solides soutiens financiers. Il se trouve que des quantités de gens bien détestent Struan, et cela depuis plus de cent ans. J'ai le plaisir de vous annoncer que je viens d'acquérir trois cent mille autres actions que je vais m'empresser de mettre sur le marché. Voilà qui devrait vous porter le coup de grâce.

— Nous tiendrons.

— Jusqu'à demain, ou lundi au plus tard... Nous dînons toujours ensemble mardi, Mr. Bartlett ?

— Certainement.

— A vendre à découvert sur un marché aussi versatile, on risque de se brûler les ailes. Vous ne croyez pas ? dit Dunross aux Américains.

— La Bourse de New York n'aurait pas résisté à une telle journée, déclara Bartlett. N'est-ce pas, Casey ?

— Sûrement pas, répondit la jeune femme, que le regard scrutateur de Gornt mettait mal à l'aise.

— Vous vendez à découvert, vous aussi, Mr. Bartlett ? demanda le Taï-pan de la Rothwell.

— Non. Pas pour le moment.

— Vous devriez. Il y a beaucoup d'argent à gagner quand un marché s'effondre. Et vous, Ciranoush, vous jouez à la baisse ?

La façon dont il prononça son nom fit frissonner Casey. Attention, se dit-elle. Cet homme est dangereux — comme Dunross, comme Linc.

Lequel d'entre eux ?

Je crois que je les désire tous les trois, s'avoua-t-elle en sentant une onde de chaleur la parcourir.

— Non, je n'aime pas jouer. J'ai eu trop de mal à gagner l'argent que je possède, répondit-elle.

— Sage attitude, commenta Gornt. Pourtant, il y a parfois des coups absolument sûrs qui vous permettent de faire un *malheur*, ajouta-t-il en regardant Dunross.

— C'est une image, naturellement.

— Naturellement, répéta Ian avec un sourire. A demain, Quillan.

— Hé, Mr. Bartlett ! cria quelqu'un, avez-vous oui ou non conclu un accord avec Struan ?

— Et que pense le Pirate des raids à la mode de Hong-Kong ? lança un autre.

— Tous les raids se ressemblent, répondit Bartlett en haussant les épaules. On n'est jamais sûr de gagner avant la fin, et comme l'a dit Mr. Dunross, on risque de se brûler les ailes. Mais je suis également d'accord avec Mr. Gornt : on a parfois l'occasion de casser la baraque — c'est une image, bien sûr.

Des rires fusèrent tandis que Ian reprenait le chemin de la sortie, suivi par Linc et Casey. Parvenu devant sa Rolls, Dunross leur proposa :

— Montez, mon chauffeur va vous reconduire après m'avoir déposé. Désolé de ne pas vous accompagner, je dois retourner au bureau.

— Non, non, c'est inutile, nous prendrons un taxi.

— Avec cette pluie, vous n'en trouverez pas. Montez donc.

— Bon, qu'il nous laisse à la gare du ferry, ce sera suffisant, dit Casey.

Quand le trio fut installé à l'arrière, Bartlett demanda :

— Que comptez-vous faire au sujet de Gornt ?

Le Taï-pan partit d'un rire dont l'Américain s'efforça d'estimer la sincérité.

— Je vais attendre. La patience est une vertu chinoise. Merci de votre discrétion concernant notre accord. Vous vous en êtes bien tiré.

— Vous l'annoncerez demain, après la clôture, comme prévu.

— J'aimerais garder une marge de manœuvre. Peut-être demain, peut-être mardi, après la signature. Notre accord tient toujours jusqu'à mardi minuit ?

— Certainement, dit Casey.

— Si cela ne vous dérange pas, laissez-moi m'occuper seul de l'annonce de notre accord. Je vous préviendrai avant de le rendre public mais je préfère ne pas fixer de date maintenant.

— Entendu.

— Merci. Évidemment, si je suis nettoyé d'ici là, tout est changé, je le comprends parfaitement.

— Gornt est vraiment capable de prendre le contrôle de Struan ? demanda Casey.

Le Taï-pan continua à sourire mais son regard se durcit.

— Non, en fait, mais il peut réunir assez d'actions pour avoir accès au conseil d'administration et y désigner d'autres membres. Une fois dans la place, il connaîtra nos secrets et sera en mesure de nous détruire. Car c'est ce qu'il veut : nous détruire.

— A cause du passé ?

— En partie. A Hong-Kong, les forts survivent, les faibles disparaissent ; le gouvernement n'intervient ni pour vous prendre de l'argent ni pour vous protéger. Si vous n'aimez pas la liberté, ce n'est pas ici qu'il faut venir. Vous êtes venu pour gagner de l'argent, *heya ?* dit Ian en regardant Bartlett. Et vous en gagnerez, d'une façon ou d'une autre.

Linc acquiesça d'un ton neutre et Casey se demanda avec inquiétude ce que Dunross savait de ses tractations avec Gornt.

— Nous sommes venus pour gagner de l'argent, reconnut-elle, mais pas pour détruire.

— Parfait. Avant que j'oublie : Jacques vous invite à dîner ce soir. Je ne pourrai pas être des vôtres, je dois voir le gouverneur, mais je vous rejoindrai plus tard pour prendre un verre.

— Non, ce soir c'est impossible, répondit Bartlett en pensant à Orlanda.

— Et vous, Casey ?

— Non plus, j'ai des milliers de choses à faire. Une autre fois.

Ravie de la réponse de Linc, la jeune femme pensait déjà au plaisir qu'elle aurait à dîner en tête-à-tête avec lui.

Quand Dunross entra dans son bureau, Claudia lui annonça :

— Mr. et Mrs. Kirk attendent en bas, à la réception, et la démission de Bill Foster est sur votre bureau.

— Merci, Claudia. Rappelez à Linbar que je veux le voir avant son départ.

Bien que l'Eurasienne fût experte dans l'art de dissimuler ses sentiments, il devinait sa peur. D'ailleurs la peur semblait s'être insinuée dans tout l'immeuble et, sous une tranquillité apparente, le personnel de Struan s'était mis à douter. « Quelles que soient les armes et les troupes dont elle dispose, une armée ne peut vaincre sans faire confiance à son général », se rappela le Taï-pan, puisant une fois de plus dans les enseignements de Sun Tzu.

Après avoir passé en revue ses positions, il conclut que le meilleur moyen de se défendre serait d'attaquer mais il ne pouvait passer à l'offensive sans une rentrée massive de fonds. Au cours de son entrevue avec Mata, dans la matinée, il n'avait arraché au Portugais réticent qu'un simple « peut-être ».

— Je vous avais prévenu que je devais d'abord consulter l'Avare, avait argué Mata. Je n'ai pas réussi à le joindre.

— Il est à Macao ?

— Oui, je crois. Il arrive aujourd'hui en principe mais je ne sais pas à quelle heure. S'il n'est pas dans le dernier ferry, je retournerai à Macao pour le voir et je vous téléphonerai ce soir, dès que je lui aurai parlé. Vous avez reconsidéré nos deux propositions.

— Oui. C'est non pour l'une et l'autre : je ne peux vous céder le contrôle de Struan ni quitter la Noble Maison pour m'occuper du jeu à Macao.

— Notre argent vous permettrait d'écraser Gornt.

— Je garde le contrôle de Struan.

— Nous pourrions peut-être combiner les deux propositions. Nous vous soutenons contre Gornt en échange du contrôle de Struan et vous prenez secrètement la direction du syndicat du jeu.

Le Taï-pan s'installa derrière son bureau en songeant

que Mata et l'Avare cherchaient uniquement à tirer profit de l'impasse dans laquelle il se trouvait. Bartlett et Casey aussi, se dit-il sans colère. Une femme intéressante, cette Miss Cholok : belle, courageuse, loyale — envers Bartlett. Je me demande si elle sait qu'il est monté chez Orlanda ce matin. Je me demande s'ils se doutent que je suis au courant des deux millions versés à Gornt sur un compte suisse. Bartlett est malin, il place bien ses pièces mais il est vulnérable parce qu'on prévoit ses coups. Et parce qu'il va se faire entortiller par une jeune beauté à la peau dorée, Orlanda ou une autre. C'était habile de la part de Quillan de l'amorcer avec cet appât...

— Les coups de téléphone, Claudia ?

La vieille secrétaire consulta sa liste.

— Hiro Toda vous demande de rappeler, même chose pour Alastair Struan à Edimbourg... David MacStruan a téléphoné de Toronto... votre père de Ayr... Sir Ross Struan de Nice...

— Faites-moi plutôt voir cette liste... Oncle Trussler de Londres, Oncle Kelly de Dublin... le cousin Cooper d'Atlanta. Les mauvaises nouvelles vont vite.

Les yeux de Claudia s'embuèrent.

— Qu'est-ce... qu'est-ce que nous allons faire ? gémit-elle.

— Surtout pas pleurer, dit Ian d'une voix calme.

— Oui, pardon.

Claudia retrouva d'autant plus facilement son sang-froid qu'elle s'inquiétait avant tout pour son patron : elle, elle ne risquait plus rien ; elle avait vendu ses actions avant la dégringolade et elle n'avait pas acheté quand le chef de la Maison de Chen l'avait discrètement recommandé aux membres du clan.

— Ma fille, il n'y a point de malheur pire que la mort, déclara Ian en prenant l'accent écossais. C'est ce que répétait le vieux Taï-pan.

Le vieux Taï-pan, c'était Sir Ross Struan, le père

d'Alastair, le premier Taï-pan dont il se souvînt. Il revint à la liste :

— Le cousin Kern de Houston et le cousin Deeks de Sydney. La famille est au complet.

Chacune de ces branches familiales détenait des actions de la Noble Maison mais le Taï-pan en titre en disposait à son gré au conseil d'administration. Les Dunross, qui descendaient de Dirk Struan par sa fille Winifred, en possédaient 10 p. 100 ; les Struan, héritiers de Robb, le demi-frère de Dirk, 5 p. 100 ; les Trussler et les Kelly, de la branche issue de la fille cadette de Culum et Hag, 5 p. 100 également, tout comme les Cooper, les Kern et les Derby, descendants du négociant américain Jeff Cooper, ami de Dirk qui avait épousé la fille aînée de la vieille Hag ; les MacStruan, rejetons illégitimes de Dirk, 2,5 p. 100 ; enfin les Chen, 7,5 p. 100. Quant aux 50 p. 100 restants, Hag Struan, à qui ils avaient appartenu en propre, les avait constitués en un fidéicommis à perpétuité, confié au Taï-pan en exercice, « quel qu'il soit », et dont les bénéfices étaient partagés de la façon suivante : une moitié au Taï-pan, l'autre répartie entre le reste des branches en proportion de leur nombre d'actions. Ainsi en avait décidé la douairière, qui avait ajouté dans son testament, de son écriture énergique : « Si, pour une raison quelconque, le Taï-pan décide de ne pas verser aux autres branches les bénéfices provenant de mes actions, ils iront grossir sa cassette personnelle et il en usera à son gré. Mais que les Taï-pans successifs prennent garde : j'ajouterai ma malédiction à celle de Dirk pour frapper celui ou celle qui nous trahira si la Noble Maison n'est pas transmise de génération en génération... »

Pourquoi ces deux fantômes continuent-ils à nous hanter ? se demanda Ian. Pourquoi ne pouvons-nous nous libérer du passé ? Pourquoi ne vivons-nous que pour obéir à leurs volontés ?

Ce n'est pas vrai, je ne suis pas à leurs ordres, j'essaie seulement de me montrer digne d'eux.

— Il y a eu d'autres coups de téléphone ? demanda Dunross à sa secrétaire.

— Une douzaine. Phillip Chen, puis Dianne, John-john, le général Jen, de Taiwan, Gavallan père, de Paris, Wu-quatre-doigts, Pug...

— Quatre-doigts ? coupa Ian, plein d'espoir. Quand a-t-il appelé ?

Claudia baissa les yeux sur sa liste et répondit :

— A 14 h 56.

Le Taï-pan se demanda si le vieux pirate avait changé d'avis. La veille, quand il l'avait rencontré à Aberdeen pour solliciter son aide, il n'avait obtenu que de vagues promesses, comme avec Lando Mata.

— Vieil ami, je ne t'ai encore jamais demandé de faveur, avait-il fait observer à Wu en dialecte haklo.

— Tes ancêtres taï-pans ont souvent bénéficié de celle des miens, avait répliqué le vieillard en le regardant de ses yeux rusés. Forniquent tous les chiens ! comment un pauvre pêcheur comme moi pourrait te prêter vingt millions ?

— Il en est sorti bien davantage hier de la Ho-Pak, vieil ami.

— *Diou ne lo mo* sur tous les colporteurs de ragots ! J'ai retiré mon argent à temps, c'est vrai, mais je m'en suis servi pour acheter de la marchandise.

— Pas de la Poudre-blanche, j'espère, elle porte le mauvais *joss*. Surtout, n'y touche pas, c'est un conseil d'ami. Mes ancêtres, le Diable aux yeux verts et la vieille Hag au mauvais œil et aux dents de dragon, ont maudit tous ceux qui en font le trafic.

Sachant à quel point Quatre-doigts était superstitieux, Dunross avait quelque peu travesti la vérité pour l'impressionner.

— Je te mets en garde contre la Poudre-qui-tue. D'ailleurs, tu gagnes sans doute davantage avec l'or.

— Je ne m'occupe pas de Poudre-blanche, avait

répondu Wu avec un sourire découvrant ses gencives édentées. Et je n'ai pas peur des malédictions, d'où qu'elles viennent.

— Tant mieux. Cinquante millions pendant trois jours, c'est tout ce que je te demande.

— Je vais voir avec mes amis, Taï-pan. Peut-être qu'à nous tous, nous pourrons t'aider, mais on ne tire pas d'eau d'un puits à sec... A quel taux d'intérêt ?

— Élevé si j'ai l'argent demain.

— Impossible, Taï-pan.

— Parles-en à l'Avare, c'est ton associé, ton ami.

— Le seul ami de l'Avare, c'est l'Avare, avait répondu le vieillard d'un air renfrogné.

Dunross décrocha le téléphone et demanda à Claudia en composant un numéro :

— Qui encore ?

— Crosse, une nuée d'actionnaires, les directeurs de nos filiales, la plupart des membres du Club hippique, Travkin, ça n'a pas arrêté.

— Ici, le Taï-pan, annonça Ian en haklo dans l'appareil. Mon vieil ami est là ?

— Certainement, Mr. Dunross, répondit poliment une voix en anglais. Merci d'avoir rappelé.

— Mr. Choy, je présume ?

— C'est exact.

— Votre oncle m'a parlé de vous. Bienvenue à Hong-Kong.

— Je vous le passe.

Dunross se posait des questions : pourquoi Paul Choy était-il auprès de Quatre-doigts au lieu de s'employer à faire son trou chez Gornt ? pourquoi Crosse et Johnjohn avaient-ils téléphoné ?

— Taï-pan ?

— Oui, vieil ami. Tu voulais me parler ?

— Oui. On peut se voir ce soir ?

Dunross aurait voulu crier : « Tu as changé d'avis ? » mais les bonnes manières le lui interdisaient et les

Chinois préféraient les discussions de vive voix aux conversations téléphoniques.

— Certainement. Vers minuit ? proposa-t-il en pensant à son rendez-vous avec Kwok à onze heures moins le quart.

— Bien. Mon sampan t'attendra à l'embarcadère.

Ian raccrocha, le cœur battant, et ordonna à sa secrétaire :

— D'abord Crosse, ensuite les Kirk, puis le reste de la liste. Préparez une téléréunion avec mon père, Alastair et Sir Ross — disons... à dix-sept heures, il sera vingt et une heures en Grande-Bretagne et vingt-deux heures à Nice. J'appellerai David et les autres cousins des États-Unis ce soir, inutile de les réveiller en pleine nuit.

— Bien, Taï-pan, répondit Claudia, qui composait déjà le numéro du directeur de la SI.

Elle tendit le téléphone à son patron, sortit et ferma la porte derrière elle.

— Allô, Roger ?

— Combien de fois vous êtes-vous rendu en Chine ?

La question interloqua Dunross, qui resta muet quelques secondes avant de grogner :

— La réponse se trouve dans vos archives, vous n'avez qu'à chercher.

— Je le sais, mais pourriez-vous me la donner maintenant, s'il vous plaît ?

— Je suis allé quatre fois à Canton, pour la foire, et une fois à Pékin l'année dernière avec une mission commerciale.

— Avez-vous réussi à sortir de Canton, ou de Pékin ?

— Pourquoi cette question ?

— Répondez.

Dunross hésita. La Noble Maison comptait en Chine de nombreux Vieux-amis à qui elle pouvait faire confiance. Certains avaient sincèrement épousé la cause communiste ; d'autres, sous les apparences, étaient demeurés avant tout Chinois, c'est-à-dire prudents, secrets et apolitiques. Ces derniers n'en occupaient pas moins des postes importants dans la hiérarchie du Parti, y compris au Présidium. Ils savaient que l'Empereur d'aujourd'hui pouvait être le chien courant de demain, que les dynasties se succèdent selon le caprice des dieux, que le premier d'une nouvelle lignée à monter sur le trône du Dragon a inévitablement les mains souillées de sang, qu'il faut toujours se ménager une porte de sortie, et que certains barbares sont dignes de confiance.

Mais, surtout, ces hommes étaient réalistes, ils savaient que leur pays avait besoin de matériel et d'aide face à son seul véritable ennemi : la Russie.

C'est pourquoi ils avaient maintes fois fait appel à la Noble Maison, officiellement ou non, pour se procurer toutes sortes de marchandises et de biens d'équipement — par exemple des moteurs à réaction. Aussi Dunross s'était-il souvent rendu dans des endroits interdits aux autres visiteurs, notamment à Hangchow, ville située dans la plus belle partie du pays, où il avait été reçu avec faste ainsi que d'autres membres du Club 49. Ce club regroupait les compagnies, pour la plupart anglaises, qui avaient continué à commercer avec la Chine après 1949. La Grande-Bretagne avait en effet reconnu le gouvernement de Mao peu après que Chiang Kai-shek se fut réfugié à Taiwan. Les relations entre les deux pays avaient cependant toujours été tendues, ce qui, par définition, n'était pas le cas entre *vieux amis*.

— Oh ! j'ai fait quelques petites escapades, reconnut Ian, qui ne voulait pas mentir au patron de la SI. Pourquoi ?

— Pourriez-vous me préciser où ?

— Certainement, à condition que vous m'expliquiez pourquoi. Nous ne sommes ni des politiciens ni des espions mais des hommes d'affaires. C'est grâce au commerce que l'Union Jack a flotté naguère sur la moitié du globe. Dites-moi donc ce que vous avez en tête, mon vieux.

Après un instant de silence, Crosse répondit :

— Rien de particulier. Je serai plus précis quand j'aurai lu les dossiers. Excusez-moi de vous avoir dérangé. Au revoir.

Dunross raccrocha, perplexe. Certains des contrats qu'il avait passés avec la Chine n'étaient sans doute pas conformes à la politique officielle de Londres, encore moins à celle de Washington. Ce qui, pour la Noble Maison, n'était que du commerce, pouvait apparaître à ces gouvernements comme de la contrebande.

— Mr. et Mrs. Jamie Kirk, annonça Claudia.

Jamie Kirk, petit homme au visage et aux mains roses, entra en compagnie d'une femme grande et forte.

— Nous sommes absolument ravis..., commença-t-il d'un ton un peu guindé.

— Ravis, ravis, intervint son épouse — une Américaine — en le bousculant gentiment. Viens-en au fait, Jamie chéri, Mr. Dunross est un homme très occupé et nous avons des emplettes à faire. Mon mari a un paquet pour vous, Mr. Dunross.

— Oui, de la part d'Alan Medford G...

— Il le sait, chéri, que c'est de la part de Grant, coupa de nouveau Mrs. Kirk. Donne-lui le paquet.

— Euh... oui. Il y a également...

— Une lettre, acheva la grande Américaine. Mr. Dunross a sûrement des milliers de choses à faire, donne-lui vite la lettre et le paquet. Nous, nous irons nous occuper de nos emplettes.

— Oui. Eh bien... voilà.

Kirk remit à Dunross un paquet de trente centimètres sur vingt environ, emballé dans un papier brun maintenu par du ruban adhésif. L'enveloppe portait un sceau de cire rouge que le Taï-pan reconnut aussitôt.

— Alan m'a chargé...

— De vous le remettre en main propre et de vous transmettre ses amitiés, compléta Mrs. Kirk d'un ton enjoué en se levant. Viens, chéri, allons-nous...

Dunross leva une main de manière impérieuse et demanda d'un ton courtois mais énergique :

— Quelles emplettes voulez-vous faire, Mrs. Kirk ?

— Hein ? Oh ! des vêtements pour moi, des chemises pour Jamie, il en a besoin...

Le Taï-pan appuya sur un bouton, Claudia entra aussitôt dans le bureau.

— Claudia, conduisez immédiatement Mrs. Kirk chez Sandra Lee, qui l'accompagnera en bas chez Li Fou Tap. Qu'elle lui dise que je le ferai expulser s'il ne traite pas Mrs. Kirk comme sa meilleure amie.

Avant d'avoir pu placer un mot, l'Américaine se retrouva dans le couloir avec la secrétaire. Son mari poussa un long soupir.

— J'aimerais être capable d'en faire autant, murmura-t-il.

— Mais je n'ai rien fait. Votre femme voulait acheter des vêtements, n'est-ce pas ?

— Oui, c'est exact mais... Passons. Alan a précisé que vous devez lire la lettre en ma présence. Je... je ne l'avais pas dit à mon épouse — vous croyez que j'aurais dû ?

— Non, répondit Ian en souriant. Mr. Kirk, j'ai une mauvaise nouvelle à vous apprendre : A.M.G. s'est tué lundi dernier sur sa moto.

— Quoi ?

— J'ai pensé qu'il valait mieux vous l'apprendre.

Perdu dans ses pensées, le petit homme contemplait les gouttes de pluie zigzaguant sur les vitres d'une des fenêtres.

— Fichues motos ! dit-il enfin. Ce pauvre Alan... Je suis content que vous n'en ayez pas parlé devant Frances, elle l'aimait bien, elle aussi... Pauvre Alan !

répéta Kirk en regardant ses doigts aux ongles rognés. Pauvre, pauvre vieil Alan...

Pour lui laisser le temps de se ressaisir, Ian ouvrit la lettre et lut :

« Cher Mr. Dunross,

« Jamie Kirk, un ami d'enfance, vient de vous remettre un paquet que je vous demande d'ouvrir quand vous serez seul. C'est un homme à qui on peut faire confiance, bien qu'il ne sache pas exactement en quoi consistent mes activités. Pour lui, je suis une espèce d'historien amateur possédant une fortune personnelle. (Dunross aurait souri si l'auteur de la lettre n'avait été mort.) Jamie est un des meilleurs géologues marins du monde. Posez-lui des questions sur ses travaux, les plus récents notamment — de préférence en l'absence de Frances, sa femme. Ce n'est pas qu'il ait des secrets pour elle mais elle est un peu envahissante. Vous verrez que mon ami a des idées qui pourraient être utiles à la Noble Maison. Amitiés. »

— Alan et vous étiez des amis d'enfance ?

— Nous avons été au collège ensemble. J'ai ensuite fait Cambridge et lui Oxford mais nous sommes toujours restés en contact. De loin en loin, naturellement. Vous, euh, vous le connaissiez depuis longtemps ?

— Trois ans, et je l'estimais beaucoup. Vous préférez peut-être ne pas parler de lui maintenant ?

— Non, non. Je... la nouvelle a été un choc, naturellement, mais la vie continue. Ce vieil Alan... C'était un curieux personnage, n'est-ce pas ? avec sa pipe, ses pantoufles en tapisserie... Chez lui, il avait toujours des pantoufles en tapisserie.

— Je n'y suis jamais allé. Nous nous rencontrions en général à mon bureau de Londres, parfois à Ayr.

— Ah ! oui, il m'a parlé de cette propriété. Vous avez de la chance de posséder un aussi beau domaine, Mr. Dunross.

— Le château d'Avisyard ne m'appartient pas mais

il est dans la famille depuis plus de cent ans. Dirk Struan en avait fait cadeau à sa femme — c'était leur maison de campagne, en quelque sorte.

Dunross éprouva une sensation de chaleur, comme chaque fois qu'il pensait à Ayr, aux collines ondulant doucement, aux lacs, aux forêts et aux landes, à ces six mille acres où l'Écosse éclatait de beauté.

— Traditionnellement, le Taï-pan est le châtelain d'Avisyard mais, naturellement, toutes les autres branches connaissent bien le château, en particulier les enfants. Ils y passent leurs grandes vacances, les fêtes de Noël. Ah ! Noël à Avisyard : les moutons et les quartiers de bœufs rôtis à la broche, les flambées, les cornemuses et le whisky ! Il faut que vous nous y rendiez visite un jour. A.M.G. écrit dans sa lettre que vous êtes l'un des meilleurs géologues du monde...

— Il est trop aimable — je veux dire, il l'était... A la réflexion, je crois qu'il vaut mieux ne pas annoncer sa mort à Frances. Inutile de lui gâcher ses vacances, il sera toujours temps de lui apprendre la nouvelle à notre retour. Qu'en pensez-vous ?

— Comme vous le jugerez bon. Votre spécialité, ce sont les fonds marins, si j'ai bien compris ?

— Plus particulièrement la pétrologie : l'étude des roches, leur description et leur interprétation, si l'on peut dire. Je m'intéresse surtout aux roches sédimentaires et, ces dernières années, j'ai participé à des recherches effectuées sur la plate-forme continentale est de l'Écosse. A.M.G. pensait que cela pourrait vous intéresser.

— Certainement, affirma Ian en dissimulant son impatience. Ce doit être très intéressant. Quel était le but de ces recherches ?

— La découverte d'hydrocarbures. On les trouve dans les couches sédimentaires de la période paléozoïque. Du pétrole, si vous préférez.

— Ainsi vous cherchiez du pétrole ?

— Non ! Nous voulions simplement établir la présence d'hydrocarbures au large des côtes écossaises. Et les recherches nous ont permis de conclure qu'il y en avait en abondance non pas près des côtes mais plus loin, en mer du Nord... Oui, je crois que les gisements sont nombreux et étendus.

Dunross ne voyait toujours pas l'intérêt.

— Je sais qu'on exploite des gisements *offshore* au Moyen-Orient et dans le golfe du Texas mais je ne vois pas comment on pourrait le faire au large de l'Écosse. La mer du Nord est une des plus capricieuses au monde, ses tempêtes soulèvent des vagues hautes comme des montagnes. Comment y forer ? Comment y ancrer les plates-formes ? Comment acheminer le pétrole jusqu'à terre si, par miracle, on réussissait à en pomper ? A supposer toutes ces questions résolues, le prix de revient serait beaucoup trop élevé.

— Très juste, Mr. Dunross, approuva Kirk. Cependant, je n'entre pas dans ces considérations, mon rôle se borne à découvrir les précieux hydrocarbures. En toute modestie, personne n'avait jusqu'à présent décelé leur présence, ajouta le petit homme avec fierté. Naturellement, ce n'est encore qu'une hypothèse, seuls les forages pourraient lui apporter confirmation, mais je dois dire que je manie assez bien l'interprétation sismique — l'étude des ondes produites par des explosions expérimentales. En traitant d'une manière peu orthodoxe les derniers...

Le Taï-pan n'écoutait que d'une oreille en s'interrogeant sur les raisons qui avaient pu amener A.M.G. à lui infliger cette conférence. Après avoir laissé Kirk poursuivre un moment, il l'interrompit poliment :

— Vous m'avez convaincu, Mr. Kirk, je vous félicite. Vous restez longtemps à Hong-Kong ?

— Jusqu'à lundi. Nous allons ensuite en Nouvelle-Guinée.

— Où ça ? demanda Dunross, dont l'intérêt se réveilla.

— A Sukanapura, sur la côte nord, dans la nouvelle

partie indonésienne. Je ne vous apprends pas, bien entendu, que le président Soekarno a annexé la Nouvelle-Guinée néerlandaise en mai.

— *Volé* serait le terme exact. Sans les pressions malavisées des Américains, la Nouvelle-Guinée serait restée hollandaise et s'en trouverait fort bien. Je crois que vous avez tort de vous y rendre : la situation politique est très instable, Soekarno n'aime guère les Européens ni l'Occident en général. C'est lui qui soutient l'insurrection marxiste au Sarawak, en Malaisie. En outre, Sukanapura est un port misérable, brûlé de soleil, infesté de maladies.

— Ne vous inquiétez pas, j'ai la robustesse des Écossais et nous sommes les hôtes du gouvernement.

— Ce que j'essaie de vous faire comprendre, c'est qu'en ce moment le gouvernement n'a guère d'autorité.

— On m'a demandé d'étudier des couches sédimentaires particulièrement intéressantes. Je suis géologue, je ne fais pas de politique. Non, rassurez-vous, tout est arrangé.

— Je donne un cocktail samedi à dix-neuf heures trente, vous m'obligeriez en y venant avec votre femme. Nous y reparlerons de la Nouvelle-Guinée.

— Très volontiers, c'est fort aimable à vous... Où dois-je...

— Je vous enverrai une voiture. Vous désirez peut-être rejoindre Mrs. Kirk, à présent ? Je ne lui parlerai pas de la mort d'A.M.G. si vous n'avez pas changé d'avis.

— Ce pauvre Alan ! Je l'avais presque oublié, avec mes histoires de roches sédimentaires.

Après avoir confié le géologue à Claudia, le Taï-pan referma la porte de son bureau et ouvrit le paquet. Il découvrit un second emballage et une enveloppe portant l'inscription : « Ian Dunross, personnel et confidentiel. » A la différence de la première lettre, écrite à la main, la seconde était tapée à la machine :

« Cher Mr. Dunross,

« Je confie à mon vieil ami Jamie cette lettre que je vous écris à la hâte après avoir reçu des nouvelles préoccupantes. Il y a dans notre système une nouvelle fuite, d'origine britannique ou américaine, et nos adversaires intensifient leur travail de sape. Cela pourrait avoir de fâcheuses conséquences pour moi, ou même pour vous, de là mon inquiétude. Pour vous, parce qu'il est possible que l'existence des rapports ultra-secrets que je vous envoie ait été découverte. S'il devait m'arriver quoi que ce soit, appelez le 871-65-65, à Genève, et demandez Mrs. Riko Gresserhoff. Pour elle, mon nom est Hans Gresserhoff. Elle s'appelle en réalité Riko Anjin, elle parle allemand, japonais, anglais et français. Elle vous remettra des documents, dont certains à transmettre en main propre à d'autres personnes. J'ai confiance en vous, vous êtes le seul à connaître l'existence de Riko et son vrai nom. Rappelez-vous, vous ne devez montrer à quiconque ni cette lettre ni les rapports que je vous ai adressés.

« Quelques explications concernant les travaux de Kirk : je pense que d'ici une dizaine d'années, les pays arabes oublieront leurs divergences et utiliseront le pouvoir que leur donne le pétrole non contre Israël mais contre le monde occidental. Nous serons ainsi placés devant l'alternative suivante : abandonner Israël... ou crever de faim.

« S'ils parviennent à s'unir, les cheiks et les rois féodaux d'Arabie Saoudite, d'Iran, d'Irak, de Libye, des émirats du Golfe Persique pourront à leur gré priver les Occidentaux et les Japonais de la seule matière première qui leur soit indispensable. Ils pourront même avoir recours à une tactique plus habile encore : faire monter le prix du pétrole, rançonner les pays occidentaux. Les Arabes nous tiendront la dragée haute tant que nous dépendrons d'eux pour notre approvisionnement en pétrole. Voilà pourquoi les idées de Kirk m'intéressent.

« Actuellement l'extraction d'un baril de pétrole dans un désert du Moyen-Orient revient à huit *cents* américains, alors que le même baril, pompé en mer du Nord et transporté par bateau jusqu'en Écosse, coûterait sept dollars. Si le pétrole arabe, vendu aujourd'hui trois dollars le baril devenait soudain beaucoup plus cher sur le marché mondial et atteignait par exemple neuf dollars... Vous avez compris où je veux en venir, j'en suis persuadé. Les gisements de mer du Nord deviendraient exploitables et constitueraient une richesse considérable pour la Grande-Bretagne.

« Selon Jamie, ces gisements sont situés au nord et à l'est de l'Écosse, ce qui conduirait logiquement à choisir le port d'Aberdeen pour acheminer le pétrole extrait en mer. Un homme d'affaires avisé commencerait donc à s'intéresser aux possibilités qu'offre cette ville : docks, aérodromes, terrains. Si, par ailleurs, mes prévisions concernant les prochaines élections se vérifient, si les travaillistes remportent la victoire à cause de l'affaire Profumo... »

Ce scandale avait fait la une des journaux pendant plusieurs semaines. Six mois plus tôt, en mars, John Profumo, secrétaire d'État à la Guerre, avait officiellement démenti avoir eu une liaison avec Christine Keeler, call-girl soudain propulsée sur le devant de la scène avec Stephen Ward, ostéopathe londonien renommé jouant les entremetteurs. Le bruit avait alors couru — sans qu'on pût le vérifier — que cette fille avait aussi été la maîtresse d'un des attachés soviétiques de l'ambassade d'U.R.S.S., le commandant Evgueni Ivanov, agent du KGB rappelé en Russie en décembre. Profumo avait donné sa démission, Ward s'était suicidé.

« Il est curieux que ce scandale ait éclaté à un moment particulièrement bien choisi si l'on se place du point de vue soviétique, continuait Grant dans sa lettre. Je n'ai pas de preuves mais je ne crois pas qu'il s'agisse d'une coïncidence. Rappelez-vous que l'U.R.S.S. a pour tactique de diviser les pays — la Corée, l'Allemagne — puis de laisser agir les sous-fifres qu'elle a endoctrinés. Je suis convaincu que les socialistes pro-soviétiques contribueront à faire éclater la Grande-Bretagne en plusieurs fragments : Angleterre, Écosse, Pays de Galles, Irlande du Nord — surveillez l'Irlande, c'est un terrain idéal pour les manœuvres soviétiques.

« Voici donc le plan que je propose à la Noble Maison : traiter l'Angleterre avec circonspection, concentrer ses forces sur l'Écosse, *que le pétrole de mer du Nord devrait rendre largement autonome sur le plan économique.* Avec sa population énergique et nationaliste, l'Écosse pourrait devenir une entité viable, capable même de soutenir une Angleterre chancelante... Notre pauvre pays ! Mr. Dunross, j'ai de grandes craintes pour l'Angleterre.

« Peut-être n'est-ce qu'une autre de mes idées extravagantes mais je vous conseille néanmoins de considérer désormais l'Écosse et Aberdeen en pensant aux gisements de la mer du Nord. »

— Ridicule ! s'exclama le Taï-pan en interrompant la lecture de la lettre.

Pourtant... A.M.G. a tendance à exagérer, il voit des cocos partout mais sa théorie est peut-être fondée, on ne peut l'exclure *a priori*. En prenant les devants, nous gagnerions une fortune, se dit Ian, dont l'excitation croissait. Il serait facile de commencer à abandonner Londres et d'investir en Écosse. L'Écosse aux Écossais, exportateurs de pétrole ? Une Écosse autonome mais non complètement séparée de l'Angleterre, dans le cadre d'une Grande-Bretagne forte... Mais si la City de Londres, le Parlement tombent sous la coupe de la gauche...

Que se passera-t-il si le linceul du socialisme recouvre la Grande-Bretagne ? se demanda Dunross avec appréhension. Que feront les Robin Grey et les Julian Broadhurst ? Ils nationaliseront tout, ils mettront la main sur le pétrole de la mer du Nord — si pétrole il y a — et ils feront disparaître Hong-Kong, comme ils l'ont promis.

Le Taï-pan s'efforça de chasser cette pensée et reprit sa lecture :

« Point suivant : je crois avoir identifié trois des agents du réseau Sevrin. Ces informations m'ont coûté cher — j'aurai sans doute besoin de fonds supplémentaires avant Noël — et je ne suis pas certain de leur exactitude. Je procède sans tarder aux vérifications nécessaires car je sais l'importance que vous accordez à cette question. Les trois taupes seraient donc : Jason Plumm, patron d'une société appelée Asian Properties, Lionel Tuke, de la compagnie des téléphones, et Jacques de Ville, de Struan... »

Impossible ! A.M.G. était devenu fou !

Le téléphone de la ligne privée se mit à sonner, Dunross décrocha.

— Mr. Dunross ? Un appel de Sydney, en Australie, de Mr. Duncan Dunross. Vous acceptez le P.C.V. ?

— Bien sûr ! Duncan ? Allô, Duncan ?

— Père ?

— Comment vas-tu, mon fils ?

— Très bien. Désolé de te déranger au bureau mais je n'arriverai pas par le vol prévu, il n'y a plus de place. Je prendrai le Singapore Airlines de midi. Inutile de venir me chercher, je...

— J'enverrai la voiture avec Li Choy. Et passe au bureau avant d'aller à la maison, d'accord ? Alors, ces vacances ?

— Terribles ! J'y retourne l'année prochaine. J'ai fait la connaissance d'une fille formidable.

Ian éprouvait des difficultés à oublier la lettre d'A.M.G. pour s'intéresser aux aventures sentimentales de son fils. Quel cauchemar si Jacques avait trahi !

— Père ?

— Oui, je t'écoute.

— Est-ce qu'on peut sortir avec une fille un peu plus vieille que soi ?

Dunross songea que lui-même n'avait pas quinze ans — l'âge de son fils — lorsqu'il était tombé amoureux de Jade-élégant.

— Cela dépend du garçon, de l'âge de la fille, répondit-il.

Après un silence, Duncan déclara :

— Elle a dix-huit ans.

— Cela me paraît parfait pour un jeune gars grand et fort qui connaît la vie.

— Je... je n'ai pas...

— Ce n'était pas un reproche, seulement une réponse à ta question. Un homme doit choisir avec soin les filles qu'il fréquente. Où l'as-tu rencontrée ?

— A la ferme. Elle s'appelle Sheila Scragger, c'est la nièce du vieux Mr. Tom. Elle vit en Angleterre et fait des études d'infirmière au Guy's Hospital.

— Présente mes amitiés à Tom Scragger et offre-lui une bouteille de whisky avant ton départ.

— Je lui en ai déjà donné une caisse. J'ai mal fait ?

Le Taï-pan s'esclaffa.

— Non, c'est très bien. A propos, ta mère est partie aujourd'hui pour Londres avec Glenna et tante Kathy. Tu devras te débrouiller seul pour la rentrée.

— Formidable ! Je suis un homme maintenant, et presque à l'université.

Une douce tristesse envahit Ian, qui avait cette fois totalement oublié la lettre d'A.M.G.

— C'est vrai, murmura-t-il.

— Bon, je te quitte, Père. A lundi. Je t'embrasse.

— Je t'embrasse, dit également Dunross mais son fils avait déjà raccroché.

Il songea aux satisfactions que lui donnaient sa femme et ses enfants puis revint à d'autres préoccupations. Jason et Jacques, espions communistes ? Impossible. Lionel Tuke ? lui non plus. Il est ici depuis les années 30, il fait partie de l'équipe de cricket, du

Club hippique. Est-ce qu'il n'a pas été prisonnier à Stanley de 1942 à 1945 ?

Finis d'abord la lettre avant d'y revenir point par point, s'ordonna-t-il.

« Comme je vous l'ai dit, je n'ai pas de certitude, mais je tiens mes informations d'une source généralement digne de confiance.

« La guerre des services de renseignement s'est intensifiée depuis que nous avons démasqué et arrêté Vassal — chiffreur à l'Amirauté —, depuis que Philby, Burgess et MacLean sont passés à l'Est. Attendez-vous à voir l'espionnage redoubler en Asie (nous avons déjà réussi à coincer Skripov, le premier secrétaire de l'ambassade soviétique en Australie, et à l'expulser du pays en février).

« Le monde libre est gravement infiltré, le MI-5 et le MI-6 sont touchés, la CIA elle-même n'est pas épargnée. Nos ennemis ont compris très vite que le rapport de force dépendrait demain non seulement de la puissance militaire mais aussi de la puissance économique, et ils se sont mis en devoir de nous voler nos secrets industriels.

« Fait étrange, les médias du monde libre ne soulignent jamais que tous les progrès soviétiques reposent au départ sur une idée, une technique qu'ils nous ont dérobées, que, sans notre blé, les Russes crèveraient de faim, que, sans les crédits que nous leur accordons, ils ne pourraient développer l'infrastructure militaro-industrielle sur laquelle s'appuie leur domination.

« Je vous conseille de renforcer vos relations avec la Chine, que les Soviétiques considèrent de plus en plus comme l'ennemi numéro un. Autre fait étrange, la Russie semble ne plus avoir peur des États-Unis, qui sont pourtant devenus la première puissance industrielle et militaire du monde. La Chine, qui ne dispose que d'atouts médiocres dans ces deux domaines, et ne saurait être considérée comme une menace militaire, inspire cependant aux Soviétiques une sainte frousse.

« Cela tient en premier lieu aux huit mille kilomètres de frontière que les deux pays ont en commun. Deuxièmement, les Russes ont volé aux Chinois de vastes territoires au cours des siècles et ils savent que les Chinois n'oublient rien. La Chine est patiente, elle a toujours reconquis les territoires perdus quand la guerre lui en offrait les moyens. J'ai maintes fois souligné que la politique impérialiste russe consiste avant tout à isoler la Chine, à la maintenir au rang de nation faible. Le cauchemar des Soviétiques, c'est une alliance entre la Chine, le Japon et les États-Unis, et la Noble Maison doit tout faire pour favoriser ce rapprochement. C'est obligatoirement par Hong-Kong — et donc par vous — que passeraient les marchandises à destination de la Chine en cas d'accord tripartite.

« Pour terminer, quelques mots encore au sujet de Sevrin. J'ai pris de gros risques en contactant notre taupe au Département 5, le cœur même du KGB. L'identité d'Arthur, le chef de Sevrin est ultra-secrète, notre homme ne peut avoir accès aux documents qui la révèlent. Il m'a néanmoins fourni deux indices : Arthur est Britannique, l'une de ses initiales commence par R. Plutôt mince, j'en ai peur.

« J'espère avoir bientôt le plaisir de vous revoir. Rappelez-vous, mes rapports vous sont exclusivement destinés, vous ne devez en aucun cas les transmettre à quiconque. Amitiés. A.M.G. »

Dunross grava le numéro de téléphone suisse dans sa mémoire, l'inscrivit en code dans son répertoire, alluma son briquet et mit le feu à la lettre. En regardant le papier noircir et se tordre, il fit défiler dans son esprit des prénoms commençant par la lettre R : Robert Ralph Richard Rod Robin Rex Rupert Rodney et

Roger. Robert et Roger. Robert Armstrong, Roger Crosse.

Il décrocha le téléphone de sa ligne personnelle et demanda :

— Le 871-65-65 à Genève, s'il vous plaît.

Il se sentit soudain fatigué. Il avait mal dormi la nuit dernière et s'était réveillé en sursaut pour échapper au cauchemar qui l'avait ramené dans son cockpit en flammes, pendant la guerre. L'odeur de chair brûlée qu'il croyait encore sentir l'avait empêché de se rendormir. Il s'était levé en silence pour ne pas réveiller sa femme, s'était rendu au champ de courses, et les mauvaises nouvelles avaient commencé à pleuvoir.

Je pourrai peut-être faire un petit somme de cinq à six, se dit-il. J'aurai besoin de toute ma lucidité ce soir.

— *Ja ?*

— *Hier ist Herr* Dunross, *im* Hong-Kong. Frau Gresserhoff, *bitte*, demanda Ian en allemand.

— *Ich bin Frau* Gresserhoff.

Le Taï-pan passa au japonais, qu'il parlait avec un assez bon accent :

— *Ah so desu ! Ohayo gozaimasu. Anata wa Anjin Riko-san ?* Bonjour. Vous vous appelez aussi Riko Anjin ?

— *Hai. Hai, dozo. Ah, nihongo wa jotzu desu.* Oui. Vous parlez très bien japonais.

— *Iye, sukoshi, gomen nasai.* Non, désolé, seulement un peu.

Dans le cadre de sa formation, Ian avait passé deux ans au bureau de Tokyo de Struan.

— Je vous téléphone au sujet de Mr. Gresserhoff, poursuivit-il en japonais. Vous connaissez la nouvelle ?

— Je l'ai apprise lundi, répondit son interlocutrice avec un accent de tristesse.

— Je viens de recevoir une lettre de lui dans

laquelle il m'informe que vous avez... certaines choses à me remettre.

— C'est exact, Taï-pan.

— Pourriez-vous venir ici ? Navré mais je ne peux me rendre à Genève.

— Oui, naturellement, dit Mrs. Gresserhoff de sa voix douce et agréable. Quand pourrai-je vous rencontrer ?

— Le plus tôt possible. Passez à nos bureaux de l'avenue de Berne dans deux heures — à midi, disons —, vous y trouverez un billet d'avion à votre nom et de l'argent. Je crois qu'il y a un vol Swissair pour Hong-Kong cet après-midi. Vous pourriez le prendre ?

La femme hésita avant de répondre :

— Oui, c'est possible.

— Sous quel nom voyagerez-vous et avec quel passeport : suisse ou japonais ?

Après un silence plus long encore, elle dit à voix basse :

— Je... je crois... un passeport suisse, au nom de Riko Gresserhoff.

— Merci, Mrs. Gresserhoff. Je suis impatient de faire votre connaissance. *Kiyoskette*, bon voyage.

Le Taï-pan raccrocha d'un air pensif et regarda la lettre qui achevait de se consumer avec un filet de fumée. Que faire maintenant au sujet de Jacques ? se demanda-t-il en écrasant soigneusement les cendres.

46

17 h 45

Jacques de Ville monta d'un pas lent l'escalier de marbre conduisant à la mezzanine de l'hôtel Mandarin, où de nombreux clients finissaient de prendre le thé. Il se débarrassa de son imperméable avec des gestes pleins de lassitude et s'avança entre les tables.

Sa femme, Susanne, venait de lui téléphoner de Nice : d'après les spécialistes, l'état de sa fille Avril n'était peut-être pas aussi grave qu'on aurait pu le craindre. « Ils nous recommandent d'être patients, mais la pauvre petite est désespérée, avait dit Susanne. Elle ne cesse de répéter : c'est ma faute, c'est moi qui conduisais, sans moi, Borge serait encore en vie. J'ai peur pour elle. »

Jacques avait fait de son mieux pour calmer son épouse et avait promis de la rappeler une heure plus tard. Après avoir réfléchi un moment, il avait quitté le bureau pour téléphoner de l'extérieur.

Comme la cabine située près du kiosque à journaux était occupée, il acheta un quotidien du soir et parcourut les titres : un glissement de terrain fait vingt morts dans une zone de réfugiés... Météo pessimiste : les courses de samedi seront-elles annulées... J.F.K. met en garde les Soviétiques contre une intervention au Vietnam... Un traité d'interdiction des essais nucléaires signé à Moscou... Les communistes malais intensifient leur offensive... La chasse à l'homme continue dans l'affaire du train postal... Le scandale Profumo coûte cher aux conservateurs...

— Excusez-moi, monsieur, vous attendez pour téléphoner ? lui demanda une Américaine qui se trouvait derrière lui.

— Oui, pardon. Je n'avais pas vu que c'était libre.

De Ville entra dans la cabine, ferma la porte, glissa une pièce dans la fente et composa un numéro. Il sentait sa nervosité croître.

— Oui ?

— Mr. Lop-sing, s'il vous plaît, dit-il d'une voix mal assurée.

— Il n'y a pas de Mr. Lop-*ting* ici. C'est une erreur.

— Je voudrais laisser un message, reprit le Français, soulagé d'entendre la voix de Souslev.

— Vous avez fait un faux numéro. Consultez l'annuaire.

— Désolé de te..., commença de Ville.

— Quel est ton numéro ? l'interrompit le Russe d'un ton dur.

De Ville répondit.

— C'est une cabine ?

— Oui.

La communication fut aussitôt coupée et de Ville raccrocha, les mains soudain moites de sueur. Il ne devait utiliser le numéro de Souslev qu'en cas d'urgence mais c'était un cas d'urgence. Comme il demeurait immobile, les yeux fixés sur l'appareil, l'Américaine lui demanda à travers la porte en verre :

— Vous pouvez me laisser téléphoner ? J'en ai pour une minute.

— Je... ce ne sera pas long, promit de Ville.

Trois Chinois qui attendaient leur tour derrière

l'Américaine lui lancèrent un regard mauvais. Quelques instants plus tard, le téléphone se mit à sonner.

— Alors, quel est le problème ?

Jacques résuma à Souslev sa conversation avec sa femme en prenant soin de ne pas prononcer de noms.

— Je prends l'avion pour Nice ce soir, conclut-il. J'ai préféré te prévenir person...

— Pas ce soir, c'est trop tôt. Demain.

— Mais j'en ai déjà parlé au Taï-pan, il est d'accord, et j'ai réservé ma place. Je serai de retour dans trois jours.

— Non, trancha le Russe. Je t'appelle ce soir, comme convenu. Cette histoire aurait pu attendre : ne te sers plus de mon numéro à moins qu'il n'y ait vraiment urgence !

Jacques s'apprêtait à répliquer, mais Souslev avait déjà raccroché. *Il y a* urgence ! se dit-il avec colère. Susanne et Avril ont besoin de moi, je n'ai pas d'ordres à recevoir de ce type ! s'indignait-il en composant à nouveau le numéro.

Il s'arrêta soudain, le dos inondé de sueur. Pas d'ordres, vraiment ? Il raccrocha.

— Pardon, monsieur, vous avez terminé ? demanda poliment l'Américaine.

— Hein ? Oui, excusez-moi.

A peine de Ville était-il sorti de la cabine qu'un des Chinois s'y précipitait, bousculant au passage l'Américaine.

— Hé ! c'est mon tour, protesta-t-elle.

Pour toute réponse, le Chinois déversa un flot d'injures sur elle et son ascendance.

Dans l'appartement crasseux de Kowloon où Arthur avait établi une de ses « planques », Souslev venait de raccrocher d'un geste furieux. Cet imbécile de de Ville devient dangereux, se dit-il, les yeux braqués sur le téléphone. Je vais en parler ce soir à Arthur.

Il sortit de l'appartement, ferma la porte à clef, fit quelques pas sur le palier et glissa une autre clef dans la serrure de la porte de Ginny Fu, voisine de celle de la planque.

La jeune Chinoise l'accueillit par un de ses sourires aguichants.

— Tu veux vodka ? lui proposa-t-elle.

Assise sur le sofa défoncé, les jambes repliées sous elle, elle était complètement nue. Souslev était occupé à l'embrasser quand l'un des deux téléphones avait sonné : celui du placard, auquel elle n'avait pas le droit de toucher.

— Bois, *tovaritch*, dit Ginny en tendant un verre au capitaine. Ensuite, tu boiras moi, *heya ?*

Le Russe caressa le joli petit postérieur en disant :

— Tu es une bonne fille, Ginny, *goloubouschka.*

— La meilleure pour toi ! Baiser, maintenant ? Attends, j'enlève tes vêtements.

Ses petits doigts commencèrent à déboutonner la chemise.

— Je pars la semaine prochaine, dit Souslev. Tu veux venir avec moi ? Tu te souviens que je t'ai promis des vacances.

— C'est vrai ? pas mentir ?

— Nous reviendrons à Hong-Kong dans un mois.

— Oh ! Gregy ! un mois ! s'exclama Ginny Fu. Demain je demande passeport.

— Non, pas de passeport. Les flics ne te laisseraient jamais partir avec moi.

— Comment, alors ?

— Je te passe en contrebande, dans un coffre de marin ! répondit Souslev en éclatant de rire.

Elle le regarda d'un air inquiet.

— C'est vrai, je pars ? Un mois sur ton bateau ?

— Un mois au moins, mais n'en parle à personne.

— Je dis même pas à ma mère ! promit Ginny Fu avec flamme. Hiii, femme de capitaine ! gloussa-t-elle.

Elle acheva de déshabiller Souslev puis utilisa ses doigts et ses lèvres avec un art consommé jusqu'à ce qu'il crie de plaisir. Satisfaite de son travail, elle se lova contre lui et l'écouta respirer bruyamment. Il ne lui arrivait pas souvent à elle, de connaître « les Nuages et la Pluie » mais elle jouait toujours la comédie lorsqu'ils faisaient l'amour. Il n'y avait qu'avec Tok-service-de-nuit, le groom du Victoria and Albert, qu'elle atteignait au zénith à chaque fois. Tous les dieux bénissent mon *joss*, pensa-t-elle joyeusement, encore un an avec Gregor et nous aurons assez d'argent, Tok et moi, pour ouvrir notre restaurant. Nous aurons des fils, des petits-fils, nous ferons un avec les dieux !

Ginny Fu ferma les yeux et se pelotonna contre cet étranger qu'elle aimait bien, finalement, à présent qu'elle avait réussi à surmonter le dégoût que sa peau blanche et son odeur lui inspiraient au début. Tous les dieux soient loués, pensa-t-elle en glissant dans le sommeil.

Souslev ne dormait pas. Le corps apaisé, il songeait aux événements de la journée. Après sa rencontre avec Crosse, le matin au champ de courses, il était retourné à bord de l'*Ivanov* et avait transmis par radio les informations concernant l'opération Coup-à-blanc. En retour, on lui avait appris que Voranski ne serait pas remplacé avant la prochaine visite du *Sovetsky Ivanov* et que Koranski, l'expert en interrogatoire chimique, arriverait de Bangkok dans les douze heures. « Arrangez-vous pour obtenir une copie des dossiers d'A.M.G. d'une façon ou d'une autre, lui avait-on ordonné pour conclure. Nous ne voulons pas d'un échec. »

Ce dernier mot l'avait fait tressaillir. Il en avait connu très peu, jusqu'à présent, mais on ne manquait jamais de les lui rappeler. Il fallait absolument découvrir le traître infiltré à bord. Qui d'autre que lui avait pris connaissance des dossiers ? Dimitri Metkin, son second. Non, ce ne pouvait être lui, la fuite venait d'ailleurs, Crosse se trompait.

Ginny Fu respirait doucement contre lui, il sentait avec plaisir ses petits seins se soulever et retomber. Elle était docile, facile à vivre : tout le contraire de Vertinskaya, sa maîtresse de Vladivostok, une tigresse aux yeux noisette et aux longs cheveux bruns, fille d'une authentique princesse Zergeyev et d'un petit boutiquier chinois qui avait acheté aux enchères, pour en faire sa femme, une réfugiée russe de treize ans fuyant l'holocauste de 1917.

La libération, pas l'holocauste, rectifia Souslev. Quel plaisir de baiser la fille d'une princesse Zergeyev quand on est le petit-fils d'un serf ayant appartenu à cette famille !

Le nom de Zergeyev le fit penser à Alexi Travkin. Pauvre type, se dit-il. Je doute qu'il revoie sa femme à Noël. D'ailleurs, cela vaudrait mieux pour lui : il en aurait une surprise en retrouvant une petite vieille édentée, ridée et arthritique. La princesse Nestorova est devenue une sorcière des neiges. Autant lui éviter cette épreuve, il est russe et ce n'est pas un mauvais bougre.

L'agent du KGB passa en revue son programme de la journée. Il avait encore le temps de dormir quelques heures avant de rencontrer le député britannique puis de nouveau Arthur. Souslev sourit : il adorait faire des cachotteries à Arthur. Mais Arthur avait lui aussi ses petits secrets et il était peut-être déjà au courant pour le député. Il est malin, Arthur, songea le Soviétique, et il se méfie, lui aussi.

Principe numéro un : ne jamais faire confiance à personne — homme, femme, enfant — si l'on veut rester en vie, hors de portée de ses ennemis. J'ai survécu parce que j'ai su me faire des relations, parce que j'ai appris à me taire et à servir mes propres intérêts en servant ceux de l'État.

Il regarda Ginny Fu, qui s'agitait dans son sommeil.

— Dors, petite princesse, lui murmura-t-il avec douceur. Dors...

Souslev serra contre lui le corps souple et chaud, bâilla, ferma les yeux et remarqua avant de s'endormir que la pluie avait cessé.

47

18 h 25

Robert Armstrong finit sa bière et en commanda aussitôt une autre sur un ton geignard en affectant d'être soûl. La Fille de la Chance, bar animé et bruyant des quais de Wanchai, était ce soir-là bondé de marins américains descendus du porte-avions nucléaire. Des entraîneuses chinoises faisaient boire le client et se laissaient tripoter en sirotant des boissons fortement allongées d'eau. De temps à autre, l'une d'elles prenait un vrai whisky qu'elle faisait goûter à son compagnon pour lui prouver que le bar était honnête et qu'on ne cherchait pas à le rouler.

Au premier, il y avait des chambres mais il n'était pas conseillé d'y monter car les filles n'étaient pas toutes propres ou prudentes. Il arrivait aussi au client de se faire « entôler », encore qu'on réservât uniquement ce traitement aux plus soûls. D'ailleurs il n'était point besoin de faire les poches à des hommes prêts à dépenser tout ce qu'ils avaient sur eux.

— Tu veux monter ? proposa au policier une adolescente trop maquillée.

Diou ne lo mo sur tous tes ancêtres, eut-il envie de répliquer. Tu devrais être chez toi, à apprendre tes leçons. Mais il n'en fit rien, il aurait parlé dans le vide. Vraisemblablement, c'était les parents de la fille qui lui avaient trouvé ce travail pour que la famille vive un peu moins misérablement.

— Tu bois un verre ? dit-il en anglais.

— Un Scotch, un Scotch ! réclama l'enfant.

— Prends plutôt un thé, je te donnerai ta commission, de toute façon.

— Forniquent tous les dieux et leurs mères ! Je triche pas ! s'indigna la fille.

Elle passa sous le nez d'Armstrong le verre que le serveur venait de poser devant elle. Il contenait effectivement du whisky mais de qualité médiocre. Après l'avoir vidé d'un trait sans faire la grimace, l'entraîneuse dit au garçon :

— La même chose : un Scotch et une bière ! Je bois, tu bois, après on monte.

— Comment t'appelles-tu ?

— Lily Chop. C'est vingt-cinq dollars pour monter.

— Quel âge as-tu ?

— J'ai l'âge qu'il faut. Et toi ?

— J'ai dix-neuf ans.

— Menteur ! Tous les flics sont des menteurs.

— Comment tu sais que je suis flic ?

— La patronn' m'a dit. Vingt dollars seulement, *heya ?*

— C'est qui, la patronne ?

— La femme, derrière le bar. Mama-*san*.

A travers la fumée, Armstrong vit une femme maigre d'une cinquantaine d'années qui échangeait des plaisanteries salaces avec les marins en préparant les commandes.

— Comment elle le sait, que je suis flic ?

Lily Chop haussa les épaules.

— Elle m'a dit : « Lily, donne du bon temps à ce type, sinon tu retournes à la rue. » On monte, maintenant ? Pour rien, sur le compte de la maison, insista l'enfant, dont Armstrong sentait à présent la peur.

Comme elle se levait, il la fit se rasseoir.

— Si je plais pas à toi, elle me fiche à la porte, plaida-t-elle.

— Tu me plais, soupira le policier en donnant à la fille un billet de cinquante dollars. Tiens, file ça à la mama-*san* avec mes remerciements. Dis-lui que je ne peux pas monter parce que j'ai mes règles.

Lily le regarda avec des yeux ronds puis partit d'un rire caquetant de vieille femme.

— Hiii ! elle est bonne, fornication !

Puis elle se leva et s'éloigna, la démarche mal assurée sur ses hauts talons, les jambes minces, presque grêles sous le *chong-sam.*

Toujours le même vieux truc, pensa Armstrong en se levant à son tour. On monte, on paie, on ne monte pas, on paie quand même. Il vida son verre, régla les consommations et se dirigea vers la sortie tandis que des marins braillards et en sueur prenaient déjà d'assaut la table qu'il venait de quitter.

— Revenez nous voir ! lui lança la mama-*san* au passage.

— Je n'y manquerai pas, grommela le policier.

Dehors, la pluie s'était transformée en crachin, la nuit tombait. Dans la rue, il croisa d'autres marins braillards, tous Américains — les matelots britanniques avaient reçu l'ordre de ne pas fréquenter ce quartier pendant quelques jours. Armstrong transpirait sous son imperméable en marchant. Quelques centaines de mètres plus loin, il quitta Gloucester Road et les quais pour O'Brien Road, où la foule se pressait en évitant les flaques d'eau. La ville sentait bon, elle avait l'air propre, récuré.

Il tourna dans Lochart Road puis dans la venelle qu'il cherchait, animée, comme à l'ordinaire, avec ses chiens étiques maraudant entre les boutiques, ses poulets entassés dans des cages, ses étals de légumes et de fruits. Il s'arrêta sous une toile tendue au-dessus de quelques tabourets, s'installa à l'abri du crachin, commanda un bol de vermicelle de Singapour — légèrement frit, avec des épices, des crevettes pilées, des légumes frais et commença à attendre.

Brian Kwok.

Ses pensées revenaient toujours à Brian Kwok.

Et aux quarante mille dollars en billets usagés qu'il avait trouvés dans le tiroir de son bureau — celui qu'il fermait toujours à clef. Attention, concentre-toi, sinon tu vas gaffer, et tu ne peux pas te permettre une erreur !

Il se sentait las, souillé par une saleté dont le savon et l'eau chaude ne viendraient pas à bout. Il fit un effort pour rester attentif aux mouvements et aux bruits de la rue malgré la fatigue qui l'engourdissait.

Armstrong terminait son bol de vermicelle quand il vit le marin américain, un grand flandrin à lunettes qui dominait les passants d'une bonne tête bien qu'il se tînt légèrement voûté. La fille qui l'accompagnait le tirait par la manche en disant :

— Non, pas par là, chéri. Ma chambre pas par là, compris ?

— Oui, trésor, j'ai compris, mais on va d'abord où je veux, ensuite on ira où tu veux. D'accord ?

Le commissaire le regarda s'approcher en se demandant si c'était bien l'homme qu'il attendait. L'Américain avait une trentaine d'années, l'accent traînant du Sud. Il avançait en tournant la tête à chaque instant, comme s'il cherchait à se repérer. Armstrong eut l'impression que le marin avait changé de direction en apercevant l'enseigne d'un tailleur situé au coin de la ruelle, en face d'un petit restaurant éclairé par la lumière crue d'ampoules nues. Sous les caractères chinois proclamant le nom de l'établissement — « Longue vie à Mao » — on avait écrit en anglais : Bienvenue aux soldats américains.

— Viens, poulette, on va se taper une bière, dit le marin en entraînant la fille vers le restaurant.

— Non, chéri, pas bon, meilleure à mon bar.

— On boit une bière là ! s'entêta le matelot.

Il entra, s'assit devant l'une des tables en plastique et beugla :

— De la bière ! Deux ! De la San Miguel, pigé ?

La fille le rejoignit, l'air boudeur. De l'endroit où il se trouvait, Armstrong les voyait distinctement. Quatre coolies qui mangeaient bruyamment leur soupe leur jetèrent un bref regard et l'un d'eux eut une remarque obscène qui fit rire ses compagnons. La fille rougit, leur tourna le dos. Le marin fredonnait en regardant à la ronde, son verre à la main.

— Faut que j'aille pisser, dit-il.

D'un pas qui n'avait rien d'hésitant, il se dirigea vers le fond de la salle et passa de l'autre côté d'un rideau couvert de chiures de mouches. Armstrong poussa un soupir : le piège était tendu.

Quelques minutes plus tard, le marin revint et lança à la fille :

— Allez, on se tire.

Il vida son verre, paya, et repartit dans la direction d'où il était venu.

— Vous voulez encore du vermicelle ? demanda le marchand à Armstrong d'un ton hostile.

— Non, juste une bière.

— J'en ai pas.

— Les dieux forniquent avec toute ta lignée ! répliqua le policier à voix basse en cantonais. Tu me prends pour un nigaud de la Montagne-dorée ? Je suis client de ta saloperie d'établissement ! Apporte-moi une bière, fornication ! ou j'ordonne à mes hommes de t'arracher les bourses et de les jeter aux chiens !

Le Chinois resta coi puis traversa la ruelle et revint avec une San Miguel qu'il posa sur le comptoir. Les autres clients avaient les yeux braqués sur le commissaire qui se gratta la gorge bruyamment, cracha et rendit son regard au Chinois le plus proche. L'homme remua sur son tabouret d'un air gêné et détourna les yeux.

Armstrong prit la bière que lui apportait le patron, se tourna de manière à pouvoir surveiller la rue et la venelle, et attendit.

Quelques minutes plus tard, un Blanc courtaud et trapu faisait son apparition dans la ruelle, la remontait lentement et s'arrêtait devant la vitrine d'un magasin de chaussures. Ah ! un professionnel, se dit Armstrong avec satisfaction, car il savait que l'homme examinait le restaurant dans le reflet de la vitrine.

L'inconnu prenait son temps. Il portait un imperméable en plastique et un chapeau assorti, ses traits n'avaient rien de particulier. Un coolie portant deux gros ballots à l'aide d'un bambou posé sur ses épaules passa devant le Blanc, qui lui emboîta le pas afin de demeurer caché derrière lui.

Il est très fort, pensa Armstrong en suivant les jambes de son gibier entre les mollets variqueux du coolie. L'homme passa devant le restaurant puis redescendit la ruelle : on eût dit une truite tournant autour d'une libellule. Finalement il entra, s'assit et commanda une bière. De son poste d'observation, Armstrong sourit.

L'homme attendit un long moment avant de se lever, demanda les toilettes et disparut derrière le rideau. Lorsqu'il revint à sa table, les quatre coolies bondirent sur lui, l'immobilisèrent et lui passèrent une corde autour du cou. Un client ébahi laissa tomber ses baguettes, un autre s'éclipsa prudemment.

Armstrong se leva de son tabouret, traversa la ruelle d'un pas nonchalant. Le Chinois qui se tenait derrière le comptoir ôta son tablier et alla à sa rencontre.

— Bonsoir, commissaire, dit-il.

— Bonsoir, Malcolm.

Malcolm Sun, agent chinois de la SI, avait été chargé d'organiser la souricière.

— Comment vous appelez-vous ? demanda aimablement Armstrong à l'homme à l'imperméable.

— Qui êtes-vous ? rétorqua l'inconnu dans un mauvais anglais. Lâchez-moi !

— A vous, Malcolm, dit le commissaire.

— Écoute-moi bien, fumier ! attaqua aussitôt en russe le faux cuisinier. Nous savons que tu es de l'*Ivanov*, tu viens de prendre livraison de la marchandise déposée par un marin américain. Nous avons déjà bouclé ce salaud et...

— Vous vous trompez, bredouilla le Russe dans sa langue. Je ne connais pas d'Américain. Laissez-moi partir !

— Bon, on l'embarque, décida le commissaire. Sergent, allez chercher le fourgon.

Un des quatre faux coolies sortit tandis qu'Armstrong commençait à fouiller le Russe. En vain : l'homme ne portait ni documents ni rouleaux de pellicule.

— Où l'as-tu mis ?

— Je comprends rien ! s'écria le Soviétique d'un ton haineux.

Armstrong considéra sa prise sans aucune animosité : pour lui ce n'était qu'un adversaire malchanceux, un agent désormais grillé auprès des siens, un homme mort, peut-être. Mais pourquoi cette affaire n'avait-elle pas été confiée à Rosemont et à son équipe ? Comment Crosse avait-il eu vent de la livraison ? Le directeur de la SI avait simplement révélé au commissaire l'heure et l'endroit de la livraison.

— Je vous charge de l'interception, Robert. Pas de boulette, surtout.

— Ne vous en faites pas. Mais pour Brian, trouvez quelqu'un d'autre, je vous en prie.

— Pour la dernière fois, vous êtes responsable de l'interrogatoire de Kwok ! Vous resterez détaché à la SI aussi longtemps que je le jugerai utile et si vous renâclez encore, je vous ferai virer de la police, sans droit à la retraite. Je n'ai pas besoin de vous rappeler que la SI a le bras long. C'est enfin clair ?

— Oui, monsieur.

— Bon. Vous commencerez à six heures demain matin, Kwok sera prêt.

Quel coup de chance nous avons eu ! songea le commissaire en fouillant de nouveau son prisonnier. Si le Bigle n'avait pas été originaire de Ning-tok, si la vieille *amah* n'avait pas parlé au Loup-garou, si la banque Ho-Pak n'avait pas eu de problèmes... Tant de si ! Mais la plupart des grosses prises se font par hasard. Bon Dieu, Brian ! Pauvre salopard !

— Où est la pellicule ?

— Comprends pas ! riposta le Russe avec un regard de défi.

Le fourgon fendit la foule obstruant la ruelle et s'arrêta devant le restaurant. D'autres agents de la SI en descendirent.

— Emmenez-le, ordonna le commissaire aux hommes qui maintenaient le Russe immobile. Ne lui lâchez pas les mains un seul instant, il pourrait se débarrasser de la camelote ou l'avaler.

Un murmure parcourut les rangs des curieux quand les faux coolies portèrent leur prisonnier par les bras et par les jambes à l'intérieur du fourgon. Armstrong monta à son tour dans le véhicule, Sun l'imita et claqua la portière.

— En route, dit Armstrong au chauffeur. Bon, allez-y, Malcolm.

L'agent chinois approcha de la gorge du Russe un couteau effilé.

— Comment t'appelles-tu ? demanda une nouvelle fois Armstrong en s'asseyant sur un banc, en face du Soviétique devenu blême.

Malcolm Sun répéta la question en russe.

— D... Dimitri Metkin, murmura l'homme, toujours maintenu par les quatre faux coolies. Matelot de première classe.

— Tu mens, dit le commissaire d'un ton détaché. Continuez, Malcolm.

Sun piqua la pointe du couteau sous l'œil gauche de Metkin, qui faillit perdre conscience.

— Reste avec nous, sale espion, fit le Chinois avec un sourire glaçant.

D'une main experte, il fendit l'imperméable puis s'attaqua avec une hargne délibérée aux vêtements du Soviétique, qu'il réduisit en lambeaux. L'homme se retrouva complètement nu sans que la lame l'eût égratigné une seule fois. Une nouvelle fouille ne donna pas plus de résultats que les précédentes et Armstrong conclut :

— Si ce n'est pas *sur* lui, c'est *en* lui.

Aussitôt, les agents de la SI contraignirent Metkin à se courber. Sun enfila des gants de caoutchouc, prit une sonde et commença l'exploration. Le Russe tressaillit et gémit, des larmes de douleur coulèrent de ses yeux.

— *Diou ne lo mo !* s'exclama joyeusement Sun en montrant un petit cylindre de cellophane.

— Ne lâchez pas le bonhomme ! rappela Armstrong.

Quand il se fut assuré que le prisonnier ne pouvait faire un geste, le policier examina l'objet extrait du corps de Metkin. C'était un rouleau de pellicule entouré d'un papier transparent.

— Minolta, on dirait, marmonna-t-il distraitement.

Après avoir enveloppé le cylindre avec des mouchoirs en papier, il retourna s'asseoir en face du Soviétique.

— Mr. Metkin, au nom de la loi sur les secrets d'État, je vous arrête pour activités d'espionnage à l'encontre du gouvernement de Sa Majesté et de ses alliés. Tout ce que vous direz pourra être retenu contre vous, déclara le commissaire d'un ton officiel.

D'une voix aimable, il ajouta :

— Vous êtes pris, cher monsieur. Nous sommes tous de la Special Intelligence, nous ne sommes pas davantage tenus par la loi que vos collègues du KGB.

Nous ne vous voulons aucun mal mais nous pouvons vous garder en prison aussi longtemps que cela nous chante. Nous vous demandons simplement de répondre à quelques questions. Si vous refusez, nous obtiendrons les renseignements que nous cherchons par d'autres moyens — en utilisant par exemple les techniques de vos services. Vous savez, nous n'avons rien à apprendre du KGB en la matière.

Armstrong lut de la peur dans les yeux du Soviétique mais quelque chose lui disait pourtant que l'homme ne craquerait pas facilement.

— Quel est ton vrai nom ? celui qu'on te donne au KGB ?

Le Russe dévisagea Armstrong en silence.

— Quel grade as-tu ?

L'homme continua à narguer du regard son interrogateur.

Le commissaire soupira :

— Si tu préfères, je peux te confier à mes amis chinois. Ils n'aiment vraiment pas les Russes. L'armée soviétique a rasé le village de Malcolm Sun, en Mandchourie, et a massacré sa famille. Navré, mais il me faut réellement ton nom, ton grade et ta responsabilité.

Comme le pseudo Metkin continuait à observer un silence hostile, Armstrong haussa les épaules et dit :

— Allez-y, Malcolm.

Sun tendit le bras, prit le pied-de-biche accroché à la paroi du fourgon. Les quatre agents qui tenaient le Russe le retournèrent sur le ventre et lui écartèrent les jambes. Quand Sun introduisit l'extrémité de l'instrument, Metkin se mit à crier :

— Attendez ! attendez... Je m'appelle Dimitri... (il hurla) Nicoli Leonov, je suis major, et commissaire politique...

— Suffit, Malcolm, ordonna Armstrong, étonné par l'importance de la prise.

— Mais commissaire...

— Suffit, répéta-t-il avec sécheresse.

Désormais Armstrong se montrerait délibérément bienveillant à l'égard de Leonov face à un Sun délibérément hargneux. Une fois de plus, le truc avait réussi. Car c'était un truc : si le détenu ne parlait pas immédiatement, brisé par la peur bien plus que par la douleur, on arrêtait de le tourmenter et l'on reprenait l'interrogatoire au QG, sans avoir recours à la torture.

— Relevez-le... Ne prenez pas mal les choses, major Leonov, nous n'avons rien contre vous personnellement.

Metkin cracha en direction d'Armstrong et se mit à l'injurier en versant des larmes de terreur et de rage. Sur un signe de son chef, Malcolm Sun prit un chiffon qu'il pressa fermement contre le nez et la bouche de l'espion.

L'odeur lourde et écœurante du chloroforme se répandit dans le fourgon. Metkin se raidit, tenta de se débattre puis cessa de résister. Armstrong lui prit le pouls et souleva une de ses paupières pour s'assurer qu'il ne jouait pas la comédie.

— Vous pouvez le lâcher, dit-il. Bon travail, je ferai votre éloge à tous dans mon rapport. Ne le quittez pas des yeux, Malcolm, il est bien capable d'essayer de se suicider.

Le fourgon continuait à se faire un chemin à travers la circulation, s'arrêtait et repartait. Il se fit dans le véhicule un silence que Sun, exprimant la surprise que tous éprouvaient, finit par briser :

— Dimitri Metkin, alias Nicoli Leonov, major du KGB, commissaire politique à bord de l'*Ivanov*. Qu'est-ce qu'un gros poisson comme lui faisait dans une opération aussi simple ?

48

19 h 05

Linc Bartlett choisit avec soin une cravate assortie à la chemise bleu clair et au costume tabac qu'il portait. Toute la journée il avait hésité : téléphoner ou non à Orlanda, en parler ou non à Casey. Il n'avait songé d'y penser, même à la Bourse, même à bord du ferry qui les avait ramenés à Kowloon, Casey et lui.

— Ian a perdu, n'est-ce pas ? lui avait demandé sa vice-présidente sur le chemin du retour.

— J'en ai l'impression mais il a de la ressource. La bataille ne fait que commencer.

— Comment pourrait-il se relever ? sa cote a chuté terriblement.

— Oui, comparée à la semaine dernière, mais nous ne connaissons pas son quotient de capitalisation boursière. Cette Bourse est un vrai yoyo, tu en as fait toi-même la remarque.

— Je parie qu'il est au courant des deux millions que tu as versés à Gornt.

— Possible. En tout cas, il me jouerait le même tour s'il en avait l'occasion. Tu iras accueillir Seymour et Charlie Forrester ?

— Oui, je repars pour l'aéroport dès notre arrivée. Il faudra les inviter à dîner, tu crois ?

— Non, ils seront fatigués par le voyage — du moins je l'espère.

Seymour Steigler III, leur avocat, et Charlie Forrester, responsable du département mousse de polyuréthane, étaient tous deux particulièrement ennuyeux en société.

— A quelle heure arrivent-ils ?

— Seize heures cinquante, avait répondu Casey. Nous serons à l'hôtel à dix-huit heures.

A dix-huit heures, ils avaient eu une réunion avec Seymour — Forrester, souffrant, était allé se coucher. L'avocat de Par-Con était un New-Yorkais bel homme, avec une chevelure bouclée poivre et sel, des yeux noirs soulignés de cernes.

— Casey m'a expliqué l'affaire en détail, avait-il déclaré. J'ai l'impression que nous sommes sur un gros coup, Linc.

Bartlett et Casey avaient néanmoins omis de révéler à Steigler l'accord secret concernant les navires de Dunross.

— Il me paraît nécessaire d'introduire une ou deux clauses nous assurant une garantie totale, avait ajouté l'avocat.

— D'accord, mais pas question de rouvrir les négociations, avait répondu Bartlett. Je veux conclure l'affaire mardi, comme prévu.

— Et Rothwell-Gornt ? Si je tâtais le terrain dans ce coin-là ?

— Non, ne vous occupez ni de Gornt ni de Dunross, avait dit Casey. Nous nous en chargeons. Vous, vous traitez avec leurs avocats.

Linc n'avait pas non plus révélé à Steigler l'accord passé avec Gornt.

— Quel genre de types, ces confrères ?

— Très anglais, avait répondu Casey. J'ai fait ce midi la connaissance de John Dawson, l'un des patrons du cabinet juridique s'occupant des intérêts de Struan. Dunross s'était fait remplacer par Jacques de Ville, un membre du conseil d'administration spécialisé dans les questions entreprise et financement. C'est un homme très capable mais Dunross s'occupe et décide de tout. C'est la règle.

— Si je lui téléphonais maintenant, à ce Dawson ? Nous pourrions nous voir demain matin à huit heures, au petit déjeuner.

— Sûrement pas ! s'était esclaffé Casey. Ils arrivent au bureau à dix heures, ils prennent deux heures pour déjeuner, ils mangent et ils boivent comme s'ils devaient mourir demain.

— Alors je le verrai après le repas, quand il sera à moitié assoupi, et je lui apprendrai peut-être un ou deux tours de ma façon. Bon, je donne un coup de téléphone à New York et je vais me coucher. Ah ! j'oubliais : j'ai tous les documents concernant la fusion avec GXR et...

— Donnez-les-moi, avait dit Casey.

— Et j'ai acheté les deux cent mille actions de Rothwell-Gornt à 23,50. A combien sont-elles aujourd'hui ?

— 21.

— Bon Dieu, Linc, vous avez déjà perdu trois cent mille dollars. Vous devriez vendre, quitte à racheter plus tard, au besoin.

— Non, nous les gardons.

Cette perte n'inquiétait pas Bartlett, qui restait largement bénéficiaire avec sa part de l'opération de vente à découvert lancée par Gornt.

— Allez donc vous reposer, Seymour, avait poursuivi Linc. Nous prendrons le petit déjeuner ensemble à huit heures, si vous êtes levé.

— D'accord. Casey, vous pouvez m'avoir un rendez-vous avec Dawson ?

— Je m'en occupe. Le Taï-pan lui a demandé d'accorder la priorité à notre affaire.

— Pas étonnant : notre paiement initial le sortira du pétrin.

— S'il ne s'est pas écroulé avant.

— Bah ! vivant aujourd'hui, mort demain, profitons-en !

Cette phrase que l'avocat se plaisait à répéter résonnait encore dans la tête de Bartlett. Profitons-en, se dit-il en nouant sa cravate devant la glace. Oui, mais Casey ? Nos règles sont claires, c'est elle-même qui les a établies : si l'un de nous sort avec quelqu'un d'autre, il n'y aura ni questions ni récriminations. Alors pourquoi est-ce que je me sens mal à l'aise maintenant que j'ai décidé de voir Orlanda sans en parler à Casey ?

On frappa un léger coup à la porte, Song-service-de-nuit entra, la bouche fendue d'un sourire.

— Voilà Mademoiselle, annonça-t-il en s'écartant pour laisser passer Casey.

La jeune femme pénétra dans la pièce un classeur à la main, l'air joyeux.

— Ah ! j'allais t'appeler, dit Linc.

— J'ai du courrier pour toi, fit-elle en sortant du classeur une pile de lettres et de télex.

Elle avait une tenue décontractée — pantalon collant, ballerines, chemisier gris, cheveux tirés en arrière — et avait remplacé ses verres de contact par des lunettes.

— Il y a deux télégrammes concernant la fusion avec GXR : tout est arrangé, nous prenons possession de l'affaire le 2 septembre. On nous confirme la réunion du conseil d'administration pour quinze heures à L.A. — cela nous laisse largement le temps de rentrer. J'ai demandé à...

— Préparer le lit, Maître ? interrompit Song du seuil de la porte.

Bartlett s'apprêtait à répondre mais Casey le devança :

— *Um ho. Cha z'er do ji.* Non merci, plus tard.

— Heing ? fit le domestique, choqué que Pubis-doré eût l'inconvenance de s'adresser à lui en cantonais.

Casey répéta sa réponse mais Song feignit une nouvelle fois de ne pas comprendre :

— Préparer lit, *heya ?*

De guerre lasse, la jeune femme revint à l'anglais :

— Non, plus tard !

Satisfait d'avoir gagné la partie, Song sortit avec un sourire radieux et ferma la porte un rien trop fort pour bien marquer sa victoire.

— Sale con, marmonna Casey. Il avait parfaitement compris, j'en suis sûre.

— Mais où as-tu appris le chinois ?

— C'est du cantonais. J'ai un professeur, il m'a donné une leçon ce matin. Je voudrais pouvoir dire au moins bonjour, l'addition s'il vous plaît, des phrases usuelles. Mais c'est terriblement compliqué. En cantonais, il y a sept façons différentes de prononcer le même mot : tu demandes l'addition, *mai dan*, mais si tu n'y mets pas la bonne intonation, ça voudra dire œufs au plat, *mai dan* également, et le serveur t'apportera des œufs pour te rabattre ton caquet.

Casey se laissa tomber sur le sofa et ouvrit son bloc tandis que Linc achevait de parcourir les télex.

— La secrétaire de Vincenzo Banastasio a téléphoné pour me demander de confirmer la réservation de sa suite, il arrive samedi, dit-elle.

— J'ignorais qu'il devait venir à Hong-Kong. Et toi ?

— Je crois qu'il nous avait parlé d'un voyage en Asie la dernière fois que nous l'avons vu... Aux courses à Del Mar, le mois dernier — la fois où John Chen était là.

— Aucun souvenir. Il descend ici ?

— Non, il veut être côté Hong-Kong, j'ai réservé au Hilton. Il arrive... samedi matin via Tokyo. Tu veux que je prenne un rendez-vous avec lui ?

— Il reste longtemps ?

— Le week-end, quelques jours, tu sais comme il est toujours vague. Samedi après les courses ? Le Hilton n'est pas loin de l'hippodrome.

« Plutôt dimanche », allait répondre Bartlett, qui se souvint à temps du voyage prévu à Taipei.

— Entendu, samedi, après les courses.

— Je n'aime pas ce type.

— Avant de lui céder 4 p. 100 des actions de Par-Con, nous avons demandé à Seymour et à d'autres de se renseigner sur son compte. Tous ont conclu dans le même sens : son argent est propre. Il n'a jamais été arrêté ou inculpé, en dépit des rumeurs. En outre, il ne nous a jamais posé de problèmes, il n'a jamais exigé de faire partie de tel ou tel conseil d'administration. En fait, il ne participe même pas aux réunions, il me donne procuration. Alors ?

— Alors, rien. Tu sais ce que je pense de lui. D'accord, il nous a apporté des fonds quand nous en avions besoin et il n'est pas question de lui reprendre des actions que nous lui avons cédées de notre plein gré. Je prendrai rendez-vous en me montrant des plus aimables, comme toujours.

Casey remonta ses lunettes, qui avaient glissé au bout de son nez, et poursuivit :

— J'ai ouvert un compte à la Victoria pour notre compagnie en déposant vingt-cinq mille dollars. Voici ton chéquier. La First Central y transférera les sept millions du versement initial dès que nous lui en donnerons l'ordre. Je t'ai aussi ouvert un compte personnel, avec vingt-cinq mille autres dollars. Tu pourras t'offrir deux ou trois bols de *chop suey* et une statuette en jade — méfie-toi, les imitations sont difficiles à reconnaître, paraît-il.

— Alors, pas de jade, dit Bartlett, qui n'osait pas regarder sa montre. Ensuite ?

— Clive Bersky te demande une faveur.

— Tu lui as répondu d'aller se faire voir ?

Bersky, le directeur de l'agence new-yorkaise de la

First Central où Par-Con avait son compte, était un personnage pédant et maniaque dont la méticulosité irritait souvent Bartlett.

Casey eut un rire bref avant de reprendre :

— Il nous prie, en cas d'accord avec Struan, de verser nos fonds par l'intermédiaire de... (elle consulta ses notes) la Royal Belgium and East Bank.

— Pour quelle raison ?

— Je n'en sais rien, je vais vérifier. Nous sommes censés prendre un verre avec le directeur de leur succursale locale à huit heures. La First Central vient de lui racheter sa banque.

— Occupe-toi de lui, Casey.

— Je le liquide en vitesse et ensuite nous allons manger ? A l'Escoffier ou aux Sept Dragons, par exemple. Ou alors nous pourrions nous promener dans Nathan Road et y choisir un petit restaurant chinois — pas trop loin, la météo prévoit que la pluie va reprendre.

— Non, pas ce soir. Il faut que j'aille à Hong-Kong.

— Ah ? Qu'est-ce que t..., commença Casey. Très bien. Tu pars quand ?

— Maintenant. Enfin, rien ne presse, répondit Bartlett.

Bien que Casey arborât le même sourire en continuant à parcourir ses notes, il comprit qu'elle avait aussitôt deviné ce qu'il faisait ce soir. Cela le rendit furieux et il dut faire un effort sur lui-même pour garder un ton calme quand il demanda :

— Rien d'autre ?

— Le reste peut attendre, dit-elle gentiment. J'ai rendez-vous demain matin avec le capitaine Janelli pour préparer le voyage à Taipei. Comme convenu, les services d'Armstrong ont envoyé les documents levant temporairement la saisie de l'avion. Il faut simplement que tu signes un papier dans lequel tu t'engages à revenir à Hong-Kong mardi. Ça va, mardi ?

— Bien sûr, c'est le jour J.

— Terminé pour ce soir, soupira la jeune femme en se levant. Enlève donc cette cravate, la bleue irait beaucoup mieux.

Comme d'habitude, elle lui envoya un baiser de loin et lui souhaita de beaux rêves, comme elle le faisait tous les soirs, avant de le quitter.

Pourquoi suis-je dans une telle rogne ? se demanda Linc. Casey ne m'a rien dit, elle a été parfaite. Bon dieu de bon dieu ! qu'est-ce que je fais maintenant ?

Casey regagnait sa chambre, les yeux baissés sur le tapis du couloir. Je suis sûre qu'il sort avec cette garce, pensait-elle. J'aurais dû la laisser se noyer, l'autre soir. En levant les yeux, elle vit Song-service-de-nuit qui lui tenait la porte ouverte avec un sourire qui lui parut moqueur.

— Tupeuxtelefoutreaucultoiaussi ! s'écria-t-elle d'un trait avant d'avoir pu se contrôler.

Elle entra dans la chambre, claqua la porte, jeta les papiers et le bloc sur son lit.

— Tu ne pleures pas, s'ordonna-t-elle à voix haute, avec un sanglot dans la voix. Aucun homme ne t'infligera cette humiliation. Aucun !

Elle regarda ses mains, que la rage faisait trembler.

— Et merde pour tous les hommes !

49

19 h 40

— Pardon, Excellence, on vous demande au téléphone.

— Merci John. Messieurs, si vous voulez bien m'excuser, dit Sir Geoffrey Allison à ses invités.

Il laissa Dunross et les députés dans la grande salle de sa résidence officielle, et passa dans son bureau, dont son assistant referma la porte. C'était une grande pièce aux murs recouverts d'un papier velouté de couleur bleue. Sur le parquet, des tapis persans magnifiques, souvenirs des deux années passées à l'ambassade de Téhéran ; dans une vitrine, des porcelaines chinoises, de l'argenterie et du cristal.

— Allô ?

— Désolé de vous déranger, Excellence, dit la voix de Crosse dans l'appareil. J'ai deux informations importantes à vous communiquer — de bonnes nouvelles. Je pourrais vous voir maintenant ?

Sir Geoffrey jeta un coup d'œil à l'horloge en porcelaine placée au-dessus de la cheminée.

— Le dîner commence dans un quart d'heure. Où êtes-vous ?

— A trois minutes d'ici, je ne vous retarderai pas. Mais si vous le préférez, je viendrai après.

— Venez maintenant, j'ai grande envie d'entendre de bonnes nouvelles après toute cette agitation à la Bourse. Passez par la porte du jardin, John vous y attendra.

Traditionnellement, le chef de la SI possédait une clef de la grille du parc, entouré par de hauts murs d'enceinte. Trois minutes plus tard, exactement, Crosse traversait la terrasse et pénétrait dans le bureau par les portes-fenêtres grandes ouvertes.

— Nous avons pris un agent ennemi la main dans le sac, annonça-t-il sans préambule. C'est un gros poisson, major du KGB, commissaire politique de l'*Ivanov*. Il venait de prendre livraison d'un rouleau de pellicule déposé par un électronicien américain du porte-avions.

— Ce satané rafiot ! fulmina le gouverneur. Un major, dites-vous ? Vous vous rendez compte de la tempête diplomatique et politique que cette histoire va provoquer ?

— C'est bien pourquoi j'ai voulu vous consulter sans attendre.

Après avoir résumé la capture, Crosse conclut :

— Tous deux sont maintenant en lieu sûr, le Russe et l'Américain.

— Qu'y avait-il sur la pellicule ?

— Elle était vierge, voilée. Naturellement, les deux hommes ont nié s'être livré à des activités d'espionnage. Le marin américain prétend avoir gagné au poker les deux mille dollars que nous avons trouvés sur lui.

— Vous avez fait chou blanc ?

— Non. Supposant aussitôt qu'il y avait un autre film, j'ai ordonné une nouvelle fouille, l'administration d'émétiques et de purgatifs aux deux hommes. Le major nous a *remis* le vrai négatif il y a une heure.

Voici les photos, dit Crosse en tendant à Sir Geoffrey une grande enveloppe brune.

Le gouverneur la prit mais ne l'ouvrit pas.

— Que représentent-elles ?

— Il y a une série de photos du manuel du système de guidage par radar du navire. D'autres reproduisent la liste complète de l'armement du porte-avions : ogives, missiles, munitions, quantités et calibres.

— Dieu tout-puissant ! Y compris les ogives nucléaires ? Non, ne répondez pas à cette question.

Sir Geoffrey Allison regarda Crosse en silence quelques instants puis ajouta :

— C'est un coup de chance inouï que ces renseignements ne soient pas tombés aux mains de l'ennemi. Je vous félicite, Roger. Nos amis américains vous en seront très reconnaissants. Avec ces informations, les experts soviétiques auraient estimé aisément la puissance de feu du porte-avions. Qu'allez-vous faire de votre major ?

— Je vais l'envoyer immédiatement à Londres par vol spécial de la RAF. On l'interrogera là-bas — quoique, à mon avis, nous sommes mieux équipés ici pour le faire et nous avons plus d'expérience. Ce que je redoute, c'est que ses supérieurs, qui seront au courant dans une heure, ne tentent de le libérer ou de le faire taire. Moscou pourrait même exercer de fortes pressions par voie diplomatique pour nous contraindre à le remettre au capitaine de l'*Ivanov*. Par ailleurs, si les Chinois de la RPC ou de Taiwan apprennent que nous avons capturé un aussi gros gibier, ils essaieront de le détourner à leur profit.

— Et l'Américain ?

— Il serait peut-être avisé, sur le plan politique, de le remettre immédiatement à la CIA avec le négatif et ces photos — c'est le seul tirage que j'ai fait. Pour des raisons de sécurité évidentes, je les ai développées moi-même.

— Rosemont est ici, précisa le gouverneur.

— Oui, je le sais.

Le regard de Sir Geoffrey se durcit :

— Vous vous arrangez pour avoir la liste de mes invités, Roger ?

— Non, Excellence. Il y a une demi-heure, j'ai téléphoné au consulat et l'on m'a répondu que Rosemont était ici.

Il ment, pensa le gouverneur en observant le patron de la SI par-dessous ses sourcils broussailleux. Je suis sûr qu'il sait toujours exactement qui je rencontre et quand. Enfin, c'est son travail. Et je suis prêt à parier une guinée en or contre un *doughnut* qu'il existe un autre jeu de photos. Roger sait pertinemment que l'Amirauté aimerait elle aussi jeter un coup d'œil à ces documents, et il se fera un plaisir de les lui transmettre.

— Croyez-vous que cette histoire soit liée aux dossiers d'A.M.G. ?

— Certainement pas, affirma Crosse d'une voix où le gouverneur crut déceler un soupçon d'hésitation.

Sir Geoffrey quitta son fauteuil et se mit à arpenter son bureau en silence. Roger a raison, se dit-il, des deux côtés du rideau de bambou, on sera rapidement au courant puisque tous nos services comprennent des Chinois ayant des sympathies communistes ou nationalistes. Il vaut mieux mettre l'espion soviétique hors de portée, il ne tentera personne — du moins, pas ici.

— Je vais immédiatement consulter le ministre, décida-t-il.

— Étant donné les circonstances, vous pourriez peut-être l'*informer* des dispositions prises.

— Le major est déjà en route pour Londres ?

— Non, mais j'ai autorité pour régler cette question sur-le-champ — avec votre accord.

Sir Geoffrey considéra de nouveau l'horloge d'un air pensif puis eut un petit sourire.

— Très bien. C'est l'heure du déjeuner à Londres, je l'*informerai* dans une heure environ. Cela vous suffira ?

— Largement, Excellence. J'ai déjà tout préparé.

— Je m'en doutais.

— Je respirerai mieux quand notre homme sera dans l'avion. Merci, Excellence.

— Et pour le marin ?

— Je vous propose cette fois de *demander* au ministre d'approuver sa livraison à Rosemont.

Le gouverneur aurait voulu poser une dizaine de questions au moins au directeur des services secrets, mais, se sachant mauvais menteur, il jugea préférable de ne pas connaître les réponses et s'abstint.

— Bien. Vous avez une deuxième bonne nouvelle à me communiquer ?

— Nous avons capturé la taupe.

— Excellent ! Qui est-ce ?

— Le commissaire Kwok.

— Impossible !

— C'est exactement ce que j'ai d'abord pensé, dit Crosse en cachant sa satisfaction. Pourtant le commissaire Kwok est bien un espion au service de la RPC.

Après avoir expliqué comment une série de coïncidences avait abouti à la capture de la taupe, Crosse ajouta :

— Nous avons des preuves irréfutables. Bien entendu, nous ignorons encore le comment et le pourquoi de sa trahison mais nous ne tarderons pas à les connaître.

Le gouverneur remarqua le ton de froideur implacable avec lequel le policier prononça la dernière partie de sa phrase.

— Tenez-moi au courant, demanda-t-il. Grand dieu ! un garçon aussi charmant — et bon joueur de cricket, qui plus est. Oui, tenez-moi au courant.

— Certainement, Excellence, assura Crosse en se levant. Maintenant je comprends pourquoi Kwok était aussi anti-américain — c'était son seul défaut. Cela aurait dû me mettre la puce à l'oreille... Bonsoir,

Excellence, excusez-moi d'avoir interrompu votre soirée.

— Vous méritez des félicitations, Roger. Dites-moi, ne serait-il pas souhaitable d'envoyer aussi Brian Kwok à Londres, comme l'autre espion et pour les mêmes raisons ?

— Non, je ne crois pas. Il recevra ici un « traitement » plus efficace et plus rapide. En outre, c'est nous qui avons besoin de le faire parler : Kwok est une menace pour Hong-Kong, pas pour la Grande-Bretagne. Et n'oubliez pas qu'il y a une différence entre nos deux espions : l'un travaille pour les Russes, l'autre pour les Chinois, ce n'est pas la même chose.

Sir Geoffrey poussa un soupir :

— Vous avez raison. Quelle épouvantable journée ! D'abord les queues devant les banques, ensuite la Bourse, sans parler du glissement de terrain d'Aberdeen... Pour tout arranger, on dirait bien qu'il se prépare une tempête qui va probablement nous contraindre à annuler les courses de samedi. Et vous venez m'apprendre qu'un marin américain trahit son pays et son navire pour deux mille malheureux dollars !

— La somme lui paraissait peut-être moins mesquine qu'à vous, dit Crosse avec un léger sourire.

— Nous vivons une époque terrible, murmura le gouverneur.

Intérieurement, il corrigea aussitôt sa déclaration : non, ce n'est pas l'époque, ce sont les gens ; on ne peut rien changer à leur nature, ils agiront toujours pour les mêmes raisons : cupidité, orgueil, luxure, jalousie, avarice, gloutonnerie, colère, soif de pouvoir. La plupart des gens, en tout cas.

— Merci de vos informations, Roger, je les transmettrai au ministre. Bonsoir.

Sir Geoffrey Allison regarda le directeur de la SI traverser le parc de sa démarche assurée. Lorsque son assistant eut refermé la grille derrière le visiteur, le gouverneur se posa à nouveau une question qui n'avait toujours pas reçu de réponse : *Qui est la taupe infiltrée dans ma police ?*

Car le rapport d'A.M.G. parle d'un traître travaillant pour l'Union soviétique, non pour la Chine populaire. Pourquoi Roger n'a-t-il pas relevé cette évidence ?

50

20 h 17

La porte s'ouvrit avant qu'il eût relâché le bouton de la sonnette.

— Linc ! s'exclama Orlanda joyeusement. Je croyais que vous ne viendriez plus. Entrez !

— Désolé d'être en retard, marmonna Bartlett, sidéré par la beauté de la jeune femme. Il y a des embouteillages, le ferry est bondé et pas moyen de trouver une cabine libre.

— Vous n'êtes pas en retard puisque vous êtes là. Je craignais seulement...

Orlanda hésita puis poursuivit d'un trait :

— Je craignais que vous ne veniez pas, j'aurais été très malheureuse. Voilà, j'ai avoué, j'ai mis bas toutes mes défenses mais je suis si heureuse de vous voir que je m'en moque.

Elle se dressa sur la pointe des pieds, déposa sur les lèvres de l'Américain un léger baiser, le prit par le bras et referma la porte.

Elle portait une robe blanche sans décolleté, à manches longues serrées au poignet, qui bruissait à chacun de ses mouvements.

— Je suis si heureuse, répéta-t-elle en lui prenant son parapluie.

— Moi aussi.

Elle l'entraîna dans la salle de séjour, éclairée par des bougies, le conduisit sur la terrasse et lui montra la ville, étalée de la montagne à la mer. Les lumières se troublaient parfois au passage d'une traînée de nuage. Deux cents mètres plus bas, le port de Kowloon était plongé dans une nuit d'où émergeait le porte-avions américain, rutilant de lumière.

— La vue est splendide ! s'extasia-t-il. Comme vous.

— Merci. Oh ! j'oublie de vous servir à boire !

Orlanda quitta la terrasse en tourbillonnant.

— Je ne sais pas pourquoi, je me sens comme une écolière avec vous, cria-t-elle de la cuisine.

Elle revint quelques instants plus tard avec un plateau sur lequel elle avait posé des toasts, une terrine de pâté et une bouteille de bière glacée de l'Anweiser.

— Vous connaissez ma marque préférée ? s'étonna-t-il.

— Vous me l'avez dit ce matin. Et vous m'avez aussi avoué que vous aimez boire à la bouteille.

— Ce sera dans l'article ? demanda Linc en prenant sa bière.

— Non, j'ai décidé de ne pas écrire sur vous, répondit Orlanda, soudain plus grave.

— Pour quelle raison ?

— J'ai pensé que cela pourrait vous mettre mal à l'aise, de savoir que vos confidences fourniraient peut-être la matière d'un article, dit Orlanda en se servant un verre de vin blanc. Alors pas d'article, c'est juré. Croix de bois, croix de fer...

Elle s'adossa à la balustrade de la terrasse et il la rejoignit.

— Un baiser pour sceller le serment ? proposa-t-il avant de l'embrasser brièvement. Prenez garde, vous pourriez tomber.

— J'ai moins peur de l'altitude que de l'eau. Vous m'avez sauvé la vie, l'autre soir.

— Vous vous seriez bien débrouillée sans moi.

— Peut-être, mais j'aurais étalé ma trouille devant tout le monde. Grâce à vous je n'ai pas perdu la face.

— On dirait qu'à Hong-Kong on préfère perdre la vie à perdre la face.

— C'est parfois vrai. Pourquoi dites-vous cela ?

— Je pensais à Dunross et Quillan Gornt. C'est important pour eux, de ne pas perdre la face, n'est-ce pas ?

— Oui, vous avez raison, dit Orlanda. D'un ton pensif, elle ajouta : ce sont tous deux des hommes remarquables, à certains égards, et de vrais démons si on les considère sous un autre jour.

— Comment cela ?

— Ils sont impitoyables, forts, coriaces, intelligents. *Chan ts'ao, chu ken*, disent les Chinois : quand on arrache des mauvaises herbes, il faut extirper les racines. Ces deux hommes ont planté en Asie des racines qu'il serait bien difficile d'extirper. D'ailleurs, Hong-Kong n'aurait rien à gagner à ce que l'un ou l'autre soit déraciné.

— Pourquoi ?

— Oh ! parce qu'ils s'équilibrent, d'une certaine manière. Pas seulement Quillan et Dunross, les *hongs* elles-mêmes, Struan et Rothwell-Gornt. Si l'une avalait l'autre, elle deviendrait sans doute trop puissante, il n'y aurait plus de véritable concurrence, le nouveau Taï-pan trouverait peut-être la Colonie trop étriquée pour ses ambitions et l'abandonnerait...

— Ce n'est un secret pour personne que je songe à m'associer à l'un des deux. A ma place, lequel choisiriez-vous ?

— Ni l'un ni l'autre, répondit la jeune femme en riant.

— Pourquoi ?

— Vous n'êtes pas Britannique, vous ne faites pas

partie de la « vieille bande », vous n'appartenez à aucun des clubs. Quelles que soient votre fortune, votre puissance, en définitive, c'est la « vieille bande » qui décide.

Orlanda alla chercher une autre bière à la cuisine.

— Si vous concluez un marché avec Struan ou Rothwell-Gornt, ce n'est pas vous qui en profiterez le plus, dit-elle en revenant.

— Ils sont si malins ?

— Ils sont chez eux, en Asie. A Hong-Kong, on dit : « *T'ien hsia wu ya i pan hei* » : les corbeaux sont noirs sous tous les cieux. Tous les taï-pans sont les mêmes, ils unissent leurs forces pour éliminer les intrus.

— Alors ni Ian ni Quillan ne veulent d'associé ?

— Je ne sais pas, répondit Orlanda d'un ton hésitant. Je parle de choses que je connais mal mais je n'ai jamais entendu dire qu'un Américain ait réussi à se tailler ici une place importante.

— Et Biltzmann ? Superfoods vient bien d'absorber HK General Stores ?

— Biltzmann est un pantin, tout le monde le hait et espère qu'il se cassera la figure — même Pugmire. Non, aucun Américain n'a réussi, pas même Cooper et Tillman, des trafiquants d'opium opérant à la fin du siècle dernier sous la protection du vieux Dirk. Les Struan et les Cooper sont parents par alliance puisque la Hag maria sa fille aînée Emma à Jeff Cooper, le vieux Nez-crochu, en récompense, dit-on, de l'aide qu'il lui accorda contre Tyler Brock. Vous avez entendu parler de ces gens ? les Brock, Sir Morgan et son père Tyler, la Hag.

— Peter Marlowe nous a raconté certaines histoires.

— Si vous voulez connaître le vrai Hong-Kong, il faut aller voir Z'yeux-brillants, Sarah Chen, la tante de Phillip. C'est un personnage fascinant. Elle est restée vieille fille et avoue quatre-vingt-huit ans mais je la soupçonne d'être plus âgée. C'est la fille de Sir Gordon Chen, le fils naturel de Dirk et de sa maîtresse

Kai-Sung. Sa mère, c'était Karen Yuan, la célèbre beauté.

— Qui était-ce ?

— La petite-fille de Robb Struan, le demi-frère de Dirk. Robb avait une maîtresse appelée Yau Ming Soo avec qui il eut une fille nommée Isobel. Isobel épousa John Yuan, fils naturel de Jeff Cooper qui devint pirate et trafiquant d'opium. Elle est surtout connue pour avoir dilapidé au mah-jong la fortune de deux maris. Karen, la fille d'Isobel et de John, se maria avec John Chen, dont elle fut la seconde femme : une sorte de concubine plutôt. Encore aujourd'hui les Chinois de Hong-Kong peuvent prendre en mariage autant de femmes qu'ils le désirent.

— C'est pratique.

— Pour les hommes ! Cette branche des Yuan est donc issue des Cooper tandis que les T'Chung et les Chen descendent de Dirk Struan, les Sung, les Tup et les Tong d'Aristotle Quance, le peintre. Ici à Hong-Kong, il est d'usage pour les enfants illégitimes de prendre le nom de leur mère, généralement une pauvre fille vendue par ses parents.

— Par ses parents ?

— Presque toujours, répondit Orlanda d'un ton désinvolte. *T'ung t'ien yu ming'*, comme on dit : écoute le ciel et suis le destin. C'est d'autant plus vrai quand on crève de faim.

— Comment se fait-il que vous connaissiez aussi bien les histoires d'alcôves des Struan et des Cooper ?

— A Hong-Kong, il n'y a pas de vrais secrets, chacun connaît presque tout des autres. Nos racines sont profondes, je vous l'ai dit. Et n'oubliez pas que les Chen, les Yuan et les Sung sont eurasiens. Les Eurasiens se marient entre eux puisque ni les Britanniques ni les Chinois ne veulent les épouser. Les familles chinoises tiennent traditionnellement leur généalogie dans le registre du village ; c'est la seule preuve de leur légitimité, il n'y a pas d'état civil...

Pour revenir à votre question, aussi bien Dunross que Quillan seraient heureux de bénéficier de vos dollars et de votre implantation sur le marché américain. Vous tireriez sans doute profit de votre association avec l'un ou l'autre — à condition de vous contenter d'un rôle passif.

Bartlett contempla le panorama d'un air songeur tandis qu'Orlanda, immobile à ses côtés, attendait patiemment. Quillan avait raison, une fois de plus, pensait-elle.

Ce matin, elle l'avait appelé au téléphone et lui avait dit, avec des sanglots dans la voix :

— Oh ! Quillan, je crois que j'ai tout gâché...

— Que s'est-il passé exactement ?

Quand elle eut fini de le lui raconter, il l'avait rassurée :

— A mon avis, tu n'as aucune raison de t'inquiéter. Il reviendra — si ce n'est ce soir, demain.

— Tu en es certain ?

— Oui. Sèche tes larmes et écoute bien.

Gornt lui avait expliqué comment elle devrait se comporter, quelle toilette elle devrait mettre, et lui avait rappelé qu'elle devait être avant tout une femme.

Une femme, songeait-elle tandis que remontaient à sa mémoire les conseils que Quillan lui donnait quand elle était sa maîtresse et qu'il faisait son éducation :

— Si tu veux avoir de belles choses, être aimée et caressée, à l'abri du besoin dans ce monde incertain, sois une femme.

— Comment, mon chéri ?

— Ne pense qu'à mon plaisir. Sois passionnée ou calme, selon mon humeur, mais toujours discrète. Sois un cordon bleu, un véritable sommelier ; ne m'importune jamais et ne me fais jamais perdre la face.

— C'est unilatéral, comme marché !

— Peut-être, mais c'est ce que je te demande, pas moins. Tu as accepté mes conditions en devenant ma maîtresse.

— Je suis heureuse de l'avoir fait mais... parfois je pense à l'avenir.

— Mon chou tu n'as rien à craindre, nous avons fixé à l'avance la règle du jeu. Tu as dix-neuf ans, nous renouvellerons notre contrat chaque année — si tu le souhaites — jusqu'à ce que tu en aies vingt-quatre. Si tu choisis alors de me quitter, je te laisserai l'appartement, de l'argent et une dot pour te trouver un mari. Nous avons tous les deux approuvé cet arrangement, tes parents aussi.

O combien ! se rappela Orlanda. Elle se souvint de l'enthousiasme avec lequel ses parents avaient accueilli la proposition de Quillan lorsqu'elle était rentrée des États-Unis, après ses études.

— C'est un excellent homme, avait fait valoir son père. Il a promis de s'occuper de ton avenir si tu acceptes. A toi de décider, Orlanda, mais nous te conseillons de dire oui.

— Père, je n'aurai que dix-huit ans le mois prochain et je veux retourner vivre aux États-Unis. Je suis certaine de pouvoir obtenir la carte verte de résident.

— Tu l'auras sans doute, mon enfant, mais tu resteras pauvre, avait argué sa mère. Nous ne pouvons pas t'aider, tu le sais. Qui s'occupera de toi ? Si tu acceptes, tu n'auras plus de soucis matériels dans quelques années.

— Mais il est vieux. Il a...

— Un homme vieillit moins qu'une femme. Il est puissant, respecté et a été bon pour nous pendant des années. Il nous a promis de te chérir et de veiller sur ton avenir, quelle que soit la durée de votre liaison.

— Je ne l'aime pas.

— Tu dis des sottises ! Sans la protection des lèvres, les dents deviennent froides ! lui avait lancé sa mère avec colère. Cette occasion qu'on t'offre, c'est la plume du phénix, le cœur du dragon ! Qu'auras-tu à faire en échange ? Rien, sinon être une femme, obéir pendant quelques années — ou davantage, si tu le veux — à un homme bon et respectable. Et qui sait ? sa femme est invalide, elle se meurt lentement. Si tu lui donnes satisfaction, il t'épousera peut-être.

— Épouser une Eurasienne ? Quillan Gornt ?

— Pourquoi pas ? Tu n'es pas seulement eurasienne, tu es aussi portugaise. Il a déjà des fils et des filles britanniques, *heya* ? Les temps changent, même à Hong-Kong. Donne-lui un fils dans un an ou deux avec sa permission et nous verrons bien. Les dieux sont les dieux, ils peuvent faire tonner l'orage dans un ciel serein s'ils en ont envie. Aimer ? Mais qu'est-ce que cela signifie pour toi ?

Orlanda regardait la ville sans la voir. Comme j'étais naïve et stupide alors ! pensa-t-elle. Je ne le suis plus maintenant. Quillan a fait mon éducation.

Elle tourna les yeux vers Linc mais ne fit rien qui pût troubler sa réflexion. Oui, j'ai été bien préparée, se dit-elle. Je serai pour Bartlett la meilleure épouse du monde. Cette fois, je ne commettrai pas d'erreur, Quillan me conseillera, il m'aidera à éliminer Casey. Je deviendrai Mrs. Linc Bartlett. Cela doit être, j'en prends à témoin les dieux et les diables.

Bartlett finit par s'arracher à la contemplation de la ville et tourna la tête vers la jeune femme. Il remarqua qu'elle le regardait avec un sourire qu'il ne parvenait pas à déchiffrer.

— Qu'y a-t-il ?

— Je pensais à la chance que j'ai eue de vous rencontrer.

— Vous faites souvent des compliments aux hommes ?

— Uniquement à ceux qui me plaisent — et ils sont aussi rares que les plumes de phénix ou les cœurs de dragon. Un peu de pâté ?

— Volontiers. Et vous, vous ne mangez pas ?

— Je me réserve pour le dîner. Vous avez faim ?

— Je meurs de faim.

— Vous voulez toujours manger dans un restaurant chinois ?

— Peu importe, comme vous voudrez.

— Sûr ?

— Oui, oui. Pourquoi ? il y a un changement au programme ?

— Venez voir.

Elle le conduisit dans la salle à manger où la table était mise pour deux avec un goût exquis.

— Tout est prêt, nous pouvons manger un vrai repas italien dans vingt minutes si le cœur vous en dit, proposa Orlanda. Ensuite nous irons danser ou faire une promenade en voiture. Qu'en pensez-vous ?

— J'adore la cuisine italienne ! s'exclama Bartlett.

Il eut aussitôt l'impression d'avoir déjà prononcé cette phrase dans la journée. Était-ce ce matin, à Orlanda, ou plus tard, à Casey ?

51

20 h 32

Brian Kwok se réveilla en sursaut, le cœur battant, et resta un moment suspendu entre le cauchemar qu'il venait de quitter et la réalité. Puis il reconnut les murs suintants de sa cellule et se rappela où il se trouvait.

Il s'allongea de nouveau sur la paillasse collante de crasse, la bouche pâteuse, la tête douloureuse. Ils m'ont drogué, se dit-il. Il se souvenait d'avoir discuté avec Armstrong dans son bureau, ensuite tout devenait vague. Il s'était réveillé une première fois dans cette cellule obscure dont les murs semblaient se refermer sur lui et avait compris qu'on l'avait trahi, qu'il se trouvait au sous-sol du QG de la police, dans une boîte sans fenêtre, à la merci de ses ennemis. Il s'était rendormi puis des voix furieuses l'avaient à nouveau réveillé — ou était-ce un rêve ? Il avait sombré dans le sommeil une nouvelle fois... Non, il avait mangé d'abord, une bouillie infecte baptisée dîner et du thé froid... Réfléchis ! s'ordonna-t-il, il faut que tu te souviennes ! Oui, il y a eu ce rata puant mais le thé, c'était avec des œufs, pour le petit déjeuner. Les lumières se sont allumées les deux fois, j'ai eu juste le temps de manger... Non, elles se sont éteintes, j'ai dû finir dans le noir. Ensuite je me suis levé pour uriner, je suis retourné à la paillasse.

Depuis combien de temps suis-je ici ? Il faut que je compte les jours.

Kwok se leva lentement en s'appuyant au mur. Il faut que je fasse marcher mes muscles, il faut que j'élimine la drogue de mon organisme avant l'interrogatoire. Je dois avoir la tête claire quand la fête commencera vraiment — quand ils me jugeront *à point*. Ensuite, ils m'empêcheront de dormir jusqu'à ce que je craque.

Non, je ne craquerai pas. Je suis résistant et préparé, je connais les pièges à éviter.

Qui m'a trahi ? Incapable de réfléchir longtemps à la question, le prisonnier se rabattit sur des exercices physiques qu'il effectua mollement, au prix d'un énorme effort. Il entendit des pas s'approcher, retourna s'allonger sur la paillasse et feignit de dormir.

Les pas s'arrêtèrent, un verrou grinça, un judas s'ouvrit, laissant pénétrer dans la cellule un rayon de lumière. Une main posa sur le rebord du guichet une assiette et un gobelet en métal.

— Avale ton petit déjeuner en vitesse, ordonna une voix en cantonais. Bientôt l'interrogatoire.

— Écoute, je... commença Kwok mais le judas s'était déjà refermé, le replongeant dans le noir.

— Sois calme, se dit-il. Sois calme et réfléchis.

Soudain la lumière inonda la cellule, révélant des murs sombres presque noirs, qui semblaient se rapprocher pour l'écraser. Ne t'affole pas, s'exhorta-t-il, tu les connais, ces boîtes noires, tu en as déjà vu. Et les interrogatoires au sous-sol, tu connais aussi, même si tu n'y as jamais participé.

Son cœur se souleva à la pensée de l'épreuve à venir. Il parcourut la cellule des yeux, trouva la porte, qui se distinguait à peine du mur, le judas, presque invisible lui aussi. Dans l'assiette en fer-blanc, un croûton voisinait avec deux œufs huileux et froids, il n'y avait ni couteau ni fourchette.

Il but le thé lentement, en se forçant à le faire durer,

mais le gobelet fut vide avant qu'il n'eût étanché sa soif. *Diou ne lo mo !* qu'est-ce que je ne donnerais pas pour une bière et une brosse à dents !

La lumière s'éteignit aussi brusquement qu'elle s'était allumée et le laissa désemparé. Sois calme, se dit-il à nouveau, ils cherchent à t'ébranler.

La terreur s'empara de lui quand il songea à ce qui l'attendait. Il n'était pas suffisamment préparé, il le savait, bien qu'on l'eût entraîné à résister aux interrogatoires de l'ennemi en cas de capture. L'ennemi, la République populaire de Chine. Mais les véritables ennemis, c'étaient les Britanniques et les Canadiens qui avaient prétendu être ses amis.

N'y pense pas. Ce n'est pas toi qu'il faut convaincre, c'est eux.

Je dois tenir, affirmer mon innocence aussi longtemps que je pourrai, puis leur servir l'histoire que je prépare depuis des années. C'est mon devoir.

La soif et la faim le torturaient. Il aurait voulu jeter le gobelet vide contre le mur, appeler à l'aide, mais cela aurait été une erreur. Il lui fallait garder son sang-froid, épargner la moindre parcelle d'énergie en prévision du combat qu'il aurait à livrer.

Sers-toi de tes méninges, de ta formation. Applique les théories que tu as apprises, rappelle-toi l'entraînement qu'on t'a fait subir l'année dernière en Angleterre : il faut manger, boire et dormir chaque fois qu'on le peut car on ne sait pas quand commenceront les privations. Il faut se servir de ses yeux, de son nez, de ses doigts, de son intelligence pour garder la notion du temps dans l'obscurité. Il faut penser que les geôliers finiront tôt ou tard par faire une erreur qui vous permettra d'avoir une idée du temps écoulé. En gardant la notion du temps, on ne s'effondre pas, on peut ruser et ne pas révéler l'essentiel : les noms et les contacts, les vrais. Mobiliser contre ses adversaires toutes les ressources de son cerveau, c'est la règle fondamentale. Demeurer actif, se forcer à observer.

Ont-ils commis une erreur, ces barbares ? Oui, les œufs ! ces crétins d'Anglais avec leurs œufs pour le petit déjeuner !

Cette petite victoire lui redonna confiance. Il prit l'assiette, mangea lentement les œufs, le pain, et se sentit mieux. Quand il eut terminé, il n'eut même pas la ressource d'essuyer ses doigts gluants à ses vêtements puisqu'il était complètement nu.

Kwok se leva, s'approcha à tâtons du seau hygiénique fixé au mur, y plongea l'index pour mesurer approximativement le niveau de l'urine et se soulagea. Puis il trempa de nouveau le doigt dans le liquide, estima la différence. Si on n'y a pas ajouté d'eau pour me tromper, j'ai dû pisser trois ou quatre fois, pensa-t-il. Un homme urine combien de fois par jour ? deux, trois, quatre ?

Il essuya son doigt souillé contre sa poitrine et se sentit plus sale encore. Pour lutter contre la nausée qui montait en lui, il se contraignit à penser à Ning-tok, à ses parents, à son départ pour Hong-Kong à l'âge de six ans. Il voulait étudier, grandir et devenir un patriote, comme son oncle, fouetté à mort sur la place du village. A Hong-Kong, les membres de la famille qui l'avaient accueilli lui avaient expliqué que patriote et communiste, c'était la même chose, que les seigneurs du Kuomintang faisaient autant de mal au pays que les étrangers ayant imposé à la Chine des traités iniques, et que seul était patriote celui qui suivait les enseignements de Mao Tsé-tung. Il devait donc travailler, devenir le meilleur pour faire triompher la cause de Mao, qui était celle de la Chine. Il apprendrait en secret, auprès de professeurs maoïstes, et n'oublierait jamais qu'il faisait lui aussi partie de la grande lame de fond révolutionnaire qui balaierait les diables d'étrangers et leurs laquais.

Comme ses professeurs secrets avaient été fiers de lui lorsqu'il avait obtenu cette bourse, à douze ans ! Il était parti étudier chez les barbares, dont il parlait déjà parfaitement la langue, à Londres, capitale du plus grand empire que le monde eût jamais connu — un empire qui serait bientôt réduit en miettes, il le savait, mais qui brillait de ses derniers feux en 1937.

Pendant deux ans il y avait caché sa haine du collège et des collégiens anglais... *Petit Chinois d'Afrique, qui fait caca dans le pot...* les professeurs de sa nouvelle confrérie l'avaient soutenu et guidé, ils avaient replacé questions et réponses dans leur contexte, lui avaient expliqué le mécanisme étonnant de la dialectique. Kwok n'avait jamais mis en doute leur enseignement.

Puis la guerre avait éclaté, il avait été évacué au Canada avec les autres élèves de son école. Vancouver, le Pacifique, l'immensité de l'océan et des montagnes, la ville chinoise grouillante où il avait retrouvé la bonne cuisine de Ning-tok et une nouvelle branche de la confrérie, de nouveaux professeurs, quelqu'un à qui parler, quelqu'un pour le guider et répondre à ses questions.

Ses camarades de classe ne l'avaient toujours pas accepté mais il continuait à se montrer meilleur qu'eux dans tous les domaines, y compris au cricket. « Sois le meilleur, Chu-toy, mon fils, lui avait recommandé son père avant son départ pour Hong-Kong. Pour le Parti, pour la gloire de Mao Tsé-tung, qui est la Chine. » Ces mots, que le vieillard devait lui répéter sur son lit de mort, il les portait gravés en lui depuis l'âge de six ans.

Son entrée dans la Police montée canadienne faisait partie du plan. Il lui fut facile de s'y montrer une fois de plus le meilleur et d'être affecté dans la ville chinoise. Bientôt il devint l'expert chinois de Vancouver, le policier digne de confiance menant une lutte implacable contre les crimes dont les triades tiraient d'énormes profits : trafic d'opium et de morphine, prostitution, jeu.

Son travail lui avait valu les félicitations de ses supérieurs et des chefs de sa confrérie, qui luttaient aussi contre les rois de la pègre et l'aidaient à les démasquer. Détaché pendant six mois à Ottawa pour participer à une enquête sur un trafic de drogue local, il prit contact avec d'autres membres de la confrérie qui lui permirent de démanteler la filière des trafiquants. Il est facile d'être un excellent policier quand on dispose de centaines d'amis secrets...

A la fin de la guerre, il demanda sa mutation dans la police de Hong-Kong, dernière partie du plan. Pourtant il n'avait aucune envie de quitter le Canada, ni surtout Jeannette. Jeannette Dubois, une Canadienne française de dix-neuf ans dont les parents ne voyaient pas d'un mauvais œil les sorties avec ce jeune policier monté de vingt et un ans promis à une belle carrière.

Brian Kwok s'agita sur la paillasse. Il avait la peau froide et moite, l'obscurité l'oppressait, ses paupières lui semblaient de plomb. Il repensa aux efforts qu'il avait déployés pour convaincre le chef de la confrérie qu'il pourrait être plus utile au Canada qu'à Hong-Kong : là-bas, il y en avait beaucoup d'autres comme lui ; ici, il était unique et, dans quelques années, il se hisserait aux échelons supérieurs de la police de Vancouver.

Mais ses arguments avaient fait long feu, il n'avait pas réussi à persuader la confrérie — qui avait raison, il le reconnaissait maintenant. S'il était resté au Canada, il aurait fini par rompre avec le Parti, il serait passé de l'autre côté. Il avait lu trop de rapports sur les Soviétiques, le KGB, les *goulags*, il s'était fait trop d'amis canadiens et nationalistes. Hong-Kong et la Chine étaient loin, le passé était loin ; il aimait Jeannette et s'entendait bien avec ses collègues, qu'il ne considérait plus comme des barbares.

Le chef de la confrérie lui avait rappelé le passé, il lui avait expliqué qu'un barbare reste un barbare, qu'on avait besoin de lui à Hong-Kong, où la bataille ne faisait que commencer. Kwok avait obéi parce qu'il n'avait pas d'autre solution, il était au pouvoir de ses chefs. Après l'étonnante, l'incroyable victoire de Mao, il avait recommencé à creuser patiemment son terrier de taupe, mettant toutes ses compétences à lutter contre la criminalité qui affligeait la Colonie et faisait la honte de la Chine.

La vie était redevenue agréable, les Britanniques lui promettaient une belle carrière parce qu'en dépit de ses origines chinoises il était passé par une *public school* et savait jouer au cricket comme avant lui les cadres de l'ancien Empire.

Kwok avait sombré dans un sommeil agité quand la porte de la cellule s'ouvrit doucement. Armstrong entra, en compagnie de Malcolm Sun, d'un gardien et du médecin de la SI, le Dr Dorn, petit homme tiré à quatre épingles déployant une activité fébrile d'oiseau-mouche. Armstrong considéra son ami avec pitié tandis que Dorn lui prenait le pouls et l'auscultait.

— Votre client est en parfaite condition physique, commissaire, conclut le docteur en souriant. Le cœur bat un peu vite mais c'était à prévoir.

Il écrivit son diagnostic sur une feuille de papier qu'il tendit à Armstrong. Le policier l'examina, regarda sa montre et apposa sa signature à côté de celle du praticien.

— Bon, vous pouvez continuer.

Dorn enfonça l'aiguille de la seringue dans une des fesses de Kwok et lui injecta le liquide.

— Le dîner à l'heure que vous voudrez, fit-il avec un sourire en essuyant la goutte de sang perlant sur la peau du prisonnier.

Le gardien rajouta de l'urine dans le seau, Armstrong le nota également sur la feuille.

— Drôlement malin de sa part de mesurer le niveau, commenta Malcolm Sun. Je n'aurais pas cru qu'il ferait ça.

Les œilletons à infrarouge percés dans le plafond

permettaient de suivre les mouvements du prisonnier dans le noir le plus total.

— *Diou ne lo mo*, il a toujours été fortiche, poursuivit Sun.

— Espérons qu'il ne le sera pas trop, le pauvre, dit Armstrong. Il vaut mieux pour lui qu'il parle rapidement, le Vieux n'a pas l'intention de lâcher le morceau.

Les autres le regardèrent, le jeune gardien frissonna.

— On maintient le cycle de deux heures ? demanda Dorn.

Armstrong baissa les yeux vers son ami inconscient. Depuis qu'il avait avalé la bière droguée, peu après midi, Kwok avait été tiré de sa léthargie toutes les deux heures par une piqûre — à 16 h 30, 18 h 30, 20 h 30 — et l'on poursuivrait le *traitement* jusqu'au lendemain matin, à 6 h 30, avant de commencer à l'interroger sérieusement. Dix minutes après l'injection, le prisonnier était réveillé, la faim et la soif artificiellement attisées à l'aide de drogues. Puis il retombait dans un sommeil profond, entretenu par une autre piqûre. On alternait l'obscurité et la lumière crue, les voix criardes et le silence. Il se réveillait : petit déjeuner ; deux heures plus tard, dîner, et deux heures plus tard, petit déjeuner de nouveau. Pour le prisonnier douze heures devenaient six jours — davantage même si sa condition physique le permettait. Inutile de le torturer, il suffisait de le plonger dans le noir et de le désorienter pour lui faire dire tout ce que vous vouliez savoir, lui faire signer n'importe quel papier, lui faire croire à la « vérité » de votre choix.

Après un tel traitement, suivi de deux ou trois jours sans sommeil, n'importe qui craquait.

Pauvre Brian, pensait Armstrong, tu vas essayer de tenir et cela ne fera que prolonger tes souffrances. Ce n'est plus ton ami ! protesta une autre partie de lui-même. C'est un agent ennemi, un espion qui te trahit depuis des années. C'est lui probablement qui a donné Fong-fong et ses gars, qui subissent maintenant le même traitement que lui mais dans une cellule puante, sans docteur et sans soins. Est-ce une raison cependant pour lui infliger de tels tourments ? A-t-on le droit de bourrer de drogues un détenu sans défense ?

Non... Si, parfois. Comme il est parfois nécessaire de tuer. Après tout, ces techniques modernes d'interrogatoire ont été mises au point par Pavlov et d'autres Soviétiques, par le KGB sous un régime communiste. Mais est-ce une raison pour suivre le même chemin ?

Je ne sais pas. Tout ce que je sais, c'est que le KGB cherche à nous détruire et à...

Armstrong s'aperçut que tous les regards convergeaient vers lui.

— Hein ?

— On maintient le cycle de deux heures ? répéta le médecin.

— Oui, et l'interrogatoire commencera à six heures trente.

— Vous vous en chargerez ?

— C'est écrit sur la feuille, nom de dieu ! Vous ne savez pas lire ?

— Excusez-moi. Vous voulez un calmant, mon vieux ? proposa Dorn avec sollicitude.

Armstrong sortit de la cellule en marmonnant un juron et monta directement au mess des officiers, situé au dernier étage.

— Barman !

— Tout de suite, commissaire.

On lui servit rapidement sa pinte de bière habituelle mais, ce soir-là, le breuvage sombre, amer et sucré qu'il aimait tant ne parvenait pas à étancher sa soif ou à chasser le goût désagréable qu'il avait dans la bouche. Des milliers de fois il s'était demandé comment il se comporterait s'il se faisait prendre, si on l'enfermait, complètement nu, dans une cellule obscure. Son expérience des techniques employées lui permettrait sans doute de faire mieux que ce pauvre Brian, qui n'en avait qu'une connaissance superficielle.

— Barman !

— Oui, inspecteur.

— Bonsoir, Robert, je peux te tenir compagnie ? demanda l'inspecteur principal Donald C.C. Smyth.

— Oh ! salut. Oui... assieds-toi, répondit le commissaire sans enthousiasme.

Smyth s'installa sur un tabouret de bar à côté de son collègue et fit légèrement glisser son bras blessé dans l'écharpe qui le maintenait.

— Quoi de neuf ? dit-il.

Armstrong l'observait en songeant à quel point il méritait son surnom. Smyth était sinueux comme un serpent, aussi dangereux, et avait l'habitude de passer régulièrement la pointe de sa langue entre ses lèvres pour les humecter.

— Je n'arrive pas à croire que c'est Brian, poursuivit l'inspecteur, qui faisait partie des quelques rares personnes au courant de l'arrestation de Kwok. Robert, le directeur de la Criminelle m'a chargé de prendre la suite dans l'affaire des Loups-garous tant que durerait ton détachement.

— Tout est dans le dossier. Le sergent Tang-po te mettra au courant, c'est un excellent flic.

Armstrong but une gorgée de bière avant d'ajouter sur un ton sarcastique :

— Il a beaucoup de relations.

— Cela aide, répondit Smyth en souriant.

— En tout cas ne t'avise pas d'*organiser* mon secteur.

— Dieu m'en garde, mon vieux ! East Aberdeen suffit à ma peine. Pour les Loups-garous, on continue à surveiller Phillip Chen ?

— Et sa femme.

— Avant d'épouser le vieux Chen, Dianne s'appelait Mai-wei T'Chung. Elle a pour cousin Sung-l'oiseau-mouche. Intéressant, non ?

— Tu fais des heures supplémentaires ?

— Boulot boulot ! J'aimerais coincer ces salopards

en douceur. Nous avons reçu trois coups de téléphone de personnes affolées à qui les Loups-garous ont réclamé une *h'eung yau* « tlès tlès vite » sous peine de se faire enlever. Si trois citoyens apeurés nous ont appelés, on peut parier que trois cents autres n'en ont pas eu le courage.

Le Serpent avala une gorgée de whisky-soda et poursuivit :

— Si nous n'arrêtons pas rapidement les Loups-garous, tous les petits truands qui ont un peu d'astuce vont vouloir profiter de l'occasion eux aussi.

— C'est probable. Tu reprends quelque chose ?

— C'est ma tournée. Barman !

— Tu penses qu'il y a un rapport entre John Chen et Sung-l'oiseau-mouche ? demanda Armstrong en regardant le serveur tirer sa bière.

Sung, le riche armateur célèbre pour ses penchants oraux en matière sexuelle, avait été enlevé six ans plus tôt.

— Nous avons mis ses ravisseurs au trou pour vingt ans mais sait-on jamais ? répondit Smyth en haussant les épaules. Dianne et John se haïssaient, ce n'est pas un secret.

Armstrong émit un grognement, se frotta les yeux.

— J'avais l'intention de voir demain la veuve de John, Barbara, mais maintenant...

— J'ai pris rendez-vous avec elle. Et demain matin, je vais à Sha Tin : quelque chose a peut-être échappé aux péquenots locaux.

— Possible, fit le commissaire en regardant Smyth boire son whisky. Tu as une idée derrière la tête ?

Le Serpent fixa son collègue et répondit :

— Il y a beaucoup de choses que je ne comprends pas dans cette affaire. Par exemple, pourquoi les Dragons ont offert une récompense aussi importante à celui qui retrouverait John Chen — mort ou vif, curieusement.

— Pose-leur donc la question.

— C'est ce que j'ai fait. Du moins, j'ai demandé à quelqu'un qui les connaît et je n'ai pas obtenu de réponse. J'ai l'impression qu'il faudrait mettre un peu le nez dans le passé de John.

Armstrong sentit se réveiller en lui une vieille douleur qu'il croyait morte.

— Bonne idée, grommela-t-il.

— Tu sais que Mary le connaissait ? Elle l'avait rencontré au camp de Stanley.

— Oui, elle me l'a dit.

Le commissaire but une gorgée de bière qui lui parut insipide.

— Elle pourrait peut-être nous fournir une piste, suggéra le Serpent en braquant ses yeux bleu clair sur ceux de son collègue. John Chen aurait pu tremper dans des combines de marché noir, par exemple.

— Je penserai à lui poser la question, dit Armstrong.

Il n'en voulait pas à Smyth, à sa place, il aurait fait de même. Il se demanda combien de personnes étaient au courant, pour Mary et John Chen. Combien savaient qu'il y avait dans son tiroir quarante mille dollars qui finiraient par brûler le bois du bureau comme ils brûlaient sa conscience.

— C'était il y a longtemps, murmura-t-il.

— Je sais, répondit Smyth.

— Tes « amis » te donnent un coup de main ? demanda Armstrong en levant sa chope.

— Disons que la grande confrérie du jeu a offert une récompense substantielle pour tout renseignement susceptible de conduire aux Loups-garous, dit le Serpent, sardonique.

D'un ton plus grave, il ajouta :

— Il faut coffrer ces foutus salauds avant qu'ils ne sèment vraiment la merde.

52

21 h 15

Ancrée au large au point de rendez-vous, la jonque à moteur de Whu-quatre-doigts se balançait au rythme des vagues, tous feux éteints. Le vieux pirate se pencha vers Kin-le-grêlé, étendu à ses pieds, troussé comme un poulet et hébété par la douleur.

— Écoute, petit étron, je veux savoir qui d'autre fait partie de ta bande et qui t'a donné la demi-pièce.

Comme le Loup-garou ne répondait pas, Wu s'écria :

— Réveillez-le, ce fornicateur !

Poon-beau-temps jeta un autre seau d'eau de mer sur le jeune Chinois prostré sur le pont. N'obtenant pas de résultat, il prit son couteau et se courba. Le Grêlé poussa un cri et sortit aussitôt de sa stupeur.

— Que... qu'y a-t-il, seigneur ? Arrêtez, que voulez-vous ?

Quatre-doigts répéta ses questions et Beau-temps les appuya d'un coup qui arracha un gémissement au Loup-garou. Kin n'aurait jamais cru qu'il était possible de souffrir autant sans mourir. Docilement, il balbutia à nouveau les noms et les adresses de ses complices et parla même de la vieille *amah* d'Aberdeen.

— La pièce, c'est mon père qui me l'a donnée... Il m'a pas dit où... où il l'avait trouvée, je le jurrrr...

Kin s'évanouit une nouvelle fois et Wu cracha d'un air dégoûté.

— Les jeunes d'aujourd'hui n'ont plus rien dans les tripes !

Il faisait nuit noire, un vent mauvais soufflait en rafales sous un ciel bas et lourd. Le puissant moteur de la jonque tournait au ralenti avec un ronron de mécanique bien réglée. L'embarcation mouillait à quelques kilomètres au sud-ouest de Hong-Kong, dans les eaux territoriales chinoises, au bord des grandes routes maritimes. A bâbord, la vaste embouchure de la Rivière des Perles, à tribord la haute mer.

Wu alluma une cigarette et grommela :

— Les dieux maudissent ces merdes de triades !

— Je le réveille ? questionna Poon.

— Non, ce fornicateur a dit la vérité.

Le vieillard porta une main calleuse à sa poitrine et vérifia nerveusement si la demi-pièce se trouvait toujours sous son maillot troué.

— Tu as fait du bon travail, Beau-temps. Ce soir tu auras une prime, déclara-t-il, les yeux tournés vers le sud-est.

Le signal se faisait attendre mais Wu ne s'alarmait pas. Il flaira le vent, ouvrit la bouche et sentit sur sa langue l'amertume du sel, promena le regard sur l'horizon et le ciel.

— Va pleuvoir, annonça-t-il.

Poon alluma une autre cigarette à son mégot, qu'il écrasa sur le pont de son talon nu, dur comme de la corne.

— Ça va foutre en l'air les courses de samedi ? demanda-t-il.

— Si les dieux le veulent. Ça va pisser dru demain encore à moins que le vent tourne.

— J'ai dans l'idée que le cheval de Kwang-le-banquier gagnera, pronostiqua Beau-temps.

— Mon imbécile de neveu à la bouche molle en aurait bien besoin ! lança Quatre-doigts avec mépris. Ce nigaud a perdu sa banque !

Poon se racla la gorge et cracha pour attirer la chance.

— Les dieux soient loués de nous avoir envoyé Choy-bonne-fortune !

Depuis que Wu, ses capitaines et ses matelots avaient retiré à temps leur argent de la Ho-Pak grâce aux informations de Paul ; depuis que le vieux pirate avait gagné une grosse somme en jouant Struan à la baisse, il avait surnommé son fils Choy-bonne-fortune. Il lui avait pardonné sa désobéissance mais en homme prudent, il l'avait caché à tout le monde, excepté à son ami et confident Poon-beau-temps.

— Fais-le monter, justement, ordonna-t-il.

— Et lui ? fit Beau-temps en enfonçant un orteil dans le flanc du Grêlé. Le jeune Bonne-fortune n'aime pas beaucoup cette histoire, *heya* ?

— Il est temps qu'il grandisse, qu'il apprenne comment on traite ses ennemis. Je vais le débarrasser de toutes les idées prétentieuses que ses professeurs de la Montagne-dorée lui ont mises dans le crâne. Il a oublié qui il est et où est son intérêt.

— On ne prend pas un lapin pour chasser le dragon, tu l'as dit toi-même. Pense que Choy t'a déjà fait gagner vingt fois ce qu'il t'a coûté en quinze ans. Sur le marché de l'argent, c'est un dragon, bien qu'il n'ait que vingt-six ans. Laisse-le dans mon domaine, c'est là qu'il te sera le plus utile.

— Ce soir, c'est ici son domaine.

— J'en suis pas si sûr, répondit Poon en se grattant l'oreille. Moi, je l'aurais laissé à terre... Tu as vu ? dit-il en levant le bras vers le sud-est.

— Oui, mais on a tout le temps.

— Faut quand même dire que j'ai failli éclater de rire lorsque Bonne-fortune est devenu blanc comme une méduse en voyant couler le sang de ce fornicateur de Loup-garou. Je me suis tellement retenu pour pas lui faire perdre la face que j'en ai lâché un pet !

— Les jeunes d'aujourd'hui n'ont rien dans les tripes, répéta Wu, mais tu as raison : après cette nuit, Bonne-fortune restera là où il me rend les meilleurs services. Et celui-là, il est mort ? dit-il en baissant les yeux vers le Grêlé.

— Pas encore. Je lui coupe l'autre oreille, pour le punir de son arrogance et de ses mensonges ?

— Attends un peu.

— J'ai toujours pas compris pourquoi tu m'as dit de laisser le message qu'ils avaient préparé sur le cadavre de John Chen, comme ils en avaient l'intention. Quand ce fornicateur sera crevé, y aura plus de Loup-garou, *heya* ? Alors pourquoi ce message ?

— Tout devient clair pour qui sait attendre, gloussa Quatre-doigts. Patience.

Le vieux brigand avait rapidement compris qu'il pourrait aisément s'assurer une autre source de revenus en cachant la liquidation de la bande des Loups-garous. Quelques coups de téléphone, un enlèvement ou deux, une autre oreille tranchée, peut-être...

— Tu comprendras bientôt, Beau-temps, continua Wu. Quand...

Il s'interrompit en voyant surgir de la nuit un petit cargo mal éclairé qui envoya aussitôt le signal. Quatre-doigts se rendit au poste de pilotage et répondit au signal puis donna l'ordre à un matelot de faire monter sur le pont le reste de l'équipage. Il revint auprès de Beau-temps, regarda le Grêlé et dit d'un ton cruel :

— Occupons-nous d'abord de lui. Va chercher mon fils.

Paul Choy monta en titubant sur le pont et respira une grande bouffée d'air frais pour chasser la puanteur qui emplissait ses narines. Quand il découvrit le corps mutilé du Grêlé baignant dans une flaque de sang, il tourna brusquement la tête et se mit à vomir par-dessus bord.

— Viens ici aider Poon, lui dit son père.

— Quoi ? hoqueta Paul.

— Tu as les oreilles pleines de vomi ? Viens l'aider.

Paul s'approcha, les jambes flageolantes.

— Qu'est-ce... qu'est-ce que je dois faire ?

— Prends-le par les jambes.

Paul Choy s'efforça de dominer sa nausée, malgré l'odeur de sang et de vomi qui lui levait le cœur. Il se courba, prit les jambes du Grêlé et les souleva. Poon portait presque tout le poids du corps du Loup-garou et aurait facilement pu se passer de l'*aide* de Bonne-fortune. Le marin déposa le Grêlé en équilibre sur le plat-bord et, comme convenu avec Wu, laissa Paul se débrouiller seul.

— Balance-le par-dessus bord ! ordonna Quatre-doigts à son fils.

— Mais, Père... je vous en prie... il n'est pas... il n'est pas mort. Je vous en...

— *Par-dessus bord !*

Envahi par la haine et la rage, Paul Choy tenta de tirer le corps vers lui mais une rafale de vent fit osciller la jonque et le dernier des Loups-garous tomba dans la mer, où il s'enfonça aussitôt. Impuissant, le jeune homme regardait les vagues lécher la coque du bateau. Il s'aperçut qu'il avait du sang sur sa chemise, sur ses mains et fut à nouveau pris de nausées.

— Tiens ! grogna Wu en tendant à son fils une flasque de bon whisky.

Paul but une gorgée, faillit s'étrangler mais ne vomit pas. Quatre-doigts se tourna vers l'homme de barre et lui fit signe de mettre droit sur le cargo. Surpris par le brusque changement de cap et de régime, Paul Choy dut s'agripper au plat-bord pour ne pas tomber. Quand il eut recouvré son équilibre, il tourna les yeux vers son père, qui se trouvait près de la barre, en compagnie de Beau-temps, et scrutait les ténèbres. Il haïssait son père, il haïssait ce bateau où il se trouvait, contraint de participer à ce qui devait être de la contrebande, après avoir assisté à la mort horrible d'un homme.

Sentant le regard de son fils posé sur lui, Wu l'appela.

— Viens ici ! s'écria-t-il en martelant le bastingage de sa main sans pouce.

Paul Choy obéit. La jonque filait sur la mer sombre, parfois brièvement éclairée par un rayon de lune perçant le plafond de nuages. Elle fut bientôt dans le sillage du cargo, un petit navire vieux et lent que ballottait une houle de plus en plus forte.

— C'est un caboteur thai, expliqua Poon à Bonnefortune. Il y en a des dizaines, de ces poux de mer, dans les eaux asiatiques. Ils prennent l'eau comme une éponge et recrutent leurs équipages parmi la racaille. La plupart font la navette sur la route Bangkok, Singapour, Manille, Hong-Kong et partout où ils peuvent trouver une cargaison. Celui-là vient de Bangkok. Pour rien au monde je mettrais les pieds sur une de ces saloperies. Le...

Beau-temps s'interrompit en voyant le cargo émettre un bref signal, auquel Wu répondit. Quelque chose de lourd et de volumineux tomba alors du navire, côté tribord, et fit jaillir une gerbe d'eau de mer. Quatre-doigts ordonna d'arrêter les machines, il se fit un silence assourdissant. Des matelots se penchèrent par-dessus le bastingage pour scruter l'obscurité tandis que la jonque ralentissait.

Une des vigies leva un drapeau et l'homme de barre corrigea la trajectoire en conséquence. Après un autre signal silencieux, un autre changement de direction, le matelot agita furieusement son drapeau. « Machine arrière ! », ordonna Wu. L'hélice mordit les flots, la jonque vint mourir près de la ligne de bouées dansant sur la mer. Un matelot armé d'une gaffe hissa à bord une première bouée de liège, d'autres membres de l'équipage l'aidèrent à haler le câble, qui fut solidement attaché à une épontille. D'une main experte, le quartier-maître détacha les bouées, les jeta par-dessus bord puis s'assura qu'il y avait bien deux ballots fixés à l'autre extrémité du câble, sous la ligne de flottaison. Il fit alors signe à l'homme de barre, qui remit les moteurs en marche et changea de cap. La jonque repartit à vitesse de croisière, sa cargaison collée contre son flanc, à un mètre sous la surface de l'eau.

L'opération, qui n'avait duré que quelques secondes, s'était effectuée dans un silence complet. Bientôt les feux de route du cargo thai disparurent dans la nuit, la jonque fut de nouveau seule sur la mer.

Wu et Poon allumèrent une cigarette.

— Très bien, commenta Beau-temps.

Quatre-doigts ne répondit pas, il continua à écouter l'agréable musique des moteurs. Pas d'ennuis de ce côté-là, se dit-il. Ni avec le vent. Alors pourquoi es-tu nerveux ? A cause de Septième-fils ?

Il jeta un coup d'œil à Paul Choy, qui lui tournait le dos et regardait les balles immergées.

— Pourquoi ne les faites-vous pas hisser à bord, Père ? Vous risquez de les perdre.

Wu fit signe à Beau-temps de lui répondre.

— Vaut mieux laisser la moisson de la mer à la mer jusqu'à ce qu'on puisse tranquillement l'amener à terre, Bonne-fortune, expliqua le marin.

— Mon nom est Paul, répliqua le jeune homme, qui dirigea de nouveau son regard vers son père. Vous n'auriez pas dû tuer cet homme, c'était inutile !

— C'est pas le capitaine qui l'a trucidé, c'est toi, Bonne-fortune, intervint Poon. Tu l'as jeté par-dessus bord, je t'ai vu, j'étais à deux pas de toi.

— Mensonge ! J'ai essayé de le ramener ! Et d'ailleurs c'est mon père qui m'en avait donné l'ordre, il m'avait menacé.

— Raconte donc ça à un juge, Bonne-fortune, tu verras comme il te croira !

— Je ne m'appelle pas B...

— Le capitaine t'a surnommé Bonne-fortune, tu porteras ce nom à jamais, par tous les dieux ! Pas vrai ? fit Poon en adressant un sourire à Quatre-doigts.

Le vieillard se contenta de sourire en retour, révélant quelques dents cassées qui rendaient sa grimace encore plus effrayante. Il hocha sa tête chauve à la peau parcheminée en signe d'approbation puis regarda Paul Choy.

— Avec moi ton secret sera bien gardé, mon fils. Ne crains rien. Personne à bord de cette jonque n'a rien vu. N'est-ce pas Beau-temps ?

— Personne ! Par tous les dieux petits et grands, personne a rien vu !

— On n'enveloppe pas le feu dans du papier, rétorqua Paul.

— Ici c'est possible, dit Poon en riant.

— Sur cette jonque, un secret est un secret, renchérit Wu de sa voix rauque. Tu ne veux pas savoir ce qu'il y a dans ces balles ?

— Non.

— De l'opium. L'opération de cette nuit me rapportera deux cent mille dollars et tout l'équipage touchera une forte prime.

— Trop risqué pour moi, répliqua Paul. Je vous ai fait gagn...

Il s'interrompit en voyant une lueur de colère s'allumer dans le regard de son père. Quatre-doigts cracha sur le pont, fit signe à Poon de prendre les commandes et alla s'asseoir sur l'une des banquettes entourant le gaillard d'arrière.

— Viens ici, Bonne-fortune.

Paul obtempéra craintivement.

— Le profit c'est le profit, déclara le vieux pirate d'un ton irrité. Ta part se monte à dix mille dollars : de quoi t'acheter un billet aller-retour pour Honolulu et y passer dix jours de vacances.

— Je ne reviendrai pas ! répondit Paul avec courage.

— Oh ! si, tu reviendras. Tu as pêché dans des eaux dangereuses.

— Je ne reviendrai jamais. J'ai un passeport américain et....

— Et une putain japonaise, *heya* ?

Interdit, Paul Choy se demanda comment son père avait appris l'existence de Mika, l'étudiante américaine d'origine japonaise dont il était tombé amoureux à l'université. Puis la colère remplaça la stupeur.

— Ce n'est pas une putain, par tous les dieux ! c'est une fille convenable, ses parents...

— Silence ! Pour moi toutes les femmes sont des putains, mais si ça peut te faire plaisir, c'est une princesse. N'empêche que c'est une étrangère du pays de la Mer de l'Est, dont le peuple a saccagé la Chine.

— Elle est américaine, comme moi ! explosa Choy, les poings serrés.

Sans en avoir l'air, Poon suivait la dispute et se préparait à intervenir au besoin.

— Son père a fait la guerre en Italie ! poursuivit Paul.

— Tu es un Haklo, de la famille des Wu de la Mer, et tu m'obéiras ! s'écria Quatre-doigts. Tu m'entends, Choy-bonne-fortune ?

Le jeune homme fit un pas vers son père.

— Je vous interdis de m'insulter ! hurla-t-il, tremblant de rage.

— Tu oses me menacer ? moi qui t'ai donné la vie, moi qui t'ai tout donné — y compris la possibilité de rencontrer ta princesse de la Mer de l'Est ?

Choy virevolta, comme sous l'effet d'une rafale de vent, et se retrouva nez à nez avec Beau-temps.

— Tu parles au capitaine de toutes les flottes, montre-lui du respect, lui enjoignit Poon en le poussant vers la banquette. Le capitaine t'a demandé de t'asseoir, assieds-toi. *Assieds-toi !*

Paul s'assit, resta un moment silencieux puis demanda d'un ton boudeur :

— Comment avez-vous su ?

— Par tous les dieux, j'ai engendré un singe mal élevé et sans cervelle ! gémit Wu. Tu crois donc que je ne t'ai pas fait surveiller ? tu t'imagines que j'aurais envoyé une taupe parmi les serpents, un jeune garnement civilisé parmi les barbares sans le protéger ? Tu es le fils de Wu Sang Fang, chef des Wu de la Mer, qui protège chacun des siens contre ses ennemis. Car, sache-le, nous ne manquons pas d'ennemis qui n'attendent que l'occasion de te couper les bourses et de me les envoyer juste pour me narguer. Tu ne crois pas ?

— Je ne sais pas, murmura Bonne-fortune.

— Eh bien, apprends-le, mon fils.

Quatre-doigts ne doutait pas de l'issue de l'affrontement : il avait procédé de la même manière avec ses nombreux autres enfants et n'avait jusqu'ici perdu qu'un seul fils. Il eut une pensée reconnaissante pour le Taï-pan, qui lui avait fourni les renseignements sur la fille et ses parents. Voilà peut-être le moyen qui me permettra de dompter ce rejeton impudent d'une Troisième-femme qui garda jusqu'à son dernier jour une Fente-dorée douce et tendre. Peut-être le laisserai-je faire venir cette putain — ce nigaud a besoin d'une femme de toute façon. Une fille convenable, à ce qu'il prétend. Ha ! j'ai entendu dire que les femmes de là-bas n'ont pas de poil au pubis. C'est dégoûtant ! Le mois prochain, je lui donnerai la permission d'aller la chercher, et si ses parents la laissent venir seule, ça prouvera bien que c'est une putain. S'ils refusent, l'affaire sera réglée. Pendant ce temps, je lui trouverai une femme, une des petites-filles de l'Avare, par exemple, ou de Lando Mata. Je crois me souvenir que la plus jeune a fait aussi ses études au pays de la Montagne-dorée, dans un collège réputé. Sang-mêlé ou pas, ce jeune étourneau s'en moque.

Ou peut-être vaudrait-il mieux lui donner une Haklo aux hanches larges et aux jambes solides, se demanda le vieux brigand. Enfin, ce crétin a beau être grossier et mal élevé, on ne se tranche pas le Bâton-viril parce qu'on a la vessie faible.

— Dans un mois, Barbe-noire te donnera des vacances, déclara Wu à son fils. Je m'en occupe. Tu te serviras de tes dix mille dollars pour aller là-bas en machine volante... Non ! fais-la plutôt venir, dit-il, comme si l'idée venait de lui traverser l'esprit.

— Pas question. Je ne veux pas de cet argent, et je vous conseille d'abandonner le trafic de drogue avant...

Un flot de lumière jailli de tribord inonda soudain la jonque, aveuglant tous ses passagers.

Une voix amplifiée par un haut-parleur lança un ordre en anglais puis le répéta en haklo et en cantonais.

— *Arrêtez les machines !*

Wu et Poon furent les premiers à réagir : Quatre-doigts fit virer la jonque à bâbord pour l'éloigner de la vedette de la police et donna toute la puissance du moteur ; Beau-temps bondit sur le pont et détacha le câble retenant les deux balles, qui s'enfoncèrent vers les profondeurs.

— *Venez à tribord !* intima la voix métallique.

Paralysé de frayeur, Paul vit son père tirer d'un coffre des chapeaux à visière de l'armée populaire chinoise et en coiffer un.

— Vite, lui dit le vieillard en lui lançant un couvre-chef.

Médusé, Bonne-fortune imita son père et constata que tout l'équipage avait fait de même. Certains matelots endossaient à la hâte une vareuse, d'autres sortaient des coffres des fusils et des mitraillettes de l'armée de la RPC ; d'autres encore, collés contre le plat-bord, proféraient des obscénités en direction de la vedette. L'embarcation de la police, élancée et rapide, armée d'un canon, braquait ses deux projecteurs sur le bateau de Wu et se maintenait sans peine à sa hauteur, à une centaine de mètres à tribord.

Quatre-doigts s'approcha du bastingage et cria dans un porte-voix :

— Allez vous faire voir, sales barbares ! Regardez nos couleurs !

Il montra du doigt le drapeau de la marine de la RPC flottant en haut du mât de la jonque.

— Nous sommes dans nos eaux territoriales !

Un pistolet à la main, Poon se tenait sur la dunette, la visière rabattue sur les yeux afin de dissimuler ses traits aux officiers britanniques qui devaient l'observer à la jumelle. Il savait que, contrairement à ce que prétendait le capitaine, la jonque avait quitté depuis un quart d'heure les eaux territoriales chinoises. Cependant les ordres étaient clairs : pas question de laisser quiconque monter à bord.

— *A tribord ! Nous allons vous aborder !*

La vedette ralentit, un canot fut mis à la mer et certains matelots de la jonque commencèrent à s'inquiéter. Wu essaya vainement d'augmenter la vitesse de son bateau et se reprocha de ne pas avoir vu plus tôt la vedette ou senti sa présence. Les policiers possédaient un système qui leur permettait de voir dans le noir, il le savait, alors que lui devait s'en remettre à ses yeux et à ce sixième sens qui l'avait jusque-là maintenu en vie.

Bien sûr, la cargaison avait coulé depuis longtemps mais il restait à bord des choses que la police ne devait pas trouver : des armes, par exemple et Paul Choy. Les dieux défèquent sur cette vedette ! jura-t-il intérieurement. Beau-temps avait peut-être raison. Je n'aurais pas dû emmener Bonne-fortune.

— Aucun fornicateur d'étranger ne montera à bord d'un patrouilleur de la République populaire de Chine ! cria-t-il dans le porte-voix.

Tout l'équipage poussa des acclamations et appuya cette réponse d'une bordée d'injures.

— *A tribord !*

Le vieillard fit la sourde oreille et maintint le cap sur

l'estuaire de la Rivière des Perles en priant le ciel qu'il n'y eût pas dans les parages de vrai patrouilleur de la RPC. Dans la lumière des projecteurs, il vit le canot, à bord duquel se trouvaient dix hommes armés, se rapprocher pour intercepter la jonque.

— *Pour la dernière fois...*

— Ne venez pas importuner un pacifique patrouilleur de la RPC dans ses eaux territoriales...

Soudain la vedette fit mugir ses sirènes et parut bondir en avant, elle passa devant la proue de la jonque et s'immobilisa pour lui barrer la route. Paul Choy regarda avec effroi le canon et les mitrailleuses du bâtiment gris vers lequel le navire de son père se dirigeait.

— Baisse la tête, lui dit Wu.

Le vieillard courut à l'avant, Poon le rejoignit.

— Maintenant !

Les deux hommes mitraillèrent les projecteurs, qui s'éteignirent aussitôt. Dans l'obscurité revenue, l'homme de barre vira à tribord tout en espérant que Quatre-doigts avait vu juste.

La jonque passa à quelques mètres de la vedette, la contourna et reprit sa route vers l'estuaire. Encore quelques centaines de mètres et elle serait à l'abri, dans les eaux territoriales chinoises. Mais la vedette avait manœuvré pour se replacer en travers de son chemin, à bâbord cette fois, et ses projecteurs fonctionnaient de nouveau.

— Li-gros-nez ! appela Wu.

Le quartier-maître accourut, Quatre-doigts lui tendit sa mitraillette.

— Ne tire pas avant mon ordre et évite de toucher un de ces fornicateurs !

Un éclair zébra la nuit, le canon tonna, une gerbe d'eau s'éleva devant la proue de la jonque.

— Allez forniquer avec vos mères ! cria Wu en agitant le poing en direction de la vedette. Laissez-nous tranquilles sinon le président Mao coulera Hong-Kong !

Il retourna à l'arrière et remplaça l'homme de barre, qui tremblait de frayeur. Paul Choy aussi avait peur mais il éprouvait en même temps une étrange excitation et était impressionné par le comportement de son père, par la discipline dont faisait preuve un équipage qu'il avait d'abord pris pour une bande disparate de pirates et de gredins.

— *Venez à bâbord !*

Cette fois la vedette demeurait hors de portée des mitraillettes de la jonque et le canot suivait à l'arrière. Wu maintint stoïquement le cap. Il y eut un nouvel éclair, une nouvelle détonation et un obus explosa dans l'eau devant l'embarcation des contrebandiers, qu'une vague souleva.

— Forniquent tous les dieux ! murmura le vieux capitaine. Pourvu qu'ils continuent à bien tirer !

Wu savait que les coups de canon étaient uniquement destinés à l'effrayer car selon son ami le Serpent, on avait formellement interdit aux vedettes de tirer sur une embarcation arborant le pavillon de la RPC — à moins qu'un de leurs marins ne vînt à être blessé ou tué.

— Envoyez une rafale ! ordonna Quatre-doigts.

Les deux matelots qui se tenaient à l'avant arrosèrent les vagues en prenant soin d'éviter la vedette. Les projecteurs s'éteignirent.

Que vont-ils faire, maintenant ? se demanda Quatre-doigts en scrutant l'obscurité. Plus qu'une centaine de mètres pour être à l'abri... Soudain il aperçut par bâbord arrière la silhouette grise de la vedette qui avait décrit un cercle complet pour se retrouver derrière la jonque, se rapprocher par surprise et la capturer à l'aide de crochets d'abordage. Si Wu s'éloignait de ce nouveau danger, il resterait dans les eaux internationales, son poursuivant renouvellerait l'opération et le contraindrait à gagner la haute mer. Tout serait fini pour lui quand ses hommes n'auraient plus de munitions ou quand l'aube se lèverait.

Wu n'osait pas engager vraiment le combat car tuer un des marins de la police britannique était puni de mort et ni l'argent ni les relations ne lui éviteraient la pendaison. Mais s'il maintenait son cap, les marins cantonais de la vedette, habiles et pleins de haine pour les Haklos, jetteraient leurs grappins sur la jonque.

Lorsque la vedette ne fut plus qu'à une cinquantaine de mètres de sa poupe, Quatre-doigts donna un coup de barre qui mit la jonque en travers de la trajectoire de ses poursuivants, en priant le ciel que leur capitaine eût les yeux bien ouverts. La vedette fit un écart pour éviter la collision et frôla la jonque, dont elle aspergea la coque au passage. Wu vira à bâbord, il avait gagné quelques mètres.

Le patrouilleur de la marine britannique décrivit un cercle en faisant rugir ses moteurs et se dirigea de nouveau vers la jonque, qui venait de pénétrer dans les eaux chinoises. Wu lâcha la barre, prit une mitraillette et tira une rafale dans le noir. Un des projecteurs s'alluma et le prit dans son faisceau. Aveuglé, Quatre-doigts tourna la tête et cligna des yeux, puis il fit de nouveau face à la vedette et pointa son arme droit vers la lumière. Le canon brûlant de la mitraillette tremblait au bout des mains du vieillard : s'il tirait, c'était la mort, s'il ne tirait pas, la prison.

Mais la vedette se détourna et s'éloigna, abandonnant la partie. Le Serpent avait raison ! La marine britannique ne voulait pas prendre le risque de tirer sur un véritable patrouilleur de la RPC. Wu laissa tomber son arme et prit le porte-voix.

— Victoire pour le président Mao ! beugla-t-il. Restez en dehors de nos eaux territoriales, sales fornicateurs !

Les matelots de la jonque poussèrent des cris de joie en montrant le poing à la lumière qui s'éloignait. Soudain les projecteurs s'éteignirent et quand les yeux des Haklos se furent accoutumés à l'obscurité, ils découvrirent la vedette, par le travers, presque immobile, feux de navigation allumés.

— Ils vont nous suivre au radar, maintenant, murmura Paul Choy.

— Quoi ? fit Poon.

Le jeune homme répéta en haklo en remplaçant le mot radar par « œil magique ». Quatre-doigts, qui connaissait le principe du radar, poussa une exclamation de mépris.

— Et alors ? Leur œil magique ne leur servira à rien, nous les sèmerons facilement dans les passes proches de Lan Tao. Il n'y a aucune preuve contre nous, nous ne transportons rien d'illégal.

— Sauf les armes.

— Nous les jetterons à la mer s'il le faut, décida Wu. Hiii, Beau-temps, quand l'obus nous a frôlés, j'ai bien cru que mon sac à étrons allait se vider !

Le vieillard rit à en avoir les larmes aux yeux puis redevint soudain sérieux :

— La sortie de cette nuit ne nous rapportera rien du tout, la cargaison est à l'eau.

Il avait déjà promis à Venus Poon un diamant qu'il comptait payer avec les profits de l'opération mais il lui fallait maintenant envisager de puiser dans ses économies, ce qui était contre ses principes. Les putains, on les paie avec l'argent qu'on vient de gagner, jamais avec celui qu'on a mis de côté, pensa-t-il. Ah ! je pisse sur cette saleté de vedette ! Venus Poon mérite ce diamant, sa Boîte-à-délices est aussi splendide que le prétendait Richard Kwang et elle tortille du postérieur avec un art à la hauteur de sa réputation. Cette nuit, sa Porte-en-jade va de nouveau s'ouvrir pour moi...

— Saleté de *joss* ! maugréa-t-il. Se faire surprendre, comme ça... Nous n'avons pas gagné un sou et les dépenses sont lourdes.

— La marchandise est perdue définitivement ? s'étonna Paul Choy.

— Bien sûr, elle a coulé.

— On n'y avait pas mis de « mouchard » ?

Paul expliqua à son père qu'il s'agissait d'un petit appareil émettant un signal sonore.

— J'étais certain que vous aviez pensé à équiper les balles d'un « mouchard », ou d'un flotteur qui serait libéré un ou deux jours plus tard, par un procédé chimique. De cette manière, il suffirait de repasser prendre la marchandise ou d'envoyer des hommes-grenouilles la chercher.

S'apercevant que Wu et Poon le regardaient avec des yeux ronds, Bonne-fortune demanda :

— Quoi, qu'est-ce que j'ai dit ?

— On en trouve facilement, de ces « mouchards » ? s'enquit Quatre-doigts.

— Je peux vous les obtenir en une ou deux semaines.

— Tu pourrais nous expliquer comment on les utilise — ou le faire pour nous ?

— Bien sûr, mais pourquoi ne pas vous équiper aussi d'un œil magique ?

— Nous n'en avons pas besoin et personne ne saurait s'en servir. Nos yeux et nos oreilles nous suffisent, répondit Wu.

— Cette nuit, vous vous êtes fait prendre.

— Surveille ton langage ! C'était le *joss*, les dieux ont voulu nous jouer un mauvais tour. Nous nous en sommes tirés, c'est l'essentiel.

— Je ne suis pas d'accord, capitaine, répliqua Paul qui n'éprouvait plus désormais la moindre crainte. Avec un œil magique, vous verriez les vedettes au moment même où elles vous repèrent, ou même avant. Elles ne pourraient plus vous prendre par surprise. En outre, avec des « mouchards », vous n'auriez plus besoin de vous trouver sur les lieux lors de l'immersion, vous prendriez tranquillement livraison une semaine plus tard.

— Ce serait parfait, approuva Beau-temps avec chaleur. Mais si les dieux sont contre toi, Bonne-fortune, même un œil magique ne te sauvera pas. On l'a échappé belle, cette nuit. Cette putain de vedette n'aurait pas dû être là. Les trois hommes tournèrent les yeux vers le bâtiment gris, immobile à quelques centaines de mètres. Wu ralentit l'allure de la jonque et dit :

— Ne nous avançons pas trop dans les eaux chinoises, ces fornicateurs de communistes sont moins respectueux des lois que les Britanniques... Cette idée d'œil magique, ce n'est peut-être pas idiot.

— Pourquoi ne pas acheter carrément une vedette ? suggéra Paul. Ou une embarcation encore plus rapide, qui vous permettrait de semer la marine anglaise.

— Tu es fou ! Qui accepterait de nous en vendre une ?

— Les Japonais.

— Maudits soient les diables de la Mer de l'Est ! s'écria Beau-temps.

— En tout cas, ils vous construiraient un navire rapide, équipé d'un radar et...

Bonne-fortune fut interrompu par le mugissement des sirènes de la vedette qui, renonçant à la chasse, s'éloignait dans la nuit.

— Regardez-la partir, reprit Paul. Quelle classe ! Je parie qu'ils ont encore le cargo thai sur l'écran de leur radar. Ils peuvent repérer n'importe quelle embarcation à des milles à la ronde, même dans la tempête.

D'un air pensif, Quatre-doigts ordonna à l'homme de barre de maintenir la jonque à la limite des eaux chinoises et de mettre cap au nord, vers les îles et les récifs entourant Lan Tao, où attendait une autre jonque avec laquelle ils rentreraient à Aberdeen. Puis il entraîna Paul et Poon à l'arrière et les fit asseoir sur la banquette.

— Acheter une vedette, non, trancha-t-il. Les diables d'étranger deviendraient fous furieux. Mais l'œil magique... Bonne-fortune, tu pourrais nous l'installer et nous montrer comment on s'en sert ?

— Je pourrais faire appel à des experts — des Japonais, de préférence.

— *Heya ?* fit Wu en lançant un regard interrogateur à Poon.

— Je veux pas de ces étrons ou de leur œil magique à bord de mon bateau, répondit le marin en grommelant.

— Il n'y a pas d'autres vendeurs ?

— Les Japonais sont les meilleurs et les moins chers, Père.

— Les moins chers ? Combien ça me coûterait ?

— Je ne sais pas au juste. Vingt, quarante mille...

— Quarante mille dollars ! explosa le vieillard. Tu me crois en or ? Je dois travailler pour gagner mon argent !

Paul laissa s'égosiller cet homme pour qui il n'éprouvait plus aucun sentiment filial. Après le crime horrible de cette nuit, le chantage qu'il avait exercé sur lui et surtout la façon dont il avait parlé de Mika, il ne le considérait plus comme son père. Il l'estimait pour son courage, ses qualités de marin et de chef, mais il était désormais pour lui un homme comme les autres.

Quand il jugea que le vieillard avait assez épanché sa bile, il déclara :

— Si vous voulez, je peux vous faire installer le premier œil magique pour rien.

— Comment ça, pour rien ? rétorqua Wu, aussitôt méfiant.

— Je paierai les frais.

Beau-temps commença à ricaner mais son patron le fit taire :

— Ferme-la idiot. Bonne-fortune sait des choses que tu ne connais pas ! Comment paieras-tu, mon fils ?

— Je prendrai l'argent sur mes bénéfices.

— Quels bénéfices ?

— Laissez-moi gérer pendant un mois les fonds que vous avez déposés à la Victoria.

— Impossible !

— Laissez-moi faire fructifier pendant un mois ces vingt millions qui dorment.

— Comment ?

— A la Bourse.

— Tu veux jouer avec mon argent ? de l'argent que j'ai durement gagné ? Jamais !

— Un mois seulement, Père. Nous partagerons le profit.

— Ah ! parce que nous partagerons ? C'est mon argent, fornication ! Trop aimable à toi de me laisser la moitié ! La moitié de quoi, d'abord ?

— De vingt autres millions, peut-être...

Paul vit une lueur de cupidité s'allumer dans le regard de Quatre-doigts et il comprit qu'il réussirait à le convaincre, même si la discussion était longue.

— *Ayiiya*, pas question ! Je préfère payer l'œil magique moi-même, dit Wu pour éprouver la détermination de son fils.

— Dans ce cas, je ne resterai pas à Hong-Kong.

— Tu resteras si je te dis de rester !

— Quel intérêt si je ne vous sers plus à rien ? M'avez-vous payé des études pour faire de moi un maquereau sur l'un de vos bateaux de plaisir, un matelot sur l'une de vos jonques ? Plutôt partir ! plutôt gagner de l'argent ailleurs pour commencer à vous rembourser. Je vais prévenir Barbe-noire que je m'en vais.

— Tu t'en iras quand je te dirai de partir ! Tu as pêché dans des eaux dangereuses.

Toi aussi, aurait voulu répliquer Paul. N'essaie pas de me faire chanter : je te tiens autant que tu me tiens, et tu as plus à perdre. Mais il préféra taire sa révolte pour le moment et se contenta de répondre d'un air énigmatique :

— Toutes les eaux sont dangereuses si les dieux en décident ainsi.

Wu tira une longue bouffée de sa cigarette en observant son fils. Attention, ce jeune chiot est dangereux, pensa-t-il. Beau-temps avait raison : c'était une erreur de l'emmener, il en sait trop, maintenant.

Oui, mais c'est une erreur facile à réparer...

53

20 h 03

— Qu'avez-vous l'intention de faire, Paul ? demanda le gouverneur à Havergill. Si la Victoria Bank vient à manquer de fonds, elle aussi, toute la Colonie va sombrer.

Les deux hommes se trouvaient sur la terrasse de la résidence officielle de Sir Geoffrey, en compagnie de Johnjohn. Havergill regarda autour de lui pour vérifier que d'autres invités ne pouvaient l'entendre et répondit à voix basse :

— Nous avons pris contact avec la Banque d'Angleterre. A minuit demain soir, heure de Londres, un avion de la RAF bourré de billets de cinq et dix livres décollera de Heathrow. Comme je vous l'ai dit, la Victoria est solide, nos avoirs à Hong-Kong et en Angleterre nous permettent de faire face à toutes les éventualités — enfin, presque toutes.

— D'ici là, vous avez assez de disponibilités en dollars de Hong-Kong pour endiguer la ruée ?

— Nous aurons des difficultés si le, euh, problème persiste, mais je suis convaincu que tout finira par s'arranger, Excellence.

— Comment avons-nous pu en arriver là ? soupira Sir Geoffrey.

— Le *joss*, répondit Johnjohn d'une voix lasse.

Malheureusement, il faudrait des semaines pour faire imprimer les dollars HK dont nous avons besoin, et il ne serait pas sain, de toute façon, d'injecter une telle somme en papier-monnaie dans notre économie.

— De combien avons-nous besoin, exactement ?

Havergill et Johnjohn échangèrent un regard qui renforça les inquiétudes du gouverneur.

— Nous l'ignorons, Excellence, avoua Johnjohn. Toutes les banques de la Colonie devront engager les valeurs qu'elles détiennent — comme nous l'avons fait temporairement avec la Banque d'Angleterre — pour obtenir les liquidités qui leur sont nécessaires. Si chaque déposant de Hong-Kong réclame son argent jusqu'au dernier dollar... Nous ne savons pas dans quelle mesure les autres banques ont puisé dans les dépôts pour investir. Personne ne le sait.

— Un avion suffira ? demanda Sir Geoffrey en tâchant de ne pas prendre un ton sarcastique. Un milliard de livres en billets de cinq ou de dix ! Où vont-ils les trouver ?

— Nous n'en avons pas la moindre idée, dit Havergill en s'essuyant le front, mais on nous a promis que le premier contingent arriverait lundi soir au plus tard.

— Pas avant ?

— Non, c'est impossible.

— Y a-t-il d'autres mesures à prendre en attendant ?

Johnjohn avala sa salive et dit :

— Nous avions l'intention de vous demander de décréter un jour férié pour les banques afin de ralentir la ruée mais, euh, nous avons finalement conclu — et on est de notre avis à la Banque d'Angleterre — que cette décision pourrait mettre le feu aux poudres.

— D'ici la fin de la semaine prochaine, cette affaire sera oubliée, déclara Havergill d'un ton qu'il voulait rassurant.

— Moi je ne l'oublierai pas, répondit le gouverneur. Et nos amis les députés travaillistes non plus : elle leur servira d'argument pour réclamer une législation bancaire.

— Ces deux imbéciles ne distingueraient pas leur derrière d'un trou dans le mur ! fit Havergill avec mépris.

Sir Geoffrey aurait contesté cette affirmation s'il n'avait aperçu Rosemont, le chef adjoint de la station de la CIA, et Ed Langan, le responsable du FBI, à l'autre bout de la terrasse.

— Tenez-moi au courant, messieurs. Avec votre permission, je vous laisse.

Il abandonna les deux banquiers et rejoignit les Américains.

— Magnifique soirée, Excellence, assura Rosemont. Mais Grey, le député socialiste, a bien failli la gâcher : manifestement, Havergill ne peut pas le souffrir.

— Le Taï-pan non plus, glissa Langan en riant.

— Oh ! je ne sais pas, dit le gouverneur d'un ton badin. Dans une bonne démocratie, il faut une opposition, non ? Stanley, je voudrais vous entretenir quelques instants en particulier. Je peux vous enlever votre collègue, Mr. Langan ?

— Certainement.

Sir Geoffrey entraîna Rosemont à l'écart, dans une allée du jardin encore humide, où les feuilles des arbres continuaient à s'égoutter.

— Stanley, j'ai un petit problème. La SI a surpris un des marins de votre porte-avions en train de livrer des documents à un agent du KGB. Nous les avons arrêtés tous les deux et Londres juge préférable que vous vous chargiez vous-même de votre ressortissant. C'est un expert en électronique, je crois.

— Le salaud ! Quels documents voulait-il livrer aux Russes ?

— Je ne sais pas au juste. Voyez Roger sans perdre de temps, il vous donnera tous les détails.

— Nous pourrons également... interroger l'agent du KGB ?

— Réglez cette question avec Roger, il est lui aussi en contact direct avec Londres.

— Merci, Excellence. Il vaut mieux que je parte immédiatement.

Rosemont regagna la terrasse, emmena Langan au passage et retourna dans la salle.

Sir Geoffrey poussa un soupir. Foutus espions, foutues banques et foutus socialistes qui ne comprennent rien à Hong-Kong ! pensa-t-il.

Johnjohn s'approcha du bar, où se trouvait Dunross.

— Ian ?

— Oui ? Un dernier verre avant de partir ?

— Non, merci. Je peux vous parler ?

— Bien sûr mais faites vite, j'ai promis de reconduire nos amis les députés au ferry.

— Vous avez un ticket rose, vous aussi ?

— Mon vieux, j'ai un ticket rose quand je veux, que Penn soit là ou non. Où est Havergill ?

— Il vient de partir.

— Ah ! voilà pourquoi vous parliez de ticket rose ! Il paraît que Paul est drôlement mordu pour cette Lily Su de Kowloon.

— Comment faites-vous pour être au courant de tout ? demanda le banquier en regardant fixement le Taï-pan.

Dunross haussa les épaules. Il se sentait las, nerveux ; plusieurs fois au cours de la soirée il avait dû faire un effort sur lui-même pour garder son calme en écoutant Robin Grey discuter avec d'autres taï-pans.

— Vous savez, j'ai tout fait pour convaincre Paul de réunir le conseil d'administration mais je n'ai pas barre sur lui, poursuivit Johnjohn.

— Évidemment, grogna Ian.

Il parcourut des yeux la petite pièce, voisine de la salle de réception, dans laquelle il se trouvait : peintures sur soie chinoises, tapis persans, argenterie, là encore, mais il remarqua que la peinture s'écaillait dans les coins et sur les moulures du plafond. Il se sentit comme offensé : tout aurait dû être parfait chez le représentant de la Grande-Bretagne.

— Ian..., commença Johnjohn d'un ton hésitant. Ce que je vais vous dire doit rester entre nous... Vous connaissez Tiptop Toe ?

Dunross devint sur-le-champ plus attentif. Tip Tok-toh — que les Britanniques surnommaient Tiptop Toe, Super Orteil — était un Chinois du Hunan (la province natale de Mao Tsé-tung) arrivé à Hong-Kong lors de l'exode de 1950. On ne savait rien de lui à l'époque, sauf qu'il avait des ressources relativement importantes, mais, au fil des ans, on découvrit qu'il entretenait des relations très particulières avec la Bank of China et on finit par le considérer comme son représentant officieux. Personne ne connaissait sa position exacte dans la hiérarchie du Parti mais elle devait être élevée car Pékin contrôlait étroitement la Bank of China, seul établissement financier de la RPC à l'étranger.

Le Taï-pan avait de la sympathie pour Tiptop, charmant quinquagénaire aux propos mesurés, aimant le cognac et parlant parfaitement l'anglais — bien qu'il eût généralement recours à un interprète, pour se conformer aux pratiques en usage chez les dirigeants de la RPC. Il portait la plupart du temps une veste Mao (mais bien coupée), ressemblait un peu à Chou En-lai, dont il avait la brillante intelligence. La dernière fois que Dunross avait eu affaire avec lui, c'était à propos d'un avion civil que la Chine populaire désirait acheter. Tip Tok-toh avait organisé en vingt-quatre heures les modalités de la transaction par l'intermédiaire de diverses banques suisses.

Ian refréna son impatience tandis que Johnjohn examinait les flacons disposés dans une vitrine. C'étaient de minuscules bouteilles en verre à l'*intérieur* desquelles étaient peints un paysage, des fleurs, des oiseaux ou même un poème délicatement calligraphié.

— Comment fait-on pour peindre à l'intérieur ? demanda le banquier.

— On utilise un pinceau très fin dont les poils forment un angle droit avec le manche, expliqua le Taï-pan en soulevant un flaçon.

Il regarda le paysage peint d'un côté, le bouquet de camélias de l'autre, et les caractères calligraphiés le long de la bouteille.

— Étonnant ! fit Johnjohn d'un ton admiratif. Que dit celui-ci ?

— Ah ! c'est une des pensées de Mao : « Connais-toi, connais ton ennemi ; sur cent batailles tu remporteras cent victoires. » En fait le Président l'a reprise de Sun Tzu.

Le cadre de la Victoria se décida à aborder la question qui le préoccupait :

— Ian, accepteriez-vous de prendre contact avec Tiptop en notre nom ?

— A quel sujet ?

— Nous voulons emprunter de l'argent liquide à la Bank of China.

— Quoi ? dit Dunross, interloqué.

— Pour une semaine ou deux. Leurs coffres regorgent de dollars HK et chez eux, pas de ruée : aucun Chinois n'oserait faire la queue devant la Bank of China. Nous leur verserions un intérêt substantiel et leur offririons toutes les garanties qu'ils jugeraient nécessaires.

— Vous parlez officiellement au nom de la Vic ?

— Non, bien sûr. L'idée est de moi, je n'en ai même pas encore discuté avec Paul. Alors, vous seriez d'accord ?

— Si j'obtiens demain le prêt de cent millions que je vous ai demandé.

— Je n'ai pas capacité pour vous l'accorder.

— Paul le peut.

— Oui, mais il n'en fera rien.

— Dans ce cas, je n'ai aucune raison de vous aider, répliqua Dunross.

— Ian, si notre banque ne résiste pas, les cours s'effondreront... et la Noble Maison aussi.

— Elle risque de s'effondrer de toute façon si je ne trouve pas les cent millions dont j'ai besoin.

— Je verrai ce que je peux faire, promit Johnjohn. En attendant, vous acceptez de parler à Tiptop ? Vous rendriez un immense service à la Colonie.

— Accordez-moi mon emprunt et je lui parlerai dès ce soir.

— Si vous pouvez le persuader de nous prêter un demi-milliard en liquide, je vous obtiendrai le soutien financier que vous réclamez.

— Comment ?

— Je n'en sais rien !

— Je veux pour demain matin dix heures un engagement écrit signé par vous, Havergill et une majorité de membres du conseil d'administration.

— Impossible !

— Alors je ne vois pas pourquoi je vous aiderais — et je ne vois pas non plus pourquoi la Bank of China le ferait.

— Parce que nous sommes de vieux amis de la Chine, parce que nous sommes Hong-Kong, déclara Johnjohn avec assurance. Sans nous, plus de Colonie, et plus de Struan. La Chine a besoin de nous.

— Dans ces conditions, pourquoi ne parlez-vous pas vous-même à Tiptop ?

— Je ne peux pas. Vous savez que la Banque commerciale de Moscou a de nouveau sollicité l'autorisation d'ouvrir une succursale à Hong-Kong ?

— Si nous laissons les Russes entrebâiller la porte, ils n'ont pas fini de nous faire danser.

— Ils nous ont proposé — officieusement — une aide immédiate en dollars de Hong-Kong.

— Le conseil d'administration votera contre.

— Si vous n'en faites plus partie, mon cher Ian, le

conseil votera comme bon lui semblera, répliqua Johnjohn. Et si le conseil est d'accord, il sera ensuite facile de persuader le gouvernement et le Colonial Office.

— Vous êtes pire que Havergill !

— Meilleur, plutôt. Il suffirait d'un rien pour que la Vic s'empare de la Noble Maison, que cela vous plaise ou non. Nombre de membres du conseil d'administration souhaitent votre élimination, à n'importe quel prix. Je vous demande simplement d'aider Hong-Kong — et vous aussi par la même occasion. La Victoria serait gravement touchée mais elle ne coulerait pas, ne l'oubliez pas. Un jour je serai président de la banque et je me souviendrai du service que vous m'aurez rendu.

— Ou que je vous aurai refusé.

— Exactement. Je m'en souviendrai dans les deux cas, dit le banquier d'une voix douce. Alors, vous le prenez, ce dernier verre ?

Robin Grey était assis à l'arrière de la Rolls de Dunross, entre Hugh Guthrie et Julian Broadhurst ; le Taï-pan était devant, à côté du chauffeur en livrée. Bientôt j'aurai moi aussi une Rolls, avec chauffeur, pensait Grey. Tous ces salauds ramperont devant moi, y compris Ian Dunross. Et Penn, ma chère petite sœur si pleine de mépris, verra les puissants humiliés.

— Vous croyez qu'il va pleuvoir ? demanda Broadhurst en essuyant la buée de sa vitre.

— Oui, répondit Dunross. La météo prévoit que le mauvais temps va se transformer en un véritable typhon. D'après un message de l'*Eastern Cloud*, l'un de nos cargos qui vient de quitter Singapour, la mer est agitée jusque dans cette région.

— Le typhon risque de passer par Hong-Kong ? s'inquiéta Guthrie, le député libéral.

— Impossible à dire. Les typhons se dirigent parfois droit sur vous et virent au dernier moment. Ou l'inverse. L'année dernière, Wanda a fait deux cents morts, des milliers de blessés, des dizaines de milliers de sans-abris. *Tai-fun*, le Vent Suprême, soufflait à deux cents kilomètres-heure, la marée haute avait atteint un niveau supérieur de sept mètres à la normale.

— Bon dieu !

— A Sha Tin, dans les Nouveaux Territoires, la mer, sous l'effet des rafales, s'engouffra dans la passe, détruisit les jetées et projeta des embarcations de pêche à près d'un kilomètre à l'intérieur des terres. Le village fut presque complètement submergé. Huit cargos et un millier de petits bateaux disparurent, des millions de dollars coulèrent par le fond.

Le Taï-pan haussa les épaules et poursuivit :

— C'est le *joss*. Les typhons nous rappellent que nous sommes peu de choses.

— Dommage, dans ce cas, qu'il n'y en ait pas tous les jours, dit Grey. Certains membres du gouvernement en auraient grand besoin.

— Robin, vous êtes vraiment assommant, intervint Guthrie. Vous ne pouvez pas vous empêcher de cracher votre venin toutes les cinq minutes ?

Quand la voiture s'arrêta devant le Mandarin, Dunross descendit.

— Le chauffeur va vous reconduire, dit-il. A samedi.

La Rolls redémarra, fit le tour de l'hôtel et prit la direction du bac réservé aux voitures, dont l'embarcadère était situé dans Connaught Road, non loin de la gare du Golden Ferry. La voiture de Dunross se plaça dans la file d'attente, Grey ouvrit la portière et déclara avec une jovialité forcée :

— J'ai envie de me dégourdir les jambes, j'ai besoin d'exercice. Je vais marcher jusqu'à la gare et prendre le Golden Ferry pour rentrer. Bonne nuit.

Le député travailliste s'éloigna d'un pas vif en longeant les quais, soulagé d'avoir si facilement échappé à ses compagnons. Pauvres types ! pensa-t-il. Ils auront ce qu'ils méritent avant longtemps — Broadhurst, en particulier. Quand il fut certain que ses collègues ne pouvaient plus le voir, il s'arrêta sous un réverbère et fit signe à un taxi.

— Tenez, dit-il en tendant au chauffeur un morceau de papier sur lequel on avait dactylographié une adresse.

L'homme regarda le papier en se grattant la tête.

— Elle est en chinois de l'autre côté, ajouta Grey.

Comme le chauffeur feignait de ne pas avoir entendu et continuait à regarder l'adresse rédigée en anglais avec des yeux ronds, Grey tendit la main et retourna le papier. Aussitôt le chauffeur le retourna à nouveau, y jeta un coup d'œil, embraya et se faufila dans la circulation.

Quelques minutes plus tard, il s'arrêta devant un immeuble vétuste dans une rue triste et sale. Grey descendit, dit au chauffeur de l'attendre, chercha vainement un numéro au-dessus de la porte et s'approcha d'un vieillard qui lisait un journal de courses, assis sur une chaise branlante devant ce qui semblait être une entrée secondaire.

— Est-ce que c'est le 68 Kwan Yik Street, dans Kennedy Town ? demanda poliment le Britannique.

Le vieillard le regarda avec des yeux ronds comme s'il voyait un monstre venu de l'espace puis répondit en cantonais sur un ton hostile.

— 68 Kwan Yik Street, répéta Grey, plus lentement et plus fort.

Le Chinois eut un geste irrité en direction d'une petite porte et reprit sa lecture. Grey pénétra dans un couloir sombre à la peinture écaillée où s'étirait une rangée de boîtes aux lettres. Il y trouva le nom qu'il cherchait, revint au taxi, régla la course, puis retourna dans l'immeuble et prit l'ascenseur. La cabine minuscule et malpropre monta en gémissant au quatrième étage et s'arrêta. Grey en sortit, sonna au numéro 44 ; la porte s'ouvrit.

— Mr. Grey, quel honneur ! s'exclama Sam Finn.

C'était un homme musculeux originaire du Yorkshire, un ancien mineur et délégué syndical qui avait gardé des amis dans le parti travailliste. Il avait des yeux bleu pâle, le teint couperosé, le visage ridé et grêlé, la peau incrustée de particules de charbon.

— Molly, viens voir ! poursuivit-il. Le grand chef en personne ! Vrai, je suis content de vous voir.

— Merci, Mr. Finn. Moi aussi, je suis enchanté de faire votre connaissance. J'ai beaucoup entendu parler de vous.

Le député entra, défit son imperméable et accepta une bière. L'appartement était exigu, d'une propreté immaculée et encombré de meubles bon marché. Il y régnait une odeur de saucisses et de pommes de terre frites. Molly Finn sortit de sa cuisine et tendit au visiteur une main rougie par des années de vaisselle et de lessive. Elle était petite et ronde, aussi solide que son mari et du même âge — soixante-cinq ans.

— On a ben failli tomber sul'cul en apprenant qu'on aurait d'la visite, dit-elle.

— Nos amis communs veulent savoir comment vous vous débrouillez.

— Au poil ! assura Sam Finn. Évidemment, c'est pas le Yorkshire et les copains du syndicat qui nous manquent mais on a un lit et de quoi manger. Y a un ami qu'on voudrait vous présenter.

Il y eut un bruit de chasse d'eau, la porte des toilettes s'ouvrit, un grand barbu en sortit.

— Sam m'a beaucoup parlé de vous, dit-il en tendant la main au député. Je m'appelle Gregor Souslev, je suis le capitaine de l'*Ivanov*, un navire soviétique faisant escale dans ce havre capitaliste pour y réparer quelques petites avaries. Je crois que nous avons des amis communs, Mr. Grey.

— Vraiment ?

— Zdenek Hanzolova, de Prague.

— Ah ! certainement. J'ai fait sa connaissance l'année dernière en Tchécoslovaquie, pendant la visite d'une délégation parlementaire britannique.

— Comment avez-vous trouvé la ville ?

— Intéressante, mais la présence soviétique s'y fait sentir un peu trop lourdement à mon goût.

— Ce sont les Tchécoslovaques qui la souhaitent et nous aimons donner satisfaction à nos amis. Cela dit, je n'approuve pas tout ce qui se passe là-bas, ou même en Russie.

— Asseyez-vous donc, tous les deux, fit l'ancien mineur.

Les deux visiteurs s'installèrent autour de la table sur laquelle trônait un apidistra en pot.

— Je ne suis pas communiste, je ne l'ai jamais été, déclara Grey. Je suis contre le totalitarisme et je suis convaincu que l'avenir est au socialisme démocratique tel que nous le concevons en Grande-Bretagne : un Parlement, des dirigeants élus, etc. Cependant, je dois reconnaître que certaines idées marxistes ont leur intérêt.

— La politique ! grommela Souslev en faisant la moue. Laissez-la donc aux politiciens.

— Mr. Grey est un de nos meilleurs défenseurs au Parlement, Grégor, intervint Molly Finn. Gregor est un bon gars ; Mr. Grey, il fait pas partie de leur sale engeance.

— Qu'est-ce qui vous a décidé à vous établir à Hong-Kong, Sam ? demanda Grey.

— Quand on a eu la retraite, M'âme Finn et moi, on a voulu voyager un peu avec l'argent qu'on avait mis de côté, et on a pris des places sur un cargo...

— Mon Dieu Seigneur ! quel beau voyage. On a été dans plein d'pays étrangers, intervint Molly Finn. C'était magnifique mais, en arrivant ici, Sam était fauché alors on a dû débarquer.

— Et j'ai rencontré un type bien qui m'a offert un boulot, enchaîna Sam Finn. Conseiller technique pour les mines qu'il exploitait dans un coin nommé Formose. On est allé là-bas mais c'était pas la peine de rester sur place, alors on est revenu ici. La bière est bonne, on se fait un peu d'oseille, on est devenu des résidents.

La conversation dévia ensuite sur d'autres sujets sans importance. Grey aurait avalé l'histoire de Finn s'il n'avait pris connaissance du dossier de l'ancien mineur avant de quitter Londres. Membre du parti communiste britannique de Grande-Bretagne depuis des années, Finn avait été envoyé à Hong-Kong avec mission de se procurer toutes les informations disponibles sur l'administration et le gouvernement de la Colonie.

Au bout d'un quart d'heure, Molly Finn réprima un bâillement et dit :

— Je suis flapie ! Excusez-moi mais faut que j'aille me coucher.

Son mari continua à parler quelques minutes puis se mit à bâiller lui aussi.

— Je crois que je vais faire comme Molly, annonça-t-il en se levant. Non, non ne bougez pas, continuez à bavarder. Bonne nuit, les amis.

Il passa dans la chambre et ferma la porte derrière lui. Souslev se leva, mit le poste de télévision en marche et régla le volume du son de manière qu'on pût parler sans être entendu de la pièce voisine.

— On n'est jamais trop prudent, hein ? ricana-t-il.

— Je vous transmets les salutations fraternelles des camarades de Londres, dit Grey à voix basse.

Depuis 1947 il faisait partie lui aussi du PC britannique et appartenait à un groupe ultra-secret dont seuls quelques initiés connaissaient les membres.

— Vous leur transmettrez les miennes. Que savent-ils au juste ? murmura le Russe en montrant la porte de la chambre.

— Simplement que j'appartiens à l'aile gauche du Labour et que je pourrais devenir membre du Parti.

— Excellent.

Souslev se détendit. Le Centre avait préparé la rencontre avec une extrême prudence, et par ailleurs, Roger Crosse, qui ignorait les activités secrètes de Grey, lui avait dit que les membres de la délégation n'étaient pas surveillés par la SI.

— Nous ne risquons rien, ici, poursuivit l'agent soviétique. Sam fait du bon travail — nous recevons un double de ses rapports — et il ne pose pas de questions. Comment s'est déroulée la réunion de Pékin ?

— Voici les copies des rapports officiel et secret de notre délégation. Lisez-les avant que je ne parte, vous les recevrez plus tard par les canaux habituels. En gros, voici mon opinion : les Chinois s'enferrent dans leur politique agressive et révisionniste. Ce fou de Mao et Chou En-lai son acolyte sont d'implacables ennemis du communisme international. La Chine n'a qu'un seul point fort : sa volonté de se battre jusqu'au bout. Plus vous attendrez, plus il vous sera difficile d'abattre les Chinois mais ils ne deviendront vraiment dangereux que lorsqu'ils disposeront d'armes nucléaires et de système balistique à longue portée.

— Dans le domaine des échanges commerciaux, que veulent-ils ?

— Du matériel pour l'industrie lourde, craquage et forage, chimie, sidérurgie.

— Ils paieront comment ?

— D'après eux, ils ont des devises — Hong-Kong leur en fournit une bonne partie.

— Ils ont demandé des armes ?

— Pas directement mais ils sont habiles et notre délégation s'est parfois divisée, ce qui fait que je n'ai pas assisté à toutes les réunions. J'ai eu l'impression qu'ils se méfiaient de moi et de Broadhurst et il n'est pas impossible qu'ils aient discuté en particulier avec Pennyworth ou un autre conservateur. Cela ne les aura d'ailleurs pas avancé à grand-chose puisque ce salaud est mort. Vous êtes au courant ?

— Oui.

— Bon débarras, c'était un ennemi. En tout cas le RPC veut des armes, j'en suis certain.

— Quel genre d'homme est-ce, ce Broadhurst ?

— Un intellectuel qui se prend pour un socialiste. Vieille famille patricienne, cravate aux couleurs de l'école, etc. Mais il nous est utile et il sera un des piliers du prochain gouvernement travailliste.

— Le Labour passera aux prochaines élections, Mr. Grey ?

— Je ne pense pas, bien que nous fassions tout pour aider les travaillistes et les libéraux.

Souslev fronça les sourcils :

— Pourquoi aider les libéraux ? Ce sont des capitalistes.

— Vous ne comprenez pas le système politique britannique, capitaine, dit Grey avec un sourire sardonique. Sans les libéraux, les travaillistes n'auraient jamais accédé au pouvoir, et ils ne le reprendront pas sans eux.

— Je ne comprends pas.

— Au mieux, le Labour peut obtenir 45 p. 100 des suffrages, soit presque autant que les conservateurs. Les 10 p. 100 qui restent vont aux libéraux, qui constituent donc la clef du pouvoir pour les travaillistes... et pour nous. Bientôt le PCB contrôlera le Labour par l'entremise des syndicats — secrètement, bien sûr.

— Je ne saurais trop souligner l'importance que mes supérieurs accordent à votre travail, déclara Souslev.

Il avait reçu l'ordre de flatter Grey, dont il avait lu le dossier avant son départ : « Traître britannique qui adhère en paroles aux idéaux marxistes-léninistes. A utiliser sans lui faire confiance et à liquider dès que le PCB prendra le pouvoir. »

— Avez-vous des informations à me communiquer ? demanda Grey.

— Oui, *tovaritch*, et aussi quelques questions, avec

votre permission, répondit le Soviétique d'un ton déférent. Mes supérieurs aimeraient savoir où en est l'application de la directive 72/Prague.

Cette directive ultra-secrète accordait la priorité des priorités à l'infiltration d'agents dans les syndicats de l'industrie automobile aux États-Unis et dans le monde occidental — l'automobile constituant, du fait des nombreuses branches annexes qui en dépendent, la clef de voûte de la société capitaliste.

— Nous progressons à pas de géants, affirma le député avec chaleur. Le système des grèves sauvages nous permet de passer par-dessus les directions syndicales sans briser la puissance des syndicats. Quelques hommes bien placés suffisent pour en entraîner des milliers d'autres et nous avons à présent des camarades au Canada, en Nouvelle-Zélande, en Rhodésie, en Australie — surtout en Australie. Dans quelques années, nous disposerons d'agitateurs dans chaque syndicat important de l'industrie mécanique des pays anglophones.

— Et vous serez l'un de ceux qui tireront les ficelles. C'est formidable ! s'exclama Souslev, écœuré par la vanité de Grey.

— La victoire ne se fera plus attendre très longtemps, dit Grey avec ferveur. Nous avons opéré des coupes sombres dans le budget de nos forces armées et nous le réduirons à nouveau l'année prochaine. Il n'y a plus que les Américains qui nous posent un problème mais nous les contraindrons à désarmer eux aussi.

— Vous savez que les États-Unis arment le Japon en secret ?

— Quoi ?

— Ah ! vous n'étiez pas au courant ? Une délégation américaine se trouve en ce moment même au Japon pour proposer aux Japonais des armes nucléaires, mentit Souslev avec une parfaite aisance.

— Quels salauds, ces Américains !

— A propos de nucléaire, reprit le Russe, étonné de la crédulité du député, envisagez-vous également d'infiltrer les centrales nucléaires ?

— Non, il n'en existe que deux dans tout le Royaume-Uni et elles ne sont pas importantes.

— Vous devriez vous y intéresser davantage, vous ne croyez pas ?

— Pourquoi ?

— L'un de vos compatriotes vient de rédiger une étude sur la question. Il s'appelle Philby.

— Comment va-t-il ?

— Très bien, je pense. Il travaille maintenant à Moscou. Vous l'avez connu ?

— Non, il appartenait au Foreign Office et personne, chez nous, ne soupçonnait qu'il était de notre camp.

— Il souligne dans son étude qu'une centrale nucléaire est autonome en ce sens qu'elle fabrique elle-même son combustible. A la différence des centrales classiques, elle demande très peu de matières premières et de main-d'œuvre. Aujourd'hui, toutes les industries occidentales dépendent du charbon ou du pétrole, cet état de fait que Philby recommande de maintenir. Autrement dit vous devriez encourager l'utilisation du pétrole et combattre le développement de l'énergie nucléaire.

— Je vois. Je vais m'arranger pour faire partie de la commission parlementaire sur l'énergie atomique.

— Cela vous sera possible ?

— Très facilement, camarade ! Les Britanniques sont paresseux, ils préfèrent ignorer les problèmes, aller dans les *pubs*, jouer au football. Nous nous avons un plan, eux ils se laissent vivre.

— Un dernier point : avez-vous l'intention de faire état de vos liens de parenté avec le Taï-pan au cours de votre conférence de presse ?

— Comment êtes-vous au courant ? murmura Grey, soudain sur ses gardes.

— Mes supérieurs s'efforcent de tout savoir, répondit l'agent soviétique d'un ton calme. J'ai reçu l'ordre de vous suggérer d'envisager une telle déclaration.

— Dans quel but ?

— Pour renforcer votre position, Mr. Grey. Vos propos auraient plus de poids dans la bouche du beau-frère du Taï-pan de la Noble Maison.

— Puisque vous êtes si bien renseigné, vous devez savoir que nous sommes convenus, ma sœur et moi, de ne pas en parler. C'est une question purement familiale.

— Les intérêts de l'État prennent le pas sur les questions familiales, Mr. Grey.

— Qui êtes-vous ? demanda le député, dont la méfiance s'était éveillée. Qui êtes-vous en réalité ?

— Rien qu'un messager, Mr. Grey, je vous assure. *Tovaritch*, nous devons user de tous les moyens dont nous disposons pour servir la cause. Mes supérieurs pensent uniquement à votre avenir, j'en suis convaincu. Cette alliance avec une famille capitaliste aussi puissante pourrait vous aider au parlement, vous ne croyez pas ? Quand le parti travailliste accédera au pouvoir, il placera au gouvernement des hommes politiques ayant des relations, et vous apparaîtrez comme le mieux introduit à Hong-Kong. Vous pourrez ainsi nous aider à contenir la Chine, à la remettre dans le droit chemin, et à donner à la Colonie la place qui lui revient — dans les oubliettes.

Le cœur de Grey se mit à battre plus vite.

— Vous croyez que nous parviendrons à détruire Hong-Kong ?

— Certainement, répondit Souslev avec un grand sourire. Ne vous inquiétez pas, vous n'aurez pas à aborder vous-même le sujet, je m'arrangerai pour qu'on vous pose la question.

54

23 h 05

Dunross attendait Brian Kwok au bar du Mandarin, devant une fine à l'eau. L'endroit, exclusivement réservé aux hommes, était presque vide. Il n'est jamais en retard d'habitude, pensait-il. Je lui donne encore cinq minutes, de toute façon j'ai largement le temps de me rendre à Aberdeen pour le rendez-vous avec Wu.

Cela ne le dérangeait pas trop d'attendre, il avait de quoi s'occuper l'esprit, les problèmes ne manquaient pas. Cet après-midi, il avait longuement discuté au téléphone avec Hiro Toda, qui lui avait posé des questions sur la Bourse et sur Struan — pas directement, bien sûr, mais par la bande, à la japonaise. L'armateur, qui avait avancé son voyage à Hong-Kong de vingt-quatre heures, avait néanmoins laissé percer ses doutes sous le ton courtois.

— Tout ira bien, avait assuré le Taï-pan. Nous prendrons livraison des navires comme prévu.

Est-ce si sûr ? se demanda-t-il. Oui, j'y arriverai, d'une façon ou d'une autre. Demain, Linbar se rend à Sydney pour sauver le marché avec Wollara et renégocier l'affrètement. Un coup de dés...

Et Jacques ? se peut-il qu'il soit vraiment un espion communiste. Et Jason Plumm, et Tuke ? Qui est la taupe dont le nom commence par un R ?

Ian parcourut des yeux la pièce, petite et agréable, les fauteuils recouverts de cuir vert, les tables en chêne cirées, les murs ornés de reproductions de tableaux de Quance dont les originaux se trouvaient chez lui, dans la grande galerie, ou dans les couloirs de la Victoria. Ian se sentait bien parmi les portraits de ses ancêtres, qui semblaient veiller sur lui. Juste devant lui, une jeune Haklo tenait dans ses bras un enfant blond : May-may T'Chung et son fils Duncan, un tableau que Quance avait peint pour l'un des anniversaires de Dirk Struan. Je me demande ce que Dirk penserait de son œuvre, Hong-Kong, s'il la voyait aujourd'hui : grouillante, exigeante, toujours au centre du monde — le monde asiatique, le seul qui vaille.

— Un autre verre, Taï-pan ? lui proposa le barman.

— Non, merci, Feng.

Dunross se leva pour aller téléphoner.

— Police, j'écoute, dit une voix féminine.

— Le commissaire Kwok, je vous prie.

— Un instant.

Quelques secondes plus tard, une voix d'homme demanda :

— Qui désire parler au commissaire Kwok ?

— Mr. Dunross, de Struan.

Après un nouveau silence, Ian entendit une voix qu'il reconnut aussitôt :

— Bonsoir, Taï-pan, Robert Armstrong à l'appareil. Désolé, Brian n'est pas disponible. C'est important ?

— Non. Nous devions simplement boire un verre ensemble et il est en retard.

— D'habitude, il n'oublie pas ce genre de choses. Quand aviez-vous fixé votre rendez-vous ?

— Ce matin. Il m'avait téléphoné pour m'avertir qu'on avait retrouvé John Chen. Rien de neuf sur cette affaire ?

— Non. Brian a dû s'absenter — un petit voyage, vous savez ce que c'est.

— Naturellement. Dites-lui que je le verrai dimanche à la course de côte.

— Vous n'allez pas à Taiwan avec Bartlett ?

— Si, nous partons tout de suite après et nous rentrons mardi.

— Taï-pan, je ne voudrais pas vous inquiéter mais il se produit des événements préoccupants en ce moment. Soyez très prudent d'ici l'arrivée de Sinders.

— Oui, merci Robert. Bonsoir.

Ian raccrocha. Le conseil d'Armstrong lui rappela que la SI le faisait suivre par un garde du corps. Ce soir, l'homme devait être plus habile que ses collègues, il ne l'avait même pas remarqué. En tout cas, il fallait le semer avant le rendez-vous avec Quatre-doigts.

Il sortit, se dirigea d'un pas nonchalant vers les toilettes — personne ne le suivit. Quand il en ressortit, il traversa la mezzanine, descendit le grand escalier menant au hall d'entrée et acheta un journal. En revenant sur ses pas, il repéra un Chinois à lunettes qui l'observait de son fauteuil, par-dessus le bord de son magazine. Dunross fit mine d'avoir oublié quelque chose et retourna au kiosque à journaux : le Chinois continuait à le suivre du regard. Satisfait, Ian remonta l'escalier et se heurta à un homme qui paraissait absorbé par ses pensées.

— Bonsoir, Marlowe.

— Oh ! pardon. Bonsoir, Taï-pan.

— Vous avez l'air épuisé. Que se passe-t-il ?

— Rien, rien.

— Si, je le vois bien.

— C'est... c'est Fleur, dit l'écrivain, qui expliqua à Dunross l'état de santé de sa femme.

— Tooley est un bon médecin, elle s'en sortira. Vous prenez un verre ?

— Non, je dois rentrer, l'*amah* qui garde les enfants

ne peut pas passer la nuit chez nous, il n'y a pas de place.

— Une autre fois. Et vos recherches, ça avance ? Combien de nouveaux squelettes avez-vous découverts dans nos placards ?

— Des quantités, répondit Marlowe avec un sourire sans chaleur. Dirk Struan était un homme extraordinaire. Vous aussi, me répète-t-on partout, et tout le monde espère que vous prendrez le meilleur sur Gornt.

— Je peux vous poser une question sur Changi ?

Une ombre passa sur le visage ridé, à la fois vieux et jeune, de l'écrivain.

— Cela dépend.

— Grey prétend que vous vous y êtes livré au marché noir, avec un caporal américain.

— Je faisais du commerce, Mr. Dunross, ou plutôt je servais d'interprète à mon ami qui, lui, faisait du commerce. Il m'avait sauvé la vie, ainsi qu'à de nombreux autres. Il s'appelait King*, et c'était bien le roi de Changi, dans un sens. Pourtant les Japonais interdisaient tout commerce et...

— Vous avez dit « les Japonais », pas les Japs, fit observer Dunross. Vous ne les détestez donc pas après les atrocités qu'ils ont commises à Changi ?

— Je ne déteste personne, pas même Grey. Je n'ai pas trop de toute mon énergie pour jouir simplement du fait d'être en vie. Bonsoir.

— Un instant, Marlowe. Voulez-vous venir dans ma loge samedi, pour les courses ? Vous y rencontrerez des gens intéressants pour vos recherches.

— Merci, mais Donald McBride m'a déjà invité. Et le livre ?

— Quel livre ?

— Celui que vous devez me faire lire, l'histoire des Struan.

* Roi, en anglais.

— Ah ! oui, naturellement. Je le fais retaper, il n'en existe qu'un seul exemplaire. Mes amitiés à Fleur.

Dunross regarda Marlowe descendre l'escalier, jeta un coup d'œil au Chinois, qui l'observait toujours derrière son magazine puis retourna au bar.

— Feng, il y a en bas un journaliste que je ne tiens pas à rencontrer.

— Pas de problème, répondit le barman en ouvrant la porte du comptoir.

Comme le bar était interdit aux femmes, il arrivait souvent aux clients de s'esquiver par la sortie de service pour échapper à un dragon féminin campant dans le hall. Dunross paya, laissa un généreux pourboire et passa derrière le comptoir.

Une fois dans la rue, il fit rapidement le tour du pâté de maisons, monta dans un taxi et se tassa sur la banquette arrière.

— Aberdeen, dit-il au chauffeur.

L'homme le reconnut aussitôt, son visage s'éclaira.

— *Ayiia*, comme une flèche ! Taï-pan. Quel est votre pronostic pour samedi, pluie ou pas ?

— Pas de pluie, par tous les dieux, affirma Ian en cantonais.

— Hiiii, et le gagnant de la cinquième ?

— Ni les dieux ni les mauvais dragons qui graissent la patte aux jockeys ou dopent les chevaux ne m'ont fait leurs confidences, mais Noble Star tentera sa chance.

— Tous les chevaux la tenteront mais les dieux et le grand dragon des courses de la Vallée-heureuse n'en choisiront qu'un. Que pensez-vous de Pilot Fish ?

— C'est un bon étalon.

— Et Butterscotch Lass ? Kwang-le-banquier aurait bien besoin que sa chance tourne.

— Elle est bonne également.

— Dites, Taï-pan, les cours de la Bourse vont continuer à baisser ?

— Oui. Je te conseille d'acheter des Noble Maison vendredi à trois heures moins le quart.

— A quel prix ?

— Sers-toi de ta tête, Petit-frère. Tu me prends pour Tung-l'aveugle ?

Serrés l'un contre l'autre, Orlanda et Linc dansaient dans la pénombre d'une boîte de nuit au son d'une musique douce et sensuelle jouée par un orchestre philippin. Dans la grande salle à l'éclairage tamisé, des garçons en smoking munis d'une lampe de poche circulaient comme des lucioles entre les tables basses entourées de fauteuils profonds. Des filles en robe du soir aux couleurs vives bavardaient entre elles ou regardaient les danseurs. De temps à autre, l'une d'elles allait s'asseoir à la table d'un homme seul, lui offrait sa compagnie le temps d'un verre puis repartait, sous l'œil vigilant de la mama-*san* et de ses aides. La mama-*san* de cette boîte était une Shanghaïenne de cinquante ans, mince et encore séduisante, élégante et discrète. Elle parlait six langues et dirigeait les filles comme les serveurs avec l'autorité d'une reine.

S'il était rare qu'un client vînt accompagné, ce n'était pas mal considéré — pourvu qu'il laissât de gros pourboires et qu'il renouvelât fréquemment la commande. La Colonie comptait des dizaines de ces lieux de plaisir, certains privés, la plupart ouverts à toute clientèle masculine, touristes, hommes d'affaires en visite ou résidents. On y trouvait des entraîneuses de toutes les races que l'on payait pour quelques danses, un quart d'heure de conversation. Le prix variait selon l'endroit choisi mais l'objectif était toujours le même : du plaisir pour le client, de l'argent pour la maison.

Linc et Orlanda oscillaient plus qu'ils ne dansaient, étroitement collés l'un à l'autre. La tête contre la poitrine de l'Américain, elle lui caressait la nuque d'un geste presque machinal. Que vais-je faire de lui cette nuit ? se demandait-elle rêveusement. Oui ou non ? Comme j'en ai en envie...

Son corps semblait se mouvoir de sa propre initiative, ses reins se cambraient, son ventre cherchait un contact plus étroit. Une onde de chaleur la parcourut. C'est trop, pensa la jeune femme, qui voulut s'écarter de son danseur. Du bras qui lui entourait la taille, Bartlett la ramena contre lui, pour sentir de nouveau le corps chaud et nu sous la robe.

— Allons nous asseoir, murmura Orlanda d'une voix rauque.

— A la fin de la danse, marmonna Linc.

— Non, je ne tiens plus sur mes jambes. Vous ne voudriez pas que je tombe, quand même ?

Elle lui passa les bras autour du cou et se renversa en souriant.

— Vous ne risquez pas de tomber, répondit-il en lui rendant son sourire.

Ils continuèrent à danser, mais plus sagement, puis ils retournèrent s'asseoir sur un petit canapé bas.

— La même chose, monsieur ? demanda un serveur.

— Une autre crème de menthe, proposa Bartlett à Orlanda.

— Non, merci, mais reprenez un verre.

L'Américain aurait préféré une bière mais il craignait d'avoir mauvaise haleine et surtout de gâcher le repas parfait qu'il venait de faire : pâtes succulentes, veau tendre et juteux avec une sauce au vin délicieuse.

— Je n'ai pas passé d'aussi bonne soirée depuis des années, affirma-t-il.

Orlanda leva son verre et dit avec une solennité affectée :

— Portons un toast : qu'il y en ait de nombreuses autres !

Oui, de nombreuses autres, après notre mariage ou tout au moins nos fiançailles, pensa-t-elle. Tu me troubles trop, Linc Bartlett, tu es trop fort, trop séduisant. Elle s'aperçut qu'il suivait des yeux une jeune entraîneuse qui allait rejoindre d'autres filles déjà attablées en compagnie d'un groupe tapageur d'hommes d'affaires japonais.

— Elles sont toutes disponibles ? demanda Bartlett sans réfléchir.

— Pour faire l'amour ?

Il se tourna vers Orlanda et répondit d'un ton circonspect :

— C'est un peu le sens de ma question.

— La réponse est non, mais..., reprit la jeune femme d'une voix douce. En Asie, les choses ne sont jamais tranchées, c'est toujours peut-être. Cela dépend de l'humeur de la fille, du genre de client, de la somme proposée, des dettes qu'elle a à rembourser. Vous avez quelqu'un de particulier en vue ?

— Voyons, Orlanda ! protesta Bartlett en riant.

— Je ne vous donne pas tort, elle est charmante — je l'ai remarquée moi aussi.

— Vous parliez de dettes ?

— Pour se faire engager ici, il faut être jolie. Les vêtements, le coiffeur, les bas, le maquillage, tout cela coûte cher, et la mama-*san* — la femme qui s'occupe des filles — ou le propriétaire de la boîte avance l'argent nécessaire. En général, les filles sont jeunes et écervelées, elles dépensent sans compter, ensuite il faut rembourser. Quand elle a réglé ses dettes, une entraîneuse peut changer de boîte et il arrive parfois qu'un concurrent les paie pour l'engager dans son night-club : certaines filles sont très demandées.

— Ces dettes sont lourdes, si je comprends bien ?

— Elles ne parviennent presque jamais à s'en acquitter. Les intérêts sont d'au moins 20 p. 100, ce qui fait rapidement grossir la somme. Comme tous les propriétaires ne sont pas patients, les filles doivent parfois emprunter ailleurs, à un taux plus élevé encore, pour les rembourser. Un soir, la mama-*san* montre un homme à une fille en lui disant : « Il veut te sortir. »

— Qu'est-ce que cela veut dire ?

— La boîte a un règlement, les entraîneuses doivent arriver dès l'ouverture — à huit heures, par exemple — maquillées et pomponnées, et rester jusqu'à une heure du matin. Si elles sont en retard, mal fagotées ou désagréables avec les clients, elles ont une amende. Si un homme veut emmener une fille dîner ailleurs ou faire n'importe quoi d'autre — et la plupart des clients se contentent de les emmener dîner — il verse à la maison une somme proportionnelle au temps qu'il reste à attendre jusqu'à la fermeture. La fille touche un pourcentage sur cette somme, 30 p. 100 je crois, et tout ce qu'elle gagne au-dehors lui revient intégralement — à moins que la mama-*san* n'ait marchandé pour elle avec le client avant son départ, auquel cas la maison perçoit sa dîme. Dans une boîte comme celle-ci, l'une des plus cotées, sortir une fille coûte à peu près quatre-vingts dollars HK de l'heure, soit environ seize dollars américains.

— Ce n'est pas cher.

— Pour un millionnaire comme vous, mais pour des milliers d'habitants de Hong-Kong, il faut nourrir la famille pendant une semaine avec cette somme.

— Ces filles mènent une vie horrible.

— Pas du tout, répondit Orlanda d'un ton innocent. Pour la première fois de leur existence, elles sont bien habillées et font l'objet d'attentions. Quel autre travail pourraient-elles trouver ? Un emploi dans un bureau, avec beaucoup de chance, ou dans une usine, à s'échiner douze à quatorze heures par jour pour dix dollars HK. Vous devriez voir dans quelles conditions les gens d'ici travaillent, vous les comprendriez mieux. Non, ces filles s'estiment privilégiées ; pendant un court moment de leur vie au moins, elles se paient ce dont elles ont envie, elles s'amusent, elles rient.

— Jamais de pleurs ?

— Si, bien sûr, mais il y a toujours des pleurs dans la vie d'une femme.

— Dans la vôtre aussi ?

Orlanda soupira, posa une main sur le bras de Linc.

— J'en ai eu ma part, répondit-elle. Mais vous me les faites oublier.

Un éclat de rire à la table des Nippons lui fit tourner la tête.

— Je suis si heureuse de ne pas devoir... de ne pas tenir compagnie aux Japonais. Ce sont les meilleurs clients, ils dépensent énormément et sont traités comme des rois, même si les gens d'ici les haïssent. Ils savent qu'on les déteste mais apparemment ils s'en moquent, ils se fichent de ne recevoir que des simagrées en échange de leur argent. En mandarin, on les appelle *lang syin gou fei*, cœur de loup, poumons de chien, autrement dit des hommes sans conscience.

— Je ne vois pas le rapport, dit Bartlett en fronçant les sourcils.

— Les Chinois cuisinent et mangent toutes les parties du corps des animaux sauf le cœur de loup et les poumons de chien : on ne peut les accommoder, ils puent toujours, quoi qu'on fasse.

Un second groupe de filles passa devant eux et alla s'installer à une autre table. La boîte se remplissait peu à peu.

— Laquelle voulez-vous ?

— Quoi ?

— Linc Bartlett, ne soyez pas hypocrite, j'ai vu votre regard, dit Orlanda en riant.

— Arrêtez, voyons, fit-il avec embarras et irritation. On ne peut pas faire autrement que de les regarder.

— C'est précisément pourquoi je vous ai proposé de venir ici, reprit la jeune femme en posant la main sur le genou de Linc. Pour le régal de vos yeux...

Elle claqua des doigts, le maître d'hôtel apparut aussitôt et se pencha au-dessus de la table basse.

— La carte, réclama-t-elle d'un ton impérieux en

cachant son appréhension. Et laissez-moi votre lampe, je vous appellerai quand nous aurons besoin de vous.

Le Chinois s'éloigna, Orlanda se rapprocha de Linc jusqu'à le toucher. Il lui passa un bras autour des épaules tandis qu'elle dirigeait le mince faisceau lumineux sur le grand rectangle de carton que lui avait remis le maître d'hôtel. Bartlett découvrit une trentaine de photographies de filles bordées d'une ligne de caractères chinois.

— Elles ne sont pas toutes ici ce soir mais si l'une d'elles vous plaît, nous la ferons venir, expliqua Orlanda.

— Vous êtes sérieuse ? demanda Bartlett en la dévisageant.

— Très sérieuse. Ne vous inquiétez pas, je me chargerai du marchandage si la fille vous plaît toujours quand vous lui aurez parlé.

— Je ne veux pas de ces filles, c'est vous que je veux.

— Oui... Oui, je le sais, mon chéri mais, ce soir, laissez-moi être le maître d'œuvre de votre nuit. Accordez-moi ce petit jeu, s'il vous plaît.

— Bon dieu ! vous êtes quelqu'un de pas ordinaire !

— Et vous l'homme le plus merveilleux que j'aie jamais rencontré. Je veux que la soirée soit parfaite mais comme je ne peux pas encore vous donner de moi ce que vous demandez, je vous propose un substitut temporaire. Qu'en dites-vous ?

Bartlett regarda fixement Orlanda et but son verre d'un trait. Le garçon lui en apporta aussitôt un autre, qu'il vida à moitié. Orlanda songeait que sa proposition lui permettrait de s'attacher Linc plus étroitement, quelle que soit sa décision. S'il acceptait, il lui serait reconnaissant de lui avoir offert une nuit excitante que ni Casey ni aucune *quai loh* ne lui aurait jamais proposée. S'il refusait, il lui saurait néanmoins gré de sa générosité.

— Vous êtes en Asie, Linc. Ici, pas de tabous

sexuels ridicules, pas de sentiment de culpabilité. L'amour est un plaisir comparable à celui que procure un mets raffiné ou un grand cru. Que signifie pour un homme, un vrai, une nuit avec une de ces Dames galantes ? Un moment de plaisir, un souvenir, rien de plus. Quel rapport avec l'amour véritable ? Aucun. Je ne suis pas la fille d'une nuit, je ne suis pas à vendre... Oh ! Linc, dit Orlanda en lui entourant le cou de ses bras et en le regardant d'un air implorant. Je vous en prie, ne soyez pas prisonnier de votre absurde puritanisme anglo-saxon. Je veux vous donner tout ce qu'une femme peut donner.

— C'est sérieux ?

— Naturellement. Je voudrais vous offrir tout ce que vous pouvez désirer d'une femme. Tout. Lorsque je serai vieille ou que vous n'aurez plus envie de moi, je vous aiderai à organiser *cette* partie de votre vie. Tout ce que je demande, c'est devenir votre *tai-tai*, faire partie de votre vie.

Elle l'embrassa brièvement, le sentit soudain sans défense, et sut qu'elle avait gagné. Quillan, tu es génial ! songea-t-elle. Je n'aurais jamais cru que ton plan marcherait aussi bien. Dissimulant son exultation, elle attendit patiemment, sans bouger.

— Que veut dire *tai-tai* ? demanda Bartlett d'une voix enrouée.

— Suprême des suprêmes. Selon la tradition chinoise, la femme était le chef suprême à la maison. Je veux être votre *tai-tai*, répéta Orlanda dans un murmure.

Elle attendit de nouveau. Bartlett se pencha vers elle, lui effleura les lèvres d'un baiser très différent de ceux qu'il lui avait donnés jusqu'alors.

— Bon, Mr. Linc Bartlett, dit-elle comme si elle s'adressait à un enfant turbulent. Laquelle choisissez-vous ?

— Vous.

— En attendant, veuillez vous décider pour ma remplaçante. Si aucune de ces filles ne vous plaît, nous irons dans une autre boîte. Que pensez-vous de celle-là ?

Orlanda lui montrait la photo de la première fille qu'il avait remarquée. Personnellement, elle en aurait choisi une autre mais il avait le droit d'avoir des goûts différents. Oh ! quelle épouse parfaite je vais être pour toi ! songea-t-elle avec sincérité.

— Elle s'appelle Lily Ti — toutes les filles se choisissent un *nom de guerre* —, elle a vingt ans, elle est de Shanghai...

— Orlanda, je n'ai pas couché avec une prostituée depuis des années, depuis la guerre, en fait. Je n'ai jamais beaucoup aimé cela.

— Je vous comprends parfaitement, vous avez raison. Mais ces filles ne sont pas des prostituées, du moins pas au sens que les Américains donnent à ce mot. Il n'y a dans leur fréquentation rien de vulgaire ou de honteux. Ce sont des Dames galantes qui *peuvent*, si elles le désirent, vous offrir leur jeunesse — valeur inestimable — en échange de votre argent, qui n'en a aucune ou presque. C'est un marché loyal, dans lequel personne ne perd la face grâce à certaines règles qu'il faut observer. Par exemple, vous devez savoir à l'avance quelle somme il faut lui donner mais vous ne devez pas la lui remettre directement, vous la glissez dans son sac. C'est important, et je tiens absolument à ce que cette première expérience soit parfaite.

— Voyons, Orl...

— Je suis sérieuse. Je veux vous faire ce cadeau, je veux que vous compreniez vraiment ce qu'est l'Asie, que vous vous débarrassiez de l'image que s'en font les Américains. Je vous en prie.

Bartlett était complètement déboussolé, ses repères habituels ne lui servaient à rien avec cette femme qui le fascinait et qui le déconcertait. Soûl de chaleur et de tendresse, il était prêt à la croire.

Soudain un signal d'alarme résonna dans sa tête, et

chassa son euphorie. Il venait de se souvenir du nom de la personne à qui il avait dit combien il aimait la cuisine italienne : ce n'était pas Casey, c'était Gornt. C'était à lui qu'il avait parlé, deux jours plus tôt, de son goût pour la cuisine italienne arrosée de bière. Nom de Dieu ! est-ce que Orlanda et lui font équipe ? Impossible ! j'ai peut-être fait la même remarque à Orlanda... Souviens-toi, bon sang !

Il fouilla sa mémoire mais le souvenir de leurs conversations demeurait flou, il ne parvenait pas à se concentrer devant cette femme qui le regardait avec des yeux pleins d'amour. Gornt et Orlanda ? Non, impossible. Mais sois prudent quand même, tu ne sais presque rien d'elle.

Mets-la à l'épreuve, lui souffla une partie de lui-même. Si elle est sincère, c'est une femme exceptionnelle et il te faudra prendre une décision, car tu ne l'auras qu'en acceptant ses conditions. Mets-la à l'épreuve tant que tu en as la possibilité, tu n'as rien à perdre.

— Bon, alors, je choisis ? dit-il.

55

23 h 35

Souslev attendait Arthur dans la pénombre de l'appartement 32 des tours Sinclair : du fait de sa rencontre avec Grey, il avait changé le lieu de son rendez-vous avec le chef du réseau Sevrin. Devant lui, sur une table, une bouteille de vodka, deux verres, le téléphone.

La sonnerie — qu'il avait soigneusement étouffée — se fit entendre trois fois puis ce fut de nouveau le silence : Arthur ne tarderait plus. Le capitaine glissa la main sous un des coussins du sofa et toucha l'automatique qui y était caché. Ordre du Centre — un des nombreux ordres qu'il désapprouvait. Il n'aimait pas les armes à feu, il leur préférait le poison. Ses doigts remontèrent jusqu'à la micro-capsule dissimulée sous le revers de sa veste, à portée de ses dents. Il se demanda à quoi ressemblait la vie sans la menace permanente d'une mort instantanée.

La porte du fond s'ouvrit sans bruit, une silhouette qu'il ne reconnaissait pas, entra. Souslev demeura un instant paralysé par la peur puis l'ombre se redressa, la légère voussure de son dos disparut.

— *Kristos !* murmura le Soviétique. Vous m'avez flanqué la trouille.

— Cela fait partie du métier, mon vieux, répondit une voix saccadée, entrecoupée par une toux sèche.

La silhouette s'avança sans bruit, fit disparaître l'arme qu'elle tenait à la main. Souslev se détendit et lâcha l'automatique caché sous le coussin mais le garda à portée de main.

— Pour une fois, vous êtes à l'heure, dit-il.

— J'ai bien failli ne pas arriver, répondit Jason Plumm en reprenant sa voix normale.

— Qu'y a-t-il ? Et pourquoi m'avez-vous demandé de fermer les fenêtres et de tirer les rideaux ?

— J'ai l'impression que cet appartement est surveillé.

— Pourquoi ne pas m'avoir averti ?

— C'est simplement une impression. Nous n'allons pas abandonner, à la première fausse alerte, une planque que nous avons eu tant de mal à installer. Camarade, il y a le feu aux poudres, la SI a capturé un type de votre navire, un nommé Metkin. Il...

— Quoi ? s'exclama Souslev en jouant la stupeur.

— Metkin, votre commissaire pol...

— Mais c'est impossible ! Metkin n'aurait jamais couru le risque de prendre lui-même livraison de documents !

Le Soviétique feignait la consternation avec un art consommé et dissimulait avec soin son plaisir de savoir Metkin tombé dans le piège qu'il lui avait tendu.

— En tout cas, la SI l'a eu ! Armstrong l'a pris sur le fait avec un Américain du porte-avions. Metkin connaissait l'existence de Sevrin ?

— Absolument pas.

— Vous en êtes sûr ?

— Oui. Moi-même j'en ignorais tout jusqu'à ce que le centre me donne l'ordre, il y a quelques jours, de remplacer Voranski, mentit Souslev.

— Roger est furieux ! Pourquoi n'avons-nous pas été prévenus que vous prépariez une opération ? Nous aurions pris des dispositions en cas de pépins. Je suis le chef de Sevrin et vous venez opérer ici sans même m'en avertir ! Voranski nous tenait toujours au courant.

— Mais, camarade, je n'étais pas au courant moi-même. Metkin était libre d'agir à sa guise, il ne me disait pas tout — loin de là ! Je ne sais pas ce qui lui a pris, il a dû perdre la tête. Dieu merci c'est un homme courageux et comme il porte toujours une capsule de poison dans le revers...

— Ils l'ont eu vivant.

Cette fois, la stupeur de Souslev n'était pas feinte.

— Vous êtes sûr ? demanda-t-il, atterré.

— Il leur a révélé son vrai nom, son grade et ses responsabilités. En ce moment même, un avion de la RAF l'emmène à Londres sous bonne escorte.

Le capitaine de l'*Ivanov* se sentit soudain pris de vertige. Le coup avait pourtant été bien monté. Il avait adroitement incité Metkin à remplacer l'agent qui devait prendre livraison des documents. Depuis quelques mois, le commissaire politique se montrait de plus en plus critique, curieux, indiscret, et donc dangereux. A trois reprises l'année précédente, Souslev avait intercepté des rapports confidentiels adressés au Centre dans lesquels son adjoint critiquait son manque de zèle, sa liaison avec Ginny Fu. Metkin s'apprêtait à lui tendre un piège, il en était convaincu ; il aurait sans doute fini par faire croire au Centre qu'il y avait un traître à bord de l'*Ivanov* et que ce traître pouvait bien être le capitaine. Ni Metkin ni le Centre n'auraient eu besoin de preuve, de simples soupçons auraient suffi.

— Vous êtes absolument certain qu'il ne savait rien de Sevrin ? poursuivit Plumm.

— Oui, je vous l'ai dit, répondit Souslev avec une pointe d'irritation. Vous êtes le seul à connaître tous les membres de Sevrin, n'est-ce pas ? Même Crosse ignore l'identité de certains d'entre eux, non ?

— C'est exact.

Le Russe se versa un verre de vodka en se félicitant des sas de sécurité cloisonnant le réseau : Plumm ne savait pas que Crosse travaillait directement pour le KGB en dehors de Sevrin, Roger seul connaissait le véritable rôle de Souslev en Asie mais ni lui ni Plumm ne savaient qu'il manipulait de Ville depuis très longtemps. Quant aux autres membres, ils ne se connaissaient pas, et nul ne savait la moindre chose au sujet de Banastasio et des armes.

— Je suis étonné qu'il se soit fait prendre vivant, marmonna Souslev avec sincérité.

— Roger m'a raconté que les hommes d'Armstrong lui ont passé une corde autour du cou avant qu'il n'ait pu mordre dans son revers.

— On a trouvé des choses compromettantes sur lui ?

— Roger ne m'en a rien dit. Il a dû faire très vite : nous avons pensé qu'il fallait immédiatement expédier Metkin hors de la Colonie avant qu'il ne se mette à parler. Étant donné son grade, nous craignions qu'il ne connût l'existence de Sevrin. A Londres, il sera plus facile de s'occuper de lui.

— Crosse réglera le problème Metkin.

— Je l'espère, murmura Plumm d'un air inquiet.

— Comment la SI a-t-elle eu vent de l'opération ? demanda Souslev, fidèle à son personnage. Il doit y avoir un traître à bord de l'*Ivanov*...

— Non. D'après Roger, le tuyau venait d'un informateur du MI 6 à bord du porte-avions. Même la CIA n'était pas au courant.

— *Kristos !* Si Roger se met à faire du zèle...

— C'est Armstrong qui dirigeait l'opération. Crosse doit jouer le jeu, tout le monde contrôle tout le monde à la SI. Enfin, puisque Metkin ne savait rien, le mal n'est pas trop grand.

Sentant que le Britannique le scrutait avec attention, Souslev s'efforça de garder un masque impénétrable. Plumm était un homme intelligent, rusé, impitoyable, et protégé par Philby.

— Il faut cependant informer le Centre, qui prendra des mesures.

— C'est déjà fait, répondit Plumm. J'ai réclamé une aide en toute priorité.

— Bon. Décidément, gagner Roger à la cause fut un coup de maître, je vous renouvelle mes félicitations.

Souslev parlait avec sincérité : Crosse était un professionnel, pas un amateur comme Jason et les autres.

— Je me demande parfois si ce n'est pas lui qui m'a recruté et non l'inverse, dit Plumm d'un air songeur. Parfois je m'interroge aussi sur votre compte, camarade. Voranski, je le connaissais, nous avions travaillé ensemble pendant des années, mais vous... La capture de votre supérieur ne semble pas vous bouleverser outre mesure.

— Oui, je le reconnais. Metkin a commis une faute grave en prenant cette initiative absolument contraire aux ordres. A parler franchement... je crois qu'il y a eu des fuites dont l'*Ivanov* était la source. Voranski excepté, Metkin était le seul membre de l'équipage autorisé à descendre à terre quand il le voulait. Il passait pour irréprochable mais on ne sait jamais. Peut-être avait-il commis d'autres erreurs, peut-être avait-il été trop bavard dans une boîte...

— Dieu nous protège des traîtres et des imbéciles ! D'où A.M.G. tirait-il ses informations ?

— Nous n'en savons rien. Dès que nous l'apprendrons, la fuite sera colmatée.

— Allez-vous continuer à remplacer Voranski ?

— Je l'ignore, je n'ai pas encore reçu d'instructions.

— Je n'aime pas le changement, c'est dangereux. Qui l'a tué, à votre avis ?

— Demandez-le à Crosse — moi aussi je voudrais bien le savoir.

Souslev coula un regard vers Plumm, qui hocha la tête, apparemment satisfait.

— Et les rapports d'A.M.G. ? poursuivit le Soviétique. Sinders arrive vendredi...

— Roger a tout prévu, il est sûr que nous réussirons à en prendre connaissance. Vous recevrez votre exemplaire demain, dit Plumm en dévisageant le capitaine. Que se passera-t-il si nos noms y figurent ?

— C'est impossible, Dunross aurait averti Roger, ou l'un de ses amis flics, Chop Suey Kwok, par exemple, ou encore le gouverneur. Ses révélations seraient revenues aux oreilles de Crosse, fatalement. Non, vous ne risquez rien, c'est sûr.

— Rien n'est jamais sûr, répliqua Plumm, qui s'approcha de la fenêtre et regarda le ciel menaçant. Prenez Jacques, par exemple, il est devenu dangereux et il ne sera jamais Taï-pan.

L'agent russe fit mine de réfléchir puis d'avoir soudain une idée :

— Pourquoi ne pas le persuader de quitter Hong-Kong ? Nous pourrions lui suggérer de demander son transfert... au Canada, par exemple. Le drame familial qu'il vient de traverser servirait de prétexte. Là-bas, il serait sur une voie de garage...

— C'est une excellente idée, approuva Plumm. Pour en revenir aux dossiers, je serai plus tranquille quand je les aurai lus et quand vous m'aurez dit comment A.M.G. nous a découverts.

— Il a découvert l'existence du réseau, pas l'identité de ses membres. Camarade, je vous assure que vous pouvez poursuivre sans risque votre travail. Il faut tout faire pour précipiter la crise et provoquer un effondrement du marché des valeurs.

Le téléphone se mit à sonner, les deux hommes le regardèrent fixement. Une seule sonnerie : *danger*. Souslev saisit l'arme cachée sous le coussin, se rua dans la cuisine, ouvrit la porte du fond, fit signe à Plumm de passer le premier puis sortit à son tour. Au même moment un coup ébranla la porte d'entrée de l'appartement. Le Soviétique referma la porte de derrière sans faire de bruit et colla un œil à la serrure.

La porte de devant craqua, les verrous cédèrent, quatre hommes pénétrèrent dans le vestibule. Souslev s'enfuit à la suite de Jason Plumm, qui dévalait déjà l'escalier. Il le rattrapa, le dépassa puis s'arrêta sur le palier et braqua son automatique vers le haut pour couvrir la fuite de son complice. Ce fut ensuite au tour de Plumm de s'immobiliser, l'arme au poing, tandis que Souslev descendait jusqu'au palier suivant.

Le Britannique rejoignit le Russe et l'aida à bouger les casiers dissimulant une trappe située près de la sortie. Des bruits de pas précipités résonnaient dans l'escalier. Plumm se glissa par l'ouverture, se coula à l'intérieur et attendit que Souslev l'eût rejoint pour refermer la trappe. Il décrocha la torche électrique accrochée à un clou et s'avança dans la pénombre, guidé par le faisceau de sa lampe. Quand les bruits de pas retentirent au-dessus d'eux, les deux hommes s'immobilisèrent et tendirent l'oreille mais ils ne purent entendre si leurs poursuivants parlaient en anglais ou en chinois.

Ils reprirent leur marche prudente et silencieuse dans le conduit souterrain humide et s'arrêtèrent quand ils se jugèrent en sécurité.

— Le Kuomintang ? murmura Souslev.

Plumm haussa les épaules et essuya son front ruisselant de sueur. Une voiture passa en grondant au-dessus de la galerie, dont il éclaira la voûte. Elle était suintante et crevassée ; des gouttes s'en détachaient parfois et tombaient dans les flaques d'eau recouvrant le sol.

— Il vaut mieux nous séparer, décida Plumm d'une voix parfaitement calme. Diablement fâcheux, ce genre d'incidents.

Souslev éprouvait des difficultés à parler et ce fut d'une voix mal assurée qu'il demanda :

— Où nous rencontrerons-nous demain ?

— Je vous le ferai savoir... D'abord Voranski, ensuite Metkin, et maintenant ceci. Les fuites deviennent trop nombreuses, dit Plumm d'un air grave. Votre Metkin en savait peut-être plus long que vous ne le pensez.

— Il ne connaissait ni le réseau, ni cette planque, ni Clinker. Seuls Voranski et moi étions au courant. Ce n'est pas de notre côté qu'il faut chercher la fuite.

— J'espère que vous ne vous trompez pas, reprit Plumm d'un ton sec. Appelez-moi demain toutes les demi-heures à partir de dix-neuf heures trente en changeant à chaque fois de téléphone.

— Entendu, un dernier point : que faisons-nous si nous n'avons pas accès aux dossiers ?

— Le Taï-pan est connu pour sa mémoire exceptionnelle...

— Vous songez à un interrogatoire « chimique » ?

— Pourquoi pas ?

Souslev proposa de rendre éventuellement les Loups-garous responsables de l'enlèvement de Dunross mais ne précisa pas que cette idée revenait à Metkin.

— Astucieux, dit Plumm en souriant. A demain.

Il remit la torche au Soviétique, tira de sa poche une lampe-stylo et descendit le conduit en évitant les flaques. Souslev le suivit des yeux jusqu'à ce qu'il eût tourné dans un embranchement. Lui-même n'avait jamais été plus loin, Plumm le lui ayant déconseillé : il se produisait parfois des éboulements dans le conduit après de fortes pluies.

Un camion passa, ébranla la galerie. Un bloc de terre se détacha du plafond et tomba dans l'eau avec un bruit qui fit sursauter Souslev. Il attendit puis remonta lentement la pente du conduit dans lequel il avait maintenant l'impression d'être pris au piège.

56

23 h 59

Dunross contemplait la carcasse calcinée du *Dragon flottant*, couché sur le flanc dans les eaux du port d'Aberdeen. Autour de l'épave, les autres restaurants brillaient de toutes leurs lumières et accueillaient une foule joyeuse et bruyante. Les barges sur lesquelles on avait hâtivement installé les cuisines, leurs fourneaux et leurs armées de marmitons, étaient reliées au bateau mère par des passerelles précaires sur lesquelles trottinaient des serveurs portant des plateaux et des plats. Des sampans tournaient autour du bateau incendié, qui était devenu une véritable attraction.

Des équipes de récupération s'affairaient déjà, à la lumière de projecteurs, sur la partie émergeant de l'eau. Sur le quai, des marchands de souvenirs proposaient des photos de l'incendie et une immense enseigne lumineuse proclamait fièrement en chinois et en anglais que LE NOUVEAU DRAGON, LE SEUL RESTAURANT TOTALEMENT A L'ÉPREUVE DU FEU, ouvrirait bientôt.

Le Taï-pan s'approcha d'un des débarcadères devant lequel s'agglutinaient des grappes de sampans, petits et grands. La plupart étaient à louer, avec leur unique rameur — homme, femme ou enfant de tout âge. Une toile tendue sur la moitié de l'embarcation protégeait de la pluie, du soleil ou des regards indiscrets. Les Bateaux de Plaisir, plus élaborés, offraient des coussins et des tables basses, assez de place pour manger, boire et faire l'amour à l'aise. Le rameur se montrait discret et l'on pouvait passer une heure ou une nuit dans le sampan dérivant paresseusement dans le port. Parfois d'autres bateaux s'approchaient et proposaient au couple toutes sortes de boissons et de mets.

On pouvait aussi s'embarquer seul, se rendre près d'une des vastes îles de bateaux, rencontrer les Dames de la Nuit, choisir, marchander et partir à la dérive avec l'une d'elles. Sur les eaux du port, on pouvait satisfaire à tous les désirs, à tous les appétits.

Ian resta sourd aux offres des rameurs proposant leurs services et attendit.

— Taï-pan !

Un Bateau de Plaisir arborant le Lotus d'Argent se faufila entre les sampans. Son pilote, un Chinois petit et trapu, vêtu d'un short kaki et d'un maillot de corps, lui souriait en montrant de nombreuses dents en or. Dunross reconnut le fils aîné de Quatre-doigts, le *loh-pan*, le chef de la flotte de Bateaux de Plaisir du vieux Wu. Pas étonnant que les autres lui laissent le passage, pensa-t-il, impressionné par le fait que Quatre-doigts eût envoyé Bouche d'or en personne pour l'accueillir.

Dès que Dunross eut grimpé à bord, le fils de Wu éloigna son bateau du quai d'un coup de rame.

— Soyez le bienvenu, Taï-pan, dit Bouche d'or dans un anglais parfait.

Il avait fait ses études à Londres et y serait volontiers resté si son père ne lui avait ordonné de rentrer. C'était un homme doux et paisible pour qui Ian avait de la sympathie.

Le Taï-pan s'assit à une table laquée offrant du thé, du whisky, du cognac, et regarda autour de lui. La cabine était propre, confortable, presque luxueuse. Un poste de radio diffusait de la bonne musique. Ce doit être le sampan personnel de Bouche d'or, se dit Dunross, à la fois amusé et sur ses gardes.

Il faisait agréablement frais dans la cabine. Ian se servit un cognac, s'étendit sur les coussins et but lentement son verre. Le sampan ralentit, un bruit sourd ébranla sa coque, des pas résonnèrent sur ses planches. Quatre-doigts passa la tête sous la toile et sourit à son visiteur de sa bouche édentée.

— Bong-soir, Taï-pan. Aller bien ? dit-il dans son horrible anglais.

— Très bien et toi ? répondit Dunross en masquant sa surprise.

Le vieillard portait un costume, une chemise propre, une cravate criarde, des chaussures et des chaussettes. Ian ne l'avait vu vêtu de la sorte que le soir de l'incendie du *Dragon flottant* et le jour du mariage de Shitee T'Chung.

Paul Choy entra à son tour dans la cabine, l'air nerveux. Il se présenta et précisa qu'il était là pour servir d'interprète si le besoin s'en faisait sentir. Bien qu'il n'ignorât rien des véritables liens unissant le jeune homme et le vieillard, le Taï-pan joua la petite comédie dont il était convenu avec Quatre-doigts.

— Ainsi vous travaillez avec votre oncle, maintenant ?

— Non, j'ai commencé chez Rothwell-Gornt il y a deux jours.

— Cognac ? proposa Wu.

— Ça va, merci, répondit Dunross en montrant son verre. Content de te voir.

Il poursuivait en anglais, attendant que Quatre-doigts lui-même se décidât à passer à l'haklo. Le vieux pirate s'assit, se versa un whisky et débita quelques propos anodins. Paul, à qui Wu n'avait pas offert à boire, se demandait avec appréhension pourquoi son père l'avait fait venir, après lui avoir fait jurer le secret et l'avoir menacé de châtiments épouvantables s'il ne tenait pas sa langue.

Quand Quatre-doigts jugea qu'il avait suffisamment fait languir son invité, il dit en haklo :

— Des liens de vieille amitié unissent nos familles depuis de nombreuses années.

Il parlait lentement et articulait avec soin car il savait que le Taï-pan ne connaissait pas parfaitement l'haklo.

— Oui, les Wu de la mer et les Struan sont comme des frères, répondit Ian d'un ton circonspect.

— Le présent est comme le passé, le passé comme le présent, *heya* ? reprit Quatre-doigts. Le nom de Wu Kwok signifie-t-il quelque chose pour le Taï-pan de la Noble Maison ?

— C'était ton arrière-grand-père, *heya* ? Fils et amiral d'un autre de tes ancêtres, plus illustre encore, Wu Fang Choi, le seigneur de la guerre dont le pavillon au Lotus d'Argent flottait sur les quatre mers.

— Lui-même ! Sais-tu que le Diable-aux-yeux-verts, le premier Taï-pan de la Noble Maison, et l'illustre Wu Kwok se rencontrèrent ?

— Oui, une première fois dans l'estuaire de la Rivière des Perles, devant...

— Tout près d'ici, entre Pok Liu Chau et Aplichau.

— Une seconde fois au large de Hong-Kong, à bord du vaisseau-amiral de Wu Kwok, reprit Dunross. Le Taï-pan s'y rendit seul et... (Ian chercha le mot exact) négocia un marché avec ton ancêtre.

— Un marché mis par écrit ?

— Non.

— Et ce marché fut-il honoré ?

— Ce sont des manières de fornicateur de poser à un Vieil-ami une question dont on connaît la réponse !

Paul Choy sursauta à ce brusque changement de ton.

— C'est juste, Taï-pan, convint le vieillard, pas le

moins du monde ébranlé. Le marché fut honoré, à la lettre du moins. Tu en connais le contenu ?

— Pas du tout, répondit Dunross avec sincérité.

— Le marché prévoyait qu'un membre de notre famille apprendrait le métier de capitaine à bord de chacun de vos vingt clippers. Le Diable-aux-yeux-verts promit aussi d'envoyer trois des fils de Wu Kwok dans son pays où ils recevraient la même éducation que ses propres enfants. Troisièm...

— Qui étaient ces fils ? interrogea Ian en haussant les sourcils. Que devinrent-ils ?

Quatre-doigts sourit d'un air narquois et continua :

— Troisièmement, le Diable-aux-yeux-verts accepta de vendre à l'illustre Wu Fang Choi un clipper armé et gréé, le *Lotus Cloud.* Mon ancêtre paya la somme convenue mais quand Culum-le-faible livra le navire, près de deux ans plus tard, ce fornicateur de Stride Orlov-le-Bosco, votre amiral en chef, surgit de l'est comme un assassin dans la nuit et envoya par le fond le navire et Wu Kwok.

Dunross attendait la suite d'un air détendu mais intérieurement il était sur ses gardes. Qui étaient ces fils de Wu Kwok ? Dirk n'en parlait ni dans son testament ni dans son journal.

— *Heya ?* fit le vieux brigand.

— Je connais l'histoire du *Lotus Cloud* et celle des capitaines formés à bord de nos clippers, mais je ne sais rien des trois fils. Une question : mon ancêtre avait-il promis de ne pas lancer ses navires contre celui qu'il vous avait vendu ?

— Non, il n'avait rien promis de tel, il était habile — très habile. La mort de Wu Kwok ? C'était le *joss,* nous mourrons tous un jour. Le Diable-aux-yeux-verts a tenu sa parole, Culum-le-faible aussi. Et toi, tiendras-tu les engagements pris par ton ancêtre ?

Quatre-doigts ouvrit le poing, révélant la demi-pièce.

Dunross la prit avec précaution, d'une main qui

tremblait imperceptiblement. Elle était semblable aux autres demi-pièces qui se trouvaient encore dans la Bible de Dirk, enfermée dans le coffre de la Grande Maison.

— Elle est peut-être authentique, dit-il en la rendant à Wu. Il faudrait vérifier. D'où vient-elle ?

— Bien sûr qu'elle est authentique, fornication ! Tu la reconnais ?

— Non. D'où vient-elle ?

Quatre-doigts alluma une cigarette, toussa, se gratta la gorge et cracha.

— Combien y avait-il de pièces à l'origine ? Combien le fameux Mandarin Jin-qua en donna-t-il au Diable-aux-yeux-verts ?

— Je ne sais pas exactement.

— Quatre. Il y avait quatre pièces.

— *Une* à ton illustre ancêtre Wu Kwok, mais elle a déjà été honorée. Le grand Jin-qua ne lui en aurait jamais donné deux, donc celle-là a été volée. A qui ?

Le vieillard s'empourpra et Dunross se demanda s'il n'était pas allé trop loin.

— Volée ou pas, tu dois accorder la faveur demandée, rétorqua Quatre-doigts. A moins que la Noble Maison se moque aujourd'hui de la parole du Diable-aux-yeux-verts...

— D'où vient-elle ? répéta le Taï-pan.

Wu le regarda longuement et écrasa sa cigarette sur le tapis.

— Pourquoi le Diable-aux-yeux-verts prit-il cet engagement, pour lui-même et ses descendants ?

— En échange d'une autre faveur.

— Oui, Taï-pan. Tu la connais, cette faveur ?

Ian regarda le vieillard droit dans les yeux.

— L'honorable Jin-qua prêta au Taï-pan, mon arrière-grand-père, quarante lacks d'argent.

— Quarante lacks, quatre millions de dollars actuels. Exigea-t-il un papier, une reconnaissance de dette sur laquelle ton ancêtre aurait apposé son *chop* — celui de la Noble Maison ?

— Non.

— Quarante lacks d'argent, sans papier, sans *chop*, sur parole ! C'était un accord entre Vieux-amis, *heya* ?

Wu tendit vers Dunross sa main sans pouce, sur laquelle se trouvait la demi-pièce.

— En échange, ton ancêtre promit d'accorder n'importe quelle faveur à quiconque lui présenterait une des quatre demi-pièces remises à Jin-qua. Je demande une faveur.

Le Taï-pan demeura un moment silencieux, poussa un soupir et dit :

— D'abord je vérifie si les deux moitiés correspondent, ensuite tu m'exposeras ta requête.

Il voulut prendre le fragment de métal mais Wu referma prestement la main et se tourna vers son fils.

— Explique ! lui ordonna-t-il.

— Voici comment mon oncle voudrait procéder, dit Paul Choy en anglais. Il comprend naturellement que vous vouliez au préalable vous assurer sans doute possible de l'authenticité de la pièce mais il préférerait ne pas s'en séparer pour le moment.

— Il n'a pas confiance en moi ?

— Si, bien sûr, s'empressa d'affirmer Paul avant de traduire pour son père la question du Taï-pan.

— J'ai confiance en toi, dit Wu en grimaçant un sourire, mais toi, as-tu confiance en moi ?

— Naturellement, Vieil-ami. Donne-moi la pièce, si elle est authentique, le Taï-pan de la Noble Maison te donnera satisfaction... dans la mesure du possible.

— *N'importe quelle* faveur ! ton ancêtre l'a promis ! rappela Quatre-doigts.

— Mon... mon oncle suggère le compromis, reprit Paul. Vous emportez avec vous ces trois empreintes de la demi-pièce que nous avons prises avec de la cire, dit-il en montrant une tablette jaunâtre. Si cette première vérification se révèle positive, nous nous rendrons ensemble chez un expert assermenté ou un conservateur de musée qui examinera les deux fragments en notre présence et nous donnera une réponse.

— Il serait facile de graisser la patte de l'expert, objecta Dunross.

— Nous lui soumettrons les deux moitiés de pièces ensemble, sans préciser laquelle appartient à qui.

— Il pourrait être soumis à des pressions.

— Fixons l'expertise à demain et demandons aux deux parties leur parole de ne pas fausser le jeu, répondit Bonne-fortune en s'essuyant le front. Bon dieu ! on étouffe, ici.

Ian réfléchit puis tourna la tête vers Wu et le considéra d'un regard froid.

— Hier je t'ai demandé une faveur, tu me l'as refusée.

— C'était différent, Taï-pan, rétorqua aussitôt le vieillard. Cette fois, il s'agit de tenir une vieille promesse.

— Tu as parlé à tes amis de ma requête ?

— Oui. La situation de la Noble Maison les préoccupe, dit Quatre-doigts en durcissant le ton.

— Si la Noble Maison disparaît, je ne vois pas comment elle pourra t'accorder une faveur, argua Dunross.

Les yeux rusés de Wu se portèrent sur Paul Choy puis revinrent au Taï-pan, qui réfléchissait. Si la pièce était authentique, il devrait payer, qu'elle ait été volée ou non. A qui ? Dirk Struan n'avait jamais su à quelles autres personnes Jin-qua avait remis les pièces. Dans son testament, il mentionnait simplement qu'il soupçonnait May-may, sa maîtresse, d'en posséder une — encore qu'il ne comprît pas très bien pourquoi Jin-qua lui aurait fait un tel cadeau. De May-may, la pièce serait passée à Shitee T'Chung, l'actuel chef de la descendance de May-may.

Qui d'autre à Hong-Kong pouvait détenir une des demi-pièces ?

Si Dirk et la Hag n'ont pu répondre à cette question, comment le pourrais-je ? se dit Dunross.

Il attendit en silence. Une goutte de sueur tomba du menton de Paul Choy quand il tourna la tête vers son père et le Taï-pan crut voir dans son regard une lueur de haine qui suscita son intérêt. Constatant que le vieux Wu examinait lui aussi son fils de manière étrange, il prit brusquement une décision et déclara en anglais :

— A Hong-Kong, je suis le maître du jeu. Soutiens-moi, tu feras d'énormes bénéfices en une semaine.

— *Heya ?* grogna Quatre-doigts.

Paul avait sursauté et relevé la tête.

— Veuillez traduire, Mr. Choy.

Le fils de Wu s'exécuta et Dunross remarqua avec satisfaction qu'il n'avait pas traduit « A Hong-Kong, je suis le maître du jeu ». Sentant les deux hommes prêts à mordre à l'appât, il se détendit quelque peu.

— Taï-pan, tu es d'accord avec ma proposition, pour la pièce ? questionna le vieillard.

— Tu es d'accord pour me soutenir financièrement ?

— Les deux questions ne sont pas liées comme la pluie et l'orage, répliqua Quatre-doigts d'un ton furieux. Pour la pièce, c'est oui ou c'est non ?

— C'est oui, mais pas demain. La semaine prochaine, cinquième jour.

— Non, demain.

— Honorable oncle Wu, intervint Paul Choy, vous pourriez peut-être consulter à nouveau vos amis demain matin. S'ils se montrent disposés à aider le Taï-pan...

Se tournant vers Dunross, il enchaîna en anglais :

— Demain, c'est vendredi. Donnons-nous rendez-vous lundi à seize heures pour la pièce.

Il traduisit la proposition à son père, qui demanda avec humeur :

— Pourquoi à cette heure-là ?

— Le marché des valeurs des diables d'étranger

ferme à la troisième heure de l'après-midi, honorable oncle. Nous saurons alors si la Noble Maison existe encore.

— D'accord, acquiesça le Taï-pan, impressionné par l'habileté avec laquelle le jeune homme avait aplani les obstacles.

— Je veux d'abord consulter l'astrologue pour savoir si ce jour m'est favorable, grommela Quatre-doigts. Si les courants qui unissent le Ciel à la Terre sont propices, je suis d'accord. Toi, ajouta-t-il à l'adresse de son fils, va dans l'autre bateau.

— Bonne nuit, Taï-pan, dit le jeune homme en se levant.

— A bientôt, Mr. Choy, répondit Ian, qui s'attendait à recevoir sa visite dès le lendemain.

Après le départ de son fils, Wu murmura à son visiteur :

— Merci, Vieil-ami. Nous allons nous entendre.

— Souviens-toi, Vieil-ami, que le Diable-aux-yeux-verts et la Hag au mauvais œil et aux dents de dragon, ont tous deux maudit la Poudre-blanche et ceux qui en font le trafic.

Le vieux marin haussa les épaules nerveusement :

— Qu'est-ce que ça peut me faire ? Je ne m'occupe pas de Poudre-blanche, fornication !

Et il quitta le bateau à son tour. Dunross se versa un verre d'une main tremblante tandis que le sampan recommençait à bouger. Mille contre un qu'elle est authentique, pensa-t-il en caressant des doigts les empreintes de la pièce. Dieu tout-puissant ! qu'est-ce que ce démon va me demander ? Quelque chose ayant un rapport avec la drogue, j'en suis sûr. J'ai bien observé sa réaction quand je lui ai sorti la malédiction inventée de toutes pièces. Malédiction ou pas, je refuse de toucher à la drogue...

Pourtant Dunross se sentait mal à l'aise lorsqu'il repensait à la promesse de Dirk Struan d'accorder à

« quiconque » présenterait une des demi-pièces la faveur qu'il demanderait, « quelle qu'elle soit »...

Avec un léger bruit sourd une autre embarcation aborda la sienne, des pas résonnèrent sur les planches du sampan. Ian se tint prêt à affronter un danger dont il ignorait la nature.

Une fille jeune et belle entra dans la cabine.

— Je m'appelle Jade-de-neige, dit-elle d'un ton joyeux. J'ai dix-huit ans et je suis un cadeau personnel de l'honorable Wu pour cette nuit.

Elle portait un *dong-sam* fraîchement repassé dont le col lui enserrait pudiquement le cou, des bas qui gainaient ses longues jambes, et des hauts talons.

— Il a pensé que vous auriez besoin de vous sustenter, continua-t-elle avec un sourire qui découvrit de jolies dents blanches.

— Ah ! oui ? marmonna Dunross.

La fille s'installa à côté de lui en riant.

— Oui, c'est ce qu'il a dit. Moi aussi, j'ai besoin de me sustenter, je meurs de faim. L'honorable Bouche d'or a commandé quelques plats qui vont vous mettre en appétit : crevettes frites aux cosses de pois, émincé de bœuf aux haricots noirs, canetons à la shanghaïenne, légumes frits avec du chou de Setchouan et un poulet piquant à la Ch'iang Pao. Moi, je suis le dessert !

VENDREDI

57

0 h 35

Richard Kwang enfonça une nouvelle fois le bouton de la sonnette d'un geste rageur. La porte s'ouvrit brusquement, Venus Poon glapit en cantonais :

— Comment oses-tu venir ici en pleine nuit sans avoir été invité ?

Le menton relevé, la main sur la hanche, elle le toisait dans sa robe du soir affriolante.

— Silence, petite putain ! rétorqua le banquier en pénétrant dans l'appartement. Qui paie le loyer, qui règle les factures ? Et pourquoi n'es-tu pas prête à te mettre au lit ? Qu...

— *Silence* ! répéta la jeune femme d'une voix aiguë qui couvrit celle de Kwang. Parlons-en du loyer ! C'est justement le terme, aujourd'hui — tu y as pensé ?

— Tiens ! riposta-t-il, et il sortit de sa poche un chèque qu'il lui agita sous le nez. Je n'oublie pas mes promesses, *moi* !

Venus Poon cligna des yeux, son expression changea, sa voix se fit de miel :

— Oh ! Père s'est souvenu ? On m'avait raconté que tu avais abandonné ta pauvre Fille, que tu étais retourné chez les putains de Blore Street.

— Mensonges ! s'écria Kwang, au bord de l'apoplexie. Pourquoi es-tu encore en robe du...

— Trois personnes différentes m'ont assuré qu'elles t'y avaient vu cet après-midi. Les gens sont terribles !

Venus Poon savait cependant que Kwang s'était effectivement rendu à la maison close de Blore Street en compagnie de Ching-le-banquier, à qui il espérait emprunter de l'argent.

— Pauvre Père, murmura-t-elle d'une voix apaisante en se rapprochant de Kwang. D'un geste preste, elle s'empara du chèque avant qu'il n'eût le temps de retirer sa main. Merci, Père, du fond du cœur... *Oh ko !* Il n'est pas signé, sale vieux tas de viande pour chien ! Ooooh, je sais ce que je vais faire, j'irai me tuer devant chez toi... non, devant les caméras de la télévision et je dirai à tout Hong-Kong...

L'*amah* entra dans la salle de séjour et joignit aussitôt ses lamentations à celles de sa maîtresse. Kwang tenta de crier plus fort que les deux femmes mais ses protestations lui valurent un flot accru d'imprécations et d'accusations. Il résista un moment puis, vaincu, sortit un stylo de sa poche, prit le chèque d'un geste théâtral et le signa. Les gémissements cessèrent, Venus Poon reprit le chèque, l'examina soigneusement et le fit disparaître dans son sac.

— Merci, honorable Père, dit-elle d'une petite voix.

Soudain elle se tourna vers son *amah* :

— Et toi, comment oses-tu te mêler des affaires de ta maîtresse et de son Père chéri, tas de fiente ? Dehors ! va préparer du thé ! Père a besoin d'un verre, apporte-lui un cognac, dépêche-toi !

La vieille servante feignit la terreur et trottina vers la cuisine en faisant semblant de pleurer. Venus Poon se fit câline et caressa doucement la nuque du banquier, qui se laissa progressivement amadouer. D'un ton bougon, il se lamenta sur sa malchance, sur l'ingratitude de ses amis et associés qui l'abandonnaient après qu'il eut sué sang et eau pour bâtir la Ho-Pak.

Venus Poon l'écoutait avec des mines compatissantes en pensant qu'elle n'avait plus qu'une demi-heure pour aller à son rendez-vous avec Quatre-doigts. Leur dernière rencontre avait tellement excité le vieux Wu qu'il lui avait promis un diamant si elle renouvelait la performance.

« Ce sera encore mieux, seigneur », avait-elle murmuré d'une voix faible, épuisée par deux heures de labeur intense, la peau moite de sueur. Tout en massant la nuque de Kwang, elle se remémorait les efforts prodigieux de Quatre-doigts, ses proportions imposantes et sa technique indubitable. *Ayiiya*, il me faudra trouver des trésors de *yin* pour venir à bout du *yang* de ce vieux débauché, se dit-elle.

— Comment va ton cou, mon chéri ? demanda Venus Poon d'une voix enjoleuse.

— Mieux, répondit Kwang d'une voix rauque.

Il fit asseoir sa maîtresse sur ses genoux, glissa une main sous la robe qu'il lui avait offerte la semaine précédente et lui caressa les seins. Comme elle ne protestait pas, il fit tomber les bretelles du vêtement, découvrit la poitrine de la jeune femme, s'extasia sur sa fermeté et sa douceur. Excité par la chaleur du corps de Venus Poon, il lança son autre main à la conquête du *yin* mais elle se dégagea de son étreinte et se leva.

— Non, Père ! Je voudrais bien mais l'Honorable Rouge m'a rendu visite et...

— L'Honorable Rouge ? fit le banquier, méfiant. Il devait arriver après-demain !

— Non, non, il est arrivé en même temps que l'orage.

— Enfin, je le sais bien ! j'ai consulté mon calendrier avant de venir, et tu n'es jamais en retard ou en avance. Nous avons la nuit à nous, je suis censé être à Taiwan.

— Non, Père, c'est venu ce matin. La frayeur de l'incendie, la crainte que tu ne m'aies abandonnée...

— Viens ici, petite friponne !

Il l'agrippa avant qu'elle n'ait pu se reculer, la fit rasseoir sur ses genoux et commença à soulever la robe. Venus Poon ne se débattit pas mais se pressa au contraire contre lui en lui caressant l'entrejambes.

— Cela porte malheur de contrarier l'Honorable Rouge, murmura-t-elle. Et il y a d'autres façons pour le *yin* de titiller le *yang* !

— Mais je veux d'abord...

— D'abord ? Oh ! comme tu es vigoureux ! Je comprends pourquoi toutes les petites bouches onctueuses veulent me voler mon vieux Père ! Un homme si fort, si puissant !

Venus Poon titilla habilement le *yang* et en vint à bout.

— Au lit, dit Kwang, engourdi par le plaisir. Un petit somme et ensuite...

— Un petit somme, oui, mais pas ici, répondit la jeune femme d'un ton ferme en aidant le banquier à se lever.

— Mais puisque je suis censé être à Tai...

— Alors va à ton club.

— Mais...

— Oh ! non, tu as épuisé ta pauvre fille, tu ne vois pas ?

Elle remit de l'ordre dans la tenue de Kwang et le poussa vers la porte, l'embrassa passionnément, lui jura un amour éternel, promit de le voir le lendemain et l'abandonna sur le palier. Le Diamant, maintenant, résolut-elle en fermant la porte.

— Nous revoir quand, Pôl ? demanda Lily Su

— Bientôt, la semaine prochaine. Je t'appellerai, comme d'habitude.

Havergill finit de s'habiller dans la petite chambre

propre et agréable puis enfila à contrecœur son imperméable.

— Pourquoi toi triste ?

Étendue sur le lit, Lily Su observait cet homme qui était son « ami » depuis quatre mois — pas son seul « ami » puisqu'il ne payait ni le loyer ni les autres dépenses. Elle travaillait comme entraîneuse à La Bonne Hôtesse, une boîte de Kowloon où « Pôl » se rendait fréquemment. Son propriétaire, Pok-le-borgne, était un vieux client de la Victoria et la mama-*san*, en femme avisée, veillait à garder la clientèle du banquier. Au fil des ans, Havergill avait été « l'ami » de nombreuses filles de la boîte, la plupart pour quelques heures seulement, certaines pendant un mois ou davantage. Une seule fois en quinze ans, il avait eu une mésaventure avec une entraîneuse qui avait essayé de le faire chanter. Il avait aussitôt été trouver la mama-*san*, la fille avait quitté la boîte le soir même.

— Pourquoi triste, *heya* ?

Parce que je vais bientôt partir de Hong-Kong, aurait voulu répondre Havergill. Parce que pour la première fois je suis jaloux des autres hommes, que j'ai envie de t'avoir à moi seul et que je n'ose pas.

— Pas triste, fatigué, simplement, mentit-il.

— Téléphone bientôt, *heya* ?

— Oui, bientôt.

Leur arrangement était simple : il lui suffisait d'appeler. S'il ne parvenait pas à la joindre, il prévenait la mama-*san*, venait le soir à la boîte, seul ou avec des amis, dansait un peu avec Lily Su pour sauvegarder les apparences puis la laissait partir la première. Une demi-heure plus tard, il la rejoignait à la maison de rendez-vous, tout était payé d'avance. Lily Su ne voulait pas être vue dans la rue avec un diable d'étranger, elle ne tenait pas à perdre sa réputation en s'affichant avec un barbare en dehors de son lieu de travail. Havergill le savait mais il ne s'en offusquait pas. C'était normal, à Hong-Kong.

Luttant contre son envie de rester, ou d'emmener Lily Su avec lui, il dit simplement *« Do jé »*, merci, et s'en alla. Après son départ, l'entraîneuse laissa enfin libre cours à l'envie de bâiller qu'elle avait réprimée à plusieurs reprises au cours de la soirée et s'étira voluptueusement. Le lit aux draps froissés était mille fois plus confortable que la couchette de la chambre qu'elle louait à Tai-ping Shan. On frappa doucement à la porte.

— Honorable Dame ?

— C'est toi, Ah Chun ?

Une vieille fit son entrée à pas feutrés, porta des serviettes propres dans la salle de bain et demanda :

— Vous restez encore longtemps ?

Lily Su hésita. Généralement, le client louait la chambre pour toute la nuit mais la fille la libérait rapidement et la direction de l'établissement lui ristournait une partie de la somme versée.

— Toute la nuit, répondit-elle. Fais-moi couler un bain.

La vieille obéit en grommelant puis sortit. Lily bâilla à nouveau en écoutant le joyeux gargouillis de l'eau dans la baignoire. Elle était fatiguée, elle aussi : la journée avait été épuisante et le client, plus bavard qu'à l'ordinaire, ne l'avait pas laissée dormir après l'amour. Elle la connaissait bien, cette envie de parler qu'éprouvait la plupart des hommes, surtout les barbares et les vieux.

Pourtant, elle n'avait pas à se plaindre de son sort, bien meilleur que celui de sa pauvre sœur Fleur-parfumée et de son « ami » le Premier-fils de Chen le compradore. L'une avait été piétinée à mort par des pêcheurs puant le poisson devant l'agence de Ho-Pak à Aberdeen ; l'autre avait été mutilé et assassiné par les terribles Loups-garous.

Ce matin, elle avait vu dans le journal la copie de la lettre d'amour de John Chen et l'avait aussitôt reconnue. Sa sœur la lui avait souvent montrée en se moquant de son « ami ». « Un drôle de type, disait Fleur-parfumée. Il me paie juste pour m'embrasser ou me regarder danser sans mes vêtements et me fait promettre de raconter aux autres combien il est viril. »

Lily Su et son père étaient allés au poste de police d'East Aberdeen pour identifier le corps de Fleur-parfumée mais ils n'avaient rien dit au sujet de son « ami ». « Chen de la Noble Maison préférera sans doute que le nom de son fils ne soit pas prononcé, avait sagement estimé le père de Lily. Dans un jour ou deux je lui téléphonerai pour le sonder. Il faut attendre un peu : il ne doit pas être d'humeur à négocier après ce que les Loups-garous ont fait à son fils aîné. »

Oui, père est malin, songea l'entraîneuse. Ce n'est pas pour rien que ses camarades de travail l'appellent Chu-neuf-carats. Chen voudra absolument récupérer les deux autres lettres que son fils a écrites à Fleur-parfumée, et il a plus de billets rouges qu'un chat a de poils.

Appuyée contre le mur près de la fenêtre de sa chambre, Casey regardait tristement le spectacle de la rue. Bien qu'il fût plus d'une heure et demie du matin, la circulation était encore animée. Le ciel était bas et lourd, il n'y avait pas de lune ; les couleurs vives des enseignes lumineuses géantes se reflétaient dans les flaques et transformaient le hideux quartier en pays de conte de fées.

Des couples se faufilaient entre les voitures pour entrer au Royal Netherlands Hotel, flambant neuf, ou pour manger un en-cas à l'European, le café où elle avait pris un dernier verre avec le capitaine Janelli, leur pilote.

Après avoir dîné avec Seymour Steigler et réglé en mangeant plusieurs problèmes relatifs aux aspects juridiques de l'accord avec Struan, elle avait allégué du travail en retard pour se retirer et était montée dans sa chambre. Elle avait parcouru plusieurs journaux et magazines financiers avant d'ouvrir *Changi*, le roman de Peter Marlowe, qu'elle avait acheté la veille chez un bouquiniste. En marchandant, elle avait fait baisser le prix du livre de 22 à 7,5 dollars de Hong-Kong... pour s'apercevoir, quelques minutes plus tard, qu'une librairie proposait le livre neuf au prix de 5,50.

Casey promenait le regard le long de Nathan Road, qu'elle avait remontée à pied dans la matinée jusqu'à Boundary Road. Cette dernière rue, animée et bruyante comme toutes les autres, n'avait rien de particulier sauf qu'elle marquait une limite, comme son nom l'indiquait* : tout ce qui était situé au nord de cette rue reviendrait à la Chine en 1997. En 1898, les Britanniques avaient en effet obtenu une concession de quatre-vingt-dix-neuf ans sur le territoire s'étendant de Boundary Road à la rivière Sham Chun, où passerait la nouvelle frontière.

— N'était-ce pas stupide ? avait-elle demandé à Marlowe, qu'elle avait rencontré par hasard dans le hall de l'hôtel à l'heure du thé.

— Rétrospectivement, cela peut paraître stupide mais les Britanniques avaient sans doute de bonnes raisons d'agir ainsi à l'époque.

— Quatre-vingt-dix-neuf ans, c'est trop court, ils auraient dû y penser.

— Ils étaient alors les maîtres du monde. Que leur importait un lopin de terre de plus ou de moins ? Et d'ailleurs la décision suscita des troubles dans les Nouveaux Territoires. Naturellement, le gouverneur d'alors, Sir Henry Blake, s'en occupa. Il n'envoya pas la troupe, il parla aux opposants indigènes et finalement les chefs de village acceptèrent, à la condition de garder leurs lois et leurs coutumes, d'avoir la

* Boundary : frontière.

possibilité d'être jugés selon la législation chinoise s'ils le désiraient et...

— Les lois chinoises sont toujours en vigueur pour leurs descendants ?

— Les lois anciennes, pas celles de la RPC. Voilà pourquoi les magistrats britanniques de Hong-Kong doivent connaître les arcanes de la législation confucéenne, très différente de la nôtre. La loi chinoise, par exemple, présume que tous les témoins s'efforcent de mentir et qu'il appartient au juge de découvrir la vérité. Chez les personnes civilisées, on ne jure pas de dire la vérité, on laisse ces inepties aux barbares. Les Chinois jugent insensée cette pratique du serment, et je ne suis pas sûr qu'ils aient tort. Savez-vous également qu'il est tout à fait légal, à Hong-Kong, d'avoir plusieurs épouses — à condition d'être Chinois.

— Quelle chance ils ont ! s'était exclamée Casey sur un ton ironique.

— La polygamie présente certains avantages.

— Peter, je suis sûre que Fleur suffit amplement à vous rendre heureux.

Casey quitta la fenêtre pour retourner au lit. Sa chambre, plutôt petite, n'avait pas l'élégance de la suite. De la suite de Linc puisqu'il en occupait à présent la totalité. « Je préfère conserver l'autre chambre, elle pourra servir de bureau à l'occasion », lui avait-il expliqué.

A qui destinait-il la chambre qu'il lui avait fait quitter ? A Orlanda ? Casey, Casey, ne sois pas bête ! s'ordonna-t-elle. Jamais auparavant tu n'as été jalouse — pas sérieusement, du moins. C'est toi qui as fixé les règles de votre relation. Oui, mais elles deviennent de plus en plus dures à observer. Je suis contente d'avoir changé de chambre ; l'autre soir, c'était vraiment trop pénible de résister à la tentation. Pour Linc, c'était sûrement plus dur encore, Orlanda lui apportera un peu de calme... Merde, qu'elle aille se faire foutre !

Tu changes, tu deviens vulgaire, se reprocha-t-elle

en allant prendre dans le réfrigérateur une bouteille de Perrier. Avant de venir ici, tu étais sûre de toi, dynamique, bien dans ta peau. Est-ce que tu vieillirais ? Cette garce de Lady Joanna, avec son club des Plus-de-trente-ans ! Je n'en ai pas encore vingt-sept !

S'il y avait seulement Orlanda ! Elles sont des centaines, ici, jeunes, belles, disponibles — sans compter celles qui travaillent dans les maisons spécialisées. Pas étonnant que Janelli se soit cru ramené à l'heureux temps des permissions pendant la guerre de Corée : « Bon dieu, Casey ! ça n'a pas changé. Pour cinquante balles, on vous traite en nabab. »

Vers dix heures, le pilote lui avait proposé de prendre un verre avec l'équipage du jet au Royal Netherlands. Après avoir prétendu qu'elle avait des milliers de choses à faire, elle s'était laissé convaincre, elle l'avait rejoint et avait commandé des œufs au bacon dont elle n'avait aucune envie. En guise de protestation. Contre l'Asie, contre Hong-Kong, Joanna et Orlanda.

Mais pourquoi ai-je suggéré à Linc d'essayer de nous faire une place sur le marché mondial ? se demanda-t-elle. Parce que c'est la seule voie de développement offerte aux entreprises américaines, à Par-Con. Il faut exporter, et l'Asie constitue le plus important marché restant à conquérir. Mais pourquoi Hong-Kong, au climat si éprouvant ? Parce que c'est ici que je peux gagner assez d'argent pour envoyer tout le monde « sur les roses » ; parce qu'il faut bien occuper son temps en attendant la fin des sept ans.

Au rythme où ça va, tu n'auras bientôt plus rien à attendre. Plus de Linc, plus de boulot, plus d'avenir. Arrête de broyer du noir, cette Orlanda, tu peux facilement la battre.

Un peu rassurée, elle prit le roman de Peter Marlowe, s'installa plus confortablement sur l'oreiller et commença à lire. Une dizaine de minutes plus tard, la sonnerie du téléphone la fit sursauter. Submergée par une vague de bonheur, elle décrocha.

— Bonsoir, Linc, tu t'es bien amusé ?

— Casey, c'est Peter Marlowe. Désolé de vous appeler si tard mais je dois me rendre à l'hôpital et comme vous m'avez gentiment proposé votre aide en cas de...

— Que se passe-t-il ?

— Je ne sais pas, on m'a simplement demandé de venir. Les enfants dorment mais je serais plus tranquille si je pouvais leur laisser un message avec votre numéro de téléphone au cas où ils se réveilleraient. Quand je vous ai présentée à eux, hier dans le hall, ils vous ont trouvée formidable, alors j'ai pensé...

— Vous avez bien fait. Je peux même venir chez vous, ce serait encore mieux.

— Non, non, pas question ; je...

— Aucun problème, je n'ai pas sommeil. J'arrive tout de suite, vous pourrez partir tranquille.

Quelques minutes suffirent à Casey pour enfiler une blouse, un pantalon et un pull en cachemire. Dans le couloir, Song-service-de-nuit lui lança un regard inquisiteur avant de détourner la tête. Elle prit l'ascenseur, descendit, traversa le hall, sortit et marcha rapidement jusqu'à l'annexe de l'hôtel. Peter Marlowe, qui l'attendait dans l'entrée, dit hâtivement au portier de nuit :

— Voici Miss Tcholok, elle s'occupera des enfants pendant mon absence...

Et il se précipita dehors. Po, le groom de nuit, conduisit la jeune femme à l'appartement, la laissa devant la porte entrouverte et s'éloigna en grommelant. Ces barbares ! comme s'il n'aurait pas pu s'occuper lui-même de deux gosses avec qui il jouait à cache-cache tous les soirs !

Casey entra, referma la porte, trouva la chambre des enfants. Ils dormaient à poings fermés dans leurs lits gigognes : Jane, la cadette, dans la couchette du dessus, Alexandra, l'aînée, dans l'autre. Blondes, angéliques, serrant dans leurs bras leur ours en peluche. Comme j'aimerais avoir des enfants ! se dit Casey, attendrie. Des enfants de Linc.

Tu oublies les couches, les nuits sans sommeil, les soirées passées invariablement à la maison, se rappela-t-elle. Je ne sais pas...

Elle quitta la chambre, s'installa au salon, sortit le livre de Marlowe de son sac et se remit à lire. Lorsque l'écrivain revint, deux heures plus tard, elle remarqua aussiôt son expression abattue.

— Elle a perdu le bébé ? demanda-t-elle.

Marlowe hocha la tête d'un air triste.

— Pardon d'avoir été aussi long. Voulez-vous une tasse de thé ?

— Oui, je vais le préparer.

— Non, laissez-moi faire, je sais où Fleur range les choses.

— Elle, elle va bien ?

— Les médecins pensent que oui. Ce sont les crampes stomacales qui ont provoqué la fausse couche.

— Je suis désolée.

— Fleur est hors de danger, c'est l'essentiel, répondit Marlowe d'une voix ferme. Pour les Japonais, un bébé n'est rien avant un mois — trente jours pour un garçon, trente et un pour une fille. Vu de cette façon, c'est moins pénible, non ? Encore que pour la mère... Excusez-moi, je dis un peu n'importe quoi.

— Pas du tout, continuez.

Casey était apitoyée par cet homme qui s'efforçait de rester digne et calme et qui lui faisait penser à un petit garçon prêt à éclater en sanglots. Elle aurait voulu le toucher mais elle hésitait à le faire.

— Les Chinois et les Japonais sont des gens pleins de sagesse, reprit-il. Ce qui nous apparaît souvent comme des superstitions contribue à leur rendre la vie plus facile. En l'occurrence, le taux de mortalité devait être jadis si élevé chez ces peuples qu'ils ont préféré croire qu'un bébé n'est rien avant l'âge d'un mois.

Il passa dans la cuisine, elle le suivit et le regarda préparer le thé. Quand ils revinrent au salon, Marlowe remarqua son roman, que Casey avait laissé sur un fauteuil.

— Ah ! dit-il.

— Ce que j'en ai lu jusqu'à présent me plaît beaucoup. Dans quelle mesure correspond-il à la réalité ?

— Les événements que je relate sont authentiques. Je les ai reproduits aussi fidèlement qu'un écrivain peut le faire en se fiant à sa mémoire. Naturellement, mes personnages sont fictifs mais ils s'inspirent de personnes qui ont réellement dit ou fait de telles choses.

— C'est incroyable. Incroyable que des êtres humains aient pu survivre à un tel enfer — surtout si jeunes. Quel âge aviez-vous ?

— Dix-huit ans quand le camp de Changi a commencé à fonctionner, vingt et un ans quand j'en suis sorti.

— Qui êtes-vous, dans le livre ?

— Je n'y suis peut-être pas du tout.

Casey décida d'achever la lecture du livre avant de poursuivre la discussion.

— Je m'en vais, dit-elle. Vous devez être mort de fatigue.

— Non, pas du tout. Je crois que je vais mettre quelques notes en forme en attendant le réveil des enfants. Merci, Casey, vous m'avez rendu un grand service.

La jeune femme secoua la tête en souriant et resta un moment silencieuse.

— Peter, vous connaissez bien Hong-Kong, fit-elle enfin. Qui choisiriez-vous, Dunross ou Gornt ?

— Gornt pour aujourd'hui mais Dunross pour l'avenir, s'il parvient à surmonter la tempête. D'après ce qu'on raconte, ce n'est guère probable.

— Pourquoi dites-vous que l'avenir appartient à Dunross ?

— Question de prestige. Gornt n'a pas la classe nécessaire pour devenir *le* Taï-pan.

— C'est si important ?

— Ici, c'est essentiel. Si Par-Con veut un siècle de prospérité et de croissance — Dunross ; si vous voulez simplement faire un gros coup et vous retirer — Gornt.

Casey but une gorgée de thé et demanda :

— Que savez-vous d'Orlanda ?

— Des tas de choses, répondit l'écrivain du tac au tac. Mais recueillir des ragots vieux d'un siècle pour un livre, ce n'est pas la même chose que parler de la vie privée d'une personne vivante.

— Même si on vous le demande comme un service ?

— C'est différent. Vous me demandez ce service ? dit-il en fronçant les sourcils.

La jeune femme reposa sa tasse, secoua la tête.

— Non, pas pour l'instant. Plus tard, peut-être.

— Vous la considérez comme une menace ? Orlanda a été formée par Gornt, à Hong-Kong elle est sur son terrain. Attendez-vous à une rude bataille si elle a jeté son dévolu sur Linc — ce que j'ignore.

— Croyez-vous qu'elle puisse être l'instrument de Gornt ?

Après avoir réfléchi, Marlowe répondit :

— Elle doit être avant tout l'instrument d'Orlanda. Mais si vous voulez mon avis, vous n'avez rien à redouter d'aucune rivale.

— Que savez-vous de moi ?

— Entre autres que vous êtes intelligente, courageuse, que vous savez garder la face.

— J'en ai plein le cul, de garder la face. Plein le dos, si vous préférez.

— C'est plus convenable dans la bouche d'une dame, répondit l'écrivain en riant.

— Je ne suis pas une dame.

— Oh ! mais si. J'ai observé la façon dont Linc vous regardait à la soirée de Dunross. Il vous aime, et il serait complètement idiot s'il vous abandonnait pour une autre.

— Merci, Peter.

Elle se leva, l'embrassa et partit, pleinement rassurée. Quand elle sortit de l'ascenseur, à son étage, elle découvrit dans le couloir Song-service-de-nuit qui s'empressa autour d'elle et lui ouvrit la porte de sa chambre. Comme elle coulait un regard en direction de la suite de Linc, le domestique annonça sur un ton claironnant :

— Maître pas encore rentré.

— Mon vieux, tu deviens de moins en moins drôle, soupira Casey.

— *Heing ?*

Satisfaite, elle referma la porte, se déshabilla, se recoucha et reprit la lecture du livre de Marlowe. Au lever du jour, elle tourna la dernière page et s'endormit.

58

9 h 25

Dunross engagea sa Jaguar dans l'allée et s'arrêta à quelques centimètres des grilles se dressant entre deux hauts murs d'enceinte. Un gardien chinois apparut sur le seuil d'une petite porte adjacente, reconnut le Taï-pan et courut ouvrir.

La voiture remonta l'allée sinueuse puis s'immobilisa devant un vaste pavillon chinois tarabiscoté. Ian descendit, un domestique s'approcha.

— Par ici, Taï-pan, s'il vous plaît.

En montant l'escalier, Dunross promena les yeux sur les pelouses soigneusement entretenues, le court de tennis où quatre Chinois disputaient un double mixte. C'était la première fois qu'il se rendait chez Tiptop — et personne, parmi les gens qu'il connaissait, n'y avait jamais été invité. Aussi examinait-il les lieux avec une curiosité qu'il tâchait de dissimuler. La pièce dans laquelle le valet le fit entrer offrait un mélange d'antiquités chinoises de bon goût et de mobilier moderne parfaitement laid. Quelques méchantes estampes décoraient les murs.

Il s'assit ; un autre domestique apporta du thé et se retira. Ian se sentait observé mais cela n'était pas pour le surprendre : dans la plupart de ces vieux manoirs, les murs étaient percés de trous permettant une surveillance discrète — la Grande Maison elle-même n'en manquait pas.

En y retournant ce matin, vers quatre heures, Dunross s'était rendu directement à son bureau et avait ouvert le coffre. Un simple coup d'œil lui avait suffi à se convaincre que l'une des deux demi-pièces devait s'ajuster à l'empreinte que Wu lui avait remise. Par acquit de conscience, il avait néanmoins procédé à une vérification et constaté que les deux moitiés s'imbriquaient parfaitement.

« Nom de dieu, avait-il marmonné. Et maintenant ? » Il avait replacé les pièces dans le coffre, à côté de l'automatique chargé posé près de l'endroit où se trouvaient quelques jours plus tôt les rapports d'A.M.G. Puis il avait refermé le coffre et était allé se coucher. Dans sa chambre, il avait trouvé un message sur son oreiller : « Père chéri, peux-tu me réveiller avant de partir ? Je voudrais assister à l'entraînement avec Martin. Baisers, Adryon. *P.S.* Est-ce que je peux inviter Martin aux courses samedi ? S'il te plaît ! *P.P.S.* C'est un type épatant. *P.P.P.S.* Toi aussi. *P.P.P.P.S.* Tu rentres drôlement tard, il est déjà plus de trois heures ! »

— Ah ! Taï-pan, navré de vous avoir fait attendre.

Dunross se leva, serra la main offerte.

— Heureux de vous voir, Mr. Tip. Vous êtes enrhumé, m'a-t-on dit ?

Tip Tok-toh avait sans doute dépassé la soixantaine. Il avait un visage rond et sympathique, des cheveux grisonnants. Il était vêtu d'un peignoir et semblait respirer avec difficulté.

— J'ai dû attraper froid dimanche dernier sur le bateau de Shitee T'Chung, expliqua-t-il avec une pointe d'accent américain, ou canadien.

Ni Dunross ni Alastair Struan, son prédécesseur, n'étaient parvenus à connaître le passé de cet homme, que nul n'avait remarqué dans les milieux financiers chinois avant 1949. Même T'Chung et Phillip Chen, qui le traitaient régulièrement en hôte de marque, n'avaient réussi à lui arracher une confidence — ce qui expliquait le surnom d'Huître que lui donnaient les Chinois.

— Je vous présente Mr. L'eung, qui travaille avec moi, dit Tiptop en désignant l'homme qui l'accompagnait.

C'était un Chinois au visage anonyme, à l'expression froide et méfiante, vêtu d'une veste Mao et d'un pantalon de couleur terne. « Qui travaille avec moi » pouvait désigner n'importe quelle fonction, de patron à interprète en passant par gardien. L'homme hocha la tête, Dunross lui rendit son salut.

Après quelques minutes de bavardage destiné à satisfaire à l'étiquette chinoise, le banquier orienta la conversation vers le motif de la visite de Dunross :

— L'effondrement de vos actions doit vous causer de graves inquiétudes, Taï-pan.

— Il ne s'agit pas d'un effondrement mais d'un réajustement. Le marché alterne le flux et le reflux, vous le savez bien.

— Et Mr. Gornt ?

— Fidèle à lui-même : toujours en train de nous mordiller les talons. Les corbeaux sont noirs sous tous les cieux, dit Ian en s'interrogeant sur ce que savait Mr. Tip.

— Et la ruée sur Ho-Pak, c'est aussi un réajustement ?

— Là c'est plus grave. La banque n'a pas eu de chance.

— La chance n'a guère à voir dans cette affaire. C'est le système capitaliste et l'incompétence de Kwang qu'il faut mettre en cause.

Dunross jeta un coup d'œil à L'eung, qui semblait suivre la conversation avec une extrême attention, comme s'il cherchait une autre signification, cachée derrière les mots, à ce qui était dit.

— Je ne connais pas les affaires de Mr. Kwang, répondit le Taï-pan. Malheureusement la ruée s'étend à présent à d'autres banques, ce qui est très mauvais pour Hong-Kong.. et pour la République populaire de Chine.

— Comment cela ?

— Nous avons toujours considéré la Chine comme une sorte de mère pour la Noble Maison. Actuellement, Hong-Kong connaît une crise temporaire due à un manque de confiance et de liquidités mais nos banques sont plus solides que jamais et disposent d'importantes réserves.

— Pourquoi ne pas faire marcher la planche à billets si votre monnaie est si forte ?

— Nous n'avons pas le temps de faire imprimer la quantité nécessaire, Mr. Tip.

Patiemment, Dunross répondit aux autres questions que lui posa Tiptop et qui — il le comprenait maintenant — étaient avant tout destinées à L'eung. L'homme à la veste Mao était un politicien, pas un banquier, et il occupait probablement un rang plus élevé dans la hiérarchie du Parti.

— En attendant, nous pourrions adopter une solution consistant à faire venir de toute urgence par avion assez de livres sterling pour couvrir les retraits.

— Cela ne renforcerait pas le dollar de Hong-Kong.

— Nos banquiers le savent, ce ne serait qu'un pis-aller. Le problème est que nous n'avons pas assez de réserves en dollars HK pour rembourser tous les déposants.

Les deux hommes gardèrent un moment le silence. D'après Johnjohn, la Bank of China disposait d'importantes réserves en dollars HK, devise qui, au contraire de la livre, n'était soumise à aucune restriction à l'exportation.

Tip Tok-toh se moucha bruyamment, se pencha en avant et lança à Dunross un regard appuyé.

— Est-il vrai, Taï-pan, que la Orlin Merchant Bank ne prolongera pas votre crédit à renouvellement automatique ?

— C'est exact, répondit Ian, dont le rythme cardiaque s'accéléra.

— Que votre banque refuse de vous avancer les fonds nécessaires pour faire échouer l'attaque de Rothwell-Gornt ?

— Exact, dit Dunross d'une voix calme.

— Que de nombreux Vieux-amis vous ont refusé leur soutien ?

— Oui.

— Que Hiro Toda arrive cet après-midi pour vous réclamer le paiement des navires construits par ses chantiers ?

— Oui.

— Que la Compagnie de la Chance, de Mata et Tung, a triplé ses achats de lingots d'or mais ne vous aidera pas directement ?

— Toujours exact.

— Et que ces chiens courants d'hégémonistes russes ont une fois de plus eu l'impudence de demander l'autorisation d'ouvrir une banque à Hong-Kong ?

— C'est une information que je tiens de Johnjohn. Il va sans dire que tous les taï-pans, toutes les banques britanniques et le gouverneur lui-même s'y opposeront. Toujours selon Johnjohn, les hégémonistes ont eu le front d'offrir à la Colonie la livraison d'importantes quantités de dollars HK pour la tirer de ses difficultés passagères.

— Encore un peu de thé, Taï-pan ? proposa le banquier chinois. Quelle terrible époque ! les ennemis s'introduisent au sein du foyer, les Vieux-amis abandonnent les Vieux-amis... A ce propos, Taï-pan, un de vos vieux amis voudrait savoir si vous pouvez lui obtenir de l'oxyde de thorium.

Dunross parvint à demeurer impassible. L'oxyde de thorium était une terre rare utilisée naguère pour la fabrication des manchons de bec à gaz, à qui il donnait leur lumière blanche et vive. L'année précédente, il avait appris fortuitement que Hong-Kong était devenu le premier importateur d'oxyde après les États-Unis. Intrigué, il avait procédé à une enquête et découvert que ce filon, apparemment très lucratif, était exploité discrètement par un grand nombre de petits importateurs qui se montraient très évasifs sur leurs affaires. Dans la nature, on trouvait du thorium dans divers isotopes radioactifs aisément convertibles en uranium 235, matière fissible, et le thorium 232 lui-même était très recherché pour les réacteurs atomiques à surrégénération. Naturellement, ces deux dérivés du thorium, considérés comme matières stratégiques, étaient soumis à une réglementation stricte, mais le nitrate et l'oxyde, pourtant facilement transformables, ne l'étaient pas.

Il n'était guère difficile de deviner à qui était destiné l'oxyde de thorium : à la Chine, évidemment, que Dunross et d'autres soupçonnaient de poursuivre un programme atomique, probablement encore au stade de la recherche, et qui ne donnerait pas de résultats avant dix ans au moins. L'accession éventuelle de la Chine à l'arme atomique suscitait en lui des sentiments mêlés. D'une part, toute prolifération nucléaire était dangereuse ; de l'autre, une Chine puissance nucléaire devenait un rival formidable pour l'Union soviétique, une menace, même.

Le Taï-pan remarqua qu'une petite veine palpitait au front de L'eung, dont le visage restait impénétrable.

— Je pense que ce serait possible, Mr. Tip. De quelle quantité aurait-il besoin et quand ?

— Le plus possible, le plus rapidement possible. Comme vous le savez, la RPC se modernise mais nous nous éclairons encore beaucoup au gaz. Où comptez-vous vous procurer la marchandise ?

— On trouve de l'oxyde de thorium aux États-Unis, en Tasmanie, au Brésil, en Inde, en Afrique du Sud, en Rhodésie et dans l'Oural — gros gisements, dans l'Oural. Le plus pratique pour nous serait l'Australie ou la Rhodésie. Pensez-vous à quelqu'un en particulier à qui nous pourrions nous adresser ?

— A Mr. Vee Cee Ng, dont les bureaux se trouvent dans Princes Building.

Dunross retint de justesse un sifflement : un autre morceau du puzzle se mettait en place. Ng-le-photographe était un grand ami de Tsu-yan, le millionnaire, qui s'était mystérieusement réfugié en Chine en franchissant la frontière à Macao.

— Je connais Mr. Ng, dit Ian. A ce propos, comment va mon vieil ami Tsu-yan ?

L'eung sursauta. En plein dans le mille, pensa Dunross, qui se reprocha de n'avoir pas deviné plus tôt que Tsu-yan travaillait pour les communistes.

— Tsu-yan ? fit Tiptop en plissant le front. Je ne l'ai pas vu depuis plus d'une semaine. Pourquoi ?

— J'ai entendu dire qu'il s'était rendu à Pékin via Macao.

— C'est curieux ! Un capitaliste comme lui ? Le monde ne cesse pas de m'étonner. Prenez contact avec Mr. Ng, il vous donnera tous les détails.

— Je m'en occupe dès mon retour au bureau.

Dunross attendit : la balle était maintenant dans le camp chinois.

— Taï-pan, je ne comprends pas pourquoi vous faites tant d'efforts pour tirer de l'embarras des banques qui refusent de vous aider, attaqua Tiptop.

— Elles finiront par s'apercevoir de leur erreur. Voyez-vous, il est parfois nécessaire d'oublier des avantages immédiats pour penser à l'intérêt général. De la même manière, l'effondrement de Hong-Kong n'apporterait rien de bon à l'Empire du Milieu. Selon la tradition chinoise, les Vieux-amis ne se font jamais défaut et tant que je serai Taï-pan de la Noble Maison, je garderai mon amitié à la Chine. Avec l'aide d'autres amis qui pensent comme moi — Johnjohn, le gouverneur, pour ne citer que ces deux-là — je m'efforcerai d'empêcher les hégémonistes de prendre pied sur notre rocher.

— *Notre* rocher, rectifia le banquier chinois d'un ton sec. Actuellement administré par la Grande-Bretagne.

— Hong-Kong fait et fera toujours partie de l'Empire du Milieu, convint le Taï-pan.

— Selon les traités iniques imposés à nos ancêtres — et que nous ne reconnaissons pas — tous les territoires situés au nord de Boundary Road doivent nous revenir dans trente-cinq ans.

— Mes ancêtres ont toujours reconnu la sagesse de leurs Vieux-amis, qui n'étaient pas hommes à se couper le Bâton-viril pour faire la nique à une Porte-en-jade.

Tiptop s'esclaffa, L'eung garda une expression fermée et hostile.

— A votre avis, Mr. Dunross, qu'adviendra-t-il en 1997 ?

— Je ne prédis pas l'avenir, comme Tung-l'aveugle, mais je présume que les Vieux-amis auront encore besoin les uns des autres.

— Si personne ne lui vient en aide, la Noble Maison restera-t-elle la Noble Maison ?

— Le grand Jin-qua posa la même question à mon ancêtre, le Diable-aux-yeux-verts, alors assiégé par ses ennemis, Tyler Brock et sa racaille. Il lui répondit en riant : *« Neng che to lao »*, l'homme capable porte de nombreux fardeaux. Comme mes capacités dépassent celles de beaucoup d'autres hommes, mes fardeaux sont plus lourds.

— Et plus nombreux ? demanda Tiptop en souriant.

— Je tâche d'éviter le quatre-vingt-quatrième, répondit Ian d'un ton jovial. Comme vous le savez, le Bouddha a dit que chaque homme porte quatre-vingt-trois fardeaux ; s'il parvient à en éliminer un, il en reçoit automatiquement un autre. Le secret de la vie, c'est de s'accommoder des quatre-vingt-trois fardeaux et d'éviter à tout prix le quatre-vingt-quatrième.

— Avez-vous envisagé de vendre une partie de votre compagnie ?

— Non, Mr. Tip. Le Diable-aux-yeux-verts nous l'a interdit, il tenait à ce que nous portions nos fardeaux.

— Espérons qu'ils ne seront pas trop écrasants. Taï-pan, nous pensons qu'en cette période agitée il serait bon que la Bank of China établisse des contacts plus étroits avec votre système bancaire.

— Je me demande si votre banque ne pourrait envisager une liaison permanente avec la Vic grâce à un échange de représentants, suggéra Dunross. (Le sourire qui flottait sur les lèvres de Tiptop signifiait que Ian avait visé juste.) De cette manière, les crises seraient plus faciles à surmonter et vous bénéficieriez de l'aide dont vous pourriez éventuellement avoir besoin sur le plan international.

— Le président Mao nous exhorte à nous aider nous-mêmes, et c'est ce que nous faisons, mais votre proposition pourrait être utile. Je la transmettrai.

— Je suis persuadé que notre banque vous serait reconnaissante de lui recommander quelqu'un qui serait son représentant auprès de la grande Bank of China.

— Je transmettrai également. Pensez-vous que Blacs ou la Victoria accepteraient d'avancer les devises nécessaires pour les importations de Mr. Ng ?

— La Victoria serait ravie de vous rendre ce service. N'est-ce pas elle qui, pendant plus d'un siècle, vous a accordé les emprunts dont vous aviez besoin pour vous équiper en voies ferrées, en avions ?

— Pour son plus grand profit, ajouta Tiptop en coulant un regard vers L'eung.

L'homme à la veste Mao dit quelques mots dans un

dialecte que Dunross ne comprenait pas, Tiptop lui répondit affirmativement.

— Excusez-moi, Mr. Dunross, mais je dois prendre mes médicaments. Téléphonez-moi après le déjeuner, disons vers deux heures et demie.

Le Taï-pan tendit la main au Chinois en se disant qu'il fallait absolument régler au plus vite la question du thorium — en tout cas avant deux heures et demie.

— Merci de m'avoir reçu.

— Quels sont vos pronostics pour la cinquième course ? demanda le banquier en reconduisant son visiteur.

— Vous pouvez parier quelque argent sur Noble Star.

— Et Butterscotch Lass ?

— Aussi.

— Pilot Fish ?

— C'est un bon cheval mais il n'a pas la même classe et je ne le vois pas gagnant — à moins que Dieu ou le diable ne s'en mêlent.

Quand ils furent parvenus dans l'entrée, un domestique leur ouvrit la porte. L'eung prononça à nouveau quelques mots en dialecte, Tiptop acquiesça de la tête et sortit le premier. L'eung le suivit et se dirigea aussitôt vers le court de tennis.

— J'aimerais vous présenter un ami, un nouvel ami, Mr. Dunross, annonça Tiptop. Vous traiterez peut-être de nombreuses affaires avec lui... si vous le souhaitez.

Le Chinois que L'eung escortait était un homme de quarante ans environ, bien bâti et d'allure sportive, les cheveux noirs ébouriffés par le match. Il portait une tenue de tennis à la dernière mode américaine.

— Dr Joseph Yu, de Californie, Mr. Ian Dunross.

— Salut, dit Yu avec une familiarité aussi américaine que ses vêtements. Mr. Tip m'a parlé de vous et de Struan. Content de faire votre connaissance avant mon départ — nous partons demain pour la Chine, mon épouse Betty et moi, précisa-t-il avec un geste vague en direction d'une des deux femmes restées sur le court. Comme nous avons l'intention d'y rester un moment, j'aimerais vous donner rendez-vous à Canton dans un mois ou deux. Pas de problème de visa pour Mr. Dunross ? demanda-t-il à Tiptop.

— Aucun. Avec votre permission, nous vous laissons bavarder.

Le banquier s'inclina et retourna à l'intérieur avec L'eung.

— Je suis né aux États-Unis, à Sacramento — Californien depuis trois générations ! reprit Joseph Yu d'un ton enjoué. Mais j'ai fait une partie de mes études à Canton. Je suis diplômé de Stanford, spécialisé dans les fusées et les problèmes de combustibles. Après l'université, j'ai passé quelques années à la NASA. L'équipement dont j'aurai besoin couvrira toutes sortes de produits faisant appel à une technologie de haut niveau, en particulier dans le domaine aérospatial. D'après Mr. Tip, vous seriez l'importateur idéal pour du matériel britannique, surtout mais aussi français, allemand, et peut-être japonais. Ma proposition vous intéresse ?

Le Taï-pan écoutait avec un intérêt qu'il ne prenait pas la peine de cacher.

— A condition qu'il ne s'agisse pas de matériel stratégique et soumis à réglementation, répondit-il.

— Il s'agira essentiellement de matériel stratégique et soumis à réglementation. Cela vous intéresse toujours ?

— Pourquoi me faire toutes ces confidences ?

— Je vais réorganiser le programme spatial de la Chine, dit Yu en souriant. Cela vous surprend ?

— Beaucoup.

— Moi aussi, je dois dire. Comme Mr. Tip m'a assuré qu'on peut vous faire confiance, je voudrais vous charger d'un message. Lorsqu'on commencera à parler de mon « enlèvement », de mon départ « dans des conditions étranges », de mes « troubles psychologiques » et autres fadaises, vous me rendriez service en rétablissant la vérité. Ma femme et moi avons quitté les États-Unis de notre plein gré. Depuis trois générations, les Chinois émigrés en Amérique sont traités comme des galeux. Mon père a combattu pendant la première guerre mondiale, j'ai participé à la mise au point de la bombe atomique et savez-vous ce qu'on nous a répondu lorsque nous avons décidé, Betty et moi, de vivre à Beverly Hills ? C'est la goutte qui a fait déborder le vase ! Vous connaissez Beverly Hills ?

— Oui.

— Une espèce d'enfant de salaud nous a tranquillement déclaré : « Je ne vends pas ma maison à des foutus Chinetoques. » Vous vous rendez compte ? Je suis le meilleur dans mon domaine et ce trou-du-cul me crache à la figure qu'il ne veut pas vendre à un Chinetoque ! Je compte sur vous pour expliquer les raisons de mon départ.

— Publiquement ou à des milieux restreints ? Je vous citerai textuellement si vous le désirez.

— Informez-en d'abord la CIA mais pas avant lundi dix-huit heures. Dans un mois, après notre rencontre de Canton, vous pourrez en parler en public.

— Entendu. Pouvez-vous me communiquer le nom du vendeur de la maison, la date, les détails ?

Yu tendit à Dunross une feuille de papier où étaient inscrits deux noms et deux adresses à Beverly Hills.

— Deux fois le même refus ?

— Oui, deux fois.

— Je m'en occupe, Dr Yu.

— Vous me trouvez mesquin ?

— Pas du tout. Je suis navré que cette mésaventure vous soit arrivée mais cela se produit partout. En Chine comme ailleurs. Nous sommes tous parfois intolérants et xénophobes, et tout le monde est le *quai loh* de quelqu'un.

— En l'occurrence, cela s'est produit *entre Américains*. C'est ce que je n'admets pas.

— Vous croyez qu'une fois en Chine vous pourrez aller et venir à votre guise, quitter le pays ?

— Non, mais je m'en moque. Je suis parti de mon plein gré, on ne m'a pas fait chanter, on ne m'a pas promis une fortune. Je vais là où mes voisins n'auront pas honte de moi. Que diriez-vous de voir la Chine accéder à la force de frappe nucléaire, comme la France ?

— L'idée que n'importe quel pays possède des missiles à ogive nucléaire m'emplit d'horreur.

— Ce sont simplement les armes de notre époque, Mr. Dunross.

— Sacré bon dieu ! s'exclama Johnjohn, stupéfait.

Havergill, qui n'était pas moins interloqué, demanda au Taï-pan :

— Ce Dr Joseph Yu est vraiment une sommité ?

— Absolument. J'ai téléphoné à un ami de Washington, selon qui Yu est l'un des trois meilleurs spécialistes mondiaux en matière de fusée. Personne là-bas ne sait encore qu'il a quitté Hawaï, où il est censé prendre des vacances.

Aussitôt après le déjeuner, Dunross était passé à la banque rendre compte de son entrevue du matin avec Tiptop.

— Ian, avez-vous envisagé de prévenir Crosse, ou Rosemont, pour empêcher Yu de passer en Chine ? dit Johnjohn.

— J'y ai songé mais c'est impossible, je ne peux pas.

— Naturellement que c'est impossible ! renchérit Havergill. Vous ne comprenez pas ce qui est en jeu ? Ne nous cachons pas la vérité, la ruée a commencé, nous allons bientôt toucher le fond. Nous avons juste assez de liquide pour tenir jusqu'à la fermeture —

Dieu merci, c'est samedi, demain ! Alors nous n'allons pas gâcher nos chances d'obtenir l'aide des Chinois en divulguant leurs confidences ! Ian, vous savez que Ho-Pak a fermé ses portes ?

— Non, je n'ai pas arrêté de courir depuis que j'ai quitté Tiptop.

— La Ching Prosperity a fermé également et la Far East and India chancelle. Blacs épuise ses réserves et espère, comme nous, tenir encore une demi-heure. Ian, vous pouvez appeler Tiptop, il est deux heures trente précises, annonça Havergill en poussant le téléphone vers le Taï-pan.

Le visage impassible, Dunross répondit d'une voix égale :

— Il faut d'abord régler une ou deux choses, par exemple la question des importations de thorium. Vous avancerez les devises ?

— A condition que le thorium ne soit pas soumis à réglementation.

— J'aimerais avoir votre engagement par écrit.

— Vous l'aurez avant ce soir. Appelez-le.

— Dans dix minutes — question de prestige. Deuxièmement, vous acceptez la présence dans vos murs d'un représentant permanent de la Bank of China ?

— Oui. Ils ne nous accorderont jamais la réciproque mais peu importe. En tout cas, il faudra le surveiller et apporter quelques changements à notre façon de travailler : simple question de sécurité.

— Absolument, approuva Johnjohn. L'idéal serait d'avoir Tiptop lui-même. Vous pensez que c'est possible, Ian ?

— Je l'ignore. Enfin, la proposition de Yu.

— Nous ne pouvons financer des transactions illégales, il faudra que vous opériez sans nous.

— Qui a parlé de transactions illégales ?

— Personne, c'est juste. Bon, disons que nous

examinerons la question si les Chinois nous demandent votre aide.

— Voyons, Paul, vous savez bien qu'il faut donner une réponse maintenant, cela fait partie du marché. Sinon, pourquoi m'auraient-ils fait rencontrer Yu ?

— Essayez de faire traîner les choses, intervint Johnjohn. Nous vous aiderons le moment venu.

— Promis ?

— Sur cette question et sur celle du thorium.

— Alors si nous reparlions de mon emprunt ?

— Je n'ai pas capacité pour vous l'accorder, Ian, répondit Havergill. Nous en avons déjà discuté.

— En ce cas, réunissez le conseil d'administration.

— Je vais réfléchir. Voyons comment la situation évolue.

Il appuya sur un bouton de l'interphone, réclama la Bourse. Un instant plus tard, une voix résonna dans le petit haut-parleur :

— Oui, Mr. Havergill ?

— Charles, donnez-moi les dernières cotations.

— L'ensemble du marché a perdu vingt-huit points... Cela commence à tourner à la panique. La cote de la banque a baissé de sept points, Struan est descendu à 11,50...

— Oh ! nom de dieu ! murmura Johnjohn.

— Rothwell-Gornt moins sept, Hong-Kong Power moins cinq, Asian Land moins onze... Toutes les banques s'effondrent. La cote de Ho-Pak est bloquée à douze mais elle tombera à un dollar quand on la débloquera... On se croirait à New York en 1929. Je ne voudrais pas être pessimiste mais...

La voix de l'agent de change fut couverte par le brouhaha.

— Excusez-moi... On vient de mettre en vente deux cent mille autres actions de Struan.

— D'où diable viennent-elles ? demanda Johnjohn.

— De tous les petits porteurs de Hong-Kong, répondit Dunross d'un ton froid. Et de la Vic.

— J'ai le devoir de protéger nos clients, se justifia Havergill. Merci, Charles, rappelez-moi à trois heures moins le quart. Ian, vous l'avez votre réponse : en toute conscience, je ne peux recommander au conseil de vous accorder un nouvel emprunt de cent millions sans garantie.

— Allez-vous, oui ou non, convoquer le conseil ?

— Votre cote tombe en chute libre, vous n'avez plus rien pour la soutenir. Vos avoirs bancaires sont déjà engagés, votre portefeuille d'actions perd de sa valeur à chaque instant. Lundi ou mardi, Gornt rachètera et prendra le contrôle de Struan.

— Vous le laisseriez faire ? Je ne vous crois pas, vous achèteriez avant lui. A moins que vous n'ayez déjà décidé de vous partager les dépouilles de Struan...

— Nous n'avons pas passé d'accord avec Gornt — pas encore. Si vous donnez votre démission, si vous vous engagez par écrit à nous vendre autant d'actions que nous le souhaitons au prix de clôture de lundi, si vous acceptez de désigner un nouveau taï-pan ayant l'aval du conseil d'administration, nous annoncerons que nous soutenons Struan à fond.

— Quand feriez-vous cette déclaration ?

— Lundi à quinze heures dix.

— Autrement dit, vous ne m'accordez rien du tout.

— Ne répétez-vous pas sans cesse que l'un des avantages de Hong-Kong, c'est d'être un marché libre, où les faibles périssent et où les forts survivent ? Pourquoi ne pas avoir demandé à Sir Luis de retirer provisoirement Struan du marché ?

— Il me l'a proposé, j'ai refusé.

— Pourquoi ?

— Struan est plus solide que jamais.

— N'avez-vous pas plutôt refusé par orgueil ? Désolé, je ne puis empêcher une dégradation devenue inéluctable.

— Foutaises ! s'écria Dunross. Vous pouvez réunir le conseil, vous pouv...

— Pas de réunion !

Johnjohn intervint pour calmer les deux hommes :

— Écoutez, Paul, nous pourrions adopter un compromis : si, grâce à Ian, nous obtenons les dollars de la Bank of China, vous convoquerez le conseil aujourd'hui même en séance extraordinaire.

Havergill hésita puis déclara :

— Je vais réfléchir.

— Je ne me contenterai pas de cette réponse, répliqua Dunross.

— Je vais réfléchir. Appelez Tiptop, s'il vous plaît.

— Pas avant que vous ne m'ayez promis de réunir le conseil avant demain dix heures !

— Vous ne me ferez pas chanter comme la dernière fois, rétorqua le vice-président de la Victoria. Si vous refusez d'appeler Tiptop, je le ferai, moi. Si les Chinois ont décidé de nous aider, ils le feront, quelle que soit la personne qui leur téléphonera. Tout ce que je peux vous promettre, c'est d'envisager une réunion avant l'ouverture de la Bourse, lundi matin.

Après un temps de réflexion, Dunross haussa les épaules, décrocha et composa un numéro.

— *Weiiii ?* fit une voix de femme.

— L'honorable Tiptop, je vous prie. De la part du Taï-pan.

— Ah ! le Taï-pan. Un moment, s'il vous plaît...

Dunross attendit. Une goutte de sueur roula sur la joue de Johnjohn.

— *Weiii ?* Taï-pan, il est avec le docteur, rappelez plus tard.

La communication fut interrompue avant que Ian n'ait eu le temps de dire quoi que ce soit. Il composa de nouveau le numéro de Tiptop.

— Ici le Taï-pan, je...

— Ah ! ce téléphone, marmonna la voix féminine. Il est malade, je vous dis. Rappelez plus tard !

Dunross attendit quelques minutes avant de rappeler mais, cette fois, la ligne était occupée. On frappa à la porte, le chef caissier entra, l'air harassé.

— Excusez-moi, monsieur le vice-président, mais la queue ne diminue pas et nous devons tenir encore un quart d'heure. Je suggère de limiter les retraits à mil...

— Non, coupa Havergill.

— Mais les caisses sont presque vides...

— Il faut continuer à rembourser, jusqu'au dernier penny.

Le caissier hésita puis sortit. Dunross essaya une nouvelle fois d'obtenir Tiptop : la ligne était toujours occupée. Il fit vainement une dernière tentative juste avant quinze heures et appela les renseignements, où on lui répondit que la ligne était provisoirement en dérangement.

— Vingt contre un que son téléphone est débranché, soupira le Taï-pan. Il est trois heures une, voyons ce qu'il se passe à la Bourse.

Havergill s'apprêtait à appuyer sur le bouton de son interphone quand le téléphone se mit à sonner. Il décrocha.

— Ici, le chef caissier. Ça va, nous... nous venons de payer le dernier client, les portes sont fermées. Blacs s'en est tiré aussi.

— Bien. Voyez ce qu'il nous reste dans les coffres et rappelez-moi.

Havergill raccrocha et obtint la liaison avec la Bourse.

— Charles ? les dernières nouvelles ?

— A la clôture le marché avait perdu trente-sept points et la banque huit.

— Nous n'étions jamais descendus aussi bas, même pendant les émeutes de 1956, dit Johnjohn.

— Et Struan ?

— A 9,50.

Les deux banquiers regardèrent Dunross, qui demeurait impassible. Il composa à nouveau le numéro de Tiptop tandis que l'agent de change égrenait les cours de clôture. Toujours occupé.

— J'essaierai de nouveau, décida-t-il. Dès que je l'aurai obtenu, je vous téléphonerai. Que comptez-vous faire si la Chine ne vous aide pas ?

— Il n'y a que deux solutions : ou nous attendons les livres sterling, et le gouverneur déclare lundi jour férié pour les banques ; ou nous acceptons l'offre de Moscou.

— Tiptop m'a clairement fait comprendre que cela aurait des conséquences graves. En fait il n'y a qu'une seule solution. Dites-moi, le gouverneur vous a téléphoné ?

— Oui, il m'a demandé d'ouvrir la salle des coffres ce soir à six heures pour lui-même, Crosse, vous et un nommé Sinders. Qu'est-ce que c'est que cette histoire ?

— Il ne vous a pas fourni d'explication ?

— Simplement que l'affaire relève de la loi sur les secrets d'État.

— Rendez-vous à six heures, dit Dunross.

Et il sortit en souriant. Havergill s'essuya le front avec un mouchoir.

— Le seul avantage de la situation, c'est que ce salaud arrogant est encore plus dans le pétrin que nous, grommela-t-il.

Le téléphone sonna, Johnjohn décrocha.

— Ici le chef caissier. Il ne reste que 716 027 dollars HK dans les coffres, déclara l'homme d'une voix tremblante.

— Merci.

Johnjohn raccrocha et transmit l'information au vice-président, qui se contenta de composer en silence le numéro de Tiptop. La ligne était encore occupée.

— Je crois que vous feriez mieux d'ouvrir le dialogue avec les Soviétiques.

— Mais c'est impossible ! protesta Johnjohn.

— Prenez contact immédiatement ! ordonna Havergill d'un ton rageur.

Dès l'arrivée de Dunross au bureau, Claudia lui annonça, sans cacher son dégoût et sa nervosité :

— Mr. Toda est ici, avec l'escorte habituelle.

— Faites-les entrer.

— Mr. Alastair a téléphoné deux fois, votre père également, ainsi que Miss Tcholok.

— Je les rappellerai plus tard. Après Toda, je verrai Jacques et Phillip Chen. Des nouvelles de Mrs. Riko Gresserhoff ?

— Son avion arrive à dix-neuf heures. Je lui ai réservé une chambre au V & A.

Ian passa dans son bureau. Presque aussitôt, quatre Japonais entrèrent.

— Bonjour, Taï-pan.

— Bonjour, Hiro, dit Dunross en serrant la main tendue.

Hiro Toda, directeur des chantiers navals qui portaient son nom, était un homme tiré à quatre épingles, sensiblement du même âge que Dunross. Il avait un regard intelligent, le sourire facile, et un léger accent américain acquis au cours de deux années passées à l'UCLA.

— Puis-je vous présenter mes associés : MM. Kazunari, Ebe et Kasigi.

Les trois hommes, plus jeunes que Toda, portaient comme lui un complet sombre bien coupé, une chemise blanche et une cravate aux tons discrets. Ils inclinèrent le buste vers Ian, qui répondit à leur salut.

— Prenez place, proposa-t-il en montrant les fauteuils disposés autour d'une petite table de conférence.

La porte s'ouvrit, Akiko, collaboratrice japonaise du Taï-pan, entra, posa sur la table un plateau, se présenta, servit du thé vert aux visiteurs et alla s'asseoir près de Dunross. Bien qu'il parlât le japonais presque couramment, Ian avait recours à une interprète pour une question de prestige.

Selon la coutume japonaise, la conversation roula d'abord sur des sujets anodins, préalable à toute discussion sérieuse. L'étiquette nippone voulait également que le cadre chargé de conduire les négociations soit accompagné d'un nombre important de collaborateurs : plus il occupait un rang élevé, plus son escorte était nombreuse.

Hiro Toda, patron des chantiers fondés près d'un siècle plus tôt par son arrière-grand-père, descendait des *daïmyos*, seigneurs féodaux dont la classe disparut en 1870, à l'aube de l'ère moderne japonaise. Bien qu'il fût apparemment le maître incontesté des chantiers, le pouvoir se trouvait en fait entre les mains de son père, un vieillard de soixante-treize ans qui avait officiellement pris sa retraite. Ce genre de situation était fréquent au Japon.

Toda finit par en venir aux faits :

— La construction de vos navires avance plus vite que prévu. Tenez, voici un rapport détaillé sur la progression des travaux.

— Excellent ! Voulez-vous que nous avancions également le programme de paiement ? suggéra Ian.

Le Japonais dissimula sa surprise :

— J'en discuterai avec mes collègues, mais je suis heureux d'apprendre que vous avez la situation en main et que vous avez repoussé l'attaque dont vous étiez l'objet.

— Sun Tzu a dit : « L'imprévoyant qui sous-estime ses adversaires est sûr de tomber en leur pouvoir. » Gornt continue à nous mordiller les talons mais nous avons résisté au plus fort de l'assaut. J'envisage même de vous passer une autre commande.

La veille, en rentrant chez lui, Dunross avait brusquement compris l'importance des révélations d'A.M.G. et de Kirk, et l'utilisation qu'il pouvait en faire dans le cadre d'un plan sur lequel il travaillait depuis près d'un an.

— Deux autres navires, Taï-pan ? Géants, comme on les construit maintenant ? Ils pourraient être prêts dans un an.

— Plutôt vingt-deux, dit Ian d'un ton détaché. J'ai une proposition à vous faire — en fait elle s'adresse à tous les constructeurs japonais. Actuellement, vous construisez des navires que vous vendez à des *gai-jin* comme nous ou à des armateurs japonais. Les Japonais sont de plus en plus confrontés au même problème que les Américains : les équipages coûtent cher du fait de la législation nationale en matière d'emploi. Bientôt vous ne serez plus concurrentiels face aux Grecs, ou à nous-mêmes, qui avons des frais beaucoup moins élevés.

Le Taï-pan écouta un instant Akiko, qui traduisait ses propos presque simultanément.

— Deuxièmement, le Japon doit importer 95 p. 100 de son énergie, reprit-il. Comme l'avenir est au pétrole, vous construisez des pétroliers géants qui assurent votre approvisionnement par voie maritime. En tant que constructeurs, vous ne craignez pas la concurrence mais en tant qu'armateurs, vous risquez de perdre votre place sur le marché du fait de vos frais trop élevés et des impôts très lourds que vous devez payer. Ma proposition est simple : vous cessez d'être propriétaires de vos propres flottes marchandes, qui ne sont pas rentables, vous vendez vos navires à l'étranger en *lease-back*.

— Quoi ?

— Un bateau dure une quinzaine d'années, environ. Vous le vendez, à nous par exemple, et vous incluez dans le contrat une clause par laquelle nous vous le louons pendant quinze ans. Nous fournissons le capitaine et l'équipage. Avant de nous le livrer, vous passez un contrat d'affrètement sur quinze ans avec Mitsubishi ou une autre de vos grandes compagnies. Ainsi le navire sera utilisé pour approvisionner le Japon en charbon ou en minerais, en riz, en blé ou en pétrole : ce sont les Japonais eux-mêmes qui, en définitive, transporteront les matières premières dont leur pays a besoin.

Dunross considéra les visages perplexes de ses visiteurs avant de poursuivre :

— Vous pouvez même vous permettre d'aider financièrement les acheteurs — soigneusement choisis — de vos navires puisque le prix d'achat est couvert par un contrat d'affrètement de quinze ans. Et comme il s'agit d'un contrat à long terme, nos banques — la Vic ou Blacs, par exemple — accepteront volontiers de fournir le reste des fonds nécessaires. Tout le monde y gagne — vous surtout parce que vous vous assurez du contrôle d'un système d'approvisionnement régulier, et planifié à long terme... Sans parler des avantages sur le plan fiscal.

Le Taï-pan se leva, alla prendre sur son bureau un document de plusieurs pages.

— Voici une étude fiscale réalisée par notre bureau de Tokyo, avec des exemples précis, notamment la sous-évaluation du prix des navires, dit-il en revenant à la table. Je vais vous donner une idée des autres avantages du système : si vous nous choisissez comme acheteurs, la société Woolara Mines serait prête à passer avec Toda Industries un contrat par lequel elle s'engagerait à vous fournir 95 p. 100 de son charbon pendant cent ans.

Hiro Toda ouvrit la bouche toute grande.

— Nous pourrions de même vous aider à obtenir du cuivre, du blé, des fruits, du minerai de fer, etc., reprit Dunross. L'Australie possède d'immenses richesses : pétrole, uranium, thorium, laine, que sais-je encore ! On m'a révélé — confidentiellement — que de très importants gisements de minerai de fer à haute teneur viennent d'être découverts dans l'ouest du pays, non loin de Perth. Avec mon système, c'est *vous* qui contrôlez votre approvisionnement. De leur côté, les armateurs étrangers reçoivent l'aide financière nécessaire pour se constituer des flottes gigantesques, notamment des pétroliers pouvant transporter jusqu'à un million de tonnes de brut.

Toda devança Akiko et traduisit lui-même ce dernier chiffre pour ses collaborateurs.

— Je... je crois que nous allons étudier vos propositions, enchaîna-t-il en anglais d'un ton qu'il voulait calme. Elles ouvrent des perspectives... très intéressantes. Pourrions-nous en discuter plus tard ?

— Certainement. Assisterez-vous aux courses, demain ? Nous déjeunerons à une heure moins le quart...

— Merci de votre invitation, mais je ne serai pas en mesure de vous fournir une réponse aussi tôt, dit Toda avec une soudaine nervosité.

— Je le comprends. A demain en tout cas.

Les Japonais se levèrent et prirent congé. Ils ont mordu à l'hameçon, pensa Dunross, tout excité. Dans un an, nous aurons la plus grande flotte d'Asie... si nous réchappons du typhon qui nous menace aujourd'hui.

— Mr. Jacques monte vous voir, Taï-pan, annonça Claudia. Mr. Phillip est dans son bureau, il attend que vous lui demandiez de venir. Roger Crosse a téléphoné, votre rendez-vous est reporté à dix-neuf heures, l'avion de Mr. Sinders a du retard.

— Bien. Merci, Claudia.

Ian composa le numéro du V & A et demanda Bartlett. Comme l'Américain était sorti, on lui passa Casey.

— Ian Dunross à l'appareil. Vous m'avez appelé, m'a dit ma secrétaire ?

— Oui. Est-ce que je pourrais vous voir ?

— Naturellement. Voulez-vous que nous prenions un verre au Mandarin vers six heures et quart ?

— Je préférerai passer à votre bureau, dans une demi-heure, par exemple. Je ne vous retiendrai pas longtemps, j'ai simplement quelque chose à vous dire.

— Entendu, répondit Ian, perplexe. Je vous ferai peut-être attendre un peu mais venez.

La porte s'ouvrit au moment où il raccrochait ; Jacques de Ville entra, l'air soucieux et las.

— Vous vouliez me voir, Taï-pan ?

— Oui, asseyez-vous, Jacques. Je croyais que vous deviez prendre l'avion hier.

— Suzanne préfère finalement que j'attende un jour ou deux. C'est mieux pour Avril...

Dunross écoutait de Ville avec la plus grande attention. Depuis qu'il avait réfléchi aux révélations d'A.M.G., l'idée que Jacques fût un espion travaillant pour les Russes ne lui paraissait plus aussi invraisemblable. Les sentiments antinazis du jeune résistant idéaliste qu'il avait été pendant la guerre avaient pu le conduire à épouser la cause communiste. D'ailleurs, à cette époque, la Russie était une alliée et la mode était au communisme, même aux États-Unis. On ne connaissait pas encore la vérité sur Staline et le *goulag*, la répression, le KGB, les exécutions massives, l'absence totale de liberté.

— Quelle impression Grey vous a-t-il faite ? demanda Ian.

— C'est un parfait crétin — hormis le fait qu'il est trop à gauche pour mon goût. Puisque je ne pars pas dans l'immédiat, je reprends l'affaire Par-Con ?

— Simplement le contrat, la discussion avec Bartlett je m'en charge.

— Il y a un petit problème : Mr. Steigler, leur avocat, veut renégocier le programme de financement et reporter la signature de quelques jours.

Voilà sans doute ce dont Casey veut me parler, se dit Dunross avec irritation. Mais, pour l'instant, le problème numéro un, c'est de Ville, en qui je ne peux plus avoir confiance. Plus question de songer à lui comme futur Taï-pan tant que je ne serai pas certain de son innocence.

— Je m'en occupe, déclara Dunross. Je procède actuellement à des changements en matière d'organisation. Linbar est parti aujourd'hui pour Sydney, il y restera un mois et tentera de sauver l'affaire Woolara. Mais je ne compte pas trop sur lui et je souhaite que vous vous chargiez désormais de l'Australie.

Une lueur s'alluma dans le regard de de Ville. Satisfaction ou inquiétude ? Ian n'aurait su dire.

— J'ai mis en branle le plan Toda, reprit-il.

— Comment a-t-il réagi ?

— Il a avalé l'appât, l'hameçon et la ligne. C'est d'ailleurs une des raisons pour lesquelles je tiens à ce que vous vous occupiez de l'Australie. Gardez cette décision pour vous dans un premier temps mais préparez-vous à vivre là-bas.

— Très bien, dit de Ville d'un ton hésitant.

— Où est le problème ? Suzanne n'a jamais beaucoup aimé Hong-Kong, non ?

— Non, et j'avais précisément l'intention de vous demander une nouvelle affectation. J'envisageais de passer un an ou deux au Canada...

— Tiens ? marmonna Dunross, surpris.

— Oui, je pense que mes relations avec certains Canadiens francophones pourraient nous être utiles. Si nous traitons avec les Japonais, nous aurons besoin de pulpe de bois, de cuivre, de blé, de charbon et d'autres matières premières que le Canada peut nous offrir.

De Ville eut un sourire hésitant puis se lança à l'assaut :

— Le cousin David fait des pieds et des mains pour revenir à Hong-Kong, vous le savez, et je pense que je suis capable de le remplacer. D'ailleurs, il est plus qualifié que moi pour s'occuper de l'Asie : il parle cantonais couramment et se débrouille en japonais. Enfin, c'est à vous de voir, Taï-pan...

Dunross réfléchit. Il avait décidé d'éloigner Jacques de Hong-Kong jusqu'à ce qu'il sache la vérité mais n'avait pas songé au Canada.

— Je verrai, dit-il, bien qu'il eût déjà résolu d'adopter la proposition de de Ville. Nous prendrons une décision dimanche.

Jacques se leva et serra la main du taï-pan, qui le regarda sortir en se demandant s'il venait de discuter avec un ami ou avec un traître. Impossible de demander l'aide de Crosse ou de Sinders : Jacques était membre du Conseil intérieur, il connaissait des secrets qui ne devaient pas sortir de la Noble Maison, on ne pouvait courir ce risque.

Dunross informa sa secrétaire qu'il était prêt à recevoir Phillip Chen et donna quelques coups de téléphone en attendant. La ligne de Tiptop était toujours occupée. On frappa, le compradore entra.

— Taï-pan ! qu'allons-nous faire ? s'écria-t-il aussitôt d'une voix aiguë. 9,50 ! j'ai acheté à 28,90, jusqu'à mon dernier sou, comme vous me l'aviez conseillé. Dianne a acheté à 28,80 et revendu à 16,80, elle me réclame la différence ! Qu'est-ce que nous allons faire ?

— Nous allons attendre et prier le ciel. Avez-vous réussi à joindre Tiptop de votre côté ?

— Non, sa ligne est occupée. J'ai fait vérifier par un cousin qui travaille à la poste : les deux appareils de la maison sont décrochés.

— Que conseillez-vous ?

— Ce que je conseille ? murmura Phillip, qui semblait avoir vieilli de vingt ans en quelques jours. Nous pourrions lui envoyer un messager... J'avoue que je n'ai pas réfléchi à la question : avec nos actions qui s'effondrent, la ruée sur les banques, la mort de John, les journalistes qui ne me laissent pas en paix... Toutes les valeurs de mon portefeuille sont en baisse — toutes !

Le vieillard déversa sur Gornt, ses ancêtres et sa descendance, un flot d'injures obscènes puis demanda dans un murmure :

— Qu'allons-nous faire si la Vic saute ?

— Elle ne sautera pas. Le gouverneur décrétera lundi jour férié pour les banques si Tiptop nous laisse tomber. Réfléchissez un peu, Phillip ! Je ne peux pas lui envoyer un messager simplement pour lui dire : « Je sais que vous avez décroché votre téléphone » !

Le compradore parut se ressaisir sous l'effet des reproches du Taï-pan.

— Excusez-moi, je... Tous ces ennuis, et John, le pauvre...

— L'enterrement a lieu quand ?

— Demain à dix heures pour la cérémonie chrétienne, lundi pour les funérailles chinoises. Si vous acceptiez de prononcer quelques mots, demain...

— Naturellement. Alors, pour Tiptop ?

Le compradore fit un effort pour se concentrer et répondit :

— Invitez-le aux courses, dans votre loge. Il n'y est jamais allé, ce serait pour lui une grande victoire sur le plan du prestige. Vous pourriez lui dire... Non, pardon, je n'ai pas les idées claires. Je vais lui écrire, ce sera beaucoup mieux. Je lui dirai que vous auriez aimé l'inviter personnellement mais que son téléphone est en dérangement. De cette façon, qu'il vienne ou que ses supérieurs le lui interdisent, il ne perdra pas la face ni vous non plus... J'ajouterai dans la lettre que la Noble Maison a d'ores et déjà passé commande à Sydney, pour le thorium — à ce propos, l'affaire semble juteuse, j'ai fait une petite enquête. Savez-vous que la Rhodésie et l'Afrique du Sud fournissent 90 p. 100 de la production mondiale de vanadium, de chrome, de platine, de manganèse, de titane — des métaux indispensables pour la construction des fusées. Quatre-ving-dix pour cent, si l'on excepte la Russie ! Je n'avais pas conscience que l'Afrique australe était aussi importante pour le monde libre. Nous devrions demander à George Trussler, de nos bureaux de Singapour, de se rendre là-bas pour explorer les possibilités d'achat de thorium et envisager l'ouverture d'une antenne de Struan à Johannesbourg ou Salisbury. Le thorium et, euh, les importations proposées par Mr. Yu pourraient nous rapporter gros, Taï-pan. Si nous traitons l'affaire avec la prudence requise... Oui, dans ma lettre à Tiptop, je parlerai également de Trussler : je dirai que nous envoyons un de nos collaborateurs, un membre de la famille, en mission exploratoire.

— Parfait, approuva Dunross en appuyant sur le bouton de l'interphone. Claudia, appelez-moi Trussler immédiatement... A votre avis, Phillip, pourquoi Tiptop s'arrange-t-il pour que nous ne puissions pas le joindre ?

— Pour faire monter les enchères, nous arracher d'autres concessions.

— Devons-nous continuer à l'appeler ?

— Non. C'est lui qui nous appellera quand il aura reçu la lettre. Il ne nous prend pas pour des imbéciles.

— Quand téléphonera-t-il ?

— Quand il aura obtenu le feu vert, pas avant. Je pense qu'il le fera avant l'ouverture des banques, lundi matin. Conseillez à Johnjohn et à ce tas de viande pour chien d'Havergill de ne pas chercher à le joindre — cela contribuerait uniquement à compliquer la situation. On n'attrape pas les requins avec des têtards.

— Maître Trussler sur la deux, annonça la voix de Claudia dans l'interphone.

— Merci... Allô, George ? quoi de neuf à Singapour ?

— Rien, il pleut et on étouffe.

— George, je veux que vous preniez le premier avion pour Johannesbourg. Dès votre arrivée, téléphonez-moi, je vous donnerai des instructions. Compris ?

— Johannesbourg ? répéta Trussler, qui semblait un peu déconcerté.

— Oui, par le prochain vol.

— Entendu, Taï-pan. A bientôt.

Dunross raccrocha en songeant que le pouvoir procurait de grandes satisfactions.

— Je m'occupe de cette lettre, dit Chen en se levant.

— Un instant, Phillip. Je voudrais vous consulter sur un autre problème.

Ian ouvrit un tiroir de son bureau et en sortit les empreintes de la demi-pièce. Outre lui-même et les taï-pans précédents encore en vie, seul le compradore connaissait le secret des quatre pièces.

— Voici des empreintes qui m'ont été remises par...

Il s'interrompit en voyant l'expression ahurie de Phillip, dont les yeux semblaient prêts à jaillir de leurs orbites. Lentement, comme s'il était perdu dans un rêve, le vieillard prit la plaquette de cire et l'examina en remuant silencieusement les lèvres.

La clarté se fit soudain dans l'esprit de Ian : la pièce avait appartenu à Phillip, bien sûr ! c'était à lui qu'on l'avait volée. Jin-qua avait dû en faire cadeau à Sir Gordon Chen, pour une raison que le Taï-pan ne s'expliquait pas : pourquoi un célèbre Mandarin aurait-il fait ce présent inestimable au fils eurasien de Dirk Struan ?

Le compradore remua de nouveau les lèvres sans proférer un son puis finit par réussir à articuler :

— Bar... Bartlett vous l'a... déjà donnée ?

— Bartlett ? qu'est-ce qu'il vient f...

Dunross se tut : une nouvelle pièce du puzzle venait de se mettre en place. Il comprenait maintenant d'où l'Américain tenait ses informations secrètes, que seul un des sept membres du Conseil intérieur pouvait lui avoir livrées. Phillip Chen était le traître, il travaillait pour Bartlett et Casey ! Submergé par la rage, il se dressa et alla à la fenêtre, où il demeura immobile un long moment. Sa colère retomba peu à peu et lorsqu'il se retourna, il avait compris qu'il s'était trompé dans son raisonnement.

— Eh bien ? lança-t-il d'un ton glacial.

— Taï-pan, bredouilla le vieillard d'une voix brisée en se tordant les mains.

— La vérité, compradore ! Tout de suite !

— C'était John, sanglota Phillip. Pas moi, je le jure.

— Je le sais ! La suite, vite.

Chen raconta la découverte des lettres de Bartlett dans le coffre de son fils, la disparition de la pièce, la demande d'aide à Quatre-doigts, son cousin, dont les hommes de main auraient dû intervenir au moment de la remise de la rançon mais l'avaient laissé choir, si bien qu'il avait perdu et l'argent et son fils.

— C'est la vérité, Taï-pan, conclut Phillip. Ensuite j'ai attendu, et ce matin, on a retrouvé le corps de mon pauvre John, avec ce damné message sur la poitrine...

Dunross s'efforça de faire le point. Il ne comprenait toujours pas comment Quatre-doigts — dont il ignorait jusqu'alors les liens de parenté avec Chen — avait bien pu s'emparer de la pièce, à moins qu'il ne fût le chef des Loups-garous. Restait un autre mystère :

— Comment John a-t-il eu connaissance de nos secrets, ceux qu'il a livrés à Bartlett ? Comment aurait-il pu être au courant des structures de la Maison ?

— Je l'ignore, mentit le compradore.

— Vous avez dû les lui révéler.

— Non, je le jure.

Ian maîtrisa la colère qui montait de nouveau en lui. Sois logique, s'ordonna-t-il. Phillip est plus Chinois que Blanc, considère-le sous cet angle. Jamais il n'aurait confié à son fils un secret aussi important, donc...

— Vous gardiez des dossiers secrets ! s'exclama-t-il soudain. Voilà comment John a tout découvert ! Ils étaient dans votre coffre, c'est ça ?

Terrorisé, l'Eurasien s'effondra.

— Oui, oui, laissa-t-il échapper avant de pouvoir se reprendre. Je... J'y étais contraint...

— Contraint ? pour quelle raison ?

— Mon père... avant de me transmettre la pièce... m'avait fait promettre de tenir secrètement un dossier sur la Noble Maison afin de protéger la Maison de Chen. C'était uniquement une garantie, nous ne l'aurions jamais utilisé contre vous ou la Noble Maison.

Le Taï-pan se sentit envahi de fureur mais il se rappela le conseil que le vieux Chen-chen, son mentor, avait coutume de lui prodiguer quand il se plaignait de la façon injuste dont son père et Alastair le traitaient. « Ne te mets pas en colère, jeune Ian, cherche plutôt à obtenir justice. C'est ce que je disais toujours à Culum et à la Hag. Culum ne m'écoutait pas mais la Hag suivait mon conseil. Les personnes civilisées ne se mettent pas en colère, elles se vengent, tout simplement. »

— Ainsi Bartlett connaît nos structures secrètes, notre bilan. Que sait-il encore ?

Le compradore se contenta de regarder Dunross de ses yeux exorbités.

— Réfléchissez, Phillip, nom de dieu !

Le Taï-pan grimaça en songeant aux liens qui unissaient peut-être Bartlett à Banastasio, Par-Con à la Mafia. Si les secrets de la Noble Maison tombaient dans de mauvaises mains...

— Je ne sais pas, gémit Phillip. Qu'est-ce... qu'est-ce que l'Américain vous a demandé en échange de la pièce ? Elle est à moi ! s'écria le vieillard.

Remarquant le teint livide de son compradore, le tremblement de ses mains, Ian lui servit un verre de cognac.

— Mer... merci.

— Allez chez vous chercher les documents, dit le chef de la Noble Maison en enfonçant un bouton de l'interphone. Andrew ? Pouvez-vous venir dans mon bureau ? Phillip ne se sent pas bien, vous allez le raccompagner et ramener certains documents de chez lui.

— J'arrive.

— Qu'est-ce que Bartlett vous a..., commença Chen.

— Ne vous mêlez pas de ça ! Vous remettrez à Andrew les lettres de John, celles de Bartlett, et le reste, ordonna Dunross d'un ton glacial.

La rage qui l'habitait était si violente qu'il en avait

mal à la tête mais les propos de Chen-chen résonnaient à ses oreilles : « Ne te mets pas en colère, venge-toi. »

Quand Casey entra dans le bureau, Ian se leva pour aller l'accueillir. Elle avait un parapluie à la main et portait à nouveau la robe vert pâle qui mettait en valeur l'or de sa chevelure. Dunross remarqua qu'elle avait les yeux cernés, ce qui, curieusement, la rendait plus désirable.

— Pardon de vous avoir fait attendre, s'excusa-t-il.

— Je sais combien vous êtes occupé, je serai brève.

— D'abord nous allons prendre le thé. A moins que vous ne préfériez un verre ?

— Non, pas d'alcool, mais ne vous dérangez pas.

— De toute façon il est seize heures quarante, c'est l'heure du thé.

La porte s'ouvrit comme par magie, un grouillot en uniforme entra, posa sur la table un plateau d'argent, servit un thé noir et fort et se retira.

— C'est du Darjeeling, commenta le Taï-pan. La Noble Maison en fait le négoce depuis 1830. J'espère que vous l'aimerez.

L'Américaine but une gorgée et dit :

— Excellent, quoique un peu fort pour moi. J'en ai pris à deux heures du matin, cela m'a empêchée de dormir.

— Vous souffrez encore du décalage horaire ?

Casey expliqua qu'elle avait gardé les enfants de Peter Marlowe pendant qu'il se rendait à l'hôpital.

— Quel malheur ! soupira Dunross en branchant l'interphone. Claudia, appelez la clinique Nathan pour prendre des nouvelles de Mrs. Marlowe et envoyez-lui des fleurs. Merci.

— Comment savez-vous qu'elle est à la clinique Nathan ? fit la vice-présidente de Par-Con en fronçant les sourcils.

— C'est toujours là que Tooley envoie ses patients.

Une autre tasse de thé ? Je vous recommande nos petits pains, dit Ian en montrant le plateau. Voici comment nous les mangeons. Regardez : une bonne cuillerée de crème caillée du Devonshire, un peu de confiture de fraise au milieu de la crème... Tenez ! On n'en fait qu'une bouchée.

Casey prit le petit pain sans enthousiasme et l'avala.

— Délicieux, marmonna-t-elle en s'essuyant les lèvres. Mais c'est trop : je ne fais que manger depuis que je suis à Hong-Kong.

— Cela ne se voit pas.

— Cela finira par se voir si je n'y prends garde, répondit-elle en souriant.

Ian était étonné de la sentir si amicale alors que, manifestement, Par-Con faisait machine arrière. Attention, pensa-t-il, nous avons déjà conclu le marché verbalement. En la voyant se croiser les jambes nerveusement, il songea que Gavallan avait raison : son talon d'Achille, c'était son impatience.

— Je peux commencer ? demanda-t-elle.

— Vous êtes sûre que vous ne voulez pas encore un peu de thé ? proposa Dunross afin de la rendre plus nerveuse encore.

— Non, merci.

— Bon, fini pour le thé. Je vous écoute.

Casey prit une profonde inspiration avant de lancer :

— Struan fait de la corde raide et va bientôt tomber, semble-t-il.

— Ne vous inquiétez pas de cela. Nous ne nous sommes jamais mieux portés.

— Possible, mais tout le monde pense le contraire. En ce qui concerne notre accord...

— Il est valable jusqu'à mardi, nous en sommes convenus, coupa le Taï-pan d'un ton sec. Dois-je comprendre que vous le remettez en cause ?

— Non, mais compte tenu de votre situation, nous ne pouvons aller de l'avant comme prévu, ce serait de la folie. Par-Con se trouve devant l'alternative suivante : ou choisir Rothwell-Gornt, ou vous aider à vous en sortir.

— Ah ! bon ?

— J'ai un plan qui vous tirerait d'affaire et rapporterait gros à nos deux maisons. Je préfère traiter avec vous : à long terme, vous êtes la meilleure solution.

— Merci, dit Dunross, qui ne croyait pas un mot de ce que lui disait la jeune femme.

— Voici, reprit-elle. Notre banque, la First Central de New York, voudrait bien se réimplanter ici mais y a laissé un si mauvais souvenir qu'elle n'en obtiendra jamais l'autorisation. Exact ?

— Et alors ?

— Elle a absorbé récemment la Royal Belgium and Far East Bank, un petit établissement ayant des succursales à Tokyo, Singapour, Bangkok et Hong-Kong. La First Central nous a demandé de faire transiter nos fonds par la Royal Belgium si nous concluons le marché et j'ai rencontré hier soir Dave Murtagh, le directeur de l'agence locale. Il m'a expliqué que leurs affaires vont mal, que les grandes banques installées de longue date raflent la presque totalité des dépôts et donc des dollars HK nécessaires pour prêter de l'argent. Si bien que la Royal Belgium tourne à vide, malgré les dollars US et l'énorme puissance de la First Central.

— Je ne savais pas que la First Central était derrière eux. Quand ont-ils été rachetés ?

— Il y a deux mois. Que diriez-vous si la Royal Belgium vous avançait lundi 120 p. 100 du prix d'achat des deux navires construits par Toda ?

— Contre quelles garanties ?

— Les navires eux-mêmes.

— Impossible ! Aucune banque ne prendrait ce risque.

— Cent pour cent pour Toda, 20 p. 100 pour

couvrir les frais de livraison, l'assurance et le coût de fonctionnement pendant les premiers mois.

— Sans *cash flow*, sans contrat d'affrètement ? répliqua Ian, incrédule.

— Pourriez-vous obtenir en deux mois un contrat d'affrètement qui vous donnerait le *cash flow* nécessaire pour un programme de remboursement raisonnable ?

— Facilement, répondit Dunross. Maintenant dites-moi ce qu'ils exigent en échange de ce geste généreux.

— L'engagement de déposer chez eux pendant cinq ans 50 p. 100 de vos devises, de laisser en permanence sur votre compte entre cinq et sept millions de dollars HK — soit un million et demi de dollars US —, de faire de la Royal Belgium votre seconde banque à Hong-Kong et de la First Central votre principale banque à l'étranger. Qu'en pensez-vous ?

Le Taï-pan dut faire appel à toute sa maîtrise de soi pour ne pas s'esclaffer de joie.

— C'est une offre ferme ? demanda-t-il d'une voix calme.

— C'est ce que j'ai cru comprendre.

— Le directeur d'une agence locale n'est pas habilité à faire ce genre de proposition, objecta Ian.

— Si vous êtes d'accord, Murtagh prendra aussitôt contact avec ses supérieurs.

— Laissons cette question de côté pour l'instant, murmura Dunross, perplexe. Quelle est votre part, dans tout cela ?

— Un instant, il y a un autre aspect de l'offre dont je ne vous ai pas encore parlé. Murtagh essaierait d'obtenir de la direction générale un prêt de cinquante millions de dollars US à renouvellement automatique garanti par les actions non émises que vous avez en votre possession. De cette façon, vous seriez couvert. Personnellement, je pense qu'il est un peu cinglé.

Dunross sentit la sueur lui inonder le dos. Ces cinquante millions lui permettraient de repousser l'assaut de Gornt et, si Gornt était neutralisé, Orlin se montrerait plus compréhensif, parce que Struan avait toujours été un bon client. D'ailleurs, la First Central ne faisait-elle pas partie du consortium Orlin ?

— Et que devient notre accord ? questionna-t-il.

— Rien de changé, vous l'annoncerez quand le moment vous semblera opportun, pour vous comme pour nous. Si — je dis bien *si* — la First Central accepte de prendre ce risque, nous pouvons gagner une fortune en achetant des Struan à 9,50 lundi matin — elles devraient remonter à 28, voire 30, n'est-ce pas ? Reste le problème de la ruée, auquel je ne vois pas de solution.

Dunross s'essuya le front avec son mouchoir sans la moindre gêne, se leva, versa deux cognac, en donna un à Casey et se rassit, l'air songeur. Les questions se bousculaient dans sa tête, il passait alternativement de l'espoir à l'incrédulité, de l'excitation à la crainte.

— Qu'est-ce que cela me coûterait ? demanda-t-il.

— A vous de parler chiffres avec la Royal Belgium. Les intérêts seraient élevés mais le jeu en vaudrait la chandelle. En outre, il vous faudrait garantir *personnellement* l'emprunt jusqu'au dernier centime.

— Diable !

— Enfin, il y a la question de prestige. Vous terniriez votre réputation en traitant avec — comment disait Lady Joanna ? — avec ces « saligauds » de la First Central. Pensez, ma chère, des Américains... Quelle vieille garce !

— Garce, pas vraiment. Elle est assez caustique, elle a la dent dure mais c'est quelqu'un de plutôt bien. Je vous accorde qu'elle est antiaméricaine mais, voyez-vous, son mari, Sir Richard, a été tué à Monte Cassino par une bombe américaine : le pilote du bombardier avait pris son bataillon pour une unité nazie.

— Ah ! je comprends.

— Que veut Par-Con exactement — que veulent Miss Tcholok et Mr. Bartlett ?

— Un accord à long terme avec Struan qui ferait de nous de Vieux-amis, répondit Casey avec un curieux sourire. J'ai appris ce que cette expression signifie pour les Chinois.

— Ensuite ?

— Est-ce à dire que vous acceptez ?

— J'aimerais connaître toutes les clauses avant d'en accepter une.

— Linc ne veut rien d'autre. En fait, il n'est pas au courant.

— Je vous demande pardon ? fit Dunross, décontenancé.

— Il ne connaît rien encore de la proposition de la Royal Belgium, répondit la jeune Américaine d'un ton neutre. J'ai tout échafaudé aujourd'hui avec Dave Murtagh. Je ne sais d'ailleurs pas si, en fin de compte, je vous rends un grand service car, en cas d'accord, c'est votre responsabilité personnelle qui est engagée. Mais cette proposition peut sauver Struan, et donc notre marché.

— Ne croyez-vous pas que vous devriez consulter votre chef bien-aimé ? dit le Taï-pan en s'interrogeant sur les implications de cette révélation inattendue.

— Je suis vice-présidente de Par-Con, responsable de l'affaire Struan. Notre intervention en votre faveur ne nous coûte rien : nous nous contentons de faire jouer notre influence — l'influence, c'est à cela que je sers. Je veux faire affaire avec vous, je ne veux pas voir Gornt gagner.

— Pourquoi ?

— Je vous l'ai dit : parce qu'à long terme vous représentez pour nous la meilleure solution.

— Et vous, Ciranoush, que demandez-vous en échange de votre intervention ?

Les yeux de la jeune femme s'assombrirent, leur couleur noisette se fit plus profonde.

— Je veux que le Taï-pan de la Noble Maison me traite en égale, non avec condescendance ou mépris.

Je ne veux plus être considérée comme une femme reléguée dans le sillage d'un grand homme d'affaires. Enfin, je veux que vous m'aidiez à gagner assez d'argent pour envoyer quiconque « sur les roses ».

— Ce dernier point ne pose pas de problème si vous êtes prête à prendre des risques. Quant au premier, je n'ai jamais eu pour vous la moindre condescendance...

— Ce n'est pas le cas de Gavallan et des autres.

— ... et je n'en aurai jamais, acheva Ian. En ce qui concerne les autres, vous n'avez qu'à quitter la table de conférence — et le champ de bataille — s'ils ne vous traitent pas comme vous le souhaitez. Ne leur imposez pas votre présence. Je n'ai pas le pouvoir de faire de vous mon égale : vous êtes une femme et vous vivez dans un monde d'hommes, que cela vous plaise ou non. Aussi longtemps que je vivrai, je traiterai une femme en femme, quelle qu'elle soit.

— Alors allez vous faire foutre !

— Avec plaisir. Quand ?

Ils éclatèrent de rire ensemble, la tension retomba.

— Désolée, je l'ai bien cherché, dit Casey en se levant. David Murtagh attend votre coup de téléphone.

— Un instant, il y a une ou deux choses dont je voudrais vous parler.

Le Taï-pan évoqua l'attitude de Steigler lors de son entrevue avec Dawson.

— Quel enfant de salaud ! s'exclama Casey, visiblement contrariée. Je lui avais pourtant bien recommandé de ne pas rouvrir les négociations. Les avocats s'imaginent toujours qu'ils peuvent faire mieux que vous. Ces types sont une véritable plaie, Linc aussi est de cet avis.

— A ce propos, quelle sera l'attitude de Linc ? demanda Ian en songeant aux deux millions de dollars que l'Américain avait avancés à Gornt. Est-ce qu'il soutiendra votre plan à cent pour cent ?

Casey réfléchit avant de conclure :

— Oui, j'en suis convaincue.
— Ciranoush, je t...
— Appelez-moi Casey, s'il vous plaît. Ciranoush appartient à un autre monde.
— D'accord. Casey, donc, je tiens à vous remercier. Nous sommes maintenant de Vieux-amis et je vous aiderai à gagner votre indépendance financière. Combien vous faut-il ?
— Deux millions de dollars, impôts déduits.
— Votre législation fiscale est sévère, rigide. Seriez-vous prête à l'enfreindre ?
La jeune femme hésita.
— Tout Américain a le droit d'essayer de payer le moins d'impôts possible, finit-elle par répondre. A condition de ne pas frauder le fisc.
— Je vois. Dans ces conditions, c'est quatre millions de dollars avant déduction d'impôts qu'il vous faudra gagner. C'est une sacrée somme quand on ne dispose au départ que de quarante-six mille dollars à la caisse d'épargne de San Fernando et de huit mille sept cents dollars sur un compte en banque à la Los Angeles and California Bank.
— Vous êtes un salaud.
— J'ai simplement des amis haut placés. Comme vous. Je vous invite à dîner ce soir, Linc et vous.
— Linc n'est pas libre.
— Alors dînons ensemble, voulez-vous ? Rendez-vous à huit heures dans le hall du Mandarin.
Le ton sur lequel Casey avait répondu que Linc n'était pas libre était presque un aveu : l'Américaine était jalouse d'Orlanda Ramos, c'était la vraie raison de sa proposition d'aide. Casey a peur d'Orlanda, se dit le Taï-pan. Mais craint-elle avant tout que Gornt, qui tire les ficelles derrière l'Eurasienne, ne fasse trébucher Bartlett, ou est-elle jalouse au point de provoquer elle-même la chute de Linc ?

59

17 h 35

Casey prit la queue s'étirant devant un des tourniquets de la gare du Golden Ferry. Lorsque la cloche annonça l'imminence du départ, les Chinois qui se trouvaient devant elle se mirent à courir, elle-même accéléra machinalement l'allure et se laissa porter à bord par le flot humain bruyant et excité. Elle trouva une place assise et, tout en promenant sur le port un regard triste, elle se demanda si elle avait réussi son coup.

— Mais la direction générale ne marchera jamais ! s'était écrié Murtagh lors de leur entrevue.

— Alors elle ratera une affaire en or, et vous aussi. Ne laissez pas passer cette chance : quand Dunross prendra contact...

— Rien de moins sûr !

— Il vous contactera, je saurai le convaincre. Vous lui direz que l'idée vient de vous, pas de moi. De mon côté, je vous soutiendrai à fond auprès de la direction.

— Bon sang, Casey, vous me voyez en train d'expliquer à ces crétins ce qu'est un Vieil-ami ?

— Bon, ne leur parlez pas de ça, utilisez d'autres arguments. Si vous parvenez à les persuader, vous deviendrez le banquier américain le plus important de toute l'Asie.

Et moi j'aurai tiré Linc des griffes de Gornt, pensa la jeune femme. Je sais que je ne me trompe pas sur le compte de ce type.

— Tu te trompes ! lui avait lancé Linc avec colère ce matin-là.

— Cela crève pourtant les yeux. Je ne cherche pas à me mêler de tes...

— Tiens !

— C'est toi qui as commencé à parler d'Orlanda, pas moi ! Tu ne taris pas d'éloges sur... sur sa cuisine, sa façon de danser, son élégance, sa conversation ! Moi je t'ai simplement demandé : « Est-ce que tu t'es bien amusé ? »

— Oh ! bien sûr, mais d'un tel ton que j'ai entendu : « J'espère que tu as passé une soirée lamentable ! »

Il a raison, pensa Casey au bord des larmes. S'il veut découcher cela le regarde. J'aurais dû me taire, comme les autres fois, et ne pas lui faire une scène. Mais cette fois-ci, c'est différent, il est en danger et il ne s'en rend pas compte.

— Linc, cette femme n'en veut qu'à ton argent. Depuis combien de temps la connais-tu ? Deux jours. Où as-tu fait sa connaissance ? Chez Gornt ! J'ai fait une enquête : c'est lui qui règle son loyer et ses factures.

— Elle me l'a dit, elle m'a raconté tout ce qui s'était passé entre eux ! Ne me parle plus d'Orlanda, compris ? Je t'interdis de la salir !

— Par-Con doit choisir entre Dunross et Gornt mais l'un et l'autre sont prêts à user de tous les stratagèmes pour te faire baisser ta garde.

— Alors Orlanda est un stratagème ! Je t'en prie, Casey, reconnais que tu es jalouse. Cette fille est tout ce qu'un homme peut désirer ; toi, tu...

Linc n'avait pas achevé sa phrase. C'est vrai, se dit Casey en se mettant à pleurer doucement, je suis une machine à faire des affaires, je ne suis pas aussi féminine qu'elle, je ne veux pas devenir une bonne femme d'intérieur, du moins pas pour le moment. Orlanda est douce, docile, prête à faire l'amour, expérimentée dans ce domaine, et elle n'a qu'une seule idée : mettre le grappin sur un homme riche. La Française avait raison : pour toutes les croqueuses de diamants de la Colonie, Linc est le gibier idéal.

Les sampans et autres petites embarcations s'écartaient prestement pour laisser le ferry sortir du port. Le ciel était lourd, le vent soufflait en rafales. Casey essuya ses larmes et sortit un miroir de son sac pour vérifier si son rimmel avait coulé. Un cargo ventru passa majestueusement en faisant mugir sa sirène mais elle ne le vit pas plus que la masse énorme du porte-avions nucléaire amarré le long du quai de l'Amirauté. Reprends-toi, s'exhorta-t-elle en examinant son visage. Mon Dieu, tu parais quarante ans !

Les bancs de bois inconfortables avaient été pris d'assaut par les passagers, Chinois pour la plupart, encore qu'il y eût çà et là dans la foule quelques Blancs, quelques touristes armés d'appareils photo. Les Chinois qui encadraient l'Américaine lisaient leur journal, comme ils l'auraient fait dans le métro de n'importe quelle grande ville, à cette différence près qu'ils se raclaient bruyamment la gorge de temps à autre. L'un d'eux cracha, apparemment insensible à la pancarte fixée au bastingage qui lui en faisait interdiction en deux langues. Casey se rappela les propos du Taï-pan : « Cela fait cent vingt ans que nous essayons de les changer mais les Chinois ne perdent pas facilement leurs habitudes. »

Lorsque le bateau approcha du débarcadère de Kowloon, deux autres ferries partant pour Hong-Kong lui cédèrent le passage. Tout le monde se leva et se dirigea en se bousculant vers la sortie située à bâbord. Le bateau pencha légèrement et Casey, tirée de ses pensées, se dit avec une pointe d'inquiétude qu'il devait y avoir plus de cinq cents passagers sur chaque pont. Une matrone chinoise lui écrasa le pied et continua à pousser vers la tête de la queue sans même s'excuser.

— Il faut se les faire, hein ? dit avec bonne humeur le grand Américain qui se trouvait derrière Casey. Je m'appelle Stanley Rosemont, nous nous sommes rencontrés chez le Taï-pan.

— Oh ! excusez moi, je, je réfléchissais. Comment ça va ? demanda la jeune femme, qui n'avait gardé aucun souvenir de cet homme.

— La routine. Vous, ça n'a pas l'air d'aller fort, Casey, répondit-il gentiment.

— Si, si, mentit-elle en tournant la tête.

A l'avant et à l'arrière, des matelots lancèrent des cordes qui, aussitôt enroulées autour d'une bitte, se tendirent avec un bruit qui fit mal aux dents de Casey. Le ferry s'immobilisa. Avant même que la passerelle ne fût complètement abaissée, la foule se remit en mouvement, entraînant avec elle les deux Américains.

— Vous êtes descendue au V & A ?

— Oui. Vous aussi ?

— Non, j'occupe un appartement acheté par le consulat, à Hong-Kong.

— Vous êtes ici depuis longtemps ?

— Deux ans. C'est curieux, les premiers mois on se sent bloqué : on a l'impression qu'il n'y a aucun endroit où l'on puisse aller, que l'on rencontre toujours les mêmes têtes. Et puis on commence à aimer Hong-Kong, on se sent vivre au centre du monde, là où les choses importantes se passent. On apprécie tout ce que la Colonie offre : excellents journaux, bonne cuisine, golf, yachting, courses, voyages à Taipei ou à Bangkok. Et vous, vous comptez rester longtemps ?

— Cela dépend. Vous savez probablement que nous espérons passer un marché avec Struan ?

— On ne parle que de ça. Vous vous souvenez de mon copain Ed Langan, celui avec qui j'étais chez le

Taï-pan ? Il connaît un de vos actionnaires, un type nommé Bestacio, ou quelque chose comme ça.

— Banastasio ? fit Casey, surprise.

— Oui, peut-être. Vous avez l'air étonné.

— A cause de la coïncidence : Banastasio arrive demain.

— Ah ! bon, murmura Rosemont, désarçonné.

— Vous pouvez dire à votre ami qu'il descendra à l'hôtel Hilton. Il le connaît bien ?

— Non, simplement de vue. C'est un joueur, ce Banastasio, non ? D'après Langan, c'est un sacré bonhomme.

— Je ne l'ai rencontré que deux fois, aux courses. C'est une grossium à Del Mar. Personnellement, je ne suis portée ni sur le jeu ni sur les joueurs.

Ils étaient sortis de la gare et remontaient le quai en direction du V & A, fendant la foule, assaillis par des odeurs de sueur et de moisi. Rosemont aperçut les mâts du *Sovetsky Ivanov* et tourna automatiquement la tête vers Hong-Kong en songeant qu'avec de bonnes jumelles les Russes pouvaient facilement compter les rivets du porte-avions nucléaire dont il contemplait la silhouette. Casey suivit son regard et dit :

— Vous avez dû monter à bord si vous travaillez au consulat.

— Naturellement. Visite guidée !

— Veinard.

— Hier, le commandant avait organisé un pince-fesses à bord, je me suis débrouillé pour en être, mentit l'homme de la CIA avec aisance.

Il était effectivement monté à bord du porte-avions la veille et une nouvelle fois dans la matinée mais pour s'entretenir avec l'amiral, le commandant et le responsable de la sécurité. L'entrevue avait été orageuse et Rosemont avait dû montrer aux trois hommes les photos du manuel du système radar pour les convaincre qu'ils avaient été trahis par l'un des leurs.

Le traître se trouvait à présent à bord, dans une cellule gardée nuit et jour par des agents de la CIA. D'après son dossier, il venait d'une petite ville du Middle West et s'était jusque-là comporté normalement, sans éveiller la méfiance de quiconque. C'était un homme tranquille, estimé par ses camarades et ses supérieurs. Pas de sympathies à gauche, pas de tendances homosexuelles, pas de motif de chantage — rien n'expliquait sa conduite.

— Pourquoi fais-tu ça ? lui avait demandé Rosemont.

— Pour de l'argent.

— Qui te paie ?

— J'ai rencontré à San Diego un type prêt à me refiler du fric contre des renseignements sur le *Corregidor.*

— Tu te rends compte que tu as trahi ton pays ?

— Mais tout ce qu'il voulait, c'était quelques chiffres, quelques tuyaux ! Qu'est-ce que ça change, que je les lui ai filés ? On est capable d'écraser ces foutus cocos quand on veut. Le *Corregidor* est le plus grand porte-avions du monde !

Misère ! comment résoudre les problèmes de sécurité quand on a affaire à des types aussi bêtes ! pensa Rosemont avec lassitude. Il continua à bavarder en marchant, posa à la jeune femme des questions apparemment anodines mais destinées à la sonder. Lorsqu'ils furent devant l'hôtel, un portier en livrée leur ouvrit la porte en souriant. Le hall était bruyant et animé, comme à l'ordinaire.

— Je suis en avance à mon rendez-vous. On boit un verre, proposa le chef de station adjoint.

Casey hésita puis accepta avec un sourire. Cet homme lui plaisait, elle aimait bavarder avec lui.

— Laissez-moi d'abord voir si j'ai du courrier, sollicita-t-elle.

Elle passa à la réception où on lui remit une pile de télex, des messages de Jannelli, Steigler et Forrester la priant de rappeler, ainsi qu'une note de Bartlett. Après avoir abordé diverses questions de routine concernant Par-Con, Linc concluait : « Nous optons pour Rothwell-Gornt. Rendez-vous demain matin neuf heures pour le petit déjeuner. »

Elle retourna auprès de Rosemont et lui demanda :

— Je peux remettre votre invitation à plus tard ?

— Mauvaises nouvelles ?

— Non, simplement des affaires urgentes.

— Dans ce cas, vous viendrez dîner à la maison, Linc et vous, un soir de la semaine prochaine. J'aimerais vous présenter ma femme, Athena. Elle vous téléphonera pour fixer la date, d'accord ?

— Entendu.

Rosemont quitta Casey et se rendit seul au bar, où il commanda un whisky. Combien de millions Banastasio a-t-il investi dans Par-Con et que reçoit-il en échange ? se demanda-t-il. Un coup de chance que je me sois occupé personnellement de Casey, aujourd'hui, nous n'aurions peut-être rien su de la venue de Banastasio. Qu'est-ce qu'il vient faire ici ?

Robert Armstrong s'approcha.

— Bon dieu, Robert, vous avez l'air vanné. Payez-vous des vacances ou laissez tomber les femmes un moment.

— Allez vous faire empailler ! Vous êtes prêt ? autant partir maintenant.

— Le rendez-vous n'est qu'à sept heures, nous avons le temps.

— Nous devons d'abord passer prendre le gouverneur.

— Bon, allons-y, soupira l'Américain.

Il vida son verre, paya et reprit le chemin de la gare du ferry en compagnie du policier.

— Comment se déroule *Coup-à-blanc* ? demanda Armstrong.

— Nos troupes sont encore là-bas, drapeaux déployés.

Il semblerait que la révolte d'Azerbaïdjan fasse long feu. Vous avez l'air bien morose, mon vieux.

— Il y a des jours où j'en ai marre d'être flic, c'est tout. Stanley, j'aime autant vous prévenir : vous êtes dans le pétrin, et Crosse ne décolère pas à l'idée qu'il pourrait trinquer.

— Dites donc, n'oubliez pas que c'est Ed Langan qui vous a appris l'existence des rapports d'A.M.G. Nous sommes alliés, nom de dieu !

— Exact, mais cela ne vous autorise pas à opérer une descente tout à fait illégale dans un appartement « blanc comme neige » appartenant à la compagnie du téléphone, « blanche comme neige » elle aussi.

— Moi ? fit l'homme de la CIA en jouant les vertus offensées. Quel appartement ?

— Le 32, aux tours Sinclair. Vos gorilles et vous avez enfoncé la porte en pleine nuit. Je peux savoir pourquoi ?

— Je n'y ai jamais mis les pieds ! rétorqua Rosemont, espérant s'en tirer par un faux-fuyant.

L'un de ses informateurs chinois avait entendu dire que cet appartement, vide la plupart du temps, servait occasionnellement de planque à des agents communistes — de nationalité inconnue — et qu'une rencontre s'y déroulerait ce soir-là. Connochie, un de ses meilleurs hommes, avait dirigé l'opération mais les espions avaient réussi à s'enfuir. La fouille des lieux n'avait apporté aucun indice — mises à part les empreintes relevées sur l'un des deux verres trouvés dans l'appartement.

— Vous peut-être mais pas vos petits soldats. Plusieurs locataires ont déclaré avoir vu quatre grands costauds de race blanche monter et descendre les escaliers à toute allure. Des gaillards taillés en armoires à glace — tout à fait le genre de vos services.

— Certainement pas !

— Oh ! si, et cette erreur va vous retomber sur le dos, parce que Crosse a déjà envoyé à Londres deux télégrammes plutôt gratinés. L'ennui, c'est que vous n'avez pris personne et que, nous, nous allons prendre un savon !

— Laissez tomber, soupira l'Américain. J'ai quelque chose pour vous : j'ai appris par Casey que Banastasio arrive demain. Qu'est-ce que vous en pensez ?

Armstrong n'ignorait rien de la venue de Banastasio, que Ng-le-photographe avait inscrite dans son agenda.

— Intéressant. Je transmettrai au Vieux. Mais vous feriez bien de trouver une meilleure explication pour les tours Sinclair et surtout faites comme si je ne vous avais pas prévenu.

Le policier bâilla, il était mort de fatigue : ce matin à six heures trente il avait commencé à interroger Brian. Selon la procédure habituelle, Kwok, toujours sous l'effet de la drogue, avait été transporté de sa cellule d'un blanc immaculé à un cachot malpropre aux murs humides, à la porte vermoulue, et jeté sur une paillasse puante. Dix minutes après la piqûre de « réveil », la lumière s'était allumée, Kwok avait vu la porte s'ouvrir et Armstrong entrer.

— Vous êtes devenu fou ? avait crié le policier au geôlier. Comment osez-vous traiter de cette façon le commissaire Kwok ?

— Ordre de Mr. Crosse, commissaire. Je...

— Je me fous de Crosse ! Allez, du balai !

Armstrong avait refermé la porte de la cellule et s'était approché de son « ami ».

— Tiens, mon vieux, tu veux une cigarette ?

— Mer... merci. Robert, qu... qu'est-ce qui se passe ?

— Je n'en sais rien. On m'avait dit que tu prenais quelques jours de vacances mais j'ai fini par apprendre que tu étais ici. Crosse devient cinglé, il prétend que tu travailles pour les communistes.

D'une main tremblante, le prisonnier avait approché la cigarette de ses lèvres et avait tiré une profonde bouffée.

— Moi ? Pour l'amour de Dieu !... quel jour sommes-nous ?

Armstrong, qui s'était attendu à la question, avait ajouté sept jours à la date réelle :

— Vendredi, le treize.

— Qui a gagné la cinquième course ?

— Butterscotch Lass, avait répondu le commissaire, décontenancé, et surpris que le cerveau de Brian fonctionnât encore aussi bien. Pourquoi ?

— Juste pour savoir... Écoute, Robert, c'est une erreur, il faut que tu m'aides. Tu ne...

Comme prévu, Roger Crosse était entré dans le cachot, brusquement, la colère de Dieu personnifiée.

— Écoute-moi, sale espion, je veux le nom et l'adresse de tes contacts. Qui te donne des ordres ?

Kwok s'était mis debout péniblement.

— Personne. Je ne suis pas un espion, c'est une erreur.

— Alors explique-moi ce que tu fais là ! avait rugi Crosse en brandissant un agrandissement photographique sous les yeux du détenu. Devant la pharmacie de ta famille, à Ning-tok, avec Fang-ling Wu, ta mère. Explique-moi pourquoi tu nous cachais ton vrai nom, Chu-to Wu, fils de Ting-top et de Fang-ling Wu...

Une expression de stupeur était passée fugitivement sur le visage de Kwok.

— C'est faux, avait-il bredouillé. Je suis Brian Kar-shun Kwok...

— Menteur ! Nous avons des preuves, nous avons des témoins ! Ta *gan sun*, Ah Tam, t'a reconnu.

Cette fois Kwok était presque parvenu à masquer son ahurissement :

— Je... Je ne connais pas d'Ah Tam.

— Tu passeras le reste de ta vie dans cette prison si tu ne parles pas. Réponds à mes questions, sinon je te fais enchaîner ! Quant à vous, Robert, je vous interdis de venir ici sans mon autorisation ! avait hurlé Crosse avant de sortir du cachot d'un pas nerveux.

Armstrong se rappelait la nausée qui lui avait soulevé le cœur quand il avait vu la vérité s'inscrire sur le visage de son « ami ». Il avait trop l'habitude de traquer ce genre de réaction pour se tromper. Cependant, ce fut avec le même dégoût de soi qu'il avait continué à jouer la comédie :

— Bon dieu, Brian... Qu'est-ce qui t'a pris de faire ça ?

— De faire quoi ? avait répondu Kwok d'un ton de défi. N'essaie pas de m'avoir, Robert, je n'ai pas passé sept jours ici, impossible. Je suis innocent.

— Et les photos ?

— Des faux, fabriqués par Crosse...

Brian s'était agrippé au bras de son collègue et l'avait regardé avec des yeux désespérés.

— C'est lui, la taupe, Robert. Il essaie de me faire porter le chapeau, c'est un homos...

Le geôlier était alors entré pour prononcer sa réplique :

— Désolé, commissaire, vous devez partir.

— Bon, mais donnez-lui un peu d'eau.

— C'est interdit.

— Donnez-lui de l'eau, nom de dieu !

Le geôlier avait fait mine de céder et, pendant son absence, Armstrong avait glissé quelques cigarettes sous la paillasse en murmurant :

— Je vais voir ce que je peux faire, Brian.

Le cerbère était revenu porteur d'une tasse ébréchée.

— C'est tout ce que je peux vous donner, avait-il grommelé. Et rendez-moi la tasse !

Kwok avait englouti l'eau et la drogue qu'elle contenait. Armstrong était sorti du cachot, la porte s'était refermée avec un claquement, les verrous avaient coulissé en grinçant, la lumière s'était brutalement éteinte, replongeant le prisonnier dans le noir. Dix minutes plus tard, Armstrong était revenu avec Crosse et le Dr Dorn dans la cellule où Kwok gisait sur sa paillasse, inconscient.

— Vous avez parfaitement joué votre rôle, Robert,

l'avait complimenté le directeur de la SI. Vous avez remarqué sa stupeur ? Aucun doute, il est coupable. Docteur, vous le ferez passer au cycle éveil-sommeil d'une heure.

— Une heure ? mais vous ne..., avait voulu protester Armstrong.

— Une heure — sous surveillance médicale. Je ne veux pas lui faire de mal, je veux le rendre plus malléable. Vingt-quatre heures de traitement, ensuite vous l'interrogerez de nouveau, Robert. Si cela ne marche pas, nous le conduirons à la Salle Rouge.

Dorn avait tiqué, le commissaire avait rétorqué :

— Pas question.

— Le client est coupable, Robert. Coupable ! C'est lui qui a vendu Fong-fong et Dieu sait combien d'autres. D'ailleurs nous n'avons pas le choix, j'ai reçu des ordres de Londres : Metkin, le gros poisson que nous venons de capturer, a disparu dans l'avion de la RAF qui le transportait. L'appareil a refait le plein à Bombay et s'est évanoui quelque part au-dessus de l'océan Indien.

60

18 h 58

Le gouverneur était d'une colère noire lorsqu'il descendit de voiture et s'avança vers la porte de la banque où l'attendait Johnjohn.

— Vous avez vu ça ? explosa-t-il en agitant le journal qu'il tenait à la main.

L'édition du soir du *Guardian* portait en manchettes : DES MEMBRES DE LA DÉLÉGATION PARLEMENTAIRE ACCUSENT LA RPC.

— Oui, Excellence, marmonna le banquier, furieux lui aussi. Vous ne pourriez pas les faire pendre ?

Au cours de la conférence de presse qu'ils avaient donnée dans l'après-midi, Grey et Broadhurst avaient fait des déclarations contre lesquelles le gouverneur, Dunross et les autres taï-pans les avaient patiemment mis en garde, au nom de l'intérêt de la Grande-Bretagne et de Hong-Kong. Grey avait ensuite longuement développé sa théorie personnelle selon laquelle la Chine communiste cherchait à conquérir le monde et devait être traitée comme le principal ennemi de la paix.

— J'ai déjà reçu une protestation officieuse, dit Sir Geoffrey.

— Pas de Tiptop, j'espère ?

— Bien sûr que si. Nos chances d'obtenir leur aide sont désormais inexistantes. Ce satané Grey a fait passer ses opinions personnelles pour celles de la délégation, ce qui est totalement faux ! Provoquer délibérément la Chine, c'est de la folie. Sans la bienveillance chinoise, nous ne resterions pas un jour de plus à Hong-Kong, notre position serait intenable. Dire que nous avions tous pris la peine de le lui expliquer !

Le gouverneur se moucha et s'enquit des autres.

— Crosse et Sinders m'ont emprunté mon bureau, Dunross arrive, fit Johnjohn. Une sacrée surprise, les liens de parenté de Ian avec Grey, non ?

Le député travailliste avait répondu affirmativement lorsqu'un journaliste lui avait demandé s'il était le beau-frère du Taï-pan.

— En effet. Bizarre que Ian n'en ait pas parlé.

— Ni Penelope ! Très curieux. Croyez-vous qu...

Johnjohn s'interrompit en voyant arriver Dunross.

— Bonsoir, Ian, dit-il. Vous avez lu le *Guardian* ? Ces deux salauds mériteraient d'être condamnés pour haute trahison ! Que pouvons-nous faire ?

— J'ai pris contact avec Guthrie, le libéral, et plusieurs conservateurs. Un des meilleurs reporters du *Guardian* les interviewe en ce moment même et, dans l'édition de demain, ils se désolidariseront des propos de Grey.

— Avez-vous parlé à Tiptop ? demanda le banquier.

— Non, sa ligne est toujours occupée, mais je lui ai envoyé un message par l'entremise de Phillip Chen.

Quand le Taï-pan eut résumé aux deux hommes le contenu de la lettre du compradore, le gouverneur l'informa de la protestation de Tiptop.

— A quelle heure avez-vous téléphoné ? dit Dunross, atterré.

— Juste avant six heures.

— Il avait sans doute déjà reçu la lettre... Après ces

déclarations catastrophiques, inutile de compter sur l'argent chinois.

Comme les deux hommes n'avaient fait aucune allusion à ses liens avec Grey, Dunross décida de prendre les devants :

— Mon fichu beau-frère n'aurait pas fait mieux s'il avait été membre du Politburo soviétique.

— On choisit ses amis mais on subit ses frères, cita le gouverneur. Tout est prêt, Johnjohn ?

Roger Crosse et Edward Sinders, chef du MI 6, sortirent de l'ascenseur, Dunross, le banquier et le gouverneur les rejoignirent dans le hall.

— Sinders, je vous présente Mr. Dunross, dit Sir Geoffrey en conduisant le petit groupe dans un bureau.

— Enchanté, assura le patron du MI 6.

C'était un homme d'âge mûr, de taille moyenne, sans rien de particulier. Ses vêtements froissés et la barbe grise hérissant son visage mince et pâle indiquaient qu'il venait directement de l'aéroport.

— Bonsoir, Excellence, bonsoir, Ian... Puisque tout le monde est là, nous pourrions peut-être commencer ? suggéra Crosse d'un ton crispé.

— Bruce, vous voulez bien nous laisser ? demanda le Taï-pan à Johnjohn.

Le banquier se retira en s'interrogeant sur les fonctions du mystérieux Mr. Sinders, dont on ne lui avait rien dit. Dunross se tourna vers le gouverneur.

— Excellence, certifiez-vous formellement que je me trouve devant Edward Sinders, chef du MI 6 ?

— Assurément, répondit l'homme politique en tendant une enveloppe au Taï-pan. Vous vouliez une attestation écrite, n'est-ce pas ?

— Maintenant que cette formalité est réglée..., commença le patron des services secrets.

— Un instant, coupa Ian. Qui est Mary McFee ?

Sinders ouvrit la bouche de surprise.

— Vous avez des amis haut placés, Mr. Dunross. Puis-je savoir d'où vous tenez cette information ?

Dunross l'avait obtenue d'Alastair Struan, qui la tenait lui-même d'un membre du gouvernement, par l'intermédiaire d'un ponte de la Banque d'Angleterre.

— Non, je regrette.

— Mary McFee est une amie, répondit Sinders avec embarras.

— Cette réponse ne me suffit pas. Quel est son vrai nom ?

Sinders hésita, prit le Taï-pan par le bras, l'entraîna à l'autre bout de la pièce et lui chuchota à l'oreille :

— Anastasia Kekilova, Premier Secrétaire de l'ambassade de Tchécoslovaquie à Londres.

Satisfait, Dunross hocha la tête mais le maître-espion le retint avec une force surprenante et ajouta, toujours dans un murmure :

— Dépêchez-vous d'oublier ce nom. Si le KGB vient jamais à vous soupçonner de le connaître, il vous le fera cracher. Ce sera la mort pour mon amie, pour moi, et pour vous.

Sinders prit une profonde inspiration, se retourna et lança aux autres :

— Allons-y.

Ils rejoignirent Johnjohn, qui les attendait devant l'ascenseur et descendirent à la salle des coffres, située au deuxième sous-sol. Deux inspecteurs en civil — l'un de la Criminelle, l'autre de la SI — montaient la garde dans le petit couloir, devant les lourdes grilles de fer. Johnjohn les ouvrit, fit passer le groupe et referma à clef derrière lui en précisant :

— C'est la règle, dans une banque.

Après avoir franchi d'autres grilles, ils parvinrent entre deux rangées de caves en béton à l'intérieur desquelles s'alignaient les coffres.

— C'est le 16.85.94, dit Dunross en tirant une clef de sa poche.

Johnjohn s'approcha du coffre désigné, glissa sa propre clef dans l'une des serrures et invita le Taï-pan à faire de même. Les deux clefs tournèrent, la porte s'ouvrit.

— Je vous attends à la grille, murmura le banquier avant de s'éclipser.

— Ce coffre contient également des documents personnels, fit observer Dunross. Vous voulez bien vous éloigner un instant ?

— Navré mais l'un de nous doit s'assurer que vous nous remettez bien la totalité des dossiers, répondit Crosse.

— Excellence, accepteriez-vous de vous charger de cette corvée ? ironisa le chef de la Noble Maison.

— Volontiers.

Les deux experts en espionnage reculèrent de mauvaise grâce. Quand il les jugea suffisamment loin, Dunross ouvrit toute grande la porte du coffre : il ne contenait que huit dossiers à couverture bleue. Le Taï-pan les prit, referma le coffre et les remit au gouverneur, qui s'en saisit sans mot dire. Crosse s'avança, la main tendue :

— Avec votre permission...

— Non.

— Mais, Excellence...

— Nous sommes tous convenus d'une procédure — le ministre, nos amis américains — et nous la suivrons : à présent nous retournons à mon bureau, où les rapports seront photocopiés devant témoins. Deux copies uniquement : une pour Mr. Sinders, une pour Mr. Rosemont. Désolé, Ian, j'ai reçu ordre du ministre de remettre un exemplaire des rapports à la CIA.

Dunross s'efforça de paraître indifférent.

— Si c'est ce que veut le ministre, soupira-t-il avec un haussement d'épaules. Lorsque vous aurez fait les photocopies, brûlez les originaux : si ces documents ont une telle importance, il vaut mieux que je ne les conserve pas ; s'ils n'ont guère d'intérêt, peu importe qu'on les détruise. Les théories de ce pauvre vieil

A.M.G. étaient souvent tirées par les cheveux et, à présent qu'il est mort, j'avoue que j'attache moins d'importance à ses rapports.

— Comme vous voudrez, conclut Sir Geoffrey. Oui, Roger ?

— Rien, Excellence. Si nous y allions ?

— Partez sans moi, proposa Ian. J'ai des documents concernant Struan à consulter — j'en profite.

Resté seul, le Taï-pan passa dans la cave voisine, s'approcha d'un coffre et sortit deux autres clefs. Johnjohn aurait une attaque s'il apprenait que je possède un double de son passe, songea-t-il avec une pointe d'amusement. La porte s'ouvrit sans bruit. Le coffre — un de ceux que la Noble Maison avait ouverts sous différents noms — contenait des liasses de billets de cent dollars US, de vieux titres et des documents. Sur la partie supérieure, l'œil noir d'un automatique chargé regardait Dunross.

Ian n'aimait pas les armes mais il s'était conformé aux « Instructions aux taï-pans » écrites par la Hag en 1917, juste avant sa mort, et dans lesquelles elle recommandait à ses successeurs d'avoir toujours à leur disposition en cas de besoin une importante somme d'argent et une arme.

Ses mains tâtonnèrent dans la boîte métallique, effleurèrent le *chop* dont il aurait besoin lundi en cas d'accord avec la Royal Belgium-First Central. Il ne résista pas à l'envie de vérifier, souleva le double-fond, jeta un rapide coup d'œil aux huit rapports à couverture bleue — les vrais — et le laissa retomber. Les documents qu'il venait de remettre à Sinders provenaient du paquet que Kirk lui avait apporté la veille. Une lettre d'A.M.G. accompagnait les huit faux :

« Taï-pan,

« Je crains que mes rapports ne tombent en de mauvaises mains si nous venions un jour à être trahis. Ces faux, très semblables aux originaux, ont été expurgés des informations les plus brûlantes. Ce sont eux que vous remettrez si on vous contraint un jour à le faire. Quant aux originaux, vous les détruirez après avoir vu Riko. Elle vous expliquera comment faire apparaître certaines informations rédigées à l'encre sympathique. Pardonnez-moi ces procédures tortueuses mais l'espionnage n'est pas un jeu d'enfant. Il porte en lui la mort, pour aujourd'hui et pour demain. Avec toute mon estime, A.M.G. »

Pauvre vieux, pensa Ian. La veille il avait secrètement placé les faux dans le coffre et mis les originaux en sûreté. Mieux vaut les y laisser pour le mo... Se sentant soudain observé, il glissa la main vers l'automatique, le saisit et se retourna : Crosse et Johnjohn le regardaient de l'entrée de la cave. Après un moment de silence, le directeur de la SI déclara :

— Je tenais à vous remercier de votre coopération. Mr. Sinders et moi-même vous en sommes reconnaissants.

Soulagé, le Taï-pan répondit :

— Heureux d'avoir pu vous rendre service.

Il lâcha l'automatique, referma le coffre d'un geste détaché et ajouta :

— Il fait vraiment étouffant, ici. Vous ne trouvez pas ?

— Comment avez-vous ouvert ce coffre ? demanda Johnjohn d'un ton glacial.

— Avec une clef.

— Il en faut deux. Rendez-moi ce qui nous appartient, répliqua le banquier en tendant la main.

— Désolé, cela ne vous appartient pas.

— Nous vous avons toujours soupçonné d'avoir un double du passe... Paul a raison sur un point au moins : vous avez trop de pouvoir, vous considérez cette banque comme la vôtre et la Colonie comme votre propriété.

— Disons que la Noble Maison est intimement liée à l'une et à l'autre. Depuis qu'il occupe ses fonctions,

Paul Havergill cherche à nous créer des difficultés, à moi personnellement ou à Struan, mais le plus grave c'est qu'il est dépassé. Voilà pourquoi j'ai voté son départ. Vous, vous n'êtes pas vieux jeu, vous avez des idées modernes.

— Si je deviens le patron de cette banque, je veillerai à ce qu'elle soit dirigée par les représentants de tous les actionnaires, élus au conseil d'administration.

— Dans ce cas, je vous rappelle que nous détenons 21 p. 100 des actions.

— Plus maintenant. Vous les avez offertes en garantie de votre emprunt à renouvellement automatique, que vous ne pourrez probablement jamais rembourser. De toute façon, 21 p. 100 ne vous assurent pas le contrôle de la banque, Dieu merci.

— Il s'en faut de peu.

— C'est précisément ce que je trouve dangereux, répliqua Johnjohn. J'ai l'intention de vous en racheter 11 p. 100.

— Mes actions ne sont pas à vendre, mon vieux.

— Je les aurai, d'une façon ou d'une autre. Quand je serai devenu le Taï-pan de la Vic, je changerai beaucoup de choses, à commencer par les serrures de ces coffres.

— Nous verrons, dit Dunross en souriant.

Bartlett sauta du quai sur le pont du yacht et aida Orlanda à monter à bord. Machinalement, la jeune Eurasienne défit ses chaussures à hauts talons pour ne pas endommager les planches de teck.

— Bienvenue à bord de la *Sorcière des mers*, Mr. Bartlett. Bonsoir, Orlanda, fit Gornt.

Le Taï-pan de Rothwell, qui se trouvait à la barre, adressa un signe à son matelot du pont qui largua aussitôt les amarres, et le bateau s'éloigna du quai de Kowloon situé près de l'embarcadère du ferry.

— Je suis ravi que vous ayez accepté mon invitation à dîner, poursuivit Gornt.

— Il y a une demi-heure, j'ignorais encore que j'en avais une. C'est Orlanda qui me l'a appris... Sacré bateau !

— Il y a une heure, je ne savais pas que vous étiez libre, Orlanda et vous. Comme il y a plusieurs questions dont j'aimerais discuter avec vous en privé, je l'ai priée de vous convier à bord... Je présume que vous n'avez jamais vu le port la nuit ?

— Non. Vous n'avez pas eu trop de problèmes pour venir nous prendre à Kowloon ?

— Aucun, Mr. Bartlett. C'est une vieille habitude que de venir prendre nos invités ici, répondit Gornt en songeant aux parties fines de naguère.

Il mit la barre à tribord et lança le yacht vers l'ouest, à la moitié de la puissance des moteurs. C'était un six mètres racé et étincelant qui se manœuvrait comme une vedette. Gornt portait une vareuse légère, une casquette de capitaine orné de l'écusson du Yacht Club qui s'assortissaient parfaitement à sa barbe soigneusement taillée et piquetée de gris. Il se balançait avec aisance en suivant les mouvements du navire. A l'aise lui aussi dans son maillot de corps et ses espadrilles, Bartlett se tenait à côté d'Orlanda, qui avait revêtu un tailleur-pantalon noir. Un châle sur les épaules, les cheveux au vent, elle oscillait doucement sur ses pieds nus.

Son bras entra en contact avec celui de Linc, qui tourna la tête vers elle. Elle lui sourit et il se sentit inondé de chaleur.

— Formidable, non ? dit-il.

Orlanda acquiesça d'un signe de tête. Gornt qui croyait que Bartlett s'adressait à lui se retourna et répondit :

— Oui, c'est formidable de naviguer la nuit, de se sentir maître de son bateau. Nous allons vers l'ouest, ensuite nous mettons plein sud pour faire le tour de Hong-Kong — trois quarts d'heure environ.

Il fit signe au capitaine du yacht, un Shanghaïen silencieux vêtu d'un uniforme blanc qui se tenait à proximité.

— *Shey-shey*, merci, dit l'homme en prenant la barre.

Gornt eut un geste en direction de la table dressée à l'arrière du bateau. Le trio s'approcha, un steward apporta un plateau de toasts froids et chauds qu'il posa près du seau à glace où rafraîchissait une bouteille de vin blanc, à côté de boîtes de bière américaine.

— Un peu de Frascati, Mr. Bartlett ? proposa l'amphitryon. Je crois que vous préférez la bière glacée à même la boîte, non ?

— Je vais goûter le vin.

— Et toi, Orlanda ?

— Moi aussi.

Il sait bien que le Frascati est mon vin préféré, pensa la jeune femme. Il va falloir que je sois forte et intelligente, ce soir. Quillan me désire encore, quoi qu'il en dise. J'aurais préféré passer la soirée seule avec Linc mais je ne pouvais refuser l'invitation de Quillan. C'était un or — non pas un ordre, une requête : Quillan est de mon côté.

Ils passèrent à table et il se fit un silence dont Orlanda comprit aussitôt la signification.

— Si vous voulez bien m'excuser, je vais me remettre un peu de poudre sur le nez, dit-elle.

— Va à l'avant, suggéra Gornt.

Les cabines situées à l'avant étaient celles des invités et il avait voulu éviter qu'elle ne descende machinalement à l'arrière, dans la cabine principale, celle qu'ils occupaient jadis ensemble. Peu importe, songea Orlanda en s'éloignant. Le passé est le passé, et aujourd'hui il y a Linc.

— Combien de personnes pouvez-vous accueillir à bord ? demanda Bartlett.

— Dix, facilement. L'équipage se compose de quatre hommes : un capitaine-mécanicien, un matelot de pont, un cuisinier et un steward. Nous pouvons naviguer une semaine sans faire le plein... C'est toujours mardi que nous traitons ?

— Toujours. Nous verrons lundi, à la clôture de la Bourse, si vous avez réussi à avoir Dunross ou si la partie se termine à nouveau par un nul.

— Il n'y aura pas de match nul, il est ruiné, cette fois. Avez-vous toujours l'intention de vous rendre à Taipei avec lui ?

— Rien de changé.

Gornt, qui surveillait d'un œil la marche du yacht, se leva et s'approcha du capitaine, mais le Shanghaïen avait vu lui aussi la petite jonque sans feux qui leur barrait la route et il la contourna.

— En avant toutes ! ordonna l'homme d'affaires avant de reprendre place à la table.

— Mr. Bartlett..., commença-t-il.

— Appelez-moi donc Linc.

— Linc, puis-je vous parler franchement ?

— Mais oui.

— Comme vous le savez sans doute, Orlanda et moi avons été très liés. Tout est fini entre nous depuis trois ans mais nous sommes restés amis, et je ne voudrais pas qu'on lui fasse du mal.

— Message reçu.

— Je tiens également à vous dire qu'elle n'a rien à voir avec mes affaires : je ne l'utilise ni comme appât ni comme récompense.

Comme Bartlett gardait le silence, Gornt ajouta :

— Vous ne me croyez pas ?

L'Américain éclata d'un rire joyeux :

— Hong-Kong me dépasse, décidément ! Enfin, merci de votre franchise. Mardi, il n'y aura plus ni dettes ni amitié, nous repartirons tous à zéro.

— D'ici là, de quel côté vous placerez-vous ? interrogea Gornt en scrutant Bartlett par-dessous ses sourcils broussailleux.

— A fond avec vous pour le raid ! En ce qui concerne l'installation de Par-Con en Asie, je balance encore, même si j'ai une préférence pour vous. En tout état de cause, je serai pour le vainqueur et j'espère que ce sera vous.

— Vous faites une distinction entre le raid et le reste ?

— Certainement. Le raid, c'est une sorte de coup du berger, une opération isolée. Là je vous soutiens à 100 p. 100 — d'ailleurs, n'ai-je pas accepté de verser deux millions de dollars sans autre garantie qu'une poignée de main.

— A Hong-Kong, une poignée de main vaut parfois plus qu'un papier. Je ne connais pas encore les chiffres exacts mais pour l'instant nous avons gagné entre vingt-quatre et trente millions de dollars HK.

— *Alleluia !* s'exclama Bartlett en levant son verre. Mais la ruée bancaire ne va-t-elle pas tout compromettre ?

— Je ne crois pas. Certes le marché est agité mais Blacs et la Vic sont inébranlables, le gouvernement est obligé de les soutenir. Selon certaines rumeurs, le gouverneur décréterait la fermeture des banques jusqu'à ce qu'il y ait suffisamment d'argent liquide pour rétablir un climat de confiance. D'ici là, beaucoup feront faillite mais cela ne devrait pas affecter nos plans.

— Quand commencerez-vous à racheter ?

— Cela dépend : quand laisserez-vous tomber Struan ?

— Lundi midi, par exemple. Il vous resterait trois heures avant la clôture pour racheter en sous-main après un nouvel effondrement des cours.

— Parfait. Les Chinois sont si sensibles aux rumeurs que le marché se retourne en un clin d'œil. Vous ferez la déclaration à Taipei ?

— Oui.
— Il me faudra une confirmation par télex.
— Casey vous la donnera.
— Elle est au courant ?
— Maintenant, oui. Combien faut-il d'actions pour avoir le contrôle de Struan ?
— C'est vous qui devriez détenir cette information, fit remarquer Gornt.
— C'est la seule qui me manque.
— Nos rachats nous donneront au moins trois sièges au conseil d'administration, cela suffira pour couler Dunross. Ensuite j'opérerai la fusion entre Struan et Rothwell-Gornt.
— Et vous deviendrez le Taï-pan de la Noble Maison.
— Oui, murmura Gornt, les yeux brillants. A votre santé !
— A la vôtre !
Les deux hommes burent, satisfaits de leur accord, mais, au fond d'eux-mêmes, aucun d'eux ne faisait confiance à l'autre, fût-ce un peu, et chacun se félicitait d'avoir un plan de rechange en cas de besoin.

La mine sombre, les trois hommes sortirent de la résidence du gouverneur et montèrent dans la voiture du directeur de la SI. Crosse s'installa au volant, Sinders à ses côtés, Rosemont à l'arrière. Le patron du MI 6 et le dirigeant de la CIA serraient contre eux les copies des rapports d'A.M.G., dont ils n'avaient pas encore pris connaissance. Il faisait nuit, les nuages fuyaient dans le ciel et la circulation était plus dense encore que d'ordinaire.
— Vous croyez que le gouverneur lira les originaux avant de les détruire ? demanda Rosemont.
— A sa place, je le ferais, répondit Sinders sans se retourner.
— Sir Geoffrey est trop intelligent pour cela, objecta

Crosse. Il ne détruira les originaux qu'après que vous aurez remis vos copies au ministre — au cas où vous n'arriveriez pas... De toute façon, il est trop malin pour lire quelque chose qui pourrait gêner un représentant plénipotentiaire de Sa Majesté.

— Metkin, lui, n'est pas arrivé, reprit le chef de station de la CIA. Que s'est-il passé, Rog ?

— L'avion a dû être saboté à Bombay.

— Alors il y a encore eu des fuites. Qui a donné le tuyau ? Votre taupe ?

Comme personne ne lui répondit, Rosemont continua :

— Pourquoi ne pas mettre le *Sovetsky Ivanov* sous séquestre et perquisitionner à bord ?

— Londres ne veut pas d'incident.

— C'est un navire espion, nom de dieu ! explosa l'Américain. Je suis sûr qu'on y trouverait des codes, du matériel de surveillance et cinq ou six experts du KGB.

— Vous avez sans doute raison mais nous ne pouvons agir sans autorisation, argua Sinders.

— Alors laissez faire mes gars, ils...

— Pas question !

— Vous allez rester sans réagir ?

— Je vais convoquer Souslev demain au QG pour lui demander des explications.

— J'aimerais être de la fête.

— Je réfléchirai.

— Vous recevrez le feu vert d'en haut avant neuf heures.

— Désolé, Mr. Rosemont, mais je peux parfaitement ne pas tenir compte des injonctions de vos supérieurs, rétorqua le chef du MI 6.

— Nous sommes alliés, bon sang !

— Alors pourquoi avez-vous fait une descente aux tours Sinclair sans nous en aviser ?

L'agent de la CIA soupira et donna la réponse.

Sinders regarda Crosse d'un air pensif puis revint à Rosemont.

— Qui vous a dit que le 32 servait de planque à des agents ennemis ?

— Nous avons un réseau d'informateurs à Hong-Kong. Je ne puis vous révéler mes sources mais je tiens à votre disposition un jeu d'empreintes trouvées sur un verre, si vous le désirez.

— Cela pourrait nous être utile. Merci.

— Ce cadeau n'excuse cependant pas votre descente; fit observer Crosse avec froideur.

— Tout le monde peut se tromper, répliqua Rosemont avec humeur. Philby, Burgess et MacLean sont là pour vous le rappeler. D'ailleurs, nous croyons savoir qu'il reste une quatrième taupe dans vos services, aussi haut placée.

Crosse et Sinders échangèrent un regard stupéfait.

— Qui ?

— Si nous le connaissions, il serait grillé, grommela l'Américain. Le mois dernier, nous avons démantelé un réseau communiste aux États-Unis : deux agents à Washington, deux autres à New York, dont un nommé Ivan Egorov, haut fonctionnaire au Secrétariat de l'ONU. Quand finirons-nous par comprendre que les Nations Unies sont truffées d'espions et qu'elles constituent pour les Soviets la meilleure arme qu'ils se sont appropriée depuis qu'ils nous ont volé la bombe atomique ! Egorov et sa femme Alessandra transmettaient à Moscou divers secrets industriels, notamment dans le domaine de l'informatique. Ceux de Washington avaient pris le nom et l'identité de citoyens américains décédés : un prêtre catholique, une femme du Connecticut. Ces quatre salauds étaient en contact avec un attaché d'ambassade soviétique qui leur servait d'officier traitant et qui se fit pincer en essayant de recruter un de nos gars. Avant de l'expulser, nous avons réussi à lui faire cracher le nom des quatre agents et l'un d'eux nous a révélé que Philby n'était pas la cheville ouvrière du réseau, qu'il y avait un quatrième homme.

Sinders alluma une cigarette avant de demander :

— Que vous a-t-il dit exactement ?

— Que le réseau de Philby comptait quatre membres, que le quatrième avait recruté les trois autres et exerçait les fonctions d'officier traitant. Il est, paraît-il, très haut placé.

— Où ? Au Foreign Office, dans les milieux politiques ?

— Très haut placé, sans précision, répondit Rosemont avec un haussement d'épaules.

Sinders lui décocha un regard appuyé puis se retourna et rentra dans sa coquille. Crosse prit Sinclair Road, s'arrêta devant lui pour laisser descendre Sinders puis accompagna Rosemont au consulat. Après s'être fait remettre le jeu d'empreintes promis, l'Américain conduisit le directeur de la SI dans son bureau.

— Scotch ? proposa-t-il en ouvrant le bar.

— Vodka, avec un trait de jus de citron, répondit Crosse en lorgnant les copies des rapports d'A.M.G. que Rosemont avait négligemment posées sur son bureau.

L'agent de la CIA fit le service, tendit un verre au Britannique.

— Qu'est-ce que vous avez, Rog ? Vous avez été nerveux comme une chatte pendant toute la soirée.

— C'est à cause des rapports. Je veux avoir la taupe, je veux liquider Sevrin.

— Voyons ce qu'ils contiennent, grommela le chef de station adjoint.

Il prit le premier dossier, s'assit, posa les pieds sur la table et commença à lire. A peine deux minutes plus tard, il passa le document à Crosse, qui en entama la lecture. Quand les deux hommes eurent fini de parcourir rapidement les huit rapports, Crosse alluma une cigarette.

— Il y a trop de choses pour qu'on puisse faire un

commentaire maintenant, marmonna Rosemont d'un air absent.

Crosse se demanda si l'Américain ne le mettait pas à l'épreuve.

— En tout cas, une chose saute aux yeux, dit le patron de la SI en regardant Rosemont. Leur qualité est bien inférieure à celui que nous avons intercepté. Ici, on tourne autour du pot, on laisse quantité de questions sans réponse, on n'aborde que de très loin le problème de Sevrin et de la taupe. Je suis déçu.

— De deux choses l'une : ou le rapport intercepté était exceptionnel, ou ceux qu'on nous a remis sont des faux.

— Exactement.

— Dans le second cas, Dunross détient toujours les documents authentiques.

— Dans un coffre ou dans sa tête, ajouta Crosse.

— Que voulez-vous dire ?

— Il passe pour avoir une mémoire prodigieuse. S'il a détruit les vrais originaux, leur contenu demeure gravé dans son esprit.

— Alors nous pourrions lui faire subir un interrogatoire si... s'il nous a trahis.

— Et si on le juge nécessaire en haut lieu, enchaîna Crosse. Naturellement, on ne pourrait ordonner un tel interrogatoire que dans le cadre de la loi sur les secrets d'État, ajouta-t-il en regardant Rosemont.

— Vous voulez que je saute sur la balle et que je me mette à courir.

— Non. Nous devons d'abord avoir une certitude. Je vous propose un marché : vous coopérez pleinement, vous ne prenez aucune initiative sans m'en avertir — pas de cachotteries, pas de coups fourrés.

— Et en échange ?

En souriant, Crosse sortit de sa poche des photocopies.

— Aimeriez-vous avoir une certaine influence sur des personnalités briguant la Maison Blanche ?

— Je ne vous suis pas.

Le chef de la SI tendit à l'homme de la CIA les lettres de Thomas K.K. Lim trouvées deux jours plus tôt au cours de la descente chez Lo-dents-de-lapin.

— Il semblerait que certaines familles très fortunées et certains généraux américains se remplissent les poches en faisant construire au Vietnam de grands aérodromes tout à fait inutiles. Ces lettres fournissent tous les détails.

Après avoir expliqué comment il était entré en leur possession, Crosse poursuivit :

— Le sénateur Wilf Tillman, dont on parle dans une de ces lettres, fait figure de futur président, si je ne me trompe ? J'imagine qu'il vous offrirait la direction de la CIA en échange de ces intéressants documents — à supposer que vous soyez disposé à les lui remettre. Dans deux autres lettres tout aussi passionnantes, on relève les noms de certains politiciens influents qui ont amené le Congrès à affecter des millions de dollars à un programme d'aide au Vietnam entièrement frauduleux. Huit millions ont déjà été versés.

Rosemont lut les lettres et décrocha le téléphone.

— Passez-moi Ed Langan... Je m'en fous ! Remuez-vous le train, trouvez-le-moi et amenez-le ici au trot !

Le visage écarlate, l'Américain raccrocha en jurant, ouvrit un tiroir de son bureau et avala trois pilules contre l'acidité gastrique.

— Ce Thomas K.K. Lim, on peut lui mettre la main dessus ?

— Ne vous gênez pas, mais il est quelque part en Amérique du Sud. Voici qui devrait vous aider à le trouver, dit Crosse en joignant aux lettres le rapport de la brigade de lutte contre la corruption.

Après en avoir pris connaissance, Rosemont jura à nouveau entre ses dents.

— Est-ce que tout ceci peut rester entre nous ? Il y

a de quoi faire sauter plusieurs de nos monuments nationaux.

— Bien sûr. Alors, marché conclu ? Plus de secrets ?

— D'accord, acquiesça Rosemont.

Il se leva, ouvrit son coffre, en sortit un dossier dans lequel il prit plusieurs photocopies, rangea le dossier, referma le coffre.

— Un service en vaut un autre. Tenez, vous pouvez les garder, dit-il en passant les feuillets à Crosse.

Le directeur de la SI les parcourut rapidement. Il s'agissait de rapports datés des deux derniers mois, portant en titre « Combattant de la liberté » et donnant diverses informations sur Canton : mouvements de troupes, promotions de cadres, nominations au Présidium local et au parti communiste, inondations, pénurie alimentaire, type et quantité de marchandises tchèques ou est-allemandes disponibles dans les magasins.

— Nous avons un réseau à Canton qui nous envoie un rapport tous les mois, expliqua Rosemont. Encore merci pour les lettres. Parfois, je suis écœuré de voir ce que mes propres compatriotes sont capables de faire pour du fric. Ça me rend malade !

— Il y a de quoi, approuva Crosse, en pensant que le dirigeant de la CIA était bien naïf.

Il prit congé de l'Américain, se rendit au QG de la police, confronta les empreintes trouvées aux tours Sinclair avec celles de ses archives personnelles, remonta en voiture et prit n'importe quelle direction. Quand il fut certain de n'être pas suivi, il s'arrêta devant une cabine, y pénétra et composa un numéro. Quelqu'un décrocha et demeura silencieux. Aussitôt Crosse fit entendre une toux sèche et dit, avec la voix d'Arthur :

— Mr. Lop-sing, s'il vous plaît.

— Il n'y a pas de Mr. Lop-*ting* ici, vous avez fait un faux numéro.

Crosse reconnut avec satisfaction la voix de Souslev et enchaîna sur le reste du code avec la voix affectée que Jason Plumm et lui utilisaient au téléphone. Les deux hommes avaient adopté ce système qui leur permettait d'être Arthur à tour de rôle selon les nécessités du moment et qui entourait donc d'une barrière supplémentaire leur identité véritable.

— J'ai lu le matériel, annonça-t-il. Notre Ami aussi.

Notre Ami, c'était la façon dont Crosse parlait de lui-même quand il endossait la personnalité d'Arthur.

— Alors ? fit Souslev.

— Alors nous le jugeons tous deux excellent.

Excellent signifiait en code qu'il s'agissait d'un faux.

Après un long silence, le Soviétique demanda :

— Que faisons-nous ?

— Notre Ami pourrait-il vous rappeler samedi à seize heures ?

En clair : Roger Crosse pourrait-il vous téléphoner ce soir à dix heures.

— Oui, entendu.

Crosse coupa la communication, glissa une nouvelle pièce dans l'appareil et composa un autre numéro.

— Allô, Jason ? Ici Roger Crosse.

— Bonsoir, Roger, content d'avoir de vos nouvelles. Nous jouons toujours au bridge demain ?

— Avez-vous intercepté les rapports d'A.M.G. ?

— Oui, mais plutôt à six heures qu'à huit.

— Oui mais ils ne sont pas dangereux, ils ne mentionnent aucun nom.

— Je préviens les autres ? fit Plumm avec soulagement.

— Nous nous voyons ce soir comme prévu ?

— Ne les dérangez pas ce soir, nous les avertirons demain.

— Non, nous nous rencontrerons demain.

— Très bien. Merci d'avoir appelé.

Satisfait, Crosse sortit de la cabine, alluma une cigarette et remonta dans sa voiture. Je me demande ce que Souslev ou ses chefs penseraient s'ils savaient que le véritable Arthur, c'est moi et non Jason Plumm, songea-t-il. A l'intérieur d'un secret, on en trouve un autre, qui lui-même en cache un troisième : voilà la meilleure façon de travailler, se dit-il avec un sourire. De cette manière, seul Jason connaît l'identité d'Arthur !

Ils seraient furieux, au KGB — ils n'aiment les secrets que lorsqu'ils les partagent — et plus furieux encore s'ils apprenaient que c'est moi qui ai recruté Plumm et non l'inverse, que c'est moi qui ai créé Sevrin.

Cela n'avait pas été difficile. Vers la fin de la guerre, quand Crosse faisait partie des services secrets de l'armée, il avait appris par un informateur que Plumm, spécialiste des transmissions, servait d'opérateur radio clandestin à des agents soviétiques. Le futur directeur de la SI avait procédé à une enquête qui l'avait convaincu de la culpabilité de Plumm mais la guerre avait alors pris fin et il avait gardé pour lui une information qui lui servirait peut-être plus tard de monnaie d'échange. Dans le monde des espions, on ne sait jamais si l'on ne sera pas trahi demain ; il vaut mieux garder en réserve quelques secrets qu'on monnaie alors contre sa peau ou sa liberté. Nul ne peut dire quand un sous-fifre quelconque — ou un supérieur — commettra l'erreur qui vous exposera sans défense à l'ennemi, comme un papillon épinglé sur un mur. Comme Voranski ou Metkin ; comme Dunross et ses dossiers bidon, Rosemont et son idéalisme naïf. Comme Gregor Souslev, dont la CIA possède à présent les empreintes et qui est tombé dans le piège que je lui ai tendu.

Crosse éclata de rire en engageant sa voiture dans la circulation. Changer de camp, jouer tour à tour l'un contre l'autre, voilà qui rend la vie excitante, se dit-il. Oui, sans secrets, l'existence ne serait vraiment pas passionnante.

61

21 h 45

Après le repas, Gornt offrit à ses invités café et liqueurs puis quitta la table en disant :

— Si vous voulez bien m'excuser, j'ai quelques rapports à étudier. La grande cabine-salon de l'avant est à votre disposition au cas où vous auriez froid.

Étendu sur un transat à l'arrière du yacht, Bartlett buvait un cognac à petites gorgées. Orlanda se pencha vers lui, lui passa la main dans le cou et se mit à lui masser doucement la nuque.

— C'est bon, murmura-t-il.

Elle accompagna la caresse d'un baiser et déclara :

— Tu es beau.

— C'est moi qui suis censé te faire des compliments, répondit Linc en riant.

— Tu veux visiter le reste du bateau ? demanda Orlanda en le fixant dans les yeux.

— Non seulement tu es une masseuse experte mais tu sais lire dans les pensées !

— N'est-ce pas le rôle d'une femme de deviner ce dont son compagnon a envie ? dit Orlanda.

C'est aussi le meilleur moyen de le retenir captif, pensa-t-elle. C'est un art difficile à apprendre, et

Quillan fut un professeur impitoyablement exigeant. J'ai souffert tandis qu'il faisait mon éducation mais, aujourd'hui, je sais comment me conduire pour satisfaire un homme.

— Viens, je vais te montrer l'avant du yacht, fit-elle en prenant Linc par la main.

La cabine-salon était vaste, confortable, meublée de sofas et de fauteuils fixés au plancher, pourvue d'un bar riche en bouteilles.

— La cuisine se trouve à l'avant, avec les quartiers de l'équipage, expliqua Orlanda.

Un couloir étroit conduisait à quatre cabines nettes et bien rangées, dont les couchettes semblaient une invite.

— La suite de Quillan se trouve à l'arrière. C'est le grand luxe — il ne se refuse rien.

Bartlett l'embrassa et elle répondit pleinement à son baiser, se laissant aller à son désir, sûre qu'elle n'aurait pas à le repousser parce qu'il romprait de lui-même le contact. Elle colla son ventre contre le sien, remua doucement ; ses mains partirent à la découverte du corps de Linc, celles de Linc explorèrent le sien.

Ils avaient chaviré sur une couchette lorsque Bartlett finit par s'écarter d'elle. Bien que frustrée dans son désir, elle exultait d'avoir conduit Linc là où elle le voulait.

— Remontons, l'entendit-elle grogner d'une voix rauque.

Gornt traversa son salon, passa dans la chambre et referma la porte à clef derrière lui. Il contempla un moment avant de la toucher la fille qui dormait au milieu du grand lit, sous une couverture légère. Tirée de son sommeil, elle bredouilla :

— *Ayiiya*, j'ai bien dormi, Seigneur. Votre lit est si accueillant.

Elle bâilla, s'étira comme un chaton, s'assit dans le

lit et se renversa sur l'oreiller tendu de soie, offrant à Gornt le spectacle de sa nudité.

— Je dois m'habiller et monter, maintenant ?

— Pas encore, Petit Chat.

Gornt se laissa tomber à côté de la fille, lui caressa les seins et la sentit frémir. Elle était entraîneuse au Happy Hostess Night Club, où il avait loué ses services pour la nuit, et avait pour nom de guerre Beauté des Neiges. Gornt avait d'abord songé à emmener Mona Leung, sa petite amie du moment, mais il s'était dit qu'elle accepterait mal d'attendre docilement dans la cabine qu'il eût décidé de la faire monter sur le pont.

Il avait choisi avec soin, pour la remplacer, cette fille de dix-huit ans d'une beauté extraordinaire, arrivée à Hong-Kong un mois plus tôt seulement.

— Ce soir, je veux jouer un tour à un de mes amis, lui avait-il expliqué. Tu resteras ici, dans la chambre, jusqu'à ce que je te dise de monter. Tu attendras peut-être une heure ou deux.

— Dans une cabine pareille, j'attendrais bien une semaine entière ! Je peux dormir dans le lit ?

— Oui, mais prends une douche d'abord.

— Une douche ? Par tous les dieux, c'est le paradis !

Gornt avait l'intention de se servir de l'entraîneuse pour exciter Bartlett et rappeler à Orlanda que, selon les critères de Hong-Kong, elle était déjà vieille, que sans l'aide et les conseils de son ancien amant, elle ne parviendrait pas à mettre le grappin sur l'Américain — du moins, pas comme elle le voulait.

Et si je la mariais à Bartlett ? songea-t-il avec amusement. Ce serait le meilleur moyen de le contrôler parce qu'Orlanda est et restera toujours en mon pouvoir. Elle n'a pas oublié, elle demeure docile, obéissante, et continue à me redouter. Comme j'aurais plaisir à me venger de toi, ma chère Orlanda ! Parce que l'heure de payer viendra. Je n'ai pas oublié, moi non plus, comment tous ces salauds — Pug, Plumm, Havergill et Dunross — ont ricané en apprenant que tu avais sauté dans le lit d'un étalon deux fois plus jeune que moi.

Si je te révélais maintenant que tu es ma *mu jai* ?

Quand Orlanda avait treize ans, sa mère chinoise était venue le trouver :

— Les temps sont durs, Seigneur. Nos dettes envers la compagnie ne cessent de s'accroître et nous vous sommes infiniment reconnaissants de la patience dont vous faites preuve.

— Les temps sont durs pour tout le monde, avait répondu Gornt.

— Le bureau dans lequel mon mari travaille vient de fermer. A la fin du mois, il va devoir quitter la compagnie, après dix-sept ans de service, sans avoir remboursé ses dettes.

— Eduardo Ramos est un homme capable, il trouvera facilement du travail ailleurs, avait dit le Taï-pan de Rothwell en songeant que le piège qu'il avait mis en place depuis longtemps allait enfin se refermer. C'est le *joss*.

— Oui, c'est le *joss*, avait approuvé la Chinoise. Mais il y a Orlanda...

— Comment ça, Orlanda ?

— Elle pourrait être votre *mu jai*.

Une *mu jai* était une fille que son père offrait à un créancier en paiement de dettes qu'il ne pouvait rembourser. C'était une vieille coutume chinoise tout à fait légale.

Après plusieurs semaines de négociations, Gornt avait accepté d'effacer les dettes de Ramos — qu'il avait patiemment encouragé à lui emprunter de l'argent —, de l'aider à s'installer au Portugal et de payer les études d'Orlanda aux États-Unis. En échange, les Ramos s'étaient engagés à lui livrer leur fille, vierge et amoureuse, avant son dix-huitième anniversaire.

— Cet arrangement doit rester entre nous, Seigneur, avait conclu la mère d'Orlanda. Même ma fille ne doit pas le connaître.

Gornt sourit en pensant que ses efforts n'avaient pas été vains, qu'il avait été largement remboursé de ses modestes investissements. Et je n'ai pas encore épuisé le plaisir que je peux tirer de cette affaire, se dit-il.

— C'est agréable, la vie, murmura-t-il en caressant Beauté des Neiges.

— Je suis contente que vous soyez heureux, vénéré seigneur. Si le moment n'est pas encore venu de jouer un tour à vos amis, nous pourrions faire l'amour.

— Bonne idée.

La franchise de ses maîtresses chinoises l'avait toujours ravi. Comme son père le lui avait expliqué quand il était encore jeune, « tu leur donnes de l'argent, elles te donnent leur jeunesse, les Nuages et la Pluie. En Asie, c'est un marché honorable et équitable. Plus la fille est jeune, plus le plaisir est grand, plus il faut payer. C'est la règle, et n'attends d'elles ni passion ni larmes — ce n'est pas dans le contrat. »

Gornt se déshabilla et se coucha à côté de la fille qui se mit aussitôt à caresser son torse velu, ses muscles durs. Bientôt elle commença à pousser de petits cris excités pour l'encourager. Et bien que la mama-*san* l'eût prévenue qu'avec ce *quai loh*, elle n'avait pas besoin de faire semblant, elle appliquait machinalement les règles d'or à suivre avec les étrangers : « Ne jamais se laisser aller au plaisir avec un client car on en oublie de se comporter avec une audace pleine de tact. Avec un *quai loh* toujours feindre d'atteindre aux Nuages et à la Pluie, sinon il se sentira humilié dans sa virilité. Les barbares ne comprennent pas que le *yin* ne s'achète pas et que l'accouplement qu'ils offrent ne débouche que sur leur propre plaisir. »

Quand Gornt se retourna sur le côté, encore haletant, Beauté des Neiges se leva et prit une deuxième douche en chantant joyeusement. Elle revint avec une serviette, essuya l'honorable seigneur et se coula à nouveau près de lui.

— On refait l'amour ? proposa-t-elle.

— Pas maintenant. Repose-toi pendant que je réfléchis. Tu as parfaitement calmé le *yang*, j'en toucherai un mot à la mama-*san*.

Gornt se demanda si Orlanda et Bartlett étaient revenus sur le pont. Probablement, se dit-il. Ils n'oseront pas se mettre au lit comme l'auraient fait des personnes civilisées. Il se leva avec un ricanement, alla à l'armoire dans laquelle il avait gardé quelques-uns des vêtements luxueux qu'il avait offerts à Orlanda. Cela l'amusait de les faire porter à d'autres femmes.

— Mets ceci, ordonna-t-il à Beauté des Neiges en lui donnant une robe longue en soie jaune, une des préférées d'Orlanda. Sans rien en dessous.

— Comme elle est belle !

— Si ma petite farce est réussie, tu pourras la conserver, promit-il en commençant à s'habiller.

Il fit un geste en direction du hublot et poursuivit :

— Tu vois ce grand bateau avec le pavillon à la faucille et au marteau ?

— Le bateau de mauvais augure ? Oui, je le vois, Seigneur.

— Tu monteras quand nous serons par le travers de ce navire.

— Et qu'est-ce que je devrai dire ?

— Rien. Tu souriras à l'homme et à la femme puis tu redescendras m'attendre.

— C'est tout ?

— Oui. Simplement être belle et sourire — surtout à la femme.

— Je dois l'aimer ou la haïr ?

— Ni l'un ni l'autre, répondit Gornt, pourtant convaincu que les deux femmes se détesteraient dès la première seconde de leur rencontre.

Seul dans sa cabine à bord du *Sovetsky Ivanov*, le capitaine Gregor Souslev finit de transcrire en code un message urgent, avala une rasade de vodka et relut le texte qu'il venait de rédiger : « *Ivanov* au Centre. Selon Arthur les rapports seraient des faux. Son ami m'en donnera une copie ce soir. Ce même ami a aussi intercepté les informations sur le porte-avions dont j'ai envoyé des copies supplémentaires à Bangkok, pour la valise diplomatique, ainsi qu'à Londres et Berlin pour plus de sûreté. »

Satisfait, il remit son carnet de chiffrement dans le coffre, qu'il referma à clef, et décrocha le téléphone.

— Envoyez-moi le radio de service et le second.

Il alla ouvrir le verrou de la porte puis retourna s'asseoir et regarda par le hublot la silhouette du porte-avions américain. Un yacht passa devant ses yeux qu'il reconnut pour celui de Gornt, la *Sorcière des mers*. Braquant ses jumelles sur le bateau de plaisance, il vit le propriétaire du navire assis à l'arrière en compagnie d'un homme et d'une femme qui tournaient le dos à l'*Ivanov*. Le Russe promena le regard le long de l'élégant bâtiment, qui éveilla son envie. Il sait vivre, ce salaud, pensa-t-il. Si seulement j'avais un bijou de ce genre pour naviguer sur la Caspienne ! Ce ne serait que justice après tous les services que j'ai rendus à la cause. D'ailleurs de nombreux pontes du Parti ont leur yacht, eux aussi.

Dans le double cercle des jumelles apparut une autre fille, une beauté chinoise. De légers coups frappés à la porte arrachèrent Souslev à son observation.

— Bonsoir, camarade capitaine, dit le radio.

— Envoie ce message immédiatement.

— Bien, capitaine.

A peine le radio était-il sorti de la cabine que le second y entrait. Vassili Boradinov, quadragénaire nanti d'un brevet de capitaine, était un homme coriace et bien bâti, au visage agréable. Membre du KGB, il avait obtenu le diplôme de l'école d'espionnage de l'université de Vladivostock.

— Oui, camarade ?

Souslev lui tendit un des câbles décodés posés sur son bureau. « L'officier en second Vassili Boradinov assurera les fonctions de commissaire politique de l'*Ivanov* en remplacement de Dimitri Metkin mais le capitaine Souslev assurera le commandement dans tous les domaines jusqu'à plus ample informé », lut le second.

— Félicitations, lui dit Souslev.

— Merci, capitaine. A vos ordres.

Souslev lui tendit une clef et reprit :

— Si je ne suis pas rentré avant demain minuit et si je ne t'ai envoyé aucun message, ouvre le coffre, tu y trouveras des instructions dans l'enveloppe portant l'inscription « Plan d'urgence numéro un ». Deuxièmement, voici une autre enveloppe contenant deux numéros de téléphone auxquels tu peux me joindre. A n'ouvrir qu'en cas d'absolue nécessité.

— Très bien, marmonna le second, l'air nerveux.

— Ne te tracasse pas, tu es parfaitement capable de prendre le commandement.

— J'espère que cela ne sera pas nécessaire.

— Moi aussi, mon jeune ami, s'esclaffa le capitaine. Assieds-toi, nous allons boire à ton avancement, tu l'as mérité.

— Merci, répondit Boradinov d'une voix mal assurée. Qu'est-il arrivé à Metkin ?

— D'abord il a commis une grossière erreur, ensuite il a été trahi, ou repéré par la SI ou la CIA, qui l'ont suivi. Quoi qu'il en soit, cet idiot n'aurait jamais dû courir de tels risques ni mettre en danger notre sécurité.

Mal à l'aise, le second s'agitait sur sa chaise.

— Qu'allons-nous faire ?

— Rien pour le moment, sauf nier en bloc. Notre

plan prévoit d'appareiller mardi à minuit, nous nous y tenons.

— Dommage. Ce matériel nous aurait fait faire de grands progrès, dit Boradinov en regardant le porte-avions par le hublot.

— Quel matériel ? demanda Souslev, les sourcils froncés.

— Vous n'étiez pas au courant ? Avant son départ, Dimitri m'avait confié que nous allions recevoir cette fois des documents de la plus haute importance : des photos du manuel de système radar et la liste de l'armement du bord. Voilà pourquoi il se chargeait lui-même de l'opération.

— D'où tenait-il ces renseignements ?

— Il ne me l'a pas dit. Sans doute du marin américain, qui lui a donné ces précisions au moment où ils convenaient d'un endroit... Ils vont le faire parler, n'est-ce pas ?

— Oh ! ils feraient parler n'importe qui ! C'est la raison pour laquelle nous prenons nos précautions, dit Souslev en posant l'index sur la capsule de poison dissimulée dans le revers de sa veste. Est-ce que Dimitri t'a confié autre chose ?

— Non. Juste que nous aurions tous droit à deux semaines de congé et qu'il en profiterait pour voir sa famille en Crimée.

Soulagé de se savoir à l'abri de tout soupçon, le capitaine songea à faire lire à son second un des autres câbles décodés se trouvant sur son bureau et disant notamment : « ... Prévenir Arthur que suite à sa demande, ordre a été donné d'intercepter le traître Metkin en profitant de l'escale de Bombay... » Il se ravisa cependant : il valait mieux que Boradinov en sût le moins possible.

— Pauvre Dimitri, soupira-t-il. Espérons que nous pourrons rapidement l'échanger contre un des leurs. Le KGB ne laisse pas tomber ses hommes.

Souslev n'en croyait pas un mot et savait que son

second ne se laissait pas prendre non plus à ce genre de fadaises qu'il avait obligation de prononcer. Moi, ils devront vraiment m'échanger, pensa-t-il avec satisfaction. Et vite. Je connais trop de secrets, ils me protègent. Sinon, le Centre donnerait l'ordre de me liquider, comme il l'a fait avec Metkin. Est-ce que je croquerais la capsule de poison, comme ce minable aurait dû le faire ? Je ne sais pas. Je ne veux pas mourir, j'aime trop la vie, songea-t-il en buvant une gorgée de vodka.

Une voix s'éleva dans l'interphone du navire :

— Ici la passerelle ! Deux voitures de police viennent de s'arrêter sur le quai, les flics sont une douzaine. Que faisons-nous ? nous les empêchons de monter à bord ?

Souslev enfonça le bouton de l'appareil et s'écria : « Surtout pas ! » puis il appuya sur un autre bouton le branchant sur tous les interphones du bâtiment.

— A tout l'équipage : plan d'urgence Rouge, plan d'urgence Rouge...

Ce qui signifiait : visiteurs indésirables à bord, branchez les systèmes de destruction de tout le matériel secret.

— Descends les accueillir, ordonna le capitaine à Boradinov. Arrange-toi pour les retenir cinq minutes puis *invite* leurs chefs à monter à bord — seulement les chefs, si possible. *Vite* !

— Ils n'oseraient quand même pas fouiller notre...

— Dépêche-toi !

Le second se précipita hors de la cabine. Resté seul, Souslev arma le système de destruction de son coffre : si quiconque essayait de l'ouvrir, le napalm qui se trouvait à l'intérieur s'enflammerait, brûlant tous les documents. Ne t'affole pas, réfléchis, s'ordonna-t-il. Est-ce que tout est prévu en cas de perquisition surprise ? Oui, nous avons répété le plan d'urgence Rouge une douzaine de fois. Mais pourquoi Roger ne nous a-t-il pas avertis ? Pourvu qu'il ne se soit pas fait prendre, lui aussi, ce serait une catas...

Son regard tomba sur la pile de télégrammes décodés. Il les chiffonna fébrilement, les plaça dans un cendrier et se traita de tous les noms de n'avoir pas commencé par les détruire. Il fit tourner la molette de son briquet, l'approcha du cendrier d'une main tremblante en se demandant s'il lui restait assez de temps.

— Deux hommes montent à bord avec Boradinov, annonça une voix dans l'interphone. Les autres restent sur le quai.

— Très bien, j'arrive.

Le Soviétique éteignit son briquet, fourra les câbles dans sa poche, prit une bouteille de vodka à moitié pleine et sortit de sa cabine. En grimpant l'échelle conduisant au pont, il se força à arborer un large sourire.

— Ah ! bienvenue à bord, messieurs. Que se passe-t-il ? fit-il avec l'élocution hésitante du personnage d'ivrogne qu'il s'était composé. Un de nos matelots a fait une bêtise, commissaire Armstrong ?

— Je vous présente Mr. Sun, répondit le policier. Pouvons-nous vous parler ?

— Bien sûr, bien sûr ! fit le capitaine avec une jovialité affectée.

Il n'avait jamais vu le Chinois, dont il examina les yeux froids, hostiles, le visage fermé.

— Suivez-moi.

Il conduisit les deux policiers et son second au carré des officiers, voisin de sa cabine.

— Asseyez-vous ! Je peux vous offrir quelque chose ? Matelot, du thé, de la vodka pour nos hôtes !

Malgré le refus de ses visiteurs, Souslev leur versa de la vodka avant de demander du même ton jovial :

— Alors, que se passe-t-il ?

— Il se passe qu'un homme de votre bord se livre à des activités d'espionnage contre le gouvernement de Sa Majesté, répondit Armstrong d'un ton poli.

— Impossible ! Vous plaisantez, non ?

— Nous l'avons pris sur le fait.

— Vous nous connaissez depuis des années ; Crosse, votre directeur, nous surveille de près : il sait que nous ne sommes pas des espions.

— Combien de vos matelots sont descendus à terre ?

— Six. Écoutez, je ne veux pas d'ennuis. Déjà qu'un de mes hommes s'est fait assassiner par des incon...

— Ah ! oui, feu le major Youri Bakyan, du KGB. Très regrettable, en effet.

— Il s'appelait Voranski. Je ne sais rien du major dont vous parlez, grogna Souslev d'un air renfrogné.

— Naturellement. Quand vos matelots doivent-ils regagner le bord ?

— Demain, à la tombée de la nuit.

— Où couchent-ils ?

— Avec des filles, évidemment. Ils sont en bordée.

— Pas tous. J'en connais un qui n'est pas en train de se payer du bon temps.

— Commissaire, je ne suis au courant de rien, affirma l'agent du KGB.

Armstrong posa sur la table des photos montrant Metkin devant le restaurant, entouré d'agents de la SI, assis à l'intérieur du fourgon, une expression de terreur sur le visage.

Certain que Metkin, disparu à jamais, ne présentait plus aucun danger, Souslev joua la comédie avec aplomb :

— Dimitri ? *Kristos !* C'est impossible ! Je vais prévenir mon gouv...

— Vos représentants à Londres ont déjà été informés et le major Nicolai Leonov a reconnu l'accusation d'espionnage.

Le Soviétique fut pris au dépourvu : il n'aurait pas cru que Metkin craquerait aussi vite.

— Qui ça ?

Armstrong poussa un soupir.

— Le major Leonov, du KGB, commissaire politique à bord du *Sovetsky Ivanov*. Voyez-vous un inconvénient à ce que nous fouillions votre navire ?

— Cer-certainement, bredouilla Souslev. Je m'y oppose formellement.

— Pourquoi, si vous n'avez rien à vous reprocher ?

— Vous avez un mandat de perquisition ?

Le Soviétique blêmit en voyant Armstrong plonger la main dans une de ses poches. S'il a un mandat, le Britannique fouillera le navire — on ne pourra pas l'en empêcher — et il y trouvera assez de preuves pour étayer une inculpation d'espionnage, pensa-t-il. Cet enfant de putain de Metkin a dû leur filer un tuyau important. Souslev avait l'impression que les messages décodés lui brûlaient la peau à travers le tissu de sa veste.

Quand le policier ressortit la main de sa poche avec un paquet de cigarettes, le capitaine de l'*Ivanov* ne put s'empêcher de murmurer :

— *Matyeryebyets !*

— Quelque chose ne va pas ? s'enquit Armstrong courtoisement. Capitaine, si j'étais à votre place, je quitterais Hong-Kong demain au lieu de mardi.

— Vous croyez que vous allez nous chasser comme des rats ? s'indigna Souslev en se demandant jusqu'où il pouvait pousser la comédie. Je vais alerter mon gouvernement !

— Ne manquez pas de l'informer que nous avons capturé le major Leonov et que nous l'avons inculpé d'espionnage, conformément à la loi sur les secrets d'État. Et vous, qui êtes-vous ? dit Armstrong en se tournant vers le second.

— Vassili Boradinov, répondit le Russe d'une voix étranglée.

— Capitaine Souslev, qui a remplacé Leonov aux fonctions de commissaire politique ?

Le second devint livide et le capitaine se sentit

quelque peu soulagé de voir le policier s'intéresser à quelqu'un d'autre.

— C'est lui. Boradinov.

— Eh bien, monsieur Boradinov, puisque vous êtes le principal représentant du Parti à bord, je vous avertis que si vous n'avez pas quitté Hong-Kong dimanche minuit au plus tard, il se pourrait que votre bateau soit attaqué par des bandits chinois. C'est une rumeur qui court dans le port. Nous nous soucions de votre sécurité, vous savez.

— Mais les réparations ? objecta Souslev.

— Arrangez-vous pour qu'elles soient terminées à temps. Une dernière chose, capitaine : vous vous présenterez à dix heures dimanche matin au Q.G. de la police. Navré de gâcher votre week-end.

Armstrong sortit de sa poche deux feuilles de papier, tendit l'une à Souslev en déclarant : « Voici votre convocation », puis griffonna quelques mots sur l'autre, qu'il remit au second en disant :

— Et voici la vôtre, commissaire Boradinov. Je vous conseille de récupérer vos matelots en goguette et de consigner à bord tout l'équipage. Vos hommes auront fort à faire pour préparer le départ. Bonne nuit, messieurs.

Le policier se leva brusquement, sortit du carré des officiers et ferma la porte derrière lui. Malcolm Sun se leva à son tour, se dirigea vers la porte sans se presser. Au moment où Souslev le rejoignait pour sortir avec lui, le Chinois se retourna et lança d'un air mauvais :

— Nous vous aurons. Tous !

— Nous n'avons rien fait, répliqua Boradinov.

— Vous vous croyez si malins ? reprit Sun en russe. Je ne parle pas de la police, je parle de la Chine. Nous vous aurons, sales hégémonistes ! La Chine est en marche, elle peut perdre cinquante, cent millions de soldats, il lui en restera encore le double. Rendez-nous les terres que vous nous avez volées pendant qu'il est encore temps !

— Nous vous balaierons de la surface du globe ! beugla Souslev. Nous détruirons toute la Chine avec nos bombes atomiques !

— Nous aussi, nous l'avons, la bombe, riposta le Chinois. Commencez et nous finirons : avec l'arme atomique, avec des socs de charrue, avec nos poings ! Fichez le camp de la Chine ! Nous surgirons de l'Est comme Genghis Khan, tous ensemble : Mao Tsé-tung, Chiang Kai-shek, moi, mes petits-enfants, leurs descendants. Nous vous réduirons en miettes et nous reprendrons nos terres !

— Quittez immédiatement mon navire ! s'écria Souslev, prêt à se jeter sur le policier.

Pas le moins du monde impressionné, Sun s'avança vers lui.

— Frappe-moi et je t'arrête pour voies de fait, je fais saisir ton bateau !

Suffoquant de rage, Souslev enfonça ses poings dans ses poches.

— Partez... s'il... s'il vous plaît, bégaya-t-il.

— *Diou ne lo mo* sur toi, ton père, ta mère, et tous les hégémonistes russes mangeurs d'étrons !

— Partez... immédiatement.

— Nous déferlerons de l'Est comme une nuée de sauterelles !

Entendant au-dehors un bruit d'altercation suivi d'une explosion sourde, Malcolm Sun se rua hors de la cabine, les deux Soviétiques sur ses talons. Souslev découvrit Armstrong devant la porte de la cabine radio d'où s'échappaient des volutes de fumée.

— Désolé, capitaine, je croyais que c'étaient les toilettes, fit le policier d'un air innocent. J'ai poussé la porte et... Oh ! mais on dirait qu'il y a le feu ! Malcolm, appelez les pompiers.

— Non ! s'exclama Souslev. Toi, continua-t-il en désignant Boradinov du doigt, prends quelques hommes et occupe-toi de l'incendie.

Dans le geste qu'il fit pour sortir sa main de sa

poche, il accrocha avec sa manchette un des télégrammes décodés, qui tomba sur le pont sans qu'il s'en aperçût. Déjà un des matelots se précipitait vers la cabine radio avec un extincteur.

— Mon Dieu, mon Dieu, mais qu'est-ce qui a bien pu se passer ? fit Armstrong sur un ton ironique. Vous êtes sûr que vous ne voulez pas un coup de main ?

— Non, merci, répondit le Russe, le visage marbré par la colère. A... à dimanche, commissaire.

— Bonne nuit, capitaine. Venez, Malcolm.

Le Britannique se dirigea vers la passerelle, s'arrêta soudain pour ramasser le câble tombé sur le pont puis repartit avant que Souslev n'ait pu réagir.

Sur le quai, les policiers en uniforme s'étaient postés de manière à couvrir les deux passerelles du bateau soviétique. Armstrong monta à l'arrière d'une des voitures, à côté de Sinders.

— Bien joué ! le complimenta le patron du MI-6. Les voilà privés de transmissions pendant un jour ou deux. Qu'est-ce qu'il y a, Malcolm ?

Le policier chinois, assis à l'avant, avait visiblement des difficultés à recouvrer son calme.

— Rien, Mr. Sinders. Mais je me suis un peu échauffé en les retenant pour laisser les mains libres au commissaire.

— Vraiment ?

— Ils m'ont injurié, alors... j'ai répondu, c'est tout, expliqua Sun d'un ton qu'il voulait détaché.

Sinders se tourna de nouveau vers Armstrong, qui examinait un morceau de papier à la lueur de sa cigarette.

— En route, Malcolm, ordonna le commissaire. Vous comprenez le russe, n'est-ce pas ? poursuivit-il en regardant Sinders.

— Oui, pourquoi ?

Armstrong attendit pour répondre que Sun, qui

descendait de voiture pour gagner l'autre véhicule, eût refermé la porte.

— Ce câble est tombé de la poche de Souslev, murmura-t-il en tendant le morceau de papier à son supérieur.

Sinders le prit sans quitter Armstrong des yeux.

— Vous ne faites pas confiance à Sun ?

— Si. Mais les Chinois sont les Chinois. Faites attention de ne pas effacer les empreintes, elles pourront nous être utiles. Je ne lis pas le russe, vous pouvez traduire ?

Sinders alluma son briquet, déchiffra les caractères cyrilliques et soupira :

— Désolé, Robert, j'ai l'impression que c'est simplement un rapport météorologique. A moins qu'il ne soit en code.

Il replia le télégramme en prenant soin de ne pas y laisser d'empreintes et le glissa dans sa poche en ajoutant :

— Je le confierai aux gars du Chiffre à tout hasard.

Le chef des services secrets se renversa sur la banquette et repassa dans sa tête le contenu réel du câble : « ... Faire prévenir Arthur que suite à sa demande, ordre a été donné d'intercepter le traître Metkin en profitant de l'escale de Bombay. Deuxièmement, la rencontre avec l'Américain est avancée à dimanche. Troisièmement, les rapports d'A.M.G. restent prioritaires, Sevrin doit faire tous les efforts pour les obtenir. Le Centre. »

Quel Américain ? se demanda Sinders. Bartlett, Banastasio, ou même Peter Marlowe, l'écrivain anglo-américain aux théories curieuses ? Bartlett et Marlowe se trouvaient tous deux à Moscou en juin, au moment même où s'y tenait une réunion ultra-secrète d'agents étrangers... Et pourquoi pas Rosemont, ou Langan ? ils feraient l'un et l'autre des taupes parfaites.

Et qui est le quatrième homme, le chef de Philby ? Est-il si haut placé qu'il faudra aller le chercher dans un château, voire un palais ? Qui est la mystérieuse Mrs. Gresserhoff qui a répondu au second coup de téléphone de Kiernan et a disparu ? Tant de questions...

Minuit approchait. Dunross et Casey étaient assis l'un à côté de l'autre à l'avant d'un Golden Ferry regagnant Kowloon. Malgré le ciel bas, la nuit était belle et une brise chargée d'une odeur salée pénétrait dans la partie vitrée où ils se trouvaient.

— Il va se remettre à pleuvoir ? dit Casey pour rompre le silence qui s'était installé entre eux.

— Sûrement. Mais j'espère que nous n'aurons pas les grandes eaux avant lundi.

— Vous et vos courses ! C'est si important ?

— Pour les habitants de Hong-Kong, oui. Pour moi, oui et non.

— Je mettrai toute ma fortune sur Noble Star.

— Je ne vous le conseille pas. Il faut toujours se couvrir en partie.

— Il y a des paris pour lesquels on ne se couvre pas, fit l'Américaine en regardant Dunross.

— Il y a des paris pour lesquels *on ne peut pas* se couvrir, corrigea-t-il.

Il souleva le bras de la jeune femme d'un geste nonchalant et le fit passer sous le sien. Ce contact — ce premier contact — leur plut à tous deux. Pendant tout le trajet du Mandarin à l'embarcadère du ferry, Casey avait résisté à l'envie de prendre Ian par le bras et, à présent, elle feignait de ne pas s'être aperçue de son geste — bien qu'inconsciemment, elle se fût un peu rapprochée de lui.

Ils avaient fait un succulent repas dans la Salle du Dragon, au sommet de la tour de l'hôtel.

— Nous fêtons quelque chose ? avait demandé Casey en regardant la bouteille de château-lafite.

— Buvons à la santé de la First Central !

— Ils ont accepté ? Oh ! Ian.

— Murtagh a accepté d'essayer de les convaincre.

Il n'avait fallu que quelques minutes aux deux hommes pour tomber d'accord sur les conditions proposées par Casey : 120 p. 100 du coût des deux navires, crédit de cinquante millions à renouvellement automatique.

— Le tout couvert par votre garantie personnelle ? avait voulu savoir le directeur de la Royal Belgium.

Conscient d'engager son avenir et celui de sa famille, le Taï-pan avait acquiescé.

— Tout ceci doit rester entre nous, monsieur Dunross. Maintenant, à moi de jouer : je vais tout faire pour persuader la direction générale d'accepter.

— Je vous en serai reconnaissant, monsieur Murtagh. Passez donc me voir demain aux courses. Navré, je ne puis vous convier à déjeuner, nous sommes déjà trop nombreux, mais rejoignez-nous vers deux heures et demie. Voici une invitation.

Le banquier n'avait pas caché sa joie : à Hong-Kong, être invité dans la loge d'un commissaire des courses, c'était comme être présenté à la Cour.

— Pourquoi ce sourire, Taï-pan ? demanda Casey.

— Parce que ce soir, tout va bien dans le meilleur des mondes. Du moins, chaque problème est rangé dans son compartiment.

En descendant du ferry, Ian lui expliqua que la seule bonne façon d'aborder les problèmes, c'était celle des Asiatiques : placer chaque problème dans un compartiment séparé et ne s'y attaquer que le moment venu.

Ils marchaient à présent l'un près de l'autre mais sans se toucher. Casey s'écarta pour laisser passer un groupe venant en sens inverse et se rapprocha de Ian, dont elle prit machinalement le bras. Elle songea qu'il y avait plus de six mois qu'elle ne s'était pas offert une des rares aventures qu'elle se permettait de temps à autre. Quand l'envie de faire l'amour devenait trop forte, elle partait quelques jours, à la mer ou à la montagne, se choisissait un homme, le mettait dans son lit et l'oubliait aussitôt après.

— Ian, à votre avis, est-ce bien de faire l'amour avec quelqu'un qu'on n'aime pas ?

En apercevant les marches de marbre du V & A, elle lui avait lâché le bras.

— L'amour est une invention occidentale, madame. Moi je suis un homme de la Chine !

— Sérieusement, insista Casey.

— Ce n'est pas le moment d'être sérieux.

Ils grimpèrent le perron, pénètrèrent dans le hall, animé malgré l'heure tardive.

— Un dernier verre ? proposa la jeune femme. Je n'ai pas sommeil. Linc viendra peut-être nous rejoindre s'il est rentré.

— Bonne idée.

Ils se dirigèrent vers le bar, bondé comme à l'accoutumée. Un serveur apparut comme par miracle, salua le Taï-pan et le conduisit à une table miraculeusement libre.

— Bonsoir, Gup-service-de-nuit, dit Dunross. Pour moi ce sera un thé-citron.

— Pour moi aussi, fit Casey. Excusez-moi, je vais voir si j'ai des messages.

Ian la regarda s'éloigner en se demandant pourquoi elle lui paraissait ce soir plus féminine. Il s'était opéré en elle un changement subtil, presque imperceptible, et l'on sentait sous la façade de la femme d'affaires une sensualité prête à déborder.

Gup, le maître d'hôtel, expédia un serveur avec la commande et murmura en cantonais :

— Le trafiquant d'armes n'est pas à l'hôtel, Taï-pan. Il est parti vers sept heures, avec une fille... l'ancienne maîtresse de Barbe Noire.

— Vieil homme, tu as de bons yeux et une mémoire meilleure encore.

Ravi de l'effet que produisaient ses indiscrétions, Gup-service-de-nuit ajouta :

— J'ai pensé que ce renseignement vous intéresserait puisqu'il est question que la Noble Maison s'allie aux Américains. Sachez aussi que Pubis-doré...

— Qui ça ?

Le maître d'hôtel révéla qui avait reçu ce surnom et pourquoi.

— Vous vous rendez compte, Taï-pan ? Eh bien, elle a changé de chambre, et ce soir, Fung, la femme de chambre, l'a entendue pleurer.

— Elle s'est disputée avec le trafiquant d'armes ?

— Oh ! il n'y a pas eu de cris mais...

Gup s'interrompit pour sourire à Casey, qui regagnait la table, et l'aider à s'asseoir.

— Pubis doré ou pas, continua-t-il en cantonais, dans le noir elles sont toutes pareilles.

Et il s'éloigna en gloussant. Dunross désigna d'un mouvement de tête les messages que l'Américaine avait posés sur la table.

— Des problèmes ?

— Rien d'inhabituel — je vais les ranger dans leur compartiment. Linc n'est pas rentré, je vais pouvoir vous monopoliser.

— C'est plutôt moi qui vous accapare, vous ne cro...

Ian s'interrompit en voyant Armstrong et Sinders entrer dans le bar et chercher du regard une table libre.

— Vos policiers font des heures supplémentaires, railla Casey.

— Un cognac avant de se quitter ? proposa Dunross. Demain la voiture passera vous prendre à midi juste.

— Pourquoi pas ? Dites, l'invitation précise : « chapeau et gants ». C'est sérieux ?

Le Taï-pan commanda les cognacs et dit :

— Les dames portent chapeau et gants aux courses, c'est la tradition.

— Alors il faudra que j'achète un chapeau, je n'en ai pas.

Ian parcourut la salle des yeux, remarqua qu'Armstrong et Sinders l'observaient à la dérobée et se demanda s'ils étaient là par hasard.

— J'aime les dames chapeautées, fit-il distraitement.

Le serveur apporta les verres, Dunross et Casey trinquèrent en se regardant dans les yeux.

— Voulez-vous répondre maintenant à la question que je vous ai posée tout à l'heure ? dit-elle.

— Ma réponse est oui, cela arrive tout le temps. Quant à savoir si c'est bien, cela dépend.

Ils pensèrent ensemble : cela dépend de la personne, du moment, de l'endroit, de l'envie, des circonstances, et maintenant ce serait formidable. Le Taï-pan plongea le regard dans les yeux de la jeune femme et lui sourit.

— Tout peut attendre jusqu'à mardi, murmura-t-il.

Elle sentit son cœur battre un peu plus vite et lui rendit son sourire.

— Oui, Ian. Je l'espère. J'ai passé une excellente soirée.

— Moi de même, assura Dunross en se levant.

Le maître d'hôtel s'approcha :

— On vous demande au téléphone, Taï-pan.

— Tout de suite. Bonsoir, Casey.

Elle le suivit des yeux, un peu déçue, un peu frustrée. Si nous n'étions pas à Hong-Kong, tu ne te serais pas échappé, Taï-pan, pensa-t-elle. Et ce soir, nous aurions fait l'amour.

Dunross se rendit à la réception, prit le téléphone.

— Taï-pan ?

— Oui, Lim ? fit Ian, qui avait reconnu la voix de son majordome.

— Mr. Tip Tok-toh vient de téléphoner, il vous prie de rappeler au plus tôt. N'importe quand avant deux heures du matin ou après sept heures.

— Rien d'autre ?

— Miss Claudia vous fait dire (Il y eut un froissement de papier) ... que Mrs. Gresserhoff est arrivée à l'hôtel et qu'elle vous verra demain à onze heures au bureau, comme convenu.

— Ensuite ?

— Madame a téléphoné de Londres, tout va bien. Un certain Dr Samson a aussi téléphoné de Londres.

— Ah ! le spécialiste de Kathy. Il a laissé un numéro ?

Lim le communiqua à son patron, qui le nota sur un morceau de papier.

— Première-Fille est rentrée ?

— Pas encore, Taï-pan. Elle est passée en coup de vent vers sept heures avec un jeune homme et elle est ressortie.

— Avec Martin Haply ?

— Oui, Taï-pan.

— Merci. J'appelle Tiptop et je rentre.

Dunross raccrocha, se rendit dans la cabine située près du kiosque à journaux afin de pouvoir parler plus à l'aise.

— *Weiiii ?* fit la voix de Tiptop.

— Bonsoir, Ian Dunross à l'appareil.

— Ah ! Taï-pan. Une seconde... (Il y eut un bruit sourd, comme si l'on avait posé l'appareil sur un meuble, puis une brève conversation chuchotée.) ... Excusez-moi de vous avoir fait attendre. Je viens de recevoir des nouvelles préoccupantes.

— Lesquelles ?

— Votre police a arrêté un de vos amis, le commissaire Brian Kwok.

— Brian ? s'exclama Ian, sidéré. Mais pourquoi ?

— J'ai cru comprendre qu'on l'accuse, à tort, d'espionnage pour le compte de la R.P.C.

— Impossible !

— Et ridicule. Le Président Mao n'a que faire d'espions capitalistes. Il faut relâcher cet homme immédiatement et lui permettre de quitter Hong-Kong s'il le désire... Immédiatement !

Dunross força son cerveau à se mettre en branle : si Tiptop réclamait la libération immédiate de Brian, c'était parce qu'il était bel et bien un de leurs agents...

— Je ne sais que dire, marmonna-t-il, offrant au Chinois l'ouverture attendue.

— Il ne saurait y avoir d'aide entre Vieux-amis quand la police commet de telles erreurs, je me vois contraint de le souligner. *Heya ?*

— Certainement, répondit le Taï-pan d'un ton compréhensif. Je... j'aviserai les autorités compétentes dès demain matin.

Dieu du ciel ! ils veulent échanger Brian contre leurs dollars ! se dit-il, atterré.

— Vous pourriez peut-être intervenir ce soir.

— Il est trop tard pour joindre le gouverneur mais... (Dunross se souvint de la présence d'Armstrong et Sinders dans l'hôtel.) ... Je vais essayer. Sur-le-champ. Je suis persuadé qu'il s'agit d'une erreur, monsieur Tip. Il sera facile de la réparer... de même qu'il devrait être facile de régler le petit problème de la Victoria Bank.

Il y eut un long silence, au terme duquel le Chinois déclara :

— C'est possible. Les Vieux-amis doivent s'entraider et se montrer mutuellement leurs erreurs. Oui, c'est possible.

Dunross crut entendre le mot « quand ? » aussi distinctement que si Tiptop l'avait prononcé.

— Avez-vous reçu la lettre de Phillip, monsieur Tip ? Je me suis occupé de toutes les questions que vous aviez soulevées. A ce propos c'est probablement la Vic qui fournira les fonds nécessaires à l'achat du thorium... ainsi que pour la plupart des autres marchandises — à des conditions avantageuses.

— Oui, je l'ai reçue, de même que votre aimable

invitation, merci. Votre gouvernement aurait besoin de cet argent pendant combien de temps ?

— Un mois devrait amplement suffire, voire deux semaines. Mais c'est la Vic et les autres banques qui en ont besoin, pas le gouvernement. Je vous donnerai une réponse plus précise demain. Aurons-nous l'honneur de vous avoir à déjeuner demain aux courses ?

— Je passerai peut-être après le repas.

Le compromis parfait, pensa Dunross en grimaçant un sourire.

— J'ai été consterné par les propos que votre beau-frère a tenus sur la Chine, reprit Tiptop.

— Moi de même. Ma femme et lui ne se voient plus depuis des années. Grey a des conceptions totalement erronées et j'espère parvenir à le neutraliser.

— Bonsoir, Taï-pan. Merci d'avoir appelé.

Dunross raccrocha, sortit de la cabine et se dirigea aussitôt vers le bar. Armstrong et Sinders s'y trouvaient encore.

— Bonsoir, messieurs. Puis-je me joindre à vous ?

— Certainement, monsieur Dunross, acquiesça Sinders. Vous prenez quelque chose ?

— Un thé de Chine.

La table des deux hommes était à l'écart et, lorsque le serveur se fut éclipsé, Ian se pencha en avant et murmura :

— Robert, je viens d'apprendre que vous avez arrêté Brian.

— Qui vous l'a dit ? fit Armstrong, interdit.

Dunross résuma sa conversation avec Tiptop et conclut :

— De toute évidence, il nous propose un marché : Kwok contre l'argent.

Le patron du MI-6 but une gorgée de chocolat chaud avant de demander :

— C'est important, l'argent ?

— Essentiel et urgent. Les dollars prêtés par les Chinois couperont court à la ruée. Nous devons...

Le Taï-pan s'arrêta au milieu de sa phrase.

— Qu'y a-t-il ? grogna Sinders.

— Je viens de me rappeler ce qu'A.M.G. écrivait dans le rapport intercepté : que la taupe infiltrée dans la police pouvait faire partie ou non du réseau Sevrin. Il en fait partie ?

— Qui ?

— Ne jouez pas avec moi ! répliqua Dunross avec colère. Vous me prenez pour un imbécile ? Sevrin a aussi infiltré la Noble Maison, j'ai le droit de savoir si Brian fait partie du réseau.

— Je vous l'accorde volontiers, reconnut Sinders d'une voix calme, mal assortie à la dureté de son regard. Soyez assuré que nous vous informerons de l'identité du traître dès que nous l'aurons démasqué. Qui cela pourrait-il être, selon vous ?

— Aucune idée, grommela le Taï-pan en maîtrisant sa fureur.

— « Nous devons », disiez-vous ?

— Nous devons absolument obtenir ce prêt. Qu'est-ce qu'a fait Brian ?

— Si... ce Brian a bien été arrêté, votre question devient indiscrète.

— Jamais je ne l'aurais cru, murmura Dunross, encore stupéfait. Mais Tiptop n'aurait pas proposé ce marché si ce n'était pas vrai. Qui se chargera de négocier — vous, monsieur Sinders, ou Roger Crosse ? Je suppose qu'il vous faudra l'autorisation du gouverneur.

Le chef des services secrets souffla pensivement sur le bout de sa cigarette.

— Je doute qu'il y ait négociation, monsieur Dunross.

— Pourquoi ? L'argent est plus important que...

— Question de point de vue. *Si* ce Brian Kwok est bien en prison... En tout état de cause, on ne peut admettre que le gouvernement de Sa Majesté fasse l'objet d'un chantage.

— Sir Geoffrey donnera immédiatement son accord.

— Je le crois trop intelligent pour cela. Puisqu'on parle d'échange, vous deviez nous donner ce soir les rapports d'A.M.G., monsieur Dunross.

— C'est ce que j'ai fait.

— Ne jouez pas avec moi ! Vous me prenez pour un imbécile ? répéta Sinders en imitant le ton que le Taï-pan avait employé. Il eut un rire bref et poursuivit avec un calme glacial : Vous nous en avez remis une version édulcorée, de qualité bien inférieure à ce que nous avions intercepté. Subterfuge habile, compréhensible, même, mais tout à fait inutile. Il nous faut vraiment les originaux.

— Si vous n'êtes pas satisfait de ceux que je vous ai donnés, cherchez donc dans les papiers d'A.M.G.

— C'est déjà fait, répondit Sinders avec un sourire plein de froideur. Monsieur Dunross, vous ne semblez pas comprendre que la possession de ces documents pourrait vous coûter la vie. N'est-ce pas, Robert ?

— Absolument.

Sinders tira une bouffée de sa cigarette.

— Mr. Tiptop veut conclure un marché — tout le monde à Hong-Kong veut conclure un marché, c'est dans l'air, reprit-il. Mais dans un marché, c'est donnant donnant. Il faut faire des concessions pour en obtenir, en amour comme à la guerre, dit-on.

— C'est ce qu'on dit, en effet, fit Dunross sans se troubler. Je parlerai au gouverneur demain matin. D'ici là, cette affaire doit demeurer strictement entre nous. Bonsoir.

Armstrong et Sinders regardèrent le Taï-pan s'éloigner et disparaître par la porte à tourniquet.

— Qu'en pensez-vous, Robert ? Vous croyez qu'il a opéré une substitution de dossiers ?

Le commissaire poussa un soupir.

— Je n'en sais rien. Je l'ai observé attentivement mais son visage n'a rien trahi. Rien du tout. Il est très fort.

Sinders marqua une pause avant de répondre :

— Alors la partie adverse veut passer un marché, hein ? J'ai l'impression que nous ne garderons pas notre client plus de vingt-quatre heures. Quand le prochain interrogatoire doit-il avoir lieu ?

— Demain à six heures trente.

— Nous ferions mieux d'aller nous coucher si vous devez vous lever tôt demain matin, dit Sinders en adressant un signe au serveur. Je consulterai Mr. Crosse mais je sais d'avance ce qu'il va me répondre — ce que Londres a décidé, plus exactement.

— A savoir ?

— A Londres, on est gravement inquiet parce que notre client a eu accès à de trop nombreux secrets : il a fait l'école de guerre, il a passé plusieurs années dans la Police montée canadienne.

Le chef du MI-6 hésita puis ajouta :

— A la réflexion, Robert, quelle que soit l'attitude de Mr. Dunross, une seule solution s'offre à nous : accélérer l'interrogatoire. Oui, nous annulons la séance de six heures trente, nous continuons le traitement éveil-sommeil à intervalles d'une heure — à condition que son organisme le supporte — et nous l'emmenons directement à la Salle Rouge.

Armstrong devint livide.

— Mais..., voulut-il protester.

— Désolé. Je sais qu'il était votre ami mais votre Mr. Tiptop et votre Mr. Dunross ne nous laissent pas beaucoup de temps.

SAMEDI

62

9 h 32

Les roues de l'avion de la Japan Air Lines, en provenance de Tokyo émirent un petit nuage de fumée en touchant la piste de l'aéroport de Kai Tak. Aussitôt la poussée des réacteurs s'inversa et l'appareil ralentit puis obliqua vers les bâtiments.

Dans le hall principal, passagers, membres d'équipage ou simples visitcurs allaient et venaient. Les formalités d'entrée ou de sortie étaient promptement expédiées — sauf pour les citoyens japonais. Les Chinois n'ont pas la mémoire courte et l'époque de l'occupation japonaise était encore trop proche, trop cruellement vivante dans les esprits, pour qu'on pût oublier. Ou pardonner. Les Japonais faisaient donc l'objet d'un contrôle méticuleux, auquel n'échappèrent pas les hôtesses jolies et mutines de l'avion qui venait de se poser. Et bien que certaines d'entre elles ne fussent sans doute pas nées lorsque cette occupation prit fin, on leur rendit leur passeport avec le même regard glacial.

L'Américain qui se trouvait derrière les Japonaises tendit son passeport à l'employé en lui souhaitant une bonne journée.

— Bonjour, répondit le jeune Chinois en ouvrant le document.

Il examina la photo puis le voyageur, chercha le tampon du visa et appuya du pied sur un bouton. Le signal alerta Crosse et Sinders, qui se trouvaient dans un bureau proche, séparé du hall par une glace sans tain.

L'employé parcourut rapidement la première page du passeport : Vincenzo Banastasio, de sexe masculin, né à New York le 16 août 1910. Cheveux gris, yeux marron. Puis il le feuilleta en regardant les autres cachets : Angleterre, Espagne, Italie, Pays-Bas, Mexique, Venezuela, Japon. Il appliqua sur une page vierge un nouveau tampon et rendit le passeport au voyageur sans paraître lui accorder d'attention particulière.

Banastasio reprit la luxueuse serviette en crocodile qu'il avait posée par terre et franchit le contrôle, appareil photo en bandoulière.

— Plutôt bel homme, apprécia Sinders derrière le miroir. Il se soigne.

Crosse appuya sur le bouton de son talkie-walkie.

— Vous l'avez repéré ?

— Oui, nous le prenons en filature, fit une voix déformée dans l'appareil.

— Je suis content de l'avoir vu, déclara Sinders. J'aime voir mes ennemis en chair et en os.

— C'est un ennemi ?

— D'après Rosemont. Vous ne partagez pas cet avis ?

— C'est un malfrat, convint Crosse. Mais je ne suis pas certain qu'il trempe aussi dans le renseignement.

— Les « mouchards » sont en place ?

— Oui, j'ai vérifié.

La veille, une équipe de spécialistes de la SI avait placé des micros dans la chambre que Banastasio avait réservée au Hilton, ainsi que dans le bureau et l'appartement de Ng-le-photographe.

Les deux hommes se turent, on n'entendit plus que le crachotement du petit émetteur-récepteur.

— Et Kwok, il sera bientôt « mûr » ? demanda enfin Sinders.

— Nous le conduirons à la Salle Rouge vers midi — ou même avant s'il est à point.

— C'est Armstrong qui se chargera de l'interroger ?

Crosse acquiesça.

— Bon élément — il s'est remarquablement comporté à bord de l'*Ivanov*.

— La prochaine fois, j'aimerais quand même que vous m'avertissiez, fit le directeur de la SI avec aigreur.

— Désolé, Roger. C'était une décision soudaine de Londres.

— A quoi rime au juste la convocation de dimanche ?

— Le ministre doit m'envoyer des instructions spéciales, répondit Sinders en fronçant les sourcils. D'après son dossier, Kwok est une forte personnalité et il doit être profondément endoctriné pour avoir tenu le coup aussi longtemps.

— Je suis quand même optimiste. J'ai essayé trois fois la salle sur moi-même, je n'ai jamais pu y rester plus de cinq minutes, chaque fois j'ai été malade comme un chien — et je n'avais pas subi de traitement préalable. Non, nous n'aurons pas de problème, conclut Crosse en écrasant sa cigarette dans le cendrier. Le système est efficace, nous l'avons emprunté au KGB.

Après un silence, Sinders laissa tomber ce commentaire :

— C'est moche. Écœurant même. Je préférerai pouvoir me passer de ces méthodes. Enfin, notre métier n'a jamais été très ragoûtant.

— Vous pensez à la dernière guerre ?

— Oh ! je me sentais mieux à cette époque : il y avait moins d'hypocrisie chez nos dirigeants et nos journalistes, tout le monde comprenait que nous étions en guerre. Mais aujourd'hui, alors que notre existence même est en jeu... Regardez là-bas, Roger, dit Sinders en montrant la sortie, est-ce que ce n'est pas Rosemont ?

— Oui, et l'autre c'est Langan, du FBI. Hier soir nous avons décidé de travailler ensemble sur l'affaire Banastasio mais je vous avoue que je me passerais fort bien de leur aide.

— La CIA devient vraiment envahissante.

Crosse reprit son talkie-walkie, sortit du bureau avec Sinders et s'approcha des Américains.

— Stanley, je croyais que nous nous chargions de l'aéroport et vous de l'hôtel, protesta-t-il.

— Je suis simplement venu mettre Ed dans l'avion, répondit le chef de station adjoint.

— Je dois porter personnellement au siège du Bureau les photocopies des lettres de K.K. Lim, expliqua Langan, qui paraissait las et tendu. Les extraits que j'ai lus au directeur ont fait l'effet d'une bombe.

— Je m'en doute.

— Roger, vous trouverez sur votre bureau une requête urgente : nous aimerions consulter également les originaux.

— Pas question, répondit Sinders à la place de Crosse.

L'agent du FBI haussa les épaules :

— La requête est sur votre bureau, Rog. Et vos pontes vous enverront un ordre de tout là-haut si les nôtres insistent vraiment. En tout cas, merci. Nous vous devons une fière chandelle.

Langan serra la main des trois hommes et se dirigea vers la porte d'embarquement.

— Vos informations ont provoqué des remous, surtout au FBI, expliqua Rosemont. Vous aviez raison : si le sénateur Tillman, l'homme du moment, met la main sur ces documents, Dieu sait ce qu'il en fera ! Notre siège a donné l'ordre à tous nos contacts latino-américains de se lancer à la recherche de Thomas K.K. Lim. Autrement dit, nous ne tarderons pas à l'interroger. Je vous enverrai une copie du procès-verbal, ne vous inquiétez pas. Rog, il n'y avait rien d'autre dans les archives de Lim ?

Crosse eut un sourire narquois.

— Si, bien sûr. Que diriez-vous d'un plan de financement d'une révolution en Indonésie ?

— Oh ! nom de dieu...

— De documents attestant qu'un couple de Vietnamiens très influents a reçu des sommes importantes, par l'entremise d'une banque française, en échange de services très particuliers ?

Le visage de Rosemont perdit toute couleur.

— Quoi encore ?

— Cela ne vous suffit pas ? fit Crosse, sarcastique.

— Il y en a d'autres ?

— Naturellement, qu'il y en a d'autres, vous le savez bien !

— Vous me les remettriez maintenant ?

— Qu'êtes-vous prêt à offrir en échange ? intervint Sinders.

Le talkie-walkie empêcha Rosemont de répondre :

— Il a récupéré ses bagages, il se dirige vers la station de taxi... Maintenant il... Maintenant il... Ah ! quelqu'un est venu l'accueillir, un Chinois, bonne allure, vêtements coûteux. Sa tête ne me dit rien... Ils s'approchent d'une Rolls, immatriculée à HK... Ah ! c'est la limousine de l'hôtel, ils y montent tous les deux.

— Restez sur cette fréquence, ordonna Crosse à son correspondant invisible.

Il fit tourner un bouton de son appareil, qui crachota puis fit entendre un bruit étouffé de circulation.

— Vous avez mis un micro dans la limousine ? s'écria Rosemont, admiratif. Bravo, Rog, je n'y aurais pas pensé.

Le directeur de la SI affina son réglage et on entendit :

— ... de vous voir, Vee Cee. Vous n'auriez pas dû vous déranger.

— C'est un plaisir. Nous bavarderons dans la voiture et vous n'aurez peut-être pas besoin de passer au bureau ou même d'aller à Ma...

— Oui, oui, fit la voix de Banastasio précipitamment. Vee Cee, je vous ai apporté un cadeau...

Il y eut un bruit de papier froissé puis soudain un vrombissement aigu qui couvrit entièrement tous les autres sons. Aussitôt Crosse tourna le bouton de l'appareil : sur d'autres fréquences, il fonctionnait parfaitement.

— Merde ! lâcha Rosemont d'un ton écœuré. Il se sert d'un rasoir à piles pour brouiller la transmission. C'est un vrai pro, ce salaud. Je vous parie ma chemise qu'il n'y aura rien d'intéressant à entendre quand il arrêtera le rasoir. Je vous l'avais dit : Banastasio, c'est le dessus du panier.

63

10 h 52

— Le Dr Samson sur la trois, Taï-pan.

— Merci, Claudia, dit Dunross en enfonçant un bouton du téléphone. Allô, docteur ? Je vous appelle au sujet de ma sœur, Mrs. Gavallan.

— Nous avons entamé une seconde série d'examens. Sur le plan psychologique, son état est satisfaisant ; sur le plan physique, c'est plus inquiétant, je le crains...

Le médecin expliqua qu'on n'avait encore trouvé aucun traitement contre la sclérose en plaques, que la maladie conduisait à une dégradation lente et irréversible des centres nerveux.

— J'ai pris la liberté de faire prévenir le professeur Klienberg, de la clinique de l'UCLA, pour avoir son avis. C'est le plus grand spécialiste de cette maladie. Soyez assuré que nous ferons tout ce qui est en notre pouvoir pour Mrs. Gavallan.

— C'est-à-dire pas grand-chose.

— Si elle prend soin d'elle, si elle ne se fatigue pas trop, elle pourra mener une vie normale pendant de nombreuses années.

— Combien d'années ?

Le docteur hésita avant de répondre :

— Je l'ignore. La maladie ne suit pas la même évolution chez tous les patients. Je vous donnerai peut-être une réponse plus précise dans six mois. En tout cas, je vous téléphonerai dès que les examens seront terminés et que le professeur Klienberg aura formulé son diagnostic.

Ian remercia le médecin, raccrocha, s'abandonna un moment à la tristesse puis se remit au travail. Depuis qu'il était arrivé au bureau, il avait reçu plus de cinquante câbles, des dizaines de coups de téléphone de l'étranger. A neuf heures trente, il avait appelé le gouverneur pour l'informer de la proposition de Tip-top.

— Il faut que je consulte le ministre et je ne pourrai pas le joindre avant cet après-midi, avait répondu Sir Geoffrey. Je ne pense pas qu'il acceptera.

— Pourquoi ?

— Cela créerait un fâcheux précédent — c'est du moins mon opinion.

— Il nous faut absolument cet argent.

— La crise passera. Les crises passent toujours, les précédents demeurent, malheureusement. Vous assisterez aux funérailles de John ?

— Oui, Excellence.

Le Taï-pan s'était effectivement rendu à l'enterrement, y avait prononcé quelques mots à la mémoire de John Chen puis s'était entretenu en particulier avec son compradore.

— Merci, Taï-pan, avait dit Phillip. Encore une fois je suis vraiment désolé.

— Vos excuses ne nous tireront pas du pétrin dans lequel votre fils et vous nous avez fourrés !

— Je sais, je sais, avait murmuré Chen en se tordant les mains. *Oh ko*, nous sommes tous ruinés !

— Il nous reste le week-end pour agir. Écoutez-moi au lieu de gémir ! Vous allez demander l'aide de tous ceux qui vous doivent un service, Lando Mata et

Tung-l'avare, pour commencer. Si nous n'obtenons pas leur soutien avant dimanche minuit, vous me remettrez votre démission, je choisirai un nouveau compradore dans une autre famille que la Maison de Chen.

Après l'enterrement, Ian était retourné au bureau, où l'avalanche de coups de téléphone avait repris. Havergill, Johnjohn, Richard Kwang — tous redoutaient un effondrement total du marché. Seul David MacStruan, à Toronto, avait éclairé la matinée d'une note moins sinistre.

— David, je veux que vous veniez ici lundi pour...

— Taï-pan, je suis déjà en route pour l'aéroport ! s'était écrié MacStruan. Au rev...

— Une seconde !

Dunross avait expliqué à son cousin qu'il envisageait de le faire remplacer par Jacques de Ville.

— Si vous faites ça, je serai à jamais votre esclave !

— Il me faudra plus que des esclaves, David.

Après un court silence, MacStruan avait répondu d'une voix soudain grave :

— Vous pouvez me demander n'importe quoi, Taï-pan. N'importe quoi.

Ian sourit en se rappelant les propos de son lointain cousin. Il laissa son regard dériver jusqu'à la fenêtre, contempla le port noyé de brume, le ciel sombre. Pourvu qu'il ne pleuve pas avant la cinquième course, pensa-t-il. Je veux battre Pilot Fish avant d'écraser son maître...

— Taï-pan, Mrs. Gresserhoff vient d'arriver, annonça la voix de Claudia dans l'interphone.

— Faites-la entrer.

Dunross se leva lorsque la plus jolie femme qu'il eût jamais vue pénétra dans son bureau. Stupéfait, il se demanda comment elle avait pu épouser Alan Medford Grant, qui, dans certaines circonstances, se faisait appeler Hans Gresserhoff. Après un échange de politesses en japonais, elle passa à l'anglais :

— Votre japonais est excellent, Taï-pan.

— Une tasse de café ? proposa Dunross en montrant le plateau posé sur une table basse.

— Volontiers... Permettez-moi de vous servir.

Avant qu'il n'ait pu protester, Mrs. Gresserhoff — Riko Anjin — avait pris le pot à café. Elle remplit une tasse, la lui offrit en s'inclinant légèrement. C'était une femme menue et délicate, aux proportions harmonieuses et au sourire charmant. Elle portait un ensemble en soie marron bien coupé, sans doute de fabrication française.

— Merci pour l'argent que m'a remis Miss Claudia, dit-elle.

— C'est uniquement pour couvrir vos dépenses. Nous devions à votre mari huit mille livres environ que nous vous réglerons demain par un chèque de banque. Mrs. Gresserhoff, vous...

— Appelez-moi Riko, Taï-pan.

— Riko, donc, vous avez un avantage sur moi : vous me connaissez mais je ne sais rien de vous.

— Mon mari m'a recommandé de ne rien vous cacher. Il m'a aussi chargée de vous remettre une enveloppe une fois que je me serai assurée que vous êtes bien le Taï-pan. Puis-je revenir vous l'apporter plus tard ?

— Je peux vous reconduire à l'hôtel, vous me la donnerez là-bas.

— Ne prenez pas cette peine, je vous en prie. Je vous l'apporterai après le déjeuner.

— Comment est-elle, cette enveloppe ?

— Ordinaire, pas très épaisse. Vous pourriez la glisser facilement dans votre poche.

Charmé par la jeune femme, Ian prit une brusque décision :

— Voilà ce que je vous propose. Mon chauffeur vous reconduit à l'hôtel, vous prenez l'enveloppe, vous revenez ici et vous déjeunez avec nous aux courses.

Cette invitation de dernière minute allait rompre la disposition des convives autour de la table mais Dunross n'en avait cure.

— Mais... mais je n'aurai pas le temps de me changer. Merci, je ne veux pas vous déranger. Je vous remettrai la lettre dans la soirée, ou demain. En mains propres, mon mari me l'a bien recommandé.

— Vous n'avez pas besoin de vous changer, Riko-*san*, vous êtes ravissante. Avez-vous un chapeau ?

La jolie Japonaise regarda Dunross d'un air perplexe.

— Oui, ici, la tradition veut que les dames mettent des gants et un chapeau pour aller aux courses.

— Ah ! bon. Oui, j'ai un chapeau, comme toutes les femmes.

— Alors, pas de problème.

— Si vous le croyez vraiment, dit Mrs. Gresserhoff en se levant.

— J'aimerais bavarder un moment avec vous, si vous avez le temps. Asseyez-vous. Depuis combien d'années étiez-vous mariée ?

— Quatre ans. Hans m'avait demandé de vous dire, au cas où il mourrait et où je serais amenée à vous rencontrer, que nous avions fait un mariage de convenance.

— Comment ?

Elle rougit légèrement en reprenant :

— Ce mariage nous arrangeait tous les deux. Moi j'obtenais la nationalité suisse ; lui, il avait quelqu'un pour s'occuper de lui quand il venait en Suisse. Je... je ne voulais pas l'épouser mais il a tellement insisté. Il disait que cela me mettrait à l'abri s'il venait à mourir.

— Il se savait menacé ?

— Je le crois.

Riko Anjin ouvrit son sac d'une main tremblante, en sortit une enveloppe qu'elle remit au Taï-pan en déclarant :

— Il m’avait aussi demandé de vous remettre ces documents : une copie de notre contrat de mariage, mon extrait de naissance et le sien, son testament.

Dunross ouvrit l’enveloppe, en tira un morceau de papier où il reconnut l’écriture d’A.M.G. « Taï-pan, lut-il, ce mot vous confirmera que la femme qui se tient devant vous est bien mon épouse, Riko Gresserhoff. Je l’aime de tout mon cœur, elle méritait mieux que moi. Aidez-la, je vous en prie, si elle en a besoin. »

— Je ne méritais pas mieux que lui, murmura Riko Anjin en se tamponnant les yeux. Il a été très bon pour moi.

— Il était malade ? il s’attendait à mourir ?

— Je ne sais pas. Il m’avait fait promettre, avant notre mariage, de ne jamais lui poser de questions. J’ignorais où il allait, pourquoi, et même quand il rentrerait.

— Vous acceptiez une telle vie ?

La Japonaise hésita de nouveau avant de répondre :

— Je suis née au Japon, en 1939, et j’étais encore un bébé lorsque mon père fut nommé à l’ambassade de Berne. En 1943, il rentra au Japon et nous laissa à Genève, ma mère et moi. En 1945, toute notre famille fut anéantie à Nagasaki, mon père compris. Comme nous n’avions plus aucune raison de retourner au Japon, nous nous sommes installées à Zurich, chez un homme plein de bonté qui mourut il y a quatre ans. Ma mère et lui n’étaient pas mariés, je le savais, mais je feignais comme eux de l’ignorer et nous eûmes une vie de famille agréable. A la mort de mon beau-père, Simeon Tzerak, nous nous sommes retrouvées sans argent ou presque. Simeon était une personne déplacée, un réfugié hongrois qui avait été comptable à Budapest avant la guerre. C’est ma mère qui me fit épouser un de ses amis, Hans Gresserhoff. Je lui ai obéi et je ne le regrette pas. J’ai tout fait pour rendre mon mari heureux.

— Que votre mère vous conseille-t-elle de faire, aujourd'hui ?

— Elle est morte. Quand mon beau-père nous quitta, elle perdit le goût de vivre, et lorsque mon avenir fut assuré, elle monta très haut dans la montagne et tomba dans une crevasse.

— C'est terrible.

— Non, Taï-pan. Elle est morte où et quand elle l'a choisi. Elle n'avait plus de compagnon, sa fille était pourvue — que lui restait-il à faire ?

— Rien, convint Ian.

Ému par la douceur, la sincérité, le calme de Riko Anjin, Dunross songea au mot japonais *wa*, harmonie. Voilà ce qui la rend si belle, songea-t-il.

Un des téléphones se mit à sonner.

— Oui, Claudia ?

— C'est Alexi Travkin. Il prétend que c'est important.

— Excusez-moi, Riko. Allô, Alexi ?

— Pardon de vous déranger, Taï-pan, mais Johnny est malade, il ne pourra pas monter.

Johnny Moore était le premier jockey de l'écurie de Dunross.

— Ce matin, il avait l'air d'aller très bien.

— Il a quarante de fièvre, le docteur pense à une intoxication alimentaire.

— Vous croyez qu'on l'a empoisonné ?

— Je n'en sais rien. En tout cas, il n'est pas question qu'il monte.

Dunross hésita. Il savait qu'il surclassait le reste de ses jockeys mais le poids supplémentaire que Noble Star devrait porter s'il la montait lui-même compromettrait les chances de la jument.

— Dites à Tom Wong de se préparer à remplacer Johnny. Nous prendrons une décision juste avant la course.

Ian raccrocha et reporta son attention sur sa visiteuse.

— Anjin, cela signifie bien pilote ou navigateur, n'est-ce pas ?

— On racontait dans ma famille qu'un de nos ancêtres fut un Anglais qui devint samouraï et conseiller du Shogun Yoshi Toranaga. Selon la légende, il se tailla un fief à Hemi, près de Yokohama puis s'installa avec sa famille à Nagasaki, en qualité d'inspecteur général des étrangers.

Mrs. Gresserhoff sourit d'un air incrédule.

— Il aurait épousé une dame de haut lignage appelée Riko, poursuivit-elle. Vous connaissez les Japonais, Taï-pan : on imagine mal un *gai-jin*, un étranger, épousant la fille d'un aristocrate. Enfin, c'est une manière amusante d'expliquer l'origine de notre nom... Il faut que je parte, maintenant, non ?

Non, aurait voulu répondre le Taï-pan.

La Daimler noire aux portières ornées des armes de Struan s'arrêta devant le perron du V & A, où attendaient Casey et Bartlett. La jeune femme avait un air emprunté sous son petit chapeau rond sans bord assorti à sa robe verte ; Linc arborait une cravate bleue, un peu plus claire que son costume bien taillé. Tous deux avaient le visage fermé.

Le chauffeur s'approcha d'eux.

— Mr. Bartlett ? Je m'appelle Lim. Excusez-moi mais avez-vous pris les badges et la carte d'invitation ?

— Je les ai, répondit Casey.

— C'est indispensable pour entrer. L'usage veut que les messieurs passent le leur à la boutonnière de leur veste ; les dames l'attachent avec une épingle.

— A vos ordres, dit Bartlett en descendant les marches.

Casey monta en voiture, Linc l'imita. Lim ferma la portière, s'installa au volant et remonta la vitre de séparation.

— Si vous voulez me parler, servez-vous du micro

qui est devant vous, expliqua le chauffeur dans l'interphone.

Dans le rétroviseur, il vit l'Américain abaisser puis relever l'interrupteur de l'appareil. Après avoir engagé la limousine dans le flot de la circulation, Lim appuya discrètement sur un bouton situé sous le tableau de bord et la voix de l'Américain s'éleva aussitôt dans le haut-parleur :

— ... qu'il va pleuvoir ?

— Je n'en sais rien, Linc.

Lim poussa un soupir de satisfaction en se renversant sur son siège. Son frère aîné Lim Chou, majordome des taï-pans de la Noble Maison, avait demandé à un autre frère, spécialiste en radio, d'installer un interrupteur sur dérivation permettant d'écouter les passagers de la voiture. Lim Chou avait bien précisé que ce système était destiné à protéger le Taï-pan et qu'il ne fallait en aucun cas l'utiliser quand le maître se trouvait dans la voiture. Le jeune Lim avait suivi ces recommandations. Jusqu'à présent...

— Cessons ce petit jeu, Linc, reprit Casey d'un ton apaisant. Depuis ce matin, tu es d'une humeur d'ours malade.

— Et toi ? rétorqua l'Américain. J'ai pris une décision : nous marchons avec Gornt.

— J'ai carte blanche pour l'affaire Struan, tu me l'as répété cent fois. Tu commets une grave erreur.

— C'est toi qui le dis. Et tout ça à cause d'Orlanda !

— Pas du tout ! Je t'ai expliqué mes raisons. Si Ian parvient à s'en tirer, il nous offrira des perspectives bien meilleures que Gornt.

— Nous n'avons jamais eu de différend, mais si tu t'obstines, ce sera tes actions contre les miennes et tu te retrouveras coincée ! D'ailleurs qu'est-ce qui te fait croire que Dunross peut s'en tirer ?

— Il est intelligent, et c'est lui le Taï-pan.

— Gornt le tient.

— Apparemment. Bon, n'en parlons plus pour le moment.

— Une minute, Casey. Qu'est-ce que tu mijotes ?

— Que veux-tu dire ?

— Je te connais mieux que quiconque, tu prépares quelque chose.

Casey se demanda si elle devait parler à Linc de l'opération First Central. Non, c'est inutile, se dit-elle. Si Ian obtient le soutien de la banque et se sort d'affaire, il en informera immédiatement Linc, il me l'a promis. Nous rachèterons tous les trois au plus bas, juste avant la remontée des actions, et nous gagnerons le pactole. Ian m'a donné sa parole, mais dois-je lui faire confiance ?

La veille, au restaurant, sous l'effet du vin et de la nourriture, elle s'était confiée à lui, elle lui avait révélé la nature de ses relations avec Linc et l'accord qui les liait.

— Ce doit être dur pour l'un et l'autre, avait commenté le Taï-pan.

— Oui. Oui et non. Nous avions tous les deux vingt et un ans et je me refusais à devenir simplement Mrs. Linc Bartlett, l'épouse-mère-maîtresse-servante attendant patiemment le retour du mari à la maison en lavant les couches. Pourtant je l'aimais — je l'aime. Le contrat que nous avons passé nous a été mutuellement avantageux jusqu'ici. Il expire le jour de mon anniversaire, le 25 novembre de cette année. Nous prendrons alors une décision.

— Et puis ?

— Je ne sais pas. Franchement, je n'en sais rien. J'aime Linc mais nous ne sommes pas amants.

La voix de Bartlett la tira de sa rêverie. Elle se tourna vers lui, le trouva plus beau que jamais malgré la froideur de son regard.

— Tu veux en venir là ? demanda-t-il. Tes actions contre les miennes ?

Elle faillit hurler sa rage. Envoie-le se faire voir,

disait une moitié d'elle-même. Il a besoin de toi plus que tu n'as besoin de lui. Tu connais tous les rouages de Par-Con, tu sais où sont enterrés les cadavres, tu peux détruire ce que tu as contribué à bâtir. Mais une autre partie d'elle-même lui conseillait la dissimulation et la prudence.

Aussi baissa-t-elle les paupières sans plus retenir les larmes qui lui montaient aux yeux. Un changement instantané s'opéra en Bartlett.

— Ne pleure pas, Casey, je te demande pardon, murmura-t-il en l'enlaçant. C'est la première fois que je te vois pleurer... Écoute, nous pouvons discuter sans nous énerver. J'ai bien réfléchi, il vaut mieux miser sur Gornt. Je sais que j'ai raison.

Tu as tort, pensa Casey, heureuse dans les bras de Linc.

64

12 h 32

Brian Kwok hurlait de terreur dans sa prison, dans son enfer. Il habitait un monde de folie éclairé par une lumière aveuglante qui donnait à toute chose la couleur du sang. Sang les murs de la cellule, sang le plafond, sang le sol. Il n'y avait ni porte ni fenêtre, tout avait basculé sens dessus dessous et il gisait au plafond, en proie à d'horribles tourments, tentant frénétiquement de redescendre, de retrouver la normalité. Chaque fois il retombait dans son propre vomi, et, soudain plongé dans le noir, il entendait des ricanements, des voix grinçantes qui palpitaient et couvraient les supplications de son ami Robert, qui conjurait les démons d'arrêter. Puis de nouveau la lumière sang lui arrachait les yeux, lui fracassait le crâne ; il tentait d'agripper la table ou les chaises noyées dans le flot rouge mais retombait encore. Le sol volait à la rencontre du plafond, rien ne demeurait en place dans ce monde dément inventé par le diable...

La lumière sang, le noir, les rires et la puanteur, le sang de nouveau, dans un cycle infernal...

Il se souvenait confusément d'avoir commencé à les supplier des années plus tôt. Laissez-moi partir, je ne suis pas celui que vous cherchez, je ne mérite pas cet enfer... C'est une erreur, l'ennemi, ce n'est pas moi, si, je suis l'ennemi, quel ennemi ? Par pitié remettez le monde à l'endroit, laissez-moi me coucher là en bas, Robert, aide-moi, aide-moi !

— Je suis là, Brian, je remets le monde à l'endroit !

Les paroles compatissantes avaient couvert le vacarme des ricanements, le sang avait reflué. Kwok sentit sur lui la main de son ami, fraîche et douce ; il l'agrippa, soudain terrifié à la pensée que ce n'était qu'un rêve au milieu de son cauchemar. Oh ! Robert, ne m'abandonne pas !

Mon Dieu, c'est impossible, le plafond est à sa place, je suis étendu sur la couchette, normalement, dans une chaude pénombre. Les volets sont tirés, il y a des fleurs dans le vase, je me tiens à l'endroit, à l'endroit.

— Robert...

— Je suis là, mon vieux, dit Armstrong d'une voix apaisante.

— Robert, merci. Tout est à l'endroit, grâce à toi. Merci...

Kwok se sentait faible et avait du mal à parler. C'était merveilleux d'être sorti du cauchemar, de voir le visage de Robert, flou mais réel. Merveilleux de fumer... Je fume ? Oui, je me souviens, la semaine dernière Robert m'avait laissé des cigarettes que ces salauds m'ont confisquées... La semaine dernière ? le mois dernier ? Robert est revenu le mois dernier, il m'a fait tirer une bouffée... C'est si bon, la fumée, la paix, si bon d'échapper à ce plafond lavé par le sang.

— Il faut que je parte.

— Non ! Si tu t'en vas, ça va recommencer. Reste, s'il te plaît. Assieds-toi, nous allons parler, oui, parler, c'est ce que tu voulais. Ne pars pas...

— D'accord. Tant que nous parlerons je ne partirai pas. Qu'est-ce que tu veux me raconter ? Parle-moi de

Ning-tok et de ton père. Tu es retourné chez toi pour le voir, n'est-ce pas ?

— Oui, juste avant sa mort. Mes amis m'ont aidé, cela n'a pris qu'un jour, ils m'ont aidé...

— Ian t'a accompagné ?

— Ian ? Non, c'était... Je ne me souviens pas. Ian, le Taï-pan ? Quelqu'un est venu avec moi. C'était toi, Robert ? Ah ! à Ning-tok ? Ce n'était ni toi ni Ian, c'était John Chancellor, d'Ottawa. Il hait les Soviétiques, lui aussi — la Russie : voilà l'ennemi, Robert. Même à l'école, et ce démon de Chiang Kai-shek et ses assassins, Fong-fong et... et... Oh ! je suis si fatigué, si content de te voir...

— Parle-moi de Fong-fong.

— Un sale type. Lui et son groupe d'espions travaillaient contre nous, les maoïstes, pour Chiang, je le sais. Ne t'inquiète pas, dès que j'aurai lu... Hein ? qu'est-ce que tu me demandes ?

— C'était ce fumier de Grant, non ?

— Oui, oui, j'ai failli m'évanouir quand il a su que j'étais... que je... Oh ! mais j'ai mis fin immédiatement aux méfaits de Fong-fong... Oui.

— Qui as-tu prévenu ?

— Tsu-yan, j'ai prévenu Tsu-yan. Il est à Pékin, maintenant. C'était une huile mais il ne savait pas qui j'étais, très peu de gens savaient... Oui, l'école, mon père m'a envoyé au loin après le meurtre du vieux Sh'in... des bandits l'ont fouetté à mort sur la place du village parce qu'il était de notre camp, avec le peuple, avec Mao... A Hong-Kong, j'ai vécu chez l'oncle... je suis allé à l'école... et le soir, c'était lui mon professeur... Je voudrais dormir, maintenant.

— Comment s'appelait ton oncle, Kar-shun ? où habitait-il ?

— Je... je ne me souviens plus.

— Alors je m'en vais. Je reviendrai la semaine pro...

— Non, attends, Robert. C'était Wu Tsa-fing, il

habitait Fourth Alley à Aberdeen, numéro 8, cinquième étage. Oui, je me rappelle, ne pars pas !

— Très bien, je reste. Tu as étudié longtemps, à Hong-Kong ?

Armstrong parlait d'une voix douce et apaisante. Il ne pouvait s'empêcher d'éprouver de la compassion pour son ancien ami, qu'il ne s'attendait pas à voir craquer aussi vite. L'esprit du « client s'ouvrait tout grand devant lui, il n'avait plus qu'à s'y engouffrer. Son rôle consistait à faire parler l'homme brisé étendu à côté de lui tandis que d'autres écoutaient en secret, enregistraient les noms, les adresses, les vérités et les demi-vérités dont le flot ne cesserait pas avant que Brian Kar-shun Kwok ne soit devenu une coquille vide. Armstrong continuerait à alterner les caresses et les menaces, la compréhension et l'impatience, la colère ; il ferait mine de partir ou éloignerait d'une bordée d'insultes le geôlier l'invitant à s'en aller. Il ne serait qu'un instrument dans les mains de Crosse et de Sinders — les vrais maîtres du jeu — comme Kwok l'avait été pour ceux qui avaient utilisé à leur profit son intelligence et ses capacités. Armstrong avait simplement pour tâche de faire parler le « client », de le ramener sur le sujet quand il s'en écartait ou devenait incohérent, d'être son seul ami, son seul soutien dans un univers irréel.

— ... à Vancouver, murmurait Kwok. A Vancouver, c'était merveilleux, Robert. Il y avait une fille qui... Oui, je voulais l'épouser, mais Tok-le-sage, mon 489, il vivait... à Chinatown, dans Pedder Street, il était propriétaire du restaurant Hoho-tok. Il a dit que le président Mao passe avant n'importe quel *quai loh*. J'aimais cette fille mais Tok m'a dit que les *quai lohs* avaient pillé la Chine pendant des années. C'est vrai, Robert.

— Oui, c'est vrai. Tok-le-sage était ton seul ami, au Canada ?

— Non, j'en avais des dizaines...

Armstrong écoutait, sidéré par la richesse des informations déversées et par l'ampleur de l'infiltration chinoise en Amérique du Nord, à Vancouver, à Seattle, à San Francisco, à Los Angeles ou San Diego : partout où des Chinois avaient ouvert un restaurant, un commerce, une affaire, les maoïstes trouvaient un réservoir potentiel de fonds et surtout d'informations.

— ... Et le Wo Tuk, dans Gerrard Street, à Londres, c'est le centre où j'ai... que je suis... Oh ! j'ai mal à la tête, j'ai soif.

Armstrong fit boire à Brian un peu d'eau contenant un stimulant. Quand il jugerait le moment venu, il donnerait au contraire à son ancien ami du thé chinois contenant un soporifique. Il appartiendrait ensuite à Crosse et à Sinders de décider s'il fallait replacer le « client » dans la Salle Rouge ou mettre fin au traitement en ramenant progressivement Kwok à la réalité, lentement, avec précaution, pour éviter des séquelles durables.

A eux de voir, songea Armstrong. Sinders a raison de vouloir maintenir la pression tant que nous le pouvons. Le « client » en sait trop, il a trop d'expérience, il ne faut pas lui laisser le temps de se ressaisir.

Lorsque, de la cabine d'observation où il se trouvait avec Crosse et Sinders, Armstrong avait vu Brian craquer, vingt minutes seulement après avoir été mis dans la Salle Rouge pour la seconde fois, il avait été profondément ébranlé. Jamais il n'aurait cru qu'un homme aussi coriace que Kwok flancherait aussi vite.

— Impossible, avait-il murmuré.

— Il joue peut-être la comédie, avait suggéré Sinders.

— Non, il craque vraiment, avait affirmé Crosse. Essayez, Robert, vous verrez.

— Très peu pour moi. On croirait une scène tirée du *Cabinet du Dr Caligari.*

— Une minute seulement, c'est une expérience que

vous devez absolument faire. On ne sait jamais, l'autre camp vous soumettra peut-être un jour à ce traitement...

Finalement convaincu, Armstrong s'était laissé enfermer dans la pièce où tout était écarlate, où il n'y avait ni verticales ni horizontales, où le plafond rejoignait le sol dans un coin, où toutes les perspectives étaient faussées. Le plafond incliné était en fait une glace rouge derrière laquelle coulait sans cesse un liquide semblable à du sang. On y avait fixé une table et des chaises, écarlates également, de façon qu'on pût le prendre pour le plancher.

Soudain la lumière s'était éteinte puis rallumée. Rouge, noir, rouge, noir. Involontairement, Armstrong avait cherché à se raccrocher à la réalité des tables, des chaises, du plancher ; il avait trébuché, il était tombé, complètement désorienté. La glace avait disparu, il n'avait plus vu qu'un flot rouge insensé coulant au-dessus de lui. De nouveau le noir puis des voix criardes et retour dans l'enfer de sang. Son estomac lui avait hurlé qu'il se tenait la tête en bas bien qu'il sût que ce n'était qu'une illusion, qu'il lui suffisait de fermer les yeux. Une illusion, une illusion...

Au bout d'une éternité, quand la lumière normale était revenue et que la porte s'était ouverte, Armstrong, pantelant, avait bredouillé à Crosse :

— Vous m'aviez dit une minute, espèce de sale menteur !

Il s'était relevé avec peine, incapable de maîtriser le vertige et la nausée qui continuaient à l'assaillir.

— Il ne s'est écoulé qu'une minute, Robert.

— Je ne vous crois pas.

— C'est exact, était intervenu Sinders, j'ai chronométré. Extraordinaire ! Et très efficace.

Armstrong revint au « client », qu'il avait suffisamment laissé divaguer et qu'il fallait maintenant ramener vers la rive.

— Que disais-tu ? que tu transmettais nos dossiers à ton ami Lo-dents-de-lapin ?

— Ce n'était pas... Je suis fatigué, Robert.

— Si tu es fatigué, je m'en vais ! déclara Armstrong en se levant. Le mois prochain, je...

— Non, je t'en prie... reste ! Ils vont... Je t'en priiiiie !

Le policier se rassit et reprit une comédie qu'il savait injuste, indigne. Dans l'état où se trouvait le « client », il pouvait lui faire dire ce qu'il voulait, lui faire signer n'importe quel papier.

— Je reste si tu continues à parler. Alors Lo-dents-de-lapin servait d'intermédiaire ?

— Non... enfin, oui, dans un sens. Le Dr Meng prenait les documents que je laissais à un endroit convenu mais... il ne savait pas que c'était moi... Il les remettait à Lo, qui était payé pour les transmettre à un troisième homme, je ne sais pas qui... Je ne sais...

— Oh ! si, tu sais, Brian. J'ai l'impression que tu veux me voir partir.

— Non, je le jure... Dents-de-lapin le sait peut-être, ou Vee Cee Ng, le Photographe, lui aussi, il est de notre côté. Demande-le-lui. Il travaillait avec Tsu-yan dans l'affaire d'importation de thorium...

— Le thorium ? qu'est-ce que c'est ?

— Une terre rare... pour la bombe atomique, la nôtre... Oui, nous aurons dans quelques mois nos bombes A et H ! s'écria Kwok avant d'éclater d'un rire dément. Première explosion dans quelques semaines, pas parfaite, bien sûr, mais nous ferons vite des progrès et nous aurons des dizaines de bombes H, Robert. Bientôt nous aurons de quoi riposter aux hégémonistes qui menacent de nous balayer de la surface de la terre. Imagine, Robert, le président Mao a réussi ! Avec l'aide de Joe Yu, nous allons récupérer nos territoires !

Kwok tendit la main, agrippa celle d'Armstrong et la serra faiblement.

— Écoute-moi, Robert, la guerre a commencé entre

les Russes et nous, Chung Li me l'a dit — c'est mon contact en cas d'urgence — il y a d'ores et déjà des affrontements armés au nord, le long de l'Amour, les Soviétiques tuent nos soldats et volent nos territoires mais... cela ne durera plus longtemps.

Le prisonnier ferma les yeux, épuisé, et se mit à marmonner des mots indistincts.

— La Chine aurait la bombe atomique l'année prochaine ? Je n'y crois pas, dit Robert Armstrong en affectant un ton méprisant. Qui est-ce, ce Joe Yu ?

— Qui ?

Brian Kwok ouvrit les yeux et tourna vers son ancien ami un regard différent, interrogateur.

— Joe Yu, répéta le commissaire, les yeux fixés sur le visage de Kwok.

— Qui ? Je ne connais personne de ce nom... Qu'est-ce, qu'est-ce que je fais ici ? qu'est-ce qu'il se passe ? pourquoi est-ce que je devrais connaître ce type ?

— Il n'y a aucune raison, dit Armstrong d'une voix apaisante. Tiens, mon vieux. Bois un peu de thé, tu dois avoir soif.

— Oui... Oui j'ai s... qu'est-ce... Bon dieu, qu'est-ce qu'il se passe ?

Armstrong aida le prisonnier à boire, lui offrit une autre cigarette et s'efforça de le calmer. Quelques instants plus tard, Kowk dormait profondément. Le commissaire, épuisé lui aussi, s'essuya le front et les mains. La porte s'ouvrit, Crosse et Sinders entrèrent.

— Très bien, Robert, dit le chef du MI-6 d'une voix excitée. Très bien, vraiment.

— Vous avez arrêté au bon moment, approuva Crosse. Moi aussi j'avais remarqué qu'il émergeait.

Armstrong garda le silence. Il se sentait sali, souillé.

— Une mine d'or, ce « client » ! exultait Sinders. Le ministre sera ravi. Une guerre sur la frontière en ce moment même et la bombe atomique dans quelques mois. Pas étonnant que notre délégation parlementaire ait fait de tels progrès ! Excellent, Robert, excellent.

— Vous croyez le client ? demanda Crosse.

— Certainement, répondit Sinders. Pas vous ?

— Je crois qu'il nous a raconté ce qu'il sait. La vérité, c'est une autre affaire.

65

13 h 45

Un rugissement d'excitation jaillit de cinquante mille gorges lorsque les « engagés » de la première course sortirent de dessous les tribunes pour gagner au petit trot le paddock, où attendaient propriétaires et entraîneurs. Parmi les dames vêtues de leurs plus beaux atours, on remarquait Mai-Ling Kwang et Dianne Chen, croûlant sous les bijoux et le vison, conscientes des regards d'envie de la foule qui se pressait pour admirer les chevaux — et elles.

De chaque côté de la pelouse détrempée du paddock, la masse des turfistes s'étalait jusqu'aux balustrades d'un blanc éclatant longeant la piste circulaire soigneusement entretenue. Le poteau d'arrivée, situé de l'autre côté, se dressait près du grand tableau sur lequel s'inscrivaient, course après course, les noms des chevaux, des jockeys, et les cotes.

Le ciel était menaçant, il était tombé quelques gouttelettes une heure plus tôt.

Derrière le paddock se trouvaient les vestiaires des jockeys, les bureaux des officiels et la première rangée de guichets, surplombés par les tribunes en gradins. Le premier niveau était réservé aux membres du Club hippique dépourvus de droit de vote, le second aux membres ayant droit de vote, et les deux derniers aux loges privées et à la salle de radio. Chacun des dix commissaires élus chaque année avait droit à une loge, le reste se partageait entre les titulaires permanents : Son Excellence le gouverneur, protecteur du Club, le commandant en chef des troupes, les banques Blacs et Victoria ; enfin Struan, qui occupait la meilleure position, juste en face du poteau d'arrivée.

— Pour quelle raison ? voulut savoir Casey.

— Parce que Dirk Struan fonda le Club, en établit le règlement et fit venir un célèbre spécialiste, Sir Roger Blore, qui en devint le premier secrétaire. C'est lui qui avança les fonds pour la construction des tribunes, pour l'importation d'un premier contingent de chevaux indiens, et qui persuada Sir William Longstaff, le premier représentant plénipotentiaire de Sa Majesté, de céder au Club, à perpétuité, le terrain de l'hippodrome.

— Allons, Taï-pan, fit Donald McBride d'un ton jovial. Persuader n'est pas le mot exact, dites plutôt que Dirk en donna l'ordre à Longstaff.

Dunross rit avec les autres invités, encore assis aux trois tables rondes, et avec les nouveaux venus : Casey, Hiro Toda, McBride.

— Je préfère ma version, reprit-il. Quoi qu'il en soit, la légende veut que Dirk se vit décerner cette loge par acclamations populaires quand les premières tribunes furent construites.

— Cela n'est pas vrai non plus, Casey, lança Willie Tusk de la table voisine de celle de Ian. On raconte que le vieux Tyler Brock exigea lui aussi cette loge et défia Dirk de la mettre en jeu dans une des courses de la première réunion.

— C'est une histoire inventée.

— Ils n'ont pas couru ? demanda Casey.

— Ils s'y apprêtaient mais le typhon les en empêcha,

à ce qu'on dit. En tout cas, Culum refusa de céder la loge, et voilà pourquoi nous y sommes aujourd'hui.

— Ce n'est que justice, approuva McBride, commissaire de piste pour la réunion. La Noble Maison le mérite amplement. Bon, il faut que j'y aille.

Il consulta sa montre, sourit à Dunross et sollicita d'un ton solennel l'autorisation de faire partir la première course.

— Permission accordée, répondit le Taï-pan en lui rendant son sourire.

Après le départ de McBride, Casey tourna vers Ian un regard étonné.

— On a besoin de votre permission pour commencer ?

— C'est juste une coutume, dit Dunross en haussant les épaules. Il faut bien que quelqu'un donne le signal du départ et les prédécesseurs de Sir Geoffrey n'ont jamais été renommés pour leur ponctualité. Les traditions sont une excellente chose, elles donnent un sentiment de continuité et de sécurité.

Il finit son café et alla accueillir Peter Marlowe, qui venait d'entrer dans sa loge.

— Salut, Peter, content de vous voir. Comment va Fleur ?

— Mieux, merci.

— Servez-vous à boire, le bar est là, sur la droite. Excusez-moi, je reviens dans un instant. Jouez donc un Excellent Day, le 5, dans la première. A tout à l'heure.

Casey fit signe à l'écrivain, mais il ne la vit pas, car il avait les yeux braqués sur Grey, qui se trouvait sur la galerie en compagnie de Broadhurst.

— Peter ! cria-t-elle pour attirer son attention. Venez donc vous asseoir.

Marlowe sursauta :

— Oh ! bonjour.

— Fleur va mieux, n'est-ce pas ?

— Elle a été très contente de votre visite.

— Et les enfants ?

— Ils vont très bien. Et vous ?

— C'est merveilleux. Je ne veux plus assister aux courses que de cette façon ! s'extasia la jeune femme.

Le Taï-pan avait offert à ses trente-six invités un somptueux buffet de mets chinois chauds ou, s'ils préféraient, de pâtés en croûte, de toasts au saumon, de poulet froid, de pâtisseries de toutes sortes, dont une pièce montée en meringue représentant l'immeuble Struan. Tout le repas, arrosé des meilleurs vins, avait été préparé dans la cuisine attenant à la loge.

— Je vais me mettre au régime pendant dix ans ! poursuivit-elle. Asseyez-vous donc.

— Non, répondit le romancier en regardant de nouveau Robin Grey, qui bavardait à présent avec Riko Anjin. Je suis invité dans la loge de McBride. A tout à l'heure, je vais risquer un peu d'argent.

— Sur ?

— Le 7, Winner's Delight.

Winner's Delight, un outsider, gagna d'une demi-longueur devant Excellent Day, le favori. Casey, qui avait joué le « tuyau » de Marlowe, alla faire la queue au guichet où l'on payait les gagnants, sous le regard envieux des parieurs malchanceux déambulant dans le couloir longeant les loges. La mise minimum était de cinq dollars de Hong-Kong mais il n'y avait pas de limite maximum.

— Pourquoi ? avait-elle demandé à Linc juste avant le départ, en se démanchant le cou pour apercevoir, par-dessus la galerie, les chevaux placés sous les ordres du *starter*.

— Regarde le tableau, avait répondu Bartlett en lui montrant les chiffres de lumière qui ne cessaient de changer au rythme des paris. Tu vois la somme totale engagée sur cette course : déjà plus de trois millions et demi de dollars HK, soit près d'un dollar par habitant, en comptant les femmes et les enfants. A Hong-Kong, le jeu est une véritable folie.

Un cri était monté de la foule quand le *starter* avait libéré les pur-sang.

— Ça va ? avait-elle demandé à Linc en lui souriant.

— Bien sûr. Et toi ?

— Très bien.

Oui, très bien, pensa-t-elle à nouveau dans la file d'attente. Je suis faite pour gagner !

— Bonjour, Casey. Vous touchez, vous aussi ?

— Oh ! bonjour Quillan, répondit-elle en rejoignant Gornt, qui se trouvait derrière elle dans la queue. Je n'avais joué que dix dollars, malheureusement.

— Peu importe la mise, ce qui compte c'est de gagner. Vous n'avez pas oublié que nous nous voyons demain ?

— Non. Dix heures à l'embarcadère, n'est-ce pas ? J'espère qu'il fera beau.

— De toute façon, nous déjeunons ensemble.

— Entendu. Où se trouve votre loge ?

Casey sentit aussitôt que la question gênait Gornt.

— Je n'en ai pas, je ne suis pas commissaire. Pas encore. Cependant je suis une sorte d'invité permanent de Blacs et je leur emprunte parfois la loge pour y recevoir mes amis. Voulez-vous y faire un tour ? Blacs est une excellente banque et...

— Pas aussi bonne que la Vic ! lança Johnjohn d'un ton joyeux en passant devant eux. Ne croyez pas un mot de ce qu'il vous raconte, Casey. A tout à l'heure.

L'Américaine, pensive, regarda le banquier s'éloigner.

— Personne ne semble se soucier particulièrement de la ruée sur les banques, dit-elle. On dirait qu'il ne se passe rien, que le marché n'est pas en train de s'effondrer.

Conscient que les autres gagnants suivaient la conversation, Gornt s'esclaffa.

— Aujourd'hui, c'est spécial, il y a les courses. Il sera bien temps de s'inquiéter demain, ou lundi. Aujourd'hui, chaque Chinois qui dispose d'un peu d'argent est venu ici, les billets à la main. C'est votre tour, Casey.

— La vice-présidente de Par-Con encaissa cent cinquante dollars pour son gagnant à dix contre un, Gornt en toucha quinze mille.

— Jamais vu une course pareille ! s'exclama une voix à l'accent américain. On aurait dû déclasser le vainqueur.

— Monsieur Biltzmann, monsieur Pugmire, salua Casey, qui avait fait la connaissance des deux hommes le soir de l'incendie.

— Chez nous, il y aurait eu réclamation, reprit l'Américain. Le jockey d'Excellent Day l'a retenu dans la dernière ligne droite, cela crevait les yeux. La course était truquée.

Les rares privilégiés qui étaient dans la confidence se permirent un léger sourire. Aux vestiaires des jockeys et dans la salle des entraîneurs, le bruit avait couru qu'Excellent Day laisserait gagner Winner's Delight.

— Voyons, monsieur Biltzmann, intervint Dunross, qui venait d'arriver, si la course avait été truquée, les commissaires l'auraient vu.

— Si cela s'était produit aux États-Unis, sur un grand hippodrome, le jockey d'Excellent Day aurait été suspendu à vie. Je l'ai vu, je n'ai pas cessé de l'observer à la jumelle.

Biltzmann n'en collecta pas moins ses gains et s'éloigna.

— Pug, avez-vous remarqué quelque chose d'anormal dans la conduite du jockey ? demanda Ian d'un ton calme. Je n'ai pas suivi la course.

— Non, absolument rien.

— Quelqu'un a-t-il remarqué quelque chose ?

Les turfistes les plus proches secouèrent la tête.

— Tout m'a semblé parfaitement normal, affirma l'un d'eux.

Dunross s'aperçut alors que Gornt tenait à la main une épaisse liasse de billets rouges.

— Et vous, Quillan ?

— Moi non plus. J'ajoute que je trouve déplacées les manières de cet énergumène et que son admission au Club serait tout à fait inopportune.

Voyant Robin Grey se diriger vers un guichet pour parier dans la deuxième course, Gornt eut une inspiration soudaine.

— Excusez-moi, dit-il poliment avant de s'éclipser.

— Est-ce que les accusations de Biltzmann pourraient être fondées ? demanda Casey.

— Naturellement. Il y a des courses truquées partout, mais là n'est pas la question. Personne n'a déposé de réclamation.

Le Taï-pan éprouvait certaines difficultés à se concentrer sur un sujet aussi futile alors qu'il était assailli par des problèmes bien plus graves. Dans sa dernière lettre — celle apportée par Riko Anjin — A.M.G. lui expliquait comment faire apparaître des informations secrètes écrites dans les rapports à l'encre sympathique : en chauffant une douzaine de feuilles disséminées çà et là dans divers dossiers. Dunross devait ensuite en remettre une copie en mains propres au Premier Ministre ou à l'actuel chef du MI-6, Edward Sinders, et une autre à Riko Anjin, dans une enveloppe cachetée.

Si je suis ces instructions, je reconnais implicitement que j'ai gardé les vrais rapports et que je leur ai donné des faux, se disait-il.

— Comment avez-vous trouvé le gagnant, Casey ? En jouant au hasard ?

— Marlowe m'avait filé le tuyau... Oh ! vous croyez qu'il savait la course truquée ?

— Si j'avais eu vent d'une quelconque rumeur, j'aurais fait annuler la course. Biltzmann...

Le Taï-pan s'interrompit : une idée lumineuse venait de lui traverser l'esprit.

— Qu'y a-t-il ? fit Casey.

Il la prit par le bras, l'entraîna à l'écart.

— Seriez-vous prête à prendre des risques pour gagner cette fortune dont vous m'avez parlé ? chuchota-t-il.

— A condition que l'opération soit légale. Que devrais-je risquer ?

— Tout ce que vous avez en banque, votre maison de Laurel Canyon, vos actions de Par-Con, pour rafler entre deux et quatre millions de dollars. Qu'en dites-vous ?

Casey avait le cœur battant, elle sentait naître en elle une vive excitation.

— Je marche, murmura-t-elle, et elle le regretta aussitôt.

— Bon. Restez là, je vais chercher Bartlett.

— Il est dans le coup ? De quoi s'agit-il, Ian ?

— D'une modeste opération commerciale. Oui, la participation de Linc est indispensable — cela modifie votre position ?

— Nooon, répondit Casey d'un ton hésitant. Mais comme je vous l'ai dit, je voudrais me retirer de Par-Con.

— Je ne l'ai pas oublié. Attendez-moi ici.

Le Taï-pan entra dans sa loge, revint avec Bartlett et entraîna les deux Américains dans la petite cuisine. Le trio la traversa sous l'œil indifférent du personnel et pénétra dans une minuscule petite pièce insonorisée meublée d'une table, de quatre chaises et d'un téléphone.

— Mon père a fait aménager cette tanière lorsqu'il était Taï-pan : on traite beaucoup d'affaires aux courses, expliqua Dunross. Asseyez-vous, je vous prie... J'ai à vous faire une proposition qui n'a aucun rapport avec Struan ou Par-Con. Une proposition à titre individuel, pour ainsi dire. Cela vous intéresse, Linc ?

— Bien sûr. C'est une combine à la mode de Hong-Kong ?

— Vous êtes contre ?

— Expliquez toujours.

— Avant de vous exposer ma proposition, je vous en donne les règles : c'est moi qui mène le jeu, vous vous contentez de regarder en spectateurs, mais vous touchez 49 p. 100 du bénéfice, à diviser en deux parts égales. D'accord ?

— Je voudrais d'abord connaître le reste, fit prudemment l'Américain.

— Vous déposez avant lundi matin neuf heures deux millions de dollars américains à une banque suisse de mon choix.

— En échange de quoi ?

— De 49 p. 100 des bénéfices.

— Quels bénéfices ?

— Vous l'avez bien fait pour Gornt sans aucune garantie, argua Dunross.

Bartlett sourit :

— Il y a longtemps que vous êtes au courant ?

— Je vous ai prévenu, à Hong-Kong tout se sait, répondit le Taï-pan en lui retournant son sourire. Alors, vous êtes dans le coup ?

Il vit Bartlett couler un regard vers Casey et retint sa respiration.

— Tu sais de quoi il s'agit, toi, Casey ? fit le patron de Par-Con.

— Non, Linc. Expliquez-nous, Ian.

— Je veux d'abord savoir si vous m'avancez les deux millions sans contrepartie — *au cas où* vous marchez, naturellement.

— Quel serait le profit éventuel ? s'enquit l'Américaine.

— Entre quatre et douze millions de dollars. Nets d'impôts.

— Nets d'impôts ? répéta la jeune femme en pâlissant.

— Non imposables à Hong-Kong, et nous pourrons vous aider à déjouer le fisc américain, si vous le voulez.

— L'opération portera sur combien de temps ? demanda Bartlett.

— Elle sera bouclée en un mois, nous toucherons les bénéfices quatre ou cinq mois plus tard.

— Quatre à douze millions, c'est le total, ou notre part seulement ?

— Votre part.

— Cela fait beaucoup pour une opération parfaitement légale.

Il se fit un silence que Dunross laissa durer.

— Et nous devons avancer deux millions en liquide, sans aucune garantie ? dit enfin Bartlett.

— Aucune.

— Gornt est mêlé à cette histoire ?

— Cette opération ne concerne ni Gornt, ni Par-Con, ni votre implantation à Hong-Kong, je vous en donne ma parole. Et je vous promets également que je ne lui dirai rien des deux millions ou de cette affaire en général. Je ne lui dirai même pas que je suis au courant de votre association pour jouer Struan à la baisse — une excellente idée, soit dit en passant.

— Pourquoi faire appel à moi ?

— Parce que je ne dispose pas de deux millions en liquide, comme vous le savez.

— Vous pourriez les obtenir facilement d'un de vos amis, pour une telle combine.

— Je préfère vous en faire profiter : cela vous incitera à traiter avec moi. A ce propos, votre parole vous engage jusqu'à mardi minuit, dit Dunross d'un ton sec. Cette opération servira à démontrer combien Struan est supérieur à Rothwell-Gornt, combien il sera plus excitant de travailler avec nous qu'avec lui. Vous aimez les risques, moi aussi. Vous avez risqué deux millions de dollars avec Gornt, pourquoi pas avec moi ?

Bartlett se tourna vers Casey, l'interrogea du regard mais n'obtint aucune réponse.

— Une question : puisque ce sont mes deux millions, pourquoi devrais-je jouer avec Casey ?

— Je me suis souvenu de ce que vous aviez dit pendant le dîner au sujet de la fortune et de l'indépendance qu'elle confère. Cette opération pourrait lui permettre d'y accéder.

— Pourquoi vous préoccupez-vous autant d'elle ? Diviser pour régner, c'est ça ?

— S'il était possible de la séparer de vous, cela voudrait dire que vous n'auriez pas dû établir avec elle une association toute particulière. Selon vous, elle est votre bras droit, elle a une énorme importance pour vous et pour Par-Con. Elle a donc droit à une part.

— Que risque-t-elle ?

— Sa maison, ses économies, ses actions — tout ce qu'elle possède. Elle les engagera en échange de la moitié du gâteau. C'est d'accord, n'est-ce pas, Casey ?

— Oui, oui, marmonna la jeune femme.

— Je croyais que tu n'étais pas au courant ? dit Bartlett.

— Il y a deux minutes à peine, Ian m'a demandé si j'étais prête à jouer tout ce que j'ai pour gagner le gros paquet. J'ai acquiescé et je commence déjà à le regretter.

Bartlett réfléchit puis reprit :

— Casey, réponds franchement : tu veux être dans le coup, oui ou non ?

— Oui.

— Alors c'est d'accord. Maintenant, Taï-pan, expliquez-nous qui nous devons tuer.

Chu-neuf-carats, coolie occasionnel pour la Victoria Bank et père de deux filles (Lily Su, l'« amie » de Paul Havergill, et Wisteria, la maîtresse de John Chen, morte piétinée par la foule devant la succursale de Ho-Pak à Aberdeen) se présenta devant un guichet.

— Oui, vieil homme ? fit le caissier, impatient.

Chu posa sur le comptoir une liasse de billets représentant tout ce qu'il possédait et tout ce qu'il avait pu emprunter — à l'exception d'une petite réserve destinée à payer les trois prises de Poudre-blanche dont il aurait besoin cette nuit.

— Le report sur les deux couplés, par tous les dieux ! déclara-t-il. 8 et 5 dans la seconde, 7 et 1 dans la cinquième.

Le caissier compta méthodiquement les billets froissés : sept cent vingt-huit dollars de Hong-Kong. Il appuya sur les boutons correspondant au pari demandé, vérifia le premier ticket et en débita cent quarante-quatre autres de cinq dollars chacun, la mise minimum, puis il les fit glisser vers le joueur avec les trois dollars de monnaie.

— Presse-toi un peu ! s'écria le parieur suivant. Tu t'es coincé les doigts dans ton Trou-noir ?

— Un peu de patience, murmura le vieillard. C'est sérieux.

Il vérifia à son tour le premier ticket, le numéro de série du dernier, et céda la place au turfiste impatient. D'un pas lent, il s'éloigna de la queue et respira une bouffée d'air qui lui redonna un peu de vigueur. Pour économiser le prix de l'autobus, il était venu à pied, depuis le chantier de Kotewall Road, sur les hauteurs, où il travaillait la nuit.

Chu vérifia une nouvelle fois ses tickets : 8 et 5 dans la seconde, qui allait se courir ; 7 et 1 dans la cinquième, le clou de la réunion. J'ai fait ce que j'ai pu, pensa-t-il en les rangeant soigneusement dans sa poche. Aux dieux de décider. Comme la douleur qui lui oppressait la poitrine devenait insupportable, il se réfugia dans les toilettes, craqua une allumette et aspira la fumée montant de la Poudre-blanche grésillante. Lorsqu'il se sentit mieux, il sortit et constata que la seconde course était partie. Il se précipita vers les balustrades, indifférent aux protestations des turfistes qu'il bousculait. Les chevaux débouchèrent du virage et galopèrent à toute allure vers le poteau d'arrivée, qu'ils franchirent groupés. Chu écarquillait ses vieux yeux chassieux pour distinguer les numéros.

— Qui a gagné ? bredouilla-t-il.

Mais sa voix fut couverte par les cris de déception ou de joie montant de la foule.

— Qui a gagné ? répéta-t-il.

— Pas le mien, en tout cas, grommela son voisin. Que les dieux pissent sur ce jockey !

— Je n'arrive pas à lire le tableau.

— Il y a photo, de toute façon, répondit un autre parieur. Il faut attendre.

— Photos entre quels numéros ?

— Le 5, le 8 et le 4, Lucky Court, mon cheval. Dépêche-toi d'afficher le résultat, fils de la mamelle gauche d'une putain ! Le 4 et le 8, par tous les dieux !

Pour tromper l'attente, Neuf-carats pensa à la conversation qu'il avait eue dans la matinée avec Chen de la Noble Maison. Trois fois il avait téléphoné, trois fois un domestique l'avait éconduit, et il avait dû prononcer le mot de loup-garou pour que Chen en personne consentît à lui parler.

— Honoré seigneur, je n'ai rien à voir avec les misérables meurtriers de votre fils, je suis seulement le père de Wisteria Su, sa maîtresse, à qui il a écrit son amour dans la lettre que tous les journaux ont publiée.

— Qui es-tu ? Encore un sale menteur ! Tu me crois assez sot pour me faire rouler par le premier gredin qui me téléphone ?

— Je m'appelle Hsi-men Su, avait déclaré Neuf-carats. Honorable Chen, votre fils a écrit deux autres lettres, dont j'ai pensé que vous aimeriez les récupérer. C'est tout ce qui nous reste de notre pauvre fille, morte elle aussi, et de ce pauvre John, que j'avais fini par considérer comme mon propre fils depuis qu'il...

— Mensonges ! Mon fils n'a pas écrit à cette catin à la bouche onctueuse ! Les faussaires comme toi, la police les jette en prison ! Tu me prends pour un paysan des lointaines Provinces ? Fais attention ! Et ne t'avise pas de me parler d'un bébé que mon fils aurait fait à ta fille !

Chu avait failli lâcher le téléphone de stupeur : c'était exactement ce qu'il avait décidé de faire, après en avoir discuté avec sa femme, ses deux fils et sa fille Lily. Il n'avait guère été difficile de trouver parmi la famille une mère acceptant de prêter son rejeton en échange de quelque argent.

— Vous me traitez de menteur ! s'était-il indigné. Moi qui ai donné ma fille vierge à votre fils ? Par tous les dieux, j'ai protégé la réputation de votre maison sans rien demander en échange. Quand nous sommes allés réclamer le corps de ma pauvre fille, nous n'avons rien dit à la police sur l'identité de l'auteur de la lettre, et nous avons continué à nous taire, malgré la récompense offerte par trois journaux. J'ai simplement pensé qu'il serait plus juste de vous proposer de récupérer les lettres avant de m'adresser aux journalistes...

Neuf-carats avait patiemment laissé s'écouler le flot d'invectives qui avait précédé l'ouverture du marchandage. A plusieurs reprises, chacun des deux négociateurs avait menacé de raccrocher mais, finalement, ils étaient tombés d'accord sur l'arrangement suivant : Chu enverrait à Chen une photocopie des autres lettres et, s'il ne s'agissait pas de faux, le compradore « pourrait envisager de les échanger contre une très modeste *H'eung yau* ».

Chu gloussa au souvenir de la discussion. Oh ! oui, Chen de la Noble Maison crachera au bassinet, pensa-t-il. Surtout quand il aura lu les parties de la lettre qui le concernent. Si elles venaient à être imprimées, il deviendrait la risée de Hong-Kong, il perdrait la face à jamais. Maintenant, comment faire pour...

Un rugissement l'enveloppa, son cœur se mit à battre, il se sentit pris de vertige. Appuyé à la balustrade, il regarda le tableau en clignant des yeux.

— Les numéros ! Dites-moi les numéros ! piailla-t-il en tirant la manche de ses voisins.

— Gagnant le 8, Buccaneer, le hongre de la Noble Maison. *Ayiiya*, tu ne vois pas que le Taï-pan le conduit vers l'enclos des gagnants ? Il est à sept contre un.

— Et le deuxième ? qui est deuxième ?

— Le 5, Winsome Lady, trois contre un placé... Qu'est-ce qu'il y a mon vieux, tu te sens mal ?

— Non... non, balbutia Chu faiblement.

— Il s'éloigna d'une démarche titubante, finit par trouver un endroit plus calme et s'assit sur le béton mouillé, la tête entre les mains, étourdi, tant le plaisir d'avoir gagné la première partie de son report était violent.

Commissaires, propriétaires et officiels se rassemblaient dans l'enclos des gagnants. Dunross, après avoir félicité son jockey, fit faire un second tour d'honneur à son hongre en laissant délibérément éclater sa joie. Il tenait à ce que chacun le vît heureux et sûr de lui, vainqueur à l'issue d'une épreuve qu'on pouvait interpréter comme un présage. S'il remportait de nouveau la victoire dans la cinquième, avec Noble Star, on commencerait à douter de la chance de Gornt et de ses alliés. Et si Murtagh se montrait convaincant avec ses chefs, ou si Tiptop obtenait d'échanger Brian contre l'aide chinoise ; si l'Avare, Lando ou Quatre-doigts se décidaient...

— Félicitations, monsieur Dunross !

Ian tourna la tête du côté de la foule massée contre la balustrade.

— Oh ! monsieur Choy. Avez-vous gagné ?

— Certainement, je mise toujours sur la Noble Maison, répondit le faux neveu de Quatre-doigts. Mon oncle et moi avons joué le 5 et le 8 dans un premier couplé, le 7 et 8 dans le second. Il a parié dix mille dollars sur le report, moi j'ai risqué une semaine de salaire !

— Alors espérons que nous allons gagner, monsieur Choy.

— Ça, vous pouvez le dire ! s'exclama le jeune homme avec une familiarité toute américaine.

Le Taï-pan l'abandonna pour retrouver Travkin, à qui il demanda :

— Êtes-vous sûr que Johnny ne pourra pas monter Noble Star ? Je n'ai guère confiance en Tom Wong.

— Je vous l'ai dit, Taï-pan : Johnny est malade comme un cosaque après une cuite.

— Il faut absolument que Noble Star arrive première.

L'entraîneur vit que son patron regardait Buccaneer d'un air pensif.

— Non, Taï-pan, ne montez pas vous-même. Le terrain est déjà très dangereux et ce sera pire encore pour la cinquième.

— Mon avenir — et la réputation de la Noble Maison — se jouent peut-être sur cette course.

L'émigré tapota de la cravache qui ne le quittait jamais ses vieux jodhpurs lustrés par la selle.

— Je sais que vous montez mieux que nos autres jockeys mais la pelouse...

— Pour cette course je ne fais confiance à personne, Alexi.

Ian baissa la voix pour ajouter :

— La première était truquée ?

— A ma connaissance, les chevaux n'étaient pas dopés, répondit Travkin en soutenant le regard du Taï-pan.

— Alors, pas de combine ?

— Je n'ai pas suivi la course.

— Apparemment, les autres entraîneurs non plus, soupira Dunross. C'est très pratique.

— Taï-pan, j'ai un jockey à vous proposer pour Noble Star : moi.

Le chef de Struan jeta un coup d'œil au ciel, qui s'était encore assombri. Il va bientôt pleuvoir, se dit-il. Moi ou Alexi ? Il a encore de bonnes jambes, des mains excellentes, une expérience immense, mais il pense davantage à son cheval qu'à la victoire.

— Je prendrai une décision après la quatrième course, déclara Ian.

Le vieil homme, qui cherchait désespérément à se tirer des pattes de Souslev, revint à la charge :

— Je gagnerai, quitte à faire crever Noble Star.

— Inutile d'en arriver là : je suis plutôt attaché à cette bête.

— Taï-pan, j'ai un autre problème. Est-ce que je pourrais vous voir en particulier, ce soir, dimanche ou lundi ? Aux Tours Sinclair, par exemple.

— Pourquoi là ?

— C'est là que vous m'avez engagé.

— Vous songez à nous quitter ?

— Non, non, pas du tout.

— Bon, mais je passe le week-end à Taipei, je ne pourrai pas avant mardi soir, dix heures.

— Ce sera parfait, merci.

— Je remonte. A tout à l'heure.

L'entraîneur regarda son patron se diriger vers l'ascenseur et sentit la honte le submerger. Il se retourna, chercha Souslev dans la foule et lui adressa le signal convenu : quatre doigts pour mardi. L'agent soviétique accusa réception d'un hochement de tête.

En sortant de l'ascenseur, où on l'avait accablé de félicitations sincères ou envieuses, Dunross retrouva Gavallan et de Ville.

— Tout est prêt ? s'enquit-il.

— Oui, dit Gavallan. Gornt et les autres sont là. Que préparez-vous ?

— Vous verrez. Andrew, je vous informe que Jacques va remplacer David MacStruan au Canada pour un an. David...

Le visage du Français s'éclaira.

— Merci, Taï-pan ! fit-il avec effusion. Je ferai du Canada une affaire juteuse, je vous le promets.

— David arrive lundi, reprit Dunross. Jacques, vous lui transmettrez tous les dossiers que vous suivez et, dans une semaine, vous partirez là-bas avec lui, il restera une quinzaine de jours pour vous mettre au courant. Passez par la France, vous emmènerez Susanne et Avril — d'ici là, elle sera rétablie.

— Je serai heureux de revoir ce vieux David, dit Gavallan, songeur.

Il avait effectivement de la sympathie pour MacStruan mais se demandait surtout quelles étaient les raisons de ce changement et s'il évinçait de Ville de la course à la succession du Taï-pan.

— Partez en avant, je vais chercher Phillip, dit Dunross aux deux hommes.

Ian entra dans la loge de Chen — par tradition, le compradore de la Noble Maison avait rang de commissaire.

— Vous êtes prêt, Phillip ? fit Ian d'un ton aimable en souriant aux invités de l'Eurasien.

Dianne Chen, coiffée d'un chapeau orné de plumes d'oiseau de paradis, croûlait sous les bijoux.

— Félicitations pour votre victoire ! s'exclama-t-elle avec un enjouement cachant mal son anxiété.

Son mari lui avait sans doute fait part de l'ultimatum que lui avait lancé le Taï-pan : convaincre Quatre-doigts, Mata ou l'Avare d'aider Struan, sous peine de ne plus en être le compradore.

Quand il eut entraîné Chen dans le couloir, Dunross lui demanda :

— Alors ?

— Je... j'ai parlé à chacun d'eux. Ils se réunissent demain matin.

— Où ? à Macao ?

— Non, ici, répondit Phillip en baissant la voix. Je suis désolé de tous les ennuis que mon fils vous a causés.

— J'accepte vos excuses. Sans votre rouerie et votre imprudence, la Noble Maison serait dans une position beaucoup moins vulnérable. Si Gornt vient à prendre connaissance de nos bilans de ces dernières années et de nos structures secrètes, nous nous retrouverons au milieu de la crique sans pagaie.

— J'ai... j'ai une idée qui pourrait peut-être nous tirer d'affaire. Puis-je vous en toucher un mot après les courses ?

— Vous venez prendre un verre ce soir, avec Dianne ?

— Oui, si... Kevin est-il invité, lui aussi ?

Dunross se retint de sourire : on propulsait déjà sur le devant de la scène le nouvel héritier.

— Si vous y tenez.

— Taï-pan, que va-t-il se passer, maintenant ?

— Vous verrez bien. Ne dites pas un mot, si ce n'est pour donner votre accord, et suivez-moi quand je partirai. En cas d'échec, la Maison de Chen sera la première à sombrer.

Ian entra dans la loge de McBride, où on le félicita à nouveau de sa victoire.

— Ce serait merveilleux si Noble Star remportait aussi la cinquième, n'est-ce pas, Taï-pan ? fit observer McBride.

— Pilot Fish la battra, affirma Gornt, qui était au bar en compagnie de Jason Plumm. Dix mille dollars qu'il finira devant votre pouliche.

— Tenu, répliqua aussitôt Dunross.

Des acclamations mêlées de huées s'élevèrent de l'assistance. Comme convenu avec Dunross, Casey et Bartlett avaient ostensiblement rejoint la trentaine d'invités de McBride quelques minutes plus tôt sous prétexte de saluer Peter Marlowe. Le Taï-pan feignit de ne leur accorder aucune attention et s'approcha de Dunstan, plus rubicond que jamais, un grand cognac à la main.

— Votre Buccaneer m'a fait gagner un paquet mais j'ai raté le couplé, annonça Dunstan. Lucky Court m'a laissé tomber.

Moins raffinée que celle de Dunross, la loge de McBride était aussi vaste et fréquentée par autant de personnages importants de la Colonie : Lando Mata, Holdbrook — l'agent de change de Struan —, Sir Luis Basilio — président de la Bourse —, Johnjohn, Havergill, Southerby — président de Blacs —, Richard Kwang, Pugmire, Biltzmann, Sir Dunstan Barre, Martin Haply, du *China Guardian*. Et Gornt.

— Qu'est-ce que tout cela signifie, Ian ? demanda ce dernier. Vous avez une déclaration à faire ?

— Oui, je tiens, par courtoisie, à informer les personnes présentes que la Noble Maison dispute officiellement à American Superfoods le contrôle de HK General Store.

Pugmire devint blême.

— Quoi ? hoqueta-t-il.

— Pug, nous vous offrons cinq dollars de plus par action que Biltzmann. En outre, c'est 30 p. 100 en liquide et 70 p. 100 en actions que nous vous proposons, le tout dans trente jours !

— Vous êtes devenu fou ? Vous ne pouvez pas faire cela, murmura Pugmire.

— C'est déjà fait.

— Pour l'instant, nous n'avons eu droit qu'à une déclaration ronflante, intervint Gornt. Comment paierez-vous — dans trente ou dans trois cents jours.

— Notre offre est publique, nous tiendrons nos engagements dans un mois. Pug, je vous ferai parvenir les papiers lundi matin avec un versement initial pour sceller l'accord.

Le brouhaha succéda au silence. Les invités posaient des questions, exprimaient leur stupeur : c'était la première fois qu'on mettait en cause une absorption déjà décidée. Johnjohn et Havergill étaient furieux de ne pas avoir été consultés, et Southerby, par l'intermédiaire de qui l'opération aurait dû se réaliser, n'appréciait guère d'être ainsi pris au dépourvu. Mais tous les banquiers présents, y compris Richard Kwang, faisaient déjà les comptes car, si le marché retrouvait son niveau normal et si Struan remontait, l'offre de Dunross pouvait profiter aux deux parties concernées. D'un côté, le style dynamique de Struan relancerait une *hong* puissante mais en pleine stagnation ; de l'autre, l'acquisition de HK General Stores renforcerait considérablement la Noble Maison, augmenterait de 20 p. 100 au moins les bénéfices bruts de fin d'année et ferait naturellement grimper les dividendes. Par surcroît, cette nouvelle formule présentait l'avantage de ne pas abandonner une part du gâteau à un étranger — surtout si cet étranger s'appelait Biltzmann.

Joli coup, songeait Dunstan Barre, admiratif et envieux. Car naturellement, la cote de General Stores va grimper en flèche lundi. Comment Ian et Havergill ont-ils réussi à préparer l'opération sans laisser filtrer la moindre rumeur ? Si j'avais été dans la confidence, j'aurais pu rafler une petite fortune — il n'est peut-être pas trop tard. Manifestement, les bruits selon lesquels la Vic ne soutiendrait pas Struan ne sont que des ragots.

Voyons, n'avons-nous pas acheté la semaine dernière une quantité importante de General Stores pour le compte d'un client anonyme ? se rappelait Luis Basilio. Le Taï-pan nous aurait-il tous roulés ? Mais alors comment expliquer la dégringolade de Struan et du marché ? comment se débrouillera-t-il pour trouver l'argent nécessaire...

Gornt lui-même faisait des calculs et se reprochait de ne pas avoir pensé avant Dunross à cette opération.

Il ne pouvait l'empêcher, il ne pouvait faire une offre supérieure à celle de Struan — du moins pour l'instant. Une seule solution : attendre que Ian se révèle incapable de payer, car enfin...

— Pouvons-nous publier vos propos, Taï-pan ? lança Martin Haply par-dessus le vacarme.

— Certainement.

— Une question : pourquoi...

Biltzmann interrompit brusquement le journaliste :

— L'affaire est conclue, c'est trop tard.

— Sûrement pas, répliqua Ian. Nous enchérissons sur votre offre, comme cela se pratique aux États-Unis. Bien sûr, à Hong-Kong, nous ne sommes que des amateurs mais nous ne demandons qu'à prendre exemple sur les experts. Rien n'est définitivement conclu avant la réunion des actionnaires, c'est la loi, n'est-ce pas ?

— Oui, mais... Nous étions d'accord, non ? fit l'Américain en se tournant vers Pugmire.

Pug était dans l'embarras, bien que la surenchère de la Noble Maison le comblât.

— C'est-à-dire, les membres du conseil d'administration étaient d'accord, mais, euh, il faut la ratification de l'assemblée des actionnaires. Nous n'avions pas prévu qu'il y aurait... Chuck, Ian, ne pensez-vous pas que l'endroit est mal choisi pour disc...

— Certainement. D'autant que je ne vois guère de quoi nous pourrions discuter. Nous avons fait notre offre, un point c'est tout. A propos, Pug, les dispositions qui vous concernaient demeurent valables mais, nous, nous portons leur durée de cinq à sept ans et nous vous proposons un siège au conseil d'administration de Struan pour la même période.

Pug ouvrit la bouche toute grande et chacun comprit que le Taï-pan avait ferré le poisson.

— Voilà, les papiers seront sur votre bureau lundi à neuf heures trente, conclut Dunross. Il ne vous restera plus qu'à soumettre notre offre à vos actionnaires à l'assemblée de vendredi.

Il s'avança vers l'Américain et lui tendit la main.

— Bonne chance, monsieur Biltzmann. Je suppose que vous ne tarderez pas à faire une contre-proposition ?

— Eh bien... je dois d'abord consulter la direction. Nous... nous avions été jusqu'à la limite de nos possibilités. Votre offre est sacrément alléchante mais je me demande si vous serez en mesure de tenir vos engagements.

— Aucun problème, affirma Ian.

Biltzmann se tourna vers Pugmire :

— Dickie, vous feriez mieux de réfléchir. Notre proposition reste valable jusqu'à mardi.

L'Américain ne doutait pas que la Noble Maison s'effondrerait d'ici là. Il s'approcha de la porte et lança avant de sortir :

— Je vais risquer quelques billets dans la prochaine.

Le brouhaha s'éleva de nouveau mais la voix d'Haply parvint à le dominer :

— Taï-pan, je peux vous poser une question ?

Le silence revint.

— Laquelle ?

— Dans ce genre d'opération, il est d'usage de faire un versement initial en liquide, pour prouver sa bonne foi, en quelque sorte. J'aimerais savoir quelle somme Struan envisage de débloquer.

Le Taï-pan parcourut des yeux l'assistance, conscient que toutes les personnes présentes auraient aimé le voir humilié. Toutes, excepté... Excepté qui ? Casey, probablement. Bartlett ? rien de moins sûr. Claudia ? Oui, naturellement. Et aussi McBride, Gavallan, et même de Ville. Ian arrêta son regard sur le journaliste et répondit :

— Mr. Pugmire souhaite peut-être que ce détail demeure confidentiel. N'est-ce pas, Pug ?

Gornt devança le patron de General Stores :

— Ian, puisque vous avez décidé de bousculer les règles, allez jusqu'au bout. Le montant de votre paiement initial nous donnera une idée de la validité de votre offre. Vous ne pensez pas ?

Dunross entendit les cris étouffés qui signalaient le départ de la troisième course mais, à voir la tension qui se lisait sur les visages, il devait être le seul à en avoir perçu l'écho.

— Non, je ne pense pas. Enfin, si vous tenez tant à le savoir : Pug, deux millions de dollars US, lundi matin avec les papiers, cela vous conviendrait ?

Un murmure de stupeur parcourut la salle. Phillip Chen crut défaillir et Havergill ne put s'empêcher de bredouiller :

— Ian, vous... vous ne croyez pas que, euh...

Dunross tourna brusquement la tête vers le banquier.

— La somme vous paraît insuffisante, Paul ?

— Non, non, certainement pas, mais...

— Ne vous inquiétez pas. Je ne me serais pas permis de vous engager dans cette affaire sans vous en aviser. En l'occurrence, j'ai fait appel à un soutien financier extérieur, expliqua Ian d'un ton enjoué. Comme vous le savez, les banques japonaises et d'autres désirent poursuivre leur expansion en Asie. J'ai jugé préférable de m'adresser à l'une d'elles afin de garder le secret le plus longtemps possible et de prévenir les fuites éventuelles. Par bonheur, la Noble Maison compte de nombreux amis dans le monde. A tout à l'heure !

Dunross sortit, Phillip Chen suivit aussitôt, et Martin Haply se dirigea vers le téléphone.

— De quelle banque japonaise s'agit-il ? demanda Havergill à Johnjohn.

— J'aimerais le savoir. Si Ian a réussi à faire financer cette opération... Bon dieu ! deux millions de dollars, c'est beaucoup trop ! la moitié aurait suffi.

— En cas de succès, le gâteau sera d'au moins dix

millions la première année, pronostiqua Southerby. Et nous n'en aurons pas la moindre miette, mon cher Paul.

— Je ne comprends pas comment il est parvenu à...

— Nous avons des préoccupations plus urgentes, reprit le président de Blacs. Avez-vous des nouvelles de Tiptop ?

— Aucune. Il ne répond pas à nos coups de téléphone.

Le regard de Havergill se posa sur Gornt, qui s'entretenait avec Jason Plumm.

— Que va faire Quillan, maintenant ?

— Il va racheter dès lundi matin, répondit Southerby. Il y est contraint : poursuivre son attaque deviendrait trop dangereux.

— Je suis de votre avis, approuva Sir Luis Basilio. Si Ian peut sortir deux millions aussi facilement de sa poche, ceux qui jouent Struan à la baisse feraient bien de prendre garde. La semaine dernière, des actions de General Stores ont été acquises par des intermédiaires qui agissaient sans doute pour le compte de Struan — c'est clair, maintenant. Ian préparait le terrain, ce roublard !

— S'il gagne maintenant avec Noble Star, la situation pourrait se renverser complètement, dit Johnjohn. Vous connaissez la superstition des Chinois...

— Dieu merci, nous ne sommes pas tous Chinois, intervint Gornt. Et j'attends de voir la couleur de son argent.

— Il l'a, c'est certain, répondit Johnjohn. Il n'aurait pas risqué de perdre la face aussi piteusement.

Gornt haussa les épaules.

— En tout cas, je suis gagnant : à défaut du contrôle de Struan, je raflerai plusieurs millions.

Il parcourut la salle des yeux, salua de la tête Casey et Bartlett puis sortit.

— Qu'en penses-tu ? demanda Linc à sa compagne en l'entraînant sur la galerie.

— Ian est un type fantastique ! fit-elle d'une voix excitée. Cette banque japonaise qu'il a sortie comme un lapin d'un haut-de-forme les a littéralement estomaqués. Tu as entendu la remarque de Southerby ?

— Oui. Tu sais ce que nous venons de faire ? Nous venons d'acheter la Noble Maison avec une simple promesse.

— Comment ça ?

— Ian a tout misé sur les deux millions que j'ai promis de lui verser. Si je ne tiens pas parole, son opération s'effondre comme un château de cartes. Sans mes deux millions, il est fini.

Casey avait l'air atterré.

— Tu ne ferais pas cela !

— Nous sommes venus ici pour mettre la main sur Struan. Regarde la façon dont Dunross a traité Biltzmann : le pauvre n'a pas encore compris ce qu'il s'est passé. Et les autres ne se sont pas montrés plus charitables : Pugmire avait passé un accord sur lequel il n'a pas hésité à revenir.

— Tu serais capable d'en faire autant ? demanda Casey en scrutant le visage de Bartlett.

L'Américain sourit en contemplant la foule des joueurs et le tableau des cotes.

— Peut-être. Tout dépend de ce qui arrivera pendant le week-end. Gornt ou Dunross, c'est pareil.

— Je ne suis pas d'accord.

— Je le sais, Casey, répondit Bartlett calmement. Mais les deux millions sont à moi.

— Tu as donné ta parole.

— Ces types nous mangeraient tout crus à la première occasion. Tu crois que Dunross ne nous laisserait pas tomber s'il devait choisir entre lui et nous ?

— Autrement dit, on a toujours le droit de rompre un marché.

— Tu les veux, tes quatre millions de dollars, nets d'impôts ?

— Tu connais la réponse.

— Tu recevrais 49 p. 100 des actions de la nouvelle compagnie Par-Con-Gornt. Cela doit faire le compte.

— Et même davantage. Qu'exiges-tu en échange ?

— De récupérer 100 p. 100 de Gornt-Par-Con.

Casey s'efforça de lire dans les pensées de Linc mais elle n'y parvenait plus depuis qu'il connaissait Orlanda.

— Tu me fais vraiment cette proposition ? fit-elle dans un souffle.

— Non, répondit Bartlett en souriant. Pas encore.

La jeune femme prit soudain peur à l'idée qu'elle aurait peut-être accepté le marché si Linc le lui avait réellement proposé.

— Je suis contente, murmura-t-elle.

— Dunross et Gornt se battent eux aussi pour gagner mais, pour eux, l'enjeu est différent. Cette loge, par exemple, a sans doute plus d'importance à leurs yeux que deux ou quatre millions de dollars. Nous sommes venus ici, toi et moi, afin de réussir un gros coup.

Quelques gouttes s'écrasèrent sur le rebord de la galerie mais il n'avait pas commencé à pleuvoir : c'était l'avancée du toit qui s'égouttait.

— Je vais faire un tour pour voir quelles sont les réactions, reprit Bartlett. A tout à l'heure.

— Et la cinquième ?

— Attends les cotes. Je serai de retour avant le départ.

Casey regarda Linc s'éloigner et se retint de lui crier : « Est-ce que tu vas revenir sur ta parole ? » Avant de venir à Hong-Kong — avant Orlanda — elle n'aurait pas eu besoin de lui poser cette question, Linc ne revenait jamais sur un marché conclu. Mais à présent...

La pluie crépitait sur le toit des tribunes ; la piste, déjà lourde et labourée par les sabots des chevaux, était devenue très glissante. Devant l'entrée principale de l'hippodrome, les voitures avançaient au pas sur la route luisante, creusée d'ornières remplies d'eau. Des retardataires se pressaient encore en direction des tourniquets.

Roger Crosse, Sinders et Robert Armstrong descendirent d'une voiture de police et empruntèrent le couloir réservé aux membres du Club hippique. Armstrong avait le droit de vote depuis un an, Crosse depuis cinq, et il venait d'être élu commissaire. Chaque année, le directeur de la SI suggérait que la police devrait avoir sa loge ; chaque année les commissaires des courses accueillaient la proposition avec enthousiasme et les choses en restaient là.

Une fois installé dans la tribune des membres du Club, Armstrong alluma une cigarette. Il avait les traits tirés, les yeux cernés.

— Qui est-ce ? demanda Sinders avec un mouvement de tête en direction du bar.

Armstrong suivit son regard.

— Ça, c'est un peu de couleur locale, monsieur Sinders. Elle s'appelle Venus Poon, c'est une starlette de la télé.

La « comédienne », enveloppée dans un manteau de vison, était entourée d'un groupe de Chinois admiratifs.

— A sa gauche, c'est Charles Wang, poursuivit le commissaire. Producteur de cinéma, propriétaire de boîtes, de filles et de deux banques en Thaïlande. Millionnaire, bien sûr. Le petit vieillard qui a l'air d'un bambou et en a la dureté, c'est Wu-quatre-doigts, un de nos pirates locaux.

— Nous avons failli le pincer il y a deux jours, précisa Crosse. Il fait le trafic de l'or, et sans doute celui de l'héroïne, à présent.

— Qui est le type nerveux en complet gris ? Un peu à l'écart ?

— Richard Kwang, de la banque Ho-Pak. C'est —

ou c'était — le, comment dit-on, déjà ? le protecteur de la demoiselle.

— Intéressant, dit Sinders en contemplant Venus Poon. Et celle qui parle avec un Blanc, là-bas ?

— Où ? Ah ! c'est Orlanda Ramos, une Portugaise — ce qui, ici, signifie souvent Eurasienne. Elle a été la maîtresse de Gornt, aujourd'hui je ne sais pas. L'homme, c'est Bartlett, le trafiquant d'armes.

— Les bijoux de ces dames n'ont jamais tenté les amateurs de gros coups ?

— Personne n'oserait faire un braquage au Club, répondit Crosse, l'air choqué.

— Pour la réunion de clôture, les mises se montent à une quinzaine de millions, au moins, dit Armstrong. Mais le système de sécurité est vraiment dissuasif — c'est Mr. Crosse qui l'a conçu.

— Un sandwich, Edward ? proposa le chef de la SI.

— Bonne idée. Merci.

— Vous, Robert ?

— Non, merci. Avec votre permission, je vais « faire le papier », je vous retrouverai plus tard.

Armstrong ne pouvait s'empêcher de penser qu'après la septième course, ils retourneraient tous trois au Q.G. de la police pour faire subir à Brian une nouvelle séance.

— Notre commissaire est un vrai turfiste, commenta Crosse. Robert, faites donc les honneurs de la maison à Mr. Sinders. Commandez-lui un sandwich et montrez-lui les guichets, moi je dois dire un mot au gouverneur. A tout à l'heure.

— Avec plaisir, mentit le policier.

Les quarante mille dollars d'*heung yau* qu'il avait pris dans le tiroir de son bureau sur une impulsion lui brûlaient la peau à travers l'étoffe de son pantalon. Je les joue ou non ? se demanda-t-il pour la centième fois.

Crosse se dirigea vers l'ascenseur sous les regards nerveux d'une partie de la foule. Parvenu au dernier niveau, il passa sans s'arrêter devant la loge du gouverneur et pénétra dans celle de Jason Plumm.

— Bonjour, Roger, le salua Plumm d'un ton affable. Vous prenez un verre ?

— Plutôt un café. Comment ça va ?

— Mal, je perds ma chemise. Et vous ?

— Je viens d'arriver.

— Alors vous avez raté la grande scène du II !

Plumm résuma les événements et conclut :

— Ian a fait un croc-en-jambe à Pugmire.

— Ou plutôt une offre en or, rectifia un invité.

Dans la loge, aussi bondée que les autres, des groupes bavardaient et riaient.

— J'allais me rendre à la salle des commissaires, déclara Plumm. Vous m'y accompagnez, Roger ?

La salle se trouvait au bout du couloir, derrière une porte à double battant gardée par un Chinois en uniforme. Assez exiguë, elle offrait aux commissaires une table, douze chaises, un téléphone, deux fenêtres donnant sur la piste et une petite galerie.

Plumm y pénétra, s'assura qu'elle était vide, et, abandonnant ses allures désinvoltes, murmura :

— J'ai parlé à Souslev. Il est furieux de la descente opérée à bord de l'*Ivanov*.

— Ordre de Londres, je n'étais pas au courant.

— On se méfie de vous ?

— Non, je ne crois pas. Sinders et le MI-6 aiment les petits secrets, voilà tout.

— Souslev veut que vous lui téléphoniez. Il se trouvera près d'une cabine téléphonique au départ des trois prochaines courses. En voici le numéro, dit Plumm en tendant un morceau de papier au policier. Qu'est-ce qu'il leur a pris, de faire une descente sur le bateau ?

— Ils veulent maintenir la pression, inquiéter les Russes. Même chose pour la convocation de dimanche à la police : c'est uniquement pour flanquer la trouille à Souslev.

— C'est réussi ! D'autant qu'il va devoir fournir des explications à ses supérieurs. Quand Armstrong s'est « trompé » de porte, le système d'auto-destruction a fonctionné : plus de radio, plus de matériel de brouillage et de décodage.

Crosse haussa les épaules :

— L'*Ivanov* sera remplacé par un autre navire, ils n'en manquent pas. Ce ne fut ni la faute de Souslev ni la nôtre. Quoi qu'il en soit, nous pouvons envoyer au Centre un rapport fournissant des explications... si nous le jugeons utile.

— Si ?

— Les gars de Rosemont ont trouvé aux Tours Sinclair un verre portant les empreintes de Souslev.

— Bon dieu !

— Nous aussi nous avions ses empreintes dans notre fichier mais je les ai retirées de son dossier il y a quelques années. En tout cas, la CIA ne tardera pas à lui tomber dessus, il vaut mieux qu'il quitte Hong-Kong au plus tôt.

— Vous pensez qu'il faut avertir le Centre ? On ne va pas apprécier son imprudence, en haut lieu.

— Nous prendrons une décision pendant le week-end. Voranski, nous le connaissions, nous pouvions lui faire confiance, mais ce type ?

Crosse jouait la perplexité, comme si, à l'instar de Plumm, il ne connaissait Souslev que depuis peu.

— Après tout, ce n'est qu'un agent de seconde zone, reprit-il. Un courrier monté en grade. Il ne remplace même pas Voranski officiellement...

— Et nous devons penser à nous protéger. Que faisons-nous en ce qui concerne le câble décodé ?

— Comment ?

— Le télégramme que Souslev a fait tomber de sa poche et qu'Armstrong a ramassé sur le pont de l'*Ivanov*. Il faut prendre une décision.

Crosse tourna la tête pour cacher sa stupéfaction :

ni Sinders ni Armstrong ne lui avaient parlé d'un câble.

— Souslev vous a révélé ce qu'il contenait ? demanda-t-il en s'efforçant de garder son calme.

— Bien sûr, j'ai insisté.

— Et que vous a-t-il répondu exactement ?

Plumm demeura un moment silencieux, les yeux fixés sur son complice.

— Oh ! vous pensez qu'il aurait pu me mentir ? dit-il enfin. Selon lui, le télégramme portait sur trois points : premièrement, l'ordre d'intercepter immédiatement le traître Metkin ; deuxièmement, le report à dimanche de la réunion avec un Américain ; troisièmement, l'ordre à Sevrin de tout faire pour mettre la main sur les rapports d'A.M.G., qui restent la priorité des priorités. C'est exact ?

Crosse dut se jeter à l'eau :

— Oui, c'est exact.

— Terrible, non ?

— Ce n'est pas si grave, marmonna le directeur de la SI en se demandant pourquoi Armstrong et Sinders lui avaient délibérément caché cette histoire de télégramme.

— Je ne suis pas de votre avis, répliqua Plumm avec irritation. Le troisième point confirme l'existence de Sevrin et ses liens avec le KGB.

— Mais il ne leur a rien appris de plus que les documents d'A.M.G. Calmez-vous, Jason. Nous ne risquons rien.

— Vous croyez ? Les fuites deviennent trop nombreuses à mon goût, nous ferions bien de mettre le réseau en sommeil pour quelque temps.

— Il l'est déjà. Sans ce salaud d'A.M.G., nous n'aurions pas tous ces ennuis.

— Ce type était drôlement fort, même si ses rapports contenaient çà et là quelques erreurs.

— Vous pensez à Banastasio ? fit Crosse.

Dans le dossier intercepté, Grant désignait à tort

Banastasio comme le contact américain du réseau Sevrin.

— Oui. Qu'est-ce qu'il vient faire là-dedans ?

— Vee Cee Ng est venu l'accueillir à l'aéroport, déclara le patron de la SI.

— Le Photographe ? Quel rapport ?

— Je ne sais pas. Peut-être une affaire de contrebande. Ng trempe dans toutes sortes de combines.

— A moins qu'il ne faille prendre au sérieux la théorie de cet écrivain — comment s'appelle-t-il ? — Marlowe. Vous croyez que le KGB monterait une opération sur notre territoire sans nous en avertir ?

— C'est possible, fit Crosse en haussant les épaules. Mais ce pourrait être aussi une simple coïncidence. Pourquoi Souslev veut-il me parler ?

— Il a besoin de notre aide. Koronski arrive cet après-midi par avion.

Le policier émit un sifflement.

— C'est le Centre qui vous a prévenu ?

— Oui, j'ai reçu un message ce matin. Depuis que la radio de l'*Ivanov* ne fonctionne plus, je sers d'intermédiaire.

— Quelle est sa couverture ?

— Hans Meikker, citoyen ouest-allemand. Il descendra aux Sept Dragons.

Plumm marqua un temps d'arrêt avant de poursuivre d'une voix nerveuse :

— D'après Souslev, le Centre désire que nous nous préparions à enlever Ian et...

— Ils sont devenus fous !

— Souslev prétend que c'est le seul moyen de découvrir rapidement si les dossiers sont faux et, dans ce cas, où sont cachés les vrais. Koronski serait l'homme capable de... de vider la mémoire de Dunross en utilisant des drogues.

— C'est insensé. Nous ne sommes même pas sûrs que le Taï-pan aurait quelque chose à nous apprendre !

— Le Centre suggère d'attribuer l'enlèvement aux Loups-garous, les ravisseurs de John Chen.

— Non. Trop dangereux, laissa tomber Crosse.

— Le moment serait pourtant bien choisi, argua Plumm. L'enlèvement plongerait la Noble Maison dans le désarroi et précipiterait le mouvement de panique amorcé avec la ruée bancaire et l'effondrement du marché des valeurs. Hong-Kong partirait à vau-l'au, la Chine s'affolerait, nous ferions gagner dix ans à la Cause. Bon dieu, Roger, vous n'en avez pas assez d'attendre ? Nous pouvons aujourd'hui remplir la mission pour laquelle Sevrin a été créée. Ensuite, nous mettrions le réseau en hibernation pour quelque temps.

Crosse alluma une cigarette.

— Je vais réfléchir. Pour l'instant, restons-en là... Souslev vous a-t-il révélé l'identité de l'Américain dont il est question dans le télégramme ?

— Non. Il a simplement précisé que cela n'avait aucun rapport avec nous.

— Tout ce qui se passe ici a un rapport avec nous, rétorqua Crosse en durcissant le ton.

— Oui, sans doute, mais il s'agit peut-être simplement d'un nom de code désignant n'importe qui.

— Possible.

— J'ai une hypothèse farfelue à vous soumettre : Banastasio.

— Pourquoi lui ? demanda le chef de la SI, qui était pourtant parvenu à la même conclusion.

— Je n'en sais rien, mais je parierais que la manœuvre — si manœuvre il y a — est téléguidée par le KGB. C'est du pur Sun Tzu : retourner la force de l'ennemi contre lui-même — en l'occurrence des deux ennemis : les États-Unis et la Chine. Un Viêt-nam fort et unifié serait fatalement antichinois, non ?

— Probablement. Oui, cette hypothèse expliquerait tout, approuva Crosse.

Sauf Vee Cee Ng, songea-t-il. Jamais, avant d'avoir entendu Kwok avouer : « Vee Cee est des nôtres », il n'aurait soupçonné le Photographe d'être autre chose qu'un magouilleur.

— Pensez à Dunross, Roger. Les Loups-garous nous fourniraient une couverture parfaite.

— J'y pense.

A travers ses puissantes jumelles, Orlanda vit les chevaux jaillir de la *starting gate* pour le départ de la quatrième course. Tout le monde avait le regard tourné vers la piste excepté Bartlett, qui se trouvait à côté de la jeune Eurasienne, dans un coin de la galerie des membres du Club hippique. Il contemplait le renflement de ses seins sous la soie, l'angle de ses pommettes, l'ovale de son visage où se lisait une excitation intense.

— Allez, Crossfire, marmonnait-elle, allez !

L'Américain éclata de rire mais Orlanda ne s'en rendit pas compte, elle ne songeait qu'aux cinquante dollars qu'elle avait misés sur le grand cheval gris, favori de la course.

— Il remonte, Linc !

Bartlett tourna les yeux vers les pur-sang, qui venaient de débouler dans la dernière ligne droite. Crossfire attaquait Western Scot, un hongre brun qui menait d'une courte tête, tandis que Winwell Stag, le cheval de Havergill, prenait l'extérieur pour se mêler à la lutte. Les trois bêtes, stimulées par les coups de cravache de leurs jockeys, se retrouvèrent quasiment à la même hauteur à quelques mètres de l'arrivée.

— Allez, Crossfire ! criait Orlanda par-dessus le tumulte. Allez... Il a gagné ! Il a gagné !

Dans sa joie, elle enlaça Bartlett, qui se mit de nouveau à rire. Un second rugissement monta de la foule lorsque le tableau afficha l'ordre d'arrivée, confirmant la victoire de Crossfire. Quelques instants plus tard, un troisième salua l'apparition des rapports : 2,5 pour le gagnant.

— C'est maigre, commenta Bartlett.

— Non non non non, chantonna Orlanda.

Jamais elle ne lui avait paru plus jolie. Elle s'écarta de lui, se pencha par-dessus la balustrade pour voir l'enclos des vainqueurs.

— Voilà le propriétaire, Vee Cee Ng, un de nos millionnaires shanghaïens. Mon père le connaissait bien, dit-elle à Linc en lui passant les jumelles.

L'homme qui menait le cheval par la bride était un quinquagénaire souriant, au dos bien cambré, vêtu d'un costume élégant. Il précédait Havergill, qui menait Winwell Stad, le second, battu d'un naseau. Bartlett braqua ses jumelles vers le paddock où se trouvaient Gornt, Plumm, Pugmire et de nombreux autres commissaires. Dunross bavardait près de la balustrade avec un homme de petite taille ; le gouverneur et son épouse passaient de groupe en groupe. L'Américain les considéra d'un regard un peu envieux. Ils font si *british*, se dit-il. Est-ce que je déparerai moins que Biltzmann, au milieu d'eux ? Sûrement. A moins qu'ils ne cherchent à m'évincer moi aussi. Et Orlanda, est-ce qu'elle aurait sa place ? Oui. Comme femme ou comme maîtresse.

— A qui parle Ian ? demanda-t-il.

— A Travkin, son entraîneur. Il...

Orlanda s'interrompit en voyant Armstrong s'approcher.

— Bonjour, monsieur Bartlett. Vous avez touché le gagnant ?

— Non, malheureusement. Puis-je vous présenter Miss Orlanda Ramos, qui, elle, a déjà gagné deux fois.

— Puisque vous êtes en veine, dites-moi donc votre choix pour la cinquième.

— Je ne sais pas encore, commissaire. Et vous, quel est votre pronostic ?

— On parle beaucoup de Winning Billy mais je n'arrive pas à me décider, moi non plus. En tout cas, bonne chance.

Armstrong quitta le couple pour aller toucher ses gains : il avait misé cinq cents dollars sur le troisième de manière à couvrir ses autres paris. Il procédait toujours de cette façon afin d'équilibrer gains et pertes et y parvenait la plupart du temps. Ce jour-là, les pertes excédaient légèrement les gains mais il n'avait pas encore touché aux quarante mille dollars.

A l'entrée du couloir, le commissaire hésita en découvrant l'inspecteur principal Donald C.C. Smyth, — le Serpent — qui quittait un guichet de paiement, une liasse de billets à la main. Il était trop tard, Smyth l'avait vu.

— Tiens, salut, Robert. Ça marche ?

— Couci-couça. Toi, c'est la forme, on dirait ?

— Je me défends. Et le boulot ?

— Comme d'habitude.

Armstrong sentit son estomac se soulever à la pensée de la Salle Rouge et de Brian Kwok, auprès de qui il retournerait s'asseoir tout à l'heure pour lui arracher ses secrets les plus secrets. C'était une course contre la montre, il fallait « vider » le cerveau de Kwok avant que le gouverneur n'obtienne de Londres l'autorisation de l'échanger.

— Tu as l'air fatigué, Robert.

— Je *suis* fatigué. Qui va gagner dans la cinquième ?

— Pilot Fish, d'après ton ami Jambe-de-bois, du restaurant Para. Il m'avait d'ailleurs refilé Buccaneer dans la première, mais, avec ce terrain, tout peut arriver.

— Tout. Du nouveau sur les Loups-garous ?

— Non, c'est l'impasse. Je passe le secteur au peigne fin, bien que, avec cette pluie, ce soit sans espoir. Ce matin, j'ai parlé à Dianne puis à Barbara, la veuve de John. Elles m'ont toutes deux répondu très aimablement mais je parie cinq dollars contre un sifflet de deux ronds qu'elles en savent plus long qu'elles ne veulent bien le dire. J'ai également interrogé Phillip Chen et je n'en ai rien tiré non plus. Il a drôlement encaissé, le pauvre. Mary ne t'a rien fourni d'intéressant sur John, par hasard ?

— Je n'ai pas eu le temps de lui poser la question, répondit Armstrong en regardant son collègue dans les yeux. Je le ferai ce soir — si on me laisse respirer un peu.

— Aucune chance, dit Smyth, dont le visage se fendit d'un sourire tordu. Mets tes quarante billets sur Pilot Fish.

— Quels quarante billets ?

— Un petit oiseau m'a murmuré qu'un œuf en or a disparu de ton pigeonnier — pour mélanger les métaphores. Ne te fais pas de mouron, Robert, profites-en. Il y en aura beaucoup d'autres.

L'inspecteur s'éloigna sous le regard haineux du commissaire. Il a raison, pourtant, pensa Armstrong. Il y a toujours beaucoup de pots-de-vin une fois qu'on a accepté le premier. On a beau ne rien faire en échange, ne rien admettre, ne rien promettre, le moment vient toujours où il faut rembourser.

Mary. Elle a besoin de vacances mais pas moyen de partir avant d'avoir réglé mes dettes. Les fluctuations du marché ont achevé de me lessiver. Jouer les quarante mille sur un gagnant arrangerait tout...

Les pas d'Armstrong le conduisirent dans une des queues s'étirant devant les guichets. Ceux — nombreux — qui le reconnurent se dirent qu'il serait grand temps d'accorder aux policiers leur propre loge afin qu'ils ne se mêlent plus aux honnêtes citoyens. Quatre-doigts, qui en faisait partie, misa rapidement cinquante mille dollars sur le couplé Pilot Fish-Butterscotch Lass et retourna en toute hâte dans la tribune réservée aux membres du Club. Fornicateurs de policiers ! pensa-t-il en sirotant son cognac au bar où il attendait le retour de Venus Poon. Hiiii, sa Fente-dorée vaut jusqu'au dernier carat le diamant que je lui ai promis hier soir. Deux fois la Pluie et les Nuages avant l'aube et...

Des cris d'excitation l'attirèrent sur la galerie, où il découvrit qu'on affichait les noms des partants de la cinquième course. Sur le tableau apparut d'abord celui de Pilot Fish, le numéro 1, salué par une ovation ; puis Street Vendor, le 2, un outsider ; et Golden Lady, le 3, qui avait de nombreux partisans. Quand s'inscrivit le nom de Noble Star, le 7, il y eut un rugissement, qui retomba et reprit de plus belle pour saluer le dernier engagé, Butterscotch Lass, la favorite.

En bas, près de la balustrade, Dunross et Travkin examinaient le terrain. Plus on se rapprochait de la corde, plus il était labouré et glissant. Une pluie fine se mit à tomber du ciel obscurci par les nuages.

— La piste est détrempée, Taï-pan, dit l'entraîneur. C'est très dangereux.

— Elle l'est pour tout le monde.

Ian pesa une dernière fois le pour et le contre : si je monte et si je gagne, on y verra un présage ; si je perds, battu par Pilot Fish... En outre, je risque de faire une chute et ce n'est pas le moment de laisser la Noble Maison sans chef. Non, je ne tomberai pas, je gagnerai. Cette course, c'est ce que je désire le plus au monde.

Il regarda de nouveau la piste, sentit les battements de son cœur s'accélérer et eut l'impression de renifler l'odeur chaude, âcre, aigre-douce de la sueur des chevaux. Sa main se crispait sur la cravache, il bousculait Pilot Fish dans le dernier virage, le coinçait contre la balustrade et déboulait en tête dans la ligne droite, plus que quelques dizaines de mètres, allez, allez...

— Il faut prendre une décision, Taï-pan.

Dunross revint lentement à la réalité.

— Oui... C'est vous qui monterez, résolut-il, faisant passer la Noble Maison avant lui-même. Alexi, il faut gagner.

L'entraîneur tourna vers son patron son visage ridé et parcheminé, hocha la tête et prit la direction des vestiaires. Au passage, il remarqua que Souslev l'observait des tribunes avec ses jumelles. Ce *matyeryebyets* t'a promis que Nestorova viendrait pour Noël si tu lui obéissais mais peux-tu lui faire confiance ? Seigneur Dieu ! pourquoi m'a-t-il demandé de faire venir le Taï-pan en pleine nuit aux Tours Sinclair ? Que dois-je faire ?

Tandis que Travkin se dirigeait vers les vestiaires, Ian examinait le tableau, où le total des mises s'élevait déjà à deux millions et demi. Butterscotch Lass était à trois contre un, Noble Star à sept, Golden Lady également, Pilot Fish à cinq.

— Ah ! Ian, s'écria le gouverneur, qui s'approchait en compagnie de Havergill.

— Bonjour, Excellence. Pas de chance pour Winwell Stag, Paul. Il a fait une grande course.

— C'est le *joss*, répondit le banquier. Qui monte Noble Star, finalement ?

— Travkin.

Le visage de Sir Geoffrey s'éclaira.

— Excellent choix. J'ai craint un moment que vous ne soyez tenté de monter vous-même, Ian.

— J'y ai songé. Si Alexi se fait écraser par un autobus avant la course, c'est moi qui prendrai le départ, plaisanta Dunross.

— Espérons pour la Noble Maison et pour chacun d'entre nous qu'il n'arrivera rien de tel. Nous ne pouvons nous passer du Taï-pan. Jusqu'ici, nous avons eu de la chance, il n'y a pas eu d'accident grave. Si la pluie se met à tomber pour de bon, il faudra envisager d'annuler l'épreuve.

— Nous en avons déjà discuté, Excellence. Le départ sera donné dans dix minutes : si le temps se maintient encore un peu, nous courrons, et tout le monde sera satisfait.

— J'ai essayé une nouvelle fois de joindre le ministre, il y a un quart d'heure, mais il était en réunion, reprit le gouverneur. Les ramifications de l'affaire Profumo continuent à ébranler le parti conservateur et le gouvernement. Les esprits ne se calmeront que lorsque la commission d'enquête aura clairement établi si d'autres membres du gouvernement sont ou non compromis.

— Son rapport ne peut être accablant, le pire est passé, opina le banquier.

— Accablant ou pas, le scandale coûtera le pouvoir aux conservateurs, dit Ian en songeant au dernier rapport d'A.M.G.

— Grand Dieu ! j'espère bien que non ! s'exclama Havergill. Vous imaginez Grey et Broadhurst, ces deux corniauds, au gouvernement ? Nous n'aurions plus qu'à rentrer chez nous si j'en juge par les propos qu'ils ont tenus à leur conférence de presse.

— Nous sommes chez nous, fit observer le gouverneur. Et nous ne laisserons pas la situation s'aggraver. Il serait vraiment regrettable que les déposants de la Ho-Pak soient ruinés parce que Richard Kwang a manqué de prudence ou que ceux qui pourraient empêcher le désastre ne prennent pas la peine d'intervenir.

Sir Geoffrey salua les deux hommes d'un signe de tête et partit rejoindre son épouse.

— A quoi faisait-il allusion ? demanda Ian.

— Il pense que nous devrions porter secours à la Ho-Pak, répondit Havergill d'un ton détaché.

— Pourquoi ne le faites-vous pas ? Tout le monde en tirerait profit : vous, la banque, Hong-Kong.

— Vous voteriez en faveur d'une prise de participation de la Vic dans la Ho-Pak ?

— Oui, si les conditions sont raisonnables.

— J'envisage de proposer à Richard un rachat de ses actions à 20 p. 100 de leur valeur, murmura Havergill avec un petit sourire.

— C'est peu.

— Lundi soir, il n'aura plus rien : il acceptera sans doute mon offre. De cette manière, nous prendrons le contrôle de la banque et nous nous porterons garants à 100 p. 100 des dépôts.

— Ils sont suffisamment garantis ?

— Non, mais après stabilisation du marché, l'acquisition de la Ho-Pak se révélera très profitable dans un an ou deux. Par ailleurs, une telle absorption contribuerait grandement à rétablir un climat de confiance.

— Il serait judicieux de l'annoncer cet après-midi, suggéra Dunross.

— Tout à fait d'accord. Des nouvelles de Tiptop ?

— Pourquoi ce soudain changement d'attitude, Paul ? Pourquoi en discuter avec moi ?

— Ce n'est pas un changement. J'ai soigneusement étudié la Ho-Pak, son acquisition constituerait une bonne affaire. Quant aux raisons pour lesquelles je vous consulte : vous êtes membre du conseil d'administration, vous jouissez en son sein d'une grande influence. C'est logique, non ?

— Cela n'explique pas tout.

Le regard de Havergill se fit plus froid.

— Lorsqu'il s'agit de l'intérêt de la banque, je fais abstraction de mon jugement personnel sur votre personne ou vos méthodes. Quelle que soit mon antipathie pour vous, je dois reconnaître que vous avez lancé votre O.P.A. sur General Stores au bon moment. La confiance commence à revenir et si nous vous emboîtons le pas en nous portant garants de la Ho-Pak, le mouvement s'accélérera. Il suffit de rétablir un bon climat. Si Tiptop nous accorde son aide, un *boom* s'amorcera lundi à Hong-Kong. C'est pourquoi, dès l'ouverture, nous achèterons des Struan à tout va et, lundi soir, nous aurons le contrôle de la Noble Maison. Cependant, je vous fais dès maintenant une proposition : nous vous avançons les deux millions que vous devez verser à Pugmire contre la moitié de vos actions de la Victoria.

— Non, merci.

— Alors vous en perdrez la totalité la semaine prochaine. Nous vous proposons ces deux millions pour que vous puissiez maintenir votre offre quoi qu'il arrive — même si vous ne parvenez pas à empêcher votre propre absorption.

— Aucun risque.

— Dans ce cas, vous ne voyez pas d'objection à ce que j'en parle à Pugmire ou à ce petit fouineur de Martin Haply ?

— Vous êtes un salaud.

Les lèvres minces du banquier esquissèrent un sourire de guingois.

— Ce sont les affaires. Je veux récupérer les actions de la Victoria que vos ancêtres ont achetées pour rien, qu'ils ont quasiment volées aux Brock après les avoir écrasés. Je veux vous faire subir le même sort et prendre le contrôle de la Noble Maison. Je ne suis d'ailleurs pas le seul, beaucoup d'autres sont animés d'intentions identiques, et même votre ami Bartlett se joindrait à la curée s'il connaissait la vérité. D'où proviennent ces deux millions ?

— C'est une manne tombée du ciel.

— Nous finirons bien par l'apprendre. Nous sommes vos banquiers et vous nous devez beaucoup d'argent ! Pensez-vous que Tiptop acceptera de nous tirer du pétrin ?

— Les propos qu'il m'a tenus hier soir m'ont paru encourageants. Il m'a promis de passer dans ma loge après le déjeuner mais il se fait attendre. C'est de mauvais augure.

Havergill essuya les gouttelettes tombées sur son nez avant d'annoncer :

— Nous avons reçu une réponse très positive de la Banque commerciale de Moscou.

— Vous ne seriez pas bête à ce point !

— C'est un dernier recours, Ian.

— Allez-vous convoquer immédiatement le conseil

d'administration pour discuter de l'absorption de Ho-Pak ?

— Grand Dieu non ! s'écria le vice-président de la Victoria. Vous me prenez pour un imbécile ? Vous en profiteriez pour obtenir de ses membres une extension de votre crédit. Non, je les consulterai séparément, comme je le fais avec vous. Avec votre accord, je dispose déjà d'une majorité favorable — car vous êtes bien d'accord ?

— Oui. A 20 p. 100 de la valeur des actions.

— Il faudra peut-être aller jusqu'à trente. Laissez-moi un peu de marge.

— Entendu. De votre côté, vous convoquerez une réunion du conseil lundi avant l'ouverture de la Bourse ?

— Je vous ai promis de réfléchir à la question ; j'ai réfléchi et ma réponse est *non.* A Hong-Kong, les faibles périssent, les forts gardent les fruits de leurs efforts. Au revoir, Ian.

Havergill souleva son chapeau et se dirigea vers Richard Kwang, qui discutait avec son entraîneur et son épouse.

— Richard, je peux vous...

Le reste de la phrase se perdit dans les cris saluant l'entrée sur la piste des bêtes engagées dans la cinquième course. Pilot Fish ouvrait le cortège, la robe luisante sous la bruine.

Le banquier chinois entraîna son collègue à l'écart et lui dit :

— Moi aussi je voulais vous parler mais j'attendais que vous en ayiez terminé avec le Taï-pan. J'ai un plan : je regroupe toutes les valeurs de Ho-Pak en garantie d'un emprunt de cinquante millions que vous...

— Non, Richard, répondit Havergill sèchement. Nous avons par contre une proposition qui restera valable jusqu'à dix-sept heures. Nous vous tirons d'affaire, nous nous portons garants pour tous les dépôts faits à votre banque. En échange vous nous cédez vos actions personnelles au pair.

— Au pair ? C'est le cinquantième de leur valeur ! glapit Kwang.

— Actuellement, elles ne valent quasiment plus rien. Vous êtes d'accord ?

— Bien sûr que non ! *Diou ne lo mo*, me prenez-vous pour un tas de viande de chien ?

Le cœur de Kwang battait à tout rompre. Un instant, il avait cru, contre toute vraisemblance, que Havergill allait le sauver d'un désastre qui paraissait à présent inévitable. Il était coincé ; quoi qu'il fasse, il n'échapperait plus aux taï-pans. Et comble de malheur, cette ingrate catin de Venus Poon lui faisait perdre la face aux yeux de tous malgré le manteau de vison qu'il lui avait offert et qu'elle traînait dans la boue avec insouciance.

— Neuf ? avait-elle explosé le matin même. Tu prétends que cette misérable loque d'occasion est neuve ?

— Évidemment ! avait-il rétorqué. Ce manteau m'a coûté cinquante mille dollars !

En réalité, il l'avait obtenu pour quatorze mille, après avoir longuement marchandé — à travers un intermédiaire — avec une *quai loh* qui connaissait des temps difficiles. A cela il avait fallu ajouter deux mille dollars pour le fourreur qui l'avait raccourci, remis en état, et promis de jurer par tous les dieux qu'il l'avait vendu quarante-deux mille alors qu'il en valait soixante-trois.

— Paul, la Ho-Pak se porte mieux que vous ne le pensez, assura Kwang d'un ton pompeux. Je...

— Ayez la bonté de la fermer et de m'écouter. Vous risquez de couler définitivement lundi, sans rien sauver du naufrage. Si j'ai bien compris, la Ho-Pak sera remise sur le marché dès l'ouverture.

— Mais Sir Luis m'a assuré...

— Ce qui signifie qu'à la fin de la journée vous

n'aurez plus ni banque, ni chevaux, ni même de quoi payer des manteaux de fourrure à Venus P...

— Quel manteau... de, de fourrure ? bredouilla le Chinois, conscient que son épouse tendait l'oreille à quelques pas de là.

— Bon, soupira Havergill. Si ma proposition ne vous intéresse pas...

Kwang le retint par le bras.

— Cinq pour cent, c'est ridicule, argua-t-il. Je peux en obtenir 80 p. 100 sans...

— Je suis prêt à aller jusqu'à sept.

— Sept ?

Le Chinois déversa une cascade de jurons, davantage pour se donner le temps de réfléchir que pour épancher sa bile.

— J'accepte la *fusion*, dit-il. Avec un siège au conseil d'administration pendant dix ans, le salaire de...

— Pendant cinq ans, avec les mêmes indemnités que les autres membres, à condition que vous me remettiez à l'avance votre démission écrite et non datée, que vous votiez toujours selon mes indications, et...

— Pas de démission à l'avance !

— Alors pas de marché.

— Bien, j'accepte cette clause, fit Kwang d'un ton solennel. Mais en ce qui concerne l'argent...

— Désolé, Richard, je n'ai pas l'intention de marchander plus longtemps. Le gouverneur, le Taï-pan et moi-même avons décidé de sauver Ho-Pak. Vous ne perdrez pas la face, les conditions de notre accord resteront secrètes et nous parlerons de fusion, si vous préférez ce terme à celui d'absorption. Enfin, je désire annoncer l'opération à dix-sept heures juste avant la septième course. Autrement dit, dans une heure environ ou *jamais*.

— Cinquante-sept pour cent, et c'est d'accord, marchanda Kwang.

— Dix pour cent, pas plus.

Le banquier chinois gémit, se lamenta, pleura presque alors que la proposition de Havergill lui donnait envie de crier de joie. *Diou ne lo mo*, pensait-il, il y a quelques minutes je ne savais pas où trouver l'argent pour payer l'avoine de Butterscotch Lass et maintenant je vaux au bas mot trois millions et demi de dollars américains. Plus, peut-être, avec de l'habileté.

— Trente, par tous les dieux !

— Onze.

— Vous m'acculez au suicide ! Ma femme et mes enfants...

— Pardonnez-moi, seigneur, interrompit en cantonais l'entraîneur chinois de Kwang. La course est retardée de dix minutes. Que...

— Tu ne vois pas que je suis occupé, panse de crapaud ? rétorqua le banquier. File ! Monsieur Havergill, 30 p. 100, vous sauverez un malheureux et sa famille.

— Dix-huit.

— Vingt-cinq et on n'en parle plus.

— Excusez-moi, j'ai juste le temps d'aller parier. Dix-huit, oui ou non ?

Tout en continuant à débiter ses jérémiades, Kwang observait son adversaire, chez qui il crut déceler une irritation proche du seuil de rupture. Faut-il céder ? se demanda-t-il. Cette fiente de lépreux est bien capable de changer d'avis d'ici cinq heures.

— Vingt pour cent, et je suis à jamais votre esclave !

— Bon, accepta Havergill, satisfait. Passez à ma loge vers cinq heures, vous y signerez un engagement provisoire et votre lettre de démission non datée. Nous annoncerons ensuite la « fusion ». D'ici là, pas un mot. S'il y a des fuites, le marché ne tient plus.

Havergill laissa Kwang, qui revint à pas pressés vers son épouse.

— Que se passe-t-il ? fit-elle.

— Moins fort ! chuchota-t-il. Je viens d'accepter une fusion avec la Vic.

— A quelles conditions ?

— Rachat de mes actions à 20 p. 100 de leur valeur officielle.

— *Ayiiya !* s'écria Mrs. Kwang, les yeux brillants. Tu as bien manœuvré.

— Naturellement. Maintenant, écoute : nous avons jusqu'à cinq heures pour racheter des Ho-Pak à un prix dérisoire. Seulement, nous ne pouvons pas le faire nous-mêmes, cela éveillerait des soupçons. Qui pourrait nous servir d'intermédiaire ?

L'épouse du banquier réfléchit un moment puis son regard s'illumina de nouveau.

— Choy-bonne-fortune. Offre-lui 7 p. 100 de tout ce qu'il nous fera gagner.

— Je lui proposerai 5 p. 100 pour commencer. Excellent ! Je m'adresserai aussi à Ching-beau-sourire, il est ruiné, maintenant. Bon, je te retrouve à la loge.

Kwang s'éloigna en se dandinant, la poitrine gonflée d'importance. Comme son entraîneur revenait vers lui, il l'accueillit d'un coup de pied dans le tibia en grommelant :

— Ne t'avise plus de me déranger quand je parle affaires, étron de chien ! Et n'essaie pas de me rouler comme tu l'as fait avec Tok-panse-d'ours !

— Je ne l'ai pas roulé, il était au courant, lui aussi. Vous avez raflé le gros paquet tous les deux.

— *Oh ko*, si ma pouliche ne gagne pas cette course, je demanderai à mon oncle Quatre-doigts de te faire écraser les Sphères-célestes par ses hommes !

Quelques grosses gouttes de pluie tombèrent sur le paddock, où tout le monde tourna un regard inquiet vers le ciel. Sur la galerie réservée aux membres du Club hippique les craintes n'étaient pas moins grandes.

— Linc, je vais parier, annonça Orlanda.

— Ça y est, tu es enfin décidée ? Tu joues combien ?

— Tous mes gains plus... plus cent dollars !

La jeune femme s'éloigna d'un pas vif avant que Bartlett ait pu s'enquérir de son choix. Lui-même avait misé dix mille dollars HK sur le couplé Pilot Fish-Butterscotch Lass. Ce dernier était maintenant à égalité, Pilot Fish et Noble Star à trois contre un (les parieurs avaient joué gros sur la jument de Dunross dès qu'on avait annoncé que Travkin la monterait), Golden Lady à six, et le total des jeux atteignait déjà la somme incroyable de quatre millions sept cent mille dollars de Hong-Kong.

L'Américain quitta la galerie, traversa le bar et se dirigea vers l'ascenseur conduisant aux loges.

— Linc ! lui lança Biltzmann. Vous avez un moment ?

— Bien sûr.

Quand les deux hommes eurent trouvé un endroit discret, Biltzmann reprit :

— Vous avez vu ce qu'ils m'ont fait, ces salauds ? Méfiez-vous d'eux.

— Vous allez surenchérir ?

— C'est à la direction générale d'en décider mais, s'il ne tenait qu'à moi, je foutrais le camp de cette foutue île !

Le représentant de Superfoods s'approcha un peu plus de son compatriote et murmura :

— Dites, vous vous occupez de la petite ?

— Que voulez-vous dire ?

— La fille, Orlanda. L'Eurasienne avec qui vous causiez.

Comme Bartlett demeurait silencieux, Biltzmann poursuivit :

— Ça vous dérangerait que je me mette aussi sur les rangs ?

— Vous... êtes libre de faire ce que vous voulez, répondit Linc, en cachant la haine qu'il éprouvait soudain.

— Elle a un de ces culs ! Combien elle prend ?

— Ce n'est pas une tapineuse, bon dieu !

— Vous n'êtes pas au courant ? tout le monde la connaît, pourtant. D'après Dickie, elle n'est pas terrible au plumard. C'est vrai, ça ?

Biltzmann se méprit sur l'expression de Bartlett.

— Oh ! vous n'en êtes pas encore là ! Voyons, Linc, il suffit de montrer quelques billets...

— Écoutez-moi, espèce d'enfant de putain, répliqua Bartlett d'une voix sifflante. Ce n'est pas une michetonneuse et si vous lui parlez, si vous vous approchez d'elle, je vous enfonce mon poing dans la gorge. Compris.

— Hé, doucement, je n'ai...

— Vous avez compris ?

— Bien sûr, bien sûr, pas la peine de... bredouilla Biltzmann en se reculant. Calmez-vous. C'est Dickie qui m'avait dit...

Comme Bartlett s'avançait vers lui, il répéta nerveusement :

— Calmez-vous, voyons. Je n'y suis pour...

— La ferme ! Fous le camp et ne t'avise pas d'approcher d'elle.

— D'accord, d'accord, murmura Biltzmann.

Il recula d'un pas, fit soudain volte-face et décampa. Bartlett alla aux toilettes, s'aspergea le visage (on avait rétabli l'eau pour les courses) puis prit l'ascenseur et regagna la loge du Taï-pan. C'était l'heure du thé, les invités grignotaient des gâteaux secs ou des petits sandwiches avec du thé indien additionné de lait et de sucre.

— Linc ! appela joyeusement Casey de la galerie.

Elle s'approcha, cessa de sourire en voyant l'expression de Bartlett.

— Qu'y a-t-il ?

— Rien, rien. Les chevaux sont au départ ?

— Pas encore. Tu es sûr que tout va bien ?

— Mais oui. Sur qui as-tu parié ?

— Noble Star, naturellement. Peter m'a conseillé

de jouer Winning Billy placé — c'est le cheval du docteur Tooley. A ce propos, tu n'es pas malade ?

— Non non.

— D'après Tooley — c'est vraiment un type épatant —, nous avons probablement échappé aux bestioles des eaux d'Aberdeen puisque nous n'avons pas encore la courante, mais nous ne pourrons en être certains que dans vingt jours.

Bartlett s'efforça de chasser de son esprit les propos de Biltzmann.

— J'avais presque oublié l'incendie, le plongeon et le reste, marmonna-t-il. J'ai l'impression qu'il s'est écoulé un million d'années depuis.

— Hong-Kong, lâcha Gavallan, qui se trouvait à proximité.

— Que voulez-vous dire ?

— Ici, il se passe toujours quelque chose et le temps file à toute allure. Arrivées, départs, catastrophes — incendies, inondations, glissements de terrain —, scandales, boom financier, enterrements, banquets, visites de personnalités. La Colonie se trouve à la croisée des grands chemins de l'Asie et, même si l'on ne fait pas partie de Struan, on est toujours sur quelque affaire, on tire des plans, on gagne de l'argent, on en risque pour en avoir plus, on part pour Taïwan, Singapour, Sydney, Tokyo, Londres. C'est la magie de l'Asie. Considérez ce qui vous est arrivé à tous les deux depuis que vous êtes ici : on a trouvé des armes à bord de votre avion, John Chen a été enlevé puis assassiné, vous avez été pris dans un incendie, votre futur associé a fait l'objet d'une attaque en règle tandis que le marché des valeurs vacillait. Et, maintenant, nous nous acheminons vers une fermeture des banques ou, si Ian a raison, vers un boom gigantesque. Vous voyez... conclut Gavallan avec un sourire las.

— Vous pensez que Ian pourra rétablir la situation ? demanda Bartlett.

— Si quelqu'un en est capable, c'est bien lui. Nous

ne pouvons qu'espérer. Avez-vous trouvé le gagnant de la cinquième ?

Bartlett eut un sourire qui rassura Casey.

— Et vous, Andrew, qu'avez-vous joué ? demanda-t-il.

— Le couplé Noble Star-Winning Billy. A tout à l'heure.

Après le départ de Gavallan, Linc remarqua :

— C'est vrai que les États-Unis paraissent à des millions de kilomètres d'ici.

— Ce n'est qu'une impression.

— Tu veux rester à Hong-Kong, Casey ?

Elle leva les yeux vers lui en s'interrogeant sur le sens réel de cette question.

— Cela dépend de toi, Linc.

Bartlett hocha lentement la tête.

— Je crois que je vais aller me chercher une tasse de thé, finalement.

— Je te l'apporte.

Casey se retourna et sursauta en découvrant Murtagh, qui dansait d'un pied sur l'autre sur le seuil de la loge.

— Tu ne connais pas encore notre nouveau banquier, poursuivit-elle. Je vais te le présenter.

Elle fendit la foule des invités, s'approcha de la porte.

— Salut, Dave.

— Salut, Casey. Vous avez vu le Taï-pan ?

— Il est occupé jusqu'à la fin de la course, répondit la jeune femme, qui ajouta à voix basse : c'est oui ou c'est non ?

— C'est peut-être.

Murtagh s'essuya le visage, ôta son imperméable.

— Quand je leur ai soumis le plan, ils m'ont ordonné de rentrer dare-dare au pays, parce que je perdais la boule. Ensuite, ils se sont calmés, ils ont dit qu'ils me rappelleraient. Effectivement, ils m'ont rappelé à quatre heures du matin, les salauds, juste pour me faire répéter ce que je leur avais exposé. Puis j'ai parlé à S.J. lui-même, qui m'a traité de c..., de crétin avant de raccrocher.

— Mais vous avez dit « peut-être ». Qu'est-il arrivé ensuite ?

— J'ai passé cinq heures au téléphone à leur expliquer ce que mon brillant cerveau avait imaginé — sans préciser que l'idée venait de vous. Maintenant, S.J. sait de quel bois se chauffe David Murtagh III !

Casey s'esclaffa.

— N'en parlez à personne, sauf au Taï-pan.

Des acclamations s'élevèrent, quelqu'un sur la galerie s'écria :

— Ils se rangent au départ !

— Allez vite jouer le couplé 1 et 7, conseilla Casey au banquier. Vous avez juste le temps.

— Ce sont quels chevaux ?

— Peu importe, pressez-vous.

Elle lui donna une tape sur l'épaule et il fila. Après avoir rempli une tasse de thé, elle retourna sur la galerie et la tendit à Linc.

— Merci, dit-il. Tu lui as donné un tuyau ?

— Je lui ai conseillé le 1 et le 7.

— J'ai joué 1 et 8.

Les pur-sang terminèrent leur canter et commencèrent à tourner devant la *starting gate*. Pilot Fish fit quelques écarts lorsque son jockey voulut le mettre en position. Aussitôt les deux pouliches, Golden Lady et Noble Star, reculèrent en frémissant des naseaux. L'étalon de Gornt hennit, décocha une ruade vers le ciel. Son jockey, Bluey White, s'agrippa à la crinière et cria d'une voix apaisante :

— Là, mon beau ! C'est ça ! Montre tes breloques à ces demoiselles !

L'odeur de Pilot Fish rendait Noble Star nerveuse et, avant que Travkin n'ait pu l'en empêcher, elle recula et donna brutalement de la croupe dans le mâle. Pilot Fish fit un nouvel écart et bouscula Winning

Billy, le hongre bai qui se dirigeait tranquillement vers son box de départ. Furieux, l'outsider agita la tête et obliqua vers Lochinvar, autre hongre au pelage roux.

Travkin sentait dans ses jambes les tremblements intérieurs qui agitaient sa monture. Debout sur ses étriers, il se demanda si l'entraîneur de Pilot Fish n'avait pas frotté de musc la poitrine et les flancs de son cheval pour énerver la jument, Butterscotch Lass, et les deux pouliches.

— Messieurs, veuillez prendre place ! réclama le *starter* d'une voix forte.

La jument de Kwang, qui avait déjà pénétré dans son box de départ, grattait la pelouse du sabot et agitait sa crinière, excitée par la présence du mâle et l'imminence de la course. Pilot Fish prit place dans son box, à la corde, Winning Billy entra dans le sien — le numéro trois — entre Street Vendor et Golden Lady. Noble Star s'engagea dans son box puis recula soudain.

— Alexi ! s'impatienta le *starter*. Dépêche-toi !

— Voilà, dit l'entraîneur calmement.

Sans se préoccuper du *starter*, il éloigna la grande pouliche alezane de Pilot Fish et la laissa caracoler.

— Tout doux, ma belle, lui murmura-t-il en russe.

Il la ramena lentement vers la *starting gate* où tous les autres chevaux avaient pris place. On a le temps, pensa-t-il. Laissons-les s'énerver un peu. Un éclair zébra le ciel à l'est, le tonnerre gronda, la pluie se fit plus forte.

L'entraîneur se rappela ce qu'un des jockeys lui avait glissé discrètement juste après le pesage :

— Monsieur Travkin, vous ne devez pas gagner.

— Ah ! oui ? Qui a décidé ça ?

Le jockey avait haussé les épaules.

— Et qui doit gagner ?

Nouveau haussement d'épaules.

— Si les jockeys et les entraîneurs ont monté un coup, dis-leur que je n'en suis pas, avait déclaré l'émigré russe. Je n'ai jamais trempé dans aucune combine, à Hong-Kong.

— Le Taï-pan et vous avez gagné avec Buccaneer. Ça devrait vous suffire.

— Non. Je suis engagé dans cette course, j'essaierai de la remporter.

— Bon, je leur dirai.

— Tu le diras à qui ?

Sans répondre, le jockey avait quitté les vestiaires où flottaient des relents de sueur. Travkin connaissait ceux de ses collègues qui truquaient une course de temps à autre mais il ne les avait jamais suivis. Non pas qu'il fût plus honnête, mais il avait peu de besoins et les courses dont il savait d'avance le résultat ne l'intéressaient pas.

De plus en plus impatient, le *starter* le rappela à l'ordre :

— Alexi ! Allons, vite !

Travkin éperonna Noble Star, qui entra dans son box. La grille se referma derrière la pouliche avec un claquement sec. Il se fit un grand silence sur l'hippodrome : les chevaux étaient sous les ordres du *starter*.

66

16 heures

Dès que les grilles s'ouvrirent, les huit pur-sang se ruèrent en un peloton serré vers le premier virage. Debout sur les étriers les jockeys se courbaient sur le col de leurs montures. A la corde, Pilot Fish avait déjà pris une demi-longueur d'avance ; Butterscotch Lass, en bonne position, ne donnait pas encore le meilleur d'elle-même ; Winning Billy, sur la même ligne, précédait de peu Noble Star, qui tentait de se dégager du paquet par l'extérieur. Conscients que toutes les jumelles de l'hippodrome étaient braquées sur eux, les jockeys qui avaient pour consigne d'enfermer la pouliche de Dunross attendaient un moment plus favorable.

Les chevaux sortirent du virage toujours groupés, se bousculant pour bien se placer. Les foulées s'allongeaient, l'odeur de sueur et la vitesse excitaient les hommes comme les bêtes. Winning Billy se rabattit sur Butterscotch Lass, qui se trouvait à présent à une demi-longueur de Pilot Fish. Derrière, les autres engagés attendaient le moment de fournir leur effort. Éperonnée par son jockey, la jument passa devant le mâle, qui serrait toujours soigneusement la corde.

Travkin, qui retenait Noble Star, jugea le moment venu de commencer à la lancer et se rapprocha des premiers. La pluie l'aveuglait, ses jambes lui faisaient déjà mal. Les chevaux de tête abordèrent le virage opposé tous ensemble, et, dans la mêlée, un coup de cravache venu de nulle part cingla les poignets de l'entraîneur du Taï-pan. La douleur faillit le déséquilibrer mais il se ressaisit aussitôt.

Kingsplay, qui tenait la corde derrière Pilot Fish, glissa et tomba, entraînant deux autres bêtes dans sa chute. Tout l'hippodrome se dressa.

— Bon dieu ! qui est tombé ?

— C'est... c'est Noble Star.

— Non, Winning Billy.

— Mais non, il est en troisième position.

Dans la salle des commissaires, Dunross tenait ses jumelles d'une main ferme.

— C'est Kingsplay qui est tombé, annonça-t-il calmement. Avec Street Vendor et Golden Lady... Kingsplay ne se relève pas, il doit être blessé...

— Qui mène ?

— Butterscotch Lass, d'un naseau, devant Pilot Fish à la corde, Winning Billy et Noble Star. Ils peuvent tous encore gagner. Dernier tournant, Lass a pris une encolure, les autres la talonnent...

Gagné par l'excitation, Dunross mêla ses encouragements à ceux des autres turfistes :

— Allez, Alexi !

Dans la loge de Blacs, Gornt regardait Bluey White cravacher Pilot Fish et murmurait lui aussi entre ses dents :

— Vas-y, vas-y...

Travkin sentit de nouveau sur ses mains la morsure d'une cravache mais, ignorant la douleur, il se rapprocha encore du cheval de tête. A la sortie du virage, les cinq pur-sang restant en course abordèrent la dernière ligne droite dans un mouchoir. Bluey White, le jockey de Pilot Fish, estima le moment venu de lancer son cheval, qui jaillit le long de la corde. Travkin se pencha en avant, la poitrine presque parallèle au cou de Noble Star, et poussa un cri de cosaque aux oreilles de la pouliche. L'animal, excité par ce son rauque, allongea encore la foulée, les naseaux frémissants, l'écume à la bouche. Winning Billy, le garrot maculé de mousse blanche, passa devant Butterscotch Lass puis céda la tête à Pilot Fish. Lochinvar, le hongre pommelé, porta son effort et prit le commandement.

Tous les jockeys donnaient du talon et de la cravache. Il restait cent mètres à couvrir.

Une même clameur montait des tribunes et des loges. Le gouverneur martelait du poing le rebord d'une galerie en criant : « Butterscotch Lasssss ! » En bas, près du poteau d'arrivée, Chu-neuf-carats était écrasé contre la balustrade par la foule des turfistes.

Quatre-vingts mètres. Les sabots des chevaux arrachaient à la piste des mottes de boue. Stimulés par le rugissement croissant des spectateurs, les pur-sang galopaient à toute allure.

— Lass se détache.

— Non, regardez Pilot Fish !

— C'est Lochinvarrr !

— Winning Billy...

Bluey White, voyant enfin l'ouverture qu'on lui avait promise, y lança Pilot Fish, remonta à la hauteur de Butterscotch Lass, la dépassa et prit la tête. Le jockey de la jument, qui n'était pas dans la combine, cravacha sa bête. Travkin poussa un cri d'encouragement à Noble Star, qui produisit son effort. Les cinq chevaux fonçaient vers l'arrivée sans qu'aucun d'eux ne parvînt à se dégager nettement. Winning Billy reprit la tête à Pilot Fish. Noble Star se rapprocha : une encolure, une tête, un naseau. La foule hurlait, prise de délire.

Quarante mètres, trente, vingt, quinze...

Noble Star se porta en tête, Pilot Fish lui ravit la première place et la céda aussitôt à Butterscotch Lass,

Winning Billy se mêla à la lutte... Les chevaux franchirent le poteau mais personne, pas même les jockeys, ne connaissait le vainqueur. Seul Travkin se savait battu. D'un geste sec, il tira sur la bride de Noble Star et maintint le mors à gauche. Surprise, la pouliche trébucha et culbuta dans la boue, projetant son cavalier contre la balustrade.

Oubliant un moment la course, la foule retint son souffle. Un éclair déchira le ciel, la pluie redoubla.

— Pilot Fish, d'un naseau.

— Mon œil ! Noble Star, d'un poil.

— Tu te goures, mon vieux, c'est Pilot Fish.

— Quelle course !

— Oh ! regardez le drapeau : il y a réclamation.

— Je n'ai rien vu de bizarre. Et toi ?

— C'est difficile avec cette pluie. Même avec des jumelles...

Dunross s'était précipité vers l'ascenseur dès qu'il avait vu Noble Star tomber. Il n'avait pas compris pourquoi sa pouliche avait fait une chute car Travkin s'était arrangé pour que personne ne remarquât son geste.

D'autres turfistes attendaient dans le couloir, chacun parlait sans écouter les autres.

— ... d'un naseau, je vous dis.

— Ah ! Taï-pan. Pourquoi y a-t-il réclamation ?

— C'est aux commissaires de l'annoncer.

Quand les portes de l'ascenseur s'ouvrirent, Gornt s'engouffra dans la cabine, les autres suivirent.

— Pilot Fish a gagné, Ian ! cria-t-il par-dessus le brouhaha.

— Quelle course ! s'exclama quelqu'un. Et maintenant, réclamation ! Je me demande pour quelle raison.

— Vous la connaissez, Ian ? dit Gornt.

— Oui.

— C'est contre mon cheval ?

— Vous connaissez la procédure : les commissaires examinent la question, ensuite ils font une déclaration.

A l'expression de Gornt, Dunross comprit que son ennemi enrageait de ne pas être commissaire. Et tu n'es pas prêt de le devenir, pensa-t-il. Tant que je vivrai, je te barrerai la route.

L'ascenseur s'arrêta, le Taï-pan se rua vers le groupe de *ma-fous* et d'officiels qui entouraient Travkin, étendu sur la pelouse, recroquevillé, inerte. Noble Star, qui s'était relevée indemne, galopait sans cavalier sur la ligne opposée, où des lads attendaient qu'elle s'arrête pour la ramener. A la sortie du virage, un vétérinaire était agenouillé devant Kingsplay, qui avait une patte arrière cassée et dont l'os fracturé émergeait des chairs. Le coup de feu ne s'entendit pas dans le vacarme que faisaient les turfistes impatients de connaître la décision des commissaires.

Ian se pencha vers son entraîneur, qu'un *ma-fou* protégeait de l'averse avec un parapluie.

— Comment va-t-il, docteur ?

Le docteur Meng, médecin légiste, était plus accoutumé aux cadavres qu'aux blessés et ce fut d'un ton hésitant qu'il répondit :

— Je ne peux pas me prononcer, il faudrait qu'il reprenne conscience. En tout cas il n'est pas mort — pas encore. C'est un miracle qu'il n'ait pas heurté la balustrade.

Deux brancardiers accoururent avec une civière.

— Où faut-il le transporter ? demanda l'un d'eux.

Dunross regarda autour de lui.

— Sammy, fit-il à l'un des lads, va chercher le docteur Tooley, il doit être dans notre loge.

Se tournant vers les brancardiers, il ajouta :

— Mettez-le dans l'ambulance et attendez le docteur Tooley. Comment vont les autres jockeys ?

— Le capitaine Pettikin a une jambe cassée, on lui a mis des attelles. Les deux autres sont seulement commotionnés.

McBride, Gornt et les autres arrivèrent au moment où les brancardiers posaient l'entraîneur sur la civière avec d'infinies précautions. Dunross remarqua sur le dos d'une des mains de Travkin une marque rouge.

— D'où cela peut-il provenir ? demanda-t-il au docteur Meng.

Cette fois, le médecin légiste se trouvait dans son élément.

— Une entaille faite par la bride pendant la chute, peut-être, ou un coup de cravache...

Gornt regarda lui aussi l'estafilade. Ce crétin de Bluey White ! pensait-il. Quel besoin avait-il de jouer de la cravache alors que tout était arrangé à l'avance ! Je parie que la moitié de la foule l'a vu frapper Travkin.

Le Taï-pan examina le visage cireux de son entraîneur, qui ne portait pas d'autres traces que les inévitables hématomes. Un filet de sang séchait sous une narine.

— La coagulation a commencé, fit observer Meng. C'est bon signe.

Le gouverneur arriva à son tour, s'enquit de l'état du blessé puis demanda à Dunross :

— Quel est le motif de la réclamation ?

— Nous allons précisément en discuter. Voulez-vous vous joindre à nous, Excellence ?

— Non, non, je laisse les commissaires régler cette question. Fichu temps, soupira Sir Geoffrey en regardant le ciel. On dirait que cela va durer. Vous avez l'intention de poursuivre la réunion ?

— Je vais proposer qu'on annule ou qu'on reporte les autres épreuves.

— Je suis d'accord, approuva McBride. Nous ne pouvons nous permettre un autre accident.

— Je retourne à ma loge, Ian. Passez me voir quand vous aurez un moment, reprit le gouverneur.

— Vous avez parlé au ministre ? demanda Dunross d'un ton qu'il voulut détaché.

Avec la même désinvolture affectée, le représentant de Sa Majesté répondit :

— Oui, il m'a appelé.

— Je vous accompagne, Excellence. David, je vous rejoins dans un instant.

Les deux hommes se dirigèrent vers l'ascenseur. Quand ils se furent suffisamment éloignés, le gouverneur murmura :

— Ce n'est guère l'endroit idéal pour un entretien confidentiel.

— Faisons semblant d'examiner la piste, suggéra Ian en entraînant Sir Geoffrey vers la balustrade. La pelouse est dans un état lamentable ! s'exclama-t-il à voix haute.

— Un vrai bourbier, en effet... Le ministre me laisse le soin de prendre une décision au sujet de Kwok en consultation avec Sinders et Crosse.

— J'espère qu'ils seront d'accord, dit Dunross en se rappelant avec appréhension les propos des deux hommes.

— Je ne peux pas leur forcer la main, en tout cas, répondit le gouverneur.

Immédiatement après le coup de téléphone de Dunross, dans la matinée, Sir Geoffrey avait convoqué Sinders et Crosse pour discuter d'un éventuel échange. Le chef du MI-6 s'était déclaré prêt à libérer Kwok si on lui fournissait la preuve de l'authenticité des rapports d'A.M.G. ; Crosse, quant à lui, avait proposé d'échanger Kwok contre Fong-fong et son équipe.

Le représentant de Sa Majesté scrutait le visage du Taï-pan.

— Alors, Ian ?

— Dois-je comprendre que je peux répondre oui à Tiptop ?

— A condition que vous obteniez l'accord de Mr. Sinders et de Mr. Crosse. Londres insiste sur ce point.

— Ils connaissent la réponse du ministre ?

— Oui, je n'ai pu faire autrement que de les en aviser. A vous de les convaincre. Le ministre et moi-même voyons en vous le seul homme capable de mener à bien une affaire aussi délicate.

Une salve d'applaudissements salua le passage de Noble Star, qui avait échappé aux *ma-fous* et continuait à galoper sur la piste.

— Réglez d'abord la question de la course, poursuivit le gouverneur. Je vous attends dans ma loge.

Lorsque Ian entra dans la salle des commissaires, Shitee T'Chung, président de séance, s'exclama :

— Ah ! Nous sommes enfin au complet. Messieurs, nous devons prendre rapidement une décision.

— Cela me paraît difficile sans le témoignage de Travkin, objecta Dunross. Qui a vu Bluey White le frapper ?

Seul McBride leva la main.

— Avec moi, cela fait deux, reprit le Taï-pan. D'après le docteur Meng, il est possible que l'estafilade que Travkin porte à la main ait été causée par un coup de cravache. Qu'en pensez-vous, Pug ?

— Personnellement, je n'ai rien vu d'anormal. Pourtant je n'ai pas quitté Noble Star des yeux : j'ai misé mille dollars sur elle. Qu'il y ait eu ou non coup de cravache, cela ne fait guère de différence. Noble Star ne s'est pas désunie, elle a poursuivi son effort jusqu'au poteau. Regardez la photo...

Dunross examina le cliché, qui lui confirma ce qu'il avait vu : Pilot Fish d'un naseau devant Noble Star, Butterscotch Lass, Winning Billy.

— Tous les jockeys jouent de la cravache, continua Pugmire. Le coup a pu être accidentel — si coup il y a eu.

— Shitee ?

— J'avoue que j'ai surtout suivi mon cheval, Street Vendor, mais je serais enclin à partager l'avis de Pug.

— Roger ?

— Je n'ai rien remarqué.

— Jason ?

A la surprise du Taï-pan, celui qu'A.M.G. accusait d'appartenir à Sevrin répondit :

— Nous savons tous que Bluey White est un roublard, nous lui avons déjà donné plusieurs avertissements. Si Ian et Donald maintiennent leurs accusations, je propose qu'il soit définitivement interdit et que Pilot Fish soit déclassé.

Dunross consulta les autres commissaires, qui se montrèrent indécis.

— Interrogeons les jockeys, suggéra-t-il. En commençant par White.

A quelques variantes près, les jockeys fournirent tous la même réponse : ils étaient trop occupés par leur propre bête pour remarquer quoi que ce soit. Les commissaires attendaient, les yeux braqués sur le Taï-pan. Ian avait conscience que, s'il proposait l'interdiction de White et le déclassement de Pilot Fish, il obtiendrait probablement un vote favorable.

Je l'ai vu, Donald aussi, pensait-il. Mais, en toute honnêteté, ce n'est pas le coup de cravache qui a coûté la course à Noble Star. C'est moi qui l'ai fait perdre, je n'aurais pas dû laisser Travkin monter. Si j'avais été à sa place, j'aurais coincé Pilot Fish contre la balustrade dans le second virage, j'aurais cravaché le visage de Bluey White sans la moindre hésitation.

— Il y a eu faute, déclara-t-il. Pour moi, cela ne fait aucun doute. Considérant cependant que le coup de cravache n'a pas eu d'incidence sur le résultat de la course, je propose que nous donnions à White un nouvel avertissement et que nous maintenions le classement.

Soulagés de ne pas avoir à affronter directement le Taï-pan, les commissaires se détendirent.

— Excellent, approuva T'Chung. Pas d'opposition ? Bien ! Nous annonçons l'ordre d'arrivée et nous communiquons la photo aux journaux. Taï-pan, vous vous en chargez ?

— Certainement. Reste la question de la suite de la

réunion : il pleut à seaux, maintenant. J'ai une idée à vous soumettre.

Ian formula sa proposition, qui provoqua une cascade de rires et d'exclamations approbatrices.

— Très bien ! Formidable ! s'écria Dunstan Barre.

— La Colonie n'a pas fini d'en parler, dit Pugmire.

— Excellente idée, fit McBride.

— Bon, je m'occupe de l'annonce, reprit Dunross. Pendant ce temps, appelez White et tirez-lui les oreilles. Roger, je peux vous parler ?

— Bien sûr. Je serai dans la tribune réservée aux membres du Club avec Sinders.

— Ian ?

— Oui, Jason ?

— Vous pensez que la course de côte sera maintenue ?

— Pas s'il continue à pleuvoir comme ça. Pourquoi ?

— Je songe à donner un cocktail dimanche, en fin d'après-midi, pour fêter votre victoire sur Superfoods.

— Un sacré coup ! gloussa Shitee T'Chung. Félicitations, Ian. La tête que faisait Biltzmann !

— Il ne sera pas invité, plaisanta Plumm. Ian, vous serez libre ?

— Navré, je pars en principe pour Taipei tout de suite après la...

— Vous ne serez pas à Hong-Kong lundi ? s'inquiéta Pugmire. Et les papiers ?

— Ne craignez rien, Pug. A neuf heures trente nous signerons. Jason, si j'annule mon voyage à Taipei, je viendrai à votre cocktail.

— J'en serais ravi. Dix-sept heures trente, dans l'appartement de notre firme aux Tours Sinclair.

Dunross s'éloigna en s'interrogeant sur la soudaine cordialité de Plumm. D'ordinaire, dans tous les conseils d'administration dont ils étaient membres, Jason se rangeait du côté de Gornt et de Havergill.

Dans le couloir, le Taï-pan dut se frayer un chemin

parmi les journalistes, les propriétaires et les entraîneurs pour gagner la salle de contrôle, sorte de petite cabine vitrée située au sommet du bâtiment.

— Bonjour, Taï-pan, dit le speaker. D'ici, nous avons tous vu Bluey White donner un coup de cravache... Quelle est la décision ?

— Je peux utiliser le micro ?

— Naturellement.

L'homme s'empressa de céder sa place à Dunross, qui appuya sur un bouton.

— Ici Ian Dunross. Les commissaires m'ont chargé de vous faire les deux déclarations suivantes...

Il se fit un grand silence sur l'hippodrome où cinquante mille turfistes, oubliant la pluie qui les trempait, retinrent leur respiration.

— Premièrement, voici le résultat de la cinquième course : Pilot Fish vainqueur devant Noble Star, Butterscotch Lass...

Le reste fut noyé sous des exclamations de joie ou de dépit tandis que l'ordre d'arrivée s'inscrivait sur le tableau en chiffres lumineux : 1, 7, 8. Dunross attendit un moment puis répéta le résultat en cantonais.

— Deuxièmement, tenant compte des conditions météorologiques, les commissaires ont décidé d'annuler le reste de la réunion... (un grondement monta de la foule) ... ou plutôt de le reporter à samedi prochain... (les applaudissements crépitèrent). Nous aurons donc une réunion spéciale de huit épreuves, avec, dans la cinquième, les mêmes partants qu'aujourd'hui. Pour cette course revanche, le prix sera doublé...

La foule rugit de plaisir.

— Merci de votre attention, conclut Dunross. Dans quelques minutes, une autre déclaration.

— Une autre déclaration, Taï-pan ? répéta le speaker.

— Oui, vers cinq heures.

Havergill avait prévenu Dunross que Richard Kwang avait accepté sa proposition et l'avait prié de passer au plus tôt à la loge de la Victoria. Ian sortit de la salle de contrôle et descendit rapidement l'escalier en songeant avec satisfaction à ce qu'il venait de faire. Sa décision de laisser la victoire à Pilot Fish ne manquerait pas d'intriguer Gornt, qui savait naturellement que la course était truquée et que Travkin ne *devait* pas gagner, quoi qu'il fît. Moi aussi, je le savais, et c'est la raison pour laquelle je n'ai pas monté Noble Star moi-même, pensa Ian. S'ils avaient essayé de m'avoir comme ils l'ont fait avec Alexi, j'en aurais tué un. Mais samedi prochain... Samedi, je monterai et ni White ni quiconque n'osera risquer un coup fourré.

Dans le couloir bondé, il aperçut Murtagh qui l'attendait devant la porte de la loge de Struan.

— Taï-pan, je peux vous parler ?

Dunross conduisit l'Américain dans la salle située derrière la cuisine.

— Quelles sont les nouvelles, monsieur Murtagh ?

— Appelez-moi Dave. Les pontes, euh, les pontes ont répondu « peut-être ». Le conseil d'administration se réunira demain à neuf heures, c'est-à-dire, pour nous...

— Vingt-deux heures. Excellent, monsieur Murtagh. Appelez-moi à ce numéro quand ils vous auront communiqué leur décision, dit Ian en griffonnant des chiffres sur un morceau de papier. Ne le perdez pas et ne le donnez à personne.

— Entendu. Taï-pan, commença l'Américain d'un ton embarrassé. Je viens d'apprendre que vous verserez deux millions cash à Pugmire lundi matin pour sceller votre accord. Si nous mettions cette somme à votre disposition, cela pourrait vous faciliter les choses.

— Je m'attendais à ce que votre groupe réagisse de la sorte. Malheureusement — pour vous — je n'ai jamais songé à lui pour m'avancer une somme aussi modeste. Ne vous inquiétez pas, ma *nouvelle* source de financement...

— Comment ? fit Murtagh en pâlissant.

— Ma nouvelle source de financement réagit aussitôt qu'une affaire se présente. Elle me fait davantage confiance que vos supérieurs, monsieur Murtagh.

— Appelez-moi Dave, Taï-pan, je vous en prie. Ce n'est pas qu'ils n'ont pas confiance, ils ne comprennent pas l'Asie. Je ne suis pas encore parvenu à les convaincre que l'absorption de General Stores doublera vos revenus bruts en trois ans.

— En un an, corrigea Ian, qui s'amusait beaucoup. Désolé, votre groupe ne partagera pas avec nous les profits énormes que rapportera cette petite opération, simple élément d'un vaste plan d'expansion. Allez donc à la loge vous faire servir une tasse de thé. Je ne vous accompagne pas, j'ai un coup de téléphone à donner.

Dunross prit le banquier par le bras, le fit sortir et referma la porte. Murtagh traversa lentement la cuisine où s'affairaient chefs et marmitons dans un vacarme de plats et de bols entrechoqués. Une *nouvelle* source de financement... Est-ce que ces fichus Suisses essaieraient de nous barboter notre client ? se demandait-il.

De l'autre côté de la porte, le Taï-pan écoutait dans le combiné la sonnerie lointaine du téléphone. On décrocha.

— *Weiiiii ?*

— Mr. Tip, s'il vous plaît. Pour Mr. Dunross.

Ian entendit l'*amah* poser l'appareil puis crier d'une voix aiguë :

— C'est pour vous, Père !

— Qui est-ce ?

— Un diable d'étranger.

Dunross sourit.

— Allô ?

— Ian Dunross à l'appareil, monsieur Tip. J'espère que votre rhume n'a pas empiré.

— Non, non. Excusez-moi de ne pas m'être rendu à votre loge, j'ai été retenu par des affaires urgentes...

Après avoir répondu à des questions anodines concernant les courses et l'accord avec General Stores, le chef de la Noble Maison se tut et laissa venir le Chinois. Mais Tiptop se montra plus rusé :

— Eh bien, merci d'avoir appelé, Taï-pan.

— Je vous en prie. A propos, ajouta aussitôt Ian, il se pourrait bien que notre police ait commis une erreur...

— Ah ! Elle sera immédiatement corrigée, je suppose ?

— Très rapidement. Si la personne concernée désire donner sa démission et profiter de la permission de voyager à l'étranger qui lui sera accordée.

— Qu'entendez-vous par très rapidement ?

Dunross choisissait ses termes avec soin, de manière à demeurer vague tout en donnant l'impression d'un engagement formel.

— Il y a certaines formalités à remplir mais il est possible d'accélérer les choses. Malheureusement, certaines autres personnalités ont aussi leur mot à dire — je suis sûr que vous me comprenez.

— Certainement. J'ai appris qu'un nommé Sinders séjournait actuellement à Hong-Kong...

— C'est exact, répondit Ian, surpris. Cependant, j'ai déjà obtenu l'accord d'autres personnes.

— Je n'aurais pas cru qu'il fallait consulter tant de monde. Le puissant dragon ne craint pas le serpent qui vient de naître.

— Où pourrais-je vous rappeler, si la situation évolue ?

— Ici, vers vingt et une heures... Pour parler d'autre chose, je crois que votre demande d'aide financière pourrait être satisfaite. Naturellement, n'importe quelle banque exigerait des garanties en échange d'un prêt d'un demi-milliard de dollars HK pendant un mois, mais le *chop* de la Victoria, celui du gouverneur et le vôtre devraient suffire. Cette... petite somme sera à votre disposition dès que les problèmes annexes seront réglés. Au revoir, monsieur Dunross.

Le Taï-pan raccrocha, sortit dans le couloir, s'avança jusqu'à la porte de sa loge et fit signe à Gavallan d'approcher.

— Andrew, descendez à la tribune des membres du Club chercher Roger Crosse, il est en compagnie d'un nommé Sinders. Priez-les de monter à ma loge le plus vite possible.

Dunross s'éloignait déjà en direction des guichets quand Casey s'écria :

— Taï-pan ! Désolée pour Noble Star ! Vous avez...

— Je reviens tout de suite ! lui lança Ian sans s'arrêter.

Il remarqua que Gornt faisait la queue devant le guichet des gagnants mais cela n'altéra pas sa bonne humeur. Chaque chose en son temps, se dit-il.

— Quillan, comment voulez-vous que je vous règle les dix mille dollars de notre pari ?

— Du liquide me conviendrait parfaitement.

— Je vous les fais parvenir dans un instant.

— Cela peut attendre jusqu'à lundi.

— Lundi, je serai très occupé.

Sur ce, Dunross salua son ennemi de la tête et retourna à la loge, où il fut accueilli dès son entrée par Adryon et Martin Haply.

— Père, quelle malchance, cette défaite de Noble Star ! J'ai perdu tout mon argent de poche du mois !

— Les jeunes filles convenables ne devraient pas jouer. Bonjour, Haply.

— Père, est-ce que tu pour...

— Plus tard. Adryon, ma chérie, n'oublie pas nos invités, c'est toi la maîtresse de maison.

— Oui, je m'occupe d'eux. Papa, tu pourrais m'avancer mon argent du mois prochain ?

— Mais oui, répondit Dunross, qui abandonna sa fille, interloquée par cette victoire éclair, pour rejoindre Havergill et Richard Kwang.

— Paul vous a parlé de la fusion de nos deux banques ? dit le Chinois.

— Oui, je vous félicite.

— Vous le félicitez ? grommela Southerby en s'approchant. Il n'y a vraiment pas de quoi ! Sa jument m'a fait perdre une petite fortune !

Les conversations tombèrent quand le gouverneur fit son entrée dans la loge. Le Taï-pan se dirigea vers lui, Havergill suivit.

— Très bonne idée, cette réunion spéciale de samedi prochain, approuva Sir Geoffrey. La cinquième sera encore très disputée. Vous avez une déclaration à faire, Paul ?

— Oui, Excellence... Mesdames, messieurs, votre attention s'il vous plaît...

Il fallut que Dunross frappât une théière de plusieurs coups de cuillère pour obtenir le silence.

— Excellence, mesdames et messieurs, au nom des membres du conseil d'administration de la Victoria Bank of Hong-Kong and China, j'ai l'honneur de vous annoncer la fusion de notre établissement avec la grande Ho-Pak Bank... (Martin Haply laissa tomber son verre.) La Victoria se porte donc garante de tous les dépôts de la Ho-Pak et...

Les acclamations couvrirent le reste de la phrase. Les invités des loges voisines tendirent la tête au-dessus de la galerie pour voir ce qui se passait ; la nouvelle se répandit dans le couloir, où elle provoqua une seconde explosion de joie.

Assailli de questions, Havergill leva la main pour réclamer le silence et donna la parole au gouverneur.

— Au nom du gouvernement de Sa Majesté, je me réjouis de cette opération profitable pour tous et pour Hong-Kong.

Certain qu'il venait de faire un pas de géant en direction du titre de chevalier, Richard Kwang déclara d'un ton ronflant :

— J'ai estimé — en consultation avec les membres

de notre conseil d'administration, naturellement —, j'ai estimé qu'il serait bon pour la Victoria de se faire une place dans la communauté chinoise et...

Havergill s'empressa de l'interrompre :

— Richard, il vaut peut-être mieux que j'en termine d'abord avec l'annonce officielle. Laissons les détails pour la conférence de presse qui aura lieu lundi, à midi. Ce que nous pouvons déjà dire, c'est que les modalités de la, euh, fusion ont toutes été arrêtées d'un commun accord. N'est-ce pas, Richard ?

Le Chinois s'apprêtait à débiter une tirade qu'il ravala en voyant le regard de Dunross et de Havergill.

— Euh, oui, oui, dit-il, et il ne put cependant s'empêcher d'ajouter : Je suis ravi d'être devenu l'associé de la Vic.

— Monsieur Havergill, une question, intervint Haply.

— Je vous en prie, répondit le vice-président, qui savait déjà ce que le journaliste allait lui demander.

— Comment allez-vous rembourser les clients de Ho-Pak et les vôtres alors que la ruée affecte toutes les banques et qu'il n'y a plus assez d'argent dans les coffres ?

— Rumeurs sans fondement, monsieur Haply. Comme on dit ici, une nuée de moustiques peut faire plus de bruit que le tonnerre. Notre économie n'a jamais été plus saine. Quant à ce que vous appelez la ruée sur Ho-Pak, c'est terminé. La Victoria garantit les dépôts, elle garantit l'accord Struan-General Stores, et je vous garantis que votre banque continuera à faire d'excellentes affaires dans les cent vingt années qui viennent.

Havergill se tourna vers le gouverneur :

— Excellence, avec votre permission, je vais rendre la nouvelle publique.

Tandis qu'il se dirigeait vers la porte, quelqu'un commença à chanter *« For he's a jolly good fellow »* et tous les invités reprirent en chœur. Dunross se pencha vers Kwang et lui murmura à l'oreille un vieux dicton cantonais : « Il faut savoir s'arrêter quand cela suffit, *heya ?* »

Le banquier comprit l'allusion et sourit avec embarras.

— Ah ! oui, certainement, certainement...

Mais grisé par son succès, par la perspective de reconquérir les faveurs de Venus Poon, il ajouta d'un air important :

— Votre banque tirera grand profit de mon expérience.

Et il s'éloigna en se rengorgeant.

Sur la galerie, à l'écart de l'allégresse générale, Peter Marlowe contemplait d'un œil morose la foule qui quittait l'hippodrome sous la pluie. Des *ma-fous* faisaient descendre des chevaux à la robe maculée de boue par la rampe s'enfonçant sous les tribunes.

— Qu'y a-t-il, Peter ? demanda Casey. Pas de problème pour Fleur, j'espère ?

— Non, non.

— Alors c'est Grey ? Je vous ai vu lui parler.

— Non plus — bien qu'il soit pénible, mal élevé et hostile à tout ce qui a une vraie valeur. Nous avons seulement discuté du temps.

— Vous avez pourtant l'air maussade. Vous avez perdu dans la cinquième ?

— Oui, mais je suis largement gagnant sur l'ensemble de la réunion...

L'écrivain hésita puis reprit en montrant la foule :

— Je songeais simplement aux trois ou quatre millions de Chinois de Hong-Kong qui ont tous des histoires extraordinaires à raconter, un héritage fabuleux, sans parler des vingt mille Européens, riches ou pauvres, taï-pans, pirates, boutiquiers, comptables, fonctionnaires, qui ont choisi eux aussi de vivre ici. J'aurais beau lire, écouter, poser des questions, je ne saurai jamais grand-chose de Hong-Kong, je ne ferai qu'érafler la surface.

— C'est la même chose partout, fit observer Casey.

— Oh ! non. Hong-Kong offre un pot-pourri de toute l'Asie. Prenez par exemple ce Chinois rebondi, dans la troisième loge à gauche. Il est multimillionnaire. Sa femme est kelptomane, il la fait suivre partout où elle va et, chaque fois qu'elle vole, il rembourse. Ils sont connus, elle et lui, dans tous les grands magasins et l'affaire se règle toujours à l'amiable, entre gens civilisés. Vous ne verrez cela nulle part ailleurs dans le monde. Le père de cet homme était coolie, son grand-père brigand, son arrière-grand-père mandarin, son arrière-arrière-arrière-grand-père paysan. Son voisin possède lui aussi une immense fortune gagnée dans la contrebande avec la Chine et le trafic d'opium. Sa femme... Ah ! c'est une autre histoire.

— Laquelle ?

— Les histoires des épouses sont parfois plus passionnantes que celles des maris. Une de celles que vous avez rencontrées aujourd'hui est nymphomane, elle...

— Voyons, Peter ! Je crois que Fleur a raison : vous inventez purement et simplement.

— Peut-être. Mais sous des apparences tranquilles, les Chinoises sont aussi... dévoreuses que les femmes des autres pays.

— Phallocrate ! Vous êtes sûr de ce que vous avancez ?

— Si j'en crois les rumeurs... Vous voyez là-bas ce Chinois vêtu d'un blazer : il porte un chapeau vert, autrement dit sa femme a un amant.

— Un chapeau vert ?

— Oui. Les Chinois ont un humour merveilleux. Ce type a fait paraître il y a quelques mois dans un journal chinois une petite annonce disant : « Je sais que je porte un chapeau vert mais deux des fils de celui qui me l'a donné ne sont pas de lui. »

— Et il a signé ?

— Oui. D'un jeu de mots sur son nom assez transparent pour que toute l'élite chinoise puisse le reconnaître.

— C'était vrai ?

— Peu importe. L'amant fut terriblement embarrassé par ce mauvais tour.

— Ce n'est pas juste pour la femme calomniée.

— En l'occurrence, elle le méritait bien.

— Pourquoi ?

— Elle s'était fait faire deux enfants par un autre hom...

— Oh ! arrêtez de me raconter des histoires ! dit Casey en feignant la colère. Quelques secondes plus tard, elle reprit : Les gens paraissent plus fascinants, ici. Est-ce parce que nous sommes en Asie ?

— Probablement. L'Asie est le centre du monde, Hong-Kong en est le noyau.

Marlowe montra à la jeune femme quelqu'un qui leur adressait un salut de la main d'une loge voisine.

— Un de vos admirateurs ?

— Lando ? C'est un homme captivant ! s'exclama Casey, qui avait bavardé avec le Portugais entre deux courses.

— Miss Tcholok, il faut absolument que vous visitiez Macao, avait dit Mata. Dînons donc ensemble demain soir, je passerai vous prendre à sept heures et demie, si vous voulez.

Bien que sensible au charme désuet qui émanait du personnage, la jeune femme n'avait eu aucune difficulté de le percer à jour.

— Cela dépend de l'heure à laquelle je rentrerai de ma promenade en mer, avait-elle répondu.

— Avec qui, le Taï-pan ?

— Non, avec des amis.

— Alors lundi, peut-être ? Nous discuterons des affaires que vous pourriez entreprendre à Macao. Je vous téléphonerai demain soir à sept heures pour savoir si vous êtes libre.

Je saurai le tenir à distance, pensa Casey pour se rassurer. Encore que je me garderai de boire trop de vin...

— Qui est ce vieillard qui lorgne sa jeune voisine avec concupiscence, là en bas ? demanda-t-elle. Oh ! regardez, il lui met la main aux fesses !

— C'est un des pirates locaux, Wu-quatre-doigts, et une starlette de la télé, Venus Poon. Le jeune homme qui parle au vieux est son neveu — son fils, prétendent certains. Quatre-doigts a une femme légitime, trois concubines d'âges divers, ce qui ne l'empêche pas de s'intéresser à Venus Poon. La belle avait plaqué Kwang pour le vieux pirate mais elle va peut-être revenir au banquier après la fusion avec Victoria. Vous voyez ce bonhomme tout ridé à qui parle Dunross ? C'est Shitee T'Chung, descendant direct de May-may et Dirk par leur fils Duncan. On raconte qu'il vit dans un deux-pièces, au sixième étage d'un immeuble sans ascenseur de Glessing Point. Comme il détient une grande quantité d'actions de Struan, chaque année, avant la réunion générale des actionnaires, le Taï-pan en exercice se rend chez lui et lui demande avec déférence une procuration l'autorisant à utiliser ses voix. Autorisation toujours accordée, comme le prévoit l'accord initial, mais le Taï-pan n'en doit pas moins venir la quémander en personne.

— Pourquoi ?

— A cause de la Hag. Une grande dame ! j'aurais voulu la connaître. Pendant la révolte des Boxers, en 1899-1900, lorsque la Chine traversa une de ses périodes de troubles, toutes les possessions de la Noble Maison à Pékin, T'ien-Tsin, Foochow et Canton furent détruites par les terroristes boxers, plus ou moins protégés et en tout cas encouragés par l'impératrice douairière Tz'u-Hsi. Ces « Poings de Justice », comme ils s'appelaient eux-mêmes, avaient pour cri de guerre :

« Protégeons les Ch'ing, tuons tous les diables d'étrangers ! » Il faut reconnaître que les puissances européennes et le Japon avaient littéralement dépecé la Chine. Quoi qu'il en soit, les Boxers attaquèrent et détruisirent les sièges des compagnies étrangères, les concessions mal protégées. La Noble Maison se trouva dans une situation périlleuse. Le Taï-pan d'alors était Sir Lochlin Struan, dernier fils de Robb, né avec un moignon à la place du bras, et successeur de Culum. La Hag l'avait désigné quand il avait seize ans, juste après la mort de Culum, et elle le garda sous sa coupe jusqu'à ce qu'il mourût à son tour, en 1915, à l'âge de soixante-douze ans.

— D'où tenez-vous toutes ces informations ?

— Je les ai inventées, répondit l'écrivain avec grandeur. La Hag avait besoin d'argent et ne pouvait en emprunter à personne car toutes les *hongs* connaissaient les mêmes difficultés. Or le père de l'homme avec qui Dunross bavarde en ce moment était alors Roi des Mendiants de Hong-Kong. Il vint trouver la Hag et lui dit avec la dignité seyant à son rang de monarque : « Je voudrais acheter un cinquième de la Noble Maison, j'en offre deux cent mille taels d'argent », soit exactement la somme qu'il fallait à la Hag pour payer les échéances que le grand-père de Gornt avait rachetées aux débiteurs de Struan. Après marchandage, le Roi des Mendiants accepta de se contenter du dixième de la Noble Maison — un véritable cadeau car il n'ignorait pas que la Hag, acculée, aurait dû lui céder deux ou trois fois plus s'il avait voulu lui tenir la dragée haute. Il ne réclama pas d'autre garantie que le *chop* de la Hag et la promesse qu'elle-même ou le Taï-pan irait trouver une fois par an le Roi des Mendiants ou ses descendants, afin de solliciter une procuration de vote à l'assemblée des actionnaires. La requête serait automatiquement satisfaite dès lors que le Taï-pan en personne la formulerait.

— Pourquoi me sauver de mes ennemis, honorable Roi des Mendiants ? voulut savoir la Hag.

— Parce que ton grand-père, le Diable-aux-yeux-verts, a jadis permis au mien de sauver la face et l'a aidé à devenir le premier Roi des Mendiants de Hong-Kong.

Casey poussa un soupir.

— Vous croyez à cette histoire, Peter ?

— Certainement. Un jour, j'écrirai un livre sur...

Il s'interrompit en voyant que la jeune femme ne l'écoutait plus. Le regard de Casey avait glissé de la loge de T'Chung à la galerie des membres du Club, où Bartlett et Orlanda se tenaient l'un près de l'autre, l'air heureux.

— Oh ! ne vous tracassez pas pour cela, reprit le romancier.

Casey détacha lentement ses yeux du couple et tourna la tête vers Marlowe.

— Parlez-moi d'elle, Peter. Rendez-moi ce service.

— Pour vous permettre de la détruire ?

— Pour protéger Linc.

— Il n'a peut-être pas envie d'être protégé.

— Je vous jure de n'utiliser vos informations qu'en cas de nécessité absolue.

L'écrivain soupira :

— Désolé, mais rien de ce que je pourrais vous apprendre ne vous protégerait d'elle. D'ailleurs, si je possédais des renseignements pouvant lui nuire, je ne vous les confierais pas. Ce ne serait pas juste, vous ne croyez pas ?

— Si, mais je vous le demande quand même. Rappelez-vous, je vous ai aidé quand vous en aviez besoin. Maintenant, à votre tour.

Marlowe regarda longuement l'Américaine avant de murmurer :

— Que voulez-vous savoir ?

Casey lui raconta ce qu'elle avait déjà appris : Gornt, Macao, l'enfant.

— Alors vous n'ignorez plus rien — excepté peut-être que vous devriez avoir pitié d'elle.

— Pour quelle raison ?

— Parce qu'elle est Eurasienne, qu'elle n'a que Gornt pour l'aider et que c'est une situation terriblement précaire. Elle vit sur le fil du rasoir. Elle est jeune, elle est belle, elle mérite de s'en sortir mais il n'y a pas d'avenir pour elle à Hong-Kong.

— Sauf avec Linc.

— Linc ou un type de son genre. Il ne ferait d'ailleurs peut-être pas une si mauvaise affaire.

— Parce qu'elle est Asiatique et moi Américaine ?

Marlowe eut un sourire étrange.

— Vous êtes une femme, elle aussi, mais vous avez tous les atouts dans votre jeu. A vous de savoir si vous voulez vraiment la guerre.

— Conseillez-moi, Peter, je vous en prie. J'ai, j'ai peur — là, je ne vous cache rien. S'il vous plaît.

— Bon, d'accord, mais ce n'est pas le service que je vous dois. Le bruit court que Linc et vous n'êtes pas amants, que vous vivez quasiment ensemble depuis six ou sept ans sans... sans rapports physiques. Il est séduisant, vous êtes belle, vous feriez un couple extraordinaire. Un *couple*, Casey, voilà le mot essentiel. Peut-être désirez-vous moins Linc que l'argent et le pouvoir, c'est tout le problème. En tout cas, je ne crois pas que vous puissiez avoir les deux.

— Pourquoi pas ?

— Ou vous choisissez Par-Con, la puissance, la fortune, et vous vous contentez de l'amitié de Linc ; ou vous devenez Mrs. Linc Bartlett et vous vous comportez comme l'épouse aimante qu'Orlanda saura être. Dans l'un et l'autre cas, vous devez vous donner entièrement, à 100 p. 100 : vous vous connaissez trop bien, Linc et vous, pour pouvoir vous jouer la comédie. Il a déjà été marié, il est sur ses gardes. Vous, vous avez passé l'âge d'aimer aveuglément quelqu'un, vous vous méfiez également.

— Vous êtes aussi psychiatre ?

— Ni psychiatre ni confesseur, s'esclaffa Peter. J'aime observer les gens mais je déteste leur tenir de beaux discours et je me refuse à les conseiller : c'est la tâche la plus ingrate qui soit.

— Alors pas de compromis ?

— Je ne pense pas, mais je ne suis pas à votre place. Vous avez votre propre charme, jouez-en. Orlanda a tout ce qu'il faut pour rendre un homme heureux — navré si la formule vous paraît misogyne. Puisque vous avez insisté pour avoir mon avis, je vous conseille de prendre une décision rapidement.

Gavallan entra précipitamment dans la loge de Shitee T'Chung et se dirigea vers le Taï-pan.

— Bonsoir, dit-il poliment au vieux couple. Désolé, Ian, Crosse et l'autre type sont déjà partis.

Dunross réfléchit, prit congé des T'Chung et sortit dans le couloir avec Gavallan.

— Je dois vous parler, lui dit-il. Venez donc dans la petite salle.

En entrant, Gavallan remarqua une bouteille de Dom Pérignon dans un seau à glace.

— Qu'est-ce qu'on fête ?

— Trois choses : l'absorption de General Stores, le sauvetage de Ho-Pak et le début d'une ère nouvelle, répondit le Taï-pan en débouchant la bouteille. En ce qui vous concerne, vous partirez pour Londres lundi soir avec les enfants, vous ferez le point avec les docteurs sur l'état de santé de Kathy et, s'ils sont d'accord, vous l'emmènerez au château d'Avisyard avec les gosses. Je veux que vous vous installiez là-bas pour un an ou deux, en tout cas au moins six mois. Vous emménagerez dans l'aile est.

Gavallan écarquilla les yeux mais ne souffla mot.

— Vous allez prendre la tête d'un nouveau secteur dont personne ne sait rien encore, pas même Alastair ou mon père, reprit Dunross. Ce soir, vous irez voir un nommé Jamie Kirk, que vous inviterez au château.

Une fois sur place, vous commencerez à acheter du terrain, en particulier autour d'Aberdeen : zones industrielles, entrepôts, secteurs des quais, etc. Sans vous faire remarquer, surtout. Vous disposerez d'un budget initial d'un million de livres sterling.

— Mazette ! D'où vient-il ce m...

— Peu importe ! répliqua le Taï-pan. (Il versa lentement le champagne dans les verres.) Dans six mois, vous recevrez cinq autres millions qui couvriront nos investissements en Écosse pour les deux années à venir. C'est le délai que je me suis fixé pour faire discrètement de la Noble Maison la principale puissance d'Aberdeen, propriétaire des meilleurs terrains et jouissant de relations dans les conseils municipaux. Je veux que vous deveniez en deux ans le seigneur d'Aberdeen et de la région, jusqu'à Inverness à l'est et Dundee au sud. D'accord ?

— Oui mais...

Toute sa vie Gavallan avait voulu quitter l'Asie mais il n'en avait jamais eu la possibilité. Maintenant que Dunross lui offrait de réaliser son rêve, il n'arrivait pas à y croire.

— Pourquoi ? acheva-t-il.

— Parlez à Kirk, faites du charme à sa femme, et surtout, bouche cousue. A l'Écosse ! dit Ian en levant son verre. A notre nouveau fief !

Et à la mer du Nord ! ajouta-t-il en pensée.

67

17 h 50

Dans les tribunes désertées, il ne restait que les balayeurs et les lumières s'étaient éteintes dans la plupart des loges. La nuit tombait, le ciel déversait des trombes d'eau sur Hong-Kong. Tout autour de l'hippodrome, les véhicules circulaient au pas, doublant des milliers de turfistes qui rentraient à pied, trempés mais satisfaits : samedi prochain, il y aurait une autre réunion, une autre grande course.

Une Rolls sortant du parking réservé aux membres du Club hippique éclaboussa au passage une file de piétons, qui se mirent à abreuver d'injures chauffeur et passagers. Un jour, moi aussi j'aurai une voiture comme ça, pensait chacun d'eux. Il suffit que le *joss* soit de mon côté samedi prochain, j'aurai de quoi acheter du terrain ou un appartement, que j'hypothéquerai pour jouer à la Bourse. Moi aussi j'aurai une Rolls, comme Tok-le-taxi, qui a conduit son *bo-pi* pendant sept ans avant de trouver cent mille dollars HK sur la banquette arrière, qui les a investis il y a trois ans, au moment du boom, et qui s'est acheté des immeubles avec les bénéfices.

Un boom, il va y en avoir un autre, le vieux Tung-l'aveugle l'a prédit. Finie la crise ! La Vic absorbe la Ho-Pak et garantit toutes les dettes de Kwang, la Noble Maison achète General Stores... Curieux quand même, cette coïncidence. Et si c'était une combine de ces sales *quai lohs* pour manipuler le marché ? Forniquent tous les dieux, ils en sont capables !

La plupart de ceux qui rentraient chez eux en ressassant de vieux rêves repartaient plus pauvres qu'ils n'étaient venus. Il y avait cependant parmi eux quelques veinards, comme Wu-le-bigle, l'agent de police du commissariat d'East Aberdeen. Crosse lui avait donné l'autorisation de s'absenter à condition qu'il soit de retour à dix-huit heures quinze, lorsque reprendrait l'interrogatoire du « client ». Le Bigle avait pour tâche de traduire les phrases en dialecte de Ning-tok que Kwok prononçait parfois.

Ayiiya ! comme il a vite craché ses secrets ! songea le jeune Wu avec une admiration mêlée de crainte. Ces barbares à la peau rose sont de vrais démons. Heureusement, je n'ai rien à redouter d'eux. Si j'entre à la SI j'apprendrai des secrets qui me protégeront et je deviendrai un ancêtre vénéré !

Un coup de klaxon le fit sursauter. A l'arrière de la Mercedes qui le dépassa, le policier reconnut Rosemont, l'homme de la CIA aux dollars plein les poches. Quels naïfs, ces Américains, pensa-t-il. L'année dernière, quand plusieurs membres de sa famille avaient franchi la frontière chinoise, Wu les avait envoyés à tour de rôle au consulat, chaque mois avec une histoire et un nom différents. Les Américains n'y regardaient pas de trop près avant d'accorder leur aide. Il suffisait de prétendre qu'on venait de fuir la Chine, qu'on était farouchement contre Mao, et que dans tel village les communistes avaient commis tels et tels crimes. Les Américains étaient également friands d'informations sur les mouvements de troupes en R.P.C., réels ou inventés. Comme ils s'empressaient de prendre des notes et d'en redemander ! N'importe quelle nouvelle piquée dans un journal les mettait en transes pourvu qu'on la murmurât en roulant des yeux.

Trois mois plus tôt, le Bigle avait eu une idée de génie. Avec l'aide de quatre membres de son clan — dont un ancien journaliste d'un quotidien communiste de Canton — il avait proposé à Rosemont, par l'entremise d'intermédiaires, un rapport mensuel sur la situation de l'autre côté du rideau de bambou, en particulier dans la région de Canton. Pour prouver la qualité de la marchandise livrée, Wu avait accepté de fournir gratuitement les deux premiers spécimens du rapport, qui reçut pour nom de code « Combattant de la Liberté ». Si la CIA les jugeait intéressants, elle paierait mille dollars HK pièce les trois suivants et si ces derniers lui donnaient satisfaction, un contrat serait établi pour une année entière.

Les Américains furent si contents des deux premiers rapports qu'ils passèrent aussitôt commande pour cinq autres, au prix de deux mille dollars HK chacun, et Wu devait empocher le premier versement la semaine suivante. Il ne s'agissait pourtant que de repiquage d'articles d'une trentaine de journaux de Canton qu'un train amenait quotidiennement à Hong-Kong en même temps que des denrées diverses, et que n'importe qui pouvait se procurer dans les kiosques de Wanchai. Wu et ses associés se contentaient de lire attentivement les textes, de les débarrasser du jargon communiste pour ne retenir que les informations : données économiques, nominations au sein du Parti, naissances et décès, etc.

Les rapports « Combattant de la Liberté » ne coûtaient rien et promettaient de leur faire gagner beaucoup d'argent. « Soyons prudents, avait recommandé le Bigle à ses complices. Glissons à l'occasion une erreur ici ou là ou sautons carrément une livraison en prétendant que notre agent à Canton s'est fait prendre. »

Bientôt je serai membre de la SI, j'apprendrai les ficelles du renseignement et je saurai encore mieux comment intéresser la CIA, pensait le jeune policier. Pourquoi ne pas envisager un rapport sur Pékin, sur Shanghaï ? Les journaux nous parviennent de ces deux villes avec un jour de retard...

Il regarda sa montre : il avait le temps, le siège de la police n'était plus très loin. Ce soir, Crosse va peut-être me demander mon avis, songea-t-il. Brian Kwok ment ou exagère ici et là mais il dit la vérité quand il parle de la bombe atomique. Bien sûr que la Chine la possède ! Le premier imbécile venu sait ce qui se prépare depuis des années dans le Hsin-kiang, près des rives du lac Bos-teng-hu. Et nous ne tarderons pas à avoir nos missiles et nos satellites : nous sommes civilisés, non ? N'est-ce pas nous qui avons inventé la poudre, il y a plus de mille ans, et qui l'avons jugée trop barbare pour être utilisée ?

De l'autre côté de la barrière que longeait le Bigle, des femmes chargées de l'entretien de l'hippodrome ramassaient ce que des milliers de turfistes avaient jeté et cherchaient dans l'herbe une pièce, une bague, un stylo qu'un parieur aurait pu y perdre. Près d'une pile de poubelles encastrées les unes dans les autres, un homme était allongé sur le sol, à l'abri de la pluie.

— Allez, mon vieux, tu ne peux pas dormir ici, lui dit une des femmes sans animosité. Rentre chez toi !

Le vieillard ouvrit les yeux, commença à se redresser puis poussa un soupir et retomba comme une poupée de chiffon.

— *Ayiiya*, murmura Yang-n'a-qu'une-dent.

Au cours de ses soixante-dix ans d'existence, elle avait assez souvent côtoyé la mort pour la reconnaître aussitôt.

— Petite-sœur, viens par ici ! cria-t-elle à sa collègue. Cet homme est mort.

L'autre femme, âgée de soixante-quatre ans, ridée et

courbée elle aussi, s'approcha et se pencha vers le cadavre.

— On dirait un mendiant, fit-elle.

— Vaudrait mieux prévenir le contremaître.

Yang s'agenouilla près du mort, lui fit rapidement les poches et n'en retira que trois dollars HK en monnaie.

— C'est maigre, marmonna-t-elle. Enfin, c'est toujours ça.

Elle partagea avec son amie, comme elles en avaient l'habitude lorsqu'elles trouvaient quelque chose.

— Qu'est-ce qu'il a dans la main ? murmura la plus jeune des deux femmes.

N'a-qu'une-dent desserra les doigts crispés du vieil homme.

— Des tickets, dit-elle en feuilletant les morceaux de papier. Il avait fait un report sur les deux couplés... Hiii, ce pauvre fou a tout perdu dans la cinquième, il avait choisi Butterscotch Lass !

— Être passé si près de la fortune ! C'est sûrement ce qui l'a tué.

— Question de *joss*, grogna Yang en jetant les tickets dans une poubelle. Va prévenir le contremaître, Petite-sœur, je suis fatiguée.

Aussitôt seule, elle récupéra les tickets et vérifia fébrilement qu'elle ne s'était pas trompée. Non, le vieux avait gagné. Elle fourra les morceaux de papier dans sa poche, vida le contenu de la poubelle dans une autre. Loués soient les dieux ! Me voilà riche ! *Riche* ! Chaque ticket vaut 265 dollars KH, combien y en a-t-il ? Cent, deux cents ?

Prise de vertige, elle s'accroupit auprès du cadavre et s'adossa au mur. Elle mourait d'envie de compter les tickets mais n'osait pas. Calme-toi, vieille folle, sinon Petite-sœur va soupçonner quelque chose, murmura-t-elle. Si elle te voit dans cet état...

Son cœur battait follement, la nausée lui retournait l'estomac. Elle se remit péniblement debout, se traîna jusqu'aux toilettes tandis que d'autres femmes continuaient à ratisser le gazon. L'équipe de Yang n'aurait pas fini ce soir et reviendrait le lendemain matin à neuf heures. Dans les toilettes désertes, la vieille prit les tickets d'une main tremblante, les enveloppa dans une loque, chercha dans le mur une brique mal scellée et les cacha derrière.

Un peu tranquillisée, elle sortit et reprit son travail. Le contremaître revint avec Petite-sœur, examina le corps de l'homme, le fouilla méticuleusement et trouva, enveloppée dans du papier d'argent, une dose de Poudre-blanche qui avait échappé à N'a-qu'une-dent.

— On pourra en tirer deux dollars, mentit-il, sachant qu'il y en avait pour trois fois plus. On partage : 70 p. 100 pour moi, 30 pour vous deux.

Pour ne pas éveiller sa méfiance, Yang marchanda et obtint finalement 40 p. 100. Satisfait, le contremaître s'en alla. Quand les deux femmes furent de nouveau seules, la moins âgée retourna à la poubelle.

— Que fais-tu ? lui demanda Yang.

— Je voudrais vérifier, Sœur-aînée. Ta vue n'est plus tellement bonne.

— A ton aise, grommela N'a-qu'une-dent avec un haussement d'épaules. Bon, j'ai terminé ici, je vais voir là-bas.

De son doigt crochu, elle indiqua une bande de gazon encore « inexplorée » sous une rangée de gradins. Sa compagne hésita puis lui emboîta le pas.

Yang fredonnait en songeant à ce qu'elle ferait de sa fortune. D'abord, j'avancerai à Troisième-petite-fille de quoi s'acheter deux robes de *quai loh*, en échange de la moitié de ce qu'elle gagnera au cours de la première année. Elle fera une excellente prostituée au Dancing de la Chance. Ensuite, Deuxième-fils quittera son travail de coolie au chantier de Kotewall Road et ouvrira une entreprise de construction avec Cinquième-neveu et Second-petit-fils. Nous ferons un premier versement sur un terrain, nous commencerons à bâtir un immeuble...

— Tu as l'air heureux, Sœur-aînée.

— Oh ! oui. Mes os me font mal, la fièvre des marais me torture mais je suis en vie, et ce vieillard est mort. C'est une leçon des dieux, affirma Yang.

Où en étais-je ? se demanda-t-elle. Ah ! oui... mille dollars pour le couplé de samedi prochain, et si je gagne, je m'achèterai... un dentier !

On l'avait surnommée N'a-qu'une-dent depuis qu'un coup de crosse d'un soldat mandchou lui avait fait perdre toutes ses dents sauf une, à Shanghaï, alors qu'elle n'avait que quatorze ans, au cours d'une des incessantes émeutes contre le joug de la dynastie étrangère des Ch'ing. Yang avait toujours détesté ce surnom, et à présent...

Par tous les dieux, je me paierai deux belles rangées de fausses dents sur mes gains de samedi prochain ! se promit-elle. Et j'allumerai deux cierges au temple pour remercier le ciel.

— Je ne me sens pas bien, Petite-sœur, murmura-t-elle, sur le point de défaillir de joie. Apporte-moi un peu d'eau, s'il te plaît.

N'a-qu'une-dent s'assit tandis que sa collègue s'éloignait en grommelant. Elle passa la langue sur ses gencives édentées et sourit. Si je gagne assez, je ferai mettre une dent en or au beau milieu des autres, en souvenir. Yang-la-dent-d'or, ça sonne bien. Oui, l'honorable Yang-la-dent-d'or, de l'empire Yang, numéro un de la construction...

68

18 h 15

La grande carcasse de Souslev se tassait inconfortablement à l'avant de la petite voiture d'Ernie Clinker, qui gravissait lentement la colline. La pluie tombait de plus belle, la boue et les pierres dévalant la pente rendaient la route dangereuse.

— Bon sang de bois, tu f'rais peut-être mieux de pieuter chez moi, dit le cockney, les mains crispées sur le volant.

— Pas ce soir, répondit le Soviétique d'un ton agacé. J'ai promis à Ginny de passer ma dernière nuit avec elle, je te l'ai déjà dit.

Depuis la descente d'Armstrong, le capitaine ne décolérait pas, sa fureur était entretenue par un sentiment de peur inhabituel chez lui : peur de la convocation au Q.G. de la police, peur des conséquences, catastrophiques sans doute, de la perte du câble, peur du mécontentement du Centre après le meurtre de Voranski et la capture de Metkin, peur de Koronski, venu pour interroger Dunross après un éventuel enlèvement. Trop de choses ont mal tourné, cette fois, pensa-t-il en frissonnant. Il y a trop longtemps que je fais ce boulot pour avoir encore des illusions.

Même la conversation téléphonique avec Crosse, pendant la cinquième course, ne l'avait pas rassuré.

— Ne vous inquiétez pas, Gregor, lui avait dit le chef de la SI en déguisant sa voix. Ils veulent juste vous poser quelques questions sur Voranski, Metkin, etc.

— Ça veut dire quoi, « etc. » ?

— Je n'en sais rien. C'est Sinders qui a eu cette idée, pas moi.

— Vous feriez bien de me couvrir, Roger.

— Vous êtes couvert. Écoutez, ce kidnapping éventuel, c'est une mauvaise idée.

— Le Centre l'approuve et nous la mettrons à exécution si nous en recevons l'ordre ! Je peux vous voir ce soir ?

— Non, mais je vous téléphonerai. Au 4, à dix heures trente.

— En clair : au 32, Tours Sinclair, à vingt et une heures trente.

— Est-ce bien prudent ? s'était inquiété le Soviétique.

— Naturellement : ces imbéciles ne penseront jamais à revenir.

— Bon. Arthur sera là. Nous préparerons un plan d'enlèvement.

Clinker fit un écart pour éviter un taxi surgi de la droite, freina puis relança la voiture. Souslev essuya la buée de sa vitre.

— Foutu temps, grommela-t-il, l'esprit ailleurs.

Foutu Travkin ! Plus question de l'utiliser pour attirer le Taï-pan à l'appartement, pensait-il. Pourtant il me faut Dunross ou les dossiers avant de partir : c'est ma seule protection réelle contre le Centre.

Lorsque Bartlett et Casey descendirent de la limousine de Struan, le portier sikh enturbanné de l'hôtel

Hilton s'approcha avec un parapluie que la vaste marquise rendait inutile.

— Je vous attends, monsieur Bartlett, dit Lim, le chauffeur.

Les Américains pénétrèrent dans le hall, et se dirigèrent vers la réception.

— Tu n'es pas très bavarde, remarqua Linc.

Ils n'avaient guère échangé plus de quelques mots depuis l'hippodrome.

— Toi non plus, répondit Casey. J'ai cru sentir que tu n'avais pas envie de parler.

Avec un sourire hésitant, elle ajouta :

— C'est normal, après toute cette excitation.

— Mr. Banastasio, s'il vous plaît, demanda Bartlett à l'employé.

— Un moment, je vous prie... il a changé de nouveau de chambre... oui, il occupe le 832, maintenant.

L'homme tendit à Bartlett un téléphone intérieur. L'Américain décrocha, demanda la chambre 832.

— Ouais ?

— Vincenzo ? Linc. Je suis en bas.

— Salut, Linc, content de t'entendre. Casey est là aussi ?

— Bien sûr.

— Montez donc.

— Nous arrivons, dit Bartlett avant de raccrocher.

— Tu tiens à ce que je vienne aussi ? fit Casey.

— Il t'a réclamée.

Le patron de Par-Con prit la direction de l'ascenseur en songeant à son rendez-vous avec Orlanda.

— Nous ne resterons que quelques minutes, reprit-il. Ensuite nous nous rendrons au cocktail du Taï-pan.

— Tu es libre ce soir, pour dîner ?

— Non, nous discuterons demain au petit déjeuner. Il faut clarifier les choses avec Seymour et passer une revue de détail avant mon départ pour Taipei.

Ils s'entassèrent dans la cabine avec d'autres clients,

dont une Chinoise envahissante que Casey repoussa d'un coup de talon dans le tibia. « Oh ! pardon », fit-elle d'une voix suave, avant d'ajouter entre ses dents, juste assez fort pour que la femme puisse l'entendre : *« Diou ne lo mo. »* La Chinoise rougit et descendit à la mezzanine sous l'œil goguenard de l'Américaine, qui avait le sentiment d'avoir remporté une grande victoire.

Au huitième étage, elle suivit Linc dans le couloir et lui demanda à voix basse :

— Qu'est-ce qu'il veut exactement, Banastasio ?

— Juste nous saluer.

Bartlett pressa le bouton du 832, la porte s'ouvrit sur une sorte de bellâtre aux cheveux gris-bleu et aux yeux noirs qui accueillit chaleureusement ses visiteurs.

— Casey, vous êtes magnifique ! On boit un verre ?

La jeune femme fit le service : un Martini pour elle, un Coca pour Vincenzo, une boîte de bière pour Linc. Après avoir bu une gorgée, Banastasio mit en marche un petit magnétophone qui fit entendre un brouhaha de voix, de conversations mêlées : le bruit de fond habituel d'une soirée réussie.

— Juste une précaution de routine, expliqua-t-il.

Bartlett le regarda fixement :

— Tu crois qu'on a posé des micros dans la chambre ?

— On ne sait jamais, non ? Comment va Par-Con ?

— Bien, comme toujours. Notre taux de croissance sera même meilleur que prévu.

— Sept pour cent de mieux, précisa Casey.

— Vous allez traiter avec Struan ou Rothwell-Gornt ?

Linc considéra les yeux froids, le sourire étrangement menaçant de son vis-à-vis.

— Je te l'annoncerai quand le marché sera conclu. En même temps qu'aux autres actionnaires.

— On préférerait être dans le coup, les gars et moi.

— Quels gars ?

Banastasio soupira.

— Nous avons investi un gros paquet de fric dans Par-Con, nous voulons avoir notre mot à dire de temps en temps. Selon l'avis de tous, je devrais faire partie du conseil d'administration, du comité de financement et du comité des acquisitions.

— Il n'a jamais été question de cela, rétorqua Bartlett. Tu prétendais vouloir simplement faire un bon placement.

— C'est exact, renchérit Casey. Dans votre lettre, vous vous présentiez comme un homme à la recherche d'investissements et...

— Les temps ont changé, ma p'tite dame. On veut être dans le coup, compris ? Juste un siège, Linc. Avec un tel paquet d'actions j'aurais droit à deux sièges chez General Motors.

— Nous ne sommes pas General Motors.

— Je le sais, je le sais. On réclame pas la lune, on veut seulement que Par-Con se développe plus vite.

— Notre taux de croissance est excellent, intervint Casey. Si vous croyez que vous pour...

Elle s'interrompit sous le regard glacial de Banastasio. Bartlett serra les poings mais les laissa posés sur ses cuisses.

— Bon, question réglée, fit Banastasio en souriant de nouveau. A partir de maintenant, je fais partie du conseil d'administration. Exact ?

— Faux. Les membres du conseil sont élus à l'assemblée générale annuelle des actionnaires. Pas avant. Il n'y a pas de siège vacant.

— Il pourrait y en avoir...

— Tu veux répéter ?

— Ce n'est pas une menace, juste une remarque. Je ferais du bon boulot au conseil, j'ai des relations. Et j'ai envie de mettre mon grain de sel ici et là.

— A quel propos ?

— Dans les décisions à prendre. Je veux par exemple que Par-Con traite avec Gornt.

— Et si je ne suis pas d'accord ?

— Dunross se retrouvera à la rue si on le pousse un peu. J'ai fait ma petite enquête : c'est Gornt qu'il nous faut.

— Je n'ai pas encore choisi, déclara Bartlett en se levant.

Banastasio l'observait du fond de son fauteuil.

— Qu'est-ce que tu veux dire ? On traite avec Gornt, un point c'est tout.

— Va te faire voir, répliqua tranquillement Bartlett en se dirigeant vers la porte.

— Une minute !

Le mafioso se leva brusquement et s'approcha de Linc.

— Personne veut d'ennuis, ni moi ni les gars.

— Quels gars ?

— Allons, Linc, tu es un grand garçon. On t'a donné un bon coup de main. On cherche pas d'histoires, on veut juste du fric.

— Nous vous rachèterons votre part avec un bénéfice de...

— Elle n'est pas à vendre. Nous t'avons avancé du blé quand tu en avais besoin, tu t'en es servi pour développer l'affaire. Maintenant, nous réclamons un poste aux leviers de commande.

— Je soumettrai votre requête à l'assemblée géné...

— Maintenant !

— Pas question !

Banastasio tourna son regard de reptile vers Casey.

— C'est aussi votre avis, madame la vice-présidente ?

— Absolument, répondit-elle d'une voix dont la fermeté l'étonna. S'il faut en venir au vote, je m'opposerai à votre entrée au conseil et au choix de Gornt.

— Vous serez virée quand nous prendrons le contrôle de Par-Con.

— Je serai déjà partie.

Elle se dirigea à son tour vers la porte, un peu

surprise que ses jambes lui obéissent. Bartlett se carra devant l'autre homme et lui lança :

— A un de ces jours.

— Tu ferais bien de changer d'avis !

— Tu ferais bien de ne plus t'occuper de Par-Con.

Sur ces derniers mots, Bartlett sortit et entraîna Casey dans le couloir. Parvenu devant l'ascenseur, il exhala un long soupir.

— Nom de dieu !

— Comme tu dis, murmura Casey. Linc, je boirais bien un verre, je n'ai jamais eu aussi peur de ma vie. Il me pétrifie, ce type.

Au bar du dernier étage, Casey avala une longue gorgée et se tourna vers Linc.

— Après cette petite conversation, je suis convaincue plus que jamais que Banastasio a partie liée avec la Mafia ou en fait partie, comme on le murmure. Ce qui nous mène à la drogue, et peut-être aussi aux armes.

— J'ai fait le même raisonnement, acquiesça Bartlett en plissant les yeux.

— Deuxièmement, s'il a peur des micros, c'est que le FBI est dans le coup.

— Ou la CIA.

— Ou la CIA, convint Casey. Ce qui signifie que nous nous sommes embarqués dans une sale affaire. Quant à ses exigen...

Elle s'interrompit.

— Qu'y a-t-il ? demanda Linc.

— Tu te souviens de Rosemont, un homme grisonnant, grand, portant beau, employé au consulat, dont nous avons fait la connaissance à la soirée des Dunross ? Je l'ai rencontré hier après-midi sur le ferry. Coïncidence ou pas, il a amené la conversation sur Banastasio en prétendant qu'un de ses amis Ed Machinchose, lui aussi du consulat, le connaissait vaguement. Et quand je lui ai appris que Banastasio arrivait aujourd'hui, il a eu l'air effaré. Sur le coup, je n'y ai pas pris garde mais c'est clair maintenant : consulat plus intérêt pour Banastasio égalent CIA.

— C'est probable. Et si... Je me rappelle tout à coup que Ian m'a parlé lui aussi de Banastasio sans raison précise. C'était mardi, pendant que tu téléphonais, juste avant d'aller voir les lingots d'or.

— Nous sommes peut-être dans de sales draps, murmura Casey. Un meurtre, un enlèvement, une affaire de trafic d'armes... John Chen et Tsu-yan connaissaient bien Banastasio. Tu crois que la Mafia serait liée à l'assassinat de John ? D'après les journaux, les méthodes des Loups-garous n'avaient rien de très chinois.

Linc sirotait sa bière d'un air pensif.

— Pourquoi Banastasio préfère-t-il Gornt à Struan ?

— Pas la moindre idée, reconnut Casey.

— Supposons que Banastasio trafique dans la drogue, les armes, ou les deux. Chacune des compagnies aurait de quoi l'intéresser : Struan possède une flotte importante, des installations portuaires bien commodes pour faire passer des marchandises en contrebande. Gornt a lui aussi des navires et une compagnie aérienne dont les lignes relient Bangkok, l'Inde, le Viêt-nam, le Cambodge, le Japon — toute l'Asie !

— Et si nous aidons Gornt à écraser Struan, les deux compagnies réunies leur offriraient des possibilités fabuleuses.

— Ce qui nous amène à la question à soixante-quatre dollars : que faisons-nous ?

— Nous pourrions adopter une tactique d'attente, suggéra la jeune femme. Le combat entre Gornt et Struan trouvera une issue la semaine prochaine au plus tard.

— Pour nous sortir de ce pétrin, il nous faut des informations, et de quoi riposter. Nous ferions bien de chercher de l'aide en haut lieu : soit auprès d'Armstrong et des flics anglais, soit auprès de Rosemont et de la CIA.

— Ou des deux ?
— Ou des deux, acquiesça Bartlett.

Dunross descendit de la Daimler et entra d'un pas pressé au Q.G. de la police. Le jeune inspecteur australien qui était de service à la réception l'accueillit par ces mots :
— Pas de chance pour la cinquième, Taï-pan. J'ai entendu dire que Bluey White s'est fait taper sur les doigts — ces foutus Australos, on ne peut pas leur faire confiance.
— Il a gagné, inspecteur, répondit Dunross en souriant. Les commissaires ont estimé que la course s'était disputée dans des conditions normales. J'ai rendez-vous avec Mr. Crosse.
— Normales mais pas tout à fait régulières. Troisième porte à gauche, dernier étage. Bonne chance pour samedi prochain, Taï-pan.
Le directeur de la SI attendait Ian devant l'ascenseur. Il le conduisit dans son bureau, lui proposa un verre.
— Non merci, déclina Dunross. Bonsoir, monsieur Sinders.
L'homme d'affaires, qui pénétrait pour la première fois dans le bureau du policier, le trouva aussi lugubre que le personnage qui l'occupait. Il s'assit et déclara sans préambule :
— Je ne peux vous donner de nouveaux rapports — à l'impossible nul n'est tenu — mais j'ai autre chose à vous proposer. Quoi ? je l'ignore encore. Je viens de recevoir un paquet de la part d'A.M.G.
— Remis en mains propres ? intervint Sinders.
Ian marqua un temps puis répondit :
— Oui. S'il vous plaît, ne m'interrompez plus avant que j'en aie terminé.
— C'est bien de Grant, d'avoir paré à toute éven-

tualité, gloussa Sinders. Il était malin, ce diable d'homme. Pardon, continuez.

— Dans une lettre, A.M.G. souligne que les informations contenues dans le paquet sont d'une importance toute particulière et qu'elles devront être remises personnellement au Premier Ministre ou au chef du MI 6, Edward Sinders, à ma convenance, et *si je le juge souhaitable.*

Dunross reprit sa respiration dans un silence de mort.

— Puisque vous comprenez ce que marchander veut dire, je vous propose ce paquet — quel que soit son contenu — contre la libération de Brian Kwok, qui pourra passer en Chine s'il le désire. De la sorte, nous pourrons traiter avec Tiptop.

Sinders se tourna vers Crosse :

— Qu'en pensez-vous, Roger ?

Le chef de la SI songeait à ces informations si particulières qu'on ne pouvait les confier qu'au Premier Ministre ou à Sinders.

— Je pense que vous devriez considérer la proposition de Ian. A loisir.

— Immédiatement, riposta Dunross. Il faut que tout soit réglé avant l'ouverture des banques, lundi à dix heures.

— C'est une considération dont nous n'avons pas forcément à tenir compte, déclara Sinders d'un ton cassant. La SI et le MI 6 se moquent éperdument de ce qui peut se passer à Hong-Kong. Vous rendez-vous compte de ce que représente pour l'ennemi une taupe de la valeur de Kwok ? Et avez-vous songé que les informations que nous lui soutirerions avec du temps pourraient avoir une importance capitale pour *tout* le Royaume-Uni ?

— Est-ce là votre réponse ?

— C'est Mrs. Gresserhoff qui vous a remis le paquet ?

— Non.

Je ne mens pas vraiment, pensait Dunross. C'est Riko Anjin qui me l'a remis.

— Qui, alors ? insista Crosse.

— Je vous répondrai quand nous nous serons mis d'accord.

— Cela n'en prend pas le chemin !

Voyant le Taï-pan faire mine de se lever, Sinders intervint :

— Monsieur Dunross, seriez-vous prêt à jurer solennellement, sous la foi du serment, que vous ne possédez pas les originaux des rapports.

— Certainement.

Là encore il n'y avait pas mensonge : les originaux, c'était A.M.G. qui les avait gardés ; ce que Ian recevait était déjà une copie. En outre, Sinders lui avait simplement demandé s'il était *prêt* à jurer...

— Lundi, c'est trop tôt, déclara le patron du MI 6.

— Parce que vous voulez continuer à interroger Brian ? Combien de temps vous faudrait-il ?

Sinders garda le silence.

— Messieurs, mes invités m'attendent, reprit le Taï-pan. J'aimerais que vous répondiez à ma proposition par oui ou non.

— Disons peut-être, fit Sinders. Je vais réfléchir.

— Mon offre ne sera plus valable après vingt heures trente, répliqua Ian.

— Pourquoi vingt heures trente ?

— Parce que c'est l'heure à laquelle je dois appeler Tiptop, répondit Dunross en se levant. Merci de m'avoir reçu.

Derrière son bureau, Crosse consulta son supérieur du regard avant d'appuyer sur le bouton commandant l'ouverture de la porte. Les verrous coulissèrent. Surpris par le déclic, le Taï-pan marqua un temps d'arrêt mais se ressaisit aussitôt et sortit.

— Il a de l'aplomb, murmura Crosse.

— Et il sait mentir. Vous le croyez capable de détruire le paquet d'A.M.G. ?

— Sûrement.

— J'incline à penser qu'il n'a plus les rapports et que le paquet est authentique. Que me conseillez-vous ?

— Je vous répète ce que j'ai déclaré au gouverneur : si nous gardons le client jusqu'à lundi midi, nous lui ferons cracher toutes les informations importantes.

— Oui, mais une fois libéré, que racontera-t-il aux *autres* ?

— Nous avons déjà une idée précise de ce qu'il sait. En ce qui concerne Hong-Kong, il est possible de prendre dès aujourd'hui des mesures pour résoudre les problèmes de sécurité que pose sa libération. Nous avons pour pratique, à la SI, de garder secrets nos plans fondamentaux, qui ne sont divulgués à personne.

— Excepté vous, corrigea Sinders.

— Naturellement — et vous-mêmes à Londres. Le client sait beaucoup de choses mais pas tout. Nous procéderons aux changements nécessaires : codes, etc. En fait, le danger principal est écarté maintenant que nous l'avons démasqué. Faisons une croix sur les renseignements qu'il a fournis aux gens d'en face — Fong-fong, les plans anti-émeute — et disons-nous que nous avons échappé au pire : Kwok aurait sans doute été le premier Chinois à diriger la police de Hong-Kong. En ce qui concerne Sevrin, il en est au même point que nous. Le paquet pourrait nous fournir certaines réponses — ou même certaines questions que nous pourrions lui poser avant de le libérer.

— En définitive, le paquet est peut-être plus important maintenant que le client, conclut Sinders. Kwok n'est quasiment plus qu'une coquille vide à présent.

Dès le retour des trois policiers, l'interrogatoire avait repris, et Kwok, dont les propos devenaient de plus en plus incohérents, avait cependant fourni çà et là quelques informations de valeur : noms et adresses de contacts à Hong-Kong et à Canton, détails sur l'infiltration soviétique au Canada.

— Pourquoi le Canada, Brian ? avait demandé Armstrong.

— La frontière nord, Robert... le maillon le plus faible. Je voulais l'épouser, cette fille, mais ils m'ont dit, ton devoir... Si les Soviétiques parviennent à diviser les Canadiens... Je peux avoir une cigarette ? Merci... Nous avons dans le monde entier des équipes de contre-espionnage chargées de détruire les cellules soviétiques... A boire, s'il te plaît... Et puis il y a le Mexique... là aussi les Russes font un effort gigantesque... Oui, ils ont des taupes dans le monde entier... Tu savais que Philby...

Une heure avait suffi.

— Curieux qu'il ait craqué aussi rapidement, fit observer le chef du MI-6.

Crosse eut l'air vexé qu'on mît en doute l'efficacité de ses méthodes.

— Je peux vous garantir qu'il a perdu tout contrôle sur lui-même. Il ne ment pas, il déballe absolument tout ce qu'il sait, et il continuera à le faire jusqu'à...

— Oui, bien sûr. Je m'étonne simplement qu'un homme de sa trempe se soit effondré si facilement, insista Sinders. Je hasarderai cette hypothèse : depuis des années, il était ébranlé dans ses convictions, il n'avait plus la foi, en quelque sorte. Il était probablement prêt à passer chez nous mais il ne savait pas comment se dépêtrer de sa situation de taupe. Dommage, il aurait pu nous être très utile.

Sinders poussa un soupir avant de poursuivre :

— C'est ce qui arrive toujours aux taupes communistes opérant dans nos sociétés. Un jour, une fille, un amour, une amitié ou tout simplement le plaisir de vivre libre et heureux fait basculer leur monde. C'est la raison pour laquelle nous finirons par triompher. En Russie aussi, le monde basculera un jour et les Russes eux-mêmes feront subir aux membres du KGB le sort qu'ils méritent. Voilà pourquoi le pouvoir soviétique maintient la pression : sans l'injustice et la terreur, la dictature et la police secrète, il ne survivrait pas. Vous n'êtes pas de mon avis, Roger ?

Crosse acquiesça de la tête en se demandant ce qu'il y avait derrière les yeux bleu clair, à l'éclat intense, qui le fixaient.

— Vous allez réclamer de nouvelles instructions au ministre ?

— Non, je prends mes responsabilités. Nous donnerons une réponse au Taï-pan à vingt heures trente, dit Sinders en consultant sa montre. Rejoignons Robert, c'est bientôt l'heure de reprendre. Excellent élément, cet homme. Vous savez qu'il a gagné le gros paquet ?

69

20 h 05

— Ian ? fit Bartlett. Pardon de vous interrompre...

Le Taï-pan abandonna les invités avec qui il bavardait et se tourna vers l'Américain.

— Vous ne partez pas déjà, j'espère ?

— Casey reste. Moi j'ai un rendez-vous.

— J'espère qu'elle est jolie.

— Très jolie, mais je dois d'abord régler une affaire. Vous avez un moment ?

— Naturellement.

Dunross conduisit Bartlett sur l'une des terrasses où la pluie, bien que beaucoup moins forte, continuait à tomber implacablement.

— L'absorption de General Stores est quasiment faite à nos conditions, il n'y aura pas surenchère de la part de Superfoods, déclara Ian. À nous le pactole — si je parviens à enrayer l'attaque de Gornt.

— Nous serons fixés lundi.

— Je suis très confiant, assura le patron de Struan en dévisageant celui de Par-Con.

— Je l'ai remarqué, répondit Bartlett avec un sourire où perçaient la lassitude et l'inquiétude. Je voulais vous demander si le voyage à Taipei tient toujours.

— J'allais vous proposer de le remettre à la semaine prochaine. Les deux jours qui viennent seront importants pour vous comme pour moi. Cela ne vous dérange pas ?

— Au contraire, dit Linc, soulagé de ne pas avoir à annoncer son départ à Orlanda. Bon, je m'en vais.

— Prenez la voiture, Lim vous conduira. Vous assisterez à la course de côte si elle n'est pas annulée ? Elle se déroulera demain matin de dix heures à midi.

— Où ?

— Dans les Nouveaux Territoires. Ne vous tracassez pas pour Casey, je m'occupe d'elle. Après le cocktail, nous allons souper dans un restaurant chinois, je l'emmènerai si elle est libre. Cette affaire que vous devez régler, rien de grave, j'espère ?

— Rien que je ne puisse résoudre.

Bartlett sourit et s'éloigna en se préparant à aborder la seconde partie de son programme : Armstrong. Quelques instants auparavant, il avait entraîné Rosemont à l'écart pour lui parler de la rencontre avec Banastasio.

— Laissez-nous faire, avait dit l'homme de la CIA. Ne bougez pas, ni vous ni Casey. Si Banastasio vous relance, temporisez et prévenez-nous, nous mettrons au point un plan d'action. Voici ma carte, vous pouvez m'appeler à ce numéro à n'importe quelle heure du jour ou de la nuit.

Bartlett attendait en bas du perron la limousine de Struan lorsque Murtagh descendit précipitamment d'un taxi.

— Oh ! bonsoir, Linc. Ce n'est pas fini, au moins ?

— Non, rassurez-vous. Pourquoi cette hâte ?

— Il faut que je voie le Taï-pan, murmura le banquier. La direction générale pourrait marcher si Ian fait quelques concessions ! Casey est là ?

— Oui. Quelles concessions ? demanda Linc en masquant sa surprise.

— Doubler la période pendant laquelle il déposera

chez nous la moitié de ses devises, traiter directement avec la First Central et lui donner priorité pendant cinq ans pour tous les emprunts futurs.

— Ce n'est pas terrible, hasarda Bartlett. Et quel serait l'accord général, à présent ?

— Pas le temps de vous expliquer, il faut que j'obtienne tout de suite le feu vert du Taï-pan, les huiles attendent. En gros, c'est à peu près ce que Casey et moi avions mis sur pied. Bon dieu, si ça se fait, Dunross nous devra une fière chandelle ! Au revoir.

Bartlett regarda Murtagh gravir rapidement les marches et disparaître à l'intérieur de la maison. Il commença à le suivre puis changea d'avis et redescendit le perron. Doucement, se dit-il. Réfléchis avant de demander des explications à Casey.

Elle lui avait parlé du rachat de la Royal Belgium par la First Central mais de rien d'autre. Quel accord avait-elle « mis sur pied » avec Murtagh ? ou plutôt quelle opération avait-elle lancée, car ce guignol ne faisait probablement que de la figuration ? De quoi le Taï-pan avait-il le plus besoin ?

De crédit !

Nom de dieu ! la First Central va le soutenir, conclut Bartlett. Il acceptera de faire quelques concessions, pourvu qu'il...

— La voiture est là, monsieur.

— Ah ! merci, Lim. Au QG de la police, à Wanchai.

Ainsi, Casey a monté une opération de son propre chef, sans m'en parler, se dit l'Américain en s'installant sur la banquette arrière de la limousine. Pour quelle raison ? Si j'ai deviné juste et si le plan de Casey réussit, Dunross disposera des fonds nécessaires pour combattre Gornt et même l'écraser. Elle s'est rangée de son côté, elle l'aide à éliminer Gornt sans m'avoir consulté. En échange de quoi ?

De son indépendance financière, bien sûr ! Ian lui permettra de gagner cette fortune à laquelle elle aspire.

La part qu'elle touchera sur l'opération General Stores — 50 p. 100 alors que c'est *moi* qui avance les deux millions — constitue une partie de la récompense mais il doit y en avoir d'autres, que j'ignore.

Que faire ? Pour l'instant, j'ai encore le choix entre Struan et Gornt, qui m'offrent l'un et l'autre une solution possible. Comme Casey et Orlanda... Mon vieux, tu ferais bien de te décider pendant que tu es encore le taï-pan de Par-Con.

Dunross s'entretenait dans son bureau avec Phillip Chen, qu'il avait délibérément fait asseoir sous le portrait de Dirk Struan.

— Comment va Alexi ? demanda le compradore d'une voix lasse.

— Il est toujours inconscient. D'après Tooley, il s'en tirera s'il sort du coma dans une heure ou deux.

— Et Tiptop ?

— Je dois lui téléphoner à vingt et une heures.

— Sa proposition n'a pas encore été acceptée par... par les autorités ?

— Vous la connaissez ? s'étonna Ian.

— Oui. Je... j'ai été consulté avant qu'on ne vous la soumette.

— Et vous ne m'avez pas averti ?

— Vous ne me considérez plus comme le compradore de la Noble Maison et vous ne m'honorez plus de votre confiance.

— Vous vous en jugez digne ?

— Je l'ai prouvé maintes fois par le passé, après mon père et mon grand-père. Toutefois, j'avoue qu'à votre place je n'aurais pas consenti à cet entretien, j'aurais refusé au fautif l'accès de ma maison et j'aurais déjà décidé des moyens dont j'userais pour le détruire.

— Qui vous dit que je ne l'ai pas fait ?

— Il eût agi ainsi, répondit l'Eurasien en montrant le portrait, mais pas vous.

— N'en soyez pas si sûr.

— Je n'ai pas d'inquiétude. Taï-pan, je tâcherai de savoir à l'avance ce que Wu exigera de vous en échange de la pièce. Si le prix est trop élevé...

— Il le sera.

— Que vous demandera-t-il ?

— Quelque chose ayant rapport avec la drogue. Le bruit court que Quatre-doigts, Yuen-le-contrebandier et Lee-poudre-blanche se sont associés pour faire le trafic de l'héroïne.

— Ce n'est pas encore réglé, les pourparlers continuent.

— Pourquoi ne m'en avoir rien dit, une fois de plus ? Votre tâche de compradore consistait à me tenir au courant, non à établir des dossiers qui ont fini dans les mains de mes adversaires.

— J'implore à nouveau votre pardon. A présent l'heure est venue de parler.

— Parce que vous êtes fini ?

— Parce que je serai fini si je ne parviens pas à faire une fois de plus la preuve de ma valeur, répondit le vieillard.

Ayiiya, pensait-il, ces barbares ne connaissent pas la mansuétude. Nous avons servi cinq générations de taï-pans et celui-là menace de changer le testament de Dirk à cause d'une seule erreur !

— Quelles que soient les exigences de Wu, acceptez-les, poursuivit-il. Je vous promets de m'occuper de Quatre-doigts avant qu'il ne puisse vous demander de remplir vos engagements.

— Comment ?

— A la manière chinoise, puisque nous sommes en Chine. Par le sang de mes ancêtres, je continuerai à protéger la Noble Maison comme j'en ai fait le serment.

— Quelles autres traîtrises aviez-vous enfermées dans votre coffre ? J'ai examiné les documents que vous avez remis à Andrew, ils nous rendraient extrêmement vulnérables s'ils tombaient en de mauvaises mains.

— Espérons que Bartlett les a gardés pour lui seul. Il ne me fait pas l'effet d'un homme malveillant. Peut-être pourrions-nous le convaincre de nous restituer ces papiers et de ne pas en divulguer le contenu, conjectura Phillip Chen.

— Pour cela, il nous faudrait connaître sur son compte un secret qui nous servirait de monnaie d'échange. Est-ce le cas ?

— Pas encore. Quoi qu'il en soit, il n'a aucun intérêt à nuire à ses futurs associés.

— Oui, à condition que ce soit nous qu'il choisisse. Il s'est déjà entendu avec Gornt et lui a avancé deux millions de dollars US.

Le vieil Eurasien pâlit.

— Je l'ignorais... Alors lundi, Bartlett nous lâche et passe à l'ennemi ?

— Je ne sais pas. Je crois plutôt qu'il attend et qu'il voit venir. C'est ce que je ferais, à sa place.

— Il semble très épris d'Orlanda, remarqua Chen.

— Oui, c'est un élément dont il faut tenir compte. C'est sans doute Gornt qui la lui a jetée dans les bras.

— Vous avez l'intention de le prévenir ?

— Non, à moins d'avoir une raison particulière. Il est majeur, après tout.

— Allez-vous accepter les concessions réclamées par la First Central ?

— Parce que vous savez cela aussi ?

— Si vous n'aviez pas voulu que tout le monde fût au courant, auriez-vous invité Murtagh aux courses et ici ? Il était facile d'additionner deux et deux, même sans avoir jeté un œil aux télex qu'il a envoyés et reçus...

— Vous les avez lus ?

— Certains. Allez-vous accepter leurs conditions ?

— Non. Je lui ai répondu que je devais réfléchir — il attend en bas ma décision — mais ce sera non. Je ne peux leur promettre la priorité pour tous les emprunts futurs parce que la Victoria ne le tolérerait pas. La banque de Havergill est puissante, elle a en sa possession assez de créances de Struan pour nous étrangler. En tout cas, je ne peux remplacer la Vic par une banque américaine qui a déjà démontré qu'on ne peut lui faire confiance. D'accord pour que la First Central nous tire du pétrin mais il faudra qu'elle fasse ses preuves avant que je ne m'engage avec elle à long terme.

— Ils sont sans doute prêts à accepter un compromis. Après tout, ils nous ont déjà exprimé leur confiance en avançant les deux millions nécessaires pour sceller l'accord avec General Stores.

Dunross se garda de détromper son compradore.

— Que suggérez-vous ? lui demanda-t-il.

— Que vous leur fassiez une contre-proposition : tous les emprunts canadiens, américains, australiens et sud-américains pour cinq ans — ce qui couvre notre expansion dans ces pays — plus un prêt immédiat pour l'acquisition chez Toda de deux pétroliers géants, avec système de *lease-back,* et commande ferme de sept autres bâtiments par un associé.

— Qui a les moyens de s'offrir une telle flotte ?

— Vee Cee Ng.

— Ng-le-photographe ? Impossible.

— Dans vingt ans, il sera plus puissant qu'Onassis.

— Qu'en savez-vous ?

— On m'a prié de contribuer à trouver les fonds nécessaires pour cette expansion. Si nous incluons le financement de ces sept premiers pétroliers dans notre contre-proposition, la First Central sera d'accord.

— On le serait à moins ! fit Dunross. Vee Cee... Oui, je vois : le thorium, les marchandises « délicates », le pétrole et les Vieux-amis, *heya* ?

Phillip Chen eut un sourire hésitant :

— Les corbeaux sont noirs sous tous les cieux.

Après un court silence, le Taï-pan murmura :

— La First Central pourrait accepter, mais Bartlett ?

— Avec la First Central, vous n'avez plus besoin de lui. La banque se fera un plaisir de nous aider à trouver un autre associé aux États-Unis pour le remplacer. Cela prendra un peu de temps mais avec Jacques au Canada, David McStruan ici et Andrew en Écosse... A ce propos, je ne connais pas vos plans, Taï-pan, mais les théories de ce Kirk me paraissent tirées par les cheveux.

— Revenons à Bartlett.

— Supposons que la First Central morde à l'appât, que Tiptop nous aide et que je fasse couvrir la banque de Murtagh par un consortium Mata-l'Avare-Quatre-doigts, David, vous et moi n'aurons aucune difficulté à remplacer Par-Con. Je propose que nous ouvrions immédiatement à New York un bureau dont David sera responsable pendant trois mois... avec Kevin comme assistant, peut-être...

Le compradore marqua un temps d'arrêt avant de reprendre, avec un débit précipité :

— Ce délai nous permettra de voir si Kevin a de l'étoffe — je crois qu'il vous donnera satisfaction, en fait, j'en suis sûr. Quand George Trussler aura terminé son enquête en Rhodésie et en Afrique du Sud, il s'occupera du bureau de New York, à moins que vous ne préfériez le confier à votre autre cousin Mason Kern, le Virginien de Cooper-Tillman. Kevin se rendrait ensuite à Johannesburg et Salisbury pour prendre le relais de Trussler. Je suis convaincu que le thorium et les métaux précieux nous offrent d'immenses perspectives.

— En attendant, nous devons faire face aux problèmes immédiats : Bartlett, Gornt et la chute de nos actions.

— Pour nous assurer du silence de l'Américain, il faut l'isoler de Gornt et en faire notre allié, à cent pour cent.

— Par quel moyen, Phillip ?

— Laissez-moi m'en occuper. Il y a... il y a des possibilités.

Dunross regarda en silence son compradore mais ce dernier garda les yeux baissés. Des possibilités ? se demanda Ian. Orlanda, sans doute.

— Bon. Ensuite ?

— Le soutien de Tiptop mettra fin à la ruée bancaire. L'absorption de General Stores et notre renflouement par la First Central feront cesser les attaques contre Struan. A la Bourse, tout le monde va se mettre à acheter, ce sera le début d'un nouveau boom. Je connais d'avance vos objections, mais si nous persuadions Sir Luis de retirer nos actions du marché jusqu'à lundi midi, nous...

— Quoi ?

— Oui. Aucune transaction officielle sur Struan avant midi, heure à laquelle nos actions seraient remises en vente à leur cote de mercredi dernier : 28,80. Gornt serait pris au piège puisqu'il doit acheter à n'importe quel prix pour couvrir son opération. Si personne ne lui offrait de vendre à un prix inférieur, il ne ferait plus un centime de bénéfice, il serait peut-être même nettoyé.

— Sir Luis n'acceptera jamais, dit Dunross.

— Si le comité directeur de la Bourse déclare cette mesure nécessaire « pour stabiliser le marché », si les grandes sociétés d'agents de change, comme Joseph Stern et Arjan Soorjani, conviennent de ne pas proposer d'actions en dessous de 28,80, Gornt n'y pourra rien.

— Je ne crois pas que Sir Luis se montrera aussi coopératif, objecta Ian.

— Je pense que si, au contraire. Par ailleurs Stern et Soorjani me doivent une faveur, argua Chen en agitant nerveusement les doigts. Sir Luis, Stern, Soorjani, vous et moi contrôlons ensemble la majeure partie des actions que Gornt a vendues à découvert.

— Stern est l'agent de change de Gornt.

— Exact, mais il préférera perdre un client à s'aliéner un bon nombre de ses relations.

Remarquant la pâleur du vieillard, Dunross se leva, ouvrit sa cave à liqueurs et servit deux cognac.

— Tenez, dit-il en tendant le verre d'alcool au compradore, qui le but avidement. Vous croyez possible de les convaincre tous les trois avant l'ouverture, lundi matin ? Par parenthèse, j'ai annulé mon voyage à Taipei.

— Sage décision. Dans ce cas, vous assisterez au cocktail de Jason Plumm ?

— Probablement.

— Nous y verrons plus clair à ce moment-là. Taï-pan, je crois pouvoir réussir à persuader Sir Luis mais si nos actions ne sont pas retirées du marché, la cote s'envolera de toute façon. A condition, bien entendu, que nous obtenions le soutien financier attendu.

Dunross regarda sa montre : 20 h 35, et Sinders aurait dû lui téléphoner à la demie. Je ne peux pourtant pas l'appeler, pensa-t-il avec irritation. S'apercevant que Chen venait de lui parler, il demanda :

— Comment ?

— Vous m'avez laissé jusqu'à dimanche minuit pour vous remettre ma démission si je n'obtiens pas l'aide de Mata, l'Avare ou Quatre-doigts. Pourriez-vous prolonger le délai de quelques jours ?

Ian remplit à nouveau le verre du vieillard en appréciant la subtilité toute asiatique de la requête : dans quelques jours, la crise serait passée et le délai aurait perdu toute signification. Cependant la proposition présentait l'avantage de ne faire perdre la face ni à l'un ni à l'autre des deux hommes. A vrai dire, la seule considération qui me retient, c'est son état de santé, songea Dunross. Il lui faudrait déployer de gros efforts, que son cœur ne supporterait peut-être pas.

— Nous en parlerons lundi matin, après la Prière, décida-t-il. Effectivement, je pourrais envisager des prolongations.

Ce pluriel n'échappa pas au compradore qui se sentit grandement soulagé. Bien, je n'ai plus qu'à livrer la marchandise, se dit-il.

— Merci, Taï-pan, fit-il en se levant. Je...

La sonnerie du téléphone l'interrompit.

— Allô ? Ah ! Mr. Sinders. Quoi de neuf ?

— Pas grand-chose, j'en ai peur. J'ai discuté de votre proposition avec le gouverneur. Si le paquet m'était remis avant demain midi, votre ami pourrait être libéré et amené au poste frontière de Lo Wu lundi au coucher du soleil — du moins j'ai tout lieu de le croire. Naturellement, rien ne garantirait qu'il ait envie de passer en Chine communiste.

— « Votre ami pourrait », « J'ai tout lieu de le croire » : vous abusez des formules vagues, il me semble.

— C'est tout ce que j'ai à vous offrir.

— Sans autre garantie ?

— Je crains que non. Il faut que nous nous fassions mutuellement confiance.

Les salauds ! explosa Dunross intérieurement. Ils savent que je suis coincé.

— Bon, je vais examiner votre proposition, dit-il d'une voix calme. Demain midi ? Si la course de côte n'est pas annulée, j'y prendrai part et je ne pourrai pas être au QG de la police avant...

— Si la course a lieu, nous y assisterons, répliqua Sinders. Dernier délai midi, à la police ou là-bas.

— Entendu.

Le Taï-pan raccrocha d'un air sombre et mit Phillip Chen au courant :

— Tout ce que j'ai obtenu, c'est un « peut-être », pour lundi au coucher du soleil.

Le vieillard perdit toute couleur et se rassit.

— Ce sera trop tard, murmura-t-il.

Ian décrocha le téléphone, composa un numéro.

— Bonsoir, Dunross à l'appareil. Le gouverneur est là... Excellence ? Navré de vous déranger mais

Mr. Sinders vient de m'appeler pour me faire part de sa réponse : « lundi soir, peut-être ». Vous en portez-vous garant ?

— Non, Ian, je ne peux pas, je n'ai pas autorité en la matière. Vous devez traiter directement avec Sinders, qui me fait d'ailleurs l'impression d'un homme raisonnable. Vous n'êtes pas de cet avis ?

— Pas du tout mais peu importe. En tout cas, Tiptop réclame votre *chop* en plus de celui de la banque et du mien si nous parvenons à nous mettre d'accord. Seriez-vous éventuellement libre demain ?

— Naturellement. Bonne chance, Ian.

Le Taï-pan replaça le combiné sur son socle et tourna les yeux vers le vieux Chen.

— L'argent demain et Brian lundi soir : vous croyez qu'ils accepteraient ?

— Certainement pas. Tiptop veut du donnant-donnant.

Dunross poussa un soupir, se renversa dans son fauteuil et but lentement son cognac en réfléchissant. A vingt et une heures, il appela Tiptop, échangea avec lui quelques propos anodins avant d'en venir au fait.

— Le sous-fifre de la police responsable de la regrettable erreur sera limogé et la personne qui en a été victime pourrait être conduite mardi midi à Lo Wu.

Après un long silence, le Chinois répondit d'un ton plus glacial que jamais :

— Ce n'est pas ce que j'appelle une réparation *immédiate*.

— J'en conviens, et je parviendrai peut-être à obtenir qu'elle soit avancée à lundi. Si vos amis faisaient preuve d'un peu de patience, je considérerais leur attitude comme une faveur...

Dunross appuya délibérément sur ce dernier mot.

— Je transmettrai le message. Merci, Taï-pan. Rappelez-moi demain à dix-neuf heures. Bonsoir.

— Bonsoir.

Dès que Dunross eut raccroché, Phillip Chen fit observer d'un ton inquiet :

— Vous venez de prononcer un mot qui coûte cher.

— Je n'avais pas le choix. Je sais bien qu'ils me demanderont un jour la réciproque — et peut-être très bientôt, avec Joseph Yu — mais je ne pouvais pas faire autrement.

— Oui, vous avez montré une sagesse que possèdent rarement les hommes de votre âge. En ce domaine, vous surpassez de loin Alastair, ou votre père, mais vous n'égalez cependant pas la Hag.

Phillip Chen prit une profonde inspiration et poursuivit :

— Bien que je n'aime guère me faire de nouveau le porteur de mauvaises nouvelles, je dois vous informer que, dans le cadre de la fusion Victoria-Ho-Pak, Kwang a remis à Havergill une lettre de démission signée, non datée, et a promis de toujours voter dans le même sens que lui au conseil d'administration.

Ian soupira. Si Richard Kwang se rangeait dans le camp des adversaires de la Noble Maison, c'en était fini de la position dominante de Struan.

— Débrouillez-vous pour attacher un fil à la patte de Richard, dit le Taï-pan à son compradore.

— J'essaierai mais il en a déjà un. Et P.B. White ? vous croyez qu'il nous aiderait ?

— Pas s'il doit s'opposer à Havergill, répondit Dunross. Ce qui pourrait le décider, c'est l'intervention de Tiptop. En tout cas, c'est le seul sur qui nous puissions encore compter.

70

22 h 55

Six personnes descendirent des deux taxis qui venaient de s'arrêter devant une entrée annexe de l'immeuble de la Victoria Bank : Casey, Riko Gresserhoff, Gavallan, Peter Marlowe, Dunross et P.B. White, un Anglais de soixante-quinze ans aux allures de farfadet. Bien que la pluie eût cessé, de larges flaques envahissaient la rue faiblement éclairée.

— Vous ne prenez vraiment pas un dernier verre avec nous, Peter ? proposa White.

— Non merci, P.B., je rentre. Bonne nuit, et merci pour le souper, Taï-pan !

L'écrivain prit la direction de l'embarcadère du ferry, qui se trouvait de l'autre côté de la place. Ni lui ni les autres ne remarquèrent la voiture qui s'immobilisa en bas de la rue et dans laquelle se trouvaient Malcolm Sun, de la SI, et Povitz, de la CIA.

— C'est la seule entrée, pour cette partie de l'immeuble ? demanda Povitz.

— Oui.

L'agent de la CIA regarda White appuyer sur la sonnette de la porte.

— Ils se refusent rien, ces salauds, grommela-t-il. Elles sont extra, ces deux nanas.

— Casey d'accord mais pas l'autre, objecta Sun. On en trouve de plus girondes dans n'importe quelle boîte de...

Il s'interrompit quand un taxi s'engagea dans la rue.

— De la concurrence ?

— Je ne crois pas, mais je te parie que nous ne sommes pas les seuls à filer le train au Taï-pan.

P.B. White appuya une nouvelle fois sur la sonnette, la porte s'ouvrit, un portier sikh ensommeillé le salua :

— Bonsoir, sahib, memsahibs.

Le groupe s'approcha de l'ascenseur.

— Il est plutôt lent, remarqua White en montrant la cage métallique. C'est une antiquité, comme moi.

Casey était loin de partager cet avis et lui trouvait l'œil pétillant, la démarche fringante.

— Vous habitez ici depuis longtemps ? demanda-t-elle.

— Cinq ans, dit-il en lui prenant le bras. J'ai beaucoup de chance.

Et sans doute aussi beaucoup de puissance et d'influence pour occuper l'un des trois seuls appartements de l'immeuble, pensa-t-elle. Pendant le repas, White lui avait expliqué qu'un des deux autres était réservé au directeur général, actuellement en cure à l'étranger, et le troisième, meublé mais vacant, aux visiteurs de marque.

— Aux altesses royales, au gouverneur de la Banque d'Angleterre, au Premier ministre et autres étoiles de première grandeur, avait-il précisé. Moi je suis plutôt une sorte de gardien non payé qui s'occupe de la maison

— Sûrement ! avait répondu la jeune femme d'un ton incrédule.

— Mais je vous assure ! Heureusement qu'il n'y a pas de communication entre cette partie de l'immeuble et la banque proprement dite, sinon je me servirais dans la caisse !

Casey se sentait bien après un succulent repas agrémenté de conversations intelligentes et au cours duquel les quatre hommes s'étaient montrés pleins d'attentions pour elle. Satisfaite d'avoir soutenu la comparaison face à la ravissante Riko, elle avait retrouvé son allant et avait même l'impression que Linc, *son* Linc lui appartenait à nouveau — bien qu'il passât la soirée avec sa rivale. Comment la combattre ? se demanda-t-elle pour la centième fois.

Les portes de l'ascenseur s'ouvrirent, les deux femmes puis les trois hommes se tassèrent dans la minuscule cabine.

— Dieu vit au dernier étage, chuchota White en appuyant sur le plus bas des trois boutons. Quand il descend en ville.

— Quand doit-il rentrer ? dit Dunross.

— Dans trois semaines. Heureusement qu'il n'est pas au courant des événements, il rentrerait par le premier avion. Voyez-vous, Casey, notre directeur général est un homme extraordinaire mais il a de graves ennuis de santé depuis un an et il prend sa retraite dans trois mois. Je l'ai persuadé d'aller se reposer au Cachemire, dans un village traversé par le Jehlum, non loin de Srinagar. Cette vallée située à deux mille mètres d'altitude est un paradis : pas de téléphone, pas de courrier, pas de radio ; vous êtes seul avec l'Infini, avec des gens merveilleux, dans un cadre montagneux stupéfiant. Je recommande cet endroit aux personnes très malades... ou très amoureuses.

— Dans quelles conditions l'avez-vous connu ? voulut savoir Gavallan.

— Je faisais partie de la deuxième catégorie, naturellement. C'était en 1915, j'avais vingt-sept ans et j'étais détaché du Troisième Lancier du Bengale. Elle, c'était une princesse géorgienne.

Le vieillard poussa un soupir de jouvenceau énamouré qui provoqua les rires.

— Que faisiez-vous vraiment au Cachemire ? demanda Dunross.

— L'état-major de l'armée des Indes m'y avait envoyé parce que la région — l'Hindu Kush, l'Afghanistan et ce qu'on appelle aujourd'hui le Pakistan, sur les frontières avec la Russie et la Chine — connaissait des troubles. Je fus ensuite envoyé à Moscou, fin 1917, lorsque le gouvernement légal de Kerenski fut renversé par le putsch de Lénine, Trotski et les Bolcheviks...

L'ascenseur s'arrêta, le groupe en sortit. Un domestique chinois se tenait dans le couloir, devant la porte ouverte de l'appartement.

— Entrez, entrez, fit P.B. d'un ton jovial. Ian, vous vouliez donner un coup de téléphone ? Venez dans mon bureau.

White conduisit le Taï-pan le long d'un couloir orné d'une rare collection d'icônes. L'appartement, très vaste, comprenait quatre chambres, trois salons, une salle à manger pouvant accueillir une vingtaine de convives. Le vieil Anglais introduisit Ian dans une pièce aux murs tapissés de livres, fleurant le bon cigare et le cuir.

— Prenez votre temps, je m'occupe d'eux, assura-t-il. Y a-t-il autre chose que je puisse faire pour vous ?

— Persuader les Chinois d'accepter, répondit Dunross, qui avait mis White au courant de l'éventuel échange de Kwok, sans toutefois lui parler des rapports d'A.M.G. ni de ses problèmes avec Sinders.

— Je téléphonerai demain à certains amis de Pékin et de Shanghai pour leur expliquer qu'ils ont tout intérêt à nous aider.

Bien qu'il le connût de longue date, Ian ne savait pas grand-chose de White, de son passé, de sa vie privée, de l'origine de sa fortune ou de ses rapports exacts avec la Victoria. Personne d'ailleurs n'en savait davantage. « Je suis une sorte de conseiller juridique, en retraite depuis de nombreuses années, déjà », avait-il coutume d'expliquer, sans autres précisions.

— J'ai l'impression que Casey vous plaît beaucoup, P.B., dit Dunross au septuagénaire, dont il connaissait le penchant pour les femmes.

— J'en ai l'impression moi aussi, glousse White. Ah ! si j'avais trente ans de moins ! Et cette Riko ! Merveilleuse. Vous êtes sûr qu'elle est veuve ?

— Certain.

— Vous m'en mettrez trois de chaque, conclut le vieil Anglais.

Il s'approcha d'un des murs, pressa un bouton qui fit pivoter un pan de rayonnage, derrière lequel un escalier conduisait à l'étage supérieur. Dunross l'avait emprunté lorsqu'il avait eu un entretien confidentiel avec le directeur général de la banque. Ce passage dérobé faisait partie des nombreux secrets qu'il ne devait révéler qu'à son successeur. « C'est une idée de la Hag, lui avait expliqué Alastair Struan le soir de la passation de pouvoir. De même que ceci. » Son prédécesseur lui avait remis le passe-partout des coffres de dépôt en ajoutant : « La Vic a pour habitude d'utiliser les services de la serrurerie Ch'ung Lien Loh. Seuls les taï-pans savent que cette entreprise nous appartient. »

Ian prit la clef que lui tendait White, monta l'escalier à pas de loup, ouvrit une porte menant à un ascenseur. La même clef lui permit de pénétrer dans la cabine de l'appareil, qui s'éleva en silence puis s'arrêta. La porte intérieure coulissa, Dunross poussa la porte extérieure et se retrouva dans le bureau du directeur général.

— Qu'est-ce que tout cela signifie, bon dieu ! s'exclama Johnjohn en se levant de son fauteuil.

Dunross referma la fausse porte, qui se fondit dans les rayonnages de livres.

— P.B. ne vous a rien dit ? fit-il sans rien montrer de la tension qui l'habitait.

— Seulement que vous vouliez descendre à la salle des coffres prendre des papiers. Pourquoi toute cette mise en scène de film d'espionnage ? Vous auriez pu passer par la grand-porte !

— Je ne tiens pas à ce que Havergill soit au courant.

Johnjohn faillit répliquer mais changea d'avis. Avant son départ, le directeur général lui avait recommandé : « Surtout, soyez assez aimable pour satisfaire aux requêtes de P.B., quelles qu'elles soient. »

— Bon, grommela-t-il.

Dans l'ascenseur conduisant à la salle des coffres, le Taï-pan demanda au banquier :

— Pourquoi avez-vous contraint Richard Kwang à signer par avance une lettre de démission non datée ?

Comme Johnjohn avait l'air stupéfait, Ian lui répéta les propos de son compradore.

— Je n'étais pas au courant, fit Johnjohn en secouant lentement la tête. Je comprends pourquoi vous êtes inquiet.

— *En rogne,* plus exactement.

— Dans l'esprit de Paul, il s'agit sans doute d'un arrangement temporaire, jusqu'au retour du grand patron...

— Je veux que cette lettre soit déchirée et que Richard puisse voter comme bon lui semble si je parviens à vous obtenir l'aide de Tiptop.

Le banquier hésita puis répondit :

— Je vous soutiendrai dans les limites du raisonnable en attendant le retour du boss. Ensuite, c'est lui qui décidera.

— Cela me paraît acceptable.

— Combien la Royal Belgium-First Central met-elle à votre disposition ?

— Assez pour couvrir tous nos besoins.

— Nous détenons la majeure partie de vos créances, Ian.

— Qu'est-ce que cela change ? rétorqua Dunross en

haussant les épaules. Struan occupe encore une position dominante au sein de la Vic.

— Si nous n'obtenons pas les fonds chinois, la First Central ne vous sauvera pas du naufrage.

Le Taï-pan eut un nouveau haussement d'épaules. Les portes de l'ascenseur s'ouvrirent, les deux hommes s'avancèrent vers la grille barrant l'accès de la salle des coffres. Johnjohn l'ouvrit.

— J'en ai pour une dizaine de minutes, annonça Ian.

— De toute façon, je dois vous accompagner pour... Ah ! j'oubliais que vous avez votre propre passe-partout, fit le banquier d'un ton amer.

Dunross pénétra dans la salle faiblement éclairée, tourna à gauche et se dirigea sans hésiter vers la dernière rangée de coffres. Après avoir vérifié que personne ne le suivait, il introduisit les deux clefs dans leurs serrures, les fit tourner. La porte du coffre s'ouvrit en cliquetant. Il sortit de sa poche la lettre d'A.M.G. donnant les numéros des pages spéciales des rapports, une lampe électrique, des ciseaux et un briquet en or dont Penelope lui avait fait cadeau quand il fumait encore. D'un geste preste, il souleva le double fond et prit les dossiers.

Je serais plus tranquille si je pouvais les détruire, se dit-il. J'ai enregistré dans ma mémoire tout ce qu'ils contiennent d'important. Enfin, encore un peu de patience : dès que ceux qui m'ont pris en filature — SI, CIA ou RPC — en auront assez de me surveiller, je sortirai les dossiers en toute sécurité et je les brûlerai.

Conformément aux instructions d'A.M.G., Ian promena la flamme de son briquet sous le quart inférieur droit de la première des pages spéciales. Le texte disparut, céda la place à une suite de lettres, de chiffres et de symboles sans signification apparente. Dunross découpa le rectangle de papier et le détacha du reste du rapport.

Un léger bruit le fit sursauter, il se retourna, le cœur battant. Un rat détala le long d'une rangée de coffres et disparut. Le Taï-pan prit une profonde inspiration et se remit au travail. Quand il eut terminé, il glissa dans sa poche les onze morceaux de papier qu'il avait découpés et remit les dossiers dans leur cachette.

Avant de refermer le coffre, il en sortit un acte de propriété afin de justifier sa visite puis mit le feu à la lettre d'A.M.G. Le papier s'enflamma et se tordit au bout de ses doigts.

— Qu'est-ce que vous faites ?

Dunross se retourna d'un bond.

— Ah ! c'est vous, dit-il en reconnaissant la silhouette de Johnjohn. Rien, je brûle une vieille lettre d'amour que je n'aurais pas dû garder.

Les flammes moururent, Dunross lâcha la lettre calcinée et en écrasa les cendres. Puis il rejoignit le banquier, qui le considérait d'un œil perplexe, et retourna avec lui de l'autre côté de la grille. Les portes de l'ascenseur s'ouvrirent et se refermèrent dans un double soupir, le silence retomba dans la salle des coffres.

Une ombre bougea. Roger Crosse surgit de derrière une rangée et s'approcha du coffre de Dunross. Il sortit sans hâte de ses poches une lampe électrique, un appareil photo miniature et un trousseau de clefs. Après avoir ouvert le coffre, il glissa à l'intérieur ses mains aux doigts effilés, découvrit le double fond et prit les dossiers. Il les posa sur le sol, brancha le flash de son appareil et commença à les photographier page par page. Quand il arriva à une page découpée, il s'arrêta, réfléchit un moment, fit la grimace et reprit sa besogne en silence.

DIMANCHE

71

6 h 30

Koronski sortit du hall de l'hôtel des Neuf Dragons, héla un taxi et donna une adresse au chauffeur dans un cantonais passable. Le véhicule démarra. Recroquevillé sur la banquette arrière, le Soviétique jetait de temps à autre un coup d'œil derrière lui, en vrai professionnel, quoiqu'il y eût peu de chances qu'il fût suivi : ses papiers, établis au nom de Hans Meikker, étaient irréprochables, sa couverture de journaliste authentique puisqu'il se rendait effectivement à Hong-Kong à intervalles réguliers pour le compte d'un groupe de presse ouest-allemand. Rassuré, il regarda distraitement la foule des passants en se demandant à qui il allait faire subir un interrogatoire chimique. C'était un homme courtaud et replet, au visage banal derrière des lunettes à verres non cerclés.

A une cinquantaine de mètres derrière, une mini déjà ancienne passait d'une file à l'autre en s'efforçant de demeurer dans le sillage du taxi.

— Il a tourné à gauche, annonça fébrilement Tom Connochie, agent de la CIA, installé à l'arrière.

— Oui, j'ai vu, grommela Roy Wong, qui tenait le volant. Détends-toi, Tom, tu me rends nerveux.

Américain, émigré de la troisième génération, licencié en lettres, Wong faisait partie de la CIA depuis quatre ans et travaillait à Hong-Kong. Il conduisait avec adresse, sous l'œil vigilant de Connochie, son supérieur. Ce dernier était épuisé, il avait passé la majeure partie de la nuit à étudier avec Rosemont l'avalanche d'instructions, de requêtes et d'ordres que les lettres de Thomas K.K. Lim avait provoquée. Juste après minuit, un de leurs indicateurs de l'hôtel les avait informés que Hans Meikker venait d'arriver de Bangkok pour deux jours. Cela faisait des années que le journaliste ouest-allemand figurait sur la liste des personnes à surveiller.

— Et merde ! s'exclama Roy Wong, bloqué par un bouchon qui s'était formé dans la rue étroite, non loin du carrefour animé de Mongkok.

Connochie passa la tête par la portière et dit :

— Il est coincé aussi. A une vingtaine de mètres.

La circulation reprit lentement puis s'arrêta de nouveau à cause d'un camion surchargé qui ne parvenait pas à repartir. Quand la mini se dégagea enfin de l'embouteillage, le taxi avait disparu.

— Baisé, marmonna Wong.

— Continue quand même, suggéra Connochie. Avec de la chance, on le retrouvera.

Quelques centaines de mètres plus bas, Koronski descendit du taxi et s'engagea dans une ruelle déjà noire de monde. Il déboucha sur une artère importante puis tourna de nouveau dans une venelle, celle où habitait Ginny Fu. Il pénétra dans l'immeuble de la jeune femme, monta l'escalier crasseux jusqu'au dernier étage, frappa trois coups à une porte de couleur terne. Souslev le fit entrer, referma à clef derrière lui.

— Bienvenue, lui souhaita-t-il en russe. Tu as fait bon voyage ?

— Excellent, camarade capitaine, répondit Koronski, qui parlait à voix basse par habitude.

— Assieds-toi, l'invita Souslev en montrant une

table sur laquelle étaient posés un pot à café et deux tasses.

La pièce, peu meublée, était sinistre. Des persiennes sales masquaient les fenêtres.

— Il est bon, ce café, dit l'expert en interrogatoire après avoir bu une gorgée.

Il le trouvait pourtant exécrable comparé au café à la française qu'il avait dégusté à Saigon et à Phnom Penh.

— C'est le whisky qui lui donne du goût, expliqua Souslev, le visage fermé.

— Le Centre m'a ordonné de me mettre à votre disposition, camarade capitaine. Que dois-je faire ?

— Il y a ici un homme qui possède une mémoire photographique. Nous voulons savoir ce qu'elle contient.

— Où l'interrogerons-nous ? dans cette pièce ?

Le capitaine secoua la tête :

— A bord de mon bateau.

— De combien de temps disposerai-je ?

— Tout le temps que tu voudras : on emmène le client à Vladivostok.

— La qualité des informations recueillies a une grande importance ?

— Énorme.

— En ce cas, je préférerais opérer à Vladivostok. Je vous fournirai des sédatifs qui tiendront le client tranquille pendant le voyage et commenceront à le ramollir.

Souslev réfléchit : il avait besoin de connaître les rapports avant d'arriver à Vladivostok.

— Tu ne nous accompagnes pas ? Nous partons à minuit, avec la marée.

Koronski réfléchit.

— J'ai pour instructions de vous aider sans pour autant mettre ma couverture en danger. Me rendre à bord de votre navire serait une erreur : il est probablement surveillé.

— Oui, tu as raison.

Tant pis, je me passerai de lui, pensa Souslev. Après tout, je sais moi aussi mener un interrogatoire, même si je n'ai pas l'habitude de me servir de drogues.

— En quoi consiste ta méthode ? reprit-il.

— C'est très simple. Pendant dix jours on fait au client, toutes les douze heures, des piqûres intraveineuses d'une substance chimique appelée le Pentothal-V6, après l'avoir au préalable préparé par le traitement habituel éveil-sommeil, suivi de quatre jours sans dormir.

— Nous avons un médecin à bord. Il pourrait faire les piqûres ?

— Naturellement. Si vous voulez, je peux mettre par écrit la marche à suivre et lui donner les produits nécessaires. C'est vous qui conduirez l'interrogatoire ?

— Oui.

— Vous n'aurez pas de problèmes si vous suivez mes instructions. La seule chose à se rappeler, c'est que le Pentothal-V6 transforme l'esprit du client en une sorte d'éponge humide. Pour en extraire une information, il faut presser délicatement, sans excès, avec tendresse presque, sinon on risque de provoquer des troubles graves et permanents et de perdre à jamais les autres informations.

Koronski alluma une cigarette avant d'ajouter :

— On peut facilement perdre le client, vous savez.

— C'est toujours le cas, dans n'importe quel interrogatoire, dit Souslev. Ce Pentothal-V6 est efficace à cent pour cent ?

— Nous avons obtenu de grands succès, et quelques échecs, camarade capitaine. Si le client est en bonne santé initialement et bien préparé, il n'y aura pas de difficultés.

Souslev demeura silencieux et repensa au plan que Plumm lui avait soumis la veille avec enthousiasme et auquel Crosse s'était rallié à contrecœur.

— C'est du gâteau, Gregor, avait assuré l'homme d'affaires. Dunross a annulé son voyage à Taipei, il viendra à mon cocktail. Je lui ferai boire un alcool drogué qui le rendra malade comme une bête et l'endormira. Je le ferai s'étendre dans une des chambres et lorsque les autres invités seront partis, je le mettrai dans une malle que je ferai descendre et porter à la voiture par l'entrée de service. Quand on s'apercevra de sa disparition, je dirai que je l'ai laissé endormi dans la chambre et que j'ignore quand il est parti. Maintenant, comment amener la malle à bord ?

— Aucun problème, avait répondu le capitaine. Faites-la livrer à l'entrepôt 7, au bassin de Kowloon. Depuis que notre départ a été avancé, nous embarquons toutes sortes de matériel, de vivres et, dans ce sens, il n'y a quasiment aucun contrôle.

Oui, c'est faisable, se dit Souslev. Et l'enlèvement du Taï-pan fera oublier les deux échecs de l'affaire Metkin et de l'interception des armes. La veille, il avait téléphoné à Banastasio pour s'informer de la progression de l'opération Par-Con et avait été atterré en apprenant la réponse de Bartlett.

— Mr. Banastasio, vous nous aviez pourtant assuré que vous aviez la situation en main. Que comptez-vous faire ?

— Le harceler, Mr. Marshall, avait dit le mafioso, en usant du pseudonyme sous lequel il connaissait le Soviétique. Le harceler sans répit.

— Bon, allez à Macao comme prévu. Dites-leur que la livraison sera faite quand même à Saigon dans une semaine, je leur garantis.

— Ils ne traiteront pas s'ils n'ont pas vu les échantillons, ils nous ont prévenus.

— La marchandise sera livrée directement à nos amis Viet-congs de Saigon. Vous prendrez les dispositions que vous voudrez pour le paiement.

— Entendu, Mr. Marshall. Où pourrais-je vous joindre à Macao ?

— Je descendrai à votre hôtel, avait répondu Souslev, qui n'avait nullement l'intention de se rendre là-bas.

A Macao, un autre officier traitant portant le même pseudonyme dirigerait la dernière partie de l'opération, qui avait pour nom de code King Kong. Souslev savait seulement qu'elle avait été montée à l'origine par une des cellules du KGB à Washington et faisait partie d'un plan consistant à communiquer au Viet-cong, par la valise diplomatique, le programme de livraison d'armes américaines perfectionnées au Vietnam. En échange de ces informations, le Viet-cong enverrait à Hong-Kong une quantité d'opium en rapport avec le nombre d'armes détournées. « L'auteur de ce plan mérite une promotion immédiate », avait dit le capitaine au Centre, et il avait proposé le pseudonyme de Marshall en référence au général américain dont le plan avait ruiné les efforts soviétiques pour s'emparer de toute l'Europe immédiatement après la guerre. C'est notre revanche, notre plan Marshall à rebours, pensa-t-il.

Souslev éclata soudain de rire sous le regard étonné de Koronski, qui se garda bien cependant de lui demander ce qu'il trouvait si amusant. Ce rire sent la peur, se dit-il. Cet homme est un couard, je le mentionnerai dans mon rapport — prudemment, au cas où il jouirait de relations.

— Combien de temps te faut-il pour mettre la procédure par écrit ? demanda le capitaine de l'*Ivanov*.

— Quelques minutes. Je peux le faire maintenant, si vous voulez, mais il faudra que je retourne à l'hôtel pour les produits.

— Combien y en a-t-il ?

— Trois : un pour endormir, un pour réveiller, et le Pentothal-V6.

— Tous les trois par intraveineuses ?

— Non, seulement le dernier.

— Bon, vas-y, écris. Tu as du papier ?

Koronski sortit un petit calepin de sa poche revolver.

— En russe, en anglais ou en sténo ?

— En russe. Inutile de décrire la méthode éveil-sommeil, je la connais, je l'ai souvent utilisée. Explique simplement la dernière phase et remplace « Pentothal-V6 » par « médicament ». Tu as compris ?

— Parfaitement.

— Tu mettras le papier là quand tu auras fini, dit Souslev en montrant la pile de journaux posée sur le sofa mangé aux mites. Dans le deuxième en partant du dessus, je le prendrai plus tard. Quant aux drogues, tu les cacheras dans les toilettes du rez-de-chaussée de ton hôtel, sous la lunette du dernier cabinet de la rangée de droite. Et sois dans ta chambre ce soir à neuf heures au cas où j'aurais besoin de précisions.

Souslev se leva, Koronski l'imita aussitôt et lui tendit la main en lui souhaitant bonne chance. Le capitaine le salua d'un signe de tête poli — comme on doit le faire avec un subalterne — et sortit de l'appartement. Il descendit le couloir, ouvrit une porte et monta un escalier conduisant sur le toit. Comme la plupart des autres immeubles de Hong-Kong, celui de Ginny Fu accueillait sur sa terrasse toutes sortes d'abris de fortune loués aux nouveaux réfugiés, seule solution de rechange aux bidonvilles des Nouveaux Territoires ou des collines de Kowloon. La vague d'émigrés avait depuis longtemps envahi le moindre centimètre carré de la ville et si les autorités interdisaient la construction de bidonvilles ou de baraques sur les toits, elles fermaient sagement les yeux car les malheureux qui y habitaient n'avaient nulle part où aller. Il n'y avait ni eau ni toilettes mais on y était mieux que dans la rue. Quant aux ordures, on se contentait de les jeter en bas, ce qui expliquait pourquoi les habitants de la Colonie préféraient le milieu de la chaussée au trottoir — quand il y en avait un.

Le Soviétique passa sous une corde où séchaient des

haillons, sourit aux enfants qui tournaient autour de lui en glapissant : « *Quai loh ! quai loh !* » et en tendant la main. Il avait trop l'habitude de Hong-Kong pour leur faire l'aumône, bien qu'il fût touché par leur pauvreté et leur gaieté. Il les repoussa sans brutalité et se dirigea de l'autre côté du toit, vers une porte semblable à celle par laquelle il avait accédé au toit. Il descendit l'escalier, se retrouva dans le couloir de Ginny Fu et frappa à la porte de son appartement.

— Salut, Gregy, fit la Chinoise en le faisant entrer.

Selon ses instructions, elle avait revêtu une tenue de coolie. Un chapeau de paille conique lui battait le dos.

— Comment je ressemble ? Vedette de cinéma, *heya* ? s'exclama-t-elle.

— Greta Garbo en personne ! assura Souslev.

Ginny Fu se jeta dans ses bras en riant.

— Tu veux zig-zig avant ?

— *Niet.* Nous aurons tout le temps sur le bateau.

Le Soviétique lui avait fait l'amour à l'aube, davantage pour prouver sa virilité que par désir. C'est le problème, pensa-t-il. Elle m'ennuie tellement que je n'ai plus envie d'elle.

— Tu as bien compris le plan, n'est-ce pas ? reprit-il.

— Oh ! oui. Je vais entrepôt 7, avec les coolies qui portent les balles dans navire. Une fois dans bateau, je prends porte en face escalier, j'entre, je donne papier.

La jeune femme sortit de sa poche une feuille sur laquelle était simplement écrit en russe : « Cabine trois ». Boradinov, à qui elle la remettrait, serait au courant de sa venue.

— Dans cabine trois, prendre douche, mettre les vêtements donnés par toi et attendre. *Heya ?*

— Parfait.

— Sûr rien prendre d'autre ?

— Seulement tes produits de beauté, ou des choses

de ce genre. Mais pas de bagages, tout dans les poches, compris ?

— Bien sûr, fit Ginny Fu d'un air indigné. Pas idiote !

— Alors en route.

— Oh ! merci pour vacances, Gregy ! Je serai plus meilleure femme pour toi !

Elle l'embrassa et sortit. Resté seul, Souslev regarda dans le réfrigérateur s'il y avait quelque chose à manger et mit la radio en marche pour écouter les informations.

« Bonjour. Ici Radio Hong-Kong, il est sept heures. La météo prévoit encore de la pluie et on redoute de nouveaux glissements de terrain. Dans les zones de réfugiés situées au-dessus d'Aberdeen, on compte déjà trente-sept morts et de nombreux disparus.

« La Victoria Bank a confirmé officiellement qu'elle rembourserait tous les déposants de la Ho-Pak, qui sont invités à se présenter en bon ordre lundi aux guichets de la banque s'ils désirent retirer de l'argent.

« C'est toujours l'impasse dans l'enquête sur l'enlèvement et l'assassinat de Mr. John Chen. Une récompense de 100 000 dollars est offerte à qui fournira des informations pouvant conduire à la capture des Loups-garous.

« Selon un rapport en provenance de Londres, la moisson de cette année a une fois de plus été catastrophique en Union soviétique... »

Souslev n'écouta pas la suite, il savait que le rapport était exact. *Kristos,* pourquoi sommes-nous incapables de produire assez pour nous nourrir ? se demanda-t-il. Ah ! ce n'est pas ton problème. Aie foi dans le Parti et occupe-toi de ce qui te regarde. Tout ira bien. Plumm fournira le client, Koronski le matériel et Roger la protection. Après une heure ou deux au QG de la police, je remonte tranquillement à bord et, à minuit, adieu Hong-Kong ! j'appareille et je laisse les Loups-garous servir de bouc émissaire.

Le Russe tressaillit en entendant le mugissement d'une sirène. Il se figea, tendit l'oreille, mais le bruit s'éloigna. Rassuré, il commençait à se détendre quand retentit la sonnerie du téléphone.

72

7 h 30

Le petit hélicoptère Bell s'éleva au-dessus de la ville, longea les pentes des collines jusqu'au funiculaire du Pic et continua vers les hauteurs piquées de tours. Quand il eut crevé le plafond nuageux, le pilote ralentit, immobilisa son appareil un instant puis descendit vers la terrasse d'atterrissage de la Grande Maison, qu'il venait d'apercevoir à travers la brume. Dunross, qui l'attendait, baissa la tête pour éviter les pales, monta à côté du pilote, boucla la ceinture de sécurité et coiffa le casque à écouteurs.

— Bonjour, Duncan, fit-il dans le micro. Je ne pensais pas que vous réussiriez.

— Moi non plus. Je ne sais si nous pourrons revenir, le plafond continue à descendre. Enfin, si on y va, autant partir tout de suite. A vous les commandes.

De la main gauche, Ian saisit la poignée des gaz, augmenta lentement la vitesse de rotation des pales tandis que de la droite il faisait décrire un petit cercle au manche à balai — à droite, à gauche, en haut, en bas — pour chercher le coussin d'air qui se formait. L'hélicoptère s'éleva de quelques centimètres, s'inclina légèrement à droite sous l'effet du vent mais le Taï-pan apporta aussitôt la correction nécessaire. Quand l'appareil fut stable, Dunross lança le rotor, poussa le manche à balai de quelques centimètres vers la gauche, appuya sur les pédales de gouverne et prit de l'altitude. Presque aussitôt après, il amorça la descente le long de la montagne et mit le cap sur Kowloon et les Nouveaux Territoires.

— Vous allez vraiment participer à la course de côte, Taï-pan ?

— J'en doute mais je voulais quand même me payer ma balade en hélico : cela fait une semaine que je l'attends.

Duncan MacIver dirigeait une petite compagnie qui travaillait surtout pour le gouvernement, parfois la police ou les pompiers. Ancien de la RAF, il avait un visage sillonné de rides, des yeux sans cesse en mouvement.

— Regardez, dit-il en montrant l'espèce de cicatrice balafrant une pente et creusant un fossé à travers l'un des bidonvilles les plus étendus. Il y a eu des glissements de terrain un peu partout. Vous avez entendu les nouvelles, ce matin ?

Dunross acquiesça.

— Laissez-moi les commandes un instant, sollicita MacIver.

L'hélicoptère décrivit un large virage plongeant qui le rapprocha de la zone du sinistre. Les dégâts paraissaient considérables : des centaines de baraques renversées ou écrasées ; d'autres, près du fossé, qui semblaient prêtes à basculer. Les incendies qui s'étaient déclarés avaient été maîtrisés mais la fumée montant encore des ruines enveloppait la scène comme un suaire.

— C'est terrible, murmura Ian.

— Je me suis levé à l'aube, ce matin. Les pompiers m'ont demandé de les aider à Hill Three, au-dessus d'Aberdeen. Il y a deux jours, une fillette avait failli être ensevelie ; cette fois, le glissement a fait une dizaine de morts. Il aurait pu y en avoir davantage : deux ou trois cents taudis ont basculé dans un fossé de quinze mètres de profondeur sur soixante de long.

MacIver tourna un moment autour de la faille, griffonna une note sur son carnet puis reprit de l'altitude et rendit les commandes à son client.

Sha Tin apparut à l'horizon, sur la droite. Le village de pêcheurs se trouvait en bordure des pistes menant dans les collines où la course devait avoir lieu. L'épreuve se disputait sur un circuit de terre battue tracé au bulldozer à travers la montagne. Dunross aperçut en bas de la pente quelques voitures, certaines encore sur leurs remorques, mais presque pas de spectateurs — il était trop tôt. D'ordinaire la course attirait un nombreux public — des Européens, en majeure partie — car c'était la seule compétition de sport automobile organisée à Hong-Kong. La loi britannique interdisant les courses sur le réseau routier, le Rally Club de Hong-Kong organisait son Grand Prix amateur à Macao, avec l'aide du conseil municipal de l'enclave portugaise. L'année précédente, Guillo Rodriguez, de la police de Hong-Kong, avait remporté la victoire en couvrant les soixante tours en trois heures vingt-six minutes, à la moyenne de 115 kilomètres-heure. Dunross, sur sa Lotus, et Brian Kwok, au volant d'une Jag Type E qu'on lui avait prêtée, s'étaient disputé la seconde place jusqu'à ce que Ian, victime d'une crevaison, eût percuté la barrière au virage du Pêcheur. Il avait failli se tuer, à l'endroit même où son moteur avait lâché en 1959, l'année précédant son accession au poste de Taï-pan.

Conscient qu'on le regardait, Dunross se concentra sur son atterrissage. L'hélicoptère descendit, se balança quelque peu en s'approchant du sol mais se posa selon les règles. Aussitôt, Ian sauta à terre et se dirigea, tête baissée, vers un petit groupe d'hommes en imperméable qui pataugeaient dans la boue.

George T'Chung, le fils aîné de Shitee, accueillit le nouveau venu par ces mots :

— Quelle mélasse, Ian. J'ai voulu faire un essai, je suis sorti au premier virage.

Il indiqua d'un geste une Jaguar cabossée et embourbée.

— Il va falloir faire venir un tracteur pour la tirer de là, ajouta-t-il.

— Quelle perte de temps, grogna Don Nikklin, un petit homme d'une trentaine d'années aux manières agressives. Nous aurions dû annuler la course hier.

Très juste, pensa le Taï-pan, mais je n'aurais pas eu l'occasion de piloter, ni le plaisir de te voir gémir sous la pluie sur ta matinée gâchée.

— Vous étiez là, et votre père également, lorsque nous avons décidé d'un commun accord d'essayer quand même, répondit Dunross d'une voix suave.

McBride s'empressa d'intervenir :

— Je propose officiellement que nous reportions la course.

— J'approuve, lança Nikklin, avant de s'installer au volant de son camion flambant neuf à quatre roues motrices, sur lequel sa Porsche à moteur gonflé était déjà montée.

— Quel personnage chaleureux, ironisa quelqu'un.

Nikklin démarra, fit habilement décrire une courbe à son véhicule pour le ramener sur la route glissante et s'éloigna.

— C'est un bon chauffeur, commenta quelqu'un d'autre. Dommage qu'il soit aussi puant.

— On verra à Macao, hein, Taï-pan ? fit George T'Chung dans un éclat de rire.

— Cette fois, je gagnerai.

Dunross n'avait jamais remporté le Grand Prix, ses voitures n'ayant jamais résisté à la folle allure qu'il leur imposait.

— Oh ! non, s'écria le jeune T'Chung dans son anglais de *public school*. Cette année, c'est pour moi.

Mon vieux s'est fendu d'une Lotus 22, une merveille. Vous verrez mon train arrière pendant soixante tours !

— Sûrement pas ! Ma nouvelle type E...

Ian s'interrompit en voyant s'approcher une voiture de police qui dérapait dans la boue. Pourquoi Sinders vient-il si tôt ? se demanda-t-il, la gorge nouée. Machinalement, sa main se porta à sa poche revolver pour vérifier si l'enveloppe qu'il y avait mise s'y trouvait toujours.

La veille, quand il était retourné au bureau de P.B. White, il avait examiné à la lumière les onze morceaux de papier sans parvenir à les déchiffrer. Tant mieux, avait-il pensé. Il avait fait ensuite deux séries de photocopies qu'il avait glissées dans deux enveloppes. Sur la première, il avait écrit : « P.B. White, veuillez remettre ceci sans l'ouvrir au Taï-pan de Struan », puis il l'avait placée entre les pages d'un livre pris au hasard sur les rayonnages. Sur la seconde, destinée — selon les instructions d'A.M.G. — à Riko Gresserhoff, il avait tracé un G. Enfin il avait mis les originaux dans une troisième enveloppe qu'il avait fourrée dans sa poche avec la seconde. Après avoir vérifié que la porte du passage secret était bien refermée, il était sorti du bureau. Quelques minutes plus tard, il avait quitté White avec Gavallan, Casey et Riko, et bien que les occasions n'eussent pas manqué de glisser son enveloppe à la Japonaise, il avait décidé de remettre d'abord les originaux.

Maintenant ou à midi ? se demandait Ian en regardant la voiture de police. L'automobile s'arrêta, l'inspecteur principal Donald C.C. Smyth en descendit, le bras toujours en écharpe.

— Bonjour, messieurs, fit-il en portant sa badine à la visière de sa casquette. Mr. Dunross, est-ce vous qui avez loué l'hélico ?

Le Taï-pan répondit par l'affirmative.

— Je fais un petit travail là en bas, je vous ai vu arriver. Si vous ne repartez pas tout de suite, nous pourrions peut-être vous emprunter MacIver et son coucou un moment.

— Je vous le céderai quand il m'aura reconduit. Nous partons dans un instant, la course est annulée.

— Sage décision. Avec ce temps, il y aurait eu des blessés comme au casse-pipe. Je dis un mot à MacIver, alors ?

— Je vous en prie. Rien de grave, j'espère.

— Absolument pas. La pluie a découvert deux cadavres qui avaient été ensevelis dans le secteur où nous avons retrouvé le corps de John Chen. Intéressant, non ?

Le groupe se resserra autour du policier.

— D'autres victimes des Loups-garous ? demanda George T'Chung, l'air abasourdi.

— Nous le supposons. Tous les deux étaient jeunes. L'un a eu le crâne fracassé, l'autre le cou à moitié tranché, apparemment avec une pelle. Des Chinois, précisa l'inspecteur.

— Dieu du ciel ! murmura le jeune T'Chung, livide.

Smyth hocha la tête avec une petite moue blasée.

— Quelqu'un d'entre vous aurait-il entendu dire que des rejetons de riches familles chinoises se seraient fait enlever ?

Chacun fit non de la tête.

— Cela ne me surprend pas, reprit Smyth. Les familles ont tort de ne pas prévenir la police et de traiter avec les ravisseurs. Malheureusement, comme les corps ont été découverts par des Chinois du coin, cela va faire la une de tous les journaux du soir d'ici à Pékin !

— Vous voulez l'hélicoptère pour ramener les cadavres ?

— Oh ! non, Taï-pan. Le plus urgent, c'est de faire venir des experts de la Criminelle pour ratisser le secteur avant que la pluie ne reprenne. Vous pouvez partir tout de suite ?

— Certainement.

— Merci. Dommage pour Noble Star, dit Smyth en se dirigeant vers l'hélicoptère. Samedi, je mets le paquet sur vous.

George T'Chung était manifestement bouleversé par la nouvelle.

— Nous sommes tous menacés par ces salauds de Loups-garous. Vous, moi, mon père, tout le monde ! s'écria-t-il. Comment nous protéger ?

Personne ne lui répondit.

— Ne vous en faites donc pas, mon vieux, dit enfin le Taï-pan en souriant. Nous sommes tous des monuments que nul n'oserait profaner.

73

10 h 01

La sonnerie du téléphone retentit dans la pénombre de la chambre et Bartlett émergea péniblement de son sommeil.

— Allô ?

— Bonjour, Mr. Bartlett. Ici Claudia Chen. Le Taï-pan voudrait savoir si vous aurez besoin de la voiture aujourd'hui.

— Non, non, marmonna l'Américain (il regarda sa montre). Déjà ! Euh, merci, Claudia.

— Le voyage à Taipei est reporté à vendredi prochain. Cela vous convient-il ?

— Euh, oui. Merci.

Bartlett raccrocha, s'étendit de nouveau et s'étira avec volupté. Ravi de n'avoir rien d'urgent à son programme, il savourait le rare plaisir d'un peu de paresse.

Il était quatre heures du matin quand il avait accroché à sa porte un « prière de ne pas déranger » et avait demandé au standard de ne lui passer aucune communication avant dix heures. La veille, Orlanda l'avait emmené à Aberdeen et ils avaient loué un bateau de plaisir avec lequel ils s'étaient promenés au hasard dans le port. La pluie avait fait paraître plus confortable la cabine recouverte d'une toile tendue sur deux demi-cerceaux.

En lui servant un plat très épicé qu'un brasero tenait au chaud, la jeune femme lui avait expliqué :

— A Shanghai, nous utilisons pour la cuisine de l'ail, du piment, du poivre et toutes sortes d'épices. Plus on remonte vers le nord, plus la nourriture est épicée, plus on mange de pain et de nouilles à la place de riz. Le Nord est une terre à blé, seul le sud de la Chine est couvert de rizières. Tu en veux encore ?

Il avait excellemment mangé, en buvant la bière qu'Orlanda avait pris soin d'emporter. Le temps s'était écoulé sans qu'il s'en rendît compte tandis qu'elle lui parlait de Shanghai et de l'Asie. Puis ils s'étaient allongés côte à côte sur les coussins, les doigts enlacés, et elle lui avait murmuré :

— Pardon, Linc, mais je t'aime.

Surpris, pas encore prêt à lui faire le même aveu, il avait simplement répondu :

— Tu n'as pas à demander pardon.

— Oh ! si. Cela complique tout.

Les bras sous la nuque, il repensait à cette nuit au cours de laquelle ils avaient échangé des caresses sans jamais les pousser à leur conclusion logique. Non pas qu'Orlanda s'y fût refusée : c'était lui qui, en définitive, avait tenu la bride à son désir.

— C'est bien la première fois que ça t'arrive, grommela-t-il à mi-voix. D'habitude, quand tu chauffes une fille, tu vas jusqu'au bout.

Dans le taxi qui l'avait ramenée chez elle, ils étaient restés silencieux, la main dans la main. Ça, c'est le bouquet ! pensa-t-il. Si quelqu'un m'avait dit il y a un mois, ou une semaine, que je me contenterais de reconduire une femme chez elle en lui tenant la main !

Et Casey, dans tout ça ? et Par-Con ? Attends de voir si elle se décide d'elle-même à te mettre au courant de l'opération montée avec Murtagh... Gornt ou Dunross ? Le Taï-pan a du style et le fait d'avoir Banastasio contre lui est un bon point en sa faveur.

Quand Bartlett avait relaté à Armstrong sa conversation avec Banastasio, le policier avait répondu :

— Nous verrons ce que nous pouvons trouver, quoique Mr. Gornt jouisse d'une réputation irréprochable. Quant à Banastasio, nous l'aurons à l'œil, encore que ce soit probablement aux États-Unis qu'il est le plus dangereux.

— Sans doute et j'ai prévenu Rosemont qui...

— Vous avez bien fait. Avez-vous également parlé à Ed Langan ?

— Non. Il est de la CIA, lui aussi ?

— Officiellement, je ne sais même pas si Rosemont en est membre, Mr. Bartlett. Vous a-t-il suggéré quoi que ce soit au sujet des armes ?

— Non.

— Bon, peu importe. Je me mettrai en contact avec lui. Soit dit en passant, c'est un homme de grande valeur, qui a une solide expérience.

Il lui en faudra pour contrer la Mafia — si Banastasio en fait bien partie, songea Bartlett. Il allongea le bras, décrocha le téléphone, composa le numéro de la chambre de Casey. N'obtenant pas de réponse, il appela la réception pour demander s'il avait des messages. L'employé lui annonça qu'on les avait déjà glissés sous sa porte.

— Désirez-vous qu'on vous monte également les télégrammes et les télex ?

— Oui, s'il vous plaît. Rien de la part de Miss Tcholok ?

— Non, monsieur.

Bartlett sauta du lit, alla à la porte. Parmi les messages (dont un le priait de rappeler Mr. Banastasio), il trouva une enveloppe portant l'écriture de Casey. Il l'ouvrit, lut la note qu'elle contenait : « 9 h 45. Salut, Linc ! Je te laisse dormir. Je serai de retour vers six heures. »

Où est-elle allée ? se demanda-t-il distraitement. Il décrocha le téléphone pour appeler Rosemont mais changea d'avis et fit le numéro d'Orlanda. Pas de réponse.

— Merde, bougonna-t-il.

Ne t'impatiente pas, se raisonna-t-il. Tu as rendez-vous dans deux heures avec elle au dernier étage du V & A. « Le dimanche, tout le gratin de Hong-Kong y déjeune, avait expliqué Orlanda. Leur buffet chaud et froid est une merveille ! on en parle dans toute l'Asie. »

— Encore manger, avait-il feint de protester. Je vais finir par peser une tonne !

— Non, tu ne risques rien. Si tu veux, nous irons ensuite faire une longue promenade, ou une partie de tennis si la pluie cesse. Nous ferons ce que tu voudras ! Oh ! Linc, je t'aime tant...

Perdue dans la foule, Casey s'appuyait au parapet de l'embarcadère de Kowloon. Elle portait un pantalon kaki et un chemisier de soie jaune qui mettaient ses formes en valeur, un pull de cachemire assorti négligemment noué autour du cou, et des ballerines. Dans son grand sac à main, elle avait fourré un maillot de bain qu'elle ne comptait probablement pas utiliser : le Pic était noyé de brume jusqu'à mi-hauteur, de gros nuages noirs assombrissaient le ciel à l'est et un grain épais fonçait vers l'île. Un petit hélicoptère passa bruyamment au-dessus du port et se posa sur la terrasse d'un des immeubles du centre, peut-être celui de Struan, c'était difficile à dire.

Casey baissa les yeux et vit approcher le yacht, un superbe navire aux lignes racées arborant un pavillon aux couleurs vives en haut d'un mât tronqué. Gornt était à la barre, en tenue décontractée : pantalon de toile, manches de chemise roulées sur les bras, cheveux ébouriffés par la brise marine. La jeune femme reconnut les autres hommes qui l'encadraient : Jason Plumm, dont elle avait fait la connaissance aux courses ; Sir Dunstan Barre, vêtu d'un blazer bleu et d'un pantalon blanc ; Pugmire, lui aussi habillé en yachtman.

Gornt fit habilement accoster son imposant bateau avec l'aide de deux matelots armés de gaffes. Casey s'avança vers les cinq marches humides et rejoignit sur le ponton cinq jeunes Chinoises qui bavardaient en riant. Elles montèrent maladroitement à bord en agrippant tour à tour la main d'un des marins et, d'un coup de pied, se défirent de leurs chaussures à hauts talons. Trois d'entre elles s'approchèrent respectivement de Plumm, Pugmire et Barre en les saluant avec effusion, comme si elles retrouvaient de vieux amis ; les deux autres descendirent vers les cabines avec des cris joyeux.

Une partie fine, se dit Casey avec dégoût. Elle s'apprêtait à partir quand Gornt, appuyé contre le bastingage, lui lança :

— Bonjour, Casey. Montez donc.

Le yacht se balançait sous l'effet de la houle, des vagues giflaient sa coque et les marches de l'embarcadère.

— Montez, vous ne risquez rien.

Sentant le sarcasme sous l'invite, Casey refusa la main tendue du matelot et sauta seule à bord.

— On dirait que vous avez passé votre vie en mer, dit Gornt en s'approchant pour l'accueillir. Bienvenue à bord de la *Sorcière des Mers*.

— J'aime la mer, mais je me demande si j'ai bien fait de venir.

— Vous faites allusion aux filles ?

— Exactement.

— Ce sont simplement les invitées de mes invités, répondit Gornt en fixant Casey dans les yeux. J'avais cru comprendre que vous revendiquiez une égalité complète.

— Comment ?

— Que vous vouliez être traitée en égale dans un

monde d'hommes, aussi bien dans les affaires que dans le plaisir.

— C'est vrai, repartit la jeune femme d'un ton froid.

— Est-ce le fait qu'ils sont mariés et que vous connaissez leurs épouses qui vous choque ?

— Oui, je suppose.

— Avouez que ce n'est pas très logique.

— Peut-être.

— Vous êtes *mon* invitée, les autres sont les invitées de mes invités, je le répète. Lorsqu'on réclame l'égalité, il faut être prête à l'accepter sous toutes ses formes.

— Ce n'est pas de l'égalité.

— C'est une preuve de confiance que je vous donne, et, croyez-moi, les autres étaient beaucoup moins prêts que moi à vous l'accorder. Je leur ai répondu qu'ils pouvaient partir si votre présence les dérangeait. Je suis seul maître à bord et je me porte garant de votre discrétion. Ici, à Hong-Kong, nous avons des coutumes différentes des vôtres. Notre société n'est pas puritaine, bien que nous ayons des règles très strictes. Vous êtes seule, célibataire, très séduisante. Vous êtes donc la bienvenue à bord, sur un pied d'égalité. Si vous étiez mariée à Linc, ce n'est pas vous que j'aurais invitée mais lui, et ce qu'il vous aurait raconté à son retour n'aurait regardé que lui.

— Alors c'est l'usage à Hong-Kong : le dimanche, les maris se paient du bon temps sans leurs femmes ?

— Pas du tout. Simplement, mes invités m'ont demandé la permission de se faire accompagner afin d'égayer un déjeuner qui aurait pu être ennuyeux pour eux.

La *Sorcière des Mers* donna de la bande, Barre et sa compagne trébuchèrent et faillirent tomber. Gornt ne bougea pas d'un pouce, Casey non plus.

— Vous connaissez bien la mer ? lui demanda-t-il.

— J'ai un voilier de six mètres en fibre de verre. Je le sors parfois le week-end.

— Seule ?

— La plupart du temps. Parfois avec Linc.

— A présent je regrette d'avoir invité les autres. Je suis navré si je vous ai offensée, dit Gornt avec une étrange douceur.

— Je le regrette aussi.

— Acceptez-vous quand même de rester ? je l'espère — comme j'espère que vous saurez vous montrer discrète.

— Je reste. Merci de votre confiance.

— Venez sur la passerelle. Nous boirons du champagne et je crois que le repas vous plaira.

Ayant choisi de rester, Casey décida de tirer de la journée tout le plaisir qu'elle offrirait.

— Où allons-nous ?

— Au large de Sha Tin. La mer sera calme, là-bas.

— Votre yacht est magnifique, Quillan.

— Je vais vous le faire visiter dans un instant.

Gornt s'apprêtait à donner l'ordre d'appareiller quand Peter Marlowe descendit à la hâte les marches de l'embarcadère et sauta à bord. L'écrivain eut l'air surpris de découvrir Casey.

— Désolé d'être en retard, Mr. Gornt.

— Cela ne fait rien. Vous vous connaissez, je crois ? Casey est *mon* invitée, elle saura être discrète. N'est-ce pas ? fit le taï-pan de Rothwell en souriant à la jeune femme.

— Naturellement.

Quand il les laissa seuls pour se rendre sur la passerelle, Marlowe et Casey se regardèrent d'un air embarrassé.

— Je ne m'attendais pas à vous trouver ici, Peter.

— Moi non plus.

— Répondez-moi franchement : une de ces filles est pour vous ?

— Même si c'était le cas, cela ne vous regarderait absolument pas, dit Marlowe avec un curieux sourire. Et vous, vous êtes la petite amie de Gornt ?

— Bien sûr que non !

— Alors que faites-vous ici ?

— Je ne sais pas. D'après lui, je suis invitée sur un pied d'égalité.

— Oh ! je vois. Gornt a un sens de l'humour très particulier, je vous avais prévenue. Et, pour répondre à votre question, toutes ces filles font partie de mon harem !

Ils s'esclaffèrent ensemble puis il ajouta, d'un ton plus sérieux :

— Ne vous inquiétez pas pour Fleur. Elle fait preuve d'une grande sagesse.

— J'aimerais pouvoir en dire autant. Désolée, Peter, tout cela est nouveau pour moi.

— Pour moi aussi, répondit l'écrivain en souriant. C'est la première fois que je participe à ce genre de croisière. Pourquoi...

Son sourire disparut. Casey suivit la direction de son regard et découvrit Robin Grey, qui venait de monter sur le pont. Le député versait du champagne dans le verre que lui tendait une des filles.

— Venez ! appela Gornt. Il y a du vin, du champagne, ou du café, si vous préférez.

Bien que son visage n'en montrât rien, le taï-pan de Rothwell s'amusait beaucoup.

74

11 h 15

— Je vous le répète, Mr. Sinders, je ne connais ni Arthur ni major Youri Bakyan. Pour moi, cet homme s'appelait Igor Voranski, il était matelot de première classe, déclara Souslev en tâchant de garder son calme.

Le Russe était assis en face du chef du MI 6, dans la lugubre salle d'interrogatoire du QG de la police. A côté de lui, Boradinov, son second, s'agitait sur sa chaise, l'air très mal à l'aise. Depuis son arrivée, Souslev n'avait pas vu trace de Roger Crosse, dont il avait espéré l'aide. C'est normal, pensa-t-il, il ne doit pas courir de risques.

— Et vous prétendez aussi que l'espion Dimitri Metkin ne s'appelait pas Nicolaï Leonov, également major du KGB ?

— C'est absurde. J'en référerai à mon gouvernement.

— Les réparations de l'*Ivanov* sont terminées ?

— Elles le seront ce soir à minuit. Nous faisons gagner de l'argent aux chantiers de Hong-Kong, nous...

— Assez de comédie. Leonov a parlé avant que vous ne le fassiez assassiner, il s'est montré très coopératif... Boradinov, allez attendre dehors !

L'ordre avait claqué comme un coup de fouet et le second se leva d'un bond. Il ouvrit la porte, un policier chinois lui indiqua une chaise de la pièce voisine et referma aussitôt.

Sinders posa sa pipe sur le bureau, sortit de sa poche un paquet de cigarettes et en alluma une en prenant son temps. Dehors, la pluie battait aux carreaux. Souslev observait son ennemi par-dessous ses sourcils broussailleux en se demandant ce que Roger avait de si urgent à lui dire. Ce matin, chez Ginny Fu, Arthur lui avait téléphoné que Crosse voulait le voir ce soir à huit heures aux Tours Sinclair.

— Que me veut-il ? avait dit le capitaine.

— Je n'en sais rien, nous n'avons pas eu le temps d'en parler. Vous avez vu Koronski ?

— Oui, tout est arrangé. Vous nous livrerez la marchandise ?

— Bien avant minuit.

La conversation avec Arthur avait en partie dissipé la peur de Souslev mais il la sentait à présent renaître en lui, face à cet homme dont on connaissait au KGB la réputation d'ennemi redoutable. Le Soviétique résolut de tenter un coup de bluff.

— Je m'en vais, annonça-t-il en se levant. J'en ai assez de vos questions.

— Parlez-moi de Sevrin.

— Severin ? Je ne connais pas de Severin. Je ne suis pas obligé de vous répondre !

— C'est exact, camarade capitaine — du moins en temps normal. Mais l'un de vos hommes a été pris sur le fait et nos amis américains voudraient bien mettre la main sur vous. Ils sont moins patients que nous, je vous préviens.

— Vos menaces ne m'impressionnent pas ! s'écria l'agent du KGB, de plus en plus inquiet. Je n'ai rien à me reprocher ! J'exige qu'on me laisse retourner à bord de mon bateau ! Immédiatement !

— Fort bien, répondit Sinders calmement. Allez-vous-en.

— Je peux partir ?

— Naturellement. Bonne journée, capitaine.

Souslev regarda son adversaire avec stupéfaction puis se dirigea vers la porte.

— Bien entendu, nous nous arrangerons pour que vos supérieurs apprennent que vous nous avez donné Leonov.

Le visage du Russe vira au gris cendreux.

— Co-comment ?

— Leonov nous a raconté, entre autres choses, que c'est vous qui l'avez poussé à prendre lui-même livraison de la marchandise. Ensuite, vous l'avez balancé.

— Vous mentez ! beugla Souslev.

L'idée le traversa soudain que Roger Crosse avait peut-être été pris, lui aussi.

— Tout comme vous avez balancé Bakyan à des agents nord-coréens, reprit Sinders.

— C'est faux, bredouilla le capitaine de l'*Ivanov,* soulagé de découvrir que le Britannique ne savait rien de précis et lançait des ballons-sondes au hasard. Je ne connais pas de Nord-Coréens.

— Je vous crois volontiers, mais je doute que vos supérieurs fassent preuve de la même confiance. Au revoir, camarade.

— Que voulez-vous dire ?

— Parlez-moi du télégramme.

— Je ne sais rien de ce télégramme. Votre commissaire se trompe, ce n'est pas moi qui l'ai laissé tomber.

— J'attendrai jusqu'à minuit. Si vous appareillez sans m'avoir dit ce que vous savez de Sevrin, d'Arthur et de l'Américain, à mon retour à Londres je glisserai dans l'oreille de quelques personnes trop bavardes que vous avez dénoncé Leonov et Bakyan. La nouvelle finira par parvenir à votre attaché naval...

— C'est un mensonge !

— Cinq cents personnes vous ont vu parler à Mr. Crosse sur le champ de courses. C'est là que vous avez trahi Metkin.

— Vous mentez ! rétorqua Souslev, en s'efforçant de cacher sa peur.

— Votre nouvel attaché naval à Londres ne manquera probablement pas cette occasion de s'attirer les bonnes grâces de ses supérieurs, non ?

— Je ne comprends pas, répondit le Soviétique, qui se savait pris au piège.

— Alors je vais être plus clair : votre vie contre Arthur et l'Américain.

— Je ne connais pas d'Arthur.

— Cela restera entre nous, je n'en parlerai à personne. Vous avez ma parole.

— Je ne connais pas d'Arthur.

— Vous n'avez qu'à me donner son nom pour sauver votre peau. Nous sommes des professionnels, vous et moi ; nous savons transiger, et conclure à l'occasion un accord qui reste secret pour tous les autres. Vous vous êtes fait pincer, il faut payer. Si vous quittez Hong-Kong sans m'avoir révélé l'identité d'Arthur, je vous balance. Au revoir, camarade capitaine.

Souslev sortit, récupéra son second et l'entraîna au-dehors. Sans dire un mot, les deux hommes traversèrent la rue et entrèrent dans le bar le plus proche.

— Deux doubles vodkas, commanda le capitaine.

Foutu télégramme ! avait-il envie de hurler. Je suis coincé, d'un côté comme de l'autre. Si je leur livre Banastasio et Arthur, je reconnais que je suis mêlé à Sevrin, je tombe pour toujours en leur pouvoir ; si je me tais, je ne vivrai pas longtemps. J'ai besoin plus que jamais des dossiers d'A.M.G. ou de la mémoire de Dunross pour me protéger.

— Camarade cap...

Souslev se tourna brusquement vers son second et le traita de crétin en russe. Boradinov se tut, pétrifié.

— Deux autres vodkas, dit Souslev. S'il vous plaît.
La serveuse apporta la commande.
— Je m'appelle Sally. Et toi ? fit-elle.
— Fous l'camp, rétorqua Boradinov.
— *Diou ne lo mo,* alors tu t'appelles Fous-l'camp ? Ta tête ne me revient pas, Mr. Fous-l'camp, débarrasse le plancher !
Soucieux d'éviter tout ennui dans un endroit aussi proche du QG de la police, Souslev intervint.
— Excuse-toi, ordonna-t-il à son second.
— Quoi ?
— Excuse-toi, merdaillon !
— Désolé, murmura Boradinov, le visage écarlate.
La fille éclata de rire.
— Hé, mon gros, tu veux zig-zig ?
— Non, répondit Souslev. Juste de la vodka.

Crosse descendit de la voiture de police et se dirigea d'un pas vif vers l'immeuble Struan. Une pluie fine mouillait les passants qui quittaient leur travail ou s'y rendaient car le dimanche n'était pas jour de repos pour tout le monde à Hong-Kong.
Au 20e étage, il fut accueilli par Sandra Yi :
— Bonjour, Mr. Crosse. Par ici, s'il vous plaît.
Le policier suivit la jeune fille dans le couloir en appréciant le balancement de son postérieur sous le *chong-sam.* Elle ouvrit une porte, le fit entrer.
— Salut, Edward, dit-il à Sinders.
— En avance, vous aussi ?
Le chef du service secret sirotait une bière dans la luxueuse salle du conseil d'administration.
— Vous désirez boire quelque chose ? proposa Sandra Yi.
— Du café. Noir.
La secrétaire servit Crosse et sortit.
— Comment ça a marché ? demanda le patron de la SI.

— Avec notre visiteur ? A merveille, il est mort de trouille. J'ai enregistré notre conversation, je vous la ferai écouter après le déjeuner.

Crosse réprima un bâillement. Il avait passé une partie de la nuit à développer les photos qu'il avait prises dans la salle des coffres puis à lire et relire les vrais dossiers. A présent, il comprenait pourquoi le Taï-pan n'avait pas voulu s'en séparer : les informations qu'ils contenaient valaient une fortune.

La pendule à cardan égrena les douze coups de midi, Dunross entra.

— Bonjour, messieurs. Merci d'avoir accepté de venir ici.

Il tira de sa poche une enveloppe cachetée qu'il remit à Sinders. Ce dernier l'ouvrit, examina le premier morceau de papier puis feuilleta rapidement les dix autres.

— On dirait qu'ils ont été découpés, dit-il en passant un échantillon à Crosse. Comment vous les êtes-vous procurés ?

— J'ai tenu mon engagement, à vous de tenir le vôtre, réclama le Taï-pan.

— Je n'ai pris aucun engagement, Mr. Dunross. J'ai simplement déclaré que votre requête serait éventuellement satisfaite.

— Alors vous ne libérerez pas Kwok ?

— Il est possible qu'il le soit.

— Je vous demande d'être plus précis.

— D'abord trois questions. Est-ce vous qui avez découpé ces morceaux de papier ?

— Oui.

— Dans quoi et sur quelles instructions ?

— Celles d'A.M.G. En chauffant certaines pages d'un rapport qu'il m'avait envoyé, j'ai fait apparaître ces parties, je les ai découpées et j'ai brûlé le reste.

— Vous avez gardé une copie ?

— Des onze morceaux ? Oui.

— Veuillez me les remettre.

— Je vous les donnerai quand vous aurez rempli votre part du marché, lundi au coucher du soleil. Maintenant, des précisions.

— Il y a une chance sur deux pour que Kwok soit libéré.

— J'ai pris des dispositions pour que les onze fragments soient publiés mardi matin par le *China Guardian* et deux journaux chinois, l'un communiste, l'autre nationaliste.

— Le gouvernement de Sa Majesté n'apprécie pas le chantage !

— Vous ai-je menacé ? Ces chiffres, ces lettres constituent un fatras incompréhensible, sauf peut-être pour un spécialiste du décodage. *Peut-être.*

— La loi sur les secrets d'État m'autorise à en empêcher la publication.

— Essayez toujours. Votre loi ne m'empêchera pas de les faire publier quelque part dans le monde avant la fin de la semaine. Maintenant, messieurs, si vous voulez bien m'excuser, j'ai du travail qui m'attend. Merci de votre visite.

Crosse laissa Sinders sortir le premier et le suivit dans le couloir. En les apercevant, Sandra Yi appela l'ascenseur.

— Pardon, Mr. Crosse, savez-vous quand le commissaire Kwok doit revenir à Hong-Kong ? demanda-t-elle.

— Euh, je ne sais pas au juste. Pourquoi ?

— Nous devions dîner ensemble vendredi soir mais il a dû partir précipitamment, à ce qu'on m'a dit.

— Eh bien, je tâcherai de me renseigner, promit Crosse.

— Oh ! merci.

Un bourdonnement se fit entendre, Sandra Yi décrocha.

— Ici Struan... Un moment...

Tandis que la jeune Chinoise passait la communication, Crosse regardait les numéros des étages s'éclairer l'un après l'autre au-dessus de la porte de l'ascenseur. Le standard bourdonna de nouveau.

— Allô ?... Un moment, madame, je vérifie...

La secrétaire feuilleta le carnet de rendez-vous du Taï-pan. L'ascenseur arriva, Sinders pénétra dans la cabine, Crosse s'apprêta à le suivre.

— A treize heures, Mrs. Gresserhoff, reprit Sandra Yi.

Aussitôt Crosse s'immobilisa et se pencha comme pour renouer son lacet. Sinders, qui avait immédiatement compris, bloqua la porte coulissante.

— Je vous en prie, madame. La table est retenue au nom du Taï-pan. Treize heures, au restaurant Horizon de l'hôtel Mandarin.

Crosse se releva, entra dans la cabine dont la porte se referma.

— Tout vient à point à qui sait attendre, fit-il avec un sourire. Je propose que nous la prenions en filature à la sortie du restaurant pour découvrir dans quel hôtel elle est descendue.

— D'accord, approuva Sinders. Hans Gresserhoff était le nom de code d'un espion est-allemand qui nous a échappé pendant des années. Il travaillait avec un autre salopard, un tueur patenté qui se faisait appeler Viktor Grunwald ou Simeon Tzerak.

— Vous avez pu déchiffrer le code ?

— Non. Impossible d'envoyer le texte par télex, c'est trop dangereux. Il vaut mieux que je rentre immédiatement à Londres pour le confier à nos services du Chiffre.

— Aujourd'hui ?

— Demain. Je veux d'abord terminer cette affaire et identifier Mrs. Gresserhoff. Vous pensez que Dunross mettrait sa menace à exécution ?

— Absolument.

Sinders se frotta les sourcils. Ses yeux d'un bleu délavé paraissaient plus clairs encore que d'ordinaire.

— Et le client ?

— Je crois...

La porte de l'ascenseur coulissa, les deux hommes sortirent de la cabine, traversèrent le hall. Un portier en livrée se précipita pour ouvrir la portière de la voiture. Une fois installé au volant, Crosse poursuivit :

— Je crois qu'une dernière séance suffira. Ensuite Armstrong le ramènera à la réalité. Je me demande s'il en aura le temps d'ici lundi soir. Enfin, peu importe, nous avons décroché le gros lot.

Ce matin, la séance de six heures allait s'achever sans résultat lorsque Armstrong avait mis au jour une veine d'or : des précisions sur le mystérieux professeur Joseph Yu, ancien de Princeton et Stanford, spécialiste des fusées, expert de la NASA.

— Quand doit-il venir à Hong-Kong, Brian ? avait demandé le commissaire, tandis que, dans la salle de contrôle, Crosse et Sinders retenaient leur souffle.

— Je... je ne sais pas... Laisse-moi réfléchir... je ne me souviens plus... Ah ! si, à la fin du mois — quel mois sommes-nous ?... Il devait repartir dix jours après... après les courses.

Crosse avait averti Rosemont, que la nouvelle avait complètement affolé.

— Je me demande si nos amis parviendront à le récupérer, murmura Crosse derrière son volant.

— Qui ? Joseph Yu ? Je l'espère de tout cœur. Encore que des fusées chinoises dans la stratosphère feraient courir des frissons dans le dos des Russes...

Au restaurant Horizon, on reconnut immédiatement Crosse, qui obtint une table légèrement à l'écart, près du bar. Tandis que Sinders commandait à boire, Crosse réclamait au téléphone le renfort de deux agents, l'un britannique, l'autre chinois.

Les deux hommes arrivèrent quelques minutes plus tard, peu avant que Dunross fît son entrée, précédé du maître d'hôtel et suivi de trois serveurs, et se dirigeât vers la meilleure table où une bouteille de champagne fraîchissait déjà dans un seau à glace.

— Il les a bien habitués, murmura Sinders.

Son regard balaya la salle, s'arrêta.

— Rosemont est là aussi ! Est-ce une coïncidence ? reprit-il.

— Et là-bas, dans le coin, Vincenzo Banastasio discute avec Vee Cee Ng. C'est peut-être pour eux que Rosemont est ici, supputa Crosse. A ce propos, l'Américain a loué un hélicoptère pour se rendre à Macao lundi.

— Il faut l'empêcher de partir.

— Je m'en suis déjà occupé : ennuis de moteur.

— Bon, approuva Sinders. Le fait que Bartlett soit venu vous prévenir des manigances de Banastasio tendrait plutôt à le blanchir, non ?

— Cela ne prouve..., commença Crosse.

— Regardez cette beauté ! fit Sinders en lorgnant la fille qui avait pris le sillage du maître d'hôtel.

Le chef du MI 6 ouvrit la bouche de stupéfaction lorsqu'elle s'arrêta devant la table de Dunross, s'inclina et s'assit.

— Alors, Mrs. Gresserhoff est chinoise !

— Japonaise, corrigea Crosse, sans quitter des yeux les lèvres du Taï-pan. Aucune Chinoise ne lui aurait fait une aussi belle courbette... Bon sang, ils doivent parler en japonais !

— Dunross connaît le jap ?

— Le *japonais*. Et aussi l'allemand, le français, l'italien et trois dialectes chinois.

— Je dis jap parce que j'ai perdu un fils sur le *Prince of Wales* et que mon frère est mort de faim sur la route de Birmanie, répliqua Sinders. Alors épargnez-moi vos remarques papelardes... Cela dit, cette fille est une beauté, je le maintiens.

— Belle preuve de tolérance, grommela Crosse.

— Vous, vous avez fait la guerre en Europe, je suppose ?

— Ma guerre n'a pas de fin, Edward, et pour moi 39-45, c'est de l'histoire ancienne. Désolé pour votre famille mais le Japon n'est plus notre ennemi, c'est même le seul allié véritable que nous ayons en Asie.

Pendant une demi-heure, le patron de la SI observa le Taï-pan et son invitée sans parvenir à lire sur leurs lèvres ce qu'ils disaient. En désespoir de cause, il proposa à Sinders de partir et d'abandonner la surveillance aux deux agents de la SI.

Un serveur apportait le café à la table de Dunross quand Riko Anjin demanda en allemand :

— Vous retournerez bientôt au Japon ?

— La semaine prochaine, pour prendre livraison d'un super-cargo construit par Hiro Toda.

Conscient des regards posés sur eux, Ian passa au japonais :

— Où dois-je déposer l'argent que nous vous devons, Riko-*san* ?

— Si vous pouviez me donner un chèque de banque avant mon départ, ce serait parfait.

Sachant que les bonnes manières interdisaient à la jeune femme de s'enquérir du montant de la somme, Dunross précisa :

— Je vous ferai parvenir un chèque de 10 625 livres lundi matin, puis un autre de 8 500 livres en janvier, et la même chose l'année suivante. Quels sont vos projets ?

— Lundi, je prendrai l'avion pour le Japon, ensuite... je ne sais pas. Je rentrerai peut-être en Suisse, quoique rien ne m'attache là-bas. Mrs. Gresserhoff est morte avec Hans, il vaut mieux que je redevienne Riko Anjin, je crois.

Dunross sortit de sa poche un paquet plat.

— Voici un présent de la Noble Maison pour vous remercier de la peine que vous avez prise.

— Merci infiniment, mais ce fut pour moi un honneur et un plaisir. Dois-je l'ouvrir maintenant ?

— Plus tard. Ce n'est qu'un pendentif en jade. Il y a aussi dans la boîte une enveloppe contenant des documents confidentiels que votre mari m'avait chargé de vous remettre. Savez-vous ce qu'elle contient ?

— Non. Hans m'avait simplement dit que vous me remettriez une enveloppe cachetée et qu'un jour quelqu'un viendrait la réclamer.

— Il vous a révélé le nom de cette personne ?

— Oui, mais en me recommandant de ne le divulguer à personne, pas même à vous. Je vous prie de m'excuser.

— Simplement la remettre à cet homme ?

— Ou à cette femme, ajouta Riko avec un petit sourire. Quand on viendra la réclamer, pas avant. Et la personne qui en prendra livraison s'acquittera d'une dette ancienne. Merci du cadeau, Taï-pan-*san*, je le garderai précieusement.

— Comment pourrai-je vous joindre à l'avenir ?

— Je vous donnerai trois numéros de téléphone : l'un en Suisse, les deux autres au Japon.

Après un silence, Ian demanda :

— Serez-vous au Japon quand je m'y rendrai ?

Riko leva les yeux vers lui.

— Si vous le voulez, murmura-t-elle.

75

14 h 30

La *Sorcière des Mers* avait jeté l'ancre devant le port de Sha Tin, où elle avait mouillé pour le déjeuner. Dès que le yacht avait accosté, le cuisinier, Casey et Peter Marlowe avaient accompagné Gornt à terre pour choisir les crevettes, les bouquets et les poissons qui nageaient encore dans des baquets d'eau de mer. Puis ils s'étaient rendus au marché pour acheter des légumes frais cueillis du matin.

Le repas avait été très gai, ponctué par les rires des jeunes Chinoises qui parlaient toutes, à des degrés divers, un anglais assez salace. Dunstan Barre, en grande forme, avait multiplié les plaisanteries drôles, et les autres avaient suivi son exemple. Casey les avait trouvés différents, plus spontanés, juvéniles, presque. Puis la conversation avait roulé sur les affaires et, en quelques heures, elle en avait appris davantage sur les pratiques de Hong-Kong qu'à travers toutes ses lectures.

— Vous vous ferez facilement une place, Bartlett et vous, si vous jouez le jeu selon les règles de la Colonie, lui avait assuré Barre. N'est-ce pas, Quillan ?

— Cela dépend. Si vous choisissez Struan — à

supposer que Struan existe encore la semaine prochaine — vous recevrez un peu de lait mais pas du tout de crème.

— Vous m'offrez mieux ?

— Beaucoup mieux : du lait, et un tout petit peu de crème ! s'était esclaffé Barre.

— Disons qu'avec nous le lait sera homogénéisé, avait ajouté Gornt d'un ton aimable.

A présent une délicieuse odeur de café fraîchement grillé montait de la cuisine. Les Chinoises bavardaient entre elles tandis que les hommes discouraient sur les affaires en Asie, l'offre et la demande, le goût des Asiatiques pour la contrebande.

— Vous devriez consulter Marlowe en ce domaine, Mr. Gornt, lança soudain Robin Grey d'un ton mordant. Il a tout appris de la contrebande et du marché noir à Changi.

Dans le silence qui se fit autour de la table, l'écrivain répondit :

— Laissez tomber, Grey.

— Je pensais que vous étiez fier de cette histoire, vous et votre ami yankee.

— Laissez tomber, Grey, répéta Marlowe, le visage fermé.

Dissimulant le plaisir que lui procurait l'algarade, Gornt joua les hôtes parfaits :

— Mr. Grey, le moment est mal choisi pour ressasser de vieilles querelles.

— Loin de moi cette idée, Mr. Gornt. Comme vous parliez de contrebande et de marché noir, j'ai simplement fait remarquer que Marlowe est expert en la matière.

— Si nous prenions le café sur le pont ? proposa Gornt en se levant.

— Bonne idée. Une tasse de café, c'est bon après la bouffe, dit le député dans l'intention délibérée de choquer les autres convives.

Il en avait soudain assez de leurs plaisanteries, de tout ce que ces hommes représentaient.

— Marlowe et son copain américain faisaient griller du café dans le camp alors que les autres prisonniers mouraient de faim, poursuivit-il. L'odeur nous rendait dingues. Vous vous souvenez, Marlowe ?

Après un court silence, le romancier répondit :

— Tout le monde avait du café de temps à autre. Tout le monde en faisait griller.

— Vous deux, c'était tous les jours. Comment diable faisiez-vous pour avoir du café et de la nourriture alors que nous n'avions rien à manger ?

Casey remarqua la veine qui palpitait près de la tempe de Marlowe.

— Robin..., commença-t-elle.

— Vous ne répondez pas, Marlowe ? dit Grey.

Les deux hommes se regardaient en silence dans un climat lourd de violence.

— Laissez donc ces vieilles histoires, mon cher, intervint Gornt avec des intonations patriciennes dont il savait qu'elles ne feraient qu'exacerber la haine de Grey. Tout cela n'a plus d'importance, maintenant. C'est dimanche, nous avons fait un excellent déjeuner entre amis.

— Dimanche ou pas, je n'ai jamais été l'ami de Marlowe ! repartit Grey. C'est un rupin, moi je suis du peuple. La guerre a tout changé, nous les travailleurs, nous n'oublierons jamais !

— Parce que vous êtes un travailleur ? rétorqua Marlowe d'un ton grinçant.

— Je suis du côté des exploités, vous de celui des exploiteurs, comme à Changi.

— Changez de disque, Grey ! Changi était un autre monde...

— C'était pareil qu'ailleurs : il y avait les patrons et les travailleurs, ceux qui recevaient les ordres et ceux qui s'engraissaient de leur sueur, comme vous et King.

— Vous dites n'importe quoi !

Casey, qui se trouvait près du député, lui posa la main sur le bras et dit :

— Allons donc prendre le café.

— Bien sûr, fit Grey. Mais demandez-lui d'abord si ce que je dis est vrai. Demandez-lui. Qui en aura le courage ?

Conscient d'avoir, pour la première fois, acculé son ennemi devant ses pairs, Grey poussait son avantage. Les autres invités gardaient le silence, gênés pour Marlowe et choqués par les accusations du parlementaire. Une des Chinoises s'approcha de l'échelle et monta tranquillement, les autres la suivirent. Casey aurait voulu les imiter mais n'osait pas.

— Mr. Grey, voudriez-vous être assez aimable pour abandonner ce sujet inopportun ? intervint Gornt courtoisement.

Grey promena un regard haineux autour de la table.

— Vous voyez, Casey, personne n'a le cran de lui poser la question. Ils appartiennent tous à la même classe, dite supérieure, ils se serrent les coudes.

Dunstan Barre devint écarlate :

— Mon vieux, je trouve que vous...

Peter Marlowe l'interrompit d'une voix blanche :

— Il est facile de mettre fin à cette discussion stupide. On ne peut comparer Changi, Dachau ou Buchenwald à ce qui se passe en temps normal. C'est tout simplement impossible. La vie, les règles y étaient différentes. Pour les jeunes prisonniers de guerre que nous étions, Changi était un monde entièrement nouveau, où toutes les valeurs s'étaient inversées, où...

— Avez-vous fait du marché noir ?

— Non. Je servais d'interprète à un ami qui faisait du commerce. Il y a un fossé entre commerce et marché noir.

— C'était contraire au règlement du camp, donc c'était du marché noir.

— C'était contraire au règlement établi par l'ennemi, par les Japonais.

— Racontez-leur comment King rachetait la montre, l'alliance ou le stylo d'un pauvre diable à un prix dérisoire et les revendait ensuite beaucoup plus cher aux gardes.

Marlowe regardait Grey droit dans les yeux.

— Lisez mon livre. J'y ai écrit...

— Votre livre ? ricana Grey. Dites-nous plutôt, sur votre honneur et celui de votre famille, dont vous êtes tellement fier, si King roulait ou non les autres prisonniers. Sur votre honneur !

Peter Marlowe serra les poings.

— Si nous n'étions pas les invités de Mr. Gornt, je parlerais de votre conduite à vous, riposta-t-il d'une voix sifflante.

— Puissiez-vous rôtir en enfer...

— Cela suffit, maintenant, fit Gornt avec autorité. Pour la dernière fois, veuillez en finir !

Grey tourna la tête vers son hôte.

— J'ai terminé. Est-il possible de trouver un taxi au village ? Je préfère rentrer par mes propres moyens si cela ne vous dérange pas.

Ravi de ne pas avoir à suggérer lui-même cette solution, Gornt répondit :

— Comme vous voudrez. Ne pourriez-vous cependant, Marlowe et vous, vous serrer la main en *gentlemen* et oublier cette histoire ?

— En *gentlemen* ? Non, merci, j'en ai ma claque des *gentlemen* comme Marlowe ! Dieu merci, l'Angleterre change et bientôt elle aura de nouveau le gouvernement qu'il lui faut. L'accent d'Oxford ne sera plus la clef du pouvoir. Nous mettrons les Lords au rancart et lorsque nous serons au gouvernement...

— Dieu nous en préserve ! s'exclama Pugmire.

— Pug ! intervint à nouveau Gornt. C'est l'heure de prendre le café ! Excusez-nous un instant, Mr. Grey et moi.

Il prit Grey par le bras, le conduisit sur le pont puis descendit avec lui la passerelle menant au quai en songeant que les choses avaient encore mieux tourné qu'il ne l'espérait.

— Je suis désolé, Mr. Grey. Si je m'étais douté que Marlowe... Scandaleux, vraiment !

— C'est un salaud.

Les deux hommes firent quelques pas et Gornt arrêta un taxi.

— Vous ne voulez pas revenir sur votre décision, Mr. Grey ?

— Non, merci.

— Dommage. Enfin, je comprends parfaitement vos sentiments. Quand la délégation doit-elle quitter la Colonie ?

— Demain matin.

— Si je puis faire quelque chose pour vous d'ici là, n'hésitez pas à m'appeler.

— Merci. Donnez-moi un coup de grelot quand vous passez à Londres.

— Je n'y manquerai pas. Merci encore d'être venu.

Gornt paya le chauffeur d'avance et salua de la main quand le taxi s'éloigna. Ce répugnant personnage sera un allié utile dans les années qui viennent, pensa-t-il en regagnant le bord. La plupart des invités se trouvaient à présent sur le pont, une tasse de café ou un verre d'alcool à la main. Casey et Marlowe se tenaient légèrement à l'écart.

— Quel sale bonhomme ! lança Gornt, sûr de l'approbation générale. Navré, Marlowe...

— C'est ma faute, dit le romancier, manifestement bouleversé.

— Non, je n'aurais jamais dû l'inviter. Merci d'avoir réagi avec autant de tact à ses provocations.

— A votre place, je lui aurais donné une correction, renchérit Pugmire. Le passé est le passé.

— Oui, quel sale type ! approuva Casey.

— Assez parlé de ce triste sire, décida Gornt. Ne le laissons pas gâcher notre après-midi.

Il passa un bras autour des épaules de Casey et la serra brièvement contre lui.

— Il fait trop froid pour prendre un bain, reprit-il. Si nous rentrions par le chemin des écoliers ?

— Excellente idée, acquiesça Dunstan Barre. Je crois que je vais faire une petite sieste.

— D'abord, cognac pour tout le monde, dit Gornt. Marlowe ?

— Non merci.

— Écoutez-moi, Marlowe. Nous avons tous assez vécu pour savoir que votre conduite, quelle qu'elle fût, reposait sur des intentions louables. Vous l'avez souligné vous-même : Changi posait des problèmes très particuliers.

— Pour survivre, il faut parfois enfreindre les règles, ajouta Barre.

— Comment était-ce, à Changi, Peter ? demanda Casey, se faisant l'interprète de tous les autres.

— Il m'est difficile d'en parler... C'était... ce qu'on peut imaginer de plus proche de la mort tout en continuant à vivre. Nous avions droit à cent grammes de riz sec par jour, quelques légumes, un œuf par semaine. De la viande, on en voyait parfois passer au-dessus de la soupe. C'était un monde totalement différent. La plupart d'entre nous n'avaient jamais vu ni jungle ni Japonais et c'est terrible de perdre une guerre... Je n'avais que dix-huit ans quand j'arrivai à Changi.

— Ces Japs, je ne peux pas les sentir ! déclara Pugmire.

Les autres opinèrent du bonnet mais Marlowe protesta :

— Ce n'est pas juste, ils n'ont fait que jouer le jeu selon leurs règles. De leur point de vue, Changi était justifié. C'étaient des soldats extraordinaires, qui combattaient jusqu'au bout et ne se laissaient pas capturer. Selon leur éthique, nous nous étions déshonorés en nous rendant. D'ailleurs je me sentais déshonoré...

— A tort, dit Gornt. Il n'y a aucun déshonneur à être prisonnier.

— Il a raison, Peter, approuva Casey en posant la main sur le bras de Gornt.

— Mais qu'est-ce qui a provoqué la fureur et l'indignation de Grey ? demanda Dunstan Barre.

— Tout et rien. Il devint un farouche défenseur du règlement du camp, ce qui, pour beaucoup d'entre nous, était absurde puisque c'était un règlement japonais. Les conditions de Changi étaient très particulières : hommes et officiers enfermés ensemble, pas de courrier, pas de nourriture, un taux de mortalité très élevé, la malaria, la dysenterie. C'est vrai, King était un homme d'affaires habile, il mangeait bien quand les autres n'avaient rien à se mettre sous la dent, il buvait du café et fumait des cigarettes roulées en usine. Mais sa roublardise sauva de nombreux prisonniers, y compris Grey : c'est la haine qu'il éprouvait pour King qui l'a maintenu en vie, j'en suis persuadé. King subvenait aux besoins de tout le groupe américain, une trentaine d'hommes au total, officiers et soldats. Oh ! ils travaillaient en échange, mais sans lui ils seraient morts. En tout cas, moi je n'aurais pas survécu, je le sais... Je prendrais bien un cognac, maintenant, Mr. Gornt.

Le propriétaire de la *Sorcière des Mers* emplit un verre.

— Qu'est devenu ce King après la guerre ? voulut-il savoir.

— Je n'en sais rien.

— Vous ne l'avez jamais revu ? fit Casey, surprise.

— Non. J'ai essayé de le retrouver. En vain.

— C'est souvent le cas, commenta Gornt d'un ton désinvolte. Lorsqu'on quitte son régiment, on efface tout, dettes et amitiés.

Il regarda Casey, qui lui sourit. Tout va pour le mieux, se dit-il en pensant au grand lit de sa cabine.

Dans l'ascenseur qui la conduisait au sixième étage du V & A, Riko Anjin-Gresserhoff sentait des regards s'attarder sur elle. Ils n'étaient pas, comme en Europe, lourds de désir, mais chargés de haine. L'ascenseur s'arrêta, elle sortit dans le couloir, se dirigea vers sa suite. Le groom préposé à l'étage ne se précipita pas pour lui ouvrir sa porte comme il le faisait avec les autres clients.

Une fois dans le petit salon où un bouquet de fleurs offert par Struan écrasait de sa masse un fragile guéridon, elle ferma à double tour et défit l'emballage du cadeau de Dunross. Dans l'écrin tendu de velours noir, elle découvrit, attaché à une fine chaîne en or, un pendentif en forme de corne d'abondance dont la surface lisse et verte accrochait la lumière. Elle le passa aussitôt à son cou ; une vague de chaleur l'inonda lorsqu'elle sentit la pierre contre sa poitrine. C'était la première fois qu'on lui offrait un bijou en jade.

Sous le fond de l'écrin, Riko trouva une enveloppe fermée par un sceau de cire rouge. Elle l'ouvrit, examina attentivement les chiffres, les lettres et les symboles alignés sur les onze feuillets. Un petit sourire satisfait lui monta aux lèvres. Elle s'installa au bureau, prit du papier à lettres de l'hôtel et commença à recopier soigneusement la première feuille.

Quand elle eut terminé, elle relut puis glissa les copies dans une enveloppe de l'hôtel qu'elle cacheta. Elle sortit ensuite de son sac une enveloppe ordinaire dans laquelle elle mit les originaux, un bâton de cire rouge qu'elle amollit à la flamme d'une allumette avant d'apposer un sceau sur chacune des enveloppes. Puis elle affranchit l'enveloppe contenant les copies et l'adressa à R. Anjin, BP 154, Poste centrale de Sydney, Australie.

Le téléphone sonna mais elle ne décrocha pas. Elle fourra les deux enveloppes dans son sac, vérifia qu'elle n'avait pas laissé de traces en creux sur le buvard du bureau en faisant son travail de copiste et alla prendre une petite bouteille d'eau minérale dans le réfrigérateur. Elle repensa au déjeuner avec Dunross et se demanda si elle avait eu raison d'accepter sa double invitation pour le soir même : cocktail puis dîner. Repas en tête à tête ou avec d'autres invités ? La jeune femme ne savait pas si elle souhaitait l'un ou l'autre.

Elle songea au petit homme presque chauve et peu soigné dont elle avait été la femme pendant quatre ans, aux journées et aux nuits qu'elle avait passées seule. Hans Gresserhoff disparaissait des semaines entières sans rien lui dire. C'était un être secret, qui ne parlait jamais de son travail. Le jour de leur mariage, il lui avait cependant expliqué ce qu'elle devrait faire s'il venait à mourir : « Quitte immédiatement Zurich, laisse tout ici sauf un sac de voyage et quelques affaires. Rends-toi à Genève, dans une banque de la rue Charles où j'ai loué un coffre dont voici la clef. Tu y trouveras de l'argent et des lettres. Suis scrupuleusement les instructions qu'elles contiennent. »

Riko avait obéi, non par amour mais par devoir. Dans le coffre, elle avait trouvé également un passeport suisse qui lui donnait un autre nom et la faisait naître à Berne, vingt-trois ans plus tôt.

A présent qu'elle avait presque fini le travail que son mari lui avait confié, elle se sentait libérée du passé. Son nouveau passeport paraissait authentique, elle n'avait aucune raison de retourner en Suisse.

76

17 h 10

Orlanda conduisait sa petite voiture sur la route menant à son appartement de Rose Court. Bartlett, assis à côté d'elle, lui avait passé un bras autour des épaules. Après le déjeuner, elle l'avait emmené dans la partie sud-est de l'île pour lui montrer les maisons de campagne des taï-pans, disséminées dans un paysage vallonné, toujours à proximité de la mer. Ils avaient ensuite remonté la route qui serpentait jusqu'à Repulse Bay, s'étaient arrêtés pour prendre le thé sous la véranda d'un magnifique hôtel puis étaient repartis, avaient longé Deep Water Cove pour s'arrêter de nouveau à Discovery Bay.

— Regarde, là-bas, Linc. Castle Tok ! s'était exclamé Orlanda en désignant une sorte de château normand perché en haut d'une falaise. Pendant la guerre, des soldats canadiens défendirent cette partie de l'île contre les Japonais et se retranchèrent dans le château. Quand ils durent se rendre, il ne restait que deux cent cinquante survivants. Les Japonais les conduisirent sur la terrasse et les forcèrent à sauter du haut de la falaise. Tous, y compris les blessés.

— On le dirait sorti tout droit d'un roman de chevalerie. Tu l'as visité ?

— Non. C'est, paraît-il, la copie d'un château français appartenant à l'origine à Sir Cha-sen Tok, Tok-le-bâtisseur, un milliardaire qui avait fait fortune dans le fer-blanc. On raconte qu'à l'âge de cinquante ans, il alla trouver un astrologue qui lui conseilla de faire bâtir une « grande maison » s'il ne voulait pas mourir. Tok fit donc construire des manoirs dans une douzaine d'endroits, et le dernier de la série fut Castle Tok. Il avait alors quatre-vingt-neuf ans mais était resté fort vigoureux. L'histoire veut qu'il décida de ne plus rien bâtir et qu'il mourut, un mois plus tard.

— Tu es sûre que tu ne viens pas de l'inventer, cette histoire ?

— Non, mon chéri, elle est authentique. Évidemment, on ne sait jamais vraiment où commence le mensonge, où finit la vérité

— Moi je sais que je suis fou de toi.

Ils étaient revenus par Aberdeen, qu'ils voyaient à présent s'étendre sous eux. La voiture gravit la pente, s'enfonça dans les nuages entourant les hauteurs et émergea quelques instants plus tard du cocon de brume. Bartlett s'abandonnait au plaisir de regarder Orlanda, parfois troublé par le retour de préoccupations plus graves. Juste avant le déjeuner, il avait reçu de Banastasio un coup de téléphone et des excuses qui n'étaient en fait que de nouvelles menaces.

— Linc, on fait la paix, d'accord ? C'est con de se bouffer le nez, comme ça. Ce soir, je t'invite au San Francisco, dans Nathan Road. Les steaks y sont terribles !

— Non, merci, je ne suis pas libre, avait répondu Bartlett d'un ton froid. D'ailleurs tu t'es parfaitement fait comprendre hier, restons-en là. Nous nous reverrons à la réunion annuelle des actionnaires, si tu y assistes.

— Hé, Linc, c'est moi, ton vieux pote ! Celui qui t'a filé du fric quand tu en avais besoin. On t'a aidé, non ?

— En échange de votre argent, vous avez reçu des actions qui constituent le meilleur investissement — légal — que vous ayez jamais fait, tes amis et toi. En cinq ans, vous avez doublé votre capital.

— C'est vrai. Et maintenant on veut avoir voix au chapitre. Normal.

— Et les armes, c'est normal aussi ? avait demandé Linc, mû par une inspiration soudaine.

Après un silence, Banastasio avait répondu :

— Quelles armes ?

— Celles qui étaient cachées à bord de mon avion. Les M14 et les grenades volés à l'armée.

— Première nouvelle. En tout cas, tu ferais mieux de changer d'attitude à notre égard.

— Pas question. Je ne changerai d'avis ni maintenant ni plus tard.

Bartlett avait entendu la respiration de Banastasio à l'autre bout du fil puis le déclic mettant fin à la communication. Aussitôt il avait téléphoné à Rosemont.

— Ne vous en faites pas, Linc, l'avait rassuré l'homme de la CIA. Notre organisation va recourir aux grands moyens.

— Du nouveau au sujet des armes ?

— Vous êtes blanchi, la police de Hong-Kong ne vous tient plus pour suspect. Vous en serez officiellement avisé demain.

— Elle a découvert quelque chose ?

— C'est nous qui avons trouvé du neuf. Notre enquête a révélé qu'un des veilleurs de nuit de l'aéroport, à LA, avait vu deux types traîner autour de votre hangar.

— Vous avez arrêté quelqu'un ?

— Non, et nous ne pincerons peut-être personne. Mais, rassurez-vous, Banastasio cessera de vous embêter avant longtemps.

Voyant son compagnon soucieux, Orlanda lui demanda :

— Qu'y a-t-il, chéri ?
— Rien. Je pensais que la peur peut détruire un homme s'il ne la surmonte pas.

Orlanda ralentit pour contourner un tas de boue. La pente se faisait plus raide, l'eau cascadait dans les caniveaux. Le véhicule rasa un haut mur de retenue lorsqu'elle tourna dans Kotewall Road puis dans Rose Court. La jeune Eurasienne hésita un moment avant d'engager sa voiture sur la rampe conduisant au garage.

— C'est l'heure du cocktail, déclara-t-elle.
— Formidable, dit Bartlett d'une voix rauque sans la regarder.

Dans l'ascenseur, deux Chinois portant des plateaux de toasts leur demandèrent où se trouvait l'appartement de la société Asian Properties.

— Au cinquième, répondit Orlanda.

Quand les Chinois furent sortis, elle ajouta :

— C'est Asian Properties qui a construit l'immeuble. Jason Plumm et Quillan sont de grands amis. Quillan est encore propriétaire de l'appartement terrasse mais il le loue depuis que nous avons rompu.
— Je suis content que tu l'aies quitté.
— Moi aussi, dit Orlanda avec un tendre sourire. Maintenant je le suis.

Bartlett remarqua qu'elle glissait sa clef dans la serrure de la porte d'entrée avec des doigts tremblants.

— Entre, Linc. Thé, café, bière ou cocktail ?

Elle ôta ses chaussures et leva les yeux vers Bartlett, qui tendait l'oreille pour savoir s'il y avait quelqu'un d'autre dans l'appartement.

— Nous sommes seuls, murmura Orlanda.
— Comment peux-tu deviner mes pensées ?

Il la prit par la taille, la serra contre lui.

— Orlanda...
— Je sais, mon chéri, souffla-t-elle d'une voix rauque qui acheva d'enflammer Linc.

Il sentit ses lèvres s'ouvrir sous les siennes, son ventre se coller contre le sien. Ses mains caressèrent son corps et sentirent les mamelons durcis de ses seins, les battements affolés de son cœur. Orlanda tenta de le repousser mais cette fois il la maintint contre lui et appuya son baiser. Elle cessa de résister, lui passa de nouveau les bras autour du cou et pressa ses cuisses contre lui. Ils interrompirent leur baiser mais restèrent enlacés.

— Je t'aime, Linc.

— Je t'aime, Orlanda.

Bartlett prit lui-même conscience de la véracité de cette déclaration au moment où il la prononçait, et cet aveu le consuma. Ils s'embrassèrent de nouveau en se prodiguant des caresses qui les embrasaient. Orlanda, dont les jambes se dérobaient sous elle, s'appuya de tout son poids contre Linc, qui la souleva et la porta dans la chambre. Les rideaux qui descendaient du plafond pour encadrer le lit remuaient doucement dans la brise fraîche pénétrant par la fenêtre ouverte.

— Sois tendre, mon chéri, murmura-t-elle. Oh ! comme je t'aime.

De la poupe de la *Sorcière des Mers,* Casey adressa un signe de la main à Dunstan Barre, Pugmire et Plumm, qui venaient de descendre à terre. Marlowe et les filles avaient déjà quitté le bord à Kowloon et le yacht retraversait le port. Gornt avait persuadé Casey de rester :

— Il faut que je retourne à Kowloon, j'ai rendez-vous aux Neuf Dragons. Vous voulez bien me tenir compagnie ?

Elle avait accepté. Rien ne la pressait, elle aurait largement le temps de se changer pour le cocktail auquel Plumm l'avait invitée pendant la promenade en mer. En outre, elle avait décidé de remettre à la semaine prochaine le dîner avec Lando Mata.

Lorsque le bateau avait quitté Sha Tin, elle avait

somnolé sur le pont, chaudement enveloppée. Les autres invités s'étaient dispersés : Marlowe seul à l'avant, étendu dans un transat, Barre, Plumm et Pugmire en bas avec les filles. A l'heure du thé, les trois hommes étaient remontés, l'air satisfait, les cheveux en bataille.

— Bien dormi ? leur avait demandé Gornt en souriant.

— Excellemment, avait répondu Plumm.

Je m'en doute, avait pensé Casey, en détaillant la fille qui le suivait comme son ombre, une grande brune au corps svelte et au visage rieur nommée Weiwei.

Plus tôt dans l'après-midi, quand Casey s'était trouvée seul sur le pont avec Gornt, elle lui avait demandé :

— Est-ce que tous les hommes de Hong-Kong ont une maîtresse ?

— Grand Dieu non ! Cependant hommes et femmes ne vieillissent pas au même rythme. Pour parler crûment, l'amour, le mariage et le lit sont trois choses différentes.

— La fidélité n'existe pas ?

— Si, bien sûr mais elle ne signifie pas la même chose pour un homme que pour une femme.

— C'est injuste.

— Oui. Et rien ne changera tant que vous le tolérerez.

— Je pense à ces millions de femmes qui s'échinent comme des esclaves pendant des années, frottent et récurent, soignent leur mari, s'occupent des enfants, pour se faire finalement rejeter sous prétexte qu'elles sont vieilles.

— N'accusez pas les hommes. C'est la société qui est responsable.

— Et qui dirige la société ? Les hommes !

— C'est injuste, je le reconnais, mais c'est injuste aussi pour les hommes. Moi je pense à ces millions d'hommes qui s'échinent comme des esclaves pour gagner l'argent que d'autres — le plus souvent des femmes — dépenseront. Regardez les choses en face, Ciranoush, les hommes doivent travailler jusqu'à leur mort pour subvenir aux besoins d'épouses qui, en règle générale, deviennent en vieillissant des mégères insupportables. Prenez celle de Pugmire, par exemple ! Et je pourrais vous en nommer cent qui, par simple manque de volonté, engraissent et enlaidissent. Il y a aussi celles qui jouent de leur corps pour séduire, qui ferrent le poisson en se faisant mettre enceintes puis rendent la vie impossible à leur mari et réclament le divorce, assorti d'une pension alimentaire exorbitante. Linc Bartlett, par exemple, sa merveilleuse épouse lui en a fait voir de toutes les couleurs, non ?

— Vous savez cela ?

— Naturellement. Je me suis renseigné sur vous comme vous l'avez fait sur moi. Vous trouvez les lois américaines équitables en matière de divorce ? On partage tout moitié moitié puis le malheureux mâle américain attend que le tribunal lui dise quelle partie de ses 50 p. 100 il pourra garder.

— C'est vrai, la femme de Linc et son avocat l'ont presque mis sur la paille, mais toutes les femmes ne sont pas comme elle. La condition féminine reste en général très pénible.

— Les vraies femmes ne la subissent pas — je parle de femmes comme vous ou Orlanda, qui savent ce que féminité signifie...

Gornt avait soudain souri avant d'ajouter :

— Naturellement, elles nous accordent en échange ce qui nous est indispensable, à nous pauvres diables, pour demeurer en bonne santé.

Casey avait souri elle aussi mais elle aurait préféré abandonner un terrain qui devenait dangereux. Elle l'avait regardé, campé sur ses jambes, oscillant légèrement, dégageant une impression de force, et l'avait trouvé beau. Le vin, la nourriture et le désir qu'elle sentait en lui avaient amoindri ses défenses. Que ferai-je quand ce désir s'exprimera ? s'était-elle demandé. Répondrai-je oui, non, peut-être, la semaine prochaine ?

Elle remua doucement dans son transat, ferma les yeux et se rendormit, bercée par la houle et le ronron des moteurs. Lorsqu'elle se réveilla, quelques minutes plus tard, d'un sommeil sans rêve, quasi fœtal, Gornt se trouvait devant elle et la regardait. Ils étaient à nouveau seuls, le capitaine cantonais avait pris la barre.

— Vous êtes belle quand vous dormez.

Elle se redressa sur un coude.

— Quel homme étrange vous faites. Moitié démon, moitié prince, alternativement plein de compassion ou impitoyable. Vous avez été formidable avec Peter.

Gornt garda le silence.

— Je... Je crois que Linc est tombé amoureux d'Orlanda, poursuivit-elle.

Comme il se contentait de la regarder sans rien dire, elle ajouta :

— Et elle est amoureuse de lui... (nouveau silence)... Est-ce que cela fait partie d'un plan ?

— C'est vous qui êtes étrange, Ciranoush, répondit Gornt en riant.

— Appelez-moi Casey, s'il vous plaît.

— Je n'aime pas ce nom. Puis-je vous appeler Kamalian ?

— Casey.

— Ciranoush aujourd'hui, Casey demain et Kamalian mardi au dîner ? lorsque nous conclurons notre marché ?

La méfiance de la jeune femme se réveilla aussitôt, sans même qu'elle en prît conscience.

— C'est à Linc de décider.

— Exact. Quant à Orlanda et Linc, c'est à eux de décider. L'idée que je pourrais me servir d'elle, de façon machiavélique, est tout bonnement absurde. A mon tour de vous poser une question : êtes-vous amants, Linc et vous ?

— Pas au sens conventionnel du terme, mais je l'aime, si c'est ce que vous voulez savoir.

— Alors vous allez l'épouser ?

— Peut-être.

Sentant le regard de Gornt sur son corps, Casey ramena autour d'elle la couverture qui avait glissé. La *Sorcière des Mers* doubla la jetée et pénétra dans les eaux du port de Kowloon.

— Magnifique ! s'exclama Casey, les yeux tournés vers le Pic enveloppé de nuages.

— Voulez-vous visiter le yacht, maintenant ?

— Avec plaisir.

Gornt la conduisit d'abord à l'avant, où les cabines, nettes et bien rangées, ne donnaient pas l'impression d'avoir été utilisées quelques heures plus tôt. Chacune était équipée d'une douche et de toilettes.

— La pénurie d'eau présente parfois des avantages, dit Gornt. En ce moment, les dames apprécient d'autant plus notre compagnie qu'elles peuvent se doucher tout leur soûl.

Il l'emmena ensuite à l'arrière, dans la grande cabine où le lit semblait une invite. Casey entendait son cœur battre à ses oreilles et lorsqu'il ferma la porte d'un geste nonchalant et lui prit la taille, elle ne se recula pas. C'était la première fois qu'elle embrassait un homme portant la barbe. Le corps de Gornt était d'une dureté agréable, ses lèvres fermes avaient un goût de cigare. Casey se sentait bien dans ses bras.

Et Linc ?

La question jaillit subitement dans son esprit et, pour la première fois, elle sut avec clarté que c'était lui qu'elle voulait, non Par-Con ou le pouvoir. Oui, Linc seulement, se dit-elle. Et, ce soir, je lui proposerai de mettre fin à notre attente.

— Pas maintenant, souffla-t-elle d'une voix rauque.

— Quoi ?

— Non, désolée, nous ne pouvons pas, c'est impossible. Mardi, peut-être...

Gornt tint la jeune femme à bout de bras et la dévisagea longuement. Elle soutint son regard aussi longtemps qu'elle le put puis se blottit contre lui, rassurée, certaine de l'avoir convaincu. Elle attendait qu'il lui propose, d'une voix pleine de compréhension, de remonter sur le pont.

Soudain elle se sentit soulevée. Avant qu'elle ait pu réagir, il la coucha sur le lit, l'embrassa avec violence en pétrissant son corps. Casey voulut résister mais il lui emprisonna les mains et s'insinua de force entre ses jambes. Elle avait beau se débattre, elle ne parvenait pas à se dégager. Il l'embrassa de nouveau et Casey, impuissante, ne savait plus si elle voulait résister ou succomber. Tout à coup, aussi abruptement qu'il avait porté son assaut, Gornt la lâcha et roula sur le côté en riant.

— Allons prendre un verre, suggéra-t-il sans rancœur.

— Salaud ! fit Casey, haletante.

Il se souleva sur un coude et la regarda d'un œil malicieux.

— Casey, vous êtes une menteuse mais je me garderai bien de vous en administrer la preuve de force.

Furieuse de le voir aussi maître de lui alors qu'elle avait failli perdre la tête, elle se jeta sur lui, toutes griffes dehors. Il lui emprisonna les mains sans effort et murmura d'un ton apaisant :

— Tout beau, tout beau. Calmez-vous, Ciranoush. Si j'avais vraiment voulu vous violer, vous n'auriez pas fait le poids. Vous auriez pu crier, hurler, l'équipage n'aurait rien entendu.

— Espèce de...

— Assez ! J'ai simplement voulu vous donner une petite leçon — vous faire une farce, si vous préférez.

Il la libéra et elle se releva maladroitement, encore pantelante. Elle s'approcha du miroir, remit de l'ordre dans sa tenue et le voyant dans la glace nonchalamment étendu, un sourire aux lèvres, elle s'exclama :

— Vous êtes un foutu salopard !

Gornt partit d'un grand rire. Consciente de l'absurdité de la scène, Casey commença à pouffer et bientôt ils furent pris tous deux de fou rire, lui, sur le lit, les bras en croix, elle, pliée en deux devant la coiffeuse.

Sur le pont, ils burent le champagne en amis et lorsque le yacht accosta à Kowloon, Casey embrassa Gornt de nouveau et dit :

— Merci de cette agréable journée. A mardi, si ce n'est avant !

Elle descendit à terre, lui fit longuement signe de la main et rentra.

Wu-le-bigle rentrait aussi chez lui, épuisé, nerveux et plein d'appréhension. Le sentier qui serpentait à travers le labyrinthe de baraques de la zone de réfugiés située au-dessus d'Aberdeen était escarpé et glissant. La boue avait tout envahi ; de la fumée montait encore des taudis détruits que le feu avait ravagés après le glissement de terrain. Wu contourna la fosse où Cinquième-nièce avait failli mourir l'avant-veille et dans laquelle un nouveau glissement avait précipité une centaine de baraques.

La boutique de la marchande de bonbons avait disparu, la vieille femme qui la tenait aussi.

— Où est-elle ? demanda le policier à un Chinois qui cherchait dans les débris des morceaux de carton, des planches pouvant encore servir.

L'homme haussa les épaules et continua à fouiller les décombres.

— Et plus haut, c'est comment ?

— Comme en bas. Certains sont morts, d'autres s'en sont tirés. C'est le *joss*.

Wu le remercia et repartit, enfonçant ses pieds nus dans la boue, ses chaussures à la main. Dès que la radio avait annoncé la nouvelle, Armstrong lui avait donné la permission de se rendre dans la zone où habitait sa famille. « Mais, fais vite, avait précisé le commissaire. L'interrogatoire reprend à sept heures. »

En gravissant la pente, le Bigle serrait dans sa poche la liasse de dollars qu'il avait gagnés aux courses. Le contact des billets le rassurait, dissipait sa crainte. Déjà les habitants des taudis détruits s'affairaient pour relever les murs de carton, reposer les toitures de tôle. Wu approchait, encore une centaine de mètres et il serait près des siens.

Au sortir du tournant que faisait le sentier, il se figea : là où auraient dû se trouver les baraques de la famille et les taudis voisins, il n'y avait plus qu'une profonde faille au fond de laquelle s'entassaient des débris. Il reprit lentement son ascension, frappa à la porte d'une cabane restée intacte. Une vieille ouvrit, la mine soupçonneuse.

— Pardon, Honorable Dame, je suis le fils de Wu Cho-tam, de Ning-tok...

Yang-n'a-qu'une-dent se lança avec volubilité dans des explications en shanghaien auxquelles le Bigle ne comprenait goutte. Il la remercia néanmoins et alla frapper à une autre porte.

— Excusez-moi, que s'est-il passé ? Ma famille vivait là, dit-il en montrant le fossé.

Le voisin de Yang répondit dans un dialecte cantonais que Wu connaissait :

— C'est arrivé cette nuit. On a d'abord entendu un grondement, plus fort que le bruit du vieil express de Canton, puis des cris, des appels à l'aide. Ensuite les baraques ont pris feu, comme l'année dernière, mais la pluie a empêché l'incendie de se propager. Vous pouvez remercier les dieux de ne pas avoir couché ici hier soir, conclut l'homme avec un sourire de sa bouche édentée.

Wu redescendit près de la faille, en scruta le fond.

— Le Bigle ! Wu-le-policier ! entendit-il.

En se retournant, il découvrit un des anciens du secteur, originaire lui aussi de Ning-tok.

— Plusieurs de tes parents sont là-haut, dit le vieillard en désignant une grappe de baraques. Dans la maison de ton cousin Wu Wam-pak.

— Combien y a-t-il eu de victimes ?

— Comment le saurais-je, fornication ? Je ne suis pas le gardien de la zone. Des dizaines, sans doute.

Le policier remercia le vieil homme et monta chez son cousin. Dans la cabane il découvrit Neuvième-oncle, Grand-mère, la femme de Sixième-oncle et ses quatre enfants, l'épouse de Troisième-oncle et son bébé, Cinquième-oncle, dont le bras cassé était serré entre des attelles de fortune. Il en manquait sept.

— Et les autres ?

— Sous la terre, répondit la grand-mère. Tiens, bois une tasse de thé.

— Merci, vénérée Grand-mère. Et Grand-père ?

— Il est passé au Néant avant le glissement de terrain.

— C'est le *joss*. Et Cinquième-nièce ?

— Disparue, enfouie quelque part.

— Elle vit peut-être encore ?

— Peut-être. Sixième-oncle la cherche là en bas. Elle, c'était une bouche inutile mais mes fils et mes petits-fils ?

— C'est le *joss*, répéta le Bigle. Nous brûlerons des bâtonnets pour qu'ils puissent renaître. Et la fabrique, Neuvième-oncle, elle est détruite ?

— Non, grâce aux dieux, elle est intacte, répondit le vieillard d'une voix sourde.

Il avait miraculeusement réussi à s'extirper de la mer de boue qui avait englouti sa femme et ses enfants.

Le Bigle se sentit un peu soulagé : c'était là que se trouvaient les journaux et le matériel avec lequel il composait les rapports « Combattant de la Liberté ».

— Bon. Demain, Cinquième-oncle achètera une

machine à faire du plastique et nous fabriquerons nous-mêmes les pétales de fleur.

— Avec quel argent ? répliqua Cinquième-oncle. Où trouveras-tu les...

Il s'interrompit en voyant la liasse de dollars que le Bigle venait de sortir de sa poche.

— *Ayiiya !* honorable Frère-cadet, tu as enfin pris la sage décision de travailler avec le Serpent !

— Sage, en effet, fit Neuvième-oncle en écho. Que les dieux protègent l'honorable Frère-cadet !

Wu ne les démentit pas, il savait que ses protestations seraient vaines. Il sortit et retrouva dehors le cousin propriétaire de la cabane, avec qui il discuta du prix à payer pour accorder un abri aux survivants jusqu'à ce qu'ils aient reconstruit leur maison. Estimant qu'il avait fait pour le clan Wu tout ce qui était en son pouvoir, le Bigle redescendit vers le QG de la police, le cœur gros, plein de colère à l'égard des dieux, injustes ou insouciants, qui avaient frappé si durement la famille.

Ne sois pas bête, s'ordonna-t-il. C'est le *joss*. Tu es riche à présent, tu as un bel avenir à la SI, un sacré filon à exploiter avec « Combattant de la Liberté ». Quand même, pauvre Cinquième-nièce, si douce, dont la mort n'avait pas voulu un jour plus tôt...

— Les dieux sont les dieux, murmura-t-il avec lassitude.

Il songea que c'étaient les dernières paroles qu'il l'avait entendue prononcer puis la chassa de ses pensées.

77

18 h 30

De sa démarche claudicante, Ah Ta monta le large escalier de la Grande Maison puis s'engagea dans la Galerie. Elle marmonnait avec une crainte superstitieuse des propos indistincts à l'adresse des portraits dont le regard semblait la suivre. Il y a trop de fantômes dans cette demeure, pensait-elle. Elle y était née quatre-vingt-cinq ans plus tôt, y avait grandi et connu la plupart des personnages représentés sur les tableaux.

Comme chaque fois qu'elle apercevait du coin de l'œil le poignard que la Hag avait planté dans le portrait de son père, la vieille servante frissonna. Quelle terrible femme, celle-là ! se dit-elle. *Diou ne lo mo*, elle avait dans la Porte-en-jade un démon insatiable, sans doute parce qu'elle avait épousé le fils alors qu'elle désirait le père, le Taï-pan, dont elle porta secrètement le deuil toute sa vie. *Ayiiya*, il en est passé des hommes dans son lit, des barbares de toutes nations, âges et tailles, qu'elle jetait au rebut lorsqu'elle les avait vidés de leur suc.

La Porte-en-jade et le Moine-borgne ont beau se

mêler, ils se consument éternellement de désir. Les dieux en soient remerciés, mes parents m'ont permis de faire vœu de chasteté, de consacrer ma vie à l'éducation des enfants, sans jamais être déchirée par le Bâton-viril, qui nous change à jamais. Toutes les femmes n'ont pas besoin d'hommes pour accéder au ciel ; certaines, dans leur sagesse, préfèrent les caresses féminines. La Hag aussi connut bien des filles, surtout dans son vieil âge, mais leurs jeunes corps lui donnaient du plaisir sans pleinement la satisfaire. Combien de fois ne lui ai-je pas conseillé, moi, son unique confidente, de mettre dans son lit non une femme ou un barbare mais un homme civilisé, seul capable d'éteindre l'incendie qui la dévorait ?

Pauvre folle ! Comme l'impératrice douairière, elle était hantée par des rêves de pouvoir et de luxure que rien ne pouvait dissiper. Malédiction ou pas, la Maison ne connaîtra pas la paix avant que quelqu'un ne retire ce poignard et ne le jette à la mer, se dit Ah Tat en coulant un regard vers l'arme.

Sans frapper à la porte, la vieille se glissa silencieusement dans la chambre et s'approcha du lit. C'était le moment qu'elle aimait le plus : lorsque cet homme, son enfant, dormait sous ses yeux, et qu'elle pouvait le contempler à loisir, sans être dérangée par Première-épouse.

En voilà une sotte, pensa la servante. Pourquoi se refuse-t-elle à remplir son devoir en cherchant pour mon fils une autre femme, plus jeune, qui lui donnerait d'autres enfants ? Cette maison manque de fils. Quelle bêtise de compter sur un seul rejeton pour assurer sa descendance ! Et quelle bêtise de partir, de laisser seul cet étalon, à la merci de la première tentatrice venue, qui lui fera gaspiller sa semence dans des pâturages étrangers ! Cette barbare ne comprend pas qu'il faut protéger la Maison.

Elle le vit ouvrir les yeux et s'étirer.

— C'est l'heure de te lever, mon fils, annonça-t-elle en s'efforçant de prendre un ton autoritaire.

— Oui, Mère, grogna Dunross en cantonais à travers un bâillement.

Il secoua la tête comme un chien qui s'ébroue, s'étira à nouveau, se leva et se dirigea vers la salle de bain. Ah Tat examina le corps nu d'un œil critique : les jambes étaient puissantes, les flancs minces et souples, le *yang* vigoureux. Satisfaite, elle bougonna :

— Il y a de l'eau chaude dans le seau. Et n'oublie pas de te laver les dents.

— Où est Première-fille ? l'entendit-elle crier de la salle de bain.

— Ah ! Est-ce que je sais ? Elle rentre, elle sort, toujours avec ce barbare. Il ne me plaît pas du tout. Marie-la au plus vite ou flanque-lui une bonne volée... Mange avant de partir, surtout.

La vieille fit le lit et quitta la chambre en marmonnant. Dunross finissait de se sécher lorsqu'elle revint annoncer :

— J'oubliais : il y a un barbare qui attend en bas.

— Qui ça ?

— Un barbare, fit la servante en haussant les épaules.

Dunross sortit de la salle de bain.

— Il m'a donné sa carte, reprit Ah Tat en fouillant ses poches. Ah ! voilà. Tiens.

Dave Murtagh III, Royal Belgium and Far East Bank, lut Ian.

— Il y a longtemps qu'il est là ?

— Une heure, peut-être.

— Forniquent tous les dieux ! Pourquoi ne m'as-tu pas réveillé ?

— Tu me prends pour une vieille bête ? Qu'est-ce qui est le plus important : ce barbare ou ton repos ? *Ayiiya*, ta mère sait ce qu'il faut faire.

Dunross s'habilla à la hâte et descendit au salon, où il trouva Murtagh assoupi dans un fauteuil. Le bruit de la porte réveilla le banquier, qui bredouilla un bonjour.

— Je suis désolé de vous avoir fait attendre, s'excusa le Taï-pan. Je ne savais pas que vous étiez là.

— C'est sans importance. Votre vieille domestique m'avait menacé des feux de l'enfer si je faisais le moindre bruit, et je me suis endormi... Pardon de vous prendre au saut du lit mais j'ai une nouvelle à vous annoncer et je ne me fie pas au téléphone.

— Whisky ? proposa Dunross sans trahir son impatience.

— S'il vous plaît. Avec soda. Bon Dieu, je suis crevé.

Ian servit deux verres en résistant à l'envie d'interroger Murtagh.

— A votre santé, fit l'Américain... et à notre accord ! C'est dans la poche ! Ils ont râlé, ils ont pinaillé mais ils ont fini par accepter il y a une heure. Nous avons tout obtenu : 120 p. 100 du prix d'achat des navires, crédit à renouvellement automatique de cinquante millions, premier versement mercredi mais vous pouvez prendre des engagements dès lundi dix heures. C'est la proposition concernant les autres pétroliers qui a fait pencher la balance. Nous avons gagné, nom de Dieu !

Ian dut faire appel à toute sa maîtrise de soi pour ne pas pousser un cri de triomphe.

— Excellent, commenta-t-il d'une voix calme.

Murtagh secoua la tête avec effarement.

— Ces Anglais ! Je vous apporte sur un plateau un accord en or massif et tout ce que vous me dites, c'est : « Excellent ».

Ian éclata de rire, serra la main de l'Américain et le remercia.

— Ça va mieux comme ça ? lui demanda-t-il en souriant.

— Beaucoup mieux ! s'exclama Murtagh (il ouvrit sa serviette et en sortit une poignée de documents).

J'ai passé la nuit à les rédiger, ils sont conformes à notre accord : contrat principal, garantie personnelle, accord de la société — dix exemplaires de chacun.

— Nous allons parapher chacun un jeu, que l'autre gardera, et nous signerons officiellement demain, proposa le Taï-pan. Dix-neuf heures trente vous conviendrait ?

— Tout à fait.

— Reposez-vous pendant la journée, vous aurez une soirée agitée.

— Dans quel sens ?

— Vous n'êtes ni marié ni fiancé, une petite sortie ne vous fera pas de mal, non ? Je vous confierai aux bons soins d'un de mes amis d'Aberdeen, Wu-bouche-d'or, il s'occupera de vous... Pendant que j'y pense, je vous invite à déjeuner samedi prochain aux courses.

— Oh ! merci. On raconte que vous allez monter vous-même.

— Peut-être.

— J'oubliais : S.J. Beverly, notre président, attend votre coup de téléphone dans une heure. Simple formalité, tout est réglé. Un détail, cependant : S.J. insiste pour que notre accord reste secret.

— Cela me paraît difficile, répondit Ian. Qui a tapé les documents ?

— Ma secrétaire, mais elle est américaine : un tombeau.

Dunross hocha la tête sans conviction. Les précautions de Murtagh n'empêcheraient pas la nouvelle de s'ébruiter : l'échange de télex et de coups de téléphone entre New York et Hong-Kong avait sans doute éveillé l'intérêt d'un employé de la poste.

La porte d'entrée s'ouvrit et se referma en claquant.

— *Ah Tat !* cria Adryon.

La jeune fille se lança dans une longue tirade en cantonais qui se termina par ces mots :

— Et ma nouvelle blouse, elle est repassée ?

— La blouse, quelle blouse ? Pas la rouge, celle de Première-épouse...

— Elle est à moi, maintenant. Ah Tat, je t'avais demandé de...

— A moi ? tu n'as rien demandé du tout, ça, j'en suis s...

Murtagh soupira.

— Je ne me ferai jamais à la façon qu'ont les domestiques de vous répondre. Impossible d'avoir le dernier mot avec eux.

Dunross s'approcha de la porte du salon, l'entrouvrit et fit signe au banquier de le rejoindre. Adryon, les mains sur les hanches, criait en cantonais aux oreilles de Ah Tat qui ne l'écoutait pas et glapissait de son côté.

— Silence ! tonna Ian. Les deux femmes se turent et il poursuivit d'une voix normale :

— Adryon, ma parole, tu deviens comme Ah Tat.

— Oh ! bonjour, Père, dit la jeune fille avec un grand sourire. Est-ce que...

Elle s'interrompit en découvrant Murtagh, qu'elle examina avec un soudain intérêt. Attention, pensa Ian.

— Adryon, je te présente Dave Murtagh, vice-président pour l'Asie de la Royal Belgium and Far East Bank... Ma fille, Adryon.

Le banquier avait l'air ahuri.

— Vous, vous parlez chinois, Miss, euh, Dunross ?

— Naturellement. Cantonais. Vous êtes nouveau ici ?

— Non, je suis arrivé il y a plus de six mois...

Le Taï-pan regardait d'un œil amusé sa fille et l'Américain, qui avaient manifestement tous deux oublié sa présence. Il les laissa poursuivre leur conversation en songeant que Murtagh serait un rival idéal à jeter dans les jambes de Haply.

— Tu prends un verre avec nous, Adryon ? proposa-t-il au moment où la jeune fille allait se retirer.

— Merci mais je ne voudrais pas vous déranger.

— Nous avions terminé.

Adryon entra au salon et se retourna pour lancer à Ah Tat :

— Va repasser ma blouse, s'il te plaît. Je dois repartir dans un quart d'heure.

— *Ayiiya* sur ton quart d'heure, jeune princesse, grommela la vieille en s'éloignant.

Adryon reporta son attention sur Murtagh, qui se redressa, toute fatigue envolée.

— De quelle partie des États-Unis êtes-vous ?

— Du Texas, mademoiselle, mais j'ai passé de nombreuses années à Los Angeles, New York et La Nouvelle-Orléans. Vous jouez au tennis ? Nous avons d'excellents courts à l'American Club. Nous pourrions faire une partie la semaine prochaine.

— Avec plaisir. Vous êtes fort ?

— Oh ! non. Juste le niveau universitaire, mademoiselle.

— Très fort, autrement dit. Pourquoi ne pas m'appeler Adryon ?

Dunross servit à sa fille un verre de sherry et le lui tendit en souriant. Mon petit Murtagh, si tu n'étais pas le meilleur de ta faculté, tu vas te faire étriller, pensa-t-il. Un banquier dans la famille, pourquoi pas ? Dieu nous garde des Américains, mais celui-ci est texan, ce n'est pas tout à fait la même chose.

— ... non, Adryon, disait Murtagh. J'habite un appartement de West Point qui appartient à la banque.

Dunross regarda sa montre et feignit la surprise :

— Diable ! J'ai juste le temps de donner un coup de téléphone avant de partir...

Comme Murtagh se précipitait vers sa serviette, le Taï-pan continua d'un ton détaché :

— Adryon, puisque tu repars dans quelques minutes, pourrais-tu déposer Mr. Murtagh ?

— Non, ne vous dérangez pas, je prendrai un taxi, protesta le banquier.

— Oh ! cela ne me dérange pas. West Point est sur mon chemin, assura Adryon.

Ian sortit du salon sans que sa fille ou Murtagh s'en rendent vraiment compte, monta dans son bureau et ferma la porte. Il demeura un moment immobile sous le portrait de Dirk Struan, dont les yeux lui adressaient leur étrange sourire.

— C'était facile pour toi ou même pour la Hag, dit-il à voix haute. Quand quelqu'un se mettait en travers de ton chemin, tu le supprimais.

A sept heures juste, il décrocha le téléphone.

— Mr. Tip, s'il vous plaît. De la part de Ian Dunross.

— Bonsoir, Taï-pan. Comment allez-vous ?

Après l'échange rituel de banalités, le Chinois demanda :

— Quand la personne victime d'une injustice sera-t-elle libérée ?

Bien que Sinders ne lui eût donné aucune assurance, Dunross se jeta à l'eau :

— Demain au crépuscule, à Lo Wu.

— Vous vous en portez personnellement garant ?

— Je vous garantis que j'ai fait tout ce qui était en mon pouvoir pour persuader les autorités de le libérer.

— Ce n'est pas la même chose.

— Non, mais je suis...

Ian faillit dire « presque certain » et se ravisa. En cas d'échec, il perdrait à jamais la face et la confiance des Chinois.

— Écoutez, Mr. Tip, nous vivons des temps difficiles, les Vieux-amis ont besoin de s'entraider. J'ai appris, sous le sceau du secret, que la Special Branch a découvert tout récemment un réseau soviétique opérant à Hong-Kong. Sevrin — c'est son nom de code — a pour objectif de détruire le lien qui unit l'Empire du Milieu au reste du monde.

— Cela n'est pas nouveau, fit observer le Chinois. Russie tsariste ou Union soviétique, ce sont toujours des hégémonistes. Voilà quatre cents ans qu'ils cherchent à nous voler nos terres.

— Hong-Kong constitue votre seule ouverture sur le monde — le Diable-aux-yeux-verts a été le premier à le comprendre. Si les liens sont rompus entre vous et nous, seuls les hégémonistes en tireront profit. On m'a confié certains documents...

Le Taï-pan commença à réciter des extraits des rapports d'A.M.G. concernant Sevrin et la taupe infiltrée dans la police, comme s'il en avait eu le texte sous les yeux.

Lorsqu'il eut terminé, Tiptop lui posa une question :

— Ce document volé aux Russes et marquant pour ainsi dire la naissance de Sevrin, quelle date portait-il ?

— Il a été approuvé le 14 mars 1950 par L.B.

Le Chinois poussa un long soupir.

— Lavrenti Béria ?

— Je n'en sais rien, répondit Ian, conscient que ses révélations allaient causer des remous dans les relations sino-soviétiques.

— Serait-il possible d'examiner ce document ?

— Éventuellement.

Dunross se félicita d'avoir pris la précaution de photocopier les parties des rapports traitant de Sevrin.

— Et le document tchèque auquel vous vous référiez ?

— Également.

— Quelle date porte-t-il, celui-là ?

— 6 avril 1959.

— Ainsi nos prétendus alliés ne sont depuis toujours que des cœurs de loup et des poumons de chien ?

— J'en ai bien peur.

— Pourquoi l'Europe et certains capitalistes américains ne voient-ils pas *qui* est le véritable ennemi ?

— C'est en effet difficile à comprendre.

Après un silence, Tiptop déclara :

— Mes amis aimeraient sans doute beaucoup avoir une copie de ces documents...

Dunross essuya la sueur qui coulait sur son front.

— En qualité de Vieil-ami, j'ai le devoir de leur prodiguer toute l'aide dont je suis capable.

— A ce propos un de nos amis communs m'a téléphoné pour appuyer votre requête auprès de la Bank of China et une personnalité très influente de Pékin m'a fait savoir il y a quelques instants à peine que vous méritez amplement notre soutien. Excusez-moi, on sonne à la porte...

Le Taï-pan comprit que Tiptop voulait demander conseils ou instructions.

— Je peux rappeler plus tard si vous voulez ?

— Non, attendez un moment, si cela ne vous dérange pas.

Dunross entendit un bruit sourd, des chuchotements par-dessus l'écho lointain d'un poste de radio. Quelques minutes plus tard, Tiptop reprit le téléphone :

— Taï-pan ? Pourriez-vous nous faire parvenir rapidement les copies de ces documents ? Après votre réunion du matin, par exemple ?

— Certainement.

— Présentez mes amitiés à Mr. David MacStruan quand il arrivera.

Dunross faillit lâcher le combiné mais se reprit aussitôt.

— Je suis sûr qu'il me chargera de vous présenter les siennes. Comment va Mr. Yu ?

— Fort bien. Justement il m'a téléphoné de Canton cet après-midi : il aimerait avancer, si possible, la date de votre rendez-vous à dans deux semaines, lundi.

Dunross réfléchit. En principe, il devait se rendre à Tokyo à cette date pour négocier avec Toda le système de vente-*lease-back* qui avait de grandes chances de réussir désormais avec le soutien de la First Central.

— Ce lundi-là, ce me sera difficile. Je préférerais

dans trois semaines. Pourrais-je vous donner confirmation vendredi ?

— Entendu. Eh bien, Taï-pan, je ne vais pas vous retenir plus longtemps...

Et l'argent ? avait envie de hurler Dunross.

— Merci de ces informations, continua le Chinois. Nous tenons donc pour assuré que la personne sera à Lo Wu au coucher du soleil... Une dernière chose : si Mr. Havergill, le gouverneur et vous-même vous présentez demain à neuf heures à la Bank of China avec les papiers nécessaires, le milliard de dollars sera immédiatement transféré à la Victoria.

Ian ne tomba pas dans le piège.

— Merci. Malheureusement, le gouverneur ne sera pas disponible : des consultations avec le Premier ministre le retiendront à sa résidence jusqu'à midi. Cependant, je me ferai son interprète et j'apporterai sa garantie.

Il était naturellement exclu que le représentant de Sa Majesté vienne en quémandeur, la casquette à la main, pour ainsi dire, chez les représentants officieux de la RPC.

— Nous pourrions attendre jusqu'à midi pour permettre à Son Excellence de remplir ses obligations, répondit Tiptop d'une voix qui était presque un murmure.

— Après midi, le gouverneur sera avec la police anti-émeute — et l'armée — afin de faire face aux troubles fomentés par les hégémonistes, qui cherchent bien entendu à exploiter la situation. Comme vous le savez, Son Excellence est commandant en chef des forces de Hong-Kong.

Tiptop durcit le ton :

— Un commandant en chef ne peut-il consacrer un peu de son temps, si précieux soit-il, à une affaire de cette importance ?

Dunross demeura imperturbable, rompu qu'il était à l'art asiatique de la négociation.

— Il doit avant tout penser aux intérêts de la Colonie et de l'Empire du Milieu. Non, je crains qu'il ne lui soit impossible de se libérer avant la fin de la crise.

— Alors que suggérez-vous ? rétorqua le Chinois d'un ton hostile.

Le Taï-pan évita de répondre directement :

— J'y pense à l'instant : Son Excellence organise une réception aux courses samedi prochain pour nos plus éminents ressortissants chinois et il m'a prié de vous transmettre une invitation.

Tiptop évalua les implications politiques de la proposition et répondit :

— Remerciez-le de son amabilité. Je crois que je pourrai me libérer. Puis-je donner confirmation mardi ?

— Je me ferai un plaisir de lui communiquer votre réponse. Serez-vous à la banque à neuf heures, Mr. Tip ?

— Non. A vrai dire, je n'ai rien à voir dans cette affaire. Vos représentants rencontreront le directeur général.

Le Chinois ne parlait plus de la présence personnelle du gouverneur. Ai-je gagné ? se demanda le Taï-pan.

— Il serait peut-être utile que la nouvelle de l'accord soit confirmée à Radio Hong-Kong par les deux parties avant les informations de vingt et une heures, suggéra-t-il.

Tiptop eut un petit rire :

— La parole du Taï-pan de la Noble Maison devrait suffire à une station de radio capitaliste. Au revoir, Mr. Dunross.

Ian raccrocha d'une main tremblante. Il avait les muscles du dos endoloris, le cœur battant. Un demi-milliard ! se dit-il. Sans papiers, sans garantie, sans poignée de main — juste quelques coups de téléphone, quelques séances de négociation, et les billets seront prêts à neuf heures, dans un camion !

Nous avons gagné ! D'abord l'argent de Murtagh et maintenant celui de la Chine ! L'excitation qu'il avait réussi à canaliser jusqu'ici se libéra d'un coup en un cri de victoire, qui se transforma en un éclat de rire. Dunross sautilla sur place, poussa un nouveau mugissement et courut à la salle de bain ; il ôta sa chemise trempée de sueur sans prendre la peine de défaire les boutons et s'aspergea le visage.

La porte du bureau s'ouvrit brusquement, Adryon entra.

— Père ! appela-t-elle d'une voix anxieuse.

— Qu'y a-t-il ? fit Ian en sortant de la salle de bain.

— C'est à toi que je le demande : je t'ai entendu brailler comme un bœuf malade.

— Oh ! euh... je me suis cogné l'orteil. Tout va bien, tout va parfaitement bien.

— Alors je pourrais avoir mon propre appartement le mois prochain ?

Dunross faillit acquiescer mais se reprit à temps :

— Non, petite futée. Ne cherche pas à profiter de la situation.

— Mais papa...

— Non. Ouste !

Adryon regarda son père d'un air boudeur puis se mit à rire.

— Ce coup-ci, j'ai presque réussi à t'avoir. Tu vas où, maintenant ?

— Je suis invité chez Plumm, à Rose Court, pour fêter l'absorption de General Foods, mais je ne sais pas trop si...

— Martin trouve que tu as eu un trait de génie... si le marché ne s'effondre pas. J'ai répondu à cet idiot que tu allais tout arranger.

Le Taï-pan songea que la réception de Plumm serait l'occasion idéale pour parachever sa victoire.

— Murtagh est encore là ?

— Il attend en bas, nous allions partir. C'est un chou, ce garçon.

— Ne partez pas tout de suite, j'ai de bonnes nouvelles pour lui.

Adryon s'approcha de son père.

— Mon petit papa chéri, offre-moi mon appartement pour Noël, s'il te plaît.

— Quand tu seras à l'université, pas avant.

Elle lui passa les bras autour du cou.

— Pour Noël, s'il te plaît, papa chéri...

— Non, d'abord tu...

— S'il te plaît, s'il te plaît, s'il te plaît !

— Bon, d'accord. Mais pas un mot à ta mère, elle m'écorcherait vif !

78

19 h 15

Une brise chargée d'une odeur de mer agitait les rideaux encadrant le lit d'Orlanda. Bartlett s'éveilla, se demanda où il était. Aussitôt le souvenir de l'étreinte qui venait de l'unir à Orlanda envahit son esprit et lui fit battre le cœur un peu plus vite. Tout s'était merveilleusement passé, elle avait répondu à son désir avec la même passion et lui avait fait découvrir des sommets jusque-là inconnus de lui. Après l'amour, elle s'était levée, avait fait chauffer de l'eau dans la cuisine et lui avait épongé tout le corps avec une serviette humide et chaude.

— Désolé, mon chéri, pas moyen de prendre une douche, s'était-elle excusée.

Jamais l'Américain n'avait connu après l'amour des attentions aussi tendres, aussi douces, aussi peu égoïstes. La petite croix qui pendait au cou d'Orlanda miroitait dans la pénombre tandis qu'elle promenait la serviette sur la peau luisante de sueur. Peu à peu ses gestes étaient devenus caresses et une nouvelle fois les deux amants n'avaient fait qu'un avec les dieux avant de s'endormir.

Bartlett regardait distraitement les rideaux onduler

et n'osait bouger de crainte de réveiller Orlanda, de rompre le charme. Il sentait contre sa poitrine le souffle de la jeune femme, dont le visage semblait plus pur encore dans le sommeil.

Que faire ? se demanda-t-il. Rien pour le moment. Tu es libre et jamais une femme ne t'a donné autant de plaisir. Bon, tu as fait l'amour avec elle mais tu ne lui as rien promis. Pourtant, tu es sous le charme, mon vieux, elle t'a ensorcelé. Et c'est merveilleux.

Les yeux clos, il se laissa glisser dans le sommeil. Quand Orlanda s'éveilla, elle resta immobile afin de laisser Linc dormir, pour son plaisir comme pour le sien. Cela lui était parfois arrivé dans les bras de Gornt mais c'était différent. Elle avait toujours eu peur de Quillan ; le désir de lui plaire et la crainte d'oublier quelque chose la rendaient anxieuse. L'amour avec Linc, c'est tellement meilleur, se dit-elle. Je jure par la Madone d'être pour lui la plus merveilleuse des épouses. J'userai de mon esprit et de mon corps, de mes mains et de mes lèvres pour le satisfaire. Tout ce que Quillan m'a appris, je m'en servirai, et même ce qui me répugnait un peu deviendra avec Linc un plaisir. Mon corps, mon âme seront les instruments de son plaisir — et du mien, quand il aura appris, lui aussi.

Orlanda sourit en se pelotonnant contre la poitrine de Bartlett. Comparé à Quillan, Linc manque de technique mais il compense largement cette insuffisance par sa force, sa vigueur. Et sa tendresse. Ses mains et ses lèvres ont sur moi un effet magique.

Comme je saurai l'aimer ! J'apprendrai à apaiser sa colère quand il sera fâché, je lirai les revues économiques afin de pouvoir discuter avec lui. Après les Nuages et la Pluie, je ne parlerai pas, je me contenterai de le caresser, non pour réveiller son désir mais pour prolonger son plaisir. Je ne demanderai pas : « Tu m'aimes ? », je dirai : « Linc, je t'aime. » Bien avant que ma peau ne se flétrisse, je lui donnerai des fils pour l'amuser, des filles pour le ravir. Bien avant que je n'éveille plus son désir, je veillerai à ce qu'il trouve son plaisir ailleurs, avec une idiote au corps excitant. Je me montrerai indulgente, voire compatissante quand il connaîtra l'échec, car il deviendra moins viril en vieillissant. Moi, je tiendrai la caisse, je lui serai indispensable. Et quand il sera las de sa maîtresse, je lui en trouverai une autre. Oui, je serai sa *tai-tai* !

Un jour il me demandera d'aller au Portugal voir ma fille. Je refuserai plusieurs fois puis nous irons ensemble — quand je porterai notre fils dans mes bras. Il la verra, il l'aimera elle aussi, et cette ombre sera dissipée également.

Orlanda soupira d'aise. La tête sur la poitrine de Linc, elle se sentait merveilleusement bien, comme si son corps ne pesait plus rien. C'est tellement meilleur de faire l'amour sans précautions, pensa-t-elle. De sentir le flot du plaisir en se sachant jeune, fertile et prête, de s'abandonner totalement, délibérément, en priant pour que de l'union de deux vies naisse une vie nouvelle.

N'as-tu pas commis une folie ? Et s'il t'abandonnait ? Et s'il se mettait en colère et exigeait que tu ne gardes pas l'enfant ? Non, il ne fera pas cela, ne t'inquiète pas. Que la Madone et tous les dieux me viennent en aide ! qu'ils fassent croître en moi sa semence !

Bartlett remua, s'éveilla à demi.

— Orlanda ?

— Je suis là, murmura-t-elle. Comme tu es merveilleux ! Rendors-toi, nous avons tout le temps.

Elle se félicita d'avoir donné congé à son *amah* pour la journée et la nuit.

— Mais...

— Dors. Tout à l'heure, j'irai chercher à manger.

— Tu voudrais peut-être...

— Dors, mon chéri.

79

19 h 30

Trois étages plus bas, du côté de l'immeuble faisant face à la montagne, Wu-quatre-doigts regardait la télévision dans l'appartement de Venus Poon. En chaussettes, la cravate desserrée, il était affalé dans un fauteuil, près de la vieille *amah* assise sur une chaise. Tous deux riaient aux gags d'un vieux film de Laurel et Hardy.

— Hiiii, le Gros va se prendre le pied dans l'échafaudage ! gloussa le vieillard.

— Et le Maigre va le frapper avec la planche !

La scène les fit s'esclaffer bien qu'ils l'eussent vue un bon nombre de fois déjà. Le film s'acheva, Venus Poon apparut sur l'écran pour annoncer la suite du programme. Elle semblait regarder Wu droit dans les yeux et il s'imagina, comme tous les téléspectateurs mâles, que son sourire lui était exclusivement destiné. Ses yeux demeuraient rivés à cette poitrine qu'il avait examinée avec fascination pendant des heures et sur laquelle il n'avait trouvé aucune trace de l'intervention chirurgicale dont parlait tout Hong-Kong.

— Je peux attester que tes nichons sont sans défaut.

Ce sont les plus gros et les plus fermes que j'ai jamais touchés, avait-il déclaré l'avant-veille avec solennité.

— Tu dis cela pour faire plaisir à ta pauvre fille sans le sou.

— Sans le sou ? Kwang-le-banquier t'a offert hier un manteau de fourrure et, à ce que j'ai entendu dire, il a ajouté une rallonge de mille dollars à ton chèque mensuel. Moi je t'ai donné les gagnants de la première, de la troisième et de la cinquième course. Tu as raflé trente mille dollars, moins les 15 p. 100 de commission de mon informateur, sans faire plus d'effort que pour lâcher un pet !

— Pff ! Ne parlons pas de ces vingt-cinq mille dollars, ils ne suffiront même pas à l'achat de ma nouvelle garde-robe. Je dois changer de toilette chaque jour pour mon public.

Ils avaient continué à discuter jusqu'à ce que, sentant proche le moment de vérité, il lui avait demandé de remuer plus vite. Venus Poon avait ondulé avec une telle flamme qu'elle l'avait laissé sans force, vidé. Quand Wu avait fini par recouvrer un peu de vigueur, il avait balbutié : « *Ayiiya,* petite catin, si tu me fais ça encore une fois, je t'offrirai un diamant — non, pas maintenant, par tous les dieux ! tu me prends pour un surhomme ? pas maintenant ni demain, petite bouche onctueuse, mais le jour suivant... »

Deux jours s'étaient écoulés depuis et Quatre-doigts contemplait l'image de Venus Poon avec un plaisir anticipé. Avec une débauche de sourires et de fossettes, elle prit congé des téléspectateurs après avoir annoncé le programme de la soirée et disparut de l'écran. Le vieillard l'imaginait sortant en toute hâte des studios pour monter dans la Rolls qui l'attendait et l'amènerait à lui sans perdre un instant. Pour plus de sûreté, Wu avait envoyé Paul Choy avec le chauffeur. Après leur séance amoureuse, ils se rendraient au restaurant barbare d'un hôtel barbare où l'on servait des plats barbares, infects et nauséabonds, mais où se retrouvaient tous les taï-pans, avec leurs épouses ou avec leurs putains. Il y ferait étalage de sa bonne fortune tandis que Venus Poon montrerait son nouveau diamant.

— *Ayiiya !* fit-il, tout joyeux.

— Qu'y a-t-il, honorable seigneur ? demanda la vieille *amah.*

— Rien. Sers-moi un cognac, s'il te plaît.

— Ma maîtresse n'aime pas l'odeur du cognac.

— Hé, la vieille, tu me prends pour un paysan des Provinces Extérieures ? J'ai des feuilles de thé parfumé que je mâcherai avant notre joute. Cognac !

Wu avait donné son ordre d'un ton sec mais il ne tenait pas rancune à la servante : elle ne cherchait qu'à protéger sa maîtresse, c'était normal. Quatre-doigts porta la main à l'une de ses poches et caressa la petite boîte dans laquelle se trouvait le diamant qu'il avait acheté dans la matinée à un cousin qui lui devait un service. La pierre, un magnifique bleu-blanc, valait près de cinquante mille dollars mais il l'avait obtenue à moitié prix. Si Venus Poon me donne autant de plaisir qu'avant-hier, elle l'aura méritée, pensa le vieillard. Hiii, la dernière fois, j'ai bien cru que mon esprit ne reviendrait pas du Grand Vide ! Quelle belle fin pour celui qui meurt dans un moment pareil ! Oui, mais celui qui reprend conscience et revient à la vie pour saccager à nouveau la Porte-en-jade a plus de chance encore !

Quatre-doigts éclata d'un rire qui était un défi aux dieux. Il était content, la journée avait été bonne. Yuen-le-contrebandier et Lee-poudre-blanche, qu'il avait rencontrés en secret, l'avaient élu chef de leur nouvelle Confrérie. Ce n'est que justice, pensa-t-il. N'est-ce pas moi qui leur ai ouvert le marché du Pays de la Montagne Dorée par l'intermédiaire de ce diable d'étranger, Bana, Bana-machin-chose ? En échange de l'argent prêté par ce barbare, Premier-fils Chen lui avait proposé de se faire une place dans le trafic mais il avait eu la mauvaise idée de se faire enlever et assassiner. Dans une semaine, il y aurait une réunion à Macao avec l'Américain pour mettre au point les questions de financement, de paiements, et démarrer l'opération. Oui, c'était justice qu'il soit Grand Dragon et qu'il touche la plus grosse part des profits ! Grâce aux techniques modernes de Choy-bonne-fortune, il allait révolutionner la contrebande d'opium, la fabrication de poudre blanche et son introduction sur tous les marchés mondiaux. Choy travaillait déjà aux services affrètement de la seconde *hong* de la Colonie ; deux petits-fils de Yuen, formés en Amérique eux aussi, étaient agents en douane de la même compagnie ; et quatre parents de Lee étaient entrés à l'aéroport de Kai Tak, soit aux entrepôts de la Noble Maison, soit à ceux d'All Asian Air. Le trafic serait plus facile, plus sûr et plus profitable, dans un sens comme dans l'autre.

Les trois hommes avaient aussi discuté de la question des complicités à trouver dans la police, notamment maritime.

— Il ne faut pas compter sur les barbares, avait argué Poudre-blanche avec chaleur. Ces fornicateurs ne se mouilleront jamais dans des histoires de drogue. Nous devons nous servir uniquement des Dragons.

— D'accord. Tous les Dragons ont accepté de collaborer, sauf Tang-po, celui de Kowloon, avait fait observer Yuen.

— Il nous le faut, pourtant. Il est vraiment contre nous ou il cherche à faire monter les enchères ?

Quatre-doigts avait haussé les épaules :

— Je n'en sais rien. En tout cas, le Grand Dragon a accepté, à lui de régler le problème Tang-po.

Le vieillard sourit en songeant qu'il s'était montré plus malin que ses associés et les avait contraints à le prendre pour chef. J'ai aussi été plus malin que Choy-bonne-fortune, se dit-il. Au lieu de lui confier la gestion de mon argent, comme ce jeune fornicateur l'espérait, je lui ai donné seulement deux millions en lui promettant 17 p. 100 des bénéfices. Voyons ce qu'il saura en tirer. La cervelle de mon rejeton m'a déjà fait gagner de quoi offrir un diamant à Venus Poon et payer ses services pour un an sans écorner mon capital d'un centime. Les combines qu'il invente ! Bigrement astucieuses — comme celle qu'il a préparée pour ma rencontre de demain avec le Taï-pan.

Wu porta nerveusement la main à la demi-pièce pendue à son cou et la palpa sous le tissu de sa chemise. C'était en échange d'une pièce semblable que son illustre ancêtre, Wu Fang Choi, avait obtenu de Dirk Struan un clipper pouvant rivaliser avec les plus beaux bâtiments de la Noble Maison. Mais Wu Fang Choi a été le dindon de la farce, pensa Quatre-doigts avec amertume. Il n'a pas songé à demander aussi un droit de passage pour son navire, et le Diable-aux-yeux-verts l'a roulé.

Je serai moins bête que Wu Fang Choi, je formulerai avec précaution la faveur que je réclamerai du Taï-pan. Demain, il devra accepter de transporter ma marchandise, de financer avec moi une fabrique de produits pharmaceutiques — la couverture idéale, selon Bonne-fortune — enfin, d'intercéder auprès de Lando Mata pour que *mon* syndicat — dont le Taï-pan fera partie — prenne à Macao le contrôle du jeu et du trafic de l'or.

Quatre-doigts était ravi de son plan : le Taï-pan serait obligé d'accepter toutes ces requêtes, qu'il avait les moyens de satisfaire.

— Voilà le cognac.

Wu prit le verre des mains de l'*amah* et but une gorgée d'alcool pensivement. Les dieux m'en soient témoins, moi, Wu-quatre-doigts, chef des Wu de la Mer, j'ai vécu pleinement pendant soixante-seize années, se dit-il. Si les dieux m'appellent à eux pendant les Nuages et la Pluie, je chanterai éternellement leur gloire au paradis — s'il y en a un.

Le taxi s'arrêta dans la cour, Souslev en descendit, paya le chauffeur et se dirigea en titubant vers l'entrée de l'immeuble. Devant l'ascenseur attendait un groupe de personnes parmi lesquelles il reconnut Jacques de Ville et Casey. Sans paraître leur prêter attention, le Russe s'approcha de l'escalier d'une démarche vacillante, descendit, traversa le garage et tambourina à la porte de Clinker.

— Salut, mon pote ! fit le cockney.

— Tovarichtch ! brailla le capitaine de l'*Ivanov* en le serrant contre lui.

— Il y a de la bière et de la vodka ! Mabel, dis bonjour au capitaine.

Le bulldog à moitié endormi ouvrit un œil et lâcha un pet sonore. Clinker referma la porte et soupira :

— Pauv'vieille ! Ça m'embête qu'elle fasse ça, ça commence à schlinguer, ici. Tiens, dit-il en tendant au Soviétique un grand verre d'eau. C'est du raide.

Souslev but bruyamment.

— Merci, vieux copain. Encore quelques coups comme celui-là et je partirai content de ce paradis capitaliste.

— Encore un ou deux et tu quitteras Hong-Kong sur les genoux ! ricana Clinker en emplissant le verre. Tu restes longtemps, ce soir ?

— Juste le temps de vider quelques godets avec toi. Faut que je parte d'ici à dix heures... Cul sec, nom de Dieu ! Et mets-nous un peu de musique, hein ?

Clinker appuya sur le bouton du magnétophone, monta le volume. Une chanson russe mélancolique sortit de l'appareil. Souslev s'approcha du vieil Anglais et lui murmura à l'oreille :

— Merci, Ernie. A tout à l'heure.

Clinker, qui croyait toujours que le capitaine retrouvait dans l'immeuble une femme mariée, se permit une question qu'il n'avait jamais posée :

— C'est qui, cette greluche ?

— Pas de nom ! souffla le Russe avec un large sourire. Son mari est un aristo, un capitaliste.

— Terrible ! Mets-lui-en un coup de ma part, à ta bonne femme !

Souslev descendit par la trappe, alluma la lampe électrique et s'engagea dans la galerie. Des gouttes d'eau tombaient des lézardes du plafond, des éboulis rendaient le sol glissant. Le Soviétique jura à mi-voix. Pourquoi fallait-il qu'il soit là au moment où on enlevait Dunross ? Il aurait préféré rester en sécurité à bord de l'*Ivanov* mais Crosse avait été inflexible :

— Il faut que je vous voie en personne, Gregor, et il n'est évidemment pas question que je me rende à bord de votre navire. D'ailleurs, vous ne risquez rien, je vous le garantis.

Qui peut garantir quoi que ce soit ? pensa Souslev avec irritation. Il sortit de sa poche un automatique muni d'un silencieux, ôta le cran de sûreté et continua à avancer prudemment. Parvenu au pied de l'échelle menant à la fausse armoire, il s'arrêta et tendit l'oreille. Comme il n'entendait aucun bruit, il se glissa dans l'appartement, que les lumières de l'immeuble voisin éclairaient faiblement. Quand il en eut fait le tour, il prit une bouteille de bière dans le réfrigérateur, l'ouvrit et alla se poster à l'une des fenêtres. D'où il se trouvait, il ne pouvait voir son navire mais il le savait quelque part dans le noir, et cette pensée le rassurait. Je serai content de partir, se dit-il. Et content de revenir, si je le peux.

Est-ce que je prends le risque de faire confiance à Sinders ?

S'il parle, le Centre aura tôt fait d'obtenir la preuve que j'ai balancé Metkin. Un simple coup de téléphone à Crosse suffira... Au diable, Sinders ! je sais qu'il me dénoncera si je ne marche pas — j'en ferais autant à sa place. Roger est-il au courant du marché qu'il m'a proposé ? Non, Sinders n'en a probablement parlé à personne, pas même à Crosse.

Les minutes s'écoulaient. Souslev entendit le bruit de l'ascenseur et braqua aussitôt son automatique vers l'entrée. Une clef tourna dans la serrure, la porte s'ouvrit et se referma.

— Bonsoir, Gregor, fit Crosse à voix basse. J'aimerais que vous pointiez ce sale engin dans une autre direction.

Le Soviétique baissa son arme et rabattit le cran de sûreté.

— Pourquoi m'avoir fait venir ? attaqua-t-il aussitôt. Qu'est-ce que ce salaud de Sinders a...

— Calmez-vous et écoutez-moi, interrompit Crosse.

Ses yeux d'un bleu délavé brillaient d'un éclat inaccoutumé. Il tira de sa poche un petit rouleau de pellicule.

— Un cadeau pour vous : les vrais rapports d'A.M.G.

— Mais comment...

Crosse lui expliqua qu'il s'était introduit dans la salle des coffres de la Victoria Bank.

— Après le départ de Dunross, j'ai photographié les rapports et je les ai remis en place.

— Le film est développé ?

— Oui. J'en ai fait un tirage que j'ai détruit aussitôt après l'avoir lu. C'est plus sûr que de vous le remettre. Sinders est sur le sentier de la guerre, qu'est-ce qu'il vous a dit exactement ?

— Parlez-moi d'abord des dossiers.

— Navré de vous décevoir mais ils sont identiques aux premiers, mot pour mot.

— Quoi ?

— Dunross ne mentait pas. Les copies qu'il nous avait remises étaient authentiques.

— Mais nous étions sûrs que c'étaient des faux, répliqua Souslev. Sûrs !

Crosse haussa les épaules.

— Vérifiez vous-même, fit-il en tendant le rouleau au Russe.

Le Britannique cachait derrière une expression grave l'amusement que la situation lui procurait. Mon pauvre Gregor, les vrais rapports sont bien trop précieux pour que je te les remette, pensait-il. Il est trop tôt, je les laisse prendre de la valeur. Une telle masse d'informations mérite d'être passée soigneusement au crible et distillée au compte-gouttes. Quant aux onze feuillets en code, ils vaudront en temps utile une fortune — quelle que soit leur signification.

— Cette fois, Gregor, je crains bien que nous n'ayons fait chou blanc.

— Et Dunross ? dit Souslev, livide. Il est peut-être déjà dans la caisse...

Crosse haussa de nouveau les épaules.

— Inutile de changer nos plans. L'enlèvement du Taï-pan provoquera des remous auxquels nous avons tout intérêt. Il faut détourner l'attention de Sevrin et Dunross fera admirablement l'affaire.

— Vous en êtes sûr ? demanda Souslev, à moitié convaincu.

— Absolument. Ce kidnapping constituera une excellente diversion... Vous allez livrer Arthur à Sinders, n'est-ce pas ?

Le Soviétique parvint de justesse à masquer sa stupeur.

— Je suis content que Sinders vous ait mis au courant, cela m'évite d'avoir à le faire. Comment me sortir de cette trappe ?

— C'est à *vous* de trouver une solution.

— Je n'en vois pas, Roger. Sinders mettrait ses menaces à exécution, vous croyez ?

— Réfléchissez, pour l'amour de Dieu ! rétorqua Crosse. Que feriez-vous à sa place ?

— La même chose.

— C'est votre tête ou celle d'Arthur. Et si c'est celle d'Arthur, la mienne pourrait suivre... Enfin, tant que je ne risque rien et que je suis au courant de ce qui se passe, je ne m'inquiète pas trop.

— Je suis content que Sinders vous ait révélé sa proposition, répéta Souslev.

— Mon pauvre Gregor, votre cerveau ne fonctionne plus ! Sinders ne m'a rien dit, bien sûr. Il s'imagine que vous êtes les seuls à connaître son petit marchandage. Encore une fois, c'est vous ou Arthur. Si vous livrez Arthur, vous mettez en danger tous les autres, à commencer par moi ; si vous ne cédez pas à Sinders, vous êtes fini. Je vous avoue que je penche pour la seconde solution.

— Le mieux serait que je trahisse Arthur en lui laissant le temps de s'enfuir, suggéra le Russe. Il pourrait se réfugier à bord de l'*Ivanov*, par exemple.

— Sinders bloquerait votre navire avant que vous n'ayez quitté les eaux de Hong-Kong.

— Alors il faudrait qu'Arthur se suicide, ou qu'*on le* suicide.

Crosse fusilla Souslev du regard.

— Vous plaisantez, je présume ? Vous voulez que je liquide Jason ?

— Vous l'avez dit vous-même : c'est sa tête ou la mienne. Écoutez, pour le moment, nous ne faisons qu'envisager toutes les possibilités. On peut sacrifier Arthur, les autres et moi-même ; le seul qui soit indispensable, c'est vous, dit le Soviétique, convaincu de ses propos. Donc, quoi qu'il arrive, il faut d'abord vous protéger, et ensuite penser aux autres, en me plaçant de préférence en tête de liste. L'idée de mourir ne m'a jamais séduit... Vous êtes notre allié, n'est-ce pas ?

— Oui. Tant que le jeu m'amusera et me rapportera.

— Lorsqu'on croit en une cause, on vit mieux et plus longtemps.

— Mon scepticisme est la seule chose qui me tienne en vie. Mais rassurez-vous : vos amis du KGB et vous-même pouvez continuer à saper le capitalisme, à tenter de conquérir le monde sous quelque prétexte que ce soit, je vous prêterai main-forte.

— Qu'est-ce que cela signifie ?

— C'est une expression synonyme d'aider. Alors, vous allez trahir Arthur ?

— Je ne sais pas. Pourriez-vous fabriquer une fausse pistc menant à l'aéroport ? Cela nous donnerait le temps de sortir des eaux territoriales.

— Sinders a déjà fait renforcer la surveillance autour de Hong-Kong.

— Macao, alors ?

— Je n'aime guère cette solution, fit Crosse avec une moue. Et les autres membres de Sevrin ?

— Ils se mettraient en hibernation. Passé l'orage, le réseau fonctionnerait à nouveau et vous en prendriez la direction. Est-ce que de Ville a une chance de succéder à Dunross ?

— Je miserais plutôt sur Gavallan. Par parenthèse, on a découvert ce matin à Sha Tin deux nouvelles victimes des Loups-garous.

— Que s'est-il passé ?

Crosse raconta à Souslev comment les corps avaient été trouvés.

— Nous ne sommes pas encore parvenus à les identifier, conclut-il. Gregor, livrer Arthur à Sinders serait risqué, quoi qu'il arrive.

Souslev hocha la tête. A présent que le moment était venu de prendre une décision, il sentait son estomac se soulever.

— Finalement, je ne vais rien faire, murmura-t-il. Je quitterai simplement Hong-Kong et je raconterai au Centre ce qui s'est passé. Je cours le risque, nous verrons bien ce que Sinders décidera. Après tout, j'ai moi aussi des amis haut placés et peut-être que l'effondrement de la Bourse plaidera en ma faveur. En tout cas, je me chargerai personnellement d'interroger

Dunross : on ne sait jamais, il a peut-être... Qu'y a-t-il ?

— Rien, rien. Que ferez-vous de Koronski ?

— Il est déjà parti ce matin après m'avoir fourni les drogues nécessaires. L'interrogatoire aura lieu en route, à bord de l'*Ivanov*. Cela vous gêne ?

— Pas du tout. Reprenez.

— Oui, la situation catastrophique de la Colonie incitera probablement mes supérieurs à la bienveillance, dit Souslev, qui se sentait un peu mieux maintenant qu'il avait pris une décision. Envoyez d'urgence un rapport au Centre par le canal habituel et demandez à Arthur de faire de même cette nuit par radio. Un rapport qui me sera très favorable, hein ? Mettez l'affaire Metkin sur le compte de la CIA locale, attribuez l'assassinat de Voranski aux Américains ou au Kuomintang.

— Très volontiers... si vous doublez mes honoraires. Un conseil, Gregor : à votre place, j'essuierais cette bouteille de bière pour ne pas y laisser d'empreintes.

— Quoi ?

D'un ton sarcastique, Crosse expliqua à Souslev que Rosemont avait trouvé ses empreintes sur un verre, lors de la descente que la CIA avait faite aux Tours Sinclair.

Le Soviétique perdit toute couleur.

— Ils ont mes empreintes dans leur fichier ?

— Je ne crois pas. Je les ai enlevées du nôtre il y a quelques mois pour vous protéger et je serais étonné que leurs archives soient plus riches que les nôtres.

— Je compte sur vous pour me couvrir, Roger.

— Ne vous inquiétez pas. Je vais tellement chanter vos louanges dans mon rapport que vous obtiendrez de l'avancement. En échange, recommandez-leur de me verser une prime de cent mille dol...

— C'est beaucoup trop !

— C'est mon prix pour vous sortir d'un sacré guêpier !

— Je, j'essaierai.

— Bon. Attendez ici, le téléphone de Clinker est sur table d'écoute. Je vous appellerai de chez Jason dès que j'aurai du nouveau sur Dunross. Bonne chance, dit Crosse en tendant la main. Je ferai tout mon possible du côté de Sinders.

Le Russe serra le Britannique contre sa poitrinc.

— Merci, Roger. Bonne chance à vous aussi.

Souslev raccompagna Crosse, referma la porte derrière lui, essuya les paumes de ses mains moites à son pantalon et prit dans sa poche le rouleau de pellicule. A présent qu'il était seul, la perspective d'affronter ses supérieurs du KGB le terrifiait de nouveau. Il faut que je trouve une solution, pensa-t-il, le dos inondé de sueur. Peut-être y a-t-il moyen de livrer Arthur sans mettre Roger en danger...

Dans l'ascenseur qui le conduisait au rez-de-chaussée, Crosse, appuyé contre la paroi de la cabine, secouait la tête comme pour en chasser la peur. « Suffit ! Ressaisis-toi », murmura-t-il. Il alluma une cigarette, remarqua que ses mains tremblaient. Si cet imbécile fait subir à Dunross un interrogatoire chimique, je suis foutu, se dit-il. Et je parie qu'il n'a pas définitivement écarté la possibilité de trahir Plumm. S'il cède à Sinders, mon château de cartes s'écroule. Une erreur, un petit faux pas et je suis cuit.

L'ascenseur s'arrêta, Crosse en sortit et rejoignit Rosemont, qui l'attendait dans le hall.

— Alors ? demanda l'Américain.

— Alors rien.

— Vous et vos inspirations !

Le chef de la SI avait prévenu Rosemont qu'il voulait jeter un coup d'œil à l'appartement, à tout hasard, et lui avait proposé de l'attendre en bas. Le stratagème avait pour seul but de pénétrer dans l'immeuble sans éveiller la curiosité des agents de la CIA qui continuaient à le surveiller.

— Ça va, Roger ? Vous n'avez pas l'air bien, poursuivit Rosemont. Je vous raccompagne avec la voiture si vous voulez.

Les deux hommes sortirent sur le trottoir.

— Non, merci, je vais là-bas, dit Crosse en montrant les bâtiments de Rose Court. Obligations mondaines.

En dépit de ses efforts, il ne parvenait pas à dominer totalement sa peur et parlait d'une manière un peu bizarre.

— Vous êtes sûr que ça va ? insista Rosemont.

— Mais oui. Vous aimeriez assister au départ de l'*Ivanov* ?

— Avec plaisir ! Je ne suis pas mécontent que vous fassiez décamper ces lascars. Hier soir, le technicien du porte-avions s'est mis à table, il avait glané toute une collection de petits secrets qu'il s'apprêtait à refiler aux Russes.

— Par exemple ?

— Des informations diverses sur le *Corregidor* : vitesse maximum, codes d'armement, etc. Je vous donnerai la liste ce soir. Vous passez me prendre à minuit, d'accord ?

— Entendu.

Crosse salua de la tête et s'éloigna d'un pas rapide. Qu'est-ce qu'il a ? se demanda Rosemont en fronçant les sourcils. Il y a quelque chose qui cloche.

80

20 h 10

Crosse sortit de l'ascenseur au cinquième étage, fit quelques pas dans le couloir et franchit la porte grande ouverte de l'appartement d'Asian Properties. Il s'arrêta près de l'entrée et chercha Dunross ou Plumm parmi la foule des invités. L'ambiance lui parut sinistre, ce qui ne fit qu'ajouter à son inquiétude. Les femmes, peu nombreuses, s'étaient regroupées au fond de la salle, laissant leurs maris discuter de la ruée sur les banques et de l'effondrement possible de la Bourse.

— La Vic a beau annoncer l'absorption de Ho-Pak, cela ne nous donne pas l'argent liquide nécessaire pour nous sauver de la catastrophe.

— Il s'agit d'une fusion, Dunstan, pas d'une absorption, corrigea Richard Kwang.

— Pour l'amour du Ciel, Richard, nous sommes entre amis, inutile de raconter des histoires, répliqua Barre. Fusion ou pas, les hommes d'affaires de la Colonie risquent de faire le plongeon parce que vos foutues banques sont à court de liquide !

— Ce n'est pas de notre faute, plaida Johnjohn. Tout provient d'un manque de confiance passager.

— Et d'une mauvaise gestion, ajouta Barre d'un ton caustique. Tiens, bonsoir, Roger.

— Ian est là ? demanda Crosse.

— Il n'est pas encore arrivé, répondit Johnjohn.

Crosse retint un soupir de soulagement.

— Vous êtes sûr ?

— Certain : je l'attends pour partir, dit Dunstan.

— Excusez-moi, je dois aller saluer notre hôte.

Crosse s'engagea dans la foule, s'arrêta devant le rédacteur en chef du *Guardian*, qui essayait désespérément de cacher le désarroi dans lequel la mort de sa femme l'avait plongé.

— Bonsoir, Christian. Toutes mes condoléances.

— C'est le *joss*, murmura Toxe. Elle, elle n'aurait pas voulu que... La vie continue, n'est-ce pas ? Je dois m'occuper du journal... Vous pourriez m'accorder un instant, tout à l'heure ?

— Certainement.

Le chef de la SI continua son chemin, croisa Pugmire et Sir Luis, qui discutaient de l'absorption de General Stores par Struan, et remarqua, sur le grand balcon d'où l'on découvrait le port, un groupe comprenant Casey, de Ville et Gornt. Il s'approcha de Plumm, qui bavardait avec Joseph Stern et Phillip Chen.

— Bonsoir, Jason. Merci de votre invitation.

— Bonsoir, Roger. Heureux que vous ayez pu venir.

— Où est votre invité d'honneur ?

— Ian arrive, il m'a téléphoné pour prévenir qu'il serait en retard, répondit Plumm avec un soupçon de nervosité. J'ai... j'ai préparé un petit discours. Tout est prêt. Venez, Roger, je vais vous donner à boire.

Au moment où les deux hommes s'éloignaient, impatients d'avoir quelques mots sans témoins, le silence se fit. Dunross venait d'apparaître sur le seuil de la porte, en compagnie de Riko Anjin et de Gavallan.

— Écoutez, Jason..., murmura Crosse.

Mais Plumm s'était déjà tourné vers le bar. De la

main gauche, il brisa adroitement une ampoule au-dessus d'une coupe de champagne, dissimula les morceaux de verre dans sa paume et les fit tomber dans une poche de sa veste. Puis il posa la coupe droguée et trois autres sur un plateau, se dirigea vers l'entrée. Fasciné, Crosse le regarda s'approcher de Dunross et lui offrir du champagne.

Le Taï-pan laissa Riko puis Gavallan se servir avant de prendre une coupe mais Plumm avait présenté le plateau de manière que le breuvage drogué échouât au Taï-pan. Le patron d'Asian Properties prit le dernier verre, confia le plateau à un serveur et porta un toast :

— A la santé du Taï-pan. Félicitations, Ian, pour ce coup splendide.

Plumm porta le verre à ses lèvres, les autres invités l'imitèrent — sauf, naturellement, Dunross, qui ne but pas à sa propre santé.

— Et, maintenant, si vous portiez un toast à Kwang et Johnjohn pour leur fusion ? proposa Plumm d'une voix un peu étrange.

— Pourquoi pas ? répondit Ian en tournant les yeux vers Johnjohn. Bruce, je bois au succès de la Victoria !

Les conversations tombèrent de nouveau et Dunross haussa la voix pour ajouter :

— Je crois que nous pourrions étendre le toast à toutes les autres banques car je viens d'apprendre que la Bank of China a accepté de mettre à leur disposition lundi matin un demi-milliard de dollars en liquide.

Le silence se fit, les invités qui se trouvaient sur le balcon rentrèrent dans la salle, Gornt en tête.

— Quoi ? fit-il.

— La Chine prête aux banques de la Colonie — par l'intermédiaire de la Vic — un demi-milliard de dollars, et plus, au besoin. Finie la ruée ! A la Victoria ! lança le Taï-pan en levant son verre.

Un brouhaha s'éleva. Crosse s'approcha de Dunross, parut trébucher et se raccrocha à son bras, faisant tomber la coupe.

— Oh ! pardon, dit-il.

Plumm adressa à son complice un regard consterné.

— Nom de D...

— Jason, je suis vraiment désolé, s'empressa de déclarer Crosse afin de l'empêcher de poursuivre. Peut-être pourriez-vous aller chercher une autre coupe pour Ian.

— Euh, oui...

Avant que Plumm n'ait fait mine de se diriger vers le bar, Riko Anjin tendit son verre au Taï-pan en disant :

— Tenez, prenez le mien.

— Un peu de silence, s'il vous plaît ! cria Johnjohn par-dessus le vacarme. Ian, vous êtes sûr de ce que vous avancez ?

— Tout à fait, répondit Dunross avec désinvolture avant de boire une gorgée de champagne. La radio donnera la nouvelle aux informations de vingt et une heures.

Les invités poussèrent des acclamations et se mirent à bombarder le Taï-pan de questions. Les yeux fixés sur Gornt, Dunross semblait ne pas les entendre.

— A votre santé, Quillan ! s'écria-t-il d'un ton moqueur.

Le brouhaha faiblit jusqu'à n'être plus qu'un murmure, les regards se portèrent vers les deux hommes.

— A votre santé, Ian, répliqua Gornt sur le même ton moqueur. Ainsi la Chine va nous aider ?

— Ce n'est pas la seule bonne nouvelle : je viens d'obtenir un crédit à renouvellement automatique de cinquante millions de dollars US.

— Garanti par quoi ?

— La réputation de la Noble Maison, dit Dunross en se tournant vers Johnjohn. Bruce, je n'ai plus besoin de l'aide de la Vic, la Royal Belgium m'offre de meilleures conditions.

— Vous plaisantez ! protesta le banquier.

— Non, je viens d'en discuter avec Paul — c'est la

raison de mon retard. Soit dit en passant, il vous réclame d'urgence à la banque, mon vieux Bruce. Il y a des dispositions à prendre pour le transport de l'argent.

Johnjohn regarda longuement le Taï-pan, ouvrit la bouche pour parler, la referma et lança finalement un hourrah que tous les invités reprirent. Les conversations repartirent de plus belle tandis que le banquier sortait précipitamment.

— Comment le Taï-pan a-t-il fait...

— La radio ? alors c'est vrai ! Vous ne croyez pas que...

— La Royal Belgium, et sans doute quelqu'un derrière...

— Bon Dieu, j'ai joué Struan à la baisse.

— Moi aussi. Je vais me dépêcher de racheter...

— Je suis nettoyé !

Voyant Casey sourire au Taï-pan et lever son verre dans sa direction, Gornt s'approcha d'elle.

— La Royal Belgium a bien été rachetée par la First Central, la banque de Par-Con, n'est-ce pas ? lui demanda-t-il d'un ton brusque.

— Oui, Quillan, répondit Casey d'une petite voix.

— C'est vous et Bartlett qui avez manigancé tout cela ?

— C'est moi qui ai obtenu cet emprunt, intervint Ian.

— Je ne contrôle pas la First Central, Quillan, dit Casey.

— Mais vous êtes mêlée à cette histoire d'une façon ou d'une autre, ne niez pas.

— Murtagh m'a demandé mon avis sur Struan. J'ai émis une opinion favorable.

— Struan est à sec !

— Justement pas, dit Dunross en s'approchant. A ce propos, Sir Luis a accepté de retirer Struan des transactions jusqu'à lundi midi.

Tous les yeux se tournèrent vers Basilio, qui se tenait stoïquement aux côtés de Phillip Chen.

La voix de Gornt claqua dans le silence :

— Pourquoi ?

— Pour que le marché ait le temps de s'adapter au *boom*.

— Quel *boom* ?

— Celui que nous méritons tous et que Tung-l'aveugle a prédit. Cela permettra également de réévaluer notre cote : nous ouvrirons à 30.

— Vous ne pouvez pas ! explosa le taï-pan de Rothwell. Elle était tombée à 9,50 à la clôture, bon Dieu !

— Et nous proposons des actions à 30, bon Dieu ! rétorqua Dunross.

Gornt se rabattit sur Sir Luis :

— Vous acceptez de couvrir cette arnaque ?

— Il n'y a pas d'arnaque, Quillan, répondit Basilio calmement. Avec l'approbation unanime du comité, j'ai décidé, dans l'intérêt de tous les investisseurs, de décréter une pause afin que chacun puisse se préparer au *boom*. Les cotations sont donc suspendues jusqu'à midi.

— Vous détenez une grande partie des Struan que j'ai vendues à découvert, je vous les rachète. Quel est votre prix ?

— Je vous répondrai demain à midi, à la Bourse, dit Sir Luis.

— Moi j'accepte de traiter avec vous maintenant, déclara le Taï-pan. Combien d'actions avez-vous vendues à découvert ? Sept cent, huit cent mille ? Je vous laisse racheter à 18 si vous me cédez à 15 assez d'actions pour contrôler All Asia Air.

— All Asia Air n'est pas à vendre.

— Je maintiens mon offre jusqu'à l'ouverture.

— Allez au diable, vous et votre ouverture à 30 ! s'écria Gornt, qui se tourna vers Joseph Stern. Achetez des Struan ! Maintenant, demain matin, demain midi !

— A... à quel prix, Mr. Gornt ?

— Achetez, c'est tout !

Gornt fit volte-face, adressa à Casey un « Merci » glacial, sortit à grandes enjambées et claqua la porte derrière lui. Les invités se ruèrent vers Dunross, le submergèrent de questions et de compliments. Restée seule devant la porte-fenêtre menant au balcon, Casey vit Plumm puis Crosse s'esquiver discrètement mais n'y prêta pas attention.

Dans une petite chambre située au bout de l'appartement, Plumm ouvrit le tiroir d'un bureau près duquel se trouvait un grand coffre de marin à armatures de fer. En entendant la porte s'ouvrir, il se retourna : c'était Crosse.

— Qu'est-ce qui vous a pris ? fulmina-t-il. Vous avez délibé...

Crosse traversa rapidement la pièce et gifla son complice. Ce dernier voulut se lancer sur lui mais une seconde gifle le fit tomber à la renverse sur le lit.

— Mais qu'est-ce...

— *Fermez-la et écoutez !* coupa Crosse d'une voix sifflante. Souslev est prêt à vous trahir !

Les joues marbrées de Plumm viraient à l'écarlate. Il ouvrit la bouche, toute colère dissipée.

— Quoi ?

— Souslev va vous livrer à Sinders, et moi aussi du même coup, chuchota Crosse. Parlez à voix basse, bon sang ! Vous êtes calmé maintenant ?

— Hein ? Oui, je... Oui.

— Désolé, mais c'était le seul moyen.

Plumm se leva du lit, essuya le filet de sang qui coulait de ses lèvres. On entendait un bruit étouffé de conversations provenant du salon.

— Que se passe-t-il, Roger ?

Crosse résuma son entrevue avec Souslev et conclut :

— Ce type est glissant comme une anguille, impossible de prévoir ce qu'il va faire. En tout cas, si Sinders n'obtient pas satisfaction, il mettra sa menace à exécution et nous ne reverrons plus Souslev à Hong-Kong. Ses collègues du KGB le travailleront pour le faire avouer.

— Justement ! L'interrogatoire de Dunross aurait pu lui donner des armes pour se tirer du pétrin. A présent, Gregor sera obligé de parler. Pourquoi avoir renversé le verre du Taï-pan ?

— Je n'ai pas pu vous prévenir avant. Après avoir quitté Souslev, j'ai téléphoné au QG, où l'on m'a appris que Tiptop aiderait ces salauds à éviter la catastrophe. Par ailleurs, je savais que Dunross avait obtenu une aide financière importante, mentit Crosse. Conclusion : plus de ruée bancaire et un *boom* en perspective, avec ou sans Dunross. Mais surtout, je tenais d'un de mes indicateurs à la Special Branch que Sinders avait donné l'ordre de renforcer la surveillance à l'aéroport et sur les quais, autour de l'*Ivanov*. La police examine toutes les caisses, coffres, sacs montés à bord, et même les coolies qui les portent. Si elle avait découvert Dunross, nous étions faits.

Plumm semblait de plus en plus nerveux.

— Et si... et si nous donnions Gregor à Sinders ?

— Moins fort ! Décidément, vous déraillez complètement : Gregor nous connaît tous, quelques séances de Salle Rouge et il déballera tout ce qu'il sait.

— Qu'est-ce qu'on peut faire, alors ?

— Laisser Souslev quitter Hong-Kong et espérer qu'il réussira à convaincre ses supérieurs. Même s'il donne votre nom à Sinders, nous nous en sortirons. Vous êtes britannique, la loi vous protège. Ne vous inquiétez pas : s'il y a danger, je serai au courant et nous aurons toujours le temps d'appliquer le Plan Trois.

C'était un plan d'évasion que Plumm avait mis au point en prévision d'une telle éventualité : faux passeports, billets d'avion, bagages déjà prêts, déguisements, couvertures, et même des passe-partout permettant d'accéder aux salles d'attente de l'aéroport sans passer par le contrôle.

Le chef de la SI observa son complice en se demandant s'il l'avait convaincu. Étant donné les circonstances, il avait fait ce qu'il avait pu. Il détestait improviser mais cette fois il n'avait pas le choix.

— Quel sale boulot nous faisons, soupira-t-il.

— Seule la Cause compte.

Crosse dissimula le mépris qu'il éprouvait pour Plumm. Mon vieux Jason, tu ne me sers plus à rien, pensa-t-il en décrochant le téléphone. Il reconnut la voix de Souslev à l'autre bout du fil et imita la toux sèche d'Arthur avant de demander :

— Mr. Lop-sing, s'il vous plaît.

Après l'échange des phrases du code, il dit avec la voix de Plumm :

— Il y a un ennui, le gibier ne s'est pas montré. Faites attention, la surveillance a été renforcée sur les quais. Bonne chance.

Crosse raccrocha.

— C'est son glas que vous venez de sonner, remarqua Plumm.

— Tant que ce n'est pas le vôtre...

81

20 h 25

A l'autre bout du couloir, dans le salon empli de bruit, Casey était partagée entre sa joie de voir Dunross triompher et sa tristesse de savoir Gornt pris au piège. D'après les réactions des invités, il ne faisait aucun doute que Struan commencerait avec une cote très élevée lundi. Pauvre Quillan, s'il ne se couvre pas, il sera dans la panade, pensa-t-elle. Et c'est moi qui l'y aurai mis, en un sens.

Il fallait bien sauver Dunross. Sans lui, Gornt aurait écrasé tout le monde, nous y compris. En affaires, pas de sentiments, comme dit Linc.

Linc, toujours Linc.

Elle ne l'avait pas vu de la journée, elle n'avait reçu aucun message. Elle promena le regard sur tous ces hommes qui discutaient avec animation et se sentit très seule. Peut-être Linc est-il rentré, maintenant, se dit-elle.

Personne ne remarqua son départ. Devant l'ascenseur, elle rencontra Crosse, qui descendait lui aussi.

— Belle réception, n'est-ce pas ? dit-elle.

— Oui, oui, répondit-il distraitement.

Au rez-de-chaussée, le policier la laissa sortir puis

se précipita hors de l'immeuble. Il est bien pressé, songea Casey en se dirigeant vers la station de taxi. Elle se figea en découvrant Orlanda Ramos qui avançait à sa rencontre, les bras chargés de sacs en papier.

L'Eurasienne fut la première à se ressaisir :

— Bonsoir, Casey. Vous êtes en beauté.

— Vous aussi, répondit l'Américaine.

La remarque était sincère : Orlanda portait une jupe et une blouse bleu clair parfaitement assorties. Elle adressa quelques mots en cantonais au gardien, qui traînait dans le hall et vint prendre les sacs en bougonnant.

— Il y a eu un éboulement un peu plus bas, j'ai dû laisser ma voiture, expliqua-t-elle d'une voix un peu nerveuse. Vous... vous rendez visite à quelqu'un ?

— Je m'en vais. Vous habitez l'immeuble ?

— Oui.

Comme Casey s'apprêtait à partir après un salut de la tête, Orlanda la retint :

— Il faut que nous parlions.

— Quand vous voudrez.

— Maintenant ?

— Pourquoi pas ?

— Accompagnez-moi jusqu'à ma voiture, je vais prendre le reste des commissions, proposa Orlanda. De toute façon, vous aurez plus de chances de trouver un taxi là-bas.

Les deux femmes commencèrent à descendre la rue, conscientes l'une et l'autre de ce qui les attendait. La pluie avait cessé mais l'eau continuait à ruisseler vers le bas de la colline. A une cinquantaine de mètres, Casey vit l'endroit où le remblai avait partiellement cédé, déversant sur la chaussée un amas de pierres, de terre et de moellons. Il n'y avait pas de trottoir. De l'autre côté de l'éboulement, que quelques piétons se risquaient à escalader, les voitures faisaient demi-tour après force manœuvres.

— Il y a longtemps que vous habitez Rose Court ? demanda Casey.

— Quelques années. C'est un coin très agréable. Je... Oh ! vous étiez au cocktail de Jason Plumm ?

L'expression de soulagement qui se peignit sur le visage d'Orlanda irrita Casey. Elle s'arrêta et déclara d'une voix calme :

— Je crois que nous n'avons en fait rien à nous dire. Bonsoir.

— Linc est chez moi en ce moment.

— Je l'avais deviné.

— Cela vous est égal ?

— Pas du tout mais c'est lui que cela regarde. Nous ne sommes ni mariés ni fiancés, comme vous le savez. Vous avez votre façon d'agir, j'ai la mienne.

— Qu'est-ce que cela signifie ?

— Que je connais Linc depuis sept ans et vous depuis sept jours.

— Quelle importance ? rétorqua Orlanda d'un ton de défi. Je l'aime et il m'aime.

— Cela reste...

Casey dut se reculer pour laisser passer un groupe de Chinois qui remontaient la rue en bavardant joyeusement.

— Cela reste à prouver. Bonsoir, Orlanda.

Elle aurait voulu crier : « Tu gagnes ta vie sur le dos, moi je travaille, et la seule chose que tu aimes, c'est l'argent », mais elle se contenta d'ajouter :

— Aussi curieux que cela puisse vous paraître, je ne reproche rien à Linc. Bonsoir.

Casey se remit à descendre la rue en songeant qu'il lui fallait maintenant changer de plan. Plus question de faire l'amour avec Linc ce soir, se dit-elle. J'allais lui offrir quelque chose qu'il n'aurait pu que refuser. Que faire ? Continuer à attendre le 25 novembre en espérant que d'ici là Linc en aura assez d'elle ? Non, cette fille est trop dangereuse, elle sait que Linc peut lui ouvrir les portes d'une autre vie.

Je vais me battre, décida Casey. Je suis capable de rivaliser avec elle. Peut-être pas au lit ou dans la cuisine, mais je peux apprendre.

Elle escalada le monticule de terre en pestant contre la boue dans laquelle elle enfonçait jusqu'aux chevilles. En redescendant, elle découvrit la Rolls de Dunross en tête de la file de voitures s'étirant vers le bas de la collinc. Lc chauffeur, qui s'appuyait contre la portière, se redressa et lui demanda :

— Pardon, mam'zelle, le Taï-pan est encore là ?

— Oui, oui.

L'homme ferma le véhicule à clef et commença à grimper l'éboulis. Casey se retourna pour le suivre des yeux et aperçut Orlanda, immobile de l'autre côté du tas de terre, un demi-sourire aux lèvres.

Quand Orlanda avait vu Casey sortir de son immeuble, elle avait aussitôt pensé que l'Américaine était venue chez elle et avait eu une explication avec Bartlett. Bien qu'elle sût maintenant qu'il n'en était rien, elle ne pouvait s'empêcher d'avoir peur. A-t-elle barre sur lui grâce à Par-Con ? se demanda-t-elle en se dirigeant lentement vers son immeuble.

Un groupe d'invités comprenant Dunross, Riko Anjin, Phillip et Dianne Chen, sortit de Rose Court et se dirigea vers les voitures. Orlanda les salua machinalement sans leur prêter attention. Une seule question l'absorbait : fallait-il ou non parler à Linc de la rencontre avec Casey ? Elle se retourna et découvrit sa rivale, toujours immobile, les yeux braqués vers Rose Court. Linc est à moi, se dit-elle avec confiance. Casey ou pas, je l'épouserai, quel que soit le prix à payer.

La vice-présidente de Par-Con avait vu le Taï-pan sortir de l'immeuble et le regardait s'approcher. Plein d'une assurance tranquille, il semblait avoir rajeuni de dix ans depuis le jour où elle avait fait sa connaissance. Elle prenait plaisir à penser qu'elle l'avait aidé à se tirer d'embarras. Comme elle tournait la tête et recommençait à descendre, elle l'entendit appeler :

— Casey ! Attendez !

Elle s'arrêta.

— Vous dînez avec nous ? cria Dunross.

Ne se sentant pas d'humeur à être en compagnie, elle répondit :

— Merci, je suis déjà prise ! A dem...

La terre se déroba sous ses pieds.

82

20 h 56

Le glissement de terrain avait commencé plus haut, de l'autre côté de Po Shan Road. La masse de terre avait traversé la route, culbuté un garage de quinze étages qui avait glissé sur le flanc sur quelques dizaines de mètres avant de basculer dans la faille. La coulée de boue et de pierres prit de la vitesse, effleura un gratte-ciel plongé dans l'obscurité, envahit Conduit Road et fracassa la maison de Richard Kwang. Cinquante mille tonnes de terre et de roche déferlèrent sur Kotewall Road, arrachèrent Rose Court à ses fondations. L'immeuble glissa vers le port, bascula et se brisa en son milieu, comme un homme dont les genoux plient dans sa chute.

En tombant, les étages supérieurs du bâtiment décapitèrent l'une des Tours Sinclair et se fracassèrent. Le reste de l'immeuble, entraîné par la coulée, continua jusqu'à un chantier situé plus bas et s'arrêta. Tout fut soudain plongé dans la nuit et le silence.

Puis des cris commencèrent à s'élever...

Dans la galerie creusée sous Sinclair Road, Souslev

suffoquait, à demi enfoui sous les gravats. L'eau s'écoulant des conduites brisées emplissait rapidement le tunnel, dont la voûte avait été en partie arrachée. Le Soviétique se dégagea, parvint à se hisser à la surface et fut pris de panique. Autour de lui, toute lumière avait disparu, il était plongé dans le noir, dans une mer de décombres qui continuaient à craquer et à bouger. Il se releva et dévala à toutes jambes ce qui restait de Sinclair Road.

Plus haut, la partie de Kotewall Road située de l'autre côté du barrage avait été épargnée. Les rares personnes qui n'avaient pas perdu l'équilibre étaient paralysées de frayeur, incapables de croire à la réalité de la scène qui se déroulait sous leurs yeux. Le glissement de terrain avait fait éclater la chaussée ; les terrasses échelonnées sur le flanc de la montagne n'étaient plus qu'un amas informe de boue, de rochers et de terre. Les routes et les immeubles avaient disparu, le petit groupe de Dunross avait été entraîné par la coulée.

Casey, qui faisait partie des rescapés, ouvrit la bouche sur un long hurlement silencieux. Retrouvant enfin sa voix, elle réussit à crier : « Mon Dieu, Linc ! » et se précipita vers les ruines. Des appels à l'aide montaient de partout dans l'obscurité, soudain zébrée par un arc électrique jaillissant de câbles arrachés.

Des décombres qui remuaient encore émergeaient çà et là une chaussure, un lit, un jouet, le capot d'une voiture. A la lueur de l'arc électrique, Casey aperçut une cabine d'ascenseur emprisonnant des corps désarticulés. « Linc ! Linc ! » continuait-elle à crier, le visage inondé de larmes. Elle se dirigea vers ce qui avait été l'entrée de l'immeuble, escalada un bloc de béton qu'elle sentit osciller sous son poids. Elle entendit un gémissement, se mit à genoux, creusa dans les gravats et découvrit un petit Chinois de trois ou quatre ans, coincé sous les ruines, terrifié, à demi étouffé par la poussière.

« Mon Dieu, pauvre chéri », murmura Casey. Elle se redressa, jeta autour d'elle des regards désespérés mais ne vit personne pouvant lui venir en aide. Le bloc de béton bougea de nouveau avec un grincement menaçant mais Casey, ignorant le danger, continua à essayer de dégager l'enfant. De ses mains en sang elle déblaya briques et moellons, parvint à agripper le bras du petit Chinois et à le tirer vers elle. Elle le prit dans ses bras, se releva et se recula tandis que le bloc de béton basculait et roulait vers le bas de la pente. L'enfant, indemne, serrait son petit corps agité de tremblements contre celui de Casey.

L'avalanche de boue avait entraîné Dunross et son groupe vers le bas de la colline, mais les broussailles avaient freiné leur chute. Le Taï-pan se releva, étourdi, étonné de n'être pas blessé. Il s'approcha de Dianne Chen qui gémissait, à demi inconsciente, une jambe fracturée. Le tibia émergeait de la chair mais apparemment il n'y avait pas hémorragie. Ian essaya, avec d'infinies précautions, de remettre l'os en place, Dianne poussa un hurlement de douleur et s'évanouit. Il vit une ombre remuer, leva les yeux : Riko Anjin venait de se relever, nu-pieds, la robe déchirée, un filet de sang au coin des lèvres.

— Ça va ? lui demanda-t-il.

— Oui... oui. C'est... c'est un tremblement de terre ? fit-elle d'une voix blanche.

Un arc électrique grésilla, illuminant brièvement les ruines.

— Bon Dieu, on se croirait à Londres pendant la dernière guerre, murmura Dunross.

Apercevant Phillip Chen étendu quelques mètres plus bas, inerte, coincé contre un arbuste, il confia Dianne à Riko et descendit. Le compradore respirait encore. Soulagé, Ian le redressa, l'appuya contre l'arbuste et scruta les ténèbres. D'autres rescapés se relevaient ; à quelques pas de Dunross, Christian Toxe secouait la tête.

— Nom de Dieu de bon Dieu, marmonnait-il. Il doit y avoir deux cents personnes sous les décombres... Il, il faut que je trouve un téléphone.

Il trébucha, poussa un nouveau juron et retomba.

— Aidez-moi, dit-il au Taï-pan. Je crois que je me suis tordu une cheville.

En s'appuyant sur le Taï-pan et Riko Anjin, le journaliste parvint à grimper la pente jusqu'à la route. Figés par la peur, certains rescapés contemplaient la scène sans bouger ; d'autres fouillaient les décombres à la recherche de survivants. Toxe descendit en clopinant vers les immeubles épargnés tandis que Dunross allait prendre dans sa voiture une lampe électrique et une trousse de secours.

En glissant la clef dans la serrure du coffre, il essaya de se rappeler la composition de son groupe. « Qui était avec moi ? Toxe, Riko, Jacques — non, il nous avait quittés — Phillip et Dianne Chen, Barre... non, nous l'avions laissé chez Jason. Bon Dieu, j'avais oublié la réception ! Qui se trouvait encore là-bas ? Kwang et sa femme, Plumm... Johnjohn était parti, Crosse aussi, peut-être. »

Ian revint auprès de Riko avec une trousse d'urgence, deux torches électriques et une corde. Il lui donna l'une des lampes, quelques bandes et un tube d'aspirine.

— Occupez-vous de Dianne et de Phillip, ordonna-t-il d'un ton volontairement autoritaire. Elle a une jambe fracturée, lui, je ne sais pas. Faites ce que vous pourrez et restez avec eux jusqu'à ce qu'une ambulance arrive ou que je revienne. D'accord ?

— D'accord, dit la jeune femme, qui leva des yeux effrayés vers la montagne. Il... il n'y aura pas d'autre glissement ?

— Non, vous ne risquez rien. Allez-y, maintenant.

Rassurée par le ton du Taï-pan, elle redescendit lentement, posant le pied dans la terre avec précaution. Dunross se retourna et aperçut Orlanda au bout de la file de voitures. Les yeux braqués vers l'endroit où s'était élevé son immeuble, elle remuait doucement les lèvres, des tremblements agitaient son visage et son corps. Ian s'approcha d'elle, la prit par les épaules et la secoua pour la tirer de son hébétude. Pendant la guerre, il avait vu de nombreuses personnes semblablement anéanties par la peur.

— *Orlanda !*

La jeune femme sortit de sa torpeur et balbutia :

— Oh !... qu'est-ce... qu'est-ce...

Elle se mit à pleurer mais ses yeux avaient perdu leur lueur égarée.

— Reprenez-vous, Orlanda, dit Ian d'une voix douce mais ferme. Vous n'avez rien, c'est fini !

Il l'appuya contre le capot d'une voiture et commençait à s'éloigner quand il l'entendit murmurer :

— Mon Dieu, Linc... Linc est là-dessous !

Il s'arrêta, se retourna.

— Où ? Où était-il ?

— Il... dans mon appartement. Au huitième étage !

Dunross courut vers les ruines. Çà et là des survivants avançaient à tâtons, les pieds dans la boue, la main protégeant la flamme d'une allumette. En approchant de l'immeuble, le Taï-pan sentit une odeur de gaz et s'écria :

— Éteignez les allumettes, vous allez nous faire griller !

Ce fut alors qu'il découvrit Casey...

La voiture de police qui suivait le camion de pompiers gravissait la pente aussi vite que la circulation le permettait.

Malgré les hurlements des sirènes, aucun véhicule

ne dégageait la voie. Assis à l'avant à côté du chauffeur, Armstrong écoutait les appels radio :

— Ordre à toutes les voitures de se rendre d'urgence à Kotewall Road. Il y a eu un nouveau glissement de terrain à proximité de Po Shan et Sinclair Road ! D'après notre informateur, Rose Court et deux autres bâtiments de quinze étages se seraient écroulés.

— Attention, bon sang ! dit le commissaire au chauffeur, qui avait déboîté trop largement et frôlé un camion venant en sens inverse. Tourne à droite, traverse Castle pour prendre Robinson et rejoins Sinclair.

Il rentrait chez lui après une séance de « normalisation » avec Brian Kwok quand il avait entendu le premier appel. Se souvenant que Crosse habitait Sinclair Road et qu'il avait l'intention de se rendre au cocktail de Jason Plumm après avoir vérifié une intuition avec Rosemont, Armstrong avait décidé d'aller voir sur place. Si Crosse s'est fait écrabouiller, qui prendra la direction de la SI ? se demandait-il. Son successeur maintiendra-t-il la libération de Brian ?

Une seconde voix, plus calme et plus ferme, résonna dans le haut-parleur :

— Ici le colonel des pompiers Soames. Nous allons déclencher le Plan d'Urgence N° 1. Je me trouve à l'intersection de Sinclair, Robinson et Kotewall Road, où j'ai établi un poste de commandement. Informez immédiatement le directeur de la police et le gouverneur de l'ampleur de la catastrophe. Tous les hôpitaux de l'île doivent se préparer à accueillir les blessés. Nous aurons besoin de toutes les ambulances et d'une aide massive de l'armée. Le courant est coupé, il faut réquisitionner tous les générateurs disponibles...

— Sacré bon Dieu ! s'écria Armstrong. Appuie sur le champignon !

Le chauffeur accéléra.

Casey tenait encore dans ses bras l'enfant pétrifié par la peur.

— Oh ! Ian, Linc est dans les décombres !

— Je sais ! répondit-il par-dessus les gémissements et les appels à l'aide qui montaient des ruines. Vous n'avez rien ?

— Non, mais Linc...

Un enchevêtrement de poutrelles tordues s'écroula dans un bruit assourdissant, provoquant une réaction en chaîne. Un bloc de béton heurta la cabine d'ascenseur, l'arracha à sa cage et l'expédia vers le bas, semant des cadavres dans son sillage.

— Mon Dieu ! fit Casey.

— Retournez à la voiture, vous y serez en...

Un homme se précipita vers Casey et Dunross, regarda l'enfant et le prit dans ses bras en remerciant le Ciel et l'Américaine.

— Où l'avez-vous trouvé ?

Casey eut un geste vers les décombres, que le Chinois examina avant de s'enfoncer dans la nuit en pleurant de soulagement. On entendait de toutes parts des sirènes s'approcher.

— Restez ici, ordonna Ian à Casey. Je vais aller voir.

— Faites attention. Vous sentez cette odeur de gaz ?

S'éclairant de sa lampe, Dunross avança à travers les ruines, sur les gravats glissants et cédant sous le pied. Le faisceau lumineux fit jaillir de l'ombre le corps recroquevillé d'une Chinoise qu'il ne connaissait pas, puis le cadavre d'un Blanc au crâne défoncé. Dunross braqua sa torche sur les autres morts mais ne trouva pas Bartlett. Un peu plus loin, il passa devant les corps disloqués de deux Chinois. Maîtrisant une envie de vomir, il s'approcha d'un Blanc dont la tête, écrasée, était méconnaissable, fouilla dans une de ses poches, en retira un permis de conduire au nom de Richard Pugmire.

L'odeur de gaz se faisait plus forte. Un court-circuit

et nous nous retrouvons tous au royaume des cieux, se dit-il en songeant aux câbles arrachés. Après un dernier regard au cadavre de Pugmire, il recommença à descendre. Quelques mètres plus loin il entendit un faible gémissement, s'arrêta, parvint à en localiser la provenance. Avec précaution, il se glissa sous deux poutres entrecroisées supportant un tas de gravats. Il saisit un morceau de béton, s'arc-bouta, réussit à le faire basculer et découvrit le visage d'un homme.

— Aidez-moi, gémit Clinker d'une voix faible. Vous tombez à pic, mon pote...

Dunross constata que l'homme était coincé sous les poutres mais qu'elles le protégeaient en même temps des débris qui les recouvraient.

— Un moment, dit-il.

Il chercha autour de lui, trouva une barre de fer et s'en servit comme d'un levier pour soulever les poutres. Une pyramide de gravats bougea dangereusement.

— Vous pouvez sortir tout seul ? fit-il d'une voix haletante.

— Je... Je suis blessé aux cannes, salement, mais je vais essayer, répondit Clinker.

Il étendit le bras, saisit une armature dépassant d'un bloc de béton.

— Prêt — j'attends votre signal.

— Comment vous appelez-vous ?

— Ernie Clinker. Et vous ?

— Ian Dunross.

Clinker bougea la tête pour tourner vers Ian un visage en sang, aux cheveux gris de poussière et aux lèvres à vif.

— Merci, Taï-pan. Je suis prêt, allez-y.

Dunross appuya de toutes ses forces sur son levier de fortune, les poutres se soulevèrent d'un ou deux centimètres. Clinker se tortilla mais ne parvint pas à se dégager.

— Un peu plus haut, fit-il, pantelant.

Le Taï-pan banda ses muscles, les poutres se soulevèrent, des débris roulèrent dans la cavité où se trouvait Clinker. Ian fit un dernier effort et s'écria :

— Allez-y ! Je ne pourrais pas tenir...

Clinker se dégagea centimètre par centimètre en s'agrippant au bloc de béton. Quand il eut le torse complètement sorti, Dunross laissa les poutres redescendre très lentement, attendit un moment puis saisit le vieillard sous les bras et finit de le dégager. Les jambes apparurent : la gauche n'avait plus de pied.

— Ne bougez pas, mon vieux, dit Ian.

Il prit une bande et fabriqua à la hâte un tourniquet qu'il plaça au-dessus du moignon. Comme il se demandait s'il allait laisser le blessé pour aller chercher de l'aide, il entendit un craquement, le tas de débris se mit à glisser vers lui. Dunross se jeta à terre en se protégeant la tête des mains.

83

21 h 13

Seize minutes après l'effondrement de Rose Court, il régnait une animation fébrile sur toute la zone sinistrée. Les rescapés qui avaient réussi à sortir des décombres prêtaient main-forte aux sauveteurs et plus bas, près du poste de commandement installé au croisement, quatre camions de pompiers et une dizaine de voitures de police étaient déjà arrivés. Des équipes de secours armées de grosses lanternes grimpaient vers le lieu de la catastrophe. Une ambulance emportait déjà des blessés, d'autres venaient en renfort.

Le colonel des pompiers avait dès son arrivée réclamé des ingénieurs de la compagnie du gaz et d'autres spécialistes pour inspecter les fondations des bâtiments épargnés. Au besoin, on ferait évacuer les habitants des immeubles jugés en danger dans les trois artères : Kotewall, Po Shan et Conduit.

— Il faudra des semaines pour déblayer la terre et nettoyer, estima-t-il avec une grimace.

Une voiture de police s'arrêta près de lui en faisant gémir ses pneus.

— Salut, Robert, dit le colonel en voyant Armstrong descendre du véhicule.

— Oh ! nom de Dieu !

— Oui. Dieu sait combien de personnes sont enfouies sous les décombres.

— Attention ! cria quelqu'un.

Les sauveteurs coururent se mettre à l'abri tandis qu'un bloc de béton armé tombait de la Tour Sinclair décapitée et s'écrasait sur les débris. Une des voitures braqua son projecteur vers le haut, éclairant des vestiges de pièce sans plafond ni mur extérieur. Une petite silhouette se balançait au bord du vide...

Craignant un nouveau glissement, les habitants des immeubles voisins s'étaient assemblés près du barrage établi sur Kotewall Road. L'air encore égaré, Orlanda, appuyée contre une voiture, pleurait doucement, mêlant ses larmes aux gouttes de pluie coulant sur son visage. Des renforts de police franchirent les barrières établies par leurs collègues et se dispersèrent sur l'immense bourbier. Un policier entendit un appel à l'aide, dirigea sa lampe vers les broussailles et prit dans son faisceau une silhouette de femme agitant le bras près de deux formes inertes : Riko allait recevoir du secours.

En bas, au croisement, Gornt arrêta sa voiture, en descendit et se mit à gravir la pente sans prêter attention aux protestations des policiers submergés. Parvenu devant la barrière, il contempla avec consternation la scène de fin du monde s'offrant à lui. Quelques instants plus tôt, il se trouvait lui aussi dans l'immeuble mais un miracle l'avait fait partir juste avant la catastrophe. Tous les autres étaient peut-être morts et enterrés...

— Restez pas là ! lui cria un policier.

Des ambulanciers suivis de pompiers armés de haches le bousculèrent en passant. Gornt s'écarta.

— Il y a des survivants ?

— Oui, bien sûr.

— Vous avez vu Dunross ?

— Qui ?
— Dunross, le Taï-pan.
— Non, pas vu.
Le policier abandonna Gornt pour empêcher de passer un couple de Chinois affolés.
— Mon Dieu, fit une voix à l'accent américain.
Gornt se retourna. Paul Choy et Venus Poon venaient d'arriver avec un nouveau groupe de Chinois qui scrutaient l'obscurité d'un regard anxieux.
— Que faites-vous ici, Paul ?
— Oh ! bonsoir, Mr. Gornt. Mon... mon oncle est là-dedans, répondit Choy en montrant la tour étêtée.
— Quatre-doigts ? s'étonna Gornt.
— Mr. Wu m'attendait pour discuter d'un contrat, expliqua Venus Poon. Il va produire mon prochain film.
Sans s'attarder au mensonge patent de la fille, Gornt se dit qu'une occasion s'offrait à lui de renverser la situation : s'il lui sauvait la vie, le vieux pirate l'aiderait peut-être à éviter la ruine.
— A quel étage était-il ?
— Au cinquième, dit Venus Poon.
— Paul, faites le tour par Sinclair Road et remontez par ce côté-ci. Moi, je descendrai à votre rencontre. Allez, vite !
Choy s'éloigna avant que Venus Poon n'ait eu le temps de le retenir. Profitant de ce que le policier s'efforçait toujours de calmer le couple de Chinois, Gornt franchit la barrière. Il connaissait bien l'appartement de Plumm, situé au cinquième étage : Quatre-doigts ne devait pas en être loin. Du fait de l'obscurité, il ne remarqua pas Orlanda, qui se tenait immobile de l'autre côté de la route.
Gornt avançait aussi rapidement qu'il le pouvait mais ses pieds enfonçaient dans la terre.
— Honorable ambulancier ! cria-t-il en cantonais à un Chinois. Vous n'auriez pas une lampe de trop ?
— Si, tenez. Faites attention, le terrain est traître.

Parvenu à l'endroit où s'était élevé Rose Court, il s'arrêta. La cicatrice que le glissement avait tracée sur le flanc de la montagne courait sur une centaine de mètres. Conduit Road avait complètement disparu, les arbres avaient été arrachés, les parapets balayés. « Impossible », murmura-t-il, en songeant aux plaisirs qu'il avait goûtés pendant des années à Rose Court. Quelques mètres plus loin, des projecteurs éclairaient le moignon de la tour qu'il avait toujours détestée — d'abord parce qu'elle avait gâché la vue qu'il avait de Rose Court, ensuite parce qu'elle appartenait à Dunross. La voir ainsi mutilée lui procura une brève sensation de plaisir, aussitôt dissipée par la tristesse de savoir Rose Court anéanti.

Assise sur les gravats, Casey attendait, le cœur serré d'angoisse. Des sauveteurs éparpillés sur tout le lieu du sinistre appelaient et écoutaient alternativement, creusaient les décombres quand ils avaient entendu un gémissement. Elle se leva et chercha Dunross, dont elle ne voyait plus la torche depuis quelques minutes.

Un pan de terre se détacha du flanc de la montagne, les sauveteurs coururent se mettre à l'abri. Tout redevint immobile et silencieux, les équipes de secours remontèrent lentement la pente.

— Casey ? Casey, c'est vous ?

Gornt sortit de la pénombre et s'approcha de la jeune femme en trébuchant.

— Oh ! Quillan, s'écria-t-elle en se jetant dans ses bras. Il faut trouver Linc !

— Je suis venu dès que j'ai entendu la nouvelle à la radio. J'avais peur que vous ne soyez... Tenez bon, Casey !

— Moi... ça va. C'est Linc, il est quelque part là-dedans.

— Mais comment...

— Il était chez Orlanda.

— Vous vous trompez peut-être.

— Non. C'est elle qui me l'a dit.

— Où est-elle ? Elle n'a rien ?

— Non. Elle était dehors avec moi quand c'est arrivé. Quillan, j'ai tout vu. Il y a eu une avalanche, l'immeuble s'est effondré et j'ai couru. Ian est venu m'aider mais Linc...

— Dunross ? Il s'en est tiré lui aussi ?

— Oui, il est là-bas, maintenant, il fouille les ruines... L'ascenseur... plein de cadavres...

— Il y a d'autres rescapés ?

— Jacques, les Chen, le journaliste, je ne sais pas... Vous regrettez que Ian soit vivant ?

— Au contraire. Où est-il allé, exactement ?

— Là-bas, où il y a ce tas de décombres, dit Casey en montrant la direction avec sa torche. Près de ce qui reste de l'ascenseur.

— Restez ici.

Gornt quitta Casey et disparut bientôt dans la nuit. La pluie tombait plus dru, rendant le terrain glissant. Il trébucha, se cogna le tibia et jura, mais continua à descendre, cherchant de sa lampe où poser le pied sans trop de risques. Alors ce foutu Taï-pan est sorti de l'immeuble avant qu'il ne s'écroule, pensa Gornt. Il a une chance incroyable !

Il crut entendre un faible appel à l'aide et s'immobilisa. Il tendit l'oreille : rien. « Où êtes-vous ? » cria-t-il. Pas de réponse. Il hésitait à poursuivre ses recherches car l'amas de décombres dans lequel il s'était enfoncé pouvait s'effondrer d'une seconde à l'autre. « Où êtes-vous ? » cria-t-il de nouveau. Il continua d'avancer prudemment, les narines envahies par une odeur de gaz de plus en plus forte.

Il s'approcha des débris de l'ascenseur, examina les cadavres, n'en reconnut aucun, tourna derrière un bloc de béton. Soudain une lumière l'aveugla.

— Que faites-vous ici, Quillan ? fit la voix de Dunross.

— Je vous cherche, répondit Gornt en braquant sa torche vers la source lumineuse. Casey m'a dit que vous jouez à cache-cache dans le coin.

Assis sur un moellon, le Taï-pan reprenait son souffle. Il avait les bras griffés et couverts de sang, les vêtements en lambeaux. Quand les décombres s'étaient effondrés sur lui, il avait lâché la lampe pour se protéger la tête et s'était retrouvé pris au piège dans le noir avec Clinker. Faisant appel à toute sa volonté pour ne pas céder à la panique, il avait patiemment cherché à tâtons, centimètre par centimètre. Il était sur le point de renoncer quand ses doigts s'étaient enfin refermés sur la lampe. La lumière avait dissipé sa peur, il avait trouvé une issue.

— Désolé, je ne suis pas mort, lança-t-il à son ennemi avec un sourire sarcastique.

Gornt haussa les épaules :

— C'est le *joss*. Vous finirez bien par mourir.

Entendant un craquement, Gornt braqua sa torche vers le haut.

— Et plus tôt que vous ne le pensez si nous ne fichons pas le camp en vitesse ! ajouta-t-il.

Dunross se leva, grogna quand la douleur lui poignarda le dos.

— Vous n'êtes pas blessé, j'espère ? demanda Gornt.

Ian sourit. Sa peur d'être enterré vif se dissipait lentement.

— Non. J'aurais besoin de votre aide.

— Pour quoi faire ?

Le Taï-pan éclaira le corps inerte de Clinker.

— C'est en essayant de le sauver que je me suis retrouvé coincé, expliqua-t-il. Il s'appelle Clinker, il a les jambes en bouillie et il lui manque un pied.

— Le pauvre ! Je me charge de lui.

Gornt s'agenouilla près du vieillard, lui souleva doucement la tête.

— Il est mort.

— Vous êtes sûr ?

— Oui. Emmenons-le.

L'ennemi de Ian chargea Clinker sur ses épaules comme un pantin de chiffon et remonta la pente, suivi par Dunross. Quand ils furent hors de danger, ils s'arrêtèrent pour reprendre haleine. Ian appela en renfort des ambulanciers et leur confia le corps du vieillard.

— Quillan, avant que nous ne rejoignons Casey, un mot au sujet de Bartlett...

— Oui, je sais. Elle m'a dit qu'il était chez Orlanda. Elle habitait au huitième.

— A votre avis, il se trouve où, maintenant, le huitième ?

— De toute façon, Bartlett est certainement mort. Le *huitième*, vous vous rendez compte ? D'ici, je ne vois rien. Je pourrais peut-être reconnaître quelque chose mais j'en doute. Le huitième doit être là-bas, presque sur Sinclair Road.

— Et s'il vivait encore, protégé par un pan de mur ?

— Vous avez vraiment besoin de lui et de son argent, fit Gornt d'un ton sarcastique.

— Plus maintenant.

— Foutaises ! répliqua Gornt. (Il monta sur un bloc de béton, mit ses mains en porte-voix.) Casey ! Nous descendons ! Retournez nous attendre à la barrière !

Dunross entendit l'Américaine répondre :

— Entendu. Soyez prudents !

— Bon, grogna Gornt. Si nous devons jouer les héros, autant le faire dans les règles. Je passe devant.

Le Taï-pan suivit. En descendant, les deux hommes aperçurent des cadavres ou des morceaux de corps mutilés, croisèrent des survivants qui creusaient frénétiquement les ruines à la recherche de leur famille. Parvenu en bas de la pente, Gornt inspecta soigneusement les décombres.

— Alors ? demanda Ian.

— Rien.

Gornt découvrit des rideaux tachés de boue qui

auraient pu être ceux d'Orlanda mais cela faisait près de deux ans qu'il n'avait pas mis les pieds dans son appartement. Il hésitait, s'attardait devant le tissu crotté.

— Quelque chose ?

— Non.

Le patron de Rothwell se remit à chercher dans les gravats.

— Ce meuble pourrait venir de l'appartement de Plumm, au cinquième, dit-il en éclairant de sa torche un sofa défoncé.

— Au secours ! au secours, par tous les dieux ! fit une voix en cantonais.

Gornt crut reconnaître Quatre-doigts et se rua dans la direction de l'appel. Il s'enfonça dans les ruines, suivi par Dunross, et découvrit un vieux Chinois couvert de poussière, assis sur un moellon. Apparemment indemne, il regardait autour de lui d'un air perplexe. Quand Dunross et Gornt s'approchèrent, il cligna des yeux dans la lumière de la torche et fit la grimace.

Les deux hommes reconnurent aussitôt les dents de lapin de Ching-beau-sourire, le banquier. Lui aussi les reconnut.

— Que s'est-il passé, honorables seigneurs ? leur demanda-t-il dans son cantonais guttural.

Quand Gornt lui eut répondu, le vieillard ouvrit la bouche toute grande :

— Impossible ! Alors je suis vivant ?

— Oui. A quel étage vous trouviez-vous ?

— Au douzième, dans ma salle de séjour, devant le poste de télévision, répondit Beau-sourire (ses lèvres esquissèrent une nouvelle grimace tandis qu'il fouillait sa mémoire). Je venais de voir cette petite bouche onctueuse de Venus Poon et puis... et puis il y a eu un grondement de tonnerre en provenance de Conduit Road. Ensuite, je me suis réveillé ici, il y a quelques minutes à peine.

— Qui se trouvait avec vous dans l'appartement ? demanda le Taï-pan.

— Mon *amah*. Ma première épouse était partie jouer au mah-jong, répondit Ching.

Il se leva avec précaution, se palpa les membres et émit un petit gloussement :

— *Ayiiya*, par tous les dieux, c'est un miracle ! Le *joss* m'est de nouveau favorable ! Je vais redevenir riche, récupérer ma banque et mon titre de commissaire des courses ! Taï-pan et second taï-pan, la chance a tourné !

Le vieux Chinois fléchit les genoux, se tâta de nouveau les cuisses et partit se mettre à l'abri en trottinant.

— Si cet amas de décombres est ce qui reste du douzième étage, le huitième devrait se trouver là-bas, conclut Dunross en dirigeant sa torche derrière lui.

Gornt opina du bonnet.

— Si cette vieille fripouille a survécu, Bartlett a pu s'en sortir, lui aussi.

— Peut-être. Cherchons-le.

84

23 h 05

Un camion militaire monta sous la pluie jusqu'au poste de commandement et s'arrêta en projetant une gerbe de boue. Des soldats de la Garde irlandais vêtus de treillis et d'imperméables en descendirent et se dirigèrent vers l'officier qui les attendait. Certains d'entre eux portaient une hache.

— Emmenez vos hommes là-haut, sergent, ordonna l'officier en pointant sa badine vers la droite. Mettez-vous à la disposition de l'adjudant-chef O'Connor. Défense de fumer, il y a une fuite de gaz !

— Où est la compagnie Alpha, mon lieutenant ? demanda le sergent.

— Là-haut, à Po Shan, et la Delta est à mi-pente. Nous avons installé un poste de secours sur Kotewall Road. Vous pouvez m'appeler sur le canal 4. En route !

Les nouveaux venus prirent la mesure du désastre et commencèrent à grimper sous la conduite de leur chef. Le lieutenant retourna au poste de commandement, décrocha le téléphone de campagne.

— Compagnie Delta ? Ici le poste de commandement. Au rapport.

— Nous avons découvert quatre cadavres et deux

blessés, mon lieutenant. Une Chinoise nommée Kwang, qui souffre de multiples fractures, et son mari, qui est seulement un peu commotionné.

— Dans quelle partie de l'immeuble se trouvaient-ils ?

— Au cinquième. Nous les conduisons au poste de secours de Kotewall. Ce sont probablement des grosses poutres qui les ont protégés. Nous avons entendu un autre survivant mais il est trop profondément enfoui pour que nous puissions l'atteindre. Les pompiers ne peuvent utiliser leurs chalumeaux oxy-acétyléniques à cause de la fuite de gaz. Rien d'autre dans notre secteur, mon lieutenant.

— Continuez.

L'officier se retourna, lança à un planton :

— Va me chercher les types de la compagnie du gaz. Dis-leur de se grouiller !

— Oui, mon lieutenant.

— Poste de secours de Kotewall ? Poste de commandement. Quelle est la situation ?

— Quatorze morts et dix-neuf blessés, dont plusieurs grièvement. Nous venons de retrouver Sir Dunstan Barre, il a seulement une fracture du poignet.

— Bon. La police a établi un service des personnes disparues sur le canal 16. Communiquez-lui les noms des morts et des blessés dès que vous les aurez. Nous avons des parents fous d'angoisse, ici en bas.

— Bien, mon lieutenant. Il paraît que nous allons faire évacuer tout le secteur ?

— Le gouverneur, le directeur de la police et le commandant des pompiers en discutent en ce moment.

L'officier se frotta le visage d'un geste las puis se rua vers un camion amenant des Gourkhas du Génie. Un ingénieur topographe des Travaux Publics descendit de voiture et s'approcha du poste de commandement central, établi près de la tour décapitée. Il salua le gouverneur, le commandant des pompiers et le directeur de la police :

— Bonsoir, messieurs. Nous avons inspecté tous les immeubles, de Po Shan à ici. Je recommande que nous en évacuions dix-neuf.

— Grand Dieu ! s'exclama Sir Geoffrey. Vous voulez dire que cette foutue montagne va s'écrouler totalement ?

— Non, Excellence, mais s'il continue à pleuvoir, il pourrait y avoir un nouveau glissement. Ce secteur a déjà été touché maintes fois : Bonham en 1941 et 1950, Robertson et Lytton Road en 1959, etc. Il faut évacuer.

— Quels bâtiments ?

L'ingénieur tendit une liste au gouverneur en précisant :

— L'opération concerne plus de deux mille personnes, j'en ai peur.

Les regards convergèrent vers Sir Geoffrey qui examina la liste puis leva les yeux vers la masse menaçante de la montagne.

— Bon, allez-y. Mais pour l'amour du Ciel, pas de panique : je veux une évacuation en bon ordre.

— Bien, Excellence, fit l'ingénieur avant de s'éloigner.

— Est-il possible d'obtenir des renforts, Donald ?

Le directeur de la police, un homme d'une cinquantaine d'années au visage énergique, répondit :

— Pas pour le moment, nous manquons d'hommes. Il y a eu des glissements de terrain à Kowloon, à Kwun Tong...

— Je croyais voir la fin de nos ennuis avec l'accord de Tiptop, murmura le gouverneur.

Le commandant des pompiers secoua la tête :

— Ils ne font que commencer, je le crains. D'après nos estimations, il pourrait y avoir une centaine de personnes ou plus enfouies sous les décombres. Il nous faudra des semaines pour passer le secteur au crible.

Sir Geoffrey resta un moment silencieux puis déclara d'une voix ferme :

— Je monte à Kotewall, vous pourrez me joindre sur le canal 5.

Il s'apprêtait à s'installer dans sa voiture quand il vit Crosse et Sinders, qui revenaient de Sinclair Road, où l'effondrement de la voûte du souterrain avait creusé un large fossé.

— Alors ?

— Rien à faire. Nous avons réussi à descendre dans la galerie mais elle est bouchée par un éboulement. Pas moyen de gagner Rose Court par là, dit Crosse.

Quand l'immeuble d'Orlanda s'était écroulé, Crosse se trouvait à une cinquantaine de mètres de chez lui. Le premier choc passé, il avait aussitôt pensé à Plumm et à Souslev. Lorsqu'il était parvenu devant la Tour Sinclair décapitée, des locataires terrifiés fuyaient déjà. A contre-courant du flot des habitants, il était monté par l'escalier jusqu'à l'appartement 32, dont il ne restait quasiment rien. Si Souslev s'y trouvait quand le glissement a commencé, il est mort maintenant, avait-il pensé. Même chose s'il était rentré chez Clinker. Sa seule chance d'avoir survécu, c'est le souterrain.

Il était donc redescendu, avait fait le tour du bâtiment et s'était glissé par la porte secrète menant au tunnel. L'eau avait envahi la galerie, on ne pouvait y descendre. Il était retourné sur la route et avait constaté que là aussi l'eau coulait à gros bouillons dans le souterrain éventré. Certain désormais de la mort de Souslev, il avait couru téléphoner au QG et avait demandé Sinders. Après avoir expliqué la situation, il lui avait déclaré :

— Souslev était avec Clinker, mes hommes ne l'ont pas vu ressortir. Ils sont enfouis tous les deux. Aucune chance qu'ils aient survécu.

— Diable... J'arrive immédiatement.

Crosse était retourné à la tour pour organiser l'évacuation des habitants et les premiers secours. Lorsque les renforts étaient arrivés, on avait déjà retrouvé sept morts, dont deux enfants, et quatre blessés agonisants. Sinders et le gouverneur étaient arrivés, Crosse leur avait résumé la situation en dissimulant sa satisfaction sous son air grave.

— C'est sacrément dommage, avait grommelé Sinders.

— Vous pensez vraiment que Souslev vous aurait révélé l'identité d'Arthur ? avait demandé le gouverneur.

— Oh ! oui, avait répondu le chef du MI 6 avec assurance. Vous n'êtes pas de cet avis, Roger ?

Crosse avait eu peine à retenir un sourire :

— J'en suis persuadé.

Sir Geoffrey avait poussé un soupir :

— Sa disparition va causer des remous diplomatiques.

— Nous n'y sommes pour rien, Excellence.

— Je le sais mais vous connaissez les Russes. Ils croiront que nous le retenons secrètement prisonnier pour l'interroger. Nous ferions mieux de retrouver rapidement Souslev ou son cadavre.

— Certainement, Excellence, avait répondu Sinders. Quant à l'*Ivanov* ?

— Que proposez-vous ?

— Qu'en pensez-vous, Roger ?

— Je suggère d'informer immédiatement Boradinov de la situation et de lui permettre de retarder le départ du navire s'il le souhaite. Une voiture ira le prendre, il pourra participer aux recherches et se faire aider par ses matelots, au besoin.

— Bon, je retourne à Kotewall, avait déclaré le gouverneur.

Les deux hommes des services secrets l'avaient regardé s'éloigner. Un jeune policier s'était approché et avait remis un papier à Crosse.

— Dernière liste des morts et des rescapés, M. le directeur. Venus Poon va parler sur Radio Hong-Kong d'un moment à l'autre. Elle est à Kotewall.

— Merci.

Roger Crosse avait parcouru rapidement la liste.

— Bon Dieu !

— On a trouvé Souslev ?

— Non, mais je connaissais plusieurs des victimes, avait-il répondu en passant la liste à Sinders. Je téléphone à Boradinov et je retourne dans le secteur de Clinker.

Sinders avait hoché la tête sans lever les yeux de la feuille de papier. Vingt-huit rescapés, dix-sept morts dont les noms ne signifiaient rien pour lui. Parmi ceux-ci, celui de Jason Plumm...

Sur le quai de Kowloon le long duquel l'*Ivanov* était amarré, des coolies chargés de caisses montaient et descendaient les passerelles. Du fait de la catastrophe, la surveillance avait été réduite et seuls deux policiers étaient postés au bas de chaque passerelle. Déguisé en coolie, le visage disparaissant sous un vaste chapeau, Souslev monta à bord sans attirer l'attention. Il se fit reconnaître de Boradinov et l'entraîna dans sa cabine.

— *Kristos*, camarade capitaine, je vous croyais mort ! Nous devons lev...

— Tais-toi et écoute, fit Souslev, encore pantelant.

Il empoigna une bouteille de vodka et but une longue gorgée.

— La radio est-elle réparée ?

— Oui. Il n'y a plus que le brouilleur qui ne marche pas, répondit le second.

— Je ne sais pas comment je m'en suis sorti. D'un seul coup, je me suis retrouvé à l'air libre, j'ai dévalé la colline et j'ai pris un taxi, raconta Souslev. (Il avala une autre rasade.) Écoute bien, pour tout le monde, je suis encore enfoui là-bas, à Rose Court, mort ou présumé tel.

Boradinov le regardait d'un air ahuri.

— Mais, camarade capi...

— Appelle la police, signale ma disparition et réclame le report du départ. Si les flics refusent, tant mieux, nous partirons ; s'ils acceptent, nous resterons vingt-quatre heures de plus pour sauver les apparences puis nous lèverons l'ancre. Compris ?

— Oui, camarade capitaine, mais pourquoi ?

— Je t'expliquerai plus tard. En attendant, veille à ce que tout le monde à bord me croie disparu. Personne ne doit pénétrer dans cette cabine avant que nous ayons gagné les eaux internationales. La fille est là ?

— Dans l'autre cabine comme vous l'avez ordonné.

Souslev se demanda ce qu'il allait faire de Ginny Fu puisqu'il était porté disparu et le resterait. La débarquer ou ne rien modifier aux plans la concernant ?

— Quand la police t'aura informé que je me trouve sans doute sous les ruines de Rose Court — les hommes de la SI m'avaient filé jusque chez Clinker, comme d'habitude — tu diras à la fille que notre départ est retardé et qu'elle doit continuer à m'attendre dans sa cabine. Allez, file !

Souslev referma la porte à clef derrière son second et se laissa aller au sentiment de soulagement qui l'envahissait. A présent, il pouvait s'enfuir, Sinders n'aurait jamais l'idée de trahir un mort. A Moscou, il convaincrait aisément le Centre de le décharger de ses responsabilités en Asie et de lui donner une nouvelle affectation sous une identité différente. Il prétendrait que diverses fuites rendaient sa situation périlleuse et qu'il valait mieux confier à un autre le soin de repartir à zéro avec Crosse et Plumm — si l'un et l'autre avaient survécu.

Plus détendu et confiant qu'il ne l'avait été depuis des années, il passa dans la salle de bain et entreprit de faire disparaître sa barbe. Un poste au Canada ne me déplairait pas, pensait-il. C'est un pays important.

Quelques minutes plus tard, quand Boradinov revint l'avertir que la police leur accordait la permission de rester plus longtemps, il reconnut à peine Gregor Souslev sans sa barbe et sa moustache.

85

23 h 40

Bartlett se trouvait sous un enchevêtrement de poutrelles empêchant les cinq mètres de gravats qui le recouvraient de l'écraser. Quand le glissement de terrain avait commencé, près de trois heures plus tôt, il sirotait une bière sur le seuil de la cuisine en contemplant la ville. Il s'était douché, habillé et attendait le retour d'Orlanda. Soudain le monde avait basculé, le sol était parti à l'assaut du ciel, les étoiles avaient plongé vers la terre. Une énorme explosion silencieuse l'avait aveuglé, ses poumons s'étaient vidés d'air et il était tombé dans un puits sans fond.

Lorsqu'il avait repris conscience, dans une nuit épaisse comme celle d'un tombeau, il n'était pas immédiatement parvenu à comprendre où il se trouvait ni ce qui lui était arrivé. Ses mains palpaient des choses qu'il ne voyait pas, ses yeux s'ouvraient sur une obscurité totale qui lui donnait la nausée. Pris de panique, il tenta de se relever, heurta de la tête un morceau de béton et retomba, à moitié assommé, sur les débris d'un fauteuil. Peu à peu ses idées s'éclaircirent, il aperçut dans le noir un petit point brillant : sa montre — elle indiquait 23 h 41. Sa tête et tout son corps étaient parcourus de douleurs.

Je me souviens... Je me souviens de quoi ?

Fais un effort, bon sang ! Ressaisis-toi ! Où étais-tu ? Des ombres commençaient à émerger de la nuit mais il ne reconnaissait rien. Une lumière provenant d'il ne savait où accrocha un reflet à la surface polie d'une cuisinière et soudain tout lui revint en mémoire. « J'étais dans la cuisine, s'écria-t-il à voix haute. C'est ça, Orlanda était partie depuis une heure à peine. Il devait être neuf heures environ quand il y a eu... Quand il y a eu quoi ? Un tremblement de terre ? »

Il se palpa prudemment le visage et les membres ; une douleur lui perçait l'épaule droite à chaque mouvement. « Merde, marmonna-t-il, elle est disloquée. » Il avait le nez et les joues à vif. « Ça va, tu peux respirer, bouger, voir, ent... »

Il chercha à tâtons autour de lui, trouva un morceau de plâtre, le lança au hasard et l'entendit heurter quelque chose. Et tu peux entendre. Que s'est-il passé ? C'est comme à Iwo Jima, il y a des années. Se souvenant des conseils de son sergent, il s'allongea pour ménager ses forces.

« Si vous êtes pris dans un trou ou enterré après une explosion, couchez-vous sur le dos, avait expliqué le sergent. Assurez-vous d'abord que vous pouvez respirer : creusez, dégagez la terre, faites n'importe quoi mais arrangez-vous pour respirer à fond. Ensuite vérifiez que vous entendez bien — question vue, vous serez immédiatement fixé — que vous n'avez rien de cassé, puis étendez-vous sur le dos, et *ne vous affolez pas*. Si vous paniquez, vous êtes foutus. J'ai retrouvé des gars qui étaient restés enterrés trois jours et ils ne s'étaient pas sentis plus mal qu'un cochon dans sa merde. Tant qu'on peut respirer, voir et entendre, on tient le coup une semaine. Quatre jours, c'est rien. Mais y a des gars qui au bout d'une heure se noient dans une flaque ou dans leur vomi, ou qui se cognent la tête et tombent dans les pommes : quand les sauveteurs arrivent, ils les entendent pas, même s'ils passent à quinze centimètres d'eux. Je vous le répète, si on commence à pétocher, on est cuit. Moi j'ai été enterré une dizaine de fois, j'ai jamais paniqué ! »

Non, pas de panique, se dit Bartlett, rassuré par le souvenir du sergent. Il entendit les décombres craquer, de l'eau s'écoulant goutte à goutte puis, au loin, un mugissement de sirène. Certain que les secours commençaient à s'organiser, il attendit calmement. Les décombres bougèrent de nouveau et l'obscurité devint moins épaisse. Bartlett distingua au-dessus de lui des poutres tordues, des tuyaux émergeant de blocs de béton, des meubles démantibulés, des ustensiles de cuisine. Sa prison était exiguë, il n'aurait pu s'y tenir debout, bien qu'en se mettant à genoux, il ne parvînt pas à en toucher le « plafond » de son bras tendu. Il fit le tour de son trou, en évalua les dimensions. « Deux mètres sur un mètre cinquante », grogna-t-il, et le son de sa propre voix le réconforta. « N'ayez pas peur de parler à voix haute », leur avait aussi conseillé le sergent Spurgeon Roach.

La lueur de la cuisinière attira de nouveau son regard. Je dois encore me trouver dans la cuisine, se dit-il. Où était la cuisinière par rapport au reste ? Encastrée près de la porte, en face de la fenêtre. De l'autre côté de la porte, le réfrigérateur et... Alors il y a à manger dans le coin ! Si je trouve le frigo, je tiendrai le coup facilement. Si seulement j'avais de la lumière ! Attends un peu... il y avait une lampe électrique accrochée au mur près du réfrigérateur, et des allumettes dans le tiroir de la table, je me souviens d'avoir vu la boîte quand Orlanda a allumé le gaz...

Le gaz ! Bartlett renifla plusieurs fois sans sentir l'odeur de gaz. Ouf, soupira-t-il. En se repérant à la cuisinière, il commença à explorer sa tanière centimètre par centimètre. Après une demi-heure de vaines recherches, il sentit sous ses doigts une boîte de bière, des conserves. Il trouva d'autres boîtes de bière, en ouvrit une, but une gorgée et s'arrêta aussitôt : il en aurait besoin plus tard si l'attente se prolongeait.

Il s'allongea de nouveau et tendit l'oreille. De temps à autre des gravats s'éboulaient, des bruits étranges s'élevaient. Soudain une poutrelle torturée par le poids des décombres gémit et s'affaissa de quelques centimètres. Bartlett retint son souffle, la poutre s'immobilisa.

J'attends ou j'essaie de sortir ? se demanda-t-il. Quand on lui posait la question, le vieux Spurgeon répondait invariablement : « Ça dépend, mon gars. Ça dépend. »

Il y eut un nouveau craquement qui le glaça jusqu'aux os puis une voix très faible sur la droite. Les mains autour de la bouche, Bartlett appela, écouta, appela de nouveau. Pas de réponse. A mesure que les secondes s'écoulaient, la déception faisait croître en lui la détresse et la peur. « Pas de ça ! s'ordonna-t-il. Attends calmement. » Les minutes passaient lentement, rythmées par le bruit de l'eau. « Il doit pleuvoir », se dit Linc. Il déchira un pan de sa chemise et y fit un nœud. Un nœud par jour, pensa-t-il. Au cas où cela durerait...

Des voix étouffées lui parvinrent de nouveau aux oreilles — des voix chinoises.

— Au secours ! cria-t-il de toutes ses forces.

Les voix se turent puis quelqu'un répondit :

— Où êtes-vous ?

— Iciii ! Vous m'entendeeez ?

Nouveau silence.

— Où êtes-vous ?

Bartlett vida la boîte de bière et se mit à la cogner contre une poutre. Il s'arrêta, écouta : toujours pas de réponse. « Ils sont peut-être partis chercher de l'aide, murmura-t-il. Ne t'affole pas, sois patient. Le mieux est d'attendre. Ils vont... »

La terre glissa sous lui, les poutres qui le protégeaient grincèrent, une avalanche de gravats s'abattit sur lui. Il se couvrit la tête des mains, s'abrita du mieux qu'il put. Quand la pluie de débris cessa, Bartlett avait un goût amer dans la bouche, son cœur battait follement dans sa poitrine. Il cracha, chercha une boîte de bière : ses provisions avaient disparu. Il poussa un juron, leva la tête avec précaution et faillit heurter le « plafond » de son tombeau, dont les dimensions s'étaient considérablement réduites.

Il entendit un sifflement et perçut aussitôt après une odeur de gaz. « Il faut te tirer d'ici en vitesse, mon vieux », dit-il à voix haute.

Il progressait lentement vers le haut, dans une obscurité oppressante. Il lui fallait parfois redescendre pour contourner un obstacle infranchissable avant de recommencer à grimper. Comme il assurait sa prise sur un cadavre pour se hisser quelques centimètres plus haut, il entendit des voix lointaines. « Par iciiii ! » hurla-t-il. Il attendit puis se remit à ramper lentement. Après quelques minutes d'efforts, il atteignit une « poche » assez grande pour qu'il pût s'y tenir debout. Il se coucha sur le dos et resta un moment immobile, pantelant, épuisé. La lumière y était plus forte. Quand il eut repris son souffle, il consulta sa montre, rassembla ses forces et se remit à grimper. La direction qu'il choisit d'abord le conduisant à une impasse, il rebroussa chemin, en prit une autre, qui le mena aussi à un cul-de-sac. Il se glissa sous un pan de mur, rampa vers la droite : nouvelle impasse. Il retourna en arrière, s'engagea dans une autre direction et se retrouva encore bloqué. Désorienté, il ne savait plus s'il ne s'enfonçait pas dans les décombres au lieu de remonter. Il s'arrêta, s'allongea et attendit que les battements de son cœur ralentissent. Il avait les doigts, les coudes, les tibias en sang.

— Pas de panique, mon gars, dit-il à voix haute. Tu te reposes un peu et tu repars...

LUNDI

86

0 h 45

Des Gourkhas armés de torches électriques avançaient prudemment sur les ruines glissantes et lançaient de temps à autre un appel. Autour d'eux et sur toute la pente, soldats, policiers, pompiers, parents angoissés faisaient de même.

« Ohé ! » cria un sauveteur. Il écouta un moment, puis reprit sa progression. Sur sa gauche, un soldat trébucha et tomba dans une crevasse. Comme il était fatigué, il ne se releva pas immédiatement mais se mit à rire et lança aux décombres : « Y a quelqu'un ? » Il se redressa d'un bond, écouta, se jeta de nouveau par terre et cria dans les gravats : « Vous m'entendez ? »

Une voix lui répondit faiblement. Le soldat s'extirpa du trou où il était tombé et cria d'une voix excitée : « Sergent ! Sergent, par ici ! »

A une cinquantaine de mètres de là, Gornt écoutait les informations sur un petit transistor en compagnie du jeune lieutenant commandant les opérations de sauvetage dans le secteur.

« ... affecté toute la Colonie. Voici maintenant un reportage en direct de Kotewall Road. » Après un bref silence, les deux hommes entendirent une voix qu'ils connaissaient bien : « Bonsoir. Ici Venus Poon qui vous parle en direct du lieu de cette terrible catastrophe. Rose Court n'existe plus. La magnifique tour de lumière qui faisait l'admiration de tout Hong-Kong n'est plus qu'un horrible tas de ruines. Je n'ai plus de chez-moi. Cette nuit, le Tout-Puissant a frappé la tour et ses habitants... »

— Lieutenant ! appela le sergent. On a trouvé quelqu'un !

Gornt et l'officier se précipitèrent vers lui.

— Un homme ou une femme ?

— Un homme. Il s'appelle Barter, ou quelque chose de ce genre...

Plus haut, sur Kotewall, Venus Poon continuait à lire le texte qu'on lui avait remis, s'interrompait pour verser une larme — en veillant toutefois à ne pas abîmer son maquillage. Placée au centre de l'attention, et sous le feu des projecteurs, elle jubilait intérieurement.

« La pluie continue de tomber, murmurait-elle dans le micro en prenant une expression pathétique pour les caméras de télévision. Dans ce qui reste des étages de la Tour Sinclair fracassée par Rose Court, on a déjà dénombré sept morts, dont quatre enfants. D'autres sont probablement encore enfouis... »

La starlette s'interrompit pour réprimer un sanglot. Tout de suite après la catastrophe, elle avait commencé par s'arracher les cheveux en gémissant sur la perte de son appartement, de ses vêtements, de ses bijoux et de son nouveau manteau de fourrure. Puis elle s'était souvenue que ses vrais bijoux se trouvaient chez le joaillier, qui devait les remonter (aux frais de Kwang-le-banquier, un de ses vieux soupirants) et qu'elle avait confié son vison au tailleur pour quelques retouches. Quant à ses robes, pffft ! Quatre-doigts ne serait que trop heureux de lui en payer de nouvelles.

Comme le réalisateur de l'émission lui prenait le micro pour assurer le relais, Venus Poon releva la tête avec une expression pleine de courage.

— Non, dit-elle. Je peux continuer... Disséminés sur la pente, les glorieux Gourkhas et les gardes irlandais risquent leur vie pour retrouver nos Frères et nos Sœurs...

— Quelle bravoure, murmura un Anglais. Elle mérite une médaille, vous ne trouvez pas ?

Il se tourna vers son voisin et découvrit avec embarras qu'il était Chinois.

— Oh ! excusez-moi.

Paul Choy ne l'avait même pas entendu. Depuis qu'il était revenu du poste de secours établi au croisement, il guettait le retour des brancardiers qui amenaient régulièrement un blessé ou un cadavre. Il ne cessait de faire la navette entre les postes dans l'espoir de retrouver Quatre-doigts. Une demi-heure plus tôt, un pompier était parvenu à atteindre les vestiges du cinquième étage et à dégager les Kwang, Jason Plumm — à qui il manquait la moitié du crâne — ainsi que d'autres plus morts que vifs.

Le fils de Quatre-doigts regarda les civières que l'on venait d'apporter : trois cadavres, dont deux enfants, un blessé en train de mourir — pas de Quatre-doigts. Paul ne put s'empêcher de se demander si la Bourse ne resterait pas fermée lundi en signe de deuil. Bon sang, si la Bourse n'ouvre pas lundi, Struan cotera plus de 30 mardi, à tout coup ! se dit-il, la gorge serrée. Vendredi, juste avant la clôture, il avait acheté sur acompte des actions de Struan, Blacs, Victoria et Ho-Pak en utilisant les deux millions de dollars HK que son père lui avait confiés à contrecœur. Il avait fait le pari que le Taï-pan parviendrait, d'une façon ou d'une autre, à transformer le désastre en victoire pendant le week-end. Choy était convaincu que les rumeurs faisant état de contacts avec la Bank of China étaient fondées et que les grandes banques préparaient quelque chose. Depuis sa conversation avec Gornt à Aberdeen, il soupçonnait les Gros Bonnets de mijoter une opération. Et quand Kwang lui avait demandé d'acheter des Ho-Pak en sous-main, quand Havergill, presque aussitôt après, avait annoncé l'absorption, le faux neveu du vieux Wu s'était précipité aux toilettes pour y vomir. Avec l'argent de son père, il avait acheté dix millions d'actions à un cours très bas, sur un marché au bord de l'effondrement. A présent que l'aide financière de la Chine avait été officiellement confirmée, la ruée était terminée, il était multimillionnaire.

Pris de nausées, Paul Choy courut vers les broussailles bordant la route et se soulagea. L'Anglais qui lui avait adressé la parole quelques instants plus tôt s'approcha d'un de ses compatriotes et lui chuchota à l'oreille :

— Ces Chinois sont des petites natures, vous ne trouvez pas ?

Paul Choy s'essuya les lèvres ; la tête lui tournait encore à la pensée de cette fortune qui allait s'abattre sur lui. Il prit le sillage de brancardiers qui passaient devant lui et les suivit jusqu'au poste de secours. Là, le docteur Meng souleva les couvertures recouvrant les corps : une Blanche, à qui il ferma les yeux, un garçonnet chinois, un petit enfant — morts tous les trois. Sur la dernière civière gisait un Chinois torturé par la souffrance à qui le médecin administra une piqûre de morphine.

Paul Choy s'éloigna de nouveau pour vomir. Lorsqu'il revint, le docteur Tooley lui conseilla d'un ton plein de douceur :

— Ne restez pas là, Mr. Choy. Allez donc attendre dans une voiture, nous vous appellerons dès que nous saurons quelque chose sur votre oncle.

— Oui. Merci.

Une ambulance arriva. Aussitôt les brancardiers montèrent plusieurs blessés dans le véhicule, qui démarra sous le crachin. Une fois dehors, loin des odeurs de sang et de mort, Bonne-fortune se sentit mieux.

— Bonsoir, Paul. Des nouvelles de votre oncle ?

— Oh ! bonsoir, Taï-pan. Non, toujours rien.

— Si Beau-sourire s'en est tiré, pourquoi pas Quatre-doigts ? Il faut espérer.

— Oui, Taï-pan, murmura Choy en regardant Dunross s'éloigner.

Pour s'occuper l'esprit, le jeune homme tenta d'évaluer les profits qu'il allait réaliser. Après l'absorption de General Stores — quel coup de génie ! — la cote de Struan va grimper à 30. Celle de Ho-Pak, bloquée à 12,50, remontera à 20 dès qu'elle sera remise sur le marché...

— Mr. Choy ! Mr. Choy ! fit la voix de Tooley.

Paul se rua à l'intérieur du poste de secours.

— Veuillez me suivre. Je ne suis pas sûr mais...

Tooley ne s'était pas trompé, le mort était bien Quatre-doigts, dont le visage avait pris une expression calme, presque séraphique. Paul s'agenouilla près de la civière et se mit à pleurer, désemparé par la perte de celui qu'il considérait moins comme un père que comme le chef du clan des Wu. Pour les Chinois, la mort du chef de famille est plus terrible que celle d'un père.

Que vais-je faire, maintenant ? se demandait-il. Je ne suis pas l'aîné mais j'ai néanmoins de nouvelles responsabilités. Que les morts enterrent les morts, la vie doit continuer. Plus rien ne me lie désormais à cet homme. Il était chinois et je suis américain.

Choy souleva la couverture comme pour recouvrir le visage de son père et ôta prestement de son cou la lanière à laquelle était attachée la demi-pièce. Il se retourna pour s'assurer que personne ne l'observait, fouilla rapidement les poches du mort et subtilisa un portefeuille, un trousseau de clefs, un *chop* personnel, et le diamant promis à Venus Poon.

Il se releva et retourna auprès du docteur Tooley.

— Excusez-moi, docteur, puis-je laisser le corps ici un moment ? Je reviendrai avec une voiture...

— Entendu. Prévenez la police avant de l'emmener, il y a un service des personnes disparues au croisement. Je signerai demain le certificat de décès.

Paul descendit la colline sans se soucier de la pluie fine qui trempait ses vêtements. Il n'avait plus de nausées, son avenir était assuré. A moi la pièce, maintenant, se dit-il, convaincu que son père, fidèle à ses habitudes, n'en avait parlé à personne.

J'ai son *chop* personnel en poche mais je ne m'en servirai pas. A quoi bon tricher ? je suis plus malin que mes frères et ils le savent. Je garde la pièce et les profits réalisés avec les deux millions, ce n'est que justice. J'aiderai la famille, j'équiperai les bateaux, je moderniserai les méthodes, je consentirai à tout ce qu'on me demandera. Mais avec les bénéfices que je viens de faire, je commencerai à bâtir mon propre empire...

Lorsque Dunross ouvrit la portière de sa voiture, Casey sursauta et sortit de sa somnolence pour bredouiller :

— Linc ?

— Rien encore. Quillan pense avoir localisé le secteur où il devrait se trouver. Les Gourkhas sont en train de le passer au peigne fin, dit le Taï-pan d'un ton qu'il voulut confiant. D'après les spécialistes, il a de bonnes chances de s'en être tiré. Comment vous sentez-vous ?

— Ça va.

Après une heure de recherche, Ian avait envoyé Lim chercher du café, des sandwiches et une bouteille de cognac car il savait que la nuit serait longue. Puis il avait chargé son chauffeur de reconduire Riko et Casey à leur hôtel mais l'Américaine avait refusé de partir.

— On a retrouvé d'autres personnes ? poursuivit Casey.

— Donald McBride et son épouse. Ils sont juste un peu sonnés.

— Des cadavres ?

Dunross décida de ne parler ni de Plumm ni de son vieil ami Southerby, président de Blacs :

— Non, pas que je sache.

Adryon arriva en compagnie de Martin Haply, se jeta au cou de son père et éclata en sanglots.

— Oh ! Père. J'étais folle d'angoisse ! Nous venons juste d'arriver.

— Là, là, murmura Dunross en tapotant le dos de sa fille. Tu vois, je n'ai rien. Tu ne crois quand même pas qu'un misérable glissement de terrain pourrait venir à bout du Taï-pan de la Noble Mai...

— Ne dis pas cela ! coupa la jeune fille, saisie d'une crainte superstitieuse. Nous sommes en Chine, les dieux écoutent. Ne dis plus jamais cela !

— Entendu, ma chérie. Bonsoir, Martin.

— Bonsoir, Taï-pan. Je suis bigrement content de vous voir. Nous étions à Kowloon, où je « couvrais » l'autre glissement de terrain quand nous avons appris la nouvelle. J'ai, j'ai bien peur d'avoir un peu esquinté la voiture en venant ici.

— Aucune importance. Ça va mieux, Adryon ?

— Oui, papa.

— Mettez-vous donc à l'abri dans la voiture, suggéra Casey.

Adryon monta dans la Rolls mais Haply se tourna vers Dunross :

— Avec votre permission, je voudrais jeter un coup d'œil là-bas.

— Christian s'en est tiré, annonça Ian. Il a télé...

— Je sais, j'ai eu le journal. A tout à l'heure, Adryon, je ne serai pas long.

En regardant le journaliste s'éloigner, Dunross vit Gornt descendre la colline, s'arrêter à quelques mètres de la barrière et lui faire signe de venir. Il se pencha vers Casey, qui n'avait rien remarqué de l'intérieur de la voiture.

— Je reviens bientôt, lui dit-il.

— Faites attention !

Dunross s'approcha de Gornt, dont les vêtements étaient sales et déchirés ; il avait la barbe grise de poussière, le visage fermé.

— Nous avons repéré Bartlett.

— Mort ?

— Non, mais nous ne parvenons pas à descendre jusqu'à lui. C'est du thé ? fit Gornt en montrant la bouteille Thermos que tenait Dunross.

— Café-cognac.

Le rival du Taï-pan but avidement avant de demander :

— Casey est toujours dans la voiture ?

— Oui. A quelle profondeur est-il ?

— Nous ne savons pas encore. Peut-être vaut-il mieux ne rien dire à Casey pour le moment.

Comme Ian paraissait hésiter, Gornt argua :

— Ce ne sera pas facile de le sauver.

— Bon, dit Dunross.

La pluie épaississait la nuit et rendait le bourbier géant plus dangereux encore. Plus haut, au-dessus du glissement, Kotewall Road montait en ligne droite sur une soixantaine de mètres puis tournait pour disparaître dans la montagne. Déjà le flot des occupants des immeubles épargnés se déversait sur la route : l'évacuation avait commencé.

— La décision de Tiptop, c'est absolument sûr ? dit Gornt en balayant le sol du faisceau de sa lampe.

— Absolument. La ruée est terminée.

— Que lui avez-vous accordé en échange ?

Le Taï-pan orienta la conversation dans une autre direction :

— Nous ouvrirons à 30.

— Cela reste à voir. D'ailleurs, même à 30, je suis couvert, rétorqua Gornt d'un ton sarcastique.

— Vraiment ?

— Les pertes s'élèveront à deux millions de dollars américains environ, mais c'est Bartlett qui me les avait avancés.

Cela lui apprendra à essayer de m'avoir, pensa Ian.

— J'étais au courant. Vous calculez mal, Quillan : à 30, vous y laisserez quatre millions — deux pour Bartlett, deux pour vous. Cependant je suis disposé à me contenter de All Asia Air.

— Pas question, répliqua Gornt. Ma compagnie d'aviation n'est toujours pas à vendre.

— A votre aise. Mon offre tient jusqu'à l'ouverture.

— Allez au diable avec votre offre !

Les deux hommes continuaient à gravir péniblement la pente. A proximité des ruines de Rose Court, ils croisèrent des ambulanciers portant sur une civière une femme qu'ils ne connaissaient ni l'un ni l'autre. Si Dunross était à sa place, je n'aurais plus de problème, songea Gornt.

87

1 h 20

Le sergent gourkha braquait sa lampe dans les profondeurs du tas de ruines. Près de lui, le jeune lieutenant regardait approcher le capitaine de pompiers Harry Hooks et plusieurs de ses hommes.

— Où est-il ? interrogea Hooks.

— Quelque part tout en bas. Il s'appelle Linc Bartlett.

Le capitaine s'allongea sur les gravats, où l'odeur de gaz était plus forte.

— Vous m'entendez, Mr. Bartlett ? cria-t-il dans les décombres.

— Oui, répondit une voix lointaine.

— Vous êtes blessé ?

— Non.

— Vous voyez notre lumière ?

— Non.

Hooks grommela un juron puis reprit :

— Ne bougez pas pour le moment !

Comme il se relevait, le lieutenant lui déclara :

— Un nommé Gornt est parti chercher du renfort.

— Bon. Que tout le monde se disperse et tâche de trouver une voie d'accès, ou un moyen de se rapprocher de lui, tout au moins.

Gourkhas et pompiers obtempérèrent. Quelques instants plus tard, un des soldats s'écria :

— Par ici !

Il se tenait devant une étroite ouverture séparant deux blocs de béton et juste assez grande pour qu'un homme pût s'y couler. Hooks accourut, examina la brèche d'un air perplexe puis commença à retirer sa veste de cuir.

— Non, intervint le lieutenant. A nous de jouer. Pas vrai, les gars ? ajouta-t-il en regardant ses hommes.

Les Gourkhas s'approchèrent aussitôt du trou.

— Un seul suffira. Sangri, c'est toi le plus mince.

— Oui, sahib, répondit un petit homme en souriant.

Ses dents éclataient de blancheur dans son visage basané. Il se baissa et se glissa dans l'ouverture la tête la première, comme une anguille.

Sept mètres plus bas, Bartlett tournait la tête en tous sens dans le noir. L'odeur de gaz devenait de plus en plus forte dans la poche exiguë où il se trouvait. A droite du grand morceau de plancher qui lui barrait la route, il vit une lueur briller faiblement. Il déplaça une latte, provoqua un petit éboulement qui s'arrêta bientôt. Il se coula dans l'ouverture qu'il avait ménagée, obliqua sur la gauche : cul-de-sac. Il repartit vers la droite et se trouva également bloqué. Il se coucha sur le dos et s'attaqua aux lattes disjointes qui se trouvaient au-dessus de lui. La poussière l'aveuglait et le faisait tousser. Soudain une planche céda, révélant un tunnel faiblement éclairé. Bartlett ravala son cri de victoire quand il s'aperçut qu'il était bloqué de toutes parts.

— Hé, là-haut !

— Nous vous entendooons !

— Je suis dans la lumière, maintenant !

Silence.

— Quelle lumière ?

— Comment voulez-vous que je le sache, bon Dieu !

Pas de panique. Bartlett crut entendre ce bon vieux sergent Spurgeon l'exhorter au calme. Voyant la lumière bouger légèrement, il cria :

— Celle-là !

Aussitôt la lumière s'immobilisa.

— Nous vous avons localisé ! Restez où vous êtes !

Bartlett examina de nouveau sa prison. Non, il n'y avait pas d'issue.

— Ils vont devoir venir me chercher, murmura-t-il en frissonnant.

Sangri, le jeune Gourkha, se retrouva bloqué loin sur la droite de l'Américain après être descendu de trois mètres. Il se retourna, prit appui sur un pan de mur qui oscilla légèrement. Les ruines se mirent à bouger. Il se figea, les dents serrées, attendit un moment, puis entreprit d'écarter le pan de mur en priant pour que l'échafaudage de ruines tienne. Le pan de mur bascula, il n'y eut pas d'avalanche. Pantelant, Sangri dirigea sa lampe dans le trou puis y glissa la tête : impossible d'aller plus loin, il était de nouveau bloqué. Il se redressa.

— Pas moyen de descendre plus profond, sergent ! cria-t-il en népalais.

— Tu es sûr ?

— Oui, sahib !

— Alors remonte !

Avant de repartir vers la surface, Sangri appela :

— Ohé, là-bas !

— Je vous entends ! répondit Bartlett.

— Nous ne sommes plus loin ! Nous allons venir vous chercher, ne vous inquiétez pas !

— Okay !

Le jeune Gourkha commença à remonter péniblement par où il était venu. Un petit éboulement le couvrit de poussière et de menus débris mais il continua.

En haut, Dunross et Gornt rejoignirent les hommes qui faisaient la chaîne pour déblayer la première couche de décombres.

— Bonsoir, Taï-pan, dit le capitaine de pompiers. Nous l'avons localisé mais il est loin.

— A quelle profondeur ?

— Six ou sept mètres, à en juger par sa voix.

— Grand Dieu !

— Oui, ce sera difficile. Regardez ces énormes poutres qui nous empêchent de descendre ! Nous n'osons pas les attaquer au chalumeau à cause des fuites de gaz.

— Et par le côté ? Pas moyen ? demanda Dunross.

— Nous essayons. Pour le moment, nous ne pouvons guère faire plus que déblayer le dessus, répondit Hooks.

Un cri lui fit tourner la tête et tout le monde se dirigea vers le soldat qui venait d'appeler. En enlevant un grand morceau de plancher, les Gourkhas avaient découvert une sorte de tunnel qui semblait s'enfoncer dans les décombres. L'un d'eux sauta dans le trou, soutenu par les encouragements de ses camarades. Il progressa rapidement sur deux mètres, commença à ralentir puis fut bloqué.

— Ohé ! Vous voyez ma lumière ?

— Oui ! répondit la voix de Bartlett, beaucoup plus proche.

— Je vais bouger la lampe, vous me direz si elle s'éloigne ou si elle se rapproche, et dans quelle direction : à droite, à gauche, en haut, en bas.

— D'accord, fit l'Américain, qui n'avait presque plus besoin de hausser la voix pour se faire entendre.

Il apercevait au-dessus de lui, sur sa droite, à travers un entrelacs de poutres et de débris divers, une faible lumière. Une barrière infranchissable de lattes de plancher était suspendue juste au-dessus de lui.

— A droite légèrement, ordonna-t-il. Plus bas... Stop ! Un peu plus haut... C'est bon !

Le soldat maintint l'orientation de la lampe, qui était à présent braquée sur Bartlett, et la coinça dans les gravats.

— Toujours bon ?

— Oui !

— Je vais chercher de l'aide.

Le Gourkha remonta. Quelques minutes plus tard, le capitaine Hooks descendait à son tour, examinait les obstacles qui se dressaient sur le parcours du faisceau lumineux.

— Il va falloir des jours et des jours, murmura-t-il.

A l'aide d'un compas, il mesura avec exactitude l'angle que faisait le faisceau lumineux avec la verticale et lança à l'homme enseveli :

— Ne vous tracassez pas, mon vieux. Nous allons vous tirer de là en douceur. Vous pouvez vous rapprocher de la lampe ?

— Je ne crois pas.

— Alors restez où vous êtes. Ça ira ?

— Je tiens le coup mais ça commence à puer le gaz.

— Nous arrivons.

Hooks remonta, sortit le compas de sa poche, fit quelques pas sur les débris et déclara :

— Il est à la verticale de ce point, à cinq ou six mètres de profondeur.

Le capitaine se trouvait aux deux tiers de la pente en descendant, plus près de Sinclair Road que de Kotewall. Il n'y avait apparemment pas moyen d'accéder à la prison de Bartlett par les côtés : à droite comme à gauche, la boue, la terre, les débris offraient une barrière impénétrable.

— La seule solution, c'est de creuser, dit Hooks. Et comme il n'est pas question de faire venir un engin, nous allons retrousser nos manches ! Essayons d'abord ici.

Le capitaine indiquait un endroit situé à trois mètres du trou découvert par les Gourkhas.

— Pourquoi là ? demanda Dunross.

— C'est moins risqué, au cas où nous provoquerions un éboulement. Allez, les gars, au travail, et faites attention !

Soldats et pompiers commencèrent à creuser, à déblayer les débris qu'ils pouvaient enlever. Tout ce qu'ils touchaient était humide, glissant, dangereux, et les ruines elles-mêmes constituaient un amas instable, menaçant.

Ils s'arrêtèrent lorsqu'ils mirent au jour un cadavre de femme.

— Appelez un médecin ! cria Hooks.

— Elle est vivante ?

— Façon de parler.

La vieille Chinoise avait les cheveux tressés en natte. De la boue maculait sa blouse et son pantalon noirs. C'était Ah Poo.

— Une *gan sun*, dit le Taï-pan.

Gornt, incrédule, examinait la « poche » minuscule où elle avait survécu, au milieu d'un amoncellement de blocs de béton armé.

— Comment a-t-elle réussi à échapper à la mort ?

— C'est le *joss*, Mr. Gornt, répondit Hooks. Tant qu'on peut respirer, il y a de l'espoir. Charlie ! une civière par ici, vite !

Des brancardiers emportèrent Ah Poo, les hommes se remirent à creuser. Une heure plus tard, après avoir avancé d'un mètre cinquante, ils se heurtèrent à des poutres d'acier de plusieurs tonnes.

— Il faut les contourner, décida le capitaine.

Le travail reprit. Après une nouvelle progression, nouvelle barrière.

— On contourne encore, dit Hooks.

— On ne pourrait pas scier les poutres ? suggéra Ian.

— Une étincelle et tout saute. Allez, les gars, on essaie ici...

88

4 h 10

Bartlett entendait distinctement les sauveteurs à présent. Parfois une coulée de débris cascadait jusqu'à lui quand ils bougeaient une latte ou une poutre. Autant qu'il pût en juger, ils se trouvaient à une dizaine de mètres, à un mètre cinquante-deux mètres au-dessus de lui. Il était bloqué de toutes parts mais la lumière rendait l'attente moins pénible. Bien que l'odeur de gaz fût toujours forte, il n'avait ni nausée ni maux de tête et ne se sentait pas menacé de ce côté-là. Malgré son épuisement, il ne se laissait pas aller au sommeil. Les sauveteurs passeraient sans doute toute la nuit, voire la journée du lendemain, à se frayer un chemin jusqu'à lui. Il en avait conscience, et cela ne l'inquiétait pas : ils étaient là, ils avaient établi le contact. Une heure plus tôt, il avait entendu la voix de Dunross :

— Linc ? C'est Ian !

— Qu'est-ce que vous fichez là ? lui avait-il répondu d'un ton joyeux.

— Je vous cherche. Nous ne sommes plus loin, maintenant. Ne vous tracassez pas.

— Vous... vous connaissez Orlanda Ramos ? J'étais...

— Je l'ai vue, elle n'a rien.

Rassuré, Bartlett avait échangé quelques mots encore avec le Taï-pan avant que ce dernier ne laissât les sauveteurs reprendre leur travail.

Bartlett changea de position sur son morceau de plancher. Ses vêtements trempés lui collaient désagréablement à la peau. Pour tromper une attente que le bruit des sauveteurs rendait moins pénible, il rêvassait aux deux femmes qui occupaient sa vie. Casey serait une bonne épouse, une excellente associée, mais elle n'aurait jamais la féminité troublante d'Orlanda. Qu'est-ce qui m'est arrivé ? Je ne la connais que depuis deux jours et... C'est elle ou la magie de Hong-Kong ? se demandait-il, sans se rendre compte que le gaz commençait à l'engourdir.

— Linc !

— Ian ? Qu'y a-t-il ?

— Rien. Nous nous sommes encore rapprochés et les gars vont se reposer un peu. Nous nous trouvons à un mètre cinquante au-dessus de vous, sur la gauche. Vous nous voyez ?

— Non, je suis juste en dessous d'un morceau de plancher. Dites, c'est la seconde fois que vous m'appelez Linc...

— Vraiment ? Pas fait attention.

Menteur, pensa Bartlett en souriant.

— Que...

Le tas de décombres remua en grinçant, les deux hommes retinrent leur respiration. Quand le bruit cessa, Bartlett laissa lentement l'air s'échapper de ses poumons.

— Que comptez-vous faire demain ? demanda-t-il.

— A quel sujet ?

— Gornt. Et la Bourse.

Le Taï-pan résuma à Bartlett les derniers événements.

— Qui vous soutient, Ian ?

— Le Père Noël !

— Pas de salades. C'est Murtagh, n'est-ce pas ?

Après un silence, Ian répondit :

— Casey vous a mis au courant ?

— Non, j'ai deviné. Alors vous avez gagné. Félicitations, dit Linc avec sincérité. Pourtant j'ai bien cru que j'allais vous avoir. Vous croyez vraiment que votre valeur va coter 30 à l'ouverture ?

— Je l'espère.

— Autrement dit, c'est arrangé. Gornt est coriace, vous ne l'aurez pas.

— Oh que si !

— J'en doute... Et notre marché ?

— Il tient toujours, bien sûr. Je pensais que c'était clair, fit le Taï-pan avec une naïveté feinte.

— Il faut neutraliser Gornt.

— Il l'est déjà. A propos, il fait partie de l'équipe qui cherche à vous tirer de là.

Bartlett fut surpris :

— Pourquoi ?

Nouveau silence.

— C'est un salopard de première classe mais... Je ne sais pas. Vous lui plaisez peut-être !

— Allez vous faire voir ! lança l'Américain avec bonne humeur. Que comptez-vous faire à son sujet ?

Dunross expliqua la proposition qu'il avait faite à Gornt.

— Alors j'ai perdu deux briques ?

— Naturellement. Vous avez perdu ces deux millions-là mais l'absorption de General Stores vous en rapportera cinq autres, ou davantage, et l'accord Struan-Par-Con bien plus encore.

— Cinq millions, vous êtes sûr ?

— Cinq pour vous, cinq pour Casey.

Bartlett se demanda ce que ferait la jeune femme à présent qu'elle avait conquis l'indépendance financière à laquelle elle aspirait depuis longtemps.

— Vous voulez lui parler ? proposa Ian. C'est un

peu coton de descendre jusqu'ici mais pas trop dangereux.

— Non, je n'y tiens pas, répondit Bartlett d'un ton catégorique.

— Elle ne bougera pas avant qu'on ne vous ait sorti de là. Orlanda aussi refuse de s'en aller. Vous avez quelque chose à lui dire ?

— Dites-leur à toutes les deux de rentrer.

— Elles ne voudront pas. Vous êtes un vrai bourreau des cœurs, mon vieux !

Bartlett éclata de rire, se releva et heurta une latte de la tête. En grognant, il prit une position moins inconfortable, le crâne touchant presque le « plafond » de sa prison. Dunross se trouvait lui aussi dans une sorte de poche exiguë située au bout du tunnel creusé par les sauveteurs. La sensation d'être pris au piège lui donnait la nausée, il avait le corps couvert d'une sueur froide. Hooks lui avait demandé de parler à Bartlett, pendant que les sauveteurs se reposaient, pour l'empêcher de s'endormir sous l'effet du gaz. « Il faut qu'il reste éveillé, avait dit le capitaine. Nous aurons bientôt besoin de sa participation. »

Mission accomplie, pensait le Taï-pan, à qui la voix de l'Américain avait paru ferme et confiante. Il entendit quelqu'un derrière lui dans le tunnel, se retourna : c'était Hooks.

— Vous pouvez remonter, maintenant, Taï-pan. Les gars vont s'y remettre.

— D'accord... Linc ! On recommence ! Ne vous endormez pas, surtout !

— Ne craignez rien. Dites-moi, Ian, est-ce que vous accepteriez d'être mon témoin ?

— Certainement, répondit Dunross sans hésiter. Ce serait un honneur pour moi.

— Merci.

Le Taï-pan n'osait poser la question qui lui brûlait les lèvres : laquelle, d'Orlanda ou de Casey, avez-vous décidé d'épouser ? Il espérait que Bartlett lui fournirait de lui-même la réponse mais l'Américain se contenta de répéter :

— Merci. Merci, beaucoup.

Il fait des progrès, se dit Ian, surpris et amusé. Ce sera une bonne chose que de l'avoir pour associé — et de le faire admettre au Club hippique, ainsi que Casey.

— Nous allons vous tirer de là en un clin d'œil !

Comme il entamait la remontée, Dunross entendit :

— Ce serait formidable si elles pouvaient devenir amies... J'en demande un peu trop, j'ai l'impression.

Ne sachant si Bartlett s'adressait vraiment à lui, il cria :

— Comment ?

— Rien. Ian, nous aurons des tas de choses à faire, cette semaine. Finalement, je suis content que vous ayez remporté la victoire sur Gornt !

Oui, ce sera agréable de construire avec toi *notre* Noble Maison, pensait Bartlett. De t'aider dans tes manœuvres — en te surveillant de près.

A huit mètres de lui, le Taï-pan commença à remonter vers la surface, où attendaient Gornt et les autres, près de l'entrée du puits. L'aube dissipait la nuit à l'est ; un coin de ciel se montrait entre les nuages. Disséminés sur toute la pente, des hommes épuisés continuaient à creuser, chercher, appeler, écouter. Au moment où Hooks émergeait du tunnel, un grondement s'éleva de la partie supérieure de la colline. Tous les regards se tournèrent vers Po Shan Road. Un pan de la pente se détacha et glissa vers le bas. Le grondement s'enfla, soudain un mur d'eau et de boue surgit de derrière le tournant de Kotewall Road, descendit vers les sauveteurs, prit de la vitesse. Les hommes restèrent un moment pétrifiés et ne commencèrent à s'enfuir que lorsque la crête de la lame atteignit l'endroit où s'était dressé Rose Court. La vague submergea les décombres, inonda toute la pente. Gornt s'agrippa à une poutre ; d'autres, autour de lui, s'accrochèrent comme ils purent pour ne pas être balayés. L'eau nauséabonde les engloutit et continua à déferler. Gornt tomba à genoux mais ne lâcha pas prise, malgré la force du courant. La vague descendait, laissant derrière elle une couche de boue de plusieurs centimètres. Hooks et les autres se relevèrent, l'esprit momentanément vidé de toute autre préoccupation que leur propre vie.

Gornt, lui, n'avait pas oublié le tunnel, ni celui qui s'y trouvait encore.

De l'endroit où il était, son regard plongeait dans le puits. Il vit la tête de Dunross émerger de la boue, puis ses mains qui cherchaient vainement une prise dans le bourbier. La boue continuait à glisser vers le tunnel, à l'emplir lentement. Dunross disparut, absorbé par la vase, mais parvint à faire de nouveau surface et à s'agripper.

Gornt regardait, immobile.

Le niveau montait, la succion aspirait Dunross, qui tenait bon néanmoins. Suffoquant à demi, il parvint à glisser l'un de ses pieds dans une crevasse et s'arracha à la boue. Exténué, il roula sur le côté et demeura un moment étendu, pantelant, saisi d'une irrépressible envie de vomir. Encore à demi étourdi, il essuya la boue qui maculait son visage, se redressa, promena autour de lui un regard vide et aperçut Gornt, à quelques mètres de lui. Appuyé contre un bloc de béton, son ennemi l'observait avec un sourire sardonique, sans chercher à cacher sa haine et sa déception de le voir encore en vie. Dunross se dit que si les rôles avaient été inversés, il aurait sans doute aussi assisté sans intervenir aux efforts de son rival pour échapper à la mort.

Est-ce bien sûr ? se demanda-t-il.

Oui, j'aurais attendu sans bouger, sans lui tendre une main secourable. La malédiction de Dirk Struan aurait enfin touché à son terme et les miens n'auraient plus rien eu à redouter.

Le Taï-pan cessa soudain de penser à la haine qui l'opposait à Gornt lorsqu'il se rappela Bartlett. Horrifié, il plongea le regard dans la mare de boue emplissant à présent l'entrée du tunnel.

— Oh ! mon Dieu... A l'aide ! Par ici.

Hooks et ses hommes se précipitèrent vers le puits, commencèrent à s'attaquer au bourbier, qui avec une pelle, qui avec les mains, mais renoncèrent rapidement : il était impossible de vider le tunnel de sa boue.

Gornt avait quitté les lieux. Debout près du puits, le Taï-pan fixait avec des yeux pleins d'effroi la tombe de Bartlett.

MARDI

89

17 h 39

Debout devant la baie vitrée de son appartement terrasse, en haut de l'immeuble Struan, Dunross contemplait le port. Le ciel était clair et sans nuages, à l'exception de quelques cumulus à l'ouest, au-dessus de la Chine continentale où l'horizon se teintait de rouge avec la fin du jour. En bas, les quais connaissaient leur activité coutumière, Kowloon miroitait dans le soleil couchant.

Claudia frappa, ouvrit la porte et s'effaça pour laisser entrer Casey. La chevelure de la jeune femme, qui avait pris les couleurs flamboyantes du crépuscule, encadrait un visage aux traits tirés. Le chagrin lui donnait quelque chose d'éthéré.

— Bonsoir, Casey.

— Bonsoir, Ian.

Ni l'un ni l'autre ne jugèrent utile de revenir sur la mort de Bartlett, tout avait été dit. Casey avait attendu jusqu'au petit matin qu'on retrouve le cadavre de Linc puis elle était rentrée à l'hôtel. Vers midi, le Taï-pan lui avait téléphoné pour lui parler et lui donner rendez-vous.

— Vous voulez boire quelque chose? Café, thé, vin, Martini?

— Un Martini, s'il vous plaît, répondit-elle d'une voix morne qui émut profondément Dunross.

Elle s'installa sur le sofa tandis qu'il emplissait deux verres.

— Cela pouvait attendre, Casey, dit-il d'un ton plein de compassion. Rien ne presse.

— Je sais. Mais nous avions décidé de traiter mardi, dit-elle en prenant le verre que Ian lui tendait. C'est le *joss*.

— Oui, le *joss*.

Elle but un peu du liquide ambré, ouvrit sa serviette, en sortit une enveloppe de papier bulle qu'elle posa sur le bureau. Ses mouvements semblaient étudiés, comme si elle se regardait faire de l'extérieur d'elle-même.

— Vous y trouverez tous les documents concernant Struan que nous avait remis John Chen, dit-elle. Je n'ai pas gardé de copie et je détruirai les doubles qui se trouvent à notre siège quand je rentrerai aux États-Unis. Voilà, tout est là.

— Merci. Linc n'avait rien confié à Gornt?

Elle hésita avant de répondre :

— Non, je ne crois pas. Néanmoins, il vaut mieux, par prudence, supposer qu'une partie de ces informations a fait l'objet de fuites.

— J'ai déjà pris des mesures dans ce sens.

— Deuxième point, l'accord Par-Con-Struan. En voici six copies signées et portant le cachet de notre firme, reprit Casey en remettant à Dunross une épaisse liasse de feuillets. J'ai pleinement autorité pour prendre cette décision. Nous avions conclu un accord, Linc et moi : pendant dix ans, il aurait ma procuration et j'aurais la sienne pour les votes au conseil d'administration. Me voilà donc à la tête de Par-Con.

Dunross haussa imperceptiblement les sourcils :

— Pour dix ans?

— Oui, répondit Casey sans la moindre trace d'émotion.

Elle ne ressentait rien, ne voulait rien sauf pleurer et mourir. Plus tard, j'aurai le droit d'être faible, se dit-elle. A présent, je dois encore me montrer forte et intelligente.

— Pour dix ans, continua-t-elle. Linc... Linc détenait le contrôle de la compagnie. Je vous enverrai les documents qui l'attestent quand nous aurons officiellement conclu notre accord.

Dunross acquiesça de la tête et sortit d'un tiroir de son bureau laqué un second jeu de contrats.

— Ils sont identiques et j'y ai apposé notre *chop*. Dans cette enveloppe, la clause confidentielle par laquelle nous vous offrons nos navires en garantie, dit le Taï-pan en pointant le doigt vers le dessus de la pile.

— C'est inutile maintenant que vous avez obtenu un crédit à renouvellement automatique de cinquante millions.

— Peu importe : cette clause fait partie de notre accord.

Dunross observait Casey et admirait à nouveau son courage. La veille, devant le bourbier dans lequel Bartlett était enseveli, elle n'avait pas eu une larme, juste un mouvement de la tête plein de raideur. « J'attendrai, avait-elle murmuré. J'attendrai jusqu'à ce que... j'attendrai. » Orlanda, elle, s'était aussitôt effondrée et Dunross l'avait confiée à un médecin après l'avoir fait conduire à un hôtel.

— Nous étions convenus de cette clause, insista le Taï-pan.

— Comme vous voudrez, mais ce n'est pas nécessaire.

— Point suivant : voici le texte de notre accord sur l'opération General Stores. Je vous enverrai les documents finals dans une dizaine de jours et...

— Linc n'avait pas avancé les deux millions, objecta Casey.

— Si. Par télégramme, samedi soir. Ma banque suisse a confirmé le transfert hier et l'argent a été versé comme convenu au conseil d'administration de General Stores. L'affaire est réglée, maintenant.

— Malgré la mort de Pugmire ?

— Oui. Sa veuve a approuvé les recommandations du conseil d'administration. D'ailleurs nous leur avions fait une excellente proposition, bien meilleure pour eux que celle de Superfoods.

— Je n'ai rien à voir dans cette opération.

— Quand Linc m'a parlé, sous les décombres, il s'est félicité de la réussite du coup. Voici les termes exacts qu'il a employés : « Cinq briques ? formidable. J'ai toujours voulu que Casey conquière son indépendance financière. A présent elle l'a. »

— Oui, mais à quel prix, murmura la jeune femme, laissant entrevoir à Dunross l'abîme de souffrance dans lequel elle se débattait. Linc m'avait avertie : la grosse galette coûte toujours plus que ce que l'on est prêt à payer. C'est ce qui est arrivé. Je ne veux pas de cet argent.

— Vous êtes encore trop bouleversée pour penser clairement. Linc a voulu vous donner cet argent.

— C'est vous qui me le donnez.

— Non, vous vous trompez. Je n'ai fait que vous aider, comme vous m'aviez aidé.

Ian trempa ses lèvres dans son verre avant de reprendre :

— Il faudra me dire à qui je dois envoyer sa part des profits. Qui est son fondé de pouvoir ?

— C'est une banque : la First Central. Je suis exécutrice testamentaire, conjointement avec un représentant de cet établissement, dit Casey. (Elle hésita.) Sa mère doit être son héritière, c'est la seule personne dont le nom soit mentionné dans son testament. Linc m'avait fait des confidences à ce sujet : son ex-épouse et ses enfants, dont il s'est par ailleurs généreusement occupé, ne figurent pas dans ses dernières volontés. J'ai procuration pour les actions de Par-Con, tout le reste va à sa mère.

— Alors elle va être très riche.

— Cet argent ne la consolera pas, dit Casey. Je lui ai téléphoné la nuit dernière, elle s'est effondrée, la pauvre. Linc était son seul enfant.

En dépit des efforts qu'elle faisait, Casey ne put empêcher une larme de rouler sur sa joue.

— Elle m'a demandé de le ramener, continua-t-elle. Linc voulait être incinéré.

— Je peux me charger de...

— Non, merci, Ian. Je m'en suis déjà occupée. Tous les papiers sont prêts.

— Quand partez-vous ?

— Ce soir à dix heures.

— Si tôt ? Je vous accompagnerai à l'aéroport.

— Non, c'est inutile.

— J'insiste.

— Non, je vous en prie, dit Casey d'un ton implorant.

Le Taï-pan demeura un moment silencieux puis demanda :

— Vous avez des projets ?

— Pas vraiment. Je vais m'occuper de ses papiers, veiller à ce que ses dernières volontés soient respectées. Ensuite, je réorganiserai Par-Con, comme il l'aurait voulu, et puis... je ne sais pas. Tout cela me prendra trois ou quatre semaines. Je reviendrai peut-être dans un mois pour mettre les choses en train, ou j'enverrai Forrester. Je ne sais pas encore, je vous préviendrai le moment venu. D'ici là, téléphonez-moi s'il y a un problème.

Comme la jeune femme se levait, Dunross la retint :

— Avant que vous ne partiez, je voudrais vous dire quelque chose. Hier, Linc m'avait demandé si j'accepterais d'être son témoin.

Casey pâlit.

— Il voulait m'épouser *moi* ? fit-elle, incrédule. Il a prononcé mon nom ?

— Nous venions de parler de vous.

— Il n'a pas mentionné Orlanda ?

— Pas à ce moment-là. Auparavant, il s'était inquiété de son sort, naturellement, et il avait été soulagé d'apprendre qu'elle était saine et sauve. Au moment où j'allais remonter, je l'ai entendu dire : « Ce serait formidable si elles pouvaient devenir amies », mais je ne suis pas certain que la remarque m'était destinée : il s'est beaucoup parlé à lui-même pendant que nous creusions.

Dunross vida son verre et conclut :

— Je suis sûr que c'est à vous qu'il pensait.

— Votre intention me touche, Ian, mais je crois qu'il pensait à Orlanda.

— Vous vous trompez.

Le silence s'installa.

— Devenir amies..., dit enfin Casey. Allez-vous devenir l'ami de Quillan ?

— Jamais. Ce n'est pas comparable. Orlanda est une gentille fille, vraiment.

— Je n'en doute pas. Et Quillan ? que s'est-il passé aujourd'hui ? J'avoue que je n'ai pas suivi attentivement les événements. J'ai juste entendu que Struan cotait 30,01 à la clôture.

Après la catastrophe de Kotewall, le gouverneur avait décrété que la Bourse et les banques resteraient fermées lundi en signe de deuil. Mardi à dix heures, l'argent de la Bank of China se trouvait dans les caisses de toutes les agences de la Colonie quand elles ouvrirent leurs portes. La ruée prit fin ; dès quinze heures, de nombreux clients faisaient la queue pour déposer l'argent qu'ils avaient retiré. Juste avant l'ouverture de la Bourse, Gornt avait appelé Dunross :

— J'accepte.

— Sans marchander ?

— Je ne veux pas plus de votre pitié que vous ne voudriez de la mienne. Je vous envoie les papiers.

Le taï-pan de Rothwell avait raccroché sans rien ajouter.

— Et Quillan ? répéta Casey.

— Nous avons adopté un compromis : à l'ouverture, Struan cotait 28 mais je l'ai laissé racheter à 18.

Casey, bouche bée, fit un rapide calcul.

— Alors sa défaite ne lui coûtera que deux millions environ — les deux millions de Linc !

— Quand j'ai appris à Linc qu'il les avait perdus, il a éclaté de rire. D'ailleurs, je lui ai fait remarquer que l'opération General Stores et l'accord Par-Con-Struan lui rapporteraient probablement vingt fois plus.

— Vous n'allez pas me dire que vous laissez Gornt s'en tirer comme cela ?

— Non. Je récupère ma compagnie aérienne. Nous avons de nouveau le contrôle d'All Asia Air.

Casey se souvint de ce qu'on lui avait dit sur cette nuit de Noël où Gornt et son père avaient fait une apparition inattendue à la Grande Maison.

— M'accorderiez-vous une faveur ? dit-elle.

— Certainement — à condition que Quillan ne soit pas concerné.

La jeune femme garda le silence. Elle n'osait plus, à présent, demander à Ian de laisser Gornt devenir commissaire des courses et avoir sa loge à l'hippodrome.

— Quelle faveur ?

— Non, plus tard. Je m'en vais, maintenant.

Elle se leva. Ses genoux tremblaient, elle souffrait de tout son être et se sentait terriblement lasse. Ian prit la main qu'elle lui tendait et l'embrassa avec la même grâce que le soir de la réception, ce premier soir dans la Galerie où le poignard planté dans le portrait l'avait tant effrayée. Sa douleur devint si forte qu'elle voulut crier sa haine de Hong-Kong et de ses habitants, qui avaient en quelque sorte causé la mort de Linc. Mais elle parvint à se retenir. Plus tard, s'ordonna-t-elle, résistant jusqu'à la limite de ses forces. Ne craque pas, ne te laisse pas aller. Maintenant que Linc n'est plus là, tu dois être encore plus forte.

— A bientôt, Casey.

— Au revoir, Ian.

Après le départ de sa nouvelle associée, Dunross fixa longuement la porte puis appuya sur un bouton. Quelques secondes plus tard, Claudia entra.

— Bonsoir, Taï-pan. Il y a plusieurs coups de téléphone importants. Mais d'abord je dois vous parler de Maître Duncan, qui veut m'emprunter mille dollars HK.

— Pour quoi diable ?

— Pour offrir un diamant. Je n'ai pas réussi à lui faire dire à qui.

A la fille qu'il a connue en Australie, bien sûr, pensa Ian. Sheila Scragger, l'infirmière anglaise.

— Il n'aurait pas grand-chose pour mille dollars. En tout cas, c'est à moi qu'il doit les demander, dites-le-lui. Non, attendez ! Prêtez-lui l'argent, vous le prendrez dans le coffre. Fixez un taux d'intérêt de 3 % par mois et exigez qu'il s'engage par écrit à vous rembourser sur son argent de poche, à raison de cent dollars par mois, quand vous déciderez de récupérer la somme. S'il tombe dans le panneau, cela lui servira de leçon ; s'il refuse, je lui donnerai les mille dollars à Pâques.

Claudia opina du bonnet.

— A présent les coups de téléphone. Maître Linbar a appelé de Sydney, il pense avoir réglé l'affaire Woolara.

— Ça alors, murmura Ian.

— Mr. Alastair, votre père, et la plupart des membres de la famille vous présentent leurs félicitations. Master

Trussler, de Jo'borg*, voudrait vous parler du thorium, et Mrs. Gresserhoff a appelé pour vous dire au revoir.

— Quand part-elle ? demanda Dunross d'un ton détaché.

— Demain, tôt dans la matinée... J'ai essayé de savoir si ce pauvre Travkin avait de la famille, comme vous me l'aviez demandé mais je n'ai rien trouvé, pas même une petite amie. C'est Mr. Jacques qui s'occupe de l'enterrement.

L'entraîneur était mort dans la nuit. Ian s'était rendu plusieurs fois à l'hôpital Matilda pour le voir mais Travkin n'avait pas repris connaissance après l'accident.

— C'est le moins que nous puissions faire pour lui.

— Taï-pan, vous monterez Noble Star, samedi ?

— Je ne sais pas encore. Rappelez-moi de proposer aux autres commissaires de donner à la cinquième course le nom de Prix Travkin.

— C'est une merveilleuse idée, approuva la vieille secrétaire.

Dunross coula un regard vers sa montre.

— C'est l'heure. Il est arrivé ?

— Il est en bas, dans votre bureau.

Ian descendit d'un étage.

— Bonjour, Mr. Choy, dit-il en entrant dans la pièce. Que puis-je faire pour vous ?

Il ne renouvela pas des condoléances qu'il lui avait déjà présentées par écrit.

— Comme convenu, je suis venu vous demander si les empreintes que nous vous avons confiées s'adaptent à votre moitié de pièce, dit le jeune Chinois en se frottant les mains sans s'en rendre compte.

— Je voudrais d'abord savoir qui détient la pièce, maintenant que Quatre-doigts a rejoint les rangs des ancêtres.

— La famille Wu.

* Johannesburg.

— Qui, précisément ? demanda le Taï-pan, d'un ton délibérément sec. Il y a bien quelqu'un qui l'a en sa possession. Je veux savoir qui.

— C'est moi, répondit Paul Choy en soutenant le regard de Dunross.

Le jeune homme n'avait pas peur, bien que son cœur battît plus vite qu'il n'avait jamais battu — plus vite même que le soir où son père l'avait contraint à jeter par-dessus bord le corps mutilé et sanguinolent du Loup-garou.

— Il va falloir me prouver que Quatre-doigts vous l'a donnée, reprit Dunross.

— Navré, Taï-pan, je n'ai rien à prouver du tout, répliqua le fils du vieux Wu avec assurance. Il me suffit de présenter la pièce et de réclamer une faveur. Seule obligation : garder le secret. Si ma demi-pièce est authentique, c'est votre honneur et la réputation de la Noble Maison qui sont en jeu, et la...

— Je sais ce qui est en jeu. Et je me demande si vous en avez conscience vous aussi.

— Que voulez-vous dire ?

— Nous sommes en Chine, dans un pays où il se passe de curieuses choses. Vous me croyez assez bête pour croire à une vieille légende ?

— Vous n'êtes certainement pas bête mais vous m'accorderez la faveur que je sollicite.

— Quelle est-elle ?

— Au préalable, je veux vous entendre dire que la pièce est authentique, qu'elle est bien l'une des quatre données par votre ancêtre.

— Si vous y tenez. Vous ignorez probablement qu'elle a été volée à Phillip Chen.

Choy eut l'air abasourdi mais se reprit rapidement.

— Je tiens cette pièce de Quatre-doigts. Je ne sais rien de votre histoire de vol. Mon père me l'a donnée, un point c'est tout.

— Vous devriez la rendre à Phillip.

— Peut-il prouver qu'il l'a eue en sa possession ?

Ian avait déjà posé la question à son compradore, qui avait répondu par la négative.

— Cette pièce appartient à Phillip Chen, affirma Dunross en fixant Choy dans les yeux.

Le jeune homme, mal à l'aise, remua sur sa chaise.

— Il y avait quatre pièces, Taï-pan. Celle de Mr. Chen doit faire partie des trois autres. Celle que je détiens appartenait à mon père. Vous vous souvenez de ce qu'il vous a dit à Aberdeen ?

Dunross dévisagea longuement Paul Choy en silence pour lui faire perdre contenance mais le fils de Quatre-doigts ne se troubla pas. Intéressant, se dit Ian. Ce jeune salopard a du cran. Il vient de la part de Bouche-d'or, l'aîné, ou il agit pour son propre compte ? La veille, quand Choy avait sollicité un rendez-vous, Dunross avait immédiatement deviné les raisons de sa démarche. Comment le traiter ? se demandait-il. Quatre-doigts vient à peine de mourir qu'il est déjà remplacé par un nouvel ennemi, coriace, formé à l'occidentale, et difficile à ébranler. Il a pourtant des points faibles, comme tout le monde. Toi aussi tu en as : Gornt, pour commencer, et peut-être aussi Riko. Qu'est-ce qui te trouble tant chez cette femme ?

Oublie-la ! Pense plutôt à un moyen de récupérer la pièce avant qu'on ne te demande une faveur.

— Je suppose que vous avez votre moitié de pièce sur vous ? Allons tout de suite chez l'expert, proposa Ian pour sonder les intentions de son adversaire.

Choy eut soudain l'impression que la lanière passée autour de son cou et à laquelle pendait la pièce allait se resserrer et l'étouffer.

— Non, je... je ne crois pas que ce soit une bonne idée, bredouilla-t-il.

— Une idée excellente au contraire, insista le Taï-pan en se levant.

— Non, rien ne presse, répondit le jeune homme, dont la voix avait retrouvé un peu de fermeté. Remettons cela à la semaine prochaine. Vendredi, par exemple ?

— Je ne serai pas à Hong-Kong.

— C'est juste, vous serez au Japon. Mais il y a des spécialistes là-bas aussi. Si vous pouviez trouver une heure de libre dans votre emploi du temps, nous irions ensemble chez un numismate de Tokyo. D'ailleurs, le Japon offre l'avantage d'être un terrain neutre...

— Vous êtes bien renseigné, Mr. Choy. Insinueriez-vous qu'ici, nous ne sommes pas en terrain neutre ?

— Certainement pas, mais comme vous le disiez à l'instant, nous sommes en Chine, et il se passe des choses étranges, en Chine.

Couvert de sueur, Choy se félicitait de l'obligation du secret.

Choy transpirait à présent. Depuis qu'il avait ramené le corps de Quatre-doigts, il manœuvrait pour prendre le pouvoir au sein de la famille et avait obtenu de devenir le conseiller de Bouche-d'or, l'aîné, chef en titre des Wu de la Mer. Chez les mafiosi, je porterais le titre de *consigliere*, se dit-il. D'ailleurs, n'est-ce pas ce que nous sommes : des mafiosi chinois ? Moi aussi j'ai du sang sur les mains, moi aussi je suis mêlé au trafic d'opium.

— Tu peux avoir confiance en moi, Bouche-d'or, avait-il affirmé à son frère.

— J'ai pas le choix : je navigue sans visibilité, toute aide sera la bienvenue. Ton expérience nous sera utile, avait répondu le nouveau chef des Wu de la Mer au stade ultime de la négociation.

— Je suis sûr que nous pourrons travailler ensemble.

— Soyons francs. Nous avons besoin l'un de l'autre : il faut moderniser nos méthodes et, sans toi, j'en suis incapable. Les années que j'ai passées à m'occuper des Bateaux de Plaisir du père ne m'ont pas préparé à commander. Tu sais comment il était : je ne pouvais même pas changer les tarifs d'une fille sans son approbation. C'est toute la flotte des Wu qu'il tenait dans ses quatre doigts.

— Si les capitaines marchent pour le changement, tu auras dans un an l'affaire chinoise la plus prospère de toute l'Asie.

— C'est exactement ce que je veux.

— Avec l'opium en plus ?

— C'est une tradition, chez les Wu de la Mer.

— Les armes aussi ?

— Quelles armes ?

— J'ai entendu dire que Quatre-doigts allait se lancer dans le trafic d'armes.

— Je ne suis pas au courant.

— Je suis d'avis de laisser tomber la drogue. D'après les rumeurs, le père envisageait de s'associer avec Yuen-le-contrebandier et Lee-poudre-blanche.

— Des ragots. Je tiendrai compte de ton opinion mais je te rappelle que c'est moi le Capitaine de la Flotte, à présent. Tu donnes des conseils, moi je décide. Par exemple, le coup de Bourse que tu as fait sans la permission du père — plus question de ça, maintenant. Je veux être tenu au courant de tout ce qui se passe.

— D'accord mais je travaillerai aussi pour mon propre compte. Par exemple, je finirai seul les affaires que j'avais entreprises avec Quatre-doigts.

— Lesquelles ?

— Vendredi, il m'avait avancé deux millions pour jouer à la Bourse. Je devais toucher 17,5 p. 100 des profits, maintenant je veux la totalité.

— 50 p. 100.

— 90 p. 100. Rien ne me retient à Hong-Kong...

Les deux frères étaient finalement tombés d'accord sur 70 p. 100, la part de Bouche-d'or devant être déposée en Suisse sur un compte numéroté.

— Le marché devrait continuer à grimper pendant deux ou trois jours, avait expliqué Choy. Ensuite nous vendrons. Là, c'est moi qui prends la décision, d'accord ?

— Entendu. Décidément, Bonne-fortune te va beaucoup mieux que Paul. De quelles autres affaires t'occupais-tu pour Quatre-doigts ?

— Il y en a une autre mais je ne peux t'en parler. Le père m'avait fait jurer de garder le secret à jamais. Je dois respecter mon serment.

Bouche-d'or avait finalement renoncé à savoir. J'ai gagné, pensait Choy dans le bureau du Taï-pan. Je suis riche, j'ai accès au pouvoir des Wu de la Mer, je possède un passeport américain. Et le Taï-pan va bien finir par reconnaître l'authenticité de ma pièce, au Japon ou ailleurs.

Bonne-fortune revint à la charge :

— Un rendez-vous à Tokyo vous conviendrait ?

Dunross orienta la conversation dans une autre direction :

— Vous avez, paraît-il, fait un malheur à la Bourse.

Le jeune homme se laissa entraîner sur ce terrain :

— J'ai gagné plus de cinq millions de dollars américains.

Dunross siffla entre ses dents.

— Pas mal, pour quelques semaines de travail... Moins 15 p. 100 pour le fisc, bien sûr, ajouta-t-il innocemment.

— Non, malheureusement, dit Paul Choy avec une grimace. En qualité de citoyen américain, je suis soumis à la fiscalité américaine... A ce sujet, j'ai quelques idées dont je voudrais vous parler. Nous pourrions conclure un accord mutuellement avantageux.

Attention, se dit le Taï-pan en voyant une lueur s'allumer dans le regard de Choy.

— Mon père avait confiance en vous, poursuivit le jeune homme. Vous et lui étiez de Vieux-amis. Peut-être mériterai-je un jour ce titre, moi aussi.

— Rendez-moi la pièce sans contrepartie et je vous accorderai de nombreuses faveurs.

— Commençons par le commencement. D'abord, nous vérifions ensemble à Tokyo que la pièce est authentique.

Dunross se jeta à l'eau :

— Non. Nous vérifions ici ou pas du tout !

Paul Choy plissa les yeux et prit soudain une décision lui aussi. Il passa sa main sous sa chemise, détacha la pièce et la posa sur le bureau en déclarant :

— Au nom de Jin-qua, je réclame une faveur du Taï-pan de la Noble Maison.

Ian examina la pièce en silence puis demanda :

— Laquelle ?

— Premièrement, je veux le titre de Vieil-ami — comme Quatre-doigts — avec tout ce que cela implique. Deuxièmement, je veux faire partie du conseil d'administration de Struan pendant quatre ans, avec les mêmes indemnités que les autres membres. Pour sauver les apparences, j'achèterai un paquet d'actions qui portera mon portefeuille à cent mille...

Bonne-fortune sentit une goutte de sueur lui couler sur le menton.

— Troisièmement, continua-t-il, nous nous associons à part égale pour lancer une firme pharmaceutique, avec un capital initial de six millions de dollars US. J'avancerai la moitié de cette somme dans un mois.

— Pourquoi une telle firme ? fit Dunross, perplexe.

— L'Asie offre un marché considérable en ce domaine. Nous pourrions gagner beaucoup d'argent en conjuguant votre expérience en matière de fabrication et mes connaissances en marketing. D'accord ?

— C'est tout ce que vous réclamez en échange de la pièce ?

— Trois choses encore.

— Trois seulement ? rétorqua le Taï-pan d'un ton acerbe.

— Trois. L'année prochaine, je vais ouvrir un autre marché des valeurs et...

— Quoi ?

Bonne-fortune sourit et s'épongea le visage.

— Une Bourse chinoise, dirigée par des Chinois.

— Vous ne manquez pas de culot, mon vieux, dit Ian en riant. Ce n'est pas une mauvaise idée, d'ailleurs. Et que voulez-vous ?

— Juste l'assistance bienveillante d'un Vieil-ami pour m'aider à démarrer et empêcher les pontes de me barrer la route.

— Contre 50 p. 100 ?

— Je vous garantis en échange une part substantielle des profits, convint Choy. Très substantielle. En second lieu, je vous demande de me présenter à Lando Mata et de soutenir ma candidature, au nom du groupe de mon père, pour l'octroi du monopole du jeu et de l'or à Macao.

— La troisième chose ?

— Enfin, un titre de commissaire des courses dans trois ans. Pour vous faciliter la tâche, je ferai don d'un million de dollars américains à une œuvre de charité de votre choix, je soutiendrai les bonnes causes, etc. Voilà, j'ai terminé.

Ian réfléchit un moment et déclara :

— Si la pièce est authentique, j'accepte toutes vos conditions, excepté celle qui concerne Lando Mata.

— Elle n'est pas dissociable des autres.

— Je ne suis pas de votre avis.

— Je ne vous demande rien d'illégal, rien que vous ne puissiez m'accor...

— Lando Mata, c'est exclu !

Choy soupira, prit la pièce et la contempla.

— Dans ce cas, je retire ma proposition et je remplace ma requête par celle que Quatre-doigts avait l'intention de vous présenter.

— C'est-à-dire ?

— C'est-à-dire que vous vous retrouverez mêlé au

trafic d'armes et de stupéfiants, à tout ce dont vous avez horreur. Désolé, Taï-pan, j'ai l'intention de laisser à mes descendants le souvenir d'un grand ancêtre. A vous de choisir, conclut Choy en lançant la pièce sur le bureau.

Dunross était troublé. Le fils de Quatre-doigts avait habilement manœuvré en n'exigeant de lui rien qui fût illégal ou exorbitant. Le vieux Wu, il le connaissait, il savait comment le prendre mais sa progéniture ?

Pour se donner le temps de réfléchir, il prit dans sa poche une petite bourse en soie, en sortit une moitié de pièce qu'il approcha de celle de Choy. Les deux morceaux de métal s'imbriquaient parfaitement. Le Taï-pan et Bonne-fortune regardèrent en silence la pièce reconstituée qui les liait indissolublement l'un à l'autre. Dunross résolut de consulter quand même un expert, bien qu'il connût d'avance la réponse qui lui serait donnée. Comment venir à bout de ce jeune arrogant ? pensait-il en faisant sauter la pièce au creux de sa main. C'est un problème que Phillip Chen devrait pouvoir résoudre.

— Très bien, Bonne-fortune, je vous accorderai la faveur demandée si votre moitié de pièce est authentique. Mais je peux simplement *présenter* votre candidature à Mata, non lui *ordonner* de l'approuver. Nous sommes d'accord ?

— Merci, Taï-pan. Vous ne le regretterez pas, assura Choy. (Il tira de sa poche une feuille de papier qu'il tendit à Dunross.) Voici la liste de tous les numismates de Hong-Kong, choisissez celui que vous voudrez.

— Vous êtes bougrement sûr de vous, Bonne-fortune, dit Ian avec un léger sourire.

— Je m'efforce de parer à toute éventualité, Taï-pan.

Lorsque Casey sortit de l'immeuble Struan, Lim lui ouvrit la portière de la Rolls. La jeune femme se laissa aller contre les coussins moelleux de la banquette. Elle ne sentait rien, elle ne pensait à rien d'autre qu'à la souffrance qui la rongeait et qui finirait par venir à bout de sa résistance. La voiture démarra et prit la direction de l'embarcadère du ferry.

Casey savait qu'elle ne parviendrait plus longtemps à retenir ses larmes. Il reste de longues heures à attendre avant notre départ, songeait-elle. De longues heures vides. Elle se demanda si elle ne ferait pas mieux d'arrêter la voiture et de marcher seule dans la foule. Non, ce serait encore pire, se dit-elle.

— Lim, conduisez-moi au sommet du Pic, dit-elle, mue par une inspiration subite. Je, je n'y suis jamais allée.

— Bien, mam'zelle.

Casey se renversa sur la banquette et ferma les yeux. Des larmes ruisselèrent sur ses joues.

90

18 h 45

Le soleil se couchait.

A Lo Wu, poste frontière entre la Colonie et la Chine, la foule habituelle traversait dans les deux sens un pont d'une cinquantaine de mètres enjambant des eaux lentes et boueuses. A chaque extrémité, un poste de garde, un contrôle douanier ; au milieu, une petite barrière relevable, où deux policiers de Hong-Kong faisaient face à deux soldats de la RPC.

Autrefois les trains reliant Hong-Kong à Canton empruntaient les deux voies ferrées construites sur le pont mais, à présent, les locomotives s'arrêtaient, les passagers descendaient des voitures et traversaient à pied. Par contre, les trains de marchandises en provenance de Chine franchissaient la frontière sans problèmes — du moins la plupart du temps.

Chaque jour des centaines de villageois passaient de l'autre côté de la barrière pour se rendre à leurs champs, comme leurs ancêtres l'avaient fait pendant des générations. Ces habitants de la zone frontière étaient des paysans endurcis, méfiants, n'aimant ni le changement ni les ingérences, encore moins la police, l'armée et les étrangers. Pour eux comme pour la plupart des Chinois, est étranger quiconque n'est pas du village. Il ne pouvait y avoir de frontière pour ces hommes nés d'un côté de la barrière et travaillant de l'autre.

Outre le pont de Lo Wu, il y avait deux autres points de passage entre la Chine et la Colonie. A Mau Kam Toh, où arrivaient chaque jour le bétail et les légumes en provenance de Chine, le même cours d'eau boueux délimitant une grande partie de la frontière coulait sous un pont branlant. Au village de pêcheurs de Tau Kok, la frontière n'était pas apparente mais on s'accordait à dire qu'elle partageait dans sa longueur l'unique rue de la localité.

A ces trois seuls points de contact entre la Chine et l'Occident, on procédait de part et d'autre à un contrôle minutieux. L'attitude des gardes, l'intensité de leur zèle servaient de baromètre aux relations entre la RPC et l'Ouest.

Ce jour-là les soldats de Mao s'étaient montrés irritables, ce qui avait rendu nerveux les policiers de Hong-Kong. Du côté de la Colonie, on se demandait s'il fallait craindre une fermeture soudaine de la frontière ou un afflux massif de réfugiés, comme l'année précédente.

L'inspecteur principal Smyth, envoyé en mission spéciale à Lo Wu, se tenait près du poste de police installé à une centaine de mètres de la frontière pour ne pas offenser les regards des Maoïstes. « Qu'est-ce qu'ils foutent ? », marmonna-t-il avec impatience, le regard tourné dans la direction de Hong-Kong. Une voiture de police apparut enfin sur la route creusée d'ornières emplies d'eau.

Le véhicule s'arrêta, Armstrong et Brian Kwok en descendirent. Le Chinois, vêtu de vêtements civils, avait un regard étrange, un peu vide.

— Désolé d'être en retard, s'excusa Armstrong.

— De quelques minutes seulement. En fait, on m'avait demandé d'être ici au coucher du soleil, répondit l'inspecteur en montrant le globe rouge qui se tenait encore au-dessus de l'horizon.

Kwok sortit de sa poche un paquet de cigarettes, le présenta à Smyth d'une main tremblante.

— Non, merci, dit le Serpent avec froideur. Tu as l'air crevé, Robert.

— Je le suis.

Brian eut un rire nerveux :

— C'est ma faute. Il... il a essayé de me tirer des pattes de Crosse et de ses bonshommes.

La remarque ne fit sourire aucun des deux Britanniques.

— Il n'y aura personne d'autre ? voulut savoir l'inspecteur.

— Pas officiellement, répondit Armstrong. (Il regarda autour de lui, ne remarqua aucune présence insolite parmi les villageois traversant la frontière.) Ils sont là, pourtant. Quelque part... Bon, tu peux y aller.

Smyth déplia un document officiel et lut :

— Wu Chu-toy, alias Brian Kar-shun Kwok, vous êtes accusé d'espionnage au service d'une puissance étrangère. Nous vous expulsons de la Colonie de la Couronne conformément au Décret sur la Déportation. Nous vous avisons qu'en cas de retour vous vous exposeriez à être interpellé et emprisonné, selon la volonté de Sa Majesté.

Brian Kwok prit d'un geste gauche le document que lui remettait Smyth. Il paraissait engourdi, comme si ses sens réagissaient avec un temps de retard.

— Et... et maintenant ? balbutia-t-il.

— Vous passez ce foutu pont pour rejoindre vos petits copains, répliqua l'inspecteur.

— Vous... vous me prenez pour un idiot ? Vous pensez me faire croire que vous allez me laisser partir ? dit l'ancien policier. (Il se tourna vers Armstrong.) Robert, ils jouent avec moi, avec toi ! Ils ne me libéreront jamais, tu le sais !

— Tu es libre, Brian.

— Non... non, je sais ce qui va se passer ! s'écria Kwok d'une voix aiguë. Au dernier moment, ils vont me retenir : c'est la torture par l'espoir ! Oui, bien sûr, la torture par l'espoir !

— Bon Dieu, je te répète que tu es libre ! Tu peux partir, dit Armstrong, pressé d'en finir. Ils te libèrent et ne me demande pas pourquoi !

Brian essuya un filet de salive qui lui coulait des lèvres.

— Tu... tu mens, c'est impossible.

— Va-t'en !

— Bon, je...

L'ex-commissaire fit un pas et s'arrêta. Aucun des policiers n'avait bougé.

— C'est vrai, alors ?

— Oui, c'est vrai.

Kwok tendit à Smyth une main tremblante. L'inspecteur la regarda puis releva la tête et déclara :

— Si c'était moi qui prenais les décisions, je vous ferais fusiller.

— Et les pots-de-vin que vous touchez, c'est honorable, peut-être ? lança Brian d'un ton haineux.

— Cela n'a rien à voir ! Le *h'eung yau* fait partie de la Chine ! rétorqua le Serpent.

Armstrong approuva d'un hochement de tête embarrassé en songeant aux quarante mille dollars qu'il avait joués samedi.

— Graisser un peu la patte, c'est une vieille coutume chinoise. La trahison, c'est autre chose ! Fong-fong avait travaillé avec moi avant de passer à la SI. Allez, fous le camp, sinon je te fais traverser le pont à coups de cravache !

Kwok ouvrit la bouche pour répliquer, changea d'avis et se tourna vers Armstrong. Le commissaire serra la main que lui tendait son ancien collègue et dit :

— En souvenir du Brian d'autrefois. Moi non plus je n'aime pas les traîtres.

— Je, je sais que j'ai été drogué mais merci quand même.

Kwok recula lentement, l'air méfiant, puis se retourna. Il pressa le pas, regardant derrière lui à tout moment et, lorsqu'il parvint sur le pont, il se mit à courir. Ni les policiers ni les soldats ne l'arrêtèrent. Les Chinois qui longeaient la voie ferrée dans un sens ou un autre ne lui prêtèrent pas attention. Une fois de l'autre côté, l'ancien commissaire s'arrêta et se retourna à nouveau.

— Nous gagnerons ! cria-t-il. Nous gagnerons, et vous le savez !

Pas tout à fait rassuré, il courut se réfugier en Chine. Armstrong vit un groupe de Chinois que rien ne distinguait des villageois l'intercepter près du train. La tension retomba, le disque du soleil commença à disparaître sous l'horizon.

De la petite tour d'observation située au-dessus du poste de police, Roger Crosse suivait la scène à la jumelle. Ses lèvres esquissèrent une grimace quand il reconnut, parmi ceux qui accueillaient Kwok, Tsuyan, le millionnaire disparu.

En haut du Pic, Casey regardait le soleil sombrer dans la mer. A ses pieds, Hong-Kong et Kowloon baignaient dans une lueur rouge que l'ombre grignotait peu à peu. L'eau engloutit le globe flamboyant, la nuit commença.

Insensible à la beauté du spectacle, la jeune Américaine ne retenait plus ses larmes, qui ruisselaient sur ses joues. Ni les touristes ni les Chinois qui attendaient l'autobus ne prêtaient attention à cette femme appuyée contre la balustrade du belvédère, perdue dans son chagrin.

— Par tous les dieux, j'ai gagné une fortune aujourd'hui, disait l'un.

— J'ai acheté dès l'ouverture et j'ai doublé ma mise, fornication ! répondit un autre.

— Heureusement que l'Empire du Milieu a tiré d'ennui ces stupides diables d'étrangers.

— J'ai acheté des Noble Maison à 20...

— Vous savez qu'on a encore retrouvé deux cadavres à Kotewall ? On en est à soixante-sept morts, maintenant.

— Le vieux Tung-l'aveugle l'avait prédit : c'est le *boom* !

Casey ne voyait, n'entendait rien. Il faut que j'arrête de pleurer, pensait-elle. Je dois être forte, pour moi et pour Linc. C'est moi qui le ramène chez lui.

Ce matin, quand Seymour Steigler était venu lui proposer de s'occuper du cercueil et des formalités, elle lui avait répondu :

— Tout est arrangé.

— Ah ? Très bien. J'ai fait mes bagages, Janelli pourra les prendre. Je vous rejoindrai à l'avion...

— Non. Je rentre seule avec Linc.

— Casey, nous avons des tas de choses à discuter : le testament de Linc, l'accord avec Struan...

— Cela peut attendre. Prenez quelques jours de repos et retrouvez-moi lundi prochain à LA.

— Lundi ? Mais nous avons des millions de choses à faire immédiatement ! Et d'abord nous préparer à une attaque en règle de son ex-femme. Elle va contester le testament, bien sûr. Vous aussi, vous devriez attaquer, d'ailleurs. Si l'on tient compte du fait que, pendant sept ans, vous avez été pour ainsi dire sa femme, vous avez droit à...

— Seymour, vous êtes viré ! Foutez le camp d'ici !

— Qu'est-ce qui vous prend ? Je pense seulement à faire valoir vos droits...

— Vous ne comprenez pas, Seymour ? Je vous dis que vous êtes viré !

— Vous ne pouvez pas vous débarrasser de moi comme ça. Nous avons signé un contrat.

— Vous êtes un salaud ! Vous toucherez intégralement ce qui est prévu dans le contrat mais si vous

vous mêlez de mes affaires ou de celles de Linc, vous n'aurez pas un sou ! Maintenant sortez !

Casey essuya ses larmes en repensant à la scène et à sa fureur. Oui, un beau salaud, toujours à l'affût du fric. Je parie qu'il a déjà pris contact avec l'ancienne femme de Linc pour la convaincre d'intenter un procès.

Qu'ils y viennent ! je saurai protéger Linc. Oublie cette fripouille de Seymour, oublie les batailles qui t'attendent, songe à ce que tu vas faire maintenant. A Orlanda. Linc l'aimait peut-être. Comment le savoir ? Voulait-il vraiment que nous devenions amies ?

Orlanda...

91

20 h 05

De la fenêtre de sa chambre à l'hôtel Mandarin, Orlanda contemplait la nuit. Son chagrin s'était tari.

C'est le *joss*, se dit-elle pour la centième fois. A présent tout est comme avant, tout doit recommencer. Les dieux se sont moqués une nouvelle fois de moi. Peut-être aurai-je une autre chance ? Oui, bien sûr, il y a d'autres hommes... Ne t'en fais pas, Quillan t'a dit de ne pas t'inquiéter, tu continueras à recevoir l'alloca...

La sonnerie du téléphone la fit sursauter.

— Allô ?

— Orlanda ? C'est Casey. Je suis dans le hall, en bas. Est-ce que je pourrais vous voir avant mon départ ?

Pourquoi ? se demanda l'Eurasienne, méfiante. Pour se gausser de moi ? Mais nous avons perdu toutes les deux.

— Si vous voulez, dit-elle d'un ton hésitant. Montez, nous serons plus tranquilles ici. Chambre 363.

Orlanda alluma la lumière et courut à la salle de bain s'inspecter dans le miroir. Elle vit un visage triste, où les larmes avaient laissé des traces, mais encore épargné par l'âge. La vieillesse viendra, pensa-t-elle avec un frisson d'appréhension. Pour l'instant un coup de peigne, un peu de maquillage suffisaient à lui rendre toute sa fraîcheur mais cela ne durerait pas.

Elle enfila ses chaussures, attendit. On sonna, la porte s'ouvrit, Casey entra.

— Vous partez, vous aussi ? dit-elle avec un geste en direction des deux valises posées près du lit.

— Oui, je m'installe provisoirement chez des amis de mes parents. L'hôtel est, euh, un peu cher pour moi. Ces amis m'offrent l'hospitalité jusqu'à ce que je retrouve un appartement... Asseyez-vous.

— Mais vous êtes couverte par l'assurance.

— L'assurance ? répéta Orlanda en clignant les yeux. Non, je ne crois pas. Je n'ai jamais... Non, je ne pense pas.

— Alors vous avez tout perdu ?

— C'est le *joss*, fit l'Eurasienne en haussant les épaules. J'ai un peu d'argent de côté à la banque... ça ira.

Voyant les ravages que le chagrin avait causés sur le visage de l'Américaine, elle poursuivit :

— Casey, je n'ai pas essayé de jouer à Linc un mauvais tour. Je l'aimais. C'est vrai, j'étais prête à tout pour l'épouser mais il n'y avait aucun piège, et je crois sincèrement qu'il aurait été heureux avec moi. Je l'aimais vraiment... Je suis désolée.

— Vous n'avez pas à vous excuser.

— Quand je vous ai rencontrée pour la première fois, le soir de l'incendie, je me suis dit : « Ils sont fous de ne pas... » Oh, vous avez peut-être raison, Casey, inutile d'en parler, maintenant moins que jamais.

Les yeux de Casey s'embuèrent en voyant des larmes perler aux paupières d'Orlanda. Pendant un moment, les deux femmes gardèrent le silence puis Casey s'essuya les yeux et décida de faire ce pour quoi elle était venue.

— Voici un chèque de dix mille dollars US, dit-elle en tirant une enveloppe de son sac. Je...

— Je ne veux pas de votre argent ! Je ne veux rien de vous !

— Cet argent n'est pas à moi, c'est Linc qui vous le donne, expliqua Casey.

Elle répéta ce que Dunross lui avait rapporté et conclut :

— Je crois que c'est vous qu'il voulait épouser. Je me trompe peut-être, je ne sais pas. En tout cas, Linc aurait certainement souhaité vous mettre à l'abri du besoin...

— Il a prononcé le mot « témoin » ?

— Oui.

— Et il voulait que nous soyons amies ?

— C'est ce qu'il a dit, assura Casey.

En fait, elle ne savait pas si elle faisait exactement ce que Linc aurait souhaité. Mais comment aurait-elle pu en vouloir à cette jeune beauté au corps parfait, à la peau veloutée, qui avait eu pour seul tort d'aimer Linc ? Ce n'est ni sa faute ni celle de Linc, c'est la mienne, se dit-elle. Linc aurait voulu l'empêcher d'aller à la dérive — je dois l'aider, ne serait-ce que pour lui. Il désirait faire de nous des amies, nous pouvons peut-être le devenir.

— Pourquoi ne pas essayer ? continua l'Américaine. Vous devriez quitter Hong-Kong, ce n'est pas un endroit pour vous.

— Je ne peux pas, je suis coincée ici. Je n'ai pas de formation, ma licence ne me sert à rien. Je... je deviendrais folle s'il me fallait pointer dans une usine.

Mue par une impulsion subite, Casey suggéra :

— Pourquoi ne pas essayer les États-Unis ? Je pourrais peut-être vous aider à trouver du travail.

— Vous croyez ?

— Oui, dans la haute couture, par exemple.

— Vous seriez prête à m'aider ? demanda Orlanda d'un ton incrédule.

— Certainement, murmura Casey en se levant.

Elle posa l'enveloppe et sa carte de visite sur la table, se dirigea vers la porte. Orlanda s'approcha d'elle, passa ses bras autour de son cou.

— Merci, Casey. Merci.

Les deux femmes restèrent un moment enlacées, mêlant leurs larmes.

La lune, qui apparaissait de temps à autre entre les nuages, éclairait faiblement la résidence du gouverneur. Roger Crosse ouvrit silencieusement la porte à demi cachée par les plantes grimpantes tombant du mur d'enceinte, referma derrière lui et remonta rapidement l'allée du parc, en ayant soin de rester dans l'ombre. A proximité de la maison, il tourna à droite, descendit quelques marches menant à une porte de cave, l'ouvrit avec une autre clef.

La sentinelle gourkha qui montait la garde à l'intérieur lui bloqua le passage.

— Mot de passe, s'il vous plaît, exigea le soldat.

Crosse s'exécuta, le garde salua et s'écarta pour le laisser passer. Au bout du couloir, le directeur de la SI frappa à une porte qu'ouvrit l'assistant du gouverneur.

— Bonsoir, Mr. Crosse.

— J'espère que je ne suis pas en retard ?

— Pas du tout.

A travers un dédale de caves communicantes, l'homme conduisit Crosse jusqu'à une porte en fer se découpant sur une sorte de gros cube en béton construit au milieu de la cave principale. Il ouvrit, laissa le policier pénétrer seul dans le cube et referma. Une fois à l'intérieur, Crosse se détendit : il était dans le Saint des Saints, à l'abri de toutes les oreilles indiscrètes. Cette salle de réunion pour discussions ultra-secrètes avait été aménagée par des membres de la SI au-dessus de tout soupçon — Britanniques exclusivement — afin de rendre inopérants les systèmes d'écoute que l'ennemi aurait pu installer dans la résidence.

Dans un coin de la pièce, un émetteur-récepteur perfectionné couplé à un brouilleur indécodable permettait d'envoyer des messages à Whitehall et d'en recevoir par l'antenne installée sur le toit. Crosse le mit en marche, entendit un bourdonnement rassurant.

— Ici Asiate Un, dit-il, prononçant avec plaisir son nom de code. Le ministre, je vous prie.

— Oui, Asiate Un ?

— Tsu-yan faisait partie du comité d'accueil de l'espion, Brian Kwok.

— Alors nous pouvons le rayer de nos tablettes.

— Nous pouvons les rayer tous les deux. Samedi, un de nos agents a vu le transfuge Joseph Yu passer la frontière.

— Diable ! Il faut mettre une équipe sur cette affaire. Nous avons quelqu'un à leur centre atomique de Siankiang ?

— Non. Selon certaines rumeurs, Dunross devrait rencontrer Mr. Yu à Canton dans un mois.

— Que pensez-vous de ce Dunross ?

— Il ne trahira pas son pays mais il n'acceptera jamais de travailler pour nous.

— Et Sinders ?

— Il a fait du bon boulot. C'est un type sûr.

— L'*Ivanov* a quitté Hong-Kong ?

— Ce midi. Nous n'avons pas trouvé le corps de Souslev : il faudra des semaines pour fouiller les décombres. Maintenant que Plumm est mort, il va falloir repenser l'opération Sevrin.

— Elle nous a été jusqu'ici trop utile pour que nous ne la poursuivions pas.

— C'est certainement ce qu'on se dira également chez les autres. Quand le remplaçant de Souslev arrivera, je le sonderai afin de connaître leurs intentions. Ensuite, nous élaborerons notre plan.

— Bien. Et de Ville ?

— Il est muté à Toronto. Il faudra informer la Police montée. Enfin, le porte-avions : 83 350 tonneaux, 5 500 officiers et hommes d'équipage, huit réacteurs, vitesse maximum 62 nœuds, 42 Phantom II F-4 pouvant être dotés d'un armement nucléaire, deux Hawks Mark V. Curieusement, le bâtiment n'a qu'un seul moyen de défense face à une attaque : une batterie de fusées SAM à tribord...

Crosse poursuivit son rapport d'un ton satisfait. Il se sentait bien dans sa peau d'agent double — triple même. Il avait un compte en banque bien garni et chaque camp avait besoin de lui, même s'il ne lui faisait pas totalement confiance. Chacun espérait l'avoir en définitive de son côté, à défaut de le contrôler entièrement.

Parfois je me demande moi-même pour qui je travaille, se dit Crosse avec un sourire.

Appuyé contre le guichet Renseignements de l'aéroport de Kai-tak, Armstrong surveillait l'entrée. Parmi la foule habituelle, il découvrit avec surprise les Marlowe et leurs deux enfants. Fleur avait les traits tirés, le teint pâle ; Peter, qui croulait sous les valises, avait l'air mal en point lui aussi.

— Salut, Robert, dit l'écrivain au policier. Vous travaillez bien tard.

— Je suis juste venu accompagner Mary. Elle va passer un mois en Angleterre. Bonsoir, Mrs. Marlowe. J'ai vraiment été très peiné lorsque j'ai appris...

— Merci, commissaire.

— Nous allons à Bicoque, déclara d'un ton sérieux la plus jeune des fillettes. C'est en Taillande.

— Oh ! t'es bête ! fit l'aînée. C'est Banco ! On va en vacances parce que Maman a été très malade.

Peter Marlowe eut un sourire las.

— Une semaine à Bangkok. Le docteur Tooley veut

que Fleur se repose... Chérie, tu t'occupes des billets ? Je vous rejoins.

— Oui, bien sûr. Venez, vous deux, dit Fleur à ses filles. Et soyez sages.

Quand elle se fut éloignée, le romancier murmura :

— Selon un de mes amis, la réunion des gros bonnets de la drogue à Macao se tiendra jeudi.

— Vous savez où ?

— Non. Parmi les participants, il y aurait Lee-poudre-blanche et un Américain nommé Banastasio.

— Et puis ?

— C'est tout.

— Merci, Peter, et bon voyage. A Bangkok, allez donc voir de ma part l'inspecteur Samanthajal, il vous aidera.

— Merci. A la semaine prochaine.

Armstrong regarda l'écrivain rejoindre sa femme puis reprit sa faction devant le guichet. Inexorablement ses pensées revenaient à Mary. La veille, ils avaient eu une scène violente à propos de John Chen — d'autant plus violente qu'il avait les nerfs à vif à cause de Brian, de l'argent du tiroir. Il avait joué les quarante mille dollars sur Pilot Fish, remboursé ses dettes avec ses gains et replacé le pot-de-vin dans le tiroir en s'efforçant d'oublier qu'il y avait jamais touché. Il lui était même resté assez d'argent pour offrir à sa femme un voyage à Londres mais cela n'avait pas évité une nouvelle scène, juste avant le départ.

— Naturellement, tu as oublié notre anniversaire de mariage ! C'est si peu important, n'est-ce pas ? Oh ! je hais Hong-Kong, les Loups-garous et le reste. Si tu t'imagines que je vais revenir !

Il alluma une cigarette dont la fumée lui parut amère. Voyant Casey entrer dans le hall, il se dirigea vers elle.

— Bonsoir, Miss Tcholok. Je vous accompagne, cela abrégera les formalités.

— Merci, commissaire, répondit la jeune femme d'une voix presque parfaitement maîtrisée.

Armstrong se garda bien d'ajouter quoi que ce soit. Qu'aurait-il pu lui dire ? Dommage, pensa-t-il. Elle a un courage extraordinaire : elle l'a prouvé sur le bateau en feu, à Kotewall, et elle le prouve encore maintenant en ne s'effondrant pas.

Il la conduisit à la salle réservée aux personnalités, ouvrit la porte. L'un et l'autre furent surpris d'y trouver Dunross.

— Bonsoir, Ian, dit Casey. Il ne fallait pas...

— J'ai un dernier détail à voir avec vous et je suis venu accueillir mon cousin, qui revient de Taiwan : il a examiné diverses possibilités d'emplacement pour nos futures usines. Bonsoir, Robert. Vous allez bien ?

— Comme d'habitude, soupira le policier. (Il se tourna vers Casey et lui tendit la main.) Je vous laisse, maintenant. Bon voyage.

Au moment où Armstrong s'apprêtait à partir, Dunross lui demanda :

— La livraison a été faite à Lo Wu ?

Le commissaire fit mine de réfléchir.

— Je crois que oui.

— Vous pourriez m'attendre un moment ? J'aimerais que vous m'en parliez.

— Certainement. Je serai dans le hall.

Quand Ian et Casey furent seuls, il lui remit une enveloppe en disant :

— Voici un chèque de banque de sept cent cinquante mille dollars américains. J'ai acheté des Struan pour vous à 9,50 et je les ai revendues à 28.

— Quoi ?

— C'est votre part. Struan a gagné des millions, moi aussi, Phillip et Dianne également — je les ai fait profiter de l'opération. Vous trouverez en outre dans l'enveloppe un autre chèque de deux cent cinquante mille dollars correspondant à votre pourcentage sur l'absorption de General Stores.

— Je ne comprends pas.

— C'est pourtant clair. Dans un mois, vous toucherez à nouveau sept cent cinquante mille dollars et nous vous avancerons un demi-million au besoin. Cela suffira pour vous maintenir à flot ?

Les réacteurs du *Yankee 2*, dont le nez se profilait derrière la baie vitrée, se mirent à siffler.

— Un million de dollars, murmura Casey.

— L'argent n'a pas d'importance. Ce qui compte, c'est que vous êtes devenue le taï-pan de Par-Con. Le voilà, le cadeau que Linc vous a fait. *Taï-pan*, Casey.

Dunross sourit, prit la jeune femme dans ses bras et la serra contre lui.

— A dans un mois...

Incapable de prononcer un mot, elle le regardait. La porte de la salle s'ouvrit, livrant passage à un homme de grande taille.

— Bonsoir, Ian ! lança-t-il. On m'a dit que je vous trouverais ici.

— Salut, David. Casey, je vous présente David MacStruan, mon cousin.

Casey tourna les yeux vers le nouveau venu, eut un demi-sourire, mais ne lui prêta pas vraiment attention.

— Enchantée... Ian, vous êtes sérieux ?

— Absolument ! Dépêchez-vous de monter à bord. A dans un mois.

— Quoi ? Mais je... Oui, à dans un mois.

L'air un peu perdu, elle mit l'enveloppe dans son sac et se dirigea vers la porte 16. Les deux hommes la regardèrent monter la passerelle de l'avion.

— Alors voilà la célèbre Casey, dit David MacStruan pensivement.

Aussi grand que Dunross, plus jeune de quelques années, il avait des cheveux roux, des yeux en amande, presque asiatiques malgré leur couleur verte.

— Oui, c'est Kamalian Ciranoush Tcholok.

— Superbe !

— Mieux que cela. Une sorte de Hag, dans son genre.

— Elle est si forte que ça ?

— Elle pourrait le devenir, avec le temps et l'expérience.

A bord du *Yankee 2*, Svensen verrouilla la porte et demanda à Casey avec sollicitude :

— Vous n'avez besoin de rien ?

— Non, merci. Laissez-moi seule, Sven. Je vous appellerai si je veux quelque chose.

Après le départ du steward, la jeune femme boucla sa ceinture d'un geste machinal et regarda par le hublot. A travers ses larmes, elle vit Dunross et l'homme dont elle avait déjà oublié le nom lui faire signe.

Un nuage cacha la lune. Le sifflement des réacteurs s'intensifia, l'appareil roula lentement sur le tarmac, se plaça sur la piste d'envol, accéléra et s'éleva dans le ciel noir. Casey, qui ne se rendit même pas compte du décollage, ne cessait d'entendre les propos de Dunross résonner à ses oreilles.

Taï-pan de Par-Con. Le cadeau de Linc. L'argent n'a pas d'importance. Oui, c'est vrai mais...

Elle essaya de se rappeler ce que Linc lui avait dit à la Bourse. Quelque chose comme : « Que ce soit Gornt ou Dunross qui l'emporte, c'est nous qui gagnons. Nous devenons la Noble Maison — c'est pour cela que nous sommes ici. »

C'est ce qu'il voulait avant tout, songea-t-elle. Et c'est peut-être ce que je peux faire pour lui. La *Noble Maison*...

Dunross roulait à vive allure sur Peak Road, où la circulation était fluide. Au moment de tourner pour rentrer chez lui, il changea d'avis et monta jusqu'au belvédère, descendit de voiture et s'appuya contre la balustrade, seul.

Hong-Kong était une mer de lumières. Au-dessus de Kowloon, un avion décolla de la piste balisée par des pointillés lumineux. Quelques étoiles apparurent entre les nuages.

— C'est bon, la vie, murmura le Taï-pan.

Composition réalisée par C.M.L., Montrouge.

IMPRIMÉ EN FRANCE PAR BRODARD ET TAUPIN
Usine de La Flèche (Sarthe).
LIBRAIRIE GÉNÉRALE FRANÇAISE - 6, rue Pierre-Sarrazin - 75006 Paris.

ISBN : 2 - 253 - 04825 - 9 30/6563/8